Elsemarie Maletzke
Elizabeth Bowen
Eine Biographie
Mit zahlreichen Abbildungen

Schöffling & Co.

Erste Auflage 2008
© Schöffling & Co. Verlagsbuchhandlung GmbH,
Frankfurt am Main 2008
Alle Rechte vorbehalten
Satz: Fotosatz Reinhard Amann, Aichstetten
Druck & Bindung: Pustet, Regensburg
ISBN 978-3-89561-610-5

www.schoeffling.de

Elizabeth Bowen – Eine Biographie

Inhalt

I BOWEN'S COURT – EINE ORTSBEGEHUNG
Ein überlebensgroßes Haus – Virginia Woolf zu Gast – St. Colman's Farahy – Die Hausangestellten

Als Elizabeth Bowen 1959 ihren Familiensitz in der irischen Grafschaft Cork verkaufte, hoffte sie, daß Mr. O'Keefe auf Bowen's Court einziehen würde; daß bald wieder Pferde im Stall und Autos in der Remise stehen würden. Daß seine Kinder über die Treppe rennen würden. Daß in der Küche wieder Himbeergelee eingekocht, daß Silber wieder glänzen, Kaminfeuer brennen und Spiele im »Long Room« gespielt würden.

Mr. O'Keefe dachte an nichts dergleichen. Er war an dem Blei auf dem Dach, an Ulmenholz und Quadersteinen interessiert. Als im folgenden Sommer ein Künstlerfreund auftauchte, um ein Bild des alten Herrenhauses für Elizabeth Bowens neues Wohnzimmer in einem Bungalow in Kent zu malen, waren die großen Bäume gefällt, das Dach abgedeckt. Ein halbes Jahr später stand kein Stein mehr auf dem anderen. »Es war ein sauberes Ende«, schreibt sie, wie um sich selbst über das Verschwinden ihres »einzig denkbaren Heims« zu trösten. »Bowen's Court erlebte kein Schicksal als Ruine [...].« Dennoch: »So groß und beruhigend war die Kraft des Lichts und der Ruhe rund um Bowen's Court [...], daß sie das Haus überlebte. Diese Kraft ist bei mir geblieben, nun, da es verschwunden ist.«[1] Elizabeth Bowen hätte ihr Haus nicht erhalten können. Es war »überlebensgroß«.

Virginia Woolf, die sie im April 1934 in Irland besucht hatte, sah es so: »Elizabeths Haus war nur ein großer Steinkasten, aber voller italienischer Kaminsimse und ramponier-

Elizabeth Bowen und ihr »einzig denkbares Heim«:
Bowen's Court, 1954

ter Möbel aus dem 18. Jahrhundert und löchriger Teppiche.«
[…] Elizabeth und ihr Mann »bestanden jedoch darauf, eine
dürftige Art Status zu wahren, mit Umziehen zum Dinner
und so weiter – Gott!«[2]

Steht man über siebzig Jahre später auf dem Rübenacker,
der einmal die Auffahrt zu Bowen's Court darstellte, und
phantasiert sich über Brombeergestrüpp, Kratern und Stein-
haufen hinweg ein mächtiges, graues Haus, während der Hagel
herabschrotet und der Wind an einem landwirtschaftlichen
Blechschuppen wummert, versteht man Elizabeth Bowens
Ringen um Fassung. Im irischen Klima ist Auflösung nie
fern, und fatales Grünzeug beginnt zu wuchern, sobald man
ihm den Rücken kehrt. Bowen verabscheute Pflanzen, die
ein Haus begrabbelten, so fett und glänzend, als nährten sie
sich von etwas in seinem Innern. In der Grafschaft Cork aber

scheint jeder Feldrain und jede Mauer von Efeu überzogen, jeder Baum streckt seine mageren Zweige aus einem grünen Blätterpelz.

Bowen's Court, das von Wiesen und Baumgürteln umgeben in einer flachen Mulde am Fuß der Ballyhoura-Berge lag, war fast schmucklos und ganz steinern: 1775 erbaut, sechs Ecken, drei Stockwerke, fünfzig Fenster, durch die das Licht Chintz und Kretonne ausbleichte, kalt im Winter, gleißend hell im Sommer. Die Schatten der großen Ulmen berührten nur die Stufen der Freitreppe. Seine Nüchternheit ist »die Verneinung des mystischen Irlands«, schreibt sie in ihrer großen Familiengeschichte *Bowen's Court*. Farbe und Ornament waren als Garten zwischen hohen Mauern hinter dem Haus eingeschlossen. Der Erbauer, Henry Bowen III., konnte das Haus nicht vollenden, da ihm das Geld ausgegangen war. So fehlte die Nordostecke zum vollendeten Würfel, und innen brach die große Freitreppe im zweiten Stock im vollen Schwung ab. Der »Long Room« mit der gewölbten Decke und drei großen Fenstern an der Stirnseite, auf den die Treppe mündete, war als Ballsaal gedacht, doch sein Boden hätte vielen tanzenden Füßen nicht standgehalten. So diente er bei Regen als eine Art Promenadendeck, zum Theaterspielen, und später, als Elizabeth allein auf Bowen's Court lebte, stand dort auch ein Trimm-Fahrrad. Er war der schmuckloseste Raum im ganzen Haus, mit abgetretenen Dielen, ohne Teppiche oder Bilder. Die italienischen Stukkateure waren nach Hause geschickt worden, ehe sie ihr Gerüst dort aufstellen konnten.

»Wo immer man sich niederläßt, muß man sich an viel Platz im Rücken und viel Höhe über dem Kopf gewöhnen. Es gibt keine Winkel. Eigenartigerweise ist der Effekt nicht Ruhelosigkeit, sondern eine verlockende Stille. Festes Betragen, sogar Förmlichkeit, zeichnet auf bestimmte Weise jede Linie des Hauses aus.«[3] An Sommerabenden köpften Nachtfalter durch die offenen Fenster in die Kerzenflammen. Vögel verflogen sich in den Räumen und einmal eine weiße Eule. Aber nie wurde ein Hausgespenst gesichtet. »Die Toten mußten Bowen's Court nicht heimsuchen [...] weil sie es bereits durchdrungen hatten. Ihre erloschenen Sinne waren in Licht und Form gegenwärtig. Das Land vor den Fenstern hatte Eindrücke in den hinausschauenden Augen meiner Vorfahren hinterlassen; vielleicht haben ihre Augen dafür Eindrücke in der Landschaft hinterlassen.«4 Ein Auftritt unter Geflacker und Gepolter wäre in diesem Haus als unpassend abgelehnt worden.

Das Licht, dem sich Bowen's Court so bereitwillig öffnete, war für Elizabeth Bowen von großer poetischer Relevanz. Zum einen – ganz prosaisch –, weil sie stark kurzsichtig war. »Auf den ersten Blick sehe ich entweder alles in einem blendenden Nebel oder in geballtem Schatten verschwimmen.« Zum zweiten, weil das Licht in Irland ein großer Stimmungsarchitekt ist. »Es wechselt ständig [...] das reicht vom Magischen, ja fast himmlisch-Frohlockenden bis zur Finsternis, grau, grusig, häßlich. Es ist nun einmal das Licht, das über meine Befindlichkeit entscheidet, über meinen Tag und über meine ganze Wahrnehmung der Welt. Dieser nahe-zu fatalistischen Empfänglichkeit für das Licht kann ich nicht entkommen. Ich sehe darin mein ungemaltes Bild.«5

1957, zwei Jahre bevor sie Bowen's Court verkaufte, brachte die englische Illustrierte *Housewife's Magazine* eine Homestory, in der »Miss Bowen« den Reporter durch ihr »überlebensgroßes Haus« führte, von dessen dreißig Räumen nur sechs eingerichtet waren. Der Salon, in dem der Flügel stand – er wurde nur für Gäste regelmäßig gestimmt, denn die Dame des Hauses spielte nicht einmal »ein wenig« –, sei, so liest man, in flamingo-, austern- und zitronenfarbener Seide gehalten; seine geprägte graue Tapete von 1859 so gut wie neu. Von der Halle, deren Wände mit rotem Damast be-

spannt waren, stiegen sie hinauf zum »Long Room« mit seinen nackten Dielen, an dessen Längsseite Kaminattrappen
für eine Illusion von Wärme sorgen mochten. Das Bad des
rosa und weißen Gästezimmers lag ein paar Schritte »über
dem Tanzboden.« Als Miss Bowen 1930 den Besitz erbte,
hatte sie nicht genügend Möbel für das ganze Haus. »Manche
Zimmer mußte ich deshalb mit einem Stuhl und einer Blu-
menvase einrichten. Es gab also immer Gelegenheit zu im-
provisieren. Das hat durchaus Familientradition.«

Im Winter brannten Kaminfeuer, aber man arbeitete auch
mit Wandschirmen und zusammengerollten Wolldecken gegen den Luftzug. Die Gäste trugen mobile Ölöfen von Zimmer zu Zimmer, »und an wirklich kalten Tagen sitzen wir alle
zusammen in der Bibliothek.« Der Wildbret- und der Wein-
keller mögen leer sein, aber die Köchin vollbringe dennoch
wahre Wunderwerke in ihrem Souterraingewölbe. Ein Aga-
Herd sei dort das einzige Zugeständnis ans 20. Jahrhundert.
Der Reporter rechnete: zweihundert Acres – gut achtzig
Hektar – Weideland, fünf Pfund Jahresmiete für jedes Cottage, Himbeeren und Gemüse aus dem Garten zum Verkauf:
macht zusammen nicht genug, um ein solches Haus zu unterhalten. »Worte sind mein größtes Kapital und meine einzige
Hoffnung«, zitiert er Elizabeth Bowen.[6]

Aber die Worte reichten nicht. Keine Kontur zeichnet heute
die Umrisse von Bowen's Court mehr nach. Die einzige
Mauer, die noch steht, ist die Umfriedung des großen Gartens,
aber sie schließt nur dasselbe gepflügte Feld ein, das auch
außerhalb liegt. In Bowens Jugend war er von buchsbaumge-
säumten Wegen durchzogen. Zwischen Gemüse, Beerensträu-
chern und Spalierobst, blau blühendem Borretsch, weißen und
roten Päonien, duftenden Tuberosen und Hyazinthen, Nar-
zissen, Papageientulpen, Rosen, Wicken und Löwenmäulchen
stand eine Sonnenuhr, und irgendwo muß auch der Wunschbrunnen gewesen sein, über den Virginia Woolf schreibt, daß

Elizabeth Bowen im Garten von Bowen's Court 1957

darin zerbrochene Tassen und ein halber Rosenkranz als Opfergabe lagen, als sie und Elizabeth sich dort die Hände gereicht hatten. Dies alles unterzupflügen muß außerordentliche Charakterstärke erfordert haben.

Das Cottage der Haushälterin Sarah Barry, das in der sonst leeren Nordostecke des Hauses stand, ist noch da, eine von Efeu vermummte Ruine. Torf lagert im Erdgeschoß. Im Hof davor wurde zwischen Schrott und Pfützen ein Lastwagenanhänger abgestellt. Vom Haus läßt sich nur noch das Souterrain ausmachen, Steinplatten unterm Gras, drei niedrige gemauerte Bögen, eine Ofentür, die Stücke eines rostigen Eisenkessels. Hier hatte sich Virginia Woolf mit der Köchin unterhalten und sich das Rad zeigen lassen, »mit dem man in der windigen, pompösen Küche, halb unter der Erde, das Feuer anfacht.«[7] Auf der Böschung liegen ein paar behauene

Kalksteine und ein Stück kannelierter weißer Marmorsims.
Er könnte aus dem Salon, der Bibliothek oder dem Speise-
zimmer im Erdgeschoß stammen. Nur dort waren die Kamin-
brüstungen weiß, italienisch, spätviktorianisch, »nicht trivial,
aber zahm.« Überall sonst im Haus stammten sie noch aus
dem 18. Jahrhundert: dunkelgrau, weißgeädert, irisch, dra-
matisch.

Bowen's Court war eines der herrschaftlichen georgianischen Häuser, wie sie überall in Irland anzutreffen sind; oft
in beklagenswertem Zustand, oft in überhaupt keinem Zustand mehr, und von denen man auf Nachfrage hört: »Hatte
da von Anfang an nichts zu suchen.« Wo immer man an einer
alten Mauer entlangfährt, hinter der die Eichen größer und
gepflegter als auf den Feldrainen sind, steht zu vermuten, daß
dort der Landsitz einer feudalen protestantischen Familie verborgen liegt – oder lag. Anders als englische Herrenhäuser,
die in ihrer Umgebung mit der Selbstverständlichkeit einer
Tasse auf der Untertasse stünden, schreibt die irische Autorin Molly Keane, wirkten irische Landsitze geradezu äthe-
risch in ihrer Nutzlosigkeit und unermeßlichen Größe, die
ihre Baumeister allein einem Ziel unterordneten: Schönheit.
Und, möchte man hinzufügen, der großen Geste: Schaut
meinen Landsitz, ihr Kartoffelbauern, und verzagt!

Bowens walisischer Vorfahr war um 1650 mit Oliver Cromwells Armee ins Land gekommen. Die Besitzverhältnisse dieser Zeit gründeten auf Eroberung, Mord und Vertreibung der
eingesessenen Katholiken, eine Tatsache, die auch nach mehreren hundert Jahren in Irland nicht in Vergessenheit geraten
ist. Doch gerade dank der ergaunerten Privilegien erheben
sich dort noch so viele elegante Erscheinungen; große Häuser,
die nicht nur Herrschsucht sondern auch das Vergnügen an
zweckloser Schönheit und den Geist der Aufklärung aus-
strahlen, Gärten voll exotischer Spezies, die als Stecklinge in
Stiefelschäften und Badeschwämmen einwanderten und im

Pförtnerloge von Bowen's Court, 2006

frostfreien Irland Fuß faßten; Wasserkünste, Heckentheater, Aussichtstempel, Spielwiesen und Alleen, deren Buchen nicht als Furnierholz gepflanzt worden waren.

Verschont von Mr. O'Keefes Zerstörungswerk, steht noch die viktorianische Pförtnerloge von Bowen's Court, verputzt in der appetitlichen Farbe geschälter Kartoffeln und mit einer Topfpalme in der geteerten Einfahrt. Sie bewacht ein weißes Eisentor, hinter dem sich eine Traktorspur zwischen Äckern und Weiden verläuft. Farahy heißt der Flecken westlich des Dorfs Kildorrery zwischen Mallow und Mitchelstown: ein paar Häuser rechts und links der Steinbrücke, die kleine graue Kirche und der Friedhof. Sonntags trafen sich die »guten« Familien aus der Umgebung in St. Colman's. Die kleinen Mädchen trugen weiße Musselinkleider und weiße Hüte, die Buben Matrosenanzüge, und alle schmetterten mit protestantischem Selbstvertrauen ihre Gesangbuchverse.

Die Kirchenbank der Bowens steht über der Familiengruft.

Elizabeth und ihr Mann Alan Cameron, ihr Vater Henry und ihre Tante Sarah aber liegen draußen auf einer Rasenstufe über den anderen Gräbern; strubbeliges Gras wächst über die betonierte Einfassung. »In den Sommerwochen backt die verschlossene Kirche in der durch die Südfenster strömenden Sonne, und die in den Bänken liegengelassenen Gebetbücher wellen sich. Zu jeder anderen Jahreszeit fangen die Sachen an zu schimmeln; Feuchtigkeit überzieht das Seil der einzigen Glocke.«[8] Einmal im Jahr wird hier Elizabeth Bowens in einer Feierstunde gedacht; sonst ist es still. Seit 1974 wird in St. Colman's kein Gottesdienst mehr gefeiert. Die Orgel steht kurz vor dem Zusammenbruch; das Harmonium hat ihn schon hinter sich. Die Sakristei beherbergte einmal eine Armenschule, 1721 von einer milden Dame aus London gestiftet. Auf dem Sims über dem schwarzeisernen Kamin lehnt ein großes Photo von Bowen's Court.

Wo immer man in und um Kildorrery nach Elizabeth Bowen fragt, sprechen die, die sich fünfunddreißig Jahre nach ihrem Tod noch an sie erinnern, von Mrs. Cameron. Das war ihr Ehename. John Bowman, über achtzig Jahre alt, schwerhörig, aber gedächtnisfrisch, hat die Elektroleitungen gelegt, damals, als Bowen's Court von seinem Dieselgenerator ans kommunale Stromnetz wechselte. Zuvor hatte es elektrische Beleuchtung nur zu besonderen Gelegenheiten gegeben. Wie zum Weihnachtsfest 1935:

»Es war ganz köstlich und kein bißchen albern, weil die Musikkapelle und das ganze Getrampel Gespräche unmöglich machten«, schreibt sie an einen Freund. »Lichtkabel waren eigens für diesen Abend gezogen worden, und das Innere des Hauses strahlte, wie ich es noch nie zuvor gesehen hatte. Der Ball war überhaupt nicht elegant, aber auf seine Art sehr fröhlich und stilvoll. Wir tanzten im Salon, dessen rote Samtvorhänge wir extra für das Fest ausgeliehen hatten.«[9]

In seinem niedrigen Wohnzimmer zur Dorfstraße hinaus

Dies war das Bein eines Billardtischs

*Elizabeth Bowen im Gespräch mit der Köchin Molly
O'Brien (rechts) und dem Hausmädchen Mary Roche*

hat John Bowman Erinnerungsstücke aus dem großen Haus
versammelt. Die Platte des Tischchens, auf dem seine gerahmten Familienphotos stehen, kam als »ein schönes Stück
Mahagoni« in seinen Besitz, als er es 1960 bei der Haushalts-
auflösung in Bowen's Court an sich nahm; das heißt, eigentlich warf er es aus dem Dachfenster in die Büsche und sammelte es später auf. Die gedrechselten Füße der Tischlampen
waren einmal die Beine des Billardtischs aus der Bibliothek.
Wo der Rest des tonnenschweren Möbels abgeblieben ist,
fragt er sich noch heute. Immerhin, was zu retten war, hat
John Bowman abgeschraubt.

Mary Roche, die in einem kleinen waschbetonverputzten
Haus außerhalb von Kildorrery lebt, kam mit vierzehn Jahren als Küchenmädchen nach Bowen's Court. Sieben Pfund

erhielt sie im Monat, das war ganz ordentlich; vor allem, weil Mr. und Mrs. Cameron oft nur den Sommer in Irland verbrachten. In manchen Zimmern lag ja auch nur ein Teppich. Und bevor es im Haus fließendes Wasser gab, trugen die Mädchen nach dem Frühstück und vor dem Abendessen Kannen mit heißem Wasser in die Gästezimmer. Aber in der Halle stand immer ein großer Strauß. Oh ja, Mrs. Cameron mochte Blumen gern; jedenfalls lieber als Gartenarbeit. Mit dem Korb über dem Arm sei sie in den Garten gegangen, und dann habe sie die prächtigen Bouquets auf dem großen Tisch unter der Treppe arrangiert.

Mr. Cameron war nett und fidel. Mary Roche deutet mit der Hand einen kräftigen Schluck aus dem Glas an. Sie war im Haus, als er in einer Sommernacht starb. Wann war das? Sie weiß es nicht mehr genau. Jedenfalls hoben sie ihn am nächsten Morgen früh aus dem Bett, um es frisch zu beziehen, und legten ihn wieder hinein. Und Mr. Ritchie? In der Unschuld des vierzehnjährigen Landmädchens sah sie nur den großen, dunklen, gutaussehenden Herrn aus Kanada. War er nicht Botschafter? Puderquasten hat er den Mädchen mitgebracht. Marys war pfirsichfarben, Cathleens rosa, und Molly O'Brien, die Köchin, bekam eine himmelblaue. Geraucht habe Madam, eine nach der anderen, Gold Flake, natürlich ohne Filter. Der kleine Laden von Annie Cleary an der Farahy-Brücke, wo sie regelmäßig anschreiben ließ, hielt ihre Zigaretten kartonweise vorrätig.

»Och, sie hat alles mögliche geraucht, nicht nur Gold Flake«, sagt Cathleen Herbert, die sechs Jahre lang als Stubenmädchen bei ihr gearbeitet hat. Mrs. Herberts Vater war Pförtner in der kartoffelgelben Loge. Heute lebt sie in einem kleinen Haus neben der Tankstelle, nur ein paar Meter weiter die Straße runter nach irischem Maß. »Wenn ich ihr morgens um sechs den ersten Tee gebracht habe – immer nur ganz schwachen indischen Tee –, zog schon der Zigarettenqualm unterm Türspalt durch.« Und sie saß fertig angezogen und frisiert an der Schreibmaschine. So schöne rotblonde Haare hatte sie, tagsüber zum Knoten im Nacken gesteckt, aber Cathleen hatte sie natürlich auch mit offenen Haaren gesehen. Madam hatte so viel Stil! Und phantastische Nylonstrümpfe, zu einer Zeit, als die Frauen in Kildorrery noch blickdicht trugen.

Zwischen ihrem Schlafzimmer und dem Schreibtisch hatte sie einen »surrealistischen« Paravent aufgestellt, den sie mit Zeitungsausschnitten und Glückwunschkarten beklebt und lackiert hatte. Das war ihr Hobby. Cathleen Herbert denkt gern an Mrs. Cameron zurück, die hin und her fleuchte, zu einem unbekannten gesellschaftlichen Leben in London und zurück nach Irland, in Tweedrock, Bluse und vernünftigen Schuhen, jedoch nie ohne Perlen. Und nie ohne Zigarette. Wie sie morgens in der Küche mit Molly das Essen besprach. Dabei hat sie doch so schrecklich gestottert. Oder wie sie in ihrem grünen Wolsey durch Kildorrery brauste. Oh dear, sie war eine schreckliche Fahrerin!

Cathleen Herbert hütet einen Stapel Photos und Weihnachtskarten von Mrs. Cameron, den Porzellanteller, auf dem das Tintenfaß stand, und einen schönen bunten Krug, den ihre Mutter bei der Versteigerung des Hausrats im April 1960 ergattert hatte. Als Bowen's Court abgerissen war, kam Mrs. Cameron noch einmal von London nach Kildorrery. Damals hat sie mit der ehemaligen Herrin kurz gesprochen. Worüber? – Oh, wie geht es Ihnen? Danke, gut, sehr gut! Etwas in der Art. Sie hätte sich nichts anmerken lassen. Nicht mal, wenn sie zu ihrer eigenen Hinrichtung gekommen wäre. Und so etwas war es ja wohl auch. Bücher von Elizabeth Bowen? »Oh, die haben wir.« Gelesen hat sie keins.

Fünf Hausangestellte hielten den großen Kasten in Schuß – dreißig Zimmer, dreißig Messingknäufe, vierundzwanzig Kamine, davon sechs in Betrieb, sechsmal Anmachholz, Pa-

*Cathleen Herbert, in den fünfziger Jahren Stubenmädchen
auf Bowen's Court mit einem Photo von Elizabeth Bowen*

pier, Torf und Kohlen, sechs Ascheneimer, fünfzig Fenster,
hundert Innenläden, fünfhundert Ecken, die mit dem Spin-
nenbesen ausgewischt werden mußten. Wenn Bowen arbeitete, bestand sie auf Ruhe und Frieden im Haus, »und mein
Personal besteht darauf, mir Ruhe und Frieden zu sichern.«[10]
Dafür war sie großzügig: drei halbe freie Tage in der Woche;
anständiges Gehalt; zu Weihnachten für die Mädchen ein
Twinset und für alle fünf eine Fahrt nach Cork in die Oper
zur Revue. Daß bei der Herrschaft mächtig gebechert wurde,

lag in der Natur der Verhältnisse, aber wie konnte man verstehen, daß zum Nachmittagstee Kaffee verlangt wurde? Wie, daß Mr. Ritchie, ein verheirateter Mann, der Liebhaber von Mrs. Cameron gewesen sein sollte? Wie, daß diese verrückten Amerikaner sich halbnackt draußen auf der Treppe sonnten und so viel Trinkgeld gaben?

Durch die Republik Irland zog noch in den fünfziger Jahren ein feudales Lüftchen, schwach, aber merklich, wie das Trillern in den englischen Stimmen in der Beletage und die breiten Konsonanten im Singsang von Kildorrery im Souterrain. Doch das feudale Irland funktionierte nie ohne das bäuerliche und biedere, und manchmal drehten sich die Verhältnisse einfach um. Ehe in Bowen's Court Ende der vierziger Jahre Badezimmer eingebaut wurden, fuhren Mrs. Cameron und ihre Gäste mit Schwamm, Shampoo, Handtuch und einer Thermosflasche mit gemixten Martinis nach Kildorrery zu Bowens altem Freund Mr. Gates, dem Geschäftsführer der Molkerei, in dessen Cottage heißes Wasser aus der Leitung in eine emaillierte Wanne floß. An Tagen, wenn der Hagel auf die Dächer prasselte und ein kalter Zug unter den Türen durchpfiff, war Jim Gates' geheizte Badestube der feudalste Ort im nördlichen County Cork.

II

DAS GROSSE HAUS
Die Anglo-Iren – Ein Gran Salz – Besitz und Blindheit – Brennende Häuser – Wortgewalt – *Die Kunst, Grenzen zu respektieren – Eine Welt der Liebe* – Das große Haus als Hort der Zivilisation – Ausharren

»Mir als Irin …,« schreibt Elizabeth Bowen, entgeht der Witz, den der englische Autor Thackeray über ein irisches Zimmermädchen in einem Dubliner Hotel reißt, das zum Lüften das Schiebefenster mit dem Besenstiel festgeklemmt hat. War es denn nicht das Gescheiteste, was man tun konnte, wenn der Seilzug ausgeleiert war? Sie als Dame hatte mit dem Mädchen sonst nichts gemein, aber ihre Empfindlichkeit war schnell geweckt, wenn Briten sich über Irland als die Heimat der Simpelfranzen lustig machten. Als Kind glaubte sie, daß das irisch-weich ausgesprochene »Ireland« überhaupt der Prototyp jedes Eilandes war; die Insel England folglich nur eine Art untergeordnetes Irland, eine Imitation, und daß die Höflichkeit, mit der die Anglo-Iren die Briten behandelten, eine Form des Mitleids mit diesen zu kurz Gekommenen war. In gleicher Weise diente Dublin als die Modellstadt schlechthin, deren Abbilder über die ganze Welt verstreut lagen. Später, als Erwachsene, zog sie mit Erbitterung über ihre Leute her: »Wir sind […] die würdeloseste Rasse auf Erden. Solange es ein Publikum gibt, müssen wir es bedienen.«[11] Aber das durfte nur sie als Irin sagen.

Doch zu welcher Rasse zählte sie sich? Beheimatet war sie in Irland, »aber vermutlich war es England, das mich zur

Vierspänner vor dem Shelbourne Hotel in Dublin

Schriftstellerin gemacht hat.« County Cork und die Küste
von Kent galten ihr gleichermaßen als Seelenort. Irisch zu
sein und englisch zu leben, war eine ihrer vielen Ambiva-
lenzen, die sie geerbt, erworben oder sich zugezogen hatte.
Allein Protestantin und Anglo-Irin zu sein, bedeutete eine
Doppelexistenz zu führen. Bowen gehörte der landbesitzenden Oberschicht an, die vom Denken und Treiben bescheidenerer Existenzen auf ihrer Insel durch Religion, Status,
Tradition und politische Treue zur englischen Krone in einer
Art Apartheid geschieden war, indigniert vom Niedergang
ihrer Kaste, jedoch Eroberer seit achthundert Jahren und
nicht geneigt, diesen Ruhm verblassen zu sehen. Die Beziehung zwischen Engländern und Iren bewege sich immer
»zwischen Prahlerei und Mißtrauen; fast so schlimm wie
zwischen den Geschlechtern,«[12] schreibt sie in ihrem Roman

Das Haus in Paris. Es war eine ziemlich schlechte Beziehung. Irland lag die meiste Zeit unten.

Aber auch die Anglo-Iren fühlten sich nicht immer kommod im Lande. Viele waren nur auf ihrem Besitz, in den eleganten Dubliner Vierteln südlich der Liffey oder auf dem Postschiff zwischen England und Irland zu Hause. Die Familie Bowen gehörte allerdings nicht zu denen, »die ständig herumkarriolten. Das konnten wir uns gar nicht leisten. Wir waren wirkliche Iren.«[13] Wenn auch obenauf.

Elizabeth Bowen, groß und knochig, mit zartem Teint, großen Füßen und derben Händen, Kettenraucherin, Freundin starker Martinis und falscher Klunker, war mit dem Schneid und der eleganten Ungezwungenheit begabt, die in großen Häusern Geborenen offenbar zur Taufe gereicht werden: Ihre Herzlichkeit war gewinnend, aber nicht immer rückhaltlos. Sie verfügte über Charme, Humor, Großzügigkeit und ein gewisses Gran Salz, das, bei passender Gelegenheit verabreicht, auf schwächere Naturen durchaus vernichtend wirken konnte. Bowen sprach mit englischem Upperclass-Röhren in der Stimme und ohne eine Spur von irischer Farbe, denn mit Akzent zu sprechen galt in ihrer Kindheit als ein Zeichen von schlechter Erziehung. Ein deutliches Stottern scheint das Gefunkel ihrer Konversation nicht beeinträchtigt zu haben. Ihr Freund, der jüdische Philosoph Isaiah Berlin, beschreibt sie als »einen sehr unterhaltsamen Menschen, hochintelligent, sehr mitfühlend, reizend, angenehm, interessant [...] Sie war Christin, religiös, sie mochte hauptsächlich Männer, sie mochte Witze, und sie wählte konservativ. Nur kein Schmalz! [...] Was sie nicht leiden konnte, waren Pazifisten und Vegetarier und dergleichen Leute.«[14] Einem Paar, dessen weibliche Hälfte sich auf ihrer Party gelangweilt hatte, konnte es durchaus geschehen, daß es noch in der Tür von einer naßkalten Bemerkung getroffen wurde: »Für solche Mitbringsel trägt der Eigentümer allein die Verantwortung«, oder die junge Dame, die es besonders schön formulieren wollte: »Ich kann Menschen nicht ausstehen, die ›aber ach‹ sagen …« Und dann gab es noch dieses »mörderische amerikanisch-norwegische Weib«, an das sich ihr Freund Eddy Sackville-West erinnerte: »Oh, Mrs. Cameron, Sie müssen mir verraten, wie Sie all diese entzückenden Bücher geschrieben haben!«[15] Die Antwort hat er leider nicht überliefert.

Was ihre Vorfahren mit Degen und Pistolen ausgetragen hatten, nahm in zahmeren Zeiten die Form des Wortgefechts an. Bowen gehörte zu den Damen, die nicht leicht zu unterbrechen waren. Ein sauberer Streit reinige die Atmosphäre und schade niemandem (sofern er nicht tot zurückbliebe), schreibt sie, während Groll, Mißgunst und Krach die Umwelt verpesteten und eine Spur lebenslanger Verbitterung nach sich zögen. »Ich mache einen meilenweiten Bogen um jeden Krach.«

Denn auch dies gehörte zu ihrem Erbe: die Sturheit und die Bowensche Neigung, sich mit fixen Ideen und dem Erbauen sonnenköniglicher Luftschlösser zu quälen. Ihre Vorfahren – einige durch Cousin-Cousine-Ehen möglicherweise geistig etwas instabil – neigten zu wahnhaften Grundstücksprozessen und dementen Bestrafungen ihrer Erben, die Elizabeth, das letzte Glied der Familie, am Ende finanziell ruinierten. »Bowen's Court hat uns alle gemacht«, schreibt sie. Oder gebrochen. Ein Freund und Landsmann aus Cork, der Schriftsteller Sean O'Faolain, der in einer anderen Tradition stand, war von ihrer Anhänglichkeit an das »absurde, lächerliche Haus« stark irritiert.

Besitz und Macht der Anglo-Iren gründeten auf dem Entzug der Bürgerrechte für die eingesessenen Katholiken, ihre Arroganz auf einer eigenartigen seelischen Blindheit. Doch hatten sie sich ihre Furcht, das Leben werde sie bestrafen, weil sie nicht hingeschaut, nichts bemerkt und nichts begrif-

fen hatten, nicht selbst zuzuschreiben? Oder, wenn sie es
nicht selbst waren, dann ihre Vorfahren, ihre Verwalter, die
sich auf dem Rücken rechtloser Pächter unmäßig bereichert
hatten? »Sie sahen die Verhältnisse nicht auf diese Weise«,
schreibt Bowen gereizt. »Warum nicht? Weil sie es eben nicht
taten – dies ist die Antwort, die ich anbiete, ob sie genügt
oder nicht. Leute, die man nicht entschuldigt, muß man nicht
erklären.«[16]

Da sie Irland als ihre Heimat betrachteten und sich selbst
als das Rückgrat der Nation, waren viele Anglo-Iren bei
Ausbruch des Unabhängigkeitskrieges aufrichtig bestürzt
von der Feindseligkeit ihrer katholischen Nachbarn. Wie
Bowen standen sie in einer langen Tradition wohlmeinender
Gleichgültigkeit, an der die Erbitterung der Landlosen wie
Wasser an der Speckschwarte abgeperlt war. »Anders als der
englische Landherr mischt sich der irische Junker nicht in das
Leben seiner Leute ein – teils aus Faulheit, teils aus einem
ganz eigenen Feingefühl. Sport und Beerdigungen sind die
beiden großen gemeinschaftsbildenden Faktoren in Irland,
aber sie können nicht immer wirksam sein. Im allgemeinen
überläßt es der Junker seinen Pächtern und Arbeitern, ihre
Fehler zu machen, während er die seinen begeht. [...] Er fühlt
nicht diesen englischen Drang, sie moralisch zu bearbeiten;
er bearbeitet lieber seine Ländereien«, schreibt sie in *Bowen's
Court*. »In Irland gibt es, zumindest auf dem Land, eine zivi-
lisierte, leicht zynische Toleranz zwischen den Klassen, die
weitgehend darauf basiert, daß man sich gegenseitig in Ruhe
läßt. In vielen Fällen existiert auch eine lebhafte und spon-
tane menschliche Zuneigung zwischen den landbesitzenden
Familien und dem irischen Volk.«[17] – Wenn das irische Volk
nicht, wie zu den tätigsten Zeiten der Land-Liga im 19. Jahrhundert, auf seine Herren anlegte, die Pachtzahlung verweigerte oder die Kühe durch deren Staudenbeet trieb. »Die
Grundbesitzer, überall anderswo verbürgerlicht, sind hier

komplett verlumpt«, schreibt Friedrich Engels 1870 nach einer Irlandreise. »Ihre Landsitze sind mit enormen wunderschönen Parks umgeben, aber rundherum ist Wüste, und wo das Geld herkommen soll, ist nirgends zu sehen. Diese Kerle sind zum Totschießen.«[18]

Mit dem guten Einvernehmen war es 1920 endgültig vorbei. Ihre Pächter, die sonst an die Mütze griffen, wenn sie vorbeitrabten, bunkerten Sprengstoff, und die britischen Soldaten, die mit den wohlgeborenen Töchtern tanzten, machten ernst mit dem Totschießen der aufständischen Iren. Im Gegenzug kamen die Sinn Féiner nachts ohne Licht und auf flüsternden Reifen über den Kies vorgefahren. Gastfreundschaft rettete nicht vor den falschen Gästen. »Oben loderte hinter der einladend offenen Tür ein Höllenfeuer«,[19] schreibt Bowen über das Ende des Herrenhauses Danielstown in ihrem Roman *Der letzte September*.

Als ihre Häuser brannten, verließen viele Familien Irland für immer. Andere, »die in ihren Remisen und Pförtnerlogen überwinterten, hatten gut gewählt. Sie und ihre Kinder entwickelten tiefere Bindungen an das Irland, das aus diesem Krieg hervorging, als ihre Vorfahren jemals für möglich gehalten hätten.«[20] In einer Frühlingsnacht 1921 fackelte die IRA drei Herrenhäuser unweit von Bowen's Court ab. Die Engländer revanchierten sich, indem sie die Höfe vermeintlicher Sinn Féiner ansteckten. »Du mußt dich für die nächste Nachricht wappnen und tapfer bleiben«, heißt es in einem Brief von Elizabeths Vater, der sie 1921 bei ihrer Tante Edie in Italien erreichte. Doch anders als Danielstown im Roman, blieb das Haus Bowen von den »Scharfrichtern« verschont. In diesem letzten September vor dem Untergang widerstrebt es der Familie Naylor und ihrer teetrinkenden und tennisspielenden Gesellschaft bis zur Farce, eine irische Anderswelt jenseits ihrer Parkmauern und mit ihr die Bedrohung und das Ende zur Kenntnis zu nehmen.

»›Ich wäre gern hier, wenn dieses Haus brennt‹«, sagt der junge Zyniker Laurence.

»›Unmöglich; undenkbar. Warum angeln Sie nicht oder tun sonst etwas? ... Unfug!‹ fügte Mr. Montmorency mit einem warnenden Blick auf das Haus hinzu.

›Natürlich wird es brennen. Und wir werden alle penibelst darauf achten, daß wir es nicht bemerken.‹«[21]

Die Bowens, wie die Naylors, gehörten nicht zu den üblen Junkern. Ihre Tragik bestand darin, daß es keinen Unterschied machte. »Die Welt dieser Oberschicht war zur Selbstzerstörung verdammt, ohne Ansehen der Fehler ihrer Bewohner. Die Kräfte der Auflösung waren historisch, nicht persönlich«,[22] schreibt die Literaturwissenschaftlerin Maud Ellmann in ihrer Monographie. Doch im Fall der Bowens hatte wohl ein altes Band guter Nachbarschaft gehalten. »Ich war das Kind des Hauses, dem Danielstown nachgebildet ist. Bowen's Court hat überlebt – trotzdem habe ich es vor meinem inneren Auge so oft brennen sehen, daß das schreckliche letzte Ereignis im *Letzten September* realer ist als alles, was ich wirklich erlebt habe.«[23]

Im Rundfunk wurde Bowen später einmal von einem Interviewer gefragt, für welchen ihrer Romane sie ganz persönliche Gefühle hege. »Gefühle?« fragte sie zurück. »Sie meinen, fast so etwas wie Zärtlichkeit? ... *Der letzte September.*«[24]

Unter den neun Mitgliedern des Hauspersonals, die zur Zeit von Elizabeths Großvater in Bowen's Court arbeiteten, gab es sowohl Katholiken als auch Protestanten (der Butler war Protestant). Aber nach dem Zeugnis der Haushälterin Sarah Barry »kamen wir alle so gut miteinander aus, daß Sie nicht gemerkt hätten, wer was war.«[25] Ums Haus herum war freilich klar, wer was war und wie irisch man selbst nach dreihundert Jahren in County Cork sein konnte. An katholischen Feiertagen schickte Elizabeth Bowen Blu-

men aus dem Garten zum Schmücken des Altars, bis ihr klar
wurde, daß ihre Chrysanthemen nicht in der Kirche lande-
ten, sondern private Andachtsvorrichtungen in Kildorrery
zierten.

»Es wäre sehr vermessen zu sagen, daß die Bowens in
Farahy beliebt waren«, schreibt sie einsichtig. »Ich kann nur
sagen, die Behandlung hätte nicht besser sein können, wenn
wir beliebt gewesen wären – unsere Härte wurde verziehen,
unsere Wunderlichkeiten wurden ertragen, unsere Befehle
unter solch taktvollen Vorbehalten angenommen, daß wir es
nicht bemerkten, und unser Wesen vollständig verstanden.
(Ich merke, wie sehr dies der Fall ist, wenn ich in England bin
und mich einsam fühle.) Und ich weiß, daß ich in diesem
Haus niemals – und warum sollte ich auch – eine Bemerkung
über ›die Iren‹ gehört habe, die von Panik oder der Absicht
zu beleidigen diktiert gewesen wäre.«[26]

Denn trotz der Apartheid gab es Gemeinsamkeiten zwi-
schen den Iren vom alten Stamm und den protestantischen
Propfreisern; Wesenszüge, die aus englischer Sicht fast exo-
tisch wirkten, wie die Hingabe an gesellschaftlichen Auftrieb,
Gastfreundschaft bis zur Verausgabung, Widerständigkeit,
Freude am Reden, Kämpfen, Übertreiben, Aufschneiden.
»Wir haben alle einen Zug zum Prächtigen […] Dem Rest
der Welt erscheinen wir wie Halb-Fremde, für die das Leben
etwas von der entrückten Natur eines Schauspiels hat.«[27]
Prahlerei charakterisiere einen Großteil der irischen und die
gesamte anglo-irische Literatur, schreibt Bowen. Ihre Wurzeln hat diese Literatur in der langen mündlichen Tradition
des Geschichtenerzählens. Am stärksten seien die wortge-
waltigen Iren daher als Dramatiker. In der Kurzgeschichte,
deren poetische Straffheit und Klarheit mit dem Drama (und
dem Kino) näher verwandt seien als mit dem Roman, schnitten sie gleichfalls ganz ordentlich ab, denn die Short Story
entspreche am besten ihrem Wesen, das zugleich brillant und

begrenzt sei. »Kunst ist für uns untrennbar mit Kunststück verbunden, und dessen Heimat ist das Theater.«

Bowens Erzählungen haben manchmal etwas Theatralisches, Krasses und stark Visuelles, aber aus der Reihe der wundervollen irischen Prahler gehört keiner zu ihren direkten literarischen Vorfahren, weder Swift mit seinem brachialen Witz, noch Yeats, den das keltische Zwielicht umfing, noch Synge, der auf den Aran-Inseln nach den sprachlichen Wurzeln grub, oder O'Casey, der von hinten durch die Küche kam. Sie bewunderte Richard Brinsley Sheridan, den großen Dramatiker und Theaterdirektor des 18. Jahrhunderts, der wie sie eine zwiegespaltene Existenz führte und den Stoff für seine Komödien in der bürgerlichen Mitte fand. Als alle ihre Romane geschrieben waren, dachte sie daran, seine »Antibiographie« zu verfassen. »Seine Stücke sind herrlich. Ich bin keine Tischrückerin, aber mit ihm möchte ich gern in Verbindung treten. Er hatte so einen besonderen Blick von außen auf die Engländer. […] Wissen Sie, Irland ist schrecklich langweilig«, sagte sie ihrem Interviewer. »Wenn sich die Leute nicht betrinken und nicht zum Pferderennen gehen, haben sie keinerlei inspirierende Wirkung auf die Literatur. Man hat den Eindruck, daß alle Iren gleich seien, wie die Chinesen. Ewig diese unerforschlichen Bauernhäuser. Wenn man nicht selbst etwas erfindet – eine Fehde oder dergleichen –, gibt es dort kaum literarischen Stoff. Da macht man es doch besser so wie Sheridan oder wie ich: Man fällt über die Engländer her.«[28]

Nur etwa ein Dutzend ihrer Erzählungen, die Geschichte eines Dubliner Hotels und zwei Romane haben einen irischen Hintergrund; alle anderen spielen in England und in den Kreisen von Leuten, die viel Geld und nichts zu tun haben. Und doch schleicht sich in ihre soliden Häuser oft ein Grauen ein, das dem reichen irischen Gespensterwesen geschuldet zu sein scheint, und das auch ihr Landsmann Le Fanu als eine latent existierende Nachbarschaft von Lebenden und Toten beschreibt.

Die Kluft zwischen »Ich als Irin« und »England, das mich zur Schriftstellerin gemacht hat« öffnete sich, als Elizabeth sieben Jahre alt war. Irland blieb die Norm, »ob man will oder nicht«,[29] eine Zugehörigkeit, die sie auch gegen die eigenen Leute behaupten mußte. Sich in Irland englisch und in England irisch zu fühlen, war ihr biographisches Leitmotiv. Die Enteigneten, Entwurzelten und Fremdgebliebenen bilden den größten Teil ihres literarischen Personals. Und wie jene befand sie sich ständig »in Transit« zwischen Orten und Loyalitäten.

»Ich als Irin…«, das ist auch eine Härte, die plötzlich in ihren als empfindsam gepriesenen Romanen durchschlägt; eine etwas weniger feine englische Art, die sie den unteren Schichten angedeihen läßt; ein Hochmut, der die Nase über häßliche neue Häuser hebt, an die sich keine Erinnerung knüpft und niemals knüpfen wird. Bowens Verdacht, daß solche Behausungen seelenlose und furchtsame Leute ausbrüten, Mörder, Verräter, oder zumindest törichte Schnattergänse, die dazu neigen, ihr Innenleben auszulüften, konnte niemand jemals entkräften. »Sie erzählen einem die erstaunlichsten Dinge über ihre Männer, ihre Geldangelegenheiten, ihr Inneres«, beklagt sich Lady Naylor über die Engländer. »Es scheint ihnen gar nichts auszumachen, daß man nicht danach gefragt hat.«[30]

Lady Naylor ist natürlich ein Snob und eine von Bowens kostbarsten Tanten, aber sie teilt ihr Befremden über nachgetragene Intimität mit ihrer Autorin. Bowens Freund und Liebhaber Charles Ritchie beschrieb sie als eine Frau, der das Geschwänzel des literarischen Klüngels und eine gewisse »muffishness« – ein Lieblingswort, das auf alle Zimperliesen gemünzt war – gegen den Strich ging und die über »die Fortnum & Mason-Sorgen der Reichen« spottete, die sich über

»den Preis für das Seidenfutter ihrer Vorhänge im Salon den Kopf zerbrachen.«[31]

Das Leben, das Bowen zu führen gelernt hatte, vollzog sich unter einer porzellanharten Oberfläche, »ein Leben unter dem Deckel.« Man begegnete seinen Mitmenschen so angenehm wie möglich und schränkte die eigene Selbstverwirklichung auf ein für andere erträgliches Maß ein. Gute Umgangsformen waren ein Zeichen von Zivilisation. Als Irin sprach sie gerne, gut und viel, aber »sie räkelt sich niemals, weder physisch noch geistig«, schreibt Ritchie. Daß *Die Kunst, Grenzen zu respektieren* – so der Titel eines ihrer Essays – auf weniger förmliche Leute kalt und abstoßend wirkte, wollte sie nicht wahrhaben. Diese Menschen hatten nicht verstanden, daß schätzenswerte Beziehungen auf der Grundlage ungesagter Dinge beruhten, und die neuerdings vielgepriesene Spontaneität für ihn (meistens jedoch für sie) nur ein Vorwand war, einen weiteren unbarmherzigen Vorstoß in das Privatleben des Gegenübers zu führen, verbunden mit der eigenen kompletten Selbstentblößung. Intimität, so sagte einmal einer meiner klügsten Freunde, will umworben sein und nicht vergewaltigt werden.« Ein Mensch ohne Geheimnis und ohne Haltung langweilte sie. Übergriffe fand sie »entnervend«. Die Kunst, Grenzen zu respektieren, schloß auch die Kunst ein, Verstörendes in einem dunklen Orkus verschwinden zu lassen. Sei es für alle Beteiligten nicht manchmal besser, »das übereilte Geständnis, den zornigen Gefühlsausbruch, die schreckliche Vertraulichkeit zu vergessen«? Und, statt sich gehenzulassen, auf die Zeit und ihre Wirkung zu vertrauen? »Auf das zaub'rische Schweigen, das köstliche zufällige Treffen, die süß duftende Stunde im Garten nach dem Regen, den Abend vor dem Kamin, und dann die plötzlichen Worte am Fenster, während draußen der Schnee fällt, und die Geschichte erzählt werden kann.«[32]

Es ist kaum zu glauben, daß Bowen nur solche Fortnum &

Mason-Emotionen zuließ und ihre heftigeren Gefühle immer unter Kontrolle hatte. Ihr Lieblingswort für das eigene
Wesen war *farouche* – scheu, ungezähmt, ungesellig, impulsiv, leidenschaftlich, grausam –, und vielleicht erlebten auch
ihre engsten Vertrauten, ihre Cousine Audrey Fiennes, ihr
Mann Alan Cameron und ihr Liebhaber Charles Ritchie, nur
Teilentblößungen, und die ganze Geschichte wird nie erzählt
werden können.

Nach außen signalisierten klirrende Armreifen und zuviel
orangefarbener Lippenstift ihre ungezähmte Seite. In *Eine
Welt der Liebe*, ein Buch, das zu schreiben ihr »ein reines
Vergnügen« war, nimmt sich Bowen in der Figur der Antonia, der mondänen Besitzerin des verschimmelten Herrenhauses Montefort, selbst auf den Arm. »Ich bin nicht herzlos – ich habe lediglich ein böses Herz«[33] Der strangulierende
Griff in die Perlenkette, der rasante Fahrstil, der volle
Aschenbecher und das Glas mit der trockenen Neige neben
dem Bett, der Morgenhusten, die Sonnenbrille, das Schottenkaro ihres Kleides und das Peitschenknallen der Dialoge
scheinen im wirklichen Leben auf den literarischen Zugriff
gewartet zu haben.

»›Antonia, du und Fred, ihr meint doch nicht etwa hier?‹

›Wo denn sonst?‹

›Das ist doch ein schreckliches Haus!‹

›Es gehörte Guy. Er hat es geliebt.‹

›Er sprach kaum je davon.‹

›Vielleicht nicht mit dir.‹

›An ein Haus, das ich nicht ein bißchen hübsch herrichten
kann, werd' ich mich nie gewöhnen.‹

›Sobald du verheiratet bist, wirst du ganz neue Kräfte in
dir entdecken.‹

Ein Schauer überlief Lilia. ›Das kann ich mir nie und nimmer alles aufladen.‹

›Quatsch, versuch's!‹

›Ach, du bist manchmal furchtbar.‹

›Da hast du's.‹«[34]

Eine Welt der Liebe, das in den fünfziger Jahren erschien, klingt wie eine sarkastische Schlußnote zu ihrer großen Familiengeschichte. *Bowen's Court*, das Buch, das sie fast zwanzig Jahre zuvor vollendet hatte, ist ein historisches, geographisches, politisches, genealogisches und gesellschaftliches Tableau, in dem die Chronistenpflicht gelegentlich über die schriftstellerische Ökonomie siegt, wenn Bowen die Leser auf jeden Familienzweig, durch sämtliche Gerichtsverfahren ihrer vernunftlosen Vorfahren und in jedes »Scharmützel mit eher ungewissem Ausgang« führt. Keiner dieser Herren, die alle Robert oder Henry hießen und von Bowen der Übersicht halber wie Könige durchnumeriert werden, fiel durch eine politische, militärische oder intellektuelle Glanzleistung auf. In dreihundert Jahren kam in dieser Familie weder ein großer Schurke noch ein überdurchschnittlicher Wohltäter vor, und im übrigen auch kein Dichter, nicht einmal ein schlechter.

In *Bowen's Court* steht das große Haus als Metapher sowohl für die Welt des Landadels, als auch für die Tugenden, die dieser aussterbende Stamm einer modernen Gesellschaft hinterlassen hatte: Manieren. Geist. Wissen. Schönheit. Nonchalance. Geselligkeit. Anmut. Freier Gedankenaustausch. Nachdem die Eroberer aus den angesengten Ruinen herausgetreten waren, in denen sie unter Cromwell noch campiert hatten, wollten sie etwas zum Fortschritt des Landes, dem sie sich aufgedrängt hatten, beitragen. »Sie begannen, die europäischen Ideen zu erspüren, strebten an, was humanistisch, klassisch und diszipliniert war. [...] Diese Junker liebten Sport, Wein und Kartenspiel mehr als die schönen Künste, aber sie füllten gläubig ihre Bibliotheken, engagierten Kunsthandwerker für ihre Decken und Kamine und hängten heroische Szenen ausländischer Herkunft zwischen ihre Familienportraits.«[35]

Ob es nun Saus und Braus waren oder die italienischen Stukkateure, viele Erbauer starben hochverschuldet und bürdeten ihren Familien ein Erbe auf, das diese nicht immer schultern konnten. »Ein bescheidenerer Wohn- und Lebensplan hätte am Ende für sehr viel mehr Frieden gesorgt.« Bowen schreibt nicht über die Sorte anglo-irischer Grundbesitzer, die den größten Teil des Jahres in England lebten und dort das Geld ihrer Pächter verjuxten, das denen von erbarmungslosen Verwaltern abgepreßt worden war. Sie beschreibt eine verarmte provinzielle Oberschicht, Leute »denen das Unkraut fast bis zur Schwelle wuchs und die jeden Sixpence umdrehen mußten«, und denen es zur trotzigen Ehre gereichte, daß sie von dem neuen demokratischen Irland als die Klasse der herzlosen Reichen abgelehnt wurden. Sie schreibt über die eigenen Verhältnisse. Dabei entging ihr möglicherweise, daß die Vertreter dieses neuen irischen Freistaats in der Regel nicht zu den Gästen gezählt hatten, die durch die Türen der großen Häuser geschritten waren, in denen Cromwells Portrait im Treppenhaus hing.

England hatte, als es 1921 seine Hand von der ehemaligen Kolonie abzog, den anglo-irischen Landadel seinem Schicksal überlassen. Aber auch der junge Freistaat unternahm nichts zu seinem Schutz. Für den Haß, der sich in Jahrhunderten angestaut hatte, mußten nicht nur die Häuser jener büßen, die außer Fuchsjagd, Kartenspiel und Besäufnis keine Sorgen hatten, sondern auch die Landsitze, unter deren Dach sich ein Kulturaustausch zwischen Iren und Anglo-Iren angebahnt hatte:

Coole Park, wo Lady Augusta Gregory die Männer der irischen literarischen Renaissance behaust hatte: vom irischen Freistaat abgerissen.

Moore Hall, Geburtsort von George Moore, dem Mitbegründer des Irish Literary Theatre: 1923 von der IRA niedergebrannt.

Bowen's Court schließlich, dem Mr. O'Keefe etwas verspätet, aber vielleicht mit klammheimlicher Freude, den Garaus machte.

Manchmal reichte schon Nichtstun. Löcher im Dach, Ratten hinter der Vertäfelung, Schimmel und Trockenfäule bewirkten mehr als ein paar Eimer ausgeschüttetes Benzin, schreibt Peter Somerville-Large in seiner Kulturgeschichte der irischen Herrenhäuser. »Seit 1920 wurden rund sechshundert Landsitze durch leichtfertige Brandstiftung vernichtet, sie wurden abgerissen oder einfach aufgelassen.«[36] Und anders als die Ruinen eines dekorativeren Zeitalters, deren Türmchen und Erker im Verfall noch etwas Märchenhaftes umspielt, sind die edlen, großen, glatten Häuser des 18. Jahrhunderts von herzzerbrechender Trostlosigkeit. Ihre hohen, gastlichen Räume, in denen die neue Gesellschaft die Vergangenheit mit ihrer Bitterkeit und ihren Schranken über Bord werfen sollte, sind verschwunden, oder sie haben sechzig Jahre nachdem Bowen diesen Wunsch formulierte, nur noch musealen Charakter.

»Die einheimische bürgerliche Klasse konnte das Vakuum nicht füllen, das sich durch das förmliche Verschwinden der alten Aristokratie und des Mittelstands auftat, deren Reichtum, guter Geschmack und Tradition sich in der Schönheit der Dubliner Mitte und der vielen prachtvollen Häuser auf dem Land am augenfälligsten zeigt«, schreibt Sean O'Faolain, der als junger Mann in die IRA eingetreten war und nicht im Verdacht stand, daß sein Herz für die Anglo-Iren schlug. »Dieses Vakuum wurde von der katholischen Kirche gefüllt, [...] die zu Irlands Unglück unbefleckt von jedem kulturellen Erbe ist.«[37]

O'Faolain, der mit zwanzig Jahren als Schulbuchvertreter kreuz und quer über Land gereist war, kannte und liebte das andere, das katholische Irland der kleinen Leute, aber wenn man einmal vom unterschiedlichen Verständnis der Welt ab-

sieht und vom Menü an der Table d'Hôte in den Hotels der
Handelsreisenden (Kartoffeln, Kohl und Schinken), saßen
sowohl die Iren als auch die Anglo-Iren im Kalten und in
einer provinziellen Wüstenei, die sich jenseits der großen
Städte von der irischen See bis zum Atlantik breitete.»Autos
waren noch immer ein Luxus; nur wenige Vertreter hatten
einen Wagen. […] Ich ging bei Kerzenschein und zitternd vor
Kälte schlafen und hielt im klammen Bett eine Zink-Wärm-
flasche umklammert. Ich wusch mich aus Krug und Schüssel
mit kaltem Wasser, das wahrscheinlich aus der Regentonne
im Hof stammte, und ich rasierte mich mit einer Neige heißen Wassers, das der Hausknecht in einer Kanne heraufge-
bracht hatte. In keiner Stadt gab es ein Café; ich kann mich
auch an keine erinnern, in der es ein Kino gegeben hätte.
Abends blieb nichts anderes zu tun, als an der Bar zu trinken
oder im Hinterzimmer Karten zu spielen.«[38]

Als Elizabeth 1939 begann, die Geschichte ihres Hauses
niederzuschreiben, tat sie es im Präsens. Das Haus Bowen
sollte noch zwanzig Jahre stehen, aber schon klingt es, als sei
die einzige Rettung, seine Überführung in starke, assoziative
Bilder, bereits im Gange. In den fünfziger Jahren arbeitete sie
unermüdlich; schrieb vieles auch fürs nötige Bare: Artikel,
Rezensionen, Radiofeatures. Sie ging auf Vortragsreise durch
die USA, war dort Gastprofessorin an verschiedenen Universitäten und mußte am Ende doch einsehen, daß es nicht
reichte, nie reichen würde.

Wozu sich abrackern? Um weiter in einer zugigen Baracke
und auf einer Domäne zu leben, die fast aller Äcker und
Weiden verlustig gegangen war; weit weg von Nachbarn,
Golfplätzen, Tennisclubs, Kinos, Autobussen, Eisenbahnen,
Geschäften? Sich fragen zu lassen: »Was machen Sie eigent-
lich den ganzen Tag? Ist es nicht furchtbar einsam? Kriegen
Sie überhaupt Personal? Wie bekommen Sie es im Winter
warm? Ist es nicht gruselig? Und wo kaufen Sie ein?«[39]

Ja, warum ausharren? In tadelloser Haltung, die zwar nicht vor Niederlagen, aber vor Selbstaufgabe schützte. »In einem großen Haus fühlt man sich nicht übersehen; man lebt nach den eigenen Normen, macht seine eigenen Gesetze und schert sich nicht weiter darum, was andere außerhalb der Domäne denken. [...] Die Geister der Vergangenheit, die Präsenz der Toten, die einmal hier lebten und in denselben Gemäuern ganz ähnliche Dinge taten, fügen jeder Minute, jeder Stunde etwas hinzu: eine besondere Ordnung, einen Daseinsgrund. Dies ist die Form, die Lebensweise und die Tradition, der die Bewohner der großen Häuser noch immer sehr viel opfern.« Aber manchen Leuten war Bowens Anhänglichkeit an den alten Steinkasten niemals zu vermitteln.

»Wir hatten alle gedacht, weil sie so gastfreundlich, so großzügig und eine so bekannte Schriftstellerin war, daß sie auch reich sein müßte«, sagte ihr Cousin Hubert Butler bei der Enthüllung einer Gedenktafel in der Kirche von Farahy im Oktober 1979.[40] »Sie war zu stolz, um die dauernden finanziellen Schwierigkeiten zuzugeben.« Für ihre Freunde war Bowen's Court ein Ort endloser Gastereien; jeden Sommer schwärmte das Haus von Besuchern. Die Cocktailstunde in der Bibliothek war der Auftakt zum festlichen Dinner, aber – so die amerikanische Schriftstellerin May Sarton – kaum einer dieser Menschen, die Elizabeth mit dem Auto am Flughafen in Shannon abholen ließ, dachte auch nur daran, eine Flasche zollfreien Gin beizusteuern.

III DREIHUNDERT JAHRE
Colonel ap Owen – Kilbolane – Erbauung von Bowen's Court – Mallow – Mitchelstown Castle – United Irishmen – Hungersnot – Robert Cole Bowen, »der alte Mussolini« – Henry Bowen VI. – Heirat mit Florence Colley

Der erste der Bowens war um 1650 mit Cromwells Truppen in Irland eingefallen: Colonel Henry ap Owen – Sohn des Owen – ein finsteres Rauhbein aus Wales, »der seine Falken und die Falkenbeize liebte, bezweifelte, daß Gott existierte und sich so gut wie nichts aus seinen Mitmenschen machte.«[41] Von Anfang an waren die Bowens doppelte Staatsangehörige, Waliser in englischen Diensten, die der herrschenden Macht gegenüber eher höflich als loyal eingestellt und im unterworfenen Land mit einer dritten Identität konfrontiert waren: anglo-irisch. Noch dreihundert Jahre später fühlte Elizabeth die inkompatiblen Gene des Henry ap Owen in sich kreisen.

Cromwell hatte seinem Offizier nach einem hitzigen Streit, bei dem er einem von dessen Jagdfalken den Hals umgedreht hatte, zur Wiedergutmachung so viel Land versprochen, wie sein zweiter Falke überfliegen konnte, ehe er zur Erde und auf seine Faust zurückkehrte. Nun sind Falken nicht gerade Langstreckenflieger. Sie steigen auf, spähen im Rüttelflug nach Beute, stoßen hinab, und das Ergebnis ist ein Wohnturm mit Vorgarten. Doch ap Owens Vogel war mit dem Eifer und der wundervollen Zielstrebigkeit einer Brieftaube zu einem langen Querfeldeinflug aufgebrochen und hatte dabei achthundert Acres – über dreihundertzwanzig Hektar – umrundet, die Hälfte davon Ödland: Berge und Moor.

Herrenlos war dieses Land keineswegs. Cromwell entlohnte seine siegreiche Armee, die in diesem Feldzug ein Drittel der Bevölkerung massakriert hatte, mit dem Besitz derjenigen, die übriggeblieben waren und die er vor die Wahl gestellt hatte, den Eroberern zu dienen, aufgehängt zu werden oder im Exil in Connaught, dem steinigen Westen der Insel, zu verhungern.

Am Ufer des Flüßchens Farahy schlug Colonel ap Owen in der ramponierten Burg eines irischen Feudalherrn sein Lager auf. Im Treppenhaus von Bowen's Court, das über ein Jahrhundert später von seinem Ururenkel auf der anderen Seite des Flusses erbaut wurde, hing Cromwells Portrait an der Wand – neben König Wilhelm von Oranien, der 1691 die Strafgesetze erlassen hatte, denen die katholischen Iren fast hundert Jahre lang unterworfen waren: Sie durften kein Land erwerben, kein Amt bekleiden, keine Waffen tragen, ihre gälische Sprache nicht sprechen, ihre Religion nicht ausüben, nicht einmal ein anständiges Pferd besitzen, geschweige denn einen Falken, das Wappentier der Bowens, das ins Familiensilber geprägt wurde. Einem Vorfahren mußte die Lage indes nicht ganz geheuer gewesen sein. »Cautus a futuro« steht auf dem Wappenschild, der unter dem siegreichen Falken einen von einem Pfeil niedergestreckten Hirsch zeigt.

Der erste Familiensitz lag nicht bei Farahy, sondern gut fünfundzwanzig Meilen entfernt an der Grenze zur Grafschaft Limerick, erbaut aus den Steinen und noch immer umgeben von den Ruinen der mittelalterlichen Burg Kilbolane. Das Haus war das Erbteil einer Mary, die den Sohn des Colonels – John 1. – geheiratet hatte. »Besitz hat seine spirituelle Seite«, schreibt Bowen, aber ihre Familie war, wenn es um Haus- und Grundbesitz ging, in der Regel von allen guten Geistern verlassen. Um Kilbolane und angeblich in der Burg vergrabene Schätze entbrannte später ein Rechtsstreit, der Generationen von Bowens bis zur völligen Unzurechnungsfähigkeit erregen sollte. Es muß etwas sehr Anziehendes um das neue Haus Kilbolane gewesen sein – mit seiner »sonnigen, lächelnden, starken Fassade«, einem Fächer-Oberlicht über der Haustür und einer doppelten geschwungenen Treppe hinauf – oder etwas sehr Beharrendes in den Bowenschen Genen, das die Autorin, die es in den vierziger Jahren besuchte und von seinem Besitzer freundlich herumgeführt wurde, mit einem Lachen und einem Seufzen wieder ins Auto steigen ließ.

»Kilbolane House hat vom dem Augenblick an, da ich es betrat, einen gefährlichen Zauber auf mich ausgeübt. Ich fühlte eine rudimentäre Regung der alten Bowen-Obsession – obwohl es nicht das Haus war, dessentwegen sich die Bowens überfraßen und sich und mich mit ihrem Herumprozessieren ruinierten, sondern der angebliche Schatz. Ich wäre schon mit dem Haus allein glücklich. An diesem Abend fuhr ich mit dem Keim der Treulosigkeit im Herzen zurück. […] Es gibt kein zweites Haus wie Bowen's Court in seiner großen blassen Renaissance-Schlichtheit, wie es im Schatten der nahen Berge und zwischen wogenden Bäumen liegt. Kilbolane ist lediglich besinnlich; Bowen's Court kann ekstatisch sein […] Dennoch – ich würde gern in beiden Häusern zugleich leben.«[42]

Der Urenkel des Colonels, Henry II., hatte 1716 die reiche und elegante Jane Cole geheiratet und mit ihr in Kilbolane gelebt. Sie brachte ihre Ländereien und ihren Namen mit in die Ehe, den alle Nachkommen auf Bowen's Court tragen sollten: Cole. (Elizabeth war eine geborene Elizabeth Dorothea Cole Bowen.) Es war Janes Sohn, der, kaum verwunderlich, Henry hieß und von Elizabeth als der III. geführt wird, der 1775 das Stammhaus bei Farahy erbaute. »Er war einer dieser großen, charmanten Angeber, die andere um den Finger wickeln können«, und selbst nie richtig erwachsen werden. Er baute zehn Jahre an Bowen's Court und war am Ende so gut wie pleite. Doch das Interieur, Glas, Silber und Möbel waren vom Feinsten: irisches Sheraton und Chippendale. Henrys elegante Stühle begleiteten Elizabeth bis in ihr letztes Heim, das bescheidene Backsteinhaus an der englischen Südküste, wo sie wie auf Besuch bei den falschen Leuten herumstanden und hochmütig die niedrige Decke anstarrten.

1775, im Jahr der amerikanischen Revolution, kämpften der Parlamentarier Henry Grattan für die Bürgerrechte der Katholiken und der Staatsphilosoph Edmund Burke für die Pressefreiheit. Aber Henry, der Erbauer, war damit befaßt, für jedes Fenster seines neuen Hauses ein Kind zu zeugen. Auch mit diesem Plan sollte er sich übernehmen. Bowen's Court hatte fünfzig Fenster. Seine Frau stand einundzwanzig Schwangerschaften durch, sieben Kinder starben. Henry gehörte nicht einmal zu den besonders extravaganten Grundbesitzern, die mit feudalen Häusern demonstrativ ihren Status über das erraffte Land befestigen wollten. Er verstand sich durchaus als Ire, sprach »mit einer Betonung und in einem Rhythmus, die von der englischen Oberklasse als eigenartig empfunden worden wären«.[43]

Da die Zeit noch nicht reif war, in der Landjunker auf Grand Tour durch Europa reisten, Sprachkenntnisse und Kunstschätze erwarben, blieb Henry auch von fremdländischen Einflüsterungen verschont. »Kein intellektueller Zweifel kräuselte das Bewußtsein – vielleicht war da auch nicht viel Intellekt, den Zweifel hätte kräuseln können«,[44] spottet seine Nachfahrin. Reisen beschränkten sich auf die Umgebung: Cork, Mitchelstown oder Mallow, das dreizehn Meilen, einen knappen Zwei-Stunden-Ritt, entfernt lag. Lange bevor die Eisenbahn kam, war Mallow dank einer warmen Heilquelle, die 1724 entdeckt und als Brunnen in einer Grotte gefaßt worden war, ein modischer Kurort, in dem die besseren

Herrschaften zur Saison einkehrten. In *Bowen's Court* betrachtet die Autorin die irische Spielart englischen Badele-
bens, die kleinstädtische Ménage und Verlotterung mit den
Augen eines Gasts, der Besseres gewöhnt ist. Zugleich ist ihr
Text ein hingetupftes Bühnenbild und ein Solo für den fe-
schen Henry, der nie über Mallow hinauskam, dessen Westen
jedoch so weltmännisch saßen, wie es sein Schneider in Cork
zustande brachte.

»Er sah den schmutzigen Schaum auf den pappelgesäumten
Kanälen, vielleicht den ertrunkenen Vogel, der langsam die
Flügel verlor. Er roch den Gestank aus den Gästezimmern,
sah den Abfall, der vom Wind in die Grotte geweht wurde, die
fettigen Fingerabdrücke auf den Brunnengläsern. Wie schäbig
wirkte der große Saal zum Tanzen und Kartenspielen – doch
mit genug Phantasie mochte er einen an Bath erinnern.

Es gab allerdings keine Kolonnaden, keine luftigen Häuserzeilen; die Hauptstraße zur Brücke hinunter war buckelig
und verwinkelt; die Räder der Kutschen sprangen über die
Steine. Die Dächer zackten als unordentliche Silhouette in
den friedlichen Himmel. Es gab zwei Reihen ganz passabler
Stadthäuser, zwei, drei bemerkenswerte Fassaden. Die Frem-
denzimmer lagen meist im ersten Stock über den Läden.
Doch wenn man ein rückwärtiges Fenster gen Süden auf-
stieß, wehten eine frische Brise aus den Auenwiesen am
Blackwater und ein Hauch ferner, torfiger Kälte aus den Bergen herein – in eine Luft, die schal vom Qualm der Kerzen
und dem Atem der Betrunkenen war und ranzig nach ver-
schwitztem Brokat roch. Im Sommer glänzten Fassaden und
Fenster in der gelben Abenddämmerung, die weit vom Land
über die Stadt fiel und gegen das Licht der Kerzen ankämpfte.
Im Tal beschrieb der Fluss eine elegante Biegung nach Osten.
Und die ganze Nacht, während es auf den Parties hoch herging, lag Mallow eingeschlossen in die nichtsahnenden,
schweigenden Wiesen und Felder.«[45]

Das Schweigen der Felder wird heute von lebhaftem Durchgangsverkehr übertönt. Drei Brunnen gibt es noch in Mallow; einer sprudelt neben dem »Spa Pub« – aber das Wasser ist nicht mehr zum menschlichen Verzehr geeignet. War es das je?

Anders als Bildung und ein Hauch Aufklärung galten Exzentrik und Verschwendungssucht Ende des 18. Jahrhunderts als angemessenes Verhalten für einen Gentleman, oder zumindest als interessant. Manche Herren trieben es allerdings zu bunt und fielen unter die »Herrschaft der Hirngespinste«, wie »Big George« Kingston, der Graf von Mitchelstown, der ein riesiges neues Schloß bauen ließ, nur um den englischen Kronprinzen zu beherbergen, der nie kam, und der, als seine Pächter gegen den von ihm eingesetzten Parlamentskandidaten stimmten, Amok lief und aus dem Verkehr gezogen werden mußte. Auf Mitchelstown Castle feierte die alte Garde der Anglo-Iren beim Ausbruch des Ersten Weltkriegs ihr letztes Sommerfest, an das sich Elizabeth Bowen später genau erinnern sollte: an den kalten Wind, der über die Terrasse pfiff, den Staub aufwirbelte und das Dessert verdarb und an die Fraglosigkeit, mit der die jungen Männer an der Seite der englischen Cousins in den Krieg ziehen würden.

Daß auch ihre Familie oft genug unter die »Herrschaft der Hirngespinste« fiel, war ein Schatten, der Bowen ihr Leben lang begleitete. Sie scherzte, Irland sei einfach ein unmögliches Land, aber »mit Ländern ist es wie mit Menschen, je verquerer sie sind, um so charmanter«,[46] und versuchte zu vergessen, daß sowohl ihr Vater als auch ihr Großvater in geistiger Umnachtung gestorben waren.

Der nächste Henry Bowen in ihrer Ahnenreihe – Nummer vier – zählte weniger zu den Charmanten als zu den Verqueren. Er verlor beim Kartenspiel einen halben Berg von seinen Ländereien. Bevor er noch mehr riskieren konnte, überredeten ihn seine Anwälte, Haus, Schulden und Mißwirtschaft seinem Bruder Robert aufzuladen und nach Bath zu ziehen.

Für Irland begann um die Jahrhundertwende eine stürmische und schreckliche Zeit. 1798 schlugen die Engländer eine Erhebung der United Irishmen nieder und hausten furchtbar unter angeblichen und wahren Rebellen. Ein Trupp Aufständischer griff Bowen's Court in der Nacht an, aber Familie und Personal – vom Pfarrer gewarnt – hatten sich verbarrikadiert und feuerten durch die Ladenritzen auf die Angreifer. Ein Toter blieb im Birnbaum zurück. Zweihundertfünfzig Jahre später lenkte Elizabeth Bowen von dem Thema ab, als Gäste darauf zu sprechen kamen. Eins ihrer Hausmädchen, das beim Essen servierte, war mit dem United Irishman im Birnbaum verwandt, und es wäre sehr taktlos gewesen, seine Lage im Kreis von Fremden zur Sprache zu bringen. In Irland gerät nichts so schnell in Vergessenheit, schon gar kein toter Held.

1800, zwei Jahre nach dem Aufstand, gab ein korruptes irisches Parlament mit einer Mehrheit gekaufter Stimmen alle Macht an England zurück und löste sich selbst auf. Fortan hatten die Anglo-Iren als politische Klasse ihre Glaubwürdigkeit verloren. Die Insel wurde in den kommenden einhundertzwanzig Jahren wieder von Westminster aus regiert. Um die Mitte des 19. Jahrhunderts vernichtete die Kartoffel-Braunfäule mehrere Ernten hintereinander. Hungersnöte brachen aus, und die Bevölkerung sank durch Tod und Emigration von neun auf sechseinhalb Millionen.

Die englische Regierung versuchte, Maßnahmen zur Linderung der Not auf die irischen Landadeligen abzuwälzen, was zu sehr unterschiedlichen Ergebnissen führte. Viele ließen die Dächer derjenigen, die ihre Pacht nicht mehr zahlen konnten, herunterreißen und die Familien auf die Straße jagen. Andere, wie Sir Robert Gore Booth auf Lissadell, verpfändeten ihre Ländereien, um ihre Leute durch die schlimme Zeit zu bringen. Der Vater des Schriftstellers George Moore speiste seine Pächter von den zehntausend Pfund, die sein Pferd im Chester Cup 1846 gewonnen hatte.

Die Bowens waren um diese Zeit mit Prozessieren beschäftigt, aber Elizabeths Urgroßmutter Eliza richtete im Souterrain des Hauses eine Suppenküche ein, reichte durch eine Klappe, was an Gartengemüse zusammengekocht werden konnte, und verbarrikadierte den Laden vor den Andrängenden, wenn der Topf leer war. »Das Land starb – starb vor ihrer Tür. Die Leichen derjenigen, die zu schwach waren, ihre Schwelle zu erreichen, fand man auf dem Wiesenweg vom Farahy-Tor.«47 Die konzertierte Unfähigkeit der politischen Klasse, das große Sterben abzuwenden, sollte das Verhältnis zwischen Irland und England bis weit ins 20. Jahrhundert belasten. Doch vielleicht reichte die lange Leine der Erinnerung an Eliza Bowens Suppenkessel so weit, daß Bowen's Court zwei Generationen später vom Feuer verschont blieb.

Der erste ihrer Vorfahren, der für Elizabeth lebendig wurde, wenn auch nur in den Erzählungen ihrer Familie, ist ihr Großvater Robert Cole Bowen, Sohn des fünften Henry, 1833 geboren und 1888, elf Jahre vor ihrer Geburt, gestorben. Dieser, wie sich zeigen sollte, letzte Robert war ein hitziger, sturer und im Herzensgrund feiger Mann, »scharf wie ein Fuchs und hart wie Eisen. Der Himmel stehe dem Pächter bei, der mit seiner Schuld im Rückstand war«,48 wenn er, die Mütze in der Hand, durch den Seitenflügel – der Vordereingang war nur für Herrschaften – Mr. Bowens Kontor betrat. Sein Portrait zeigt einen massigen Mann von fünfzig Jahren mit runden Schultern, gegabeltem Bart, jovialen Bäckchen und kalten Augen, der die dicken Hände vor dem Bauch gefaltet hält, »nichts fühlend, nichts berührend«, auch nicht seine Kinder. Robert Cole Bowen hielt nichts vom Verzärteln. Vier Töchter und fünf Söhne überlebten ihre frühe Kindheit, alle blaß, rotblond, hoch aufgeschossen und schlecht gefüttert. Bildung wurde ihnen früh eingebimst. Nach dem Abendessen schob der Vater seinen Stuhl zurück und ließ sie in einer Reihe antreten, um sie zu examinieren.

»Ich meine, daß er zumindest Respekt verdient«, schreibt seine Enkelin über den »alten Mussolini«. Für die Tatkraft, mit der er die verlotterte Domäne wieder auf Vordermann brachte, Buchen und Tannen als Schutzschilde gegen die kalten Winde pflanzte, die von den Ballyhoura-Bergen herunterfegten, eine neue Auffahrt zum Haus und einen kleinen Vergnügungspark für seine Frau anlegte. Am Geld sollte es nicht scheitern. Auf den silbernen Knöpfen an den Livreen des Kutschers und der Lakaien glänzte der Falke der Bowens. Sechzehn Pferde standen im Stall, und in der Remise parkten neben der Familienkutsche ein eleganter kleiner Phaeton, ein einspänniger Gig, ein offener Break und der Inside-Car, ein kastenförmiges Ungetüm auf zwei Rädern, in dem die Passagiere einander gegenüber kauerten und die über der Deichsel Thronenden unvermeidlich auf die weiter unten Sitzenden rutschten. Wer als Kind eine Fahrt nach Mallow im Inside-Car überstanden hatte, so Elizabeth, den konnten Klaustrophobie und Ennui im weiteren Leben kaum noch schrecken.

Robert Cole Bowen ritt mit seinen Nachbarn auf die Fuchsjagd und stellte für Heimspiele ein Kricket-Team auf die Beine. Man liest von ausgelassenen Siegesfeiern im Souterrain und Jigs auf dem Küchentisch, einem legendären Möbel, auf dem die Dienstleute auch bei Elizabeths Geburt tanzten. In den oberen Stockwerken zog die viktorianische Moderne ein. Großvater ließ einen neuen Nordostflügel erbauen, in dem zwei Wasserklosetts unter einem Tank auf dem Dach installiert wurden. (Vorher lagen die Toiletten aus der Zeit Henrys III. hinter dem Haus in einem bewaldeten Hügel, prähistorischen Ganggräbern gleich, zu denen man sich, mit dem

Schirm den nassen Rhododendron pflügend, durchschlug. Kein Wunder, daß die Damen ständig verstopft waren.)

Die fortschrittlichen Sanitäranlagen des alten Bowen waren bis 1949 in Betrieb, als Elizabeth vom Honorar für ihren Roman *In der Hitze des Tages* zwei Bäder, vier Waschbecken und einen Boiler im Haus einbauen ließ. Für ihre amerikanische Verlegerin, Blanche Knopf, die sie in der Vorbäderzeit besucht und der ein Hausmädchen heißes Wasser in einem Krug aufs Zimmer gebracht hatte, war diese Art von Hygiene eine Überraschung, die in Worte zu kleiden die sonst so eloquente Mrs. Knopf Mühe hatte: »Ich weiß gar nicht, wo ich anfangen soll, Dir zu beschreiben, wieviel mir der Aufenthalt auf Bowen's Court bedeutet hat. Natürlich habe ich nie zuvor etwas dergleichen gesehen, aber ich habe mir auch nicht klargemacht, wie schön diese Art zu leben möglicherweise sein kann. Ich bin davon ganz bezaubert. Ich kann Dir versichern, es war eine außerordentliche Erfahrung.«[49]

Elizabeth Bowen wiederum war von der amerikanischen Badezimmerkultur beeindruckt – günstiger als Mrs. Knopf von der irischen –, von angewärmten Frotteetüchern, Shampoofläschchen, farbigen Wattebäuschen in Deckelgläsern und Kleenex-Spendern. Zu Hause waren die Handtücher aus Grobleinen, mußten Waschschüsseln und Kannen zusammengeliehen werden, wenn sich zu viele Gäste auf einmal angekündigt hatten.

Ihr Großvater, der auch als Ausstatter kein Freund von Freiräumen war, krempelte das Innere des Hauses um, verbannte die klassischen Sheraton-Möbel in den Keller und ließ Salons und Schlafzimmer in dem viktorianischen Goldkäferschimmer ausstaffieren, der seinen selbstbewußten Reichtum widerspiegelte: Fransenschabracken über den Fenstern, gestreifte Satinvorhänge, wallende Spitzengardinen, Alabasterfiguren unter Glasstürzen, Sessel in Kirschrot und Chartreusegrün, deren Rückenlehnen von Häkeldeckchen gegen

die Haarpomade der Herren geschützt waren, silberne und
gläserne Lampen, goldgeprägte Bücher, in Samt gebundene
Alben mit Ansichten ferner Länder, Topfpalmen, Kamin-
brüstungen aus weißem Marmor, Messinggitter, Quasten,
Überwürfe – eine familiäre Schreckenshöhle. Elizabeths
Mutter würde hier gründlich ausmisten. Und obwohl ihre
Tochter den Muff des 19. Jahrhunderts nicht mehr erblickte,
steht er in ihren Romanen und Erzählungen oft als eine Metapher für den seelischen Erstickungstod seiner Bewohner.

   Elizabeths Vater, Roberts Erbe, Henry vi., 1862 geboren,
war für den Alten die Enttäuschung seines Lebens. Wo er
herrisch und tüchtig war, zeigte sich der Junge liebenswür-
dig, nachdenklich, bildungsbeflissen, mit dem Kopf in den
Wolken und ungeschickten Händen. Er saß auf eine Weise im
Sattel, die den Patriarchen erbitterte. Er hatte den Singsang
von County Cork in der Stimme und war beliebt beim Haus-
personal, das der Alte ignorierte oder anbrüllte, was im übrigen als völlig natürliches Benehmen für einen Landjunker
galt. Henry war freundlich zu Tieren. Er hätte sich bei einem
Hund entschuldigt, wenn er zufällig auf ihn getreten wäre,
schreibt Elizabeth. Was Robert erhitzte, ließ Henry kalt:
Landwirtschaft, Pferde, Jagd und die ganze komplizierte
Choreographie der Klassengesellschaft. Nach dem Besitz
von Kilbolane hegte er nicht das geringste Verlangen. »Weder Vorherbestimmung durch Geburt noch das Pflichtgefühl
des Erben hätten meinen Vater je zu einem Landmenschen
machen können.«[50]

   Mit neunzehn Jahren hatte Henry den Rat seines Vaters in
den Wind geschlagen, London auf einer Heimreise vom
Kontinent zu meiden, weil dort die Pocken ausgebrochen
waren. Er fuhr nach London; er steckte sich an. Als er auf
Bowen's Court eintraf und die Krankheit offenbar wurde,
packte Robert die übrigen Kinder und die Dienerschaft in
seinen Fuhrpark und floh. Zurück blieben Henry und seine

Mutter Elizabeth in einer von allen verlassenen Quarantäne. Sie pflegte ihn gesund und infizierte sich dabei. Er kümmerte sich um sie, als sie im Sterben lag. Seinen Vater sah er erst bei der Beerdigung wieder. Danach waren die Brücken zwischen ihnen verbrannt. Ein Jahr später heiratete Robert Cole Bowen die Cousine seiner Frau. »Die arme Georgina«, von Natur aus keine herzliche Person, wurde zwischen einem zunehmend gestörten Ehemann und einem Haufen aufsässiger Stiefkinder, die sie nicht leiden konnten, aufgerieben.

Henry VI. war der erste Bowen-Erbe, der nicht als Gutsherr leben wollte, sondern etwas außerordentlich anderes anstrebte: eine Laufbahn als Anwalt. Daß er seine Pläne durchsetzte, spricht dafür, daß er kein ganz so wolkiger junger Mann gewesen sein konnte. Daß er eine Unterlassungsklage gegen seinen Vater anstrengte, bewies empfehlenswerte Willensstärke im Angesicht des Tyrannen. Der alte Bowen hatte in zunehmender manischer Verbitterung beschlossen, den Abtrünnigen zu züchtigen und dessen Erbe vor der Zeit zu vernichten. Er ließ die Domäne verkommen und begann, die alten Wälder und die neuen, die er selbst gepflanzt hatte, abzuholzen. Der Sohn gewann seinen Prozeß, doch was ihm am Ende zu verwalten blieb, waren Restbestände; zerbrochene Landmaschinen mit mürben Antriebsriemen, Tore, die in verrosteten Angeln hingen, und Wirtschaftsgebäude ohne Dach. Es war der Anfang vom Ende. Im Juli 1888 starb Robert Cole Bowen in geistiger Umnachtung.

Seine vier Töchter Sarah, Anne, Mary und Elizabeth rückten im Salon die Möbel über die fadenscheinigen Stellen im goldgrünen Teppich. Oben im »Long Room« moderte ein Spinett vor sich hin, und die Harfe wurde nur gehört, wenn eine weitere Saite sprang. Die Mädchen trugen das Kinn hoch, aber sonst gab es nicht viel zu tun: Bücher, Tuschkasten, Stickrahmen, ein wenig Krocket auf der Wiese vor dem Haus.

Blumen mochten sie lieber als Gartenarbeit, ein Zug, den Elizabeth von ihren Tanten erben sollte. Wer gar nichts mehr zu tun fand, konnte immer noch fromm werden – oder nervös, wie Tante Lizzie, »mit ihrer breiten sorgenvollen Stirn, dem dunklen Haar und dem brontëesken Temperament«,[51] die es mit der Malerei ernst meinte, und deren Bilder später überall im Haus herumstanden; meistens dort, wo sie niemand sehen konnte.

In ihrem Roman *In der Hitze des Tages* hat Bowen dieser Art Frauenleben eine bewegende Gestalt gegeben. Auf ihrem irischen Herrensitz und an der Seite eines in seinen Marotten aufgehenden Mannes kommt Cousine Nettie der Verstand abhanden. »Vergeblich nach Sinn im lauter werdenden Ticken der Uhr lauschend, waren hier die Frauen des Hauses fast verrückt geworden, doch nicht einmal das ganz. [...] die nie zu Ende zu bringenden Stunden, in denen sie nur wieder nachdenken konnten, waren hier drin geblieben und warteten auf sie. Und obwohl die Damen beisammensaßen, ihre Kleidersäume sich berührten, hatte keine aufgehört, für sich allein nachzudenken; wenn sie sich dennoch mit offenen, klaren Blicken ansahen, warnten sie sich gegenseitig; ihre Gespräche breiteten eine klimpernde Oberfläche auf ihrem tiefen Schweigen aus.«[52]

Bei den jungen Frauen auf Bowen's Court kam gelegentlich ein Freund ihrer Brüder zu Besuch; gelegentlich gab es auch einen Ball in der englischen Garnison in Fermoy. Dann wurden die weißen Handschuhe mit Waschbenzin wieder proper gerieben. Keine von Elizabeths Tanten heiratete. Vielleicht waren die Tänzer wie in Bowens Geschichte *Hand in Glove* allergisch gegen den Geruch von Waschbenzin, der äußerste Sparsamkeit verriet.

Henry, fast ein Meter neunzig groß und ungelenk, mit dem langen Kinn der Bowens, drahtigen rotblonden Haaren und Backenbart, war zu neuer Verantwortlichkeit erwacht. Von

Natur aus nach dem Rechten strebend, mißtraute er sprung-
haftem oder von Launen diktiertem Verhalten selbst in ver-
haltener Form. So regierte er das Haus mit unerbittlicher
Pedanterie und bestimmte den Kurs seiner Schwestern. Wollten sie zu der einen Ausfahrt hinausrollen, trat er der Kutsche in den Weg und wendete das Pferd in die »richtige«. Es
muß ihnen vorgekommen sein, als habe ein neuer milder
Tyrann den alten, tobsüchtigen abgelöst. Aber vermutlich
widersprachen sie nicht.

Henry teilte sein Leben zwischen Bowen's Court und seiner Anwaltspraxis in Dublin. Ein Freund führte ihn dort bei
der Familie Colley ein. Ebenso kinderreich wie die Bowens,
aber bei weitem entspannter und besser gelaunt, waren die
Colleys auch vornehmer als die Landjunker aus Cork. Ein
Jahrhundert vor Cromwell und seinen Schlagdraufs ins Land
gekommen – also »Old English« –, hatten sie ehrenvolle Äm-
ter in Kirche und Staat bekleidet, waren mütterlicherseits mit
Edward I. und väterlicherseits mit dem Herzog von Wellington verwandt. Für Familien dieses Standes lag der einzig angemessene Wohnort innerhalb der »Pale«, der imaginären
Palisade, die sich um Dublin und einen Teil der Ostküste
schloß und die wilden Gälen auf Abstand hielt.

Henry hatte Glück, daß er als plädierender Rechtsanwalt
vor höheren Gerichten überhaupt in Mrs. Colleys Salon eingelassen wurde, denn die Grenze lag haarscharf unter ihm bei
den Anwälten der niederen Gerichtshöfe. (Mrs. Colley emp-
fing auch Weinhändler – aus alten Familien –, jedoch keine
Bierbrauer.) Der Stammsitz der Colleys, die Burg Mount
Carbery in der Grafschaft Kildare, war seit langem Ruine.
Ihr neues Haus lag in Clontarf am nördlichen Ufer der
Dublin Bay: Mount Temple, ein stattliches, viktorianisches
Backsteingebäude mit vielen Giebeln und breiten Rasenter-
rassen, die zur Bucht hin abstiegen. Die Familiengeschichte
der Colleys war unbefleckt von riskanten Ehen und ihre Re-

sidenz frei von den Zwängen und Spleens verflossener Generationen.

Vier Brüder und sechs Schwestern bevölkerten Mount Temple, alles hübsche Menschen mit lebhaften Gesichtern, dunklen Augenbrauen und einer Andeutung von Wellingtonscher Hakennase. Ihre Farben waren »irisch«, brünett mit einem rötlichen Schimmer, graublauen Augen und frischem Teint. Anders als das weitgehend mutterlose Heim der jungen Bowens, war das der Colleys von der überwältigenden Persönlichkeit der Mrs. Colley vollständig ausgefüllt, einer charmanten und dynamischen Dame, tadelsüchtig und zänkisch, geistreich, aber keineswegs feinsinnig, und bei Gelegenheit ein ebensolches Scheusal wie der alte Robert Cole Bowen. Als ihre tuberkulosekranke Tochter Laura einen Blutsturz erlitt, hatte Mrs. Colley es plötzlich eilig, davonzukommen. »Ich fürchte, ich kann jetzt nicht bei dir bleiben, Liebes, denn ich habe einen Termin beim Photographen«,[53] zitiert Elizabeth ihre Großmutter in *Bowen's Court*.

Von Mr. Colley heißt es, daß er kränklich gewesen sei, doch was die Strenge der Prinzipen betraf, war er ebenso eisern wie Mrs. Colley. Tanz, Theater und Kartenspiel waren verpönt. Keine Bücher im Salon! Wer lesen wollte, konnte das oben in seinem Schlafzimmer tun. »Hier unten darf nur liegen, was hübsch aussieht«,[54] bestimmt eine Dame in Bowens Roman *Kalte Herzen*. Die alten Colleys lehnten die »Saison« in Dublin ab, in der junge Damen – »die weiße Ware«, wie George Moore die Debütantinnen in *Ein Drama in Musselin* nennt – an taxierenden Blicken vorbei auf den Heiratsmarkt getrieben wurden. Ein junger Mann, der eine Miss Colley in Augenschein nehmen wollte, mußte sich schon nach Clontarf bemühen.

Henry fand den Weg nicht zu weit, um Florence zu sehen. Sie war die impulsivste unter den Schwestern, lustig, kapriziös, »flammengleich«, anstrengend, aber niemals aufreizend,

Florence Bowen und Henry Cole Bowen, Elizabeths Eltern

in eigenen Traumwelten zu Hause und »sanft, aber beharrlich, wenn es galt, ihre Vorstellungen durchzusetzen.« Außerdem war sie »entzückend anzusehen, mit einem klar modellierten Gesicht, über das jeder Ausdruck wie der Widerschein schnell fließenden Wassers spielte.« Ihr bronzefarbenes Haar, das früh von Silberfäden durchzogen war, trug sie hochgekämmt und mit Schildpattkämmen festgesteckt. Sie duftete diskret nach *Peau d'Espagne.* »Ihre Augen, die nachdenklich oder spöttisch blickten, waren dreieckig mit geschwungenen Lidern [...] Wenn sie lachte oder sich einem Gefühl hingab, leuchteten ihre Augen; mehr noch, ihre Farbe vertiefte sich. Ihre Feinfühligkeit – und sie konnte verstörend feinfühlig sein – war unter einer Art Vagheit verborgen.«[55]

Einen Mangel an profaner Geistesgegenwart sowie das

nonchalante und unpraktische Wesen teilte sie mit Henry
Bowen. »Er war der Nachdenklichere, sie die tiefer Fühlende. Sein Geist war von Studien geprägt, die ihr fernlagen.
Er lebte nach philosophischen Grundsätzen, sie folgte
ihrem Temperament.«[56] Auf der Hochzeitsreise gab er ihr
Griechisch-Unterricht. Sie nahm es lächelnd hin. Die beiden paßten gut zusammen, einem Gleichklang vertrauend,
der dem anderen geistigen und seelischen Freiraum ge-
währte – so viel und so weit, daß sie sich am Ende aus den
Augen verloren.

Henry Bowen VI. und Florence Isabella Pomeroy Colley
heirateten am 10. April 1890 in der Kirche von Clontarf. Er
war neunundzwanzig, sie vierundzwanzig Jahre alt. Florence
kannte Bowen's Court nur aus den Beschreibungen ihrer
Schwester Laura, die das Haus zusammen mit Mrs. Colley
besichtigt hatte. (Der taktvolle Henry hatte die beiden statt
seiner Braut eingeladen, damit Florence sich dort nicht von
den Nachbarn anstarren lassen mußte.) Mrs. Colley waren
die fadenscheinigen Stellen im Teppich keineswegs entgangen, aber die Büste des Herzogs von Wellington in der Halle
hatte einen guten Eindruck hinterlassen.

Das junge Paar traf an einem späten Frühlingsabend auf
Bowen's Court ein. In der Dunkelheit wurden sie am Tor
vom Stimmengewirr einer Menschenmenge erwartet. Die
Pächter spannten die Pferde aus und zogen die Kutsche den
ganzen Weg bis zum Haus. Im Licht ihrer Laternen sahen sie
die Braut, der die Augen übergingen, stumm und überwäl-
tigt, in einem langen, dunkelroten Umhang. »Sie priesen ihre
Schönheit und wünschten ihr Glück. Irland ist ein wunderbares Land zum Sterben und zum Heiraten.«[57]

IV SIEBEN WINTER

Elizabeths Geburt – Leben in Dublin und auf Bowen's Court – Messingschilder – Tanzstunde – Gouvernanten – Irische literarische Renaissance – Zwei Kirchen – Krankheit des Vaters – Lesen lernen – Abreise nach England

Elizabeth Bowen wurde neun Jahre nach der Hochzeit ihrer Eltern, am 7. Juni 1899 mittags um drei, in Dublin geboren. Sie war das lang erwartete erste Kind, und da Henry und Florence fest mit einem Erben gerechnet hatten, war die Rede immer nur von »Robert« gewesen, wenn es um das Ungeborene ging. Man hört jedoch von keiner Enttäuschung, als statt Robert eine Elizabeth auf die Welt kam. (Großes Hallo im Souterrain von Bowen's Court; Gefiedel und Tanz auf dem Küchentisch.) Fünf Jahre später erlitt Florence Bowen eine Fehlgeburt, und das kleine Mädchen, das seinen Namen Bitha lispelte, blieb die einzige und letzte Cole Bowen. »Als Einzelkind lebte ich vor allem unter Erwachsenen«, schreibt sie später in der Einleitung zu ihren ersten Erzählungen.»Ich beobachtete ihre Gewohnheiten aus nächster Nähe und achtete auf ihre Gespräche.«[58] Deshalb besäßen auch die Figuren, deren Erfahrungen den Horizont der Zwanzigjährigen überstiegen, »eine Wahrhaftigkeit, die ich nicht erklären kann.«

Da Henrys Anwaltspraxis seine Gegenwart in Dublin erforderte, schlossen sie das große Haus in County Cork im Winter und nutzten es nur noch von Mai bis Oktober. Sarah Barry klappte von Zeit zu Zeit die Läden auf, aber die Sonne schien nur noch auf zugedeckte Möbel, und das Kaminfeuer

wärmte die verlassenen Räume. Bowen's Court, das seit 1775
die Obsessionen der Familie genährt, das sie groß oder arm
gemacht hatte, stand zum erstenmal leer und begann in diesen Wintern ein Eigenleben zu führen. Es wurde zum steinernen Gastgeber, in dessen Mauern Elizabeth Fabelwesen
vermutete, wenn sie nach langer Abwesenheit zum erstenmal
wieder die Tür aufschloß.

Als kleines Mädchen wollte sie nicht glauben, daß sie in
Dublin geboren sei, denn alle ihre Geburtstage wurden auf
Bowen's Court gefeiert. Zweifellos wohnte der Sommer in
County Cork und der Winter mit seinen Mänteln und Über-
schuhen in der Stadt. »Wir Leute aus Cork«, schreibt sie,
»stehen dem Thema Dublin immer etwas reserviert gegenüber. An einem seiner prächtigen, frischen Tage sieht Dublin
nicht schlecht aus [...] An rauhen, naßkalten Tagen ist es
fürchterlich, wie alle Städte.«[59]

Im »schattenhaften äußeren Kreis« des winterlichen Dublin lebten Henry und Florence in einem eigenen »Königreich
der Gedanken«, in dem ihre Prinzessin nichts verloren hatte.
»Heute erkenne ich, daß ich in eine Beziehung hineingeboren
wurde, die zugleich sehr eng, einzigartig und auf sanfte
Weise außerordentlich war«, schreibt Bowen in der Rückschau auf die sieben Winter ihrer Kindheit. Als kleines Mädchen blieb ihr nichts anderes übrig, als sich ihr eigenes Ge-
dankenreich einzurichten. »Ich glaube, deshalb sind meine
Erinnerungen an Dublin so subjektiv, schemenhaft und un-
greifbar. Ich schreibe eher über visuelle als über soziale Erinnerungen, und es sind eher die Dinge als die Menschen, die
sich sichtbar aus dem Stoff meiner Träume herauslösen.«[60]
Die Dinge waren die greifbaren, beständigen Elemente im
Leben eines Kindes, das früh lernen mußte, daß auf Erwachsene kein Verlaß war.

Wie Mr. Bowen war auch Mrs. Bowen kein Landmensch.
Florence fürchtete sich vor Pferden, und nach einigen Versu-

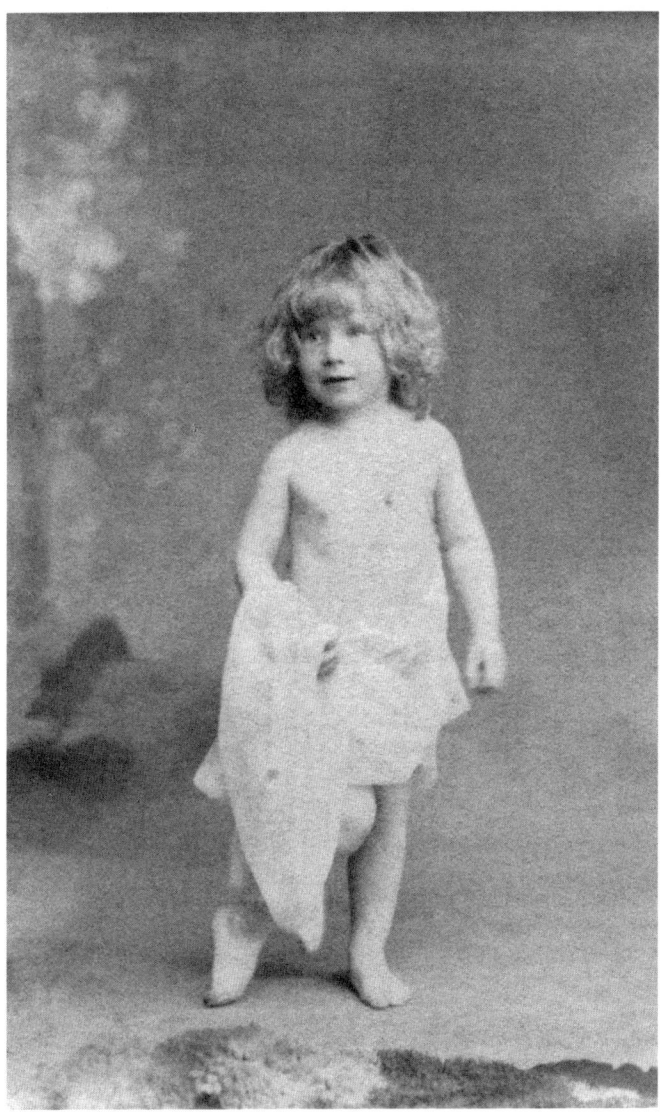

Elizabeth, etwa zwei Jahre alt

chen, den Phaeton zu kutschieren, nahm Henry ihr die Zügel wieder aus der Hand. Elizabeth erinnerte sich an ihre Mutter in einem weißen Musselinkleid mit ecrufarbenem Spitzeneinsatz und einem Saum, der, weil er ständig im Gras schleifte, auch nach der Wäsche einen grünen Stich behielt, wie sie zusammen in der Abendsonne am Rand einer Koppel standen, auf der weit hinten ein Pferd graste. Florence nahm ihre kleine Tochter an die Hand und sagte mit großer Beherrschung: »Wir haben keine Angst, nicht wahr?«

(Das Kleid mit dem grünen Saum sollte Jane, die Tochter des Hauses, in *Eine Welt der Liebe* auf dem Dachboden wiederfinden und auf einer Party tragen.)

Für eine junge Frau, die weder gelernt hatte, einen Haushalt zu führen noch Geld einzuteilen, die noch nie eine Abendgesellschaft gegeben oder Wochenendgäste bewirtet hatte und die von ihren Schwestern schnell wieder abgelöst worden war, als sie sich reihum im Organisieren und Delegieren häuslicher Pflichten geübt hatten, war Bowen's Court eine Herausforderung, der sie sich nicht ganz gewachsen fühlte, zumal sie Henrys tüchtige Schwester Sarah beerben mußte, die dort für die Geschwister – von denen keines so bald wich, als Henry sein Erbe antrat – die Wirtschaft geführt hatte. Wie sollte sie mit der schrecklichen Köchin zurechtkommen, die ständig die Koteletts anbrennen ließ? Was sollte sie dem Gärtner sagen, der alles besser wußte? Was erwartete der Butler von ihr? Und würde Schwägerin Sarah hoffentlich und endlich bald nach Mitchelstown ziehen?

Florence Bowen ließ zunächst einmal die Familienportraits reinigen, die Möbelungetüme des Großvaters in den Kellerräumen und die qualitätvolleren Stücke aus dem 18. Jahrhundert wieder nach oben. Ihre Nachbarn kamen nun doch zum Tee, um sie zu beäugen, brachten Großmütter und Gouvernanten mit. Die Kinder spielten mit Bitha Niagarafälle und ratterten auf einem Tablett die große Treppe hinunter. Sonn-

Herbert Place Nr. 15 (rechte Hälfte), Elizabeth Bowens
Geburtshaus in Dublin

Herbert Place am Grand Canal

tags sah man sich in der Kirche von Farahy wieder. Was für ein Grüßen, Lachen und Tratschen das nach dem Gottesdienst war, während die Kutscher die Pferde losbanden und rückwärts zwischen die Deichseln führten. Alles schien in Ordnung und so fest gefügt wie die Eingangsstufen von Bowen's Court. Wenn Bitha sich langweilte, lief sie ins Souterrain. Dort war es immer warm. Sie hielt die Bügelfrau von der Arbeit ab und ließ sich in die Körbe mit den frisch gebleichten Laken fallen. »Ich war nie einsam.«

In der Stadt bezogen die jungen Bowens die Nummer fünfzehn am Herbert Place, kein Platz, sondern eine Straße mit einer lückenlosen Zeile klassischer Backsteinhäuser zur einen und dem Grand Canal zur anderen Seite. Das Viertel südlich der Liffey, Mitte des 18. Jahrhunderts für die elegante Welt angelegt, war nun vom protestantischen Großbürgertum bewohnt: Häuser von zeitloser Schönheit mit hohen Schiebefenstern und einem aufgeklappten Glasfächer über den dottergelben, feuerwehrroten, resedagrünen und tintenblauen Türen. Zur Straße hin ist die Häuserzeile von einem langen schwarzen, gußeisernen Zaun abgegrenzt, wie er in Dublin ganze Viertel zusammenbindet. Herbert Place Nummer fünfzehn teilt sich mit seinem Nachbarn eine zweistökkige glatte Front und eine breite Granittreppe. Aus den Fenstern fällt der Blick über die Straße auf den Treidelpfad und die grünen Ufer.

Der Grand Canal, ein schmaler, von Ulmen gesäumter Wasserweg, der die Hauptstadt mit dem Shannon im Westen verband, hatte seine Bedeutung mit dem Bau der Eisenbahn um die Mitte des 19. Jahrhunderts verloren, aber als Kind sah Elizabeth noch immer Lastkähne mit Torf, Kohle, Getreide oder Kartoffeln, die von einem großen Roß getreidelt wurden, vorbeigleiten und hörte das Wasser in der Schleusenkammer vor der Brücke tosen. Jenseits des Kanals lag ein Sägewerk. Das spitze Gejammer der Kreissäge und der frische Holzgeruch drangen bis in ihr Zimmer. Möwen, vom Winterwind landeinwärts getragen, rasteten auf den Bretterstapeln. Über die steinernen Brücken am Anfang und Ende ihrer Straße krachte und spratzelte funkensprühend die Trambahn.

Diesseits des Kanals trug jede Tür ein poliertes Messingschild. »Als Kind der akademischen Nachbarschaft hielt ich dieses Messingschild mit dem Namen des Eigentümers für das *sine qua non* des Hauses eines Gentlemans. So wie der Grabstein sagte: ›Hier liegt‹, so sagte das Schild an der Haustür (nach meiner Ansicht): ›Hier lebt‹. Wer versäumte, seinen Namen an seine Tür zu schreiben, schien mir dem Nichts Einlaß zu gewähren [...]

Daß ich nicht lesen konnte, machte diese Schilder mit der Schrift noch bedeutsamer. Ich erinnere mich, daß ich, als ich das erste Mal die Tür eines offensichtlich besseren Hauses *ohne* Namensschild sah, nicht nur Verachtung, sondern Feindseligkeit spürte. Warum hüllte sich der hier Wohnende in ein Geheimnis? Bei dieser Gelegenheit erklärte mir meine Mutter, daß solche Schilder alles in allem nicht die Regel seien.

Und warum nicht? Wie dumm! sagte ich hitzig. Wie sollte man denn sonst wissen, wer in dem Haus wohnte? Im Licht dieser fixen Idee (die ich noch immer für eine gute Idee halte) erinnere ich mich an meinen ersten Eindruck von London – Straßen um Straßen voll trister Anonymität. Es interessiert also niemanden, wer in London wohnt, dachte ich. Kein Wunder, daß London so groß ist; all diese Nichtse lassen sich hier nieder. Dublin hat beschlossen, kleiner als London zu sein, weil es großartiger und exklusiver ist. Alle wichtigen Leute wohnen in Dublin, in meiner Nähe.«[61]

Vor der Union mit England und der Auflösung des irischen Parlaments im Jahr 1800 galt Dublin nach London als »die zweite Stadt des Empires«. Doch mit dem Verlust der politischen Bedeutung und dem Exodus der »prächtig Gefiederten« in die erste Stadt war ihr Stern ein wenig verblaßt, und das Viertel um Herbert Place »zu ernster Schicklichkeit herabgesunken. [...] Die Häuser, in denen meine angloirischen Vorfahren ein halbbarbarisches Leben in Saus und Braus geführt hatten, waren nun die Heimstatt von Akademikern [...] In den Wintern meiner Kindheit hatte diese zweite Gesellschaft immer noch eine gute, wenn nicht ihre beste Zeit. Das 20. Jahrhundert regierte nur dem Namen nach; das 19. war eine noch immer mächtige Matrone [...] Die Welt, in der meine Eltern lebten, und die Welt unterhalb dieser waren im Grunde spätviktorianisch.«[62]

Geschmackvolle Moderne zeigte sich am Herbert Place im Blättermuster der William-Morris-Vorhänge; geschmackvoller Patriotismus in den mit Harfen und Kleeblättern bestickten weißen Sesselschonern. Im Winter herrschte spätviktorianische Aquariumsdämmerung zwischen den grünen Wellen der Moiré-Tapete im Salon; der Regen floß über die Scheiben. Draußen lag der dunkle Spiegel des Kanals zwischen den Silhouetten der Bäume. Grelles Gaslicht wurde von rosa Lampenschirmen gemildert. Aus Bowen's Court ließ Florence die guten Sheraton-Möbel holen, auch ein Piano, in dessen Haltern sonntags nach dem Tee die Kerzen entzündet wurden. Bevor das Kind ins Bett geschickt wurde, versammelte sich die Familie ums Klavier und sang Kirchenlieder; zum Finale »Shall we gather at the River«, Bithas Lieblingslied.

Seinen Reichtum zur Schau zu stellen, galt in diesen Kreisen als vulgär, und wie im 18. Jahrhundert reiste man zu Bildungszwecken an den Rhein oder nach Rom. Die Gouvernanten waren Fräuleins oder Mademoiselles. Modisch gab die Französin den Ton an, die niemals etwas Neues trug, deren Schuhe und Handschuhe jedoch immer tipptopp saßen. »Die Deutschen wurden als fühlende und musikalische Menschen geschätzt. Anglo-Irland suchte in seiner späten Blüte überall nach Kultur – nur nicht in seinen eigenen Grenzen. Die Gälische Liga, die danach strebte, die irische Sprache wiederzubeleben, wurde als die bizarre Angelegenheit eines Douglas Hyde belächelt.« Der junge Mann war Protestant und Unionist aus altem Landadel und eigentlich einer der ihren. Erstaunlich … Noch erstaunlicher, daß er 1920 Präsident des irischen Freistaats wurde.

Das Beben der irischen literarischen Renaissance, das den politischen Verwerfungen vorausging, wurde am Herbert Place nicht registriert. Elizabeth, der die Gouvernante nicht einmal irische Märchen vorgelesen hatte, sollte erst 1916 auf einer englischen Schule von einem Nationalen Theater um William Butler Yeats, John Millington Synge und Lady Augusta Gregory hören. Die Rückbesinnung auf die gälischen Wurzeln, die irische Sprache und der Stolz auf die ungehobenen Schätze der Volkskunst begeisterten in ihrer Kindheit nicht nur die Intellektuellen. »Keltisches Zwielicht« wallte auch um nationalistische Köpfe und vernebelte die Aussicht auf eine freie Kunst und ein tolerantes Staatsgebilde. Als Direktor des Abbey Theatre eilte Yeats vor ein

Publikum, das unpatriotische Stücke niederschrie, um »genauso toll wie der Tollste da unten«[63] seinen Spott und seine Verachtung herauszubrüllen. Das Wort Frauenhemd in Synges *Der Held der westlichen Welt* führte 1907 zu Tumulten im Parkett, da der irische Mann damit die Reinheit der irischen Frau beschmutzt sah, und selbst ein kultivierter Theaterfan schimpfte auf »das Produkt eines morbiden, ungesunden Hirns, das im Misthaufen des Lebens nach den ekelhaften Dingen sucht, die darin verborgen liegen.«[64] Zum Beispiel nach einem Frauenhemd.

Es war auch die Zeit, in der Leopold Bloom sein lieb' dreckig Dublin durchwanderte und Sean O'Casey in Person seinen Zeitungskarren an den Kais entlangschob. Fünfzehntausend Kinder jubelten der alten Königin Victoria (mit silbernen Kleeblättern an der Haube) bei ihrem Staatsbesuch im April 1900 zu und wurden von den Unionisten mit Brötchen verköstigt. Drei Monate später waren die Nationalisten an der Reihe. Sie brachten zwanzigtausend Kinder auf die Beine, die, mit grünen Zweigen in den Händen und ewigen Haß auf England schwörend, durch die Hauptstadt zu einem »patriotischen Picknick« zogen.

Aber an Henry und Florence Bowen, die in ihrem eigenen Zwielicht lebten, gingen politische Demonstrationen vorbei. Sie besuchten auch nicht das Abbey, sondern das Gaiety Theatre um sich an Operetten, von Gilbert & Sullivan zu ergötzen. Der Elendsbetrieb nördlich der Liffey, die Nachtstadt mit ihren Bordellen, der Hungermief, die Straßen, wo die Kinder auch im Winter barfuß liefen und an Krupp oder Tuberkulose starben, war von den Entchen auf dem Teich in St. Stephen's Green und den Wegen, die Bitha mit ihrer Gouvernante ging, sternenweit entfernt. Elizabeth erinnerte sich an die Säulen vor der Bank of Ireland, wo früher das irische Parlament getagt hatte, und an die grünspanige Kuppel der Four Courts am anderen Flußufer, dem Gerichtshof, wohin ihr Vater jeden

Lower Sackville Street – heute O'Connell Street – vor 1916
mit dem Nelson Pillar und der Hauptpost (links)

Morgen mit seiner Dokumentenmappe aufbrach. Doch jenseits der Sackville Bridge, keine Meile entfernt, mündete die lange Straßenschlucht in schiefergraue Unübersichtlichkeit.

Dorthin gelangte das Kind nur an der Hand seiner Eltern, wenn sie Sonntag nachmittags ihre Großmutter und die vielen Onkel und Tanten Colley in Clontarf besuchten und die drei am Nelson Pillar vor der Hauptpost in die Trambahn Richtung Howth umstiegen. Bitha, die werktags à la Robert in eine Matrosenjacke eingeknöpft war und von Schaffnern für »Sohnemann« gehalten wurde, trug sonntags einen weißen Mantel, weiße Gamaschen, eine Baskenmütze mit einer kleinen Pfauenfeder und einen weißen Pelzmuff. Diesem schönen Muff heulte sie eines Tages hinterher, als sie glaubte, ihn in der Tram verloren zu haben. Die Mutter sank in die Knie, um das Kind zu trösten, der Vater galoppierte winkend der davonfahrenden Bahn hinterher, bis einer der drei Aufgelösten bemerkte, daß der Muff in Bithas Rücken hing. »Ich glaube, es war typisch für uns alle drei, daß wir vergessen hatten, daß ich meinen Muff an einer Kordel trug.«[65]

Daß es da noch ein anderes Irland gab, bezeugten nur die Kirchenglocken, die auch an Werktagen läuteten, aber »diese Geneigtheit zu häufigem Gebet schien mir ein Zeichen von Inkontinenz der Seele zu sein.«[66] Der fremdartige Geruch, der zwischen den Schwingtüren und dicken Vorhängen katholischer Kirchen auf die Straße drang, ließ Bitha das Gesicht abwenden und die Schritte beschleunigen. Der Katholizismus war so geheimnisvoll, so peinlich und unaussprechlich wie die Sexualität und die Existenz eines »Wir hier oben, ihr da unten«. Die Frauen mit den Umschlagtüchern, die zu jeder Zeit in den Tiefen katholischer Gotteshäuser verschwanden, hatten mit den sonntäglichen protestantischen Kirchgängern – Vater in Samtkragen und Zylinder, Mutter das Gesicht hinter ihrem Hutschleier verborgen, Bitha in Weiß –, die zur hellen, nüchternen St. Stephen's Church mit ihrem griechischen Säulenportal hinaufschritten, nichts gemein.

Die Tatsache, daß sie zu einer sozialen Minderheit von fünf Prozent gehörten, wäre dem Kind ganz unvorstellbar erschienen. »Church of Ireland« zu sein bedeutete doch wohl, der führenden Religion anzugehören, oder? Beim Gottesdienst auf zwei Kissen kniend, kaute Bitha »heimlich, wie ein kleiner Hund, der seine Zähne schärft, an der gewachsten Kante der Gesangbuchablage [...] Psalmen mochte ich nicht; sie erschienen mir unkultiviert, mißtönend und jämmerlich. Sie beleidigten die Manieren, die man mich gelehrt hatte, und ich hielt nichts von diesem Auslüften der Sorgen in gesungener Form.«[67] Elizabeths Glaube blieb ihre Privatangelegenheit; sie praktizierte ihn im Schoß der Hochkirche, oft sündig, aber immer unbeirrt. Sie war überzeugt, daß Gott ihre großzügige Einstellung zur Liebe teilte. Für St. Colman's Church in Farahy stiftete sie später einen Altar, und dort ging sie sonntags auch zum Gottesdienst. Vermutlich nicht um ihre Sorgen auszulüften, eher der Tradition gehorchend und um im Anschluß daran ein Schwätzchen mit den Nachbarn zu halten.

Als Mutter gab Florence Bowen ihrer Tochter »das strahlende, sichere Gefühl, geliebt zu werden.« Trotzdem durfte sie sich keinen falschen Hoffnungen hingeben. Sie werde niemals hübsch sein, versprach Mama, aber sie hoffe, daß sie einen netten Charakter entwickele. Bei aller Vagheit hatte Mrs. Bowen feste, wenn auch ziemlich sonderbare Vorstellungen von Kindererziehung. Sie achtete darauf, daß Bitha ihre Milch trank, weil Kinder, die sich früh an Tee gewöhnt hatten, angeblich klein und säbelbeinig wie Jockeys blieben. (Dasselbe Schicksal ereilte übrigens auch radfahrende Kinder, weshalb Elizabeth es erst mit dreizehn Jahren lernte.) Sie mußte Handschuhe tragen, weil die blonden Bowens zu Sommersprossen neigten. Unerwünscht war auch die Eigenart der väterlichen Seite, sich den Kopf über Abseitiges zu zerbrechen und Hirngespinste zu weben. Deshalb durfte Bitha – intellektuell unauffällig, bis auf ihre Gewohnheit, lange Wörter zu gebrauchen – vor ihrem siebten Lebensjahr nicht lesen lernen. Das Hirn sollte kühl bleiben. Trotzdem wünschte sich Florence ein aufgewecktes Kind und keinen »Frosch«. Mit vier Jahren bekam die Kleine ihre erste Gouvernante, auch, weil Mrs. Bowen ihr Töchterchen nicht selbst maßregeln wollte. Dies mußte ein ungeliebter Mensch übernehmen, während sie, weitgehend unbeschäftigt, die Zeit damit zubrachte, an Bitha zu denken »und Wege zu ersinnen, wie wir uns treffen und zusammen allein sein konnten.«[68] Ihre wolkenlose Inszenierung vertrug nicht die kleinste Trübung. Mrs. Bowen hatte so lange auf ein Kind gewartet, daß ihr die Mutterrolle niemals selbstverständlich wurde. Schau an, das ist tatsächlich meine Kleine, schien sie zu denken, wenn sie Bitha und der Gouvernante im Park begegnete und die Arme öffnete, um das Mädchen im roten Mäntelchen an sich zu drücken.

Die erste Gouvernante hinterließ keinen guten Eindruck. Miss Wallis »war nicht sehr gescheit und fand Bowen's Court *triste*.« Unter ihrer Anleitung lernte Bitha, Schleifen zu binden und Knöpfe zu schließen. »Sie langweilte mich, und ich langweilte sie.«

So wichtig wie korrekt zugeknöpft zu sein, waren die Tanz- und Reitstunden, zu denen das Kind geführt wurde, kaum daß es gehen konnte. Ein Photo zeigt Bitha in weißem Kleid und Spitzenhut lässig, aber nicht sehr stabil, im Damensitz auf einem schläfrigen weißen Pony, dessen Zügel von einem Reitknecht mit Bowlerhut gehalten werden. Mrs. Bowen, ebenfalls prächtig behütet und die Hände auf dem Rücken verschlungen, schaut lächelnd zu. Florence, die unter dem Regime ihrer Mutter nichts Gescheites gelernt hatte, nicht einmal, sich in Gesellschaft gewandt zu bewegen, »betrachtete Schüchternheit als vulgär, schlimmer noch, als stumpfsinnig. Sie verabscheute Kinder, die sich verkrochen, wenn sie anderen Menschen vorgestellt wurden.«[69] Bitha lernte fürs Leben: Alles was *muffish*, feige und verdruckst, *claggy*, schmalzig und sentimental, war, fand auf immer ihre schärfste Mißbilligung; und das Prädikat »gouvernantenhaft« kam gleich danach.

Die Demütigung der Schüchternen und Ungeschickten klingt in Bowens Geschichte *The Dancing Mistress* nach. Miss Thieler, die im wirklichen Leben Kinder-Tanzstunden gab, konnte nicht ganz so widerlich wie Miss Joyce James gewesen sein, und Bitha war auch nicht mit roten Schillerlocken geschlagen wie die unglückliche Margery, sondern hatte schöne rotblonde Wellen. Doch Händeklatschen und schneidiges Rufen »*Eins*, zwei, drei, *eins*, zwei, drei« lassen auch die Herzen der Tapferen und Geschickten erzittern.

»Dann rief sie plötzlich ›Halt!‹ und gebot allen Kindern und der Klavierspielerin innezuhalten. Natürlich war es Margery Mannering. Sie konnte keinen Walzer tanzen; sie

Reitstunde auf Bowen's Court. Bitha lernt,
»kein Frosch« zu sein

hoppelte, stolperte und trampelte mit ihrer wehrlosen Partnerin herum. Durch das Schweigen ringsum ging Miss James zu ihr und zog ihre Partnerin weg.

›Ich muß dich selbst führen. – Ihr anderen setzt euch alle einen Moment hin. – Wir beide tanzen jetzt so lange, bis du es kannst. Und bitte, gib dir *Mühe*, Margery. Merkst du nicht, daß du anderer Leute Zeit verschwendest? – Musik, bitte!‹«[70] Und Miss James, kalt und haßerfüllt, dreht die schwitzende, panische Margery erbarmungslos durch den Saal, bis dem Mädchen schwindelig wird.

Obwohl Elizabeth selbst eine »famose Polkatänzerin« und große Hüpferin war, brachte auch sie keinen gleitenden Walzerschritt zustande und mußte so lange mit den anderen Stümpern zum donnernden Piano ihre Solorunden drehen, bis sie den Bogen raus hatte und im Walzerschritt durch die Dubliner Molesworth Hall fegte – ein Augenblick reinen Glücks. Denn nur eine famose Walzertänzerin konnte es wa-

gen, den rothaarigen Fergus aufzufordern, der bisher »mit
unerbittlichem männlichem Snobismus – ein Snobismus,
dessen Niedergang ich sehr bedauern würde –« jeden Tanz
mit ihr abgelehnt hatte.

Im Winter luden die großbürgerlichen Familien zu Kin-
derparties ein, Veranstaltungen, die von entsprechenden Festen hundert Jahre später so weit entfernt sind wie ein Sonn-
tagsspaziergang von der Love Parade. Die Haustüren der
Gastgeber schwangen auf; Feuer brannten in jedem Kamin,
Portieren waren zurückgeschlagen, Wände glänzten im Gaslicht, Sofas waren an die Wand gerückt und Teppiche in Erwartung des Tanzvergnügens oder der »Reise nach Jerusalem« zusammengerollt worden. »Die Kinder versammelten
sich in gespanntem Schweigen, durch das ein Geraschel der
Unruhe flog (wie der Wind durchs Korn), wenn man an der
Salontür vorbeigeführt wurde, um in einem Zimmer im ersten Stock Mantel und Schal abzulegen.«[71]

Kleine Mädchen in weißen Spitzenkleidern zeigten sich
gegenseitig ihre Medaillons, kleine Jungen starrten auf ihre
Füße. Der Höhepunkt des Tumults war die Teetafel, an der
die Kinder Kuchen mampften und Knallbonbons auseinan-
derrissen, ein Späßchen, das Bitha fürchtete und verabscheute.
Trotzdem: »Leute, die sich nichts aus Gesellschaft machen,
tun mir leid. Sie sind arm dran im Ausgleich für das Opfer,
das sie nicht bringen.« Aus Bitha, die gern auf Parties ging
und tanzte, wurde Miss Bowen, eine ausschweifende Gastgeberin.

Daß sich ein Schatten auf diese manierliche Existenz legte,
war dem kleinen Mädchen lange nicht bewußt. In dieser
spätviktorianischen Vater-Mutter-Kind-Beziehung wurden
Sorgen nicht besprochen, oft nicht einmal wahrgenommen.
»Meine Eltern kommunizierten nicht ständig miteinander,
und ich kommunizierte nicht ständig mit ihnen.«[72] Die beiden teilten »lange Phasen glücklicher Geistesabwesenheit

miteinander«, erinnert sich Elizabeth. Die Unaufmerksam-
keit, das Schweigen und Wegsehen der Erwachsenen, das in
der Rückschau so wenig befremdlich klingt, muß die Sechs-
jährige tief verunsichert haben. Nichts zu bemerken war eine
Strategie, die in der Ehe der Bowens so lange funktionierte,
bis Henrys Inkontinenz der Seele sogar seine phlegmatische
Colley-Verwandtschaft aufscheuchte.

Mr. Bowen hatte seine Kanzlei für einen staatlichen Posten
als Prüfer bei der Irish Land Commission aufgegeben. Irland
hatte seit der Union so übermäßig Steuern gezahlt, daß sich
eine Rückerstattung von dreihundert Millionen Pfund angesammelt hatte. Eine Gesetzesvorlage zu Autonomie und
»Home Rule« war zum wiederholten Male gescheitert. Statt
dessen beschloß die englische Regierung im Laufe einer
großen Landreform den Aufkauf irischen Grundbesitzes
und eine Umverteilung an die ehemaligen Pächter. Zur Ab-
wicklung wurde die Land Commission eingesetzt. »Das
Thema Landbesitz ist in Irland vermintes Gelände [...] Ich
weiß genug darüber, um einzusehen, daß es jenseits meines
Horizonts liegt. Dem *Statutory Land Purchase in Ireland*
(Gesetzlicher Landkauf) – so der Titel seines Buches – widmete mein Vater sechzehn Jahre seines Lebens.«[73] Als das
Werk erschien, hatte der irische Freistaat seine Unabhängigkeit von England erkämpft, und der *Gesetzliche Landkauf*
hatte sich erledigt.

Das Verfahren selbst war kompliziert und unerfreulich, da
der meiste Grundbesitz mit Hypotheken belastet und unter
Verwandten aufgeteilt war. Henry Bowen, der die Rechtstitel
zu prüfen und ein Einvernehmen zwischen allen Parteien
herzustellen hatte, begann auf diesem Posten zu ermatten. Es
heißt, er habe eines Tages während einer Verhandlung einen
der Anwesenden gebeten, ein Fenster zu öffnen, die Papiere
zusammengerafft und den ganzen Vorgang auf die Straße
geworfen.[74] Ein stabilerer Mann hätte vielleicht eine pragma-

tische Lösung gefunden, aber Henry Bowen trug seine Überarbeitung, sein dezimiertes Erbe, seine Geldsorgen und den
fehlgeschlagenen Versuch, doch noch einen Robert zu zeugen, wie eine unteilbare Schuld, für die er nur sich selbst
anklagen konnte. Im Jahr zuvor war Florence bei einer Fehlgeburt fast verblutet.

Elizabeth Bowen findet viele weitere Gründe für den Zusammenbruch ihres Vaters, der als Anämie des Gehirns dia-
gnostiziert wurde: ein einsames Kind, zu hart behandelt, zu
schnell gewachsen, zu schlecht gegessen, zuwenig Schlaf, zuviel Verantwortung, zuviel Angst zu versagen. Henry hatte
eine etwas irrlichternde Frau geheiratet, die sich mit den Jahren seinem stillen, pedantischen Wesen angepaßt hatte, aber
eine Stütze war sie ihm nicht. Seine nachlassende Aufmerksamkeit nahm sie persönlich und gab zurück, was sie bekam:
Schweigen.

»Ich glaube, daß sie ihn zu Beginn seiner Krankheit über
Monate nur zerstreuter als üblich empfunden hat. Sie befürchtet wohl, ihn zu kränken, wenn sie ihn auf seine zuneh-
mende Düsterkeit angesprochen hätte, seine Reizbarkeit, die
bis zur Gewalt führen konnte – etwas, das ihm überhaupt
nicht ähnlich sah.« Wie weit ging Henrys »violence«? Eine
Faust, die auf den Tisch krachte? Ein umfallender Stuhl? Ein
Vater, der die Mutter anschrie, während das kleine Mädchen
vor der Tür stand? Die erwachsene Elizabeth würde ihre
Verstörung schreibend bewältigen. Aber wer dachte an das
Kind? Florence, »die als junge Frau so temperamentvoll war,
hielt das Banner heiterer Gelassenheit hoch. Wahrscheinlich
glaubte sie, daß sie sich alles nur einbilde.«[75] Oder sie wollte
nicht wissen, was sie wissen mußte.

In Gesellschaft von Außenstehenden hielt Henrys Gerüst
meistens, »denn seine natürliche Höflichkeit war stärker als
jede Krankheit.« Mit seinem Schwager George Colley, einem
freundlichen, stocktauben Mann, unternahm er lange Spa-

ziergänge in wechselseitigem Schweigen. Und er wollte seine kleine Tochter nun dauernd um sich haben. Florence, von Furcht beschlichen, schickte Bitha mit ihrer neuen Gouvernante, Miss Baird, und Gerry, einem kleinen Mädchen, dessen Vater in Indien stationiert war und die ein Jahr lang bei den Bowens lebte, aufs Land.

Miss Baird, hübsch und gefühlvoll, mit langen dunklen Wimpern und weichem Haar, schrieb jeden Tag einen reizenden Brief von Bowen's Court: Sie und die Mädchen hatten es sich so richtig nett gemacht. Die beiden Kleinen schliefen zusammen im großen Himmelbett in Bithas Zimmer, und im Garten hatten sie sich ein gemütliches Plätzchen in einer Geißblattlaube eingerichtet, wo Miss Baird den beiden die Bücher von Charles Dickens vorlas.

Die Mädchen hatten im Salon getanzt und Sarah Barry dazu eingeladen. Jetzt spielten sie gerade Puppenklinik. Am Samstag würde sie ihnen die Haare waschen, heute fühle sie sich zu schlapp dafür. Aber sie mußte Mrs. Bowen unbedingt erzählen, was Bitha zu ihr gesagt hatte, nämlich, daß sie, Miss Baird, »so ungewöhnlich pittoresk sei, daß sie damit auftreten könnte.« Wo hatte sie nur dieses Wort her? Miss Baird schickte haufenweise Dank für »die kleine Brosche und Ihr süßes Gedenken […] Es tut mir SO LEID wegen Mr. Bowen. Wie enttäuschend, da es ihm so viel besser zu gehen schien, und dann dieser Rückfall! Liebe Mrs. Bowen, lassen Sie ihn nicht alleine, bis er wiederhergestellt ist.« Jemanden wie Miss Baird konnte man gerade noch gebrauchen, wenn zu Hause die Welt in Scherben fiel.

Henry Bowen erholte sich nicht. Im Winter 1905 schickten ihn die Ärzte zur Behandlung nach England, aber welche Kur auch immer, sie schlug nicht an. Er kehrte zurück, so düster und gereizt wie zuvor. Sein Strom von Klagen und Selbstvorwürfen riß nicht ab. Für das Kind wurde von Onkeln, Tanten und Gouvernanten die Nichtwahrnehmungskampagne in

Elizabeth (links) mit ihrer Cousine Audrey Fiennes

wolkenloser Heiterkeit fortgesetzt, aber hinter geschlossenen Türen ordneten die Ärzte eine Trennung des Patienten von seiner Familie an, und Mr. Bowen erklärte sich bereit, »seine Krankheit allein zu bekämpfen.« Die Gesundheit ihres Vaters sei angegriffen, hörte die Kleine von den Großen. Deshalb würde sie mit ihrer Mutter auf eine lange Reise gehen, um ihre Colley-Verwandten in England zu besuchen. War das nicht schön? »Erwachsene bilden eine Geheimgesellschaft, sie brauchen etwas, an das sie sich klammern können. Sie wagen es nicht, einem Kind zu sagen: ›Es gibt nichts mehr, das du nicht weißt‹«, schreibt sie später in *Das Haus in Paris*.

Sie war sechs, als sie zum erstenmal das Postschiff von Kingstown nach Holyhead nahm und die Irische See kreuzte. In London fand sie in ihrer Cousine Audrey, Tochter von Florence' Schwester Gertrude, die einen Alberic Twisleton-Wykeham-Fiennes geheiratet hatte, ihre erste und engste Freundin.[76] Aber obwohl alle schrecklich nett waren, wurde ihr die Zeit lang: Juni – und noch immer machte Mrs. Bowen keine Anstalten, nach Irland zurückzukehren. Ihren siebten Geburtstag feierte Elizabeth in Suffolk und hatte Heimweh nach Bowen's Court. Im Spätsommer reisten sie endlich zurück nach County Cork, aber zum erstenmal in seinem Leben fand das Kind den Ort seiner Sehnsucht entzaubert. Auch wenn Florence weiter das Banner heiterer Gelassenheit hochhielt, wird sie ihr Kind nicht gründlich getäuscht haben können.

Um das Zusammenleben erträglicher zu gestalten, vielleicht auch um Bitha auf andere Gedanken zu bringen, wurde das Edikt gegen die Bücher und das Lesenlernen plötzlich aufgehoben. Auf Mrs. Bowens Geheiß verwandelte ihre dritte Gouvernante, eine stramme kleine Waliserin, die Geißblattlaube in ein Schulzimmer. Vorbei die Zeit, in der Miss Baird den Mädchen dort *David Copperfield* vorgelesen hatte. »Buchdruck riecht für mich bis heute nach Metall und Tinte und hüllt meine Sinne in kalte Einsamkeit. Soviel lieber bekomme ich vorgelesen, als selbst zu lesen.«[77]

In diesem siebten Winter wagten Henry und Florence Bowen noch einmal ein Zusammenleben in Dublin, aber nach einer Reihe von Schreckenstagen wurde Bitha nachts von ihrer Gouvernante aus dem Bett geholt und in ein Taxi gesetzt, das sie zu Verwandten nach Killiney, einem wenige Meilen entfernten Ort an der Küste, brachte. Henry Bowen begab sich »zu seinem eigenen Besten« in ein Heim in der Nähe von Dublin. Florence und ihre Tochter zogen nach England. Gemeinsam verfolgten sie von nun eine Strategie disziplinierten Schweigens. »Sie ließ mich nicht spüren, was sie durchmachte, und ich stellte keine Fragen.«[78] Es war die Zeit, in der das Mädchen, das so gern lange Wörter sagte, zu stottern anfing.

V DAS VERLASSENE KIND
Kent – Lindum – *Die kleinen Mädchen* – *Heimkommen* – Pavillons der Liebe – *Eva Trout* – *She* – Der Kompost der Kinderbücher – Henry Bowens Rückkehr – Florence Bowens Tod – Harpenden Hall

Fortzugehen, das Haus am Herbert Place und das geladene Schweigen, die Szenen und die Schreierei vergessen zu dürfen, kam für die Siebenjährige auch einer Befreiung gleich. Zu sein, wo niemand etwas wußte, seufzte und peinliches Mitgefühl äußerte, bedeutete Vorteil für England. Ihre Mutter sorgte dafür, daß Bitha das neue Land nicht als Exil empfand, sondern als ein Abenteuer, zu dem sie gemeinsam ausgezogen waren. Sie war nun Bithas einziger fester Bezugspunkt. Der Vater hatte sie verlassen, und keine Gouvernante stand mehr zwischen ihr und der Tochter, die sie an ihrer Stelle getadelt hätte. Aber Florence war sowieso keine große Zänkerin – aus Güte oder aus Gleichgültigkeit, wer weiß. Sie machte es ihrem Kind so leicht, sie zu lieben, und gab zurück, was sie konnte. Cousine Audrey, die nach einem Besuch bei den Bowens ihre Mutter umarmte und Darling nannte, löste Erstaunen aus. So etwas war bei den Fiennes nicht üblich.

Florence wollte, daß Bitha kein »Frosch« sei, und so durfte sie »auf eine Weise herumtoben, bei der andere Mütter die Stirne runzelten – vom Pferd fallen, im Meer planschen […] wie wahnsinnig und bis zum Umfallen meine Runden auf der Rollschuhbahn drehen oder, wenn ich das Geld dafür auftreiben konnte, mich mit der Achterbahn in Abgründe stürzen. Ich war ein zähes Kind und stark wie ein Roß.«[79]

Elizabeth, sechs Jahre alt

In Kent lebten äußerst respektable Colley-Verwandte, wie Cousine Isobel Trench, die Schwiegertochter eines Erzbischofs, und so zogen die beiden nach Folkstone, um sich im Schutz der Trenchs neu zu orientieren, denn eine hübsche, versonnene Frau von Ende Dreißig, die ohne erkennbaren Ehemann und allein mit ihrer Tochter die Küste hinauf- und hinunterambulierte, konnte leicht zum Gegenstand unziemlichen Interesses werden.

Für Bitha war alles an England fremd und wunderbar: das Meer, das Licht, der Trubel, die weißen Hotels von Folkstone, die gestreiften Markisen und roten Seidenschirme auf

der Strandpromenade, die Bonbongeschäfte und die Mode.
Nach dem Ableben Queen Victorias und ihres strengen Zeitalters gaben nun die flotten, blasierten Edwardianer den Ton
an. Die Damen gingen enggeschnürt, trugen aufgetürmte
Frisuren und darauf Hüte voller Rosen, Obst und Geflügel.
Die Vergangenheit, die zu Hause von den Differenzen zwischen Iren und Anglo-Iren verdunkelt war, spielte an dieser
Küste als Erfolgsgeschichte »wie ein prächtiges Musical. Alle
machten mit, einschließlich der alten Römer« und der wa-
ckeren kleinen Nußschalen der Föderation der Cinque Ports,
die den Ärmelkanal bewachten. Admiräle traten auf und Prinzessinnen vom Kontinent, die als Bräute englischer Könige
anlandeten. Im Hintergrund musizierte militärisches Gefuchtel aus Richtung Frankreich. Bitha war mittendrin. Die
Küste von Kent und ihre Geschichte stachelten ihre Phantasie an. Mit acht Jahren trat sie »in eine lange, blühende Phase
ein« und wurde, was Lois sich im *Letzten September*
wünscht: eine von aller Erdenschwere befreite Figur in einem
historischen Roman.

»Ich sah mich selbst im Licht der Geschichte, die meinen
Handlungen zugleich Tragweite und eine Vorahnung ihrer
möglichen Konsequenzen gab. […] Wann oder wie ich mich
dieses Tagtraums entledigte, weiß ich nicht mehr. Tat ich es
jemals? Schriftstellerin zu werden hat mir eine Menge Flausen
ausgetrieben. Aber es ist immer noch ein Bodensatz da. (In
den Größeren, den Giganten meines Gewerbes entdecke ich
eine herrliche, sich selbst freisprechende Albernheit: Würde
oder könnte jemand Schriftsteller werden, der nicht im tiefsten Innern auf irgendeine Weise albern ist?) Als Schriftstellerin kann ich mich nicht mit Figuren befassen […] die nicht auf
irgendeine Weise Schneid besitzen, die keiner großen Handlung oder keiner großen Leidenschaft fähig wären oder die
nicht wenigstens ein Hauch der Zweideutigkeit, die letzte Un-
berechenbarkeit, die vergrößernde Unschärfe ›historischer

Persönlichkeiten‹ umwehte. Soviel ich weiß, ist Geschichte nüchterner und sehr viel weniger romantisch. Aber ich bin es.«[80]

Mit Audrey dachte sie sich ein Tagtraumspiel aus, in dem sie zwei Damen aus dem 18. Jahrhundert darstellten. Elizabeth, die geschickt mit dem Stift war, zeichnete die beteiligten Figuren in ein Heft und schrieb die Geschichte auf, wobei sie »unglaublich lange Wörter benutzte, oft falsch.«[81] Ihren Vater schien sie kaum zu vermissen; nach Bowen's Court verspürte sie kein Heimweh. »Vielleicht sind Kinder auch strenger als Erwachsene, wenn sie sich dem Leid verweigern, wenn sie sich überhaupt weigern, etwas zu fühlen«,[82] schreibt sie später. Und »die Art der Anglo-Iren, ihre Wurzeln in die Spalten jedweder Gesellschaft zu treiben, in die es sie verschlagen hat, und die Herrschaft über die Hühnerstange anzutreten« ließ keine schmerzlichen Gefühle aufkommen.

Nachdem ihre erste Begeisterung ein wenig abgekühlt war, begann sie jedoch, ihr Exil geringzuschätzen und Irland in neuem Glanz zu sehen. »Ich wurde außerordentlich stolz auf meine irische Herkunft und war entschlossen, dies deutlich zu machen«, jedoch nicht in der auffälligen Art der Trench-Cousinen, die in grünen, von keltischen Fibeln gerafften Roben über die Promenade von Folkstone geisterten. Im Gegenteil; sie zeigte es den Engländern, indem sie sich noch englischer, noch vornehmer und korrekter als diese aufführte. Zu Hause sang sie, begleitet von Mama am Piano, die beliebten irischen Schmachtfetzen von Thomas Moore: »The Harp that once in Tara's Halls«, »Let Erin remember« oder, dezidiert antibritisch: »The Wearing of the Green«. Zu Besuch bei den Fiennes-Cousinen setzte es Beulen und Kratzer. Offenbar kam Elizabeth in ein schwieriges Alter. Die Tanten ließen spitze Bemerkungen über ihr hochfahrendes und launisches Wesen fallen. Vielleicht sollte sie besser zur Schule gehen?

Die erste Anstalt war Lindum in Folkstone, und obwohl die Gefahr gering war, daß die Tochter dort ihr Gehirn überanstrengte, gönnte Florence ihr regelmäßige Auszeiten und verlängerte Ferien. Ein Intermezzo, in dem Bitha die Schulstunden mit den beiden reizenden Töchtern eines Pfarrers namens Salmon teilte, fand ein schnelles Ende. Für das Einzelkind war die Idylle dieser Familie »einfach zuviel des Guten. Vielleicht war ich auch einfach eifersüchtig.« Mrs. Salmon las vor, sang und spielte Puppentheater mit den Mädchen; die Schwestern stritten sich nie, und das heftigste der Gefühle war, in dem verwinkelten, verbauten Haus herumzurennen und Verkseck zu spielen.

In ihrem letzten Roman, *Eva Trout*, den Bowen, fünfzig Jahre später, nach Kent zurückgekehrt, schrieb, taucht auch dieser Pfarrer wieder auf, dessen Familie der unbehausten Eva eine Heimat anbietet. Aber sowenig wie die junge Frau, deren »zementharte Ausdrucksweise« niemand aufbrechen kann, einen Hafen findet, sowenig vermochte die Gouvernante der Salmons Bitha das Stottern abzugewöhnen, das sie als einen Charakterfehler – maßlose Ungeduld, Selbstbezogenheit – interpretierte. Kein Wunder, daß das Kind anfing, sich wie ein »Yahoo«, eine Bestie aus *Gullivers Reisen,* aufzuführen. Mrs. Salmon ertrug sie mit Gelassenheit und einem Augenzwinkern; der Pfarrer, den Bitha heimlich verehrte und der sich in der Abteilung »diabolisches Benehmen« sehr wohl auskannte, warf ihr unter seinen schwarzen Augenbrauen gelegentlich einen Blick »sardonischer Wertschätzung« zu.

Sie war helle und wißbegierig, aber weder ihr Witz noch ihre Bockigkeit brachten sie in den Mittelpunkt des Interesses. So durfte sie nach Lindum zurückkehren, in »eine kleine Schule, die trotzdem eine geräumige Welt war. Wir wurden dort nicht unterdrückt. Mit ihren großen Tafeln, knarrenden Pulten und stinkenden Tintenfässern, den Hockeyschlägern, den weißen Mäusen, die wir in der Garderobe versteckten, mit all den Marotten und Geheimwörtern war ich in meinem Element.« Es ist »das Tohuwabohu«, aus dem die Freundinnen Dicey, Mumbo und Sheikie in Bowens Roman *Die kleinen Mädchen* treten sollten.

»Um sie aufzuheitern, wurden je zwei Unzen Brausepulver mit Zitronengeschmack gekauft; das kribbelte nicht nur herrlich auf der Zunge, man konnte mit dem Zeug auch beliebige Schaummengen im Mund herstellen. Sheikie, von Zweifeln überkommen, ob sie als Miss Beaker auf offener Straße Schaum produzieren durfte, blieb vorsichtshalber im Süßwarengeschäft zurück; die hemmungsloseren anderen beiden marschierten los, sie bliesen ihren Brauseschaum u.a. einem fremden Geistlichen ins Gesicht; er mochte glauben, sie seien vom Teufel besessen.«[83]

Doch obwohl Bitha als große Anstifterin galt, war es schwer, überhaupt etwas anzustellen. »1910 war Folkstone ein eleganter, vorschriftsmäßiger und gut überwachter Ort. Die Anzahl der Vergehen, die ein Kind lostreten konnte, ohne dafür angeschrien zu werden, war begrenzt.«[84] Also streifte sie mit ihren Schulkameradinnen durch Gestrüpp und verfilztes sommerliches Gras hügelan oder am Bahndamm entlang, wo ein totes Schaf lag. Immer war sie es, die aufgerufen war, die anderen zu amüsieren. »›Du verausgabst dich zu sehr für deine Freundinnen‹, sagte meine Mutter, wenn ich erschöpft und bleich in der Dämmerung nach Hause gewankt kam. ›Warum können sie dich nicht einmal zur Abwechslung unterhalten?‹«

Fünfzig Jahre später suchte sie nach diesen Wegen, fand die überwachsenen Schienen, das verfallene Viadukt und erinnerte sich an die widerstrebende Liebe, mit der sie das Land über dem Meer »wie aus den Augenwinkeln« betrachtet hatte. »Meine Gefühle begannen sich zu wappnen.«[85] Wogegen? Gegen das Land und die Küste, die ihr fast wider Willen zu einem Seelenort wurden? Oder gegen die Vorgänge, von denen sie ausgeschlossen war? Elizabeth würde sich später an Lachen im Nebenzimmer erinnern und daß man ins Französische wechselte – *pas avant l'enfant!* –, wenn sie auftauchte. Erwachsensein erschien so fabelhaft und erstrebenswert. Es bedeutete, der herrschenden Klasse anzugehören, es bedeutete, daß man verstand, und daß man Spiele mit denen spielen durfte, die noch keine Rolle spielten. Es bedeutete, daß man täuschen durfte.

Zum Beispiel, was den Halleyschen Kometen betraf, der 1910, als Elizabeth elf war, über den nächtlichen Himmel schweifte. Eine Mitschülerin wußte bestimmt, daß er pfeilgerade auf die Erde zufliege. Die Erwachsenen wären natürlich informiert über den kommenden Einschlag, aber sie hielten dicht und ließen sich vor den Kindern nichts anmerken. »Ich glaube, meine Halleysche-Kometen-Panik war so stark, daß meine Angst vor Zusammenstößen irgendwann und für alle Zeit erschöpft war.«[86] Vielleicht wurde aus ihr deshalb eine ebenso furchtlose wie furchtbare Autofahrerin.

Der Mittelpunkt von Elizabeths Universum war Florence, von der niemand weiß, was sie überhaupt den ganzen Tag trieb. Was tat eine Dame, nachdem sie mit der Köchin das Abendessen besprochen und das Mädchen ermahnt hatte, das Messing besser zu putzen? Sie band sich ihren getupften Hutschleier unterm Kinn zusammen, ging aus und machte Besuche; sie kam mit kleinen Päckchen zurück; sie führte die Nadel durch den Stickrahmen und bewachte das Porzellan auf dem Kaminsims. Hatte sie vielleicht, wie Diceys Mutter, eine heimliche Affäre mit einem verheirateten Mann? Gab es Verzicht, Gerede? Bitha hatte ein Wort aufgeschnappt: Erpressung. Was war das? »Das wäre, wenn jemand zu mir käme und drohte, schreckliche Geschichten über uns zu verbreiten, wenn ich ihm kein Geld gäbe«,[87] erwiderte ihre Mutter. Bitha wußte, daß sie kein Geld hatten; damit war die Sache erledigt.

Aber offenbar lebte Florence noch immer in ihrem »eigenen Königreich der Gedanken«: stand am Fenster, summte vor sich hin, wickelte ihren Hutschleier auf und bemerkte nichts – wie die junge Mutter in der Erzählung *Heimkommen*, dem einzigen ihrer Texte, den Bowen autobiographisch inspiriert nannte.

Darin stellt sich Rosalind schon auf dem Heimweg von der Schule vor, wie sie mit ihrer »Herzensmama« – im Original »Darlingest« – den Triumph über einen Einser-Aufsatz teilen wird. »Es war, als wartete man draußen vor dem Hühnerstall, bis die Henne von ihrem Nest aufstand und man selbst hineingehen konnte, um nach dem Ei zu sehen.« Sie würde dieses Ei nicht ohne ihre liebste Mama anrühren. Die beiden würden zusammen danach suchen.

Doch die Mama ist ausgegangen, und Rosalind stürzt aus ihrer Vorfreude in einen Abgrund aus Gewaltphantasien und Schuldgefühlen. »Wie hatte sie ihre Herzensmama jemals allein lassen können? Sie hätte es wissen müssen, sie hätte es wissen müssen! Das Gefühl der Unsicherheit war in ihr Jahr für Jahr gewachsen. Ein anderer Mensch konnte vielleicht Teil von einem selbst sein, er konnte einem fast körperlich gehören, doch wenn man ihn einmal verläßt, hört er vielleicht plötzlich auf zu existieren. […] Man konnte nie sicher sein. Sicherheit und Glück gaukelten die Erwachsenen den Kindern nur vor, damit sie nichts verstanden, womöglich auch, damit sie, die Erwachsenen, selbst nicht nachdenken mußten.« Rosalind öffnet den Schrank ihrer Mutter. »Ein schwacher Geruch nach *Peau d'Espagne* stahl sich aus den Falten der Kleider. Das blaue, das goldene, die weichen, pelzbesetzten Säume des Nachmittagskleids flossen ihr entgegen«, und das Kind glaubt, seine Mutter in den Tod getrieben zu haben. »Was habe ich getan? Ich habe sie liebgehabt, ich habe sie so schrecklich liebgehabt. Vielleicht war noch alles mit ihr in Ordnung, als ich aus der Schule kam. Dann habe ich aufgehört, sie liebzuhaben. Ich habe sie gehaßt und war wütend auf sie. Da ist es passiert. Sie ist über die Straße gegangen, und da ist etwas passiert. Ich war wütend, und sie ist gestorben. Ich habe sie umgebracht.«

Das Herzzerreißende an *Heimkommen* ist, daß die Mutter, als sie zurückkehrt, nicht versteht, daß das Kind außer sich ist. (»Dummerchen, hast du Angst um mich gehabt?«) Rosalind weiß, wie man straft. Sie geht stumm hinaus. Sie wird ihr nie von dem Aufsatz erzählen! Sie wird ganz kalt und gleichgültig sein. »Das würde weh tun!« Doch sie kehrt reumütig um, weil sie glaubt, die Mutter werde ohne sie einsam und traurig sein. Nichts davon. Die Herzensmama hört sie nicht kommen. »Sie stand mitten im Zimmer, das Gesicht dem Fenster zugekehrt, und schaute in die Ferne. Lächelnd und leise vor sich hinsingend, rollte sie ihren Schleier auf.«[88]

Florence Bowen hatte sich bald aus dem erzbischöflichen Schatten begeben und war ein Stück nach Westen, nach Hythe gezogen. Aus Irland waren Mutter und Tochter an klassische Architektur mit viel Platz im Rücken und viel Höhe über dem Kopf gewöhnt, aber die Übersichtlichkeit des 18. Jahrhunderts erschien Bitha öde und traurig; sie erinnerte sie an die Krankheit ihres Vaters. In Kent entdeckten die beiden eine gemeinsame Vorliebe für die weißen viktorianischen und edwardianischen Ferienvillen mit ihren verschachtelten Giebeln, Türmchen, Simsen, Balkonen und von Kletterrosen umsponnenen Erkern, aus deren offenen Fenstern die Spitzengardinen wehten. Obwohl Sparsamkeit angezeigt war, wechselten sie häufig das Quartier. Entzückt von immer neuen pittoresken Erscheinungen, zogen sie die Küste entlang, von Hythe nach Lyminge, weiter nach Seabrook, Folkstone und zurück nach Hythe. Der Haushalt in Dublin war aufgelöst, die Möbel wurden nach Kent verfrachtet. Jeder Umzug kostete ein Vermögen.

Doch es waren schöne, konspirative Momente, wenn es Mrs. Bowen gelang, mit geborgten Schlüsseln und ohne den Hausverwalter in eine leerstehende Villa einzudringen, oder wenn Bitha sich hintenrum durch ein angelehntes Fenster drückte und die Haustür von innen aufhakte. Dann wanderten die beiden Tagträumerinnen flüsternd durch die leeren Zimmer, die nach Staub, kaltem Kohlenrauch und stockigen Tapeten rochen, und wo die Sonne durch die verwilderten Glyzinien vor dem Erkerfenster fiel. »Wer hatte hier wohl gelebt und war auf geheimnisvolle Weise verschwunden? Es war kein Wunder, daß sich mir diese Villen so stark einprägten und nur noch ein paar Jahre darauf warten mußten, eine Hauptrolle in den Erzählungen zu spielen, die ich zu schreiben begann.«[89]

In vielen wiederholt sich die Tagtraumsequenz vom Betreten fremder Häuser. Oft sind es jedoch keine sonnendurchfluteten »Pavillons der Liebe« wie in Kent, sondern bedrohliche Erscheinungen von klaustrophischer oder schreckhafter Natur, ein Irrenhaus wie die Wisteria Lodge in der *Hitze des Tages* oder eine erodierende Bude am Meer in *Kalte Herzen*, deren abgerissene Tapeten, wackelige Geländer und »Wände schimmelig blau wie ein erloschener Himmel« schlechte Vorzeichen sind für das junge Paar, das dort eingedrungen ist und sich vor dem kalten Kamin streitet. Noch in Bowens letztem Roman *Eva Trout* bezieht die Heldin eine leerstehende, von verwildertem Grün verdunkelte Villa an der Küste namens Cathay. Sie ergreift stürmisch Besitz von ihrem Haus und wirft den eigenmächtigen Makler hinaus. Irgendwann klingelt es überraschend an der Tür. »Das so lange unaufgeschreckte Cathay war entsetzt über die Glocke: die Dienstbotengemächer der Unterwelt, die am meisten betroffen waren, taten wie von einer Hornisse gestochen. Und auch die fürstliche Holzvertäfelung knackte [...] Die Besitzerin war nicht weniger empört als ihr Besitz.«[90]

Bevor Bitha lesen lernte, hatte ihr die Gouvernante *David Copperfield* vorgelesen. Später gehörten die Werke von Louisa May Alcott zu ihren Lieblingsbüchern und die Abenteuer von *Scarlet Pimpernel,* dem Retter adeliger Herrschaften vor der Guillotine, aus der Feder der Baronesse Orczy (»sie hat aus mir einen lebenslangen Tory gemacht«). Noch später entdeckte sie Jane Austens *Emma* und Elizabeths Gaskells *Cranford.* »Ja, es gibt Bücher, die mich niemals enttäuschen«, sagte sie mit fünfzig. »Ich erreiche irgendein neues Vorland in meinem Leben und schaue mich um – ja, sie sind noch da, ja, sie sind mir immer noch voraus.«[91]

Mit zwölf fühlte sie sich den Kinderbüchern entwachsen und war bereit für ein literarisches Erweckungserlebnis. Es widerfuhr ihr in Gestalt von *She*, einem viktorianischen Fantasy-Roman von Rider Haggard, »dessen stilistische Mischung aus Spaß und Horror auf mich wie sehr süßer Kakao mit einer Prise Aufputschmittel wirkte.«[92] In *She* herrscht die weiße Königin eines afrikanischen Stamms – mit vollem Namen Sie-der-Gehorsam-zu-leisten-ist – über die verlassene Stadt Kôr. Seit Jahrtausenden hat kein menschlicher Fuß mehr Kôrs Straßen betreten. Nur das tote Mondgestirn starrt auf die Ruinen der Tempel und Paläste hinunter und hinterläßt ein prägendes Bild im Kopf der jungen Leserin: »Der Gedanke, daß Häuser die Menschen überleben, hatte für mich etwas Beruhigendes.«

Beunruhigend war hingegen die Entdeckung des Widerstands. »In meiner Kindheit war die Erziehung gegen den Willen gerichtet. Der Wille mußte gebrochen oder als etwas beiseite geschoben werden, das es gar nicht geben durfte.« *She* nun, Superweib und Über-Erwachsene, fegt die gute Erziehung einfach beiseite. Sie beschließt, den in Afrika gestrandeten Cambridge-Professor Horace Holly zu heiraten und sich – Queen Victoria hin oder her – zur Königin von Britan-

nien aufzuschwingen. Unerhört! Nie zuvor war dem Kind
so viel wilde Selbstverständlichkeit in gedruckter Form ent-
gegengesprungen. Sie-der-Gehorsam-zu-leisten-ist und der
affenhäßliche, freundliche Horace Holly« – beliebter Bowen-
scher Stabreim-Name – »drehten den Schlüssel in meinem
Bewußtsein herum.« Erstaunlich, was Schreiben bewirken
konnte! »Es war wie eine Offenbarung.«[93]

Dreißig Jahre später beschreibt Bowen das verdunkelte
und vom Blitzkrieg heimgesuchte London unter dem vollen
Mond als die ferne geisterhafte Stadt Kôr. Für das Paar ohne
Bleibe, den Soldaten auf Urlaub und sein Mädchen, die darin
herumwandern, ist Kôr der einzige sichere Ort, an dem sie
wenigstens in Gedanken miteinander allein sein können.

Die Früchte der Phantasie wachsen auf dem Kompost der
vergessenen Bücher, die sie als Kind gelesen habe, schreibt sie
später über die Quellen ihrer Imagination. »Alle Empfänglichkeit gehört in das Zeitalter der Magie, das Paradies, in
dem Leben und Traum noch eins waren. Der schöpferische
Autor war einmal das schöpferische Kind, das sich unbedingt
auf die Lügen verlassen mußte, die man ihm erzählte. Wie
sollte er nun die Lüge vom Bewußtsein seines Lebens trennen? [...] Habe ich das erlebt, hat man mir erzählt, daß es
geschehen ist, oder habe ich davon gelesen? Wenn ich
schreibe, erschaffe ich wieder, was vor mir erschaffen worden war [...] Ich sehe zum Beispiel eine Straße, die sich berg-
auf windet, eine Kontur, eine Gestalt, die über den Hügel
kommt – das Näherkommen der Gestalt ist schicksalhaft, es
ist begleitet von Furcht oder Entzücken oder Furcht vor
Entzücken oder entzückter Furcht. Aber wer ist es, und was
geschieht? Kann ich sicher sein, daß es sich nicht um die Gestalt aus einem Buch handelt?«[94]

Während Elizabeth und ihre Mutter in Kent die Villen wechselten, wurde Henry Bowen in Dublin langsam gesund. Nach

fünf Jahren sahen ihn die beiden zum erstenmal wieder, als er
sie zu Weihnachten in Hythe besuchte, ein großer, weißhaa-
riger, stark gebeugter schöner alter Herr von Anfang Fünfzig
mit Zigarettenasche in den Falten seiner Weste. Henry Bowen
habe sich mit Hilfe von Freunden und durch eigene Willens-
kraft aus seiner Umnachtung gezogen, schreibt seine Tochter.»Intellekt, Menschlichkeit, gute Manieren blieben auch
in Henrys dunkelsten Stunden wach: Die reine Unpersön-
lichkeit seiner Freundschaften hielt diesen Kern zu einer
Zeit, als jedes Gefühl Gift für ihn war, ansteckungsfrei und
rein [...] Er wollte zurückkommen; also gelang es ihm.«95 In
Dublin nahm er seine Rechtsanwaltspraxis wieder auf. In
Hythe saß er mit seiner Frau im Erker, und sie sprachen über
die Rückkehr von Florence und Elizabeth nach Irland, die
aus irgendwelchen Gründen immer wieder aufgeschoben
wurde. In Wirklichkeit wußten beide, daß Mrs. Bowens
»Liegekur« in Folkstone keine Heilung gebracht hatte. Elizabeths Mutter litt an Krebs, aber so, wie das Kind immer
nur gehört hatte, sein Vater sei nicht gesund, geriet auch die
Krankheit zum Tode ihrer Mutter in die sprachlich euphe-
mistischen Gefilde einer Sommerfrische.

Elizabeth spürte hinter dem konspirativen Erwachse-
nenschweigen wieder einmal die unbefestigte Lage, und sie
begann »mit einer für ein Kind unnatürlichen Intensität die
Gegenwart zu genießen.« Mit ihrem Vater fuhr sie zu Kri-
cket-Spielen nach Canterbury. Oder sie spazierten zusammen am Meer entlang; der große sanfte Mann, der seine
Hände nicht ruhig halten konnte, und die streng gescheitelte
Bitha mit der langen Nase und dem festen Mund. Was hatten
sie sich zu sagen, Henry Bowen, der wußte, daß seine Frau
sterben würde, und die Zwölfjährige, die die nächste freundliche Täuschung ahnte, aber keine Fragen stellen konnte? Er
spendierte Bitha und ihrer Freundin Hilary Doughnuts mit
Marmelade, als er sie beim Mampfen von Hundekuchen

Elizabeth, dreizehn Jahre alt

überraschte. Er las Mutter und Tochter *Emma* vor und hörte sich die irischen Gesänge an, bis er eines Tages sagte, nun sei es genug.

Ihren dreizehnten Geburtstag feierte Elizabeth auf Bowen's Court. Es war eine triumphale Wiederinbesitznahme des großen Hauses. Am Geburtstagsmorgen stand sie früh auf und rannte barfuß die Treppe hinunter. Die Junisonne strömte durch die offenen Fenster, es roch nach Moos, Laub und Gras. Bis Henry aus Dublin zu ihnen stieß, schliefen die beiden in Florence' Zimmer mit der blauen Morris-Tapete und hörten nachts Graureiher »wie verlorene Seelen« auf den Wiesen schreien. Es war ihr letzter gemeinsamer Sommer, und Florence wird, ihre Tochter im Arm, darüber nachgedacht haben, wer Elizabeth in Zukunft halten würde. In *Friends and Relations* gibt es eine Szene, in der eine Mutter ihr kleines Mädchen ins Bett bringt, und das Kind flüstert:

»›Du hast mich doch lieb? Du hast mich *wirklich* lieb?‹

Janet kniete neben ihr, das Gesicht auf dem Kopfkissen. ›Das ist ein Geheimnis.‹

›So lieb, daß es ein Geheimnis ist?‹

›Du bist mein Schatz.‹

›Mutter, du riechst so wunderbar; ich könnte dich essen … Hast du mich lieber als sonst jemanden auf der Welt?‹«[96]

Im Garten bogen sich die Pfingstrosen über die niedrige Buchsbaumhecke. Verwandte kamen, und die Cousinen nahmen ihre Spiele wieder auf. Es waren makellose Tage, bis Florence sich im Juli zu einer weiteren »Liegekur« nach Dublin begab. Als ihre Mutter – aus dem Auto winkend – an einem Regentag davonfuhr und Elizabeth ins Haus zurückging, war es nicht die Familie, sondern »das Aussehen« der Bibliothek, das ihr die Gewißheit gab: Sie wird nicht wiederkommen. »Meine Mutter starb nicht in Dublin«, schreibt Bowen in sich wappnender Kürze. Sie erholte sich soweit, daß sie nach Hythe zurückkehren konnte; sie war gefaßt, sogar glücklich, wenn die Schmerzen erträglich waren. Ihrer Tochter teilte sie mit, sie habe »gute Neuigkeiten; ich werde nun bald wissen, wie es im Himmel aussieht.«[97] Zwei Monate später starb Florence Bowen in einem blauen Erkerzimmer. Henry und ihre Schwester Laura waren bei ihr.

Elizabeth hatte man nach nebenan zu ihrer Freundin Hilary ausquartiert. Dort blieb sie, bis ihre Tante kam – nicht um sie zu holen. Am Tag der Beerdigung war sie immer noch bei den Nachbarn, laut und ungestüm zur allgemeinen Konsternierung und jeden Trost zurückweisend. Niemand durfte darüber sprechen, daß sie nachts in dem fremden Bett weinte. Florence' Tod löste in ihrer Tochter ein Gefühl von »Entstellung, Demütigung und Schmach« aus. Sie glaubte, fortan nie wieder Vertrauen fassen zu können, und »Mutter« war ein Wort, das ihr nie wieder glatt über die Lippen gehen sollte. »Es gibt zwei schreckliche Dinge in der Kindheit: die Hilflosigkeit (anderen Menschen ausgeliefert zu sein) und die Vorstellung, daß uns etwas Furchtbares, das man nicht sagen kann, verheimlicht wird.«[98]

Bowens Romane und Erzählungen sind voll von unbehausten, in sich zusammengezurrten Kindern, die ihre Eltern verloren haben und ihre Gefühle nicht zeigen können.

Da ist der kleine Roger in *The Visitor*, der zu zwei netten, aber unerträglichen Damen in der Nachbarschaft abgeschoben wird, als seine Mutter im Sterben liegt. Ihr Tod ist eine einzige Peinlichkeit. Niemand erwähnt ihn; alles ist Ablenkung, hilflose, idiotische Scharade und ergötzliches Geschnatter hinter seinem Rücken über den armen kleinen Jungen und seine Mutter, die so gute Kameraden waren. Roger ist zerrissen von der Angst, daß andere über den Tod sprechen könnten, und lauert zugleich auf die Aufmerksamkeit, die er verstohlen genießt. Die Blicke und Bemerkungen »brannten wie Flammen in seinem Rücken. Dann haßte er sich selbst. Er mochte es, angeschaut zu werden.« Er denkt daran, auf den Apfelbaum im Garten zu steigen, weil er von dort die Fenster seines Elternhauses sehen kann. Wenn die Jalousien herabgelassen würden, wüßte er Bescheid. »Ich *muß* es wissen. Sie dürfen es mir nicht sagen. Oh, hilf mir, laß nicht zu, daß sie kommen und es mir sagen! Es wäre, als ob sie mich sähen, wie ich zusehe, daß sie getötet wird. Mach, daß das nicht geschieht!«[99]

Da ist Frederick in *Tränen, vergebliche Tränen* mit seiner schrecklich tapferen verwitweten Mutter, der mit sieben Jahren eigentlich schon zu groß zum Weinen ist und dessen Augen »wie Wunden auf der Oberfläche der Welt« sind, »deren furchtbarer, nicht zu lindernder Schmerz in einem fort aus diesen Wunden blutete, ohne je zu versiegen.«[100]

Da ist der berechnende kleine Leopold in *Das Haus in Paris*, der die elfjährige Henrietta fragt: »›Hör mal, jetzt, wo deine Mutter tot ist und du sie nie mehr sehen kannst, willst du sie trotzdem weiter lieben, oder hat das keinen Sinn mehr?‹ [...] Die Verletzungen, die Kinder sich zufügen, wenn sie unter sich sind und miteinander reden, nehmen kein Ende«,[101] wußte Bowen.

Und da ist ihr später Roman *Die kleinen Mädchen*, in dem sie sich endlich ganz der Landschaft ihrer Kindheit und dem begrabenen Schmerz zuwendet. Auslöser der Erinnerung ist eine Keksdose, die sie und ihre Mitschülerinnen in einem Loch in der Gartenmauer versteckt hatten. In der Dose sind Notizen in Geheimschrift und zerbrochener Nippes. Im Roman läßt sie drei kleine Mädchen im Schulgarten eine Kiste mit ähnlichen Dingen vergraben, die der Nachwelt etwas über sie verraten sollen. Was Elizabeth auf der Schule Harpenden Hall und die drei im Roman vollziehen, erscheint wie das Nachholen eines Abschiedsrituals, das ihr als Kind vorenthalten wurde. Die Entdeckung, daß die Kiste – der Sarg – leer ist, führt im Roman zu einer schweren Krise, in der die alt gewordenen kleinen Mädchen endlich ihre Beziehungen klären müssen.

Henry Bowen kehrte allein nach Irland zurück. Niemand schien daran gedacht zu haben, daß seine Tochter ihn begleiten könnte, nicht einmal sie selbst. Er war ihr mit den Jahren abhanden gekommen. In ihren Erinnerungen ist nirgendwo die Rede davon, daß er fehlte. »Die Unbeständigkeit von Kindern […] verletzt ihre älteren Verwandten – Kinder lassen zum Beispiel, ohne mit der Wimper zu zucken und mit einer Schlichtheit, die nicht böse gemeint ist, andere Menschen im Stich.«[102] Die symbiotische Beziehung zu ihrer Mutter, in der er keinen Platz beanspruchte, und die fünf Jahre seiner Abwesenheit hatten Henry zu einer geliebten, aber fernen und unzuständigen Gestalt werden lassen.

Als Florence über Bithas weiteren Weg entschied, wählte sie als Ersatzfamilie ihre sanfte, unverheiratete, etwas schusselige Schwester Laura, die ihrem Bruder, dem Kuraten Wingfield Colley, den Haushalt führte. Bitha, die lieber auf eine Internatsschule gegangen wäre, als in ein neues »Heim« verpflanzt zu werden, siedelte ins Pfarrhaus von Harpenden in Hertfordshire über, heute eine Pendlerstadt östlich von London. Wenn aus ihrem versteinerten Herzen in dieser Zeit ein Funken Liebe geschlagen werden konnte, schreibt sie, dann für Onkel Winkie, einen schmerzlich schüchternen Mann, der sich kleine Geschenke, Überraschungen und Scherze für die Dreizehnjährige ausdachte, die von dankenswerter »verständnisvoller Sprachlosigkeit begleitet waren.«[103]

Tante Laura hatte mit ihrer Nichte offenbar ein Angebot erhalten, das sie nicht ablehnen konnte. Sie wuchs an ihrer Aufgabe. Doch außer ihr gab es noch ein ganzes »Komitee von Tanten«, das sich ebenfalls erziehungsberechtigt dünkte. Hin und her gereicht zwischen England und Irland, fühlte sich Elizabeth »zu jedermanns Verfügung. Und obwohl ich ganz glücklich war, lebte ich mit der heimlichen Angst, daß es mir nicht gelingen würde, wirklich erwachsen zu werden. Vielleicht war es diese Angst, die mich zum Schreiben angetrieben hat. Autorin und erwachsen zu sein – war das nicht das gleiche? Heute verstehe ich, daß ich zu den Erwachsenen aufschließen und zugleich ihre Autorität niederreißen wollte.«[104]

Zum Komitee gehörte Tante Edie, die Frau des tauben George Colley, die in Clondalkin bei Dublin über eine vielköpfige Familie und Corkagh House, eine große, etwas heruntergekommene alte Schachtel voller viktorianischer Möbel, regierte. Elizabeth und Tante Edies Tochter Noreen, obwohl sehr viel jünger als ihre Cousine, wurden Freundinnen. Nahebei lebte Tante Maud, die auch ein Wörtchen mitzureden hatte. Ihre Zeit war eigentlich mit der Bekehrung der Dubliner Juden ausgefüllt, aber eine Gelegenheit, die Nichte zurechtzuweisen, bot sich immer. Auch als erwachsene Frauen wischten sich Elizabeth und ihre Cousinen den Lippenstift ab, ehe sie bei Tante Maud eintraten.

Ist es ein Wunder, daß Tanten überall in Bowens Werk als Wiedergänger unterwegs sind? Tief kann eine jugendliche Abneigung sinken und fünfzig Jahre später mit großer Frische wieder in *Die kleinen Mädchen* emporquellen. Als der Roman erschien, bemerkte Charles Ritchie, es käme ihm so vor, als würden da mit eiskalter Munterkeit ein paar alte Rechnungen beglichen. »Oh ja, erwiderte sie, du kannst dir nicht vorstellen, wie viele.«[105]

»Die Tante sah nicht nur gespannt und gierig aus, sogar ihr Kneifer glitzerte zielbewußt. Schlimmer noch: Obwohl sie von Kopf bis Fuß modisch zeitlos gekleidet war, hatte sie ihren Aufzug mit einem umfangreichen schwarzen Strohhut gekrönt, der, dem stockigen Geruch und Aussehen nach, kürzlich mit einer als giftig bekannten Hutfarbe aufgefrischt und mit Elsterfedern verziert worden war. Der Eindruck, der dadurch entstand, war nicht der von Anmut oder Forschheit, sondern vielmehr der, daß sowohl der Hut als auch seine Trägerin chemisch gereinigt worden waren, und daß dieser Vorgang auf sie derart gewirkt hatte, daß sie nun wie eine Friedhofshecke aussah. Die Flügel waren nämlich kein sportlicher, sondern einfach toter Vogel [...] Sogar eine lebende Elster ist ein böses Omen.«[106]

Am liebsten hätte Elizabeth erneut dort begonnen, wo keiner etwas wußte, seufzte oder unerträgliches Mitleid äußerte. Wußten die neuen Mitschülerinnen auf Harpenden Hall schon über sie Bescheid? Würden sie grausame Fragen stellen? Hin und her gerissen zwischen dem Wunsch, unsichtbar zu sein und als das verlassene Kind gesehen und respektiert zu werden, trug Elizabeth als einziges Zugeständnis an ihre Trauer eine schwarze Krawatte zur Schuluniform (brauner Trägerrock, blau-weiß gestreifte Bluse, braune Krawatte; sie gefiel sich darin). »›Mein Schwarz‹ war das letzte, das mir von meiner Mutter geblieben war. Wenn ich dies abgelegt hätte, würde nichts mehr übrig sein. Denn ich konnte mich weder ihrer erinnern noch an sie denken, über sie sprechen oder ertragen, daß über sie geredet wurde.«[107]

Die Pubertät sei gnädig an ihr vorbeigerauscht, und außer mit Masern, Mumps, schlechten Schulnoten und einer Neigung zu lebensgefährlichen Streichen, zu denen sie die anderen Mädchen anstachelte – auf Dächer zu steigen, mit verbundenen Augen radzufahren oder auf Brückengeländern zu balancieren –, sei sie ungeschoren davongekommen, schreibt sie in *Pictures and Conversations*, ihrem letzten Buch, das über drei autobiographische Kapitel nicht hinauswachsen konnte (und dessen Titel »Bilder und Unterhaltungen« aus dem ersten Absatz von *Alice im Wunderland* stammt). Niemals verliert sie darin das mokante Lächeln in der Stimme, wenn sie über die Moden und Marotten schreibt, die in der Schule grassierten, über die okkulte Phase, die Suche nach

Geheimgängen im Keller oder die Keksdose in der Mauer. Eine Weile wippten bunte Zelluloid-Vögel auf Mützenrändern oder wurden wie Jagdfalken auf dem Finger herumgetragen, gestreichelt und befehligt. Was noch weh tun könnte, wird ausgespart oder ins Unernste überführt. Nur keine peinliche Inkontinenz der Seele! »Überwältigende Albernheit« sei der einzige Begleitumstand ihrer Pubertät gewesen. »Namenlose quälende Verwirrung, Konflikte und Sehnsüchte kannte ich nicht; hatte nie davon gehört.«[108]

In den Sommerferien kam der Vater zu Besuch, und zusammen mit Onkel Wingfield und Tante Laura fuhren sie in die Schweiz. Die Stationen Brüssel, Köln und eine Dampferfahrt auf dem Rhein ließ Elizabeth an ihrem kühlen Auge und ihrem versteinerten Herzen nahezu unbeachtet vorbeiziehen. Als das Schiff irgendwo bei Sonnenuntergang anlegte, marschierte eine Gruppe Schuljungen singend von Bord. Die Erwachsenen lächelten, aber Elizabeth waren der Gesang und die gute Laune zuwider.

VI
KRATZFESTER SCHLIFF
Der Erste Weltkrieg – Osterrebellion – Unabhängigkeitskrieg – IRA auf Bowen's Court – Downe House – Verlobung – Soldaten mit Kriegsneurose – Dem Leben ins Auge blicken

Den Sommer 1914 verbrachte Elizabeth mit ihrem Vater auf Bowen's Court. Tante Sarah, Henrys Schwester, die zwanzig Jahre zuvor ihre Befugnisse an Florence abgetreten hatte, kam für die Ferien aus Mitchelstown zurück, um den Haushalt zu führen und die beiden Teenager Elizabeth und Audrey im Auge zu behalten. Es regnete, und die Mädchen hatten keine anderen Sorgen als das Gartenfest auf Mitchelstown Castle am 5. August. Würde es aufklaren? Was sollten sie anziehen? Und die Hüte? Bis es soweit war, saßen sie in der Bibliothek und bastelten aus Streichholzschachteln und Stoffresten Möbel für ein Puppenhaus. Später würde sich Elizabeth an keine anderen Gegenstände des Interesses erinnern: Die Party. Die Hüte. Das Puppenhaus. Das Wort Krieg war nicht bis zu ihnen gedrungen.

Am 5. August hörte es auf zu regnen; der Tag war grau, kühl und windig. Die Morgenzeitung war nicht gekommen. Um elf Uhr rollten sie in der offenen Kutsche die Auffahrt hinunter. Auf dem Weg nach Mitchelstown hielt Mr. Bowen vor dem Postamt. »Wir mußten eine Minute warten; das Pferd schlug mit dem Huf aufs Pflaster, dann sah ich ihn in der niedrigen dunklen Türöffnung stehen. Er räusperte sich und sagte: ›England hat Deutschland den Krieg erklärt.‹ Dann stieg er wieder ein und fügte hinzu: ›Wahrscheinlich gab es keinen anderen Ausweg.‹ Alles, was ich herausbrachte, war: ›Dann können wir also nicht zum Gartenfest gehen?‹ […] Wenn ich mit zehn oder zwölf altklug war, so war ich mit fünfzehn praktisch ein Idiot.«[109]

Mitchelstown Castle war ein riesiges, bizarres, neugotisches Ungetüm; das größte Schloß in Irland, aber noch keine hundert Jahre alt und für einen königlichen Gast errichtet, der niemals auftauchte. George IV., der bei seiner Irlandvisite als Prince of Wales 1821 nicht bis Mitchelstown gekommen war, hatte dem dritten Grafen, ›Big George‹ Kingston, versprochen, beim nächstenmal vorbeizuschauen. Aber er sah Irland nie wieder, und so »schnitten sich die kalten Winde, die von den Galtees herabfegten, an seinen diamantscharfen Kanten und an den Türmen und Türmchen«,[110] die in leerer Pose aufragten. Niemand schritt durch die endlosen Galerien, die in Erwartung Seiner Majestät prunkvoll ausgestattet worden waren. Im Sommer 1922 wurde das Schloß von der IRA in Brand gesteckt. Die Zisterziensermönche, die die Ruine nach dem Krieg abtrugen, brauchten fünf Jahre, um alle Steine aufzuladen und nach Mount Melleray in der Grafschaft Waterford zu transportieren, wo sie eine Kirche daraus errichteten.

Der 5. August war einer dieser Tage, deren Schicksalhaftigkeit sich nicht erst in der Rückschau enthüllt. Was hast du am ersten Tag des Ersten Weltkriegs gemacht? war eine Frage, die Elizabeth Bowen fünfundzwanzig Jahre später noch genau beantworten konnte. Es war der Tag des jährlichen Gartenfestes; es war der Tag, der das letzte Kapitel in der achthundertjährigen Siegergeschichte der Anglo-Iren einleitete. Keine zehn Jahre später würden die meisten der Gäste tot oder vertrieben sein, ohne Erben und ohne Häuser. »Über die Schloßterrassen, die offen und preisgegeben am Fuß der Berge lagen, fegte der Wind; Staub und Steinchen flogen ins Eis; die Kapelle hielt sich tapfer, wenn auch mit

Mühe, auf ihrem Posten. Die ungeheuerliche Nachricht rettete das Fest, das sonst wohl ziemlich langweilig ausgefallen wäre. Fast jeder sagte, er hätte sich gefragt, ob er wirklich kommen solle, aber alle waren gekommen – und das war richtig so.«[111] Jede gute protestantische Familie aus der Umgebung war mit einer Abordnung auf Mitchelstown Castle vertreten, allesamt beinharte Unionisten, die ihre Söhne auch in diesen Krieg für König und Vaterland schicken würden. »Gedenktafeln in protestantischen Kirchen verzeichneten Tode auf weitentlegenen Schlachtfeldern; Schwerter hingen in der Halle.« Und noch etwas bewegte die Gesellschaft: Würde der Krieg das Schreckgespenst »Home Rule« aufhalten?

Eine Bewegung, die Union mit England zu lösen und ein eigenständiges irisches Parlament zu bilden, gab es seit den siebziger Jahren des 19. Jahrhunderts, doch Gesetzesvorlagen scheiterten regelmäßig im britischen Oberhaus. 1914 brachten die Liberalen – auch gegen den Widerstand aus den sechs nördlichen irischen Grafschaften – »Home Rule« erfolgreich durch beide Häuser, setzten die Selbstverwaltung jedoch wegen des Krieges aus. Irland war auf dem Weg, sich von England abzulösen, aber den militanten Patrioten riß die Geduld. Am Ostermontag 1916 improvisierten ein paar beherzte, aber schlecht organisierte Männer einen Aufstand, hißten die irische Trikolore auf der Dubliner Hauptpost in O'Connell Street und riefen die Republik Eire aus. Die Briten reagierten auf die Rebellion, für die in Dublin weniger als zweitausend Männer (und auch ein paar Frauen) in den Straßen kämpften und die im übrigen Land kaum ein Echo fand, mit großer Härte. Ein britisches Kanonenboot kam die Liffey heraufgedampft und schoß O'Connell Street in Trümmer.

»In jener Zeit [...] dachte man bei einer Schlacht an Schlachtfelder und noch nicht an Städte. [...] Etwas im Erscheinungsbild moderner Städte mit ihrer taghellen Normalität, ihren glatten Durchgangsstraßen und lichten Fenster-

scheiben bot der Idee der Gewalt Trotz und ließ sie anachro-
nistisch erscheinen – als etwas, das völlig aus dem Rahmen
fiel. Die Städte sahen nicht nur sicher aus, sie fühlten sich im
Innersten auch sicher an. [...] Dublin hatte sich so weit zur
modernen Stadt entwickelt, daß sie die erste war, die diese
Illusion zerschellen sah.«[112]

Fünfhundert Menschen starben während der Unruhen,
ganze Straßenzüge wurden zerbombt, verbrannt und geplün-
dert. (Gleichwohl servierte man im Shelbourne Hotel den
Tee so lange im vorderen Salon, bis eine Kugel durchs Erkerfenster pfiff und ein Rosenblatt vom Hut einer Dame schor.)
Die Rebellen schlugen sich angesichts der überwältigenden
britischen Übermacht mit Todesverachtung, aber nach einer
Woche war alles vorbei. Ihre Anführer wurden hingerichtet.
Wer sich der Unterstützung verdächtig gemacht hatte, lan-
dete für Jahre im Gefängnis. Der spätere Premierminister
Eamon de Valera, der Bolands Keksfabrik verteidigt hatte,
kam nur mit dem Leben davon, weil er amerikanischer Staatsbürger war.

Hauptmann John Bowen Colthurst, ein entfernter Vetter
von Elizabeth, hatte bei einer Razzia gegen die Aufständischen
den Journalisten Francis Sheehy Skeffington verhaftet, einen
etwas schrägen Vogel, Pazifist und Feminist, den James Joyce
den »gescheitesten Mann am University College« nannte
(nach ihm selbstverständlich). Sheehy Skeffington hatte eine
Zivilschutztruppe zusammengestellt, die Plünderungen Einhalt gebieten wollte. Entweder weil er Zeuge geworden war,
wie Bowen Colthurst einen unbeteiligten Jungen über den
Haufen geschossen hatte, oder weil der Hauptmann, wie sein
Vorgesetzter später aussagte, »ein bigotter Neurotiker« war,
ließ Bowen Colthurst den Journalisten liquidieren. Für diesen
»fiebrigen und grausigen Bruch des Kriegsrechts«[113] wurde er
von der Armee zur Verantwortung gezogen und von seinem
Richter für wahnsinnig erklärt. Henry Bowen, der von der

aufgelösten Mutter, Cousine Georgina, um Hilfe gebeten worden war, konnte ihm als Experte für Bodenreform nicht beistehen und empfahl einen Kollegen vom Strafrecht. Nach knapp zwei Jahren in einer geschlossenen Anstalt war John Bowen Colthurst wieder frei, ging nach Kanada und verzehrte dort in Ruhe seine Pension. In der Verfilmung von *Der letzte September* beförderte der Drehbuchautor John Banville den netten englischen Leutnant Gerald Lesworth zum Captain Colthurst, ein Wink, daß man auch im Jahr 1999 alte Familienzugehörigkeiten nicht vergessen hatte.

Es waren Taten wie die von Bowen Colthurst; die Unmenschlichkeit, mit der die Briten den Aufstand niedergeschlagen hatten und die ruchlose Exekution ihrer Anführer, die zu einem Meinungsumschwung und 1919 zum Krieg gegen England führten. Er endete zwei Jahre später mit einem Abkommen, aus dem der irische Freistaat als Dominion im Commonwealth hervorging – ohne die sechs Grafschaften im Norden. Doch damit war der Keim für neuen Zwist gelegt: Die radikalen Republikaner weigerten sich, die sechs Grafschaften abzuschreiben und dem englischen König den Treueschwur zu leisten. Der Gründung des Freistaats folgte ein Bruderkrieg zwischen Republikanern und Freistaatlern, der tückischer und verlustreicher als der Kampf gegen die alte Kolonialmacht geführt wurde. Es war die Zeit, in der Kasernen und Brücken in die Luft flogen, in der Männer in Trenchcoats alte Damen nachts aus ihren Betten holten und Familien unter Absingen von »God save the King« ihre Häuser in Flammen aufgehen sahen.

Bowen's Court wurde von denselben IRA-Leuten besetzt, die einige Tage zuvor Mitchelstown Castle angesteckt hatten. Henry Bowen war in Dublin; das Personal hatte beizeiten die Familienportraits evakuiert und das Haus von allem Wünschenswerten befreit. Kahle Wände, leere Schränke und verschreckte Gesichter empfingen die Männer. Sie verminten das Haus und die Auffahrt, doch sonst benahmen sie sich »lammfromm«, lagerten auf den kahlen Sprungfederrahmen und lasen, was sie vorfanden (Kiplings gesammelte Werke). Nichts geschah. Nach vier Tagen zogen sie ab. Tante Sarah, die aus Mitchelstown angereist war und sich einen energischen Auftritt zurechtgelegt hatte, fand das Haus verlassen vor. Sie ließ sich von der Haushälterin eine Matratze ausrollen, sammelte den aufgeschlagen herumliegenden Kipling ein und formulierte eine Rede, die sie den IRA-Männern halten wollte. Aber sie kamen nicht zurück, um sie zu hören.

Elizabeth Bowen war zu keiner Zeit eine Befürworterin von »Home Rule«. Sie glaubte, daß Irland unter einer wohlwollenden konservativen britischen Regierung weit besser fahren würde als unter einem Haufen Republikaner. In diesem August 1914 trat Irland jedoch selbstverständlich an der Seite Englands in den Krieg ein, der nahezu eine ganze Generation junger Männer auslöschen sollte.

»Der Krieg gab uns das Gefühl ständiger Unsicherheit, und wir wuchsen in dem Bewußtsein auf, daß das Leben gefährlich und gefährdet war. Ich glaube, das hat meine Generation so nervös, skeptisch, zynisch und zugleich hypersensibel gemacht. Wir sahen hilflos zu, wie die Welt, die wir einmal erben sollten, in Stücke geschlagen wurde.«[114] Elizabeth ging in diesen Jahren auf ein Internat in England. Es war der vorgezeichnete Bildungsweg für ein Kind ihres Standes und sollte der Gefahr eines irischen Akzents entgegenwirken. Downe House bei Orpington in Kent war eines dieser ehrgeizlosen Institute, in denen, noch ganz in der Tradition des 19. Jahrhunderts, ein wenig intellektuelle und gesellschaftliche Politur aufgetragen wurde, ehe die jungen Dinger heirateten. Siebzig Jahre zuvor war es der Landsitz von Charles Darwin gewesen, und der riesige, von einem eisernen Ring zusammengehaltene Maulbeerbaum vor dem Haus beschattete bereits zu seiner Zeit den Rasen. Wenn der Wind aus Richtung

Frankreich wehte, hörten sie den Kanonendonner bis ins Klassenzimmer, und daß junge Männer dort drüben für sie starben, war eine Lektion, die ihnen täglich eingebimst wurde. Das mindeste, was sie als Mädchen für England tun konnten, war, sich anständig zu benehmen. Als ehrlos galt es, im Unterricht Spickzettel zu Rate zu ziehen und sich beim Essen vollzustopfen. Gutes Benehmen kam trotzdem manchmal unter die Räder. Auf einem Schulkonzert sangen die Mädchen patriotische Lieder, die bei den meisten Familien, deren Männer und Söhne eingezogen waren, nicht gut ankamen. Nach dem Konzert »gab es ausgezeichnete belegte Brötchen, und einige nutzten die Gelegenheit, sich tüchtig vollzustopfen.«

»Ich tat mich dort in keiner Weise hervor. Ich war ein unordentliches und faules Mädchen«, sagte sie später. Was ihr die Schule verlieh, war »kratzfester Schliff«, und das offenbar ohne Schmerzen. »Als zähes, dickfelliges Kind litt ich überhaupt nicht«, und gegen den Stachel zu löcken bereitete ihr schon damals keinen Spaß. »Nichts ist mir lieber, als Teil einer Herde zu sein.«[115] Bowens Erinnerungen an Downe House sind in ihrem ironischen Ton gehalten, der über alte Empfindlichkeiten locker hinwegstreicht. »Auf dem Dachboden des Haupthauses gab es über den Schlafzimmern eine Kammer mit Säcken und einem Wassertank, wo sich eine unternehmungslustige Person ausheulen konnte. Weniger wählerische Leute weinten in ihrem Bettabteil.«

Da die grüne Schuluniform sie alle gleich aussehen ließ, erschien es um so dringlicher, seinen Spleen zu kultivieren. Die Schlafzimmer waren in dachlose Stoffzelte abgeteilt, und im ständigen Luftzug der undichten Fenster wedelten und flappten an jeder Vorhangstange angebundene Familienphotos – »einige der Abgebildeten waren eher entfernte Verwandte, aber wegen ihres guten Aussehens gewählt worden« – oder Portraits von Napoleon, Mozart, Charles I. und dem schönen jungen Dichter Rupert Brooke, der im Krieg umkam. »Es galt als Versäumnis, nicht wenigstens eine Sache bis zum Exzeß zu betreiben, und wenn ich in einem Fach nicht außerordentlich gut sein konnte, wollte ich wenigstens außerordentlich schlecht sein. Die Persönlichkeit schlug in Placken durch, wie Feuchtigkeit durch Mauerwerk.«

Elizabeths Befürchtung, die Schule werde ihren Charakter verbiegen, erwies sich als unbegründet. Albernheit war zwar nicht erwünscht, aber eine Marotte, wie die Haltung abgewetzter Stofftiere, durfte ausgelebt werden. Die Klassenkameradin mit dem blauen Plüschelefanten wanderte durch die Flure und forderte die anderen auf: Du mußt meinen Elefanten küssen! Elizabeth spielte auf einem Balkon die heidnische Königin Jezebel zusammen mit einem Teddybären von unklarem Rollenprofil.[116] »Es war vielleicht eine angemessene Art, Gefühle zu banalisieren. Wir können nicht wirklich idiotische Mädchen gewesen sein.« Jedenfalls nicht idiotischer als die meisten Teenager.

Mit fünfzehn wollte Elizabeth Architektin werden. »Aber ich hatte überhaupt keinen Ehrgeiz. Mit Sicherheit hätte ich als Architektin keine große Karriere gemacht, und es ist mir heute klar, daß ich keinen Kopf für Mathematik hatte. Aber in dem Alter war meine Vorstellung von Karriere eben, Architektin zu werden. Ich habe ständig Aufrisse gezeichnet und Modelle gebastelt und gedacht, ich würde gern etwas bauen.«[117] Außer einem anhaltenden Interesse an schönen Häusern und einer geschickten Hand beim Einrichten ihrer Wohnungen entwickelte sich nichts aus diesem Wunsch. Vielleicht lieber schreiben als basteln? Sie glänzte im Literaturkurs ihrer Direktorin, Olive Willis, in dem sechs, sieben Schülerinnen miteinander wetteiferten und einander ihre Erzählungen vorlasen. Was trug Miss Willis zu ihrer Entwicklung bei? »Meine Aufsätze strotzten vor jugendlicher Anmaßung und erweckten die herbe, aber willkommene Kritik

Theaterprobe in Downe House, Miss Willis in der Mitte

meiner Direktorin. Soweit ein Mensch einem anderen überhaupt beibringen kann, wie er nicht schreiben soll, so hat sie
das getan.«

Schlecht war Elizabeth im Sport; aber recht gut in Gym-
nastik. Da sie sich trotz ihrer Kurzsichtigkeit weigerte, eine
Brille zu tragen, kam sie in Mannschaftsspielen wie Hockey,
Kricket und Lacrosse, einer mörderischen Angelegenheit mit
Netzschlägern und einem knallharten Ball, nicht recht zum
Zuge. »Aber es machte nichts, wenn man schlecht war,
Hauptsache, man zeigte Einsatzfreude.« Theaterspielen war
amüsanter. »Ich trat sehr gerne auf. Ich fand es außerordentlich schön, wenn andere mich mochten, und ich sehnte mich
heimlich danach, bewundert zu werden.« Im Garten diente
eine Rasenbank vor einem Hintergrund aus Ilex und immer-
grünen Sträuchern als Freilichtbühne, auf der die Zöglinge,

von Miss Willis angeleitet, Stücke von Shakespeare aufführten. Die Blätter des Ilex wurden bei den Proben auch gekaut. »Wir mümmelten ständig irgendwelche merkwürdige Substanzen: Blätter, Gras vom Sportplatz, Papier, Gummi, Bleistiftstummel oder Taschentuchsäume.« Aber offenbar nichts, das für einen kleinen Rausch gut gewesen wäre.

Ernsthafte Gespräche wurden abends auf einem von funzeligen Gaslampen erleuchteten Flur geführt, wenn die Mädchen dort am Heißwasserhahn ihre Wärmflaschen füllten. Auf dem Flur hing auch ein Heizkörper, an dem sie sich durch den Morgenmantel das Kreuz wärmten. Und was wurde da verhandelt? »Wir hatten kein übermäßiges Interesse an Sex.« Was zu diesem Thema zu begreifen war, stand in der *Encyclopædia Britannica*. Auf dem Flur ging es um »Kunst, Katholizismus, Selbstmord oder wie unmöglich sich eine wieder aufgeführt hatte.« Einig waren sich die Mädchen nur, daß sie alle früh heiraten wollten. Warum? Die Hochzeit war, wie der Schulabschluß, eine Station auf dem Lebensweg, die abgehakt werden mußte. Erst wenn man nicht mehr »L.O.P.H. (Left On Pa's Hands)« war und statt dessen ein Haus in Kensington mit einem Staudengarten, zwei Angestellten, dazu einen alten Morris und einen gutverdienenden Mann besaß, konnte das richtige Leben beginnen. Vielleicht wären da noch zwei gutgelungene Söhne, die jedoch aufs Internat gingen und nicht weiter in Erscheinung traten. Denn kaum eine der jungen Damen sah der Mutterschaft mit Interesse oder Vorfreude entgegen. Und »niemals wurden wir von den Lehrerinnen als künftige Mütter angesprochen.« Als künftige Geschäftsfrauen, Architektinnen, Autorinnen, Ingenieurinnen, Ärztinnen oder Wissenschaftlerinnen allerdings auch nicht.

Miss Willis zerstreute die Zusammenrottungen auf dem Flur um Punkt neun Uhr, wenn es »Gebet und Licht aus« hieß. An Samstagen schälten sich die Schülerinnen aus ihren Uniformen und schwarzen Strümpfen, lösten die Haare, die

sonst so stramm zurückgebunden waren, daß sie kaum die
Augen schließen konnten, zogen Korsetts und ihre guten
Sachen an. Dann spielte eine von ihnen auf dem Klavier in
der Turnhalle. Sie tanzten zusammen, und manchmal forder-
ten sie auch eine der Lehrerinnen auf, »mit allen Zeichen von
Munterkeit, die mir heute, da ich zurückblicke, Respekt
abnötigen.«

Bei den Mahlzeiten war lebhafte Konversation Pflicht. Ein
Team von acht Mädchen mußte im wöchentlichen Turnus eine
Lehrerin an seinem Tisch unterhalten. Wie beim Völkerball
suchten die Anführerinnen Mädchen nach ihren Qualitäten
aus, in diesem Fall nach Takt, Tischmanieren, Allgemeinbil-
dung und dem Talent zu amüsieren. Wer eher schweigsam dis-
poniert war, durfte nicht damit rechnen, in ein wünschens-
wertes Team gewählt zu werden, denn es kam weniger darauf
an, etwas Gescheites zu sagen, als dafür zu sorgen, daß dem
Dampfgeplauder nicht die Luft ausging. Zum Beispiel irgend
etwas zum Krieg: »Schlagen sich die Franzosen nicht famos?«
Oder: »Schrecklich das, mit den Russen!« Elizabeth, die
schon als Kind eine leidenschaftliche Sprecherin war, die
trotz ihres Stotterns gern lange Wörter gebildet hatte, glänzte
in ihrem Tisch. »Viele von uns sind so zu guten Gastgeberinnen herangewachsen. [...] Das Ziel war, die Lehrerin bei
Laune und am Lächeln zu halten.« Famos, diese Franzosen!
Nur Miss Willis reagierte gelegentlich mit einem skeptischen
»Soso« auf diese losen Reden.

War meine Schule einfach nur prosaisch, oder war ich
unempfänglich? fragte sich Elizabeth später. »Wir Mädchen
waren nicht ständig ineinander oder in eine der Lehrerinnen
verliebt – soweit ich mich erinnere.« Es gab keine Techtel-
mechtel, keinen religiösen Wahn oder ähnliche Obsessionen.
»Ein oder zwei von uns führten Tagebuch, schweiften allein
im Garten herum und waren unglücklich.« Sie war es nicht.
Zwar vollbrachte sie keine Glanzleistungen, aber sie lernte so

leicht, daß sie sich später nicht einmal mehr an den Unterricht erinnern konnte. Niemand schurigelte sie, niemand zog sie auf, weil sie stotterte und kurzsichtig war. Zu Hause irritierte sie ihre Familie mit zwanghaftem Geschnatter (»Schrecklich, das mit den Russen«) und »der ganzen langweiligen Aufdringlichkeit der Jugend.«

Die Ferien verbrachte sie – zusammen mit Audrey – auf Bowen's Court, und die beiden amüsierten sich so gut, wie es Henry Bowens beschränkte Mittel zuließen. Die englischen Leutnants kamen zum Tee und rauchten ihre Zigaretten auf den Stufen vor dem Haus. Man zeichnete ein wenig, sortierte alte Spielkarten, spielte Tennis und klapperte mit dem Einspänner die Bälle in den Garnisonsstädten und den Herrenhäusern der Umgebung ab. »Die jungen Männer tanzten mit Pistolen in den Taschen, und später patrouillierten bewaffnete Posten durch die Alleen zu den Häusern, die fast alle in den folgenden Jahren niederbrannten.«[118] Mit neunzehn war Elizabeth in einen englischen Kanonier verliebt und trug einen Verlobungsring, aber Leutnant John Anderson fand keinen Beifall bei ihrer Familie. Vielleicht stammte er ja wie der arme Gerald Lesworth im *Letzten September* aus Surrey, das »absolut nichts« war und wo niemand wohnte, den man kannte. Elizabeth war der Situation nicht gewachsen. »Ich war kindisch und störrisch. Ihm hatte der Krieg sehr zugesetzt, und die Verlobung wurde aufgelöst. Es hätte keinen Zweck gehabt.«

Aber etwas war steckengeblieben. Im letzten Kriegsjahr meldete sie sich freiwillig zum Dienst in einem Heim für Soldaten mit Kriegsneurose. Auf der Schule war der Krieg immer präsent, aber als Kanonendonner weit weg gewesen. Nun befand sie sich mittendrin, als »errötende, ängstliche, unerfahrene Helferin« in der Küche eines zusammengeschusterten Hospitals außerhalb von Dublin und in Gesellschaft von Männern, die eher Gespenstern als Helden glichen. »An die achtzig von ihnen, den ganzen Tag auf den Beinen: Schotten, Waliser, Männer aus den Midlands, aus dem Norden, jüdische Cockneys – jeder mit einer kleinen, ausgeprägten inneren Verstörung. Keiner war wirklich verrückt; keiner war, wie sich zeigte, wirklich heilbar. [...] Die Patienten schliefen in Hütten unter unseren Fenstern. Nachts wurde die Stille von nie versiegenden Selbstgesprächen unterbrochen. Oder einem plötzlichen lauten Schrei.«[119]

Einer dieser Männer taucht in Gestalt von Leutnant Daventry im *Letzten September* wieder auf und verstört Lois mit seiner »diabolischen Lache [...] Aber sie spürte, wie er zwischen den Lachanfällen auf ihre Lippen schaute, ihre Arme, ihr Kleid, wie ein Geist, mit Wehmut und kalter Neugierde.«[120] Nachrichten aus Frankreich – die Deutschen vor Paris, die zweite Schlacht an der Somme und dann das langsame Vorrücken der Alliierten – erreichten auch das Hospital. »Alles, woran ich mich erinnere, ist der mögliche Sieg, der auf uns zukam, wie Autoscheinwerfer über die Hügel. Als junger Mensch, der noch nicht weiß, was er mit der Welt anfangen soll, fühlt man sich in jedem Fall wie ein Kaninchen mitten auf der Straße.«

Das Ende des Krieges erlebte sie wieder auf Bowen's Court, an einem stillen, sonnigen Morgen im November. Sie war neunzehn. »Ich stand müßig an einem Fenster im oberen Stock und schaute hinunter auf die Wiese, die vom Rauhreif überzogen war. Zwei Frauen, meine Tanten, kamen durchs Gras auf das Haus zu. Ich zählte die Fußstapfen, die sie im Näherkommen hinterließen. Dann blieben sie stehen, standen still in der Sonne und riefen zu den Fenstern hinauf: ›Der Krieg ist vorbei.‹ Ich war zu schüchtern, um zu ihnen hinunterzugehen: es gab nichts zu sagen. Ich war erschrocken über die Leere, diesen plötzlichen Ruck in meinen Gedanken, in meinem ganzen Selbst. Mir kam es plötzlich vor, als sei ich erwachsen geworden und hätte darüber die Fähigkeit zu fühlen verloren [...] Kummer, aber warum Kummer? Was ich fühlte, war die Abwesenheit der Toten, der Jungen, die an diesem Morgen fehlten, an dem ich mich freuen sollte [...] Das Fehlen dieser unbekannten Menschen – das war Kummer. [...]

Soviel zu meinem 1918, das Jahr, in dem ich erwachsen wurde [...] Dieses Jahr hat bei mir zwar nicht die meisten, aber die tiefsten Eindrücke hinterlassen. Es war vielleicht das erste, in dem ich dem Leben ins Auge blickte.«[121]

VII

Die literarische Debütantin – *Warum ich schreibe* – Von Harpenden nach London – *Encounters* – Stil, literarische Einflüsse – Die Dinge als Handelnde – Leben unter dem Deckel – Rose Macaulay – Politische Abstinenz

Als Elizabeth neunzehn war, verheiratete sich ihr Vater noch einmal. Mary Quinn war die Schwester eines alten Freundes aus Dublin. Sie war nett, und Elizabeth vertrug sich mit ihr. Mehr läßt sich über das Verhältnis nicht sagen. Mary brachte Ordnung in Vaters Leben und verwandelte den verwilderten Grund von Bowen's Court wieder in einen Garten. Ihr Bruder Stephen Gwynn war Autor, Journalist, Dichter und Politiker, ein Verfechter von »Home Rule« und der erste richtige Schriftsteller, den Miss Bowen zu Gesicht bekam. Wenn man ihm zuhörte, mußte man zu dem Schluß kommen, daß London der einzige Ort war, an dem ein künstlerisch aktiver Mensch leben konnte. Elizabeths Jugend war wie die von Lois im *Letzten September* »von Ungeduld, dem Gefühl der Nutzlosigkeit und Lethargie beherrscht. Ständig fragte ich mich, was aus mir werden sollte, und vor allem, wann das sein würde.«[122] Henry Bowen wußte es auch nicht, aber er war großzügig; er gab ihr Vollmacht über eigenes Geld und ließ sie ziehen.

»Es war nicht viel, obwohl mehr, als er sich leisten konnte, und ich fand sehr bald heraus, daß meine Ansprüche unbescheiden waren. Ich war verschwenderisch und mußte viele Dinge, die mir lieb waren, verkaufen oder verpfänden. Monatelang lebte ich ziemlich ruhig, aber das war gut so, denn so kam ich zum Schreiben. [...] Ich wohnte in London; ich reiste in die Schweiz und nach Italien. Einen ziemlich schrecklichen Winter verbrachte ich dort in einem Hotel in Bordighera, wo eine liebe Tante von mir ihrer Gesundheit wegen vier Monate weilte, und wohin ich sie begleitet hatte, um ihre Kinder zu unterrichten.«[123] Aber wie schrecklich auch immer, der Winter in Bordighera stellte sich als brauchbare Kulisse heraus, als Bowen ihren ersten Roman begann: *The Hotel*.

»Ich glaube, Sie sind klüger, als Sie zeichnen können«, sagt die weltkluge Miss Norton zu Lois, als sie deren Zeichenmappe durchblättert. »Warum schreiben Sie nicht oder machen was anderes?«[124] Was anderes? Was macht einen Menschen zum Künstler, eine junge Frau zur Schriftstellerin und nicht nur zur Hobby-Dichterin? Was bewegt sie? Was reibt? Wovon gilt es sich zu befreien? Elizabeth Bowen war keine Tagebuchschreiberin wie Virginia Woolf; sie hat auch nicht als Kind angefangen zu fabulieren und zu scribbeln wie Jane Austen oder die Geschwister Brontë. »Außer einem gescheiterten Versuch, im Alter von elf Jahren einen historischen Roman zu verfassen, habe ich niemals ›zum eigenen Vergnügen‹ geschrieben. Als ich mit neunzehn ernsthaft damit anfing, waren meine Absichten todernst, das heißt professionell.«[125] Mit ihrer Professionalität wehrte Bowen in Gesprächen gern insistierende Fragen nach der treibenden Feder ihrer Kunst ab. Selbstverwirklichung? Nein, bestimmt nicht! Es ginge ihr nur darum, etwas zu schreiben, das nur sie so sagen konnte. Eine Botschaft? Nicht bewußt. Ihre Kindheit? Ein Kasten Bauklötze, aus dem sie sich wie ein kleines Mädchen, das sich langweilte, eine neue Welt errichtete.

»Warum ich schreibe« hieß eine Radiosendung, in der sie sich 1948 mit V. S. Pritchett und Graham Greene in einem offenen Briefwechsel austauschte; aber darin ging es in erster

Linie um die Rolle des Schriftstellers in der Gesellschaft und
weniger um einen »möglichen emotionalen Grund« für das
Schreiben: »Es ist die Notwendigkeit, sich von diesem Gefühl zu befreien; sich dieses Gefühl aus dem System heraus-
zuschreiben, daß man einsam und *farouche* ist«, bot sie
V. S. Pritchett als Erklärung an. »Menschen, die einsam und
farouche sind, haben keine Beziehungen; sie sind ziemlich
asozial. Wenn Sie und ich handzahm und fidel sein könnten,
wären wir vielleicht nettere Menschen, aber keine Schriftsteller [...] Mein Schreiben erscheint mir wie ein Ersatz für etwas,
das mir wie ein Organ von Geburt an fehlt – ein normales,
soziales Verhältnis zur Gesellschaft. Mein Verhältnis zur Gesellschaft sind meine Bücher.«[126]

Was sie sich aus dem System herausschreiben mußte, war
die Notwendigkeit, mit der sie als Kind das uneigentliche
Gerede der Erwachsenen durchschauen und deuten mußte,
die Angst, verlassen zu werden, die Anst vor seelischer Verdüsterung und das verschwiegene und niedergehaltene Leid
um den Tod ihrer Mutter. Bücher waren sicheres Gelände.
Als sie jung war, »ergab nichts einen vollständigen Sinn, das
nicht gedruckt war. Das Leben versprach unerträglich zu
werden ohne den ganzen Sinn, ohne maßgebliches, erfin-
dungsreiches Wissen. Ich fühlte, was ein Buch bewirken
konnte; was tatsächlich nur ein Buch bewirken konnte, und
wollte schreiben. Keine andere Tätigkeit erschien mir so
sinnvoll wie diese.«[127] In einer Welt der Fabrikationen war
am Ende nur auf die eigene Fiktion Verlaß.

Wenn sie nichts zu schreiben habe, fühle sie sich nur halb
lebendig, sagte sie an anderer Stelle. Und: »Ich bin nur im
vollen Besitz meiner Intelligenz, wenn ich schreibe. Sonst
verfüge ich, was die Intelligenz angeht – für alle Fälle sozusa-
gen –, höchstens über eine gewisse Grundausstattung, die ich
wie Kleingeld alltäglich mit mir herumtrage, für die Tage, an
denen ich nicht schreibe. Aber ich glaube nicht, daß ich sehr

viel nachdenke. Wenn ich weniger schriebe – ich meine nicht weniger an Menge, aber mit weniger Intensität – würde ich vielleicht mehr nachdenken. Wenn ich mehr nachdächte, würde ich vielleicht weniger schreiben.«[128]

Bevor sie anfing, ihre Einsamkeit, Fremdheit und Trauer schreibend zu erforschen, hatte sie Gedichte verfaßt, die sie für sich behielt. Da sie als Mädchen vielversprechend gezeichnet hatte, studierte sie zwei Semester an der Central School of Arts and Crafts in London, aber es ging nicht voran. »Ich war ein Trottel.«[129] Trotzdem war die Schule des Sehens nicht umsonst gewesen. »Beim Schreiben versuche ich oft, den Worten die Aufgabe von Linie und Farbe zuzuweisen. Ich habe die Empfänglichkeit eines Malers für das Licht. Viel, vielleicht das Beste, an meiner Arbeit ist malen mit Worten.«[130]

Doch Bowen wäre nicht sie selbst gewesen, wenn sie sich nicht gleich widersprochen hätte. »Der Klang ist mir wichtiger als das Auge«, antwortete sie einem Literaturfreund aus New York, der einen Satz in *Kalte Herzen* beanstandete, der ihm wüst in den Ohren geklungen hatte. »Ich spreche die Sätze halblaut vor mich hin, so wie man vielleicht eine Gedichtzeile ausprobiert. Rhythmus und Betonung sind mir in Poesie wie in Prosa gleichermaßen wichtig.« Es war eine erstaunliche Technik, denn Bowen stotterte – auch wenn sie mit sich selbst sprach? Den Satz »The impersonation had (as Portia noticed) had fury behind it« erklärte sie ihm als »Schocktaktik. Ein häßlicher, unerhörter Satz, passend zu Eddies häßlicher, unerhörter Laune.«[131] Die Übersetzerin Sigrid Ruschmeier formulierte ihn so: »Hinter der Nachahmerei (das hatte Portia bemerkt) hatte Wut gesteckt.«[132] Schöner Stil habe es auch durchaus in sich, daß sie plötzlich krachend und kreischend in den Rückwärtsgang schalten könne, beschied Bowen ihrem Kritiker.

Ihre erste Schreibklause war der Dachboden von Tante

Die junge Schriftstellerin

Lauras Haus in Harpenden. (Onkel Wingfield hatte inzwischen eine Frau gefunden, und die Tante war aus dem Pfarrhaus ausgezogen.) Von Beginn an war das Ambiente für den kreativen Prozeß bedeutsam: das »verkrampfte und ängstliche Knarren des Stuhls auf den Dielen«, der Wasserfleck unter der Fensterbank, die verschossenen Gardinen mit dem Rosenmuster, die in den Regen hinausgeweht waren und dumpfig rochen, die Züge, die vorbeiratterten – alle waren ihre »sinnlichen Zeugen, als ich die Grenze zur Traumwelt überschritt.«[133]

Elizabeth schrieb mit Federhalter auf einen linierten Block: vierzehn Erzählungen und Sketche, die ihr erster Verlag Sidgwick & Jackson *Encounters* – *Begegnungen* – nennen sollte. Sie erschienen im Sommer 1923 und wurden kein Verkaufserfolg – die Autorin bekam dreizehn Pfund Honorar –, aber es gab ein paar Zeitungskritiken, die das Werk vielversprechend nannten. Knapp dreißig Jahre später blickt Bowen in einem Vorwort zur Neuauflage skeptisch auf diese »Mischung aus Frühreife und Naivität« zurück, Geschichten, die ihr »vom heutigen Standpunkt aus nicht schlecht geschrieben erscheinen; das Problem bei manchen ist vielleicht, daß sie nicht gut ausgewählt waren. [...] Erzählungen brauchen Menschen (*andere* Menschen). In diesem Alter ist man sehr in seine eigenen Gefühle und Wahrnehmungen verstrickt – sie scheinen neu zu sein; dabei ist das Neue daran, daß man sich ihrer bewußt wird und sie mit Vergnügen kultiviert. In diesen Jahren begeisterte mich Literatur durch ihre Macht, Gefühle, die ich als meine eigenen entdeckte, widerzuspiegeln, auszudrücken, lebendig zu machen. Man könnte meine Haltung zur Literatur auch durchaus als räuberisch bezeichnen; ich konnte es kaum erwarten, ihren Sprachschatz zu plündern.« Und obwohl ihr manches im nachhinein sprachlich gekünstelt vorkommt, gibt sie zu, daß ihr »Aufbau, Stil und ihre gelegentlich glückliche Begriffswahl« in manchen

der frühen Erzählungen gefielen. »Sie haben eine verblüf-
fende visuelle Klarheit [...] und in den besten finde ich [...]
den Versuch, etwas zu sagen, das bisher noch nicht gesagt
worden war.«

Aber das war wohl eher eine jugendliche Wahrnehmung.
Als Bowen zu schreiben begann, hatte sie kaum Vorbilder.
»Ich las viel, aber ziemlich wild durcheinander.« Dickens,
Galsworthy, Nesbit, Conan Doyle, Meredith, Compton
Mackenzie. Aber sie kannte weder Thomas Hardy, Henry
James noch Tschechow oder Maupassant, noch einen ihrer
irischen oder amerikanischen Zeitgenossen. Katherine Mans-
fields *Glück* las sie, als *Encounters* abgeschlossen war. »Auf-
geregt und neidisch, schoß mir der Gedanke durch den
Kopf: Wenn meine Erzählungen jemals veröffentlicht werden sollten, wird es heißen, ich hätte sie nachgeahmt. Und
genauso kam es dann auch.«

Doch bereits in ihren ersten Romanen *The Hotel* und
Friends and Relations ist die Lektüre von E. M. Forster und
Henry James spürbar. »Mir fällt kein anderer englischer
Autor ein, der mich stärker beeinflußt hätte als E. M. Forster«, schreibt sie später. Auch Henry James war wirkungs-
voll. Sie rührte keines seiner Bücher an, wenn sie selbst an
einem Roman arbeitete, denn James' Stil sei mindestens so
ansteckend wie die Masern. Virginia Woolf wiederum hatte
Mitte der zwanziger Jahre von Lady Ottoline Morrell gehört, es gäbe da eine siebzehn Jahre jüngere Autorin, die versuche, so wie sie zu schreiben. Doch Bowens suggestiver Stil,
ihr schwefliger Humor und ihre lakonische Härte sind un-
vergleichlich. Die Einsicht in menschliche Abgründe teilt sie
mit Forster und James, Jane Austen, Marcel Proust, Gustave
Flaubert und Virginia Woolf, doch ihre Abgründe sind nicht
verlockend; sie öffnen sich ebenso unvermeidlich wie schicksalhaft.

An Austen bewunderte sie die Kunst, »große Wahrheiten

in kleinen Szenen« zu vermitteln. In den Romanwelten des
18. Jahrhunderts dienten »die Zwänge der Höflichkeit lediglich dazu, die Energien ihrer Charaktere aufzustauen«.[134]
Auch Bowen verläßt selten den Kosmos der besseren Stände,
in dem gesellschaftliche Zwänge den Handlungsspielraum
eingrenzen und unpassende Gefühle unter Verschluß bleiben. Sobald sie sich hinaus- und hinabbegibt, beginnt sie zu
fremdeln, und durch das literarische Mäntelchen schimmert
der Schmelz ihrer Klassenzugehörigkeit. Bowens Neugierde
auf andere Lebenswelten war lebhaft, aber immer ein wenig
gnädig, wie das Interesse einer alleinstehenden älteren Dame
an Matschepampe im Sandkasten. »Mit einiger Sicherheit
kann man sagen, daß Miss Bowen nicht in Versuchung geraten wird, einen Roman über Bergarbeiter oder die Gepflogenheiten von Preisboxern zu schreiben«,[135] meint Jocelyn
Brooke. Das Proletariat interessierte sie auch nicht. Als die
gefährlicheren gesellschaftlichen Elemente erschienen ihr die
kleinbürgerlichen Parvenüs wie die Kelways *In der Hitze
des Tages* oder Eddie in *Kalte Herzen*. Sein Sammelsurium
schäbiger Möbel offenbart ebenso wie deren »Menschenfresserhaus« die »zugrundeliegende Moral seiner Klasse«, und
Eddies »unerwachsener Geschmack, die mangelnde Lust am
Berühren von Dingen«[136] erscheinen fast verächtlicher als
seine Gefühlskälte und lumpigen Tricks.

Austen, so schreibt sie, habe ein für allemal mit dem Irr-
glauben aufgeräumt, daß das Leben ohne den Deckel notwen-
digerweise interessanter sei als das Leben mit dem Deckel
drauf. Und dies bezog sich nicht nur auf jede Art von emotio-
nalem Ungestüm. Verdächtig waren bereits die Orte, an denen
man befürchten mußte, Hemmungslosigkeit und Krakeel
anzutreffen: »in den Küchen kleiner Ganoven, in Gefängnis-
sen, Kneipen und Bordellen.«[137] Bei Austen wie bei Bowen
offenbart sich Grausamkeit in dahergeschwätzten Bemerkungen, und wie Austen überläßt Bowen es ihren Figuren,

sich vorzuführen und ohne auktorialen Kommentar ihre Verletzungen, ihre Niedertracht, ihre Herzensdummheit oder einen gänzlichen Mangel an Gefühl auszudrücken.

Aus Farben, Licht und Dunkelheit, Stofflichkeit, Temperatur, Geräuschen und Gerüchen schafft sie »Bowen-Terrain« und die perfekten Bühnenbilder für ihre Happy-Endlosen Geschichten. Unglück kündigt sich in einer Tasse Tee an, die unberührt auf der Frisierkommode kalt wird, Einsamkeit à deux in einer verregneten Hochzeit, einem Garten, in dem nichts gedeiht, oder einem Haus, von dessen kalten Mauern der Sommer zurückweicht. Der geistige Tod wohnt in der gepflegten Gemütlichkeit, in der ein altes Paar stumm nebeneinander seine Abende verbringt. Und gern, ganz spielerisch, wie eine schnelle Rückhand, schlenzt Bowen einen irritierenden Satz über die glatte Oberfläche, um danach weiterzuschreiten, als sei nichts geschehen: »Alle Möbel waren aus gelbem Holz, so glänzend und bekanntlich so dauerhaft, daß man sich danach sehnte, das Messer hineinzurammen und Kratzer zu ziehen.«[138] Oder: »Bald bevölkerten Bummler, Müßiggänger und Gaffer die Straße. Diese Leute standen jedem im Wege, und es wäre noch schlimmer gewesen, hätte nicht die Hoffnung bestanden, daß ihre Tage gezählt waren; eines Tages würde sie überfahren, taub oder bettlägerig werden.«[139]

Bowens Komik kann mörderisch sein, und ihre Opfer sind meist die älteren Damen, egomane Gestalten von exquisitem Charme und verheerender Wirkung auf das Leben des übrigen Romanpersonals. Als Leser lernt man sie bald kennen, diese Beraterinnen, die »auf eigene Einladung und unangemeldet mit wehenden Pelzen und Gewändern«[140] in die Wohnung gerauscht kommen oder das Handgelenk ihrer jüngeren Freundinnen ergreifen – als schnappten Handschellen zu – und sie zu einer vertraulichen Unterredung in den Garten bitten. Sie gehen mit einer Energie, »die die Möbel zum Hüpfen

bringt«, durch Bowens Werk; so zuverlässig wiederkehrend
wie die jüngeren Frauen, die in diesen Beziehungen den
kürzeren ziehen, die gemeingefährlichen unschuldigen jungen Dinger, die zwielichtigen Kerle, die gescheiten und die
gestrandeten Kinder.

Unter der Oberfläche ihrer komplizierten Syntax, die sich
mit doppelten Verneinungen, Einschüben und abgebrochenen
Reden über halbe Absätze wickelt, scheinen immer Gegen-
strömungen von Desaster, Gewalt oder Begehren zu laufen,
die keine Worte und keinen Ausweg finden. Bowen ist eine
große Sprachzauberin, aber auch eine Verschweigerin ersten
Ranges, was die Machenschaften ihrer Figuren angeht. Ent-
scheidende Momente übergeht sie; Sex – expliziter, körperlicher Sex – kommt nicht vor, allein seine Konsequenzen bestimmen das Geschehen: Schuld, Schmerz, Verrat, verlassene
Kinder und zerstörte Leben. Und weil die Protagonisten oft
sprachlos sind, stehen ihnen die »Dinge« erklärend zur Seite.
Häuser, Räume, Autos oder Teile der Unterhaltungselektronik sind Agierende mit Augen und Fühlern und gelegentlich
einem etwas gestörten Bewußtsein. »Die Möbel kriegen alles
mit.«[141] Sessel gucken schief und drohen, ein Geheimnis zu
verraten; Häuser sind die Hüter der Neurosen ihrer Bewohner, Treppen tödlich entschlossen, nichts wissen zu wollen.
Die Korbstühle besprechen ihre Insassen, an Kassettenrecor-
dern nagt die Eifersucht, Kleider erschrecken zu Tode, der
Lift leidet, und das Fahrrad fremdelt in der neuen Garage.

In *Encounters* klingen bereits die Leitmotive an, die Bowen
immer wieder variieren wird: die Risse, die sich in der Oberfläche eines geordneten Lebens zeigen, die Abgründe, die
darunter sichtbar werden, die Untröstlichkeit, daß es kein
Heil gibt und die Risse sich nicht mehr schließen werden. Sie
selbst vergleicht ihre Technik mit dem Schütteln eines Ka-
leidoskops, dessen Mechanismus zerbrochen ist und keine
symmetrischen Bilder mehr zusammenfügt. Es ginge ihr um

Elizabeth Bowen, 1930, porträtiert von Howard Coster

»die Wirkung des Zufälligen, ein zerbrochenes Muster, dessen Teile sich anziehen, auseinandertreiben, sich spalten [...] Weil unter der Oberfläche Entsetzen herrscht, fasziniert mich die Erhaltung der Oberfläche eines Menschen. Tatsächlich fasziniert mich das Muster um so stärker, je mehr sich die Oberfläche verwirft und zu brechen droht.«[142]

Schon in ihrem ersten Erzählungsband sind diese Verwerfungen sichtbar. Die Protagonisten reden in der bewährten Manier des Nichtbemerkens aneinander vorbei, die Jungen verstehen die Erwachsenen nicht, die Erwachsenen enttäuschen die Jungen, die Männer erpressen die Frauen, die Frauen verzehren sich nach dem Leben der anderen. Nichts wird gut – außer vielleicht Cicelys Ehe in *Der Verlobte*, als sie sich endlich von ihrem finsteren Bruder befreien kann.

Bowen schickte ihre Stories an Zeitschriften und bekam sie prompt zurück. Das Gefühl, noch immer am falschen Platz zu sein, verstärkte sich. Harpenden war nicht die passende Umgebung für eine knospende Schriftstellerin. Sie mußte nach London, wo die Literaten im Olymp saßen. Während ihres Kunststudiums wohnte sie bei ihrer Großtante Edith, Lady Allendale, in Queen Anne's Gate. Diese würdige Dame hätte selbst eine Figur von Henry James sein können. Tatsächlich hatte sie ihn gekannt und gab der Nichte eines Tages ein Bündel Briefe von ihm zu lesen. Lady Allendale war eine Großsiegelbewahrerin perfekter Umgangsformen und haltbarer Prinzipien. Morgens ihr Haus zu verlassen und sich einem derben, hektischen Tag zu stellen »war, als trete man in eine andere Welt. Ihre Persönlichkeit und ihr Standpunkt beeindruckten mich tief. Sie prägten mich.« Diese Großtante »war keine kleinsinnige Moralistin, aber sie verabscheute alles Vulgäre. Sie betrachtete die anmutslose moderne Welt mit satirischer Ablehnung. Wir waren gute Freundinnen und obwohl wir uns oft stritten, waren wir auch verwandte Geister.«[143]

Elizabeth gab die Malerei wegen erwiesener Talentlosig-
keit auf, absolvierte einen Journalismus-Kurs und trieb sich
in literarischen Zirkeln herum. Sie war schüchtern, aber »das
damalige London konnte nicht freundlicher zu der peinlichsten aller Kreaturen sein, der literarischen Aspirantin.«[144]
Auf einer Dichterlesung hörte sie Ezra Pound in einem
scheunenartigen Raum beim Licht einer einzigen Kerze etwas lesen, »das mir auf hypnotische Weise unverständlich
war.«

Doch dann ging es plötzlich wundersam voran. Auf
Empfehlung ihrer ehemaligen Schuldirektorin Olive Willis
wurde sie von der Schriftstellerin und Journalistin Rose
Macaulay, einer Studienfreundin von Miss Willis, zum Tee
gebeten. Macaulay, achtzehn Jahre älter als Bowen, war in
den zwanziger Jahren eine populäre, produktive Autorin
und eine irrwischige Person, die Virginia Woolf einen »mageren Schäferhund« nannte, »etwas zuviel von der Professionellen, doch gerade noch innerhalb der intellektuellen
Grenzen. [...] Keinesfalls überwältigend oder eindrucksvoll
[...] beobachtet besser, als man glaubt. Klare, helle, mystische
Augen, eine Art verblichene Schönheit, und oh, so schlecht
angezogen.«[145]

Doch Rose Macaulay war mehr als ein literarischer Party-
schreck, der alle wichtigen und richtigen Leute kannte und
ihnen ein Ohr abschwatzte. Elizabeth lernte sie als liebens-
würdige und großzügige Kollegin kennen, die in ihr ein
Selbstvertrauen erweckte, das sie zuvor nicht gekannt hatte.
Macaulay sorgte dafür, daß ihre erste Erzählung in der
Saturday Westminster Review erschien. Sie ließ darüber
hinaus die handgeschriebenen Manuskripte abtippen und
schickte sie mit besten Empfehlungen an den Verlag Sidgwick
& Jackson.

Tippen lernte Elizabeth im übrigen erst dreizehn Jahre
später. Die Handhabung der Schreibmaschine gab ihr ein

Rose Macaulay, die Elizabeth bei den Londoner Literati einführte

»erfreuliches Machtgefühl.«[146] Dennoch verweigerte das Instrument oft genug die Gefolgschaft. »Ich bin eine langsame und umständliche Schreiberin, aber ohne Umstandskrämerei kann ich offenbar nicht arbeiten.«[147] Ihr leichter Hauch war schwer erarbeitet. Manche Passagen formulierte sie bis zu zehnmal um. Dann ließ sie das Manuskript von professionellen Schreibkräften ins reine tippen, korrigierte es noch einmal und brachte mit ihrer Handschrift nicht nur die Damen vom Schreibbüro ins Grübeln, sondern sechzig Jahre später auch ihre deutsche Biographin in einem Lesesaal der University of Texas.

Im Januar 1923 traf Elizabeth Frank Sidgwick zum erstenmal. »Ich dachte immer, Verleger seien sarkastisch und herablassend und versuchten anderer Leute Arbeit an sich zu raffen, aber so ist er kein bißchen [...] Wie auch immer, Mr. Sidgwick ist kein Dummkopf, und er hätte die Erzählungen nicht genommen, wenn sie nichts taugten. Es ist so furchtbar nett, einen Anfang gemacht zu haben.«[148] Auf Macaulays Parties in Kensington fand Bowen sich plötzlich und unerwartet mit Edith Sitwell, Walter de la Mare und Aldous Huxley im selben Salon wieder, ohne sich jedoch später eines Wortes zu erinnern, das sie mit ihnen gewechselt hätte. Vermutlich brachte sie den Mund nicht auf.

Doch so verehrungswürdig und beängstigend die Schriftsteller auch waren, das Handwerk hatte für Elizabeth Bowen nichts Heiliges. Ein Künstler »rangiert nicht umsonst zwischen Entertainer und Kaufmann: Man erwartet von ihm, daß er den Vorhang immer wieder prompt und pünktlich aufzieht und seine Waren auf den Tisch legt«,[149] schreibt sie, und: »Wäre ich keine Schriftstellerin geworden, hätte ich wahrscheinlich meinen Weg als Designerin von Gürteln, Schmuck, Handtaschen, Lampenschirmen oder etwas in dieser Art gemacht, schicke Sachen, die den Leuten gefielen und sich gut verkaufen ließen.«[150] Eine Sonderstellung des Autors

als staatlichen Protektions- und Subventionsberechtigten
lehnte sie ab. Eine solche Haltung ermutige nur die Überflüssigen. »Der Gedanke, daß das Schreiben eine riskante,
einsame, seelenaufzehrende Profession ist, die besonders
hohe Anforderungen stellt und höchstwahrscheinlich niemals die angemessene Anerkennung finden wird, sollte weite
Verbreitung finden«, schreibt sie an Graham Greene.

Die Debatte über die gesellschaftliche Rolle des Schrift-
stellers als moralischer Leitstern war nach dem Zweiten
Weltkrieg wieder einmal heftig im Gang. V. S. Pritchett vertrat die Ansicht, Schriftsteller sollten »ihre Schulter mit ins
Rad stemmen.« Aber Bowen fühlte sich nicht berufen, der
Gesellschaft zu dienen oder irgend jemanden zu erleuchten.
Die Sympathie, die englische Intellektuelle in den dreißiger
Jahren für den Marxismus und die Sowjetunion gehegt hatten, war ihr zutiefst verdächtig gewesen. »Autoren sollen
sich von Kanzeln und Rednerpulten fernhalten und einfach
nur schreiben. Keinen Augenblick sollten sie in Erwägung
ziehen, ihre Namen unter Petitionen und offene Briefe in
Angelegenheiten zu setzen, von denen sie nicht viel verstehen und auch nichts verstehen müssen.«[151]

Das einzige Protestschreiben ihres Lebens unterzeichnete
sie 1968 »in unheiligem Zorn« gegen die Einführung einer
modernisierten Liturgie in der anglikanischen Kirche. Sie
verließ sogar ihre Gemeinde in Hythe und ging fortan zum
Gottesdienst ins Nachbardorf, wo man am alten Ritus aus
dem 17. Jahrhundert festgehalten hatte. »Wir Schriftsteller
sind nicht passiv, und wir tragen nicht zur Anarchie bei.« Das
mußte genügen.

VIII ARRANGEMENTS
Heirat mit Alan Cameron –
Arrangements – Northampton – Ann Lee's –
The Hotel

Im Jahr 1923, als *Encounters* erschien, begegnete Elizabeth dem Mann, der ihrer unbefestigten Existenz einen Ankerplatz anbot. Ihre gerade verwitwete Tante Gertrude war nach Bloxham in Oxfordshire gezogen und hatte dort die Bekanntschaft des neuen Pfarrers gemacht. Bei ihm logierte ein ehemaliger Kommilitone aus Schottland, Alan Charles Cameron. Der junge Mann war im Ersten Weltkrieg verwundet worden und hatte einen Gasangriff überlebt, der seine Augen so stark versehrte, daß er sein ganzen Leben lang darunter litt. Ex-Hauptmann Cameron war ein guter Kricketspieler, ein schlechter Tänzer und in Oxford ein mäßiger Student gewesen. Wie viele junge Männer seiner Generation wußte er nicht, wie es nach dem Krieg beruflich mit ihm weitergehen sollte, doch ungleich anderer Veteranen war er trotz seiner Verletzung ohne Schock und Trauma davongekommen. Er flirtete ein wenig mit Audrey, wenn sie ihre Mutter besuchte, aber er verstand nichts von jungen Frauen, wie sich Elizabeths Cousine als alte Dame Bowens erster Biographin, Victoria Glendinning, gegenüber äußerte: »Er war unbeholfen, und ich war so grün wie die meisten von uns in dieser Zeit.« [152]

Auch Elizabeth war unerfahren. Ihre erste Verlobung mit John Anderson, dem englischen Leutnant, hatte sie sich von Tante Edie ausreden lassen. Was aus ihr werden sollte, und wann das sein würde, war auch in ihrem vierundzwanzigsten Lebensjahr noch nicht geklärt. Sicher schien nur, daß es allmählich Zeit wurde, den Tanten-Wanderzirkus zwischen

Alan Charles Cameron, Elizabeth Bowens Ehemann

London und Dublin, Hertfordshire und Oxfordshire zu verlassen und selbst etwas auf die Beine zu stellen.

Alan hatte ihr mehr als sechs Jahre voraus; er hatte studiert,
und er hatte den Krieg überlebt; er war intelligent, belesen
und sah gut aus mit seinen blauen Augen und dem kantigen
Schädel voll drahtiger Locken, die er manchmal wie ein ver-
legenes Kind um die Finger zwirbelte, bis sie ihm wie Rat-
tenschwänze vom Kopf abstanden. Seine etwas stramme,
methodische Art schreckte sie nicht ab. Die beiden unternahmen lange Spaziergänge und redeten über die Bücher, die sie
gelesen hatten. Er hielt um ihre Hand an, und Elizabeth nahm
ihn. Im August 1923 wurden sie von Onkel Wingfield in seiner Kirche in Blisworth, Northamptonshire, getraut. Die
Braut trug ein bernsteinfarbenes Kleid aus Crêpe de Chine,
das sie selbst genäht hatte. Das Komitee der Tanten bemän-
gelte seinen schiefen Saum.

Elizabeth und ihre Freundinnen wollten früh heiraten; ein
Punkt, der abgehakt werden mußte, ehe man sich im wirklichen Leben einrichten konnte. Zur Einrichtung gehörte
nicht unbedingt das Geldverdienen. Daß die »Fertigkeiten«
einer Dame des 18. und 19. Jahrhunderts – Zeichnen, Sticken
und Klavierspielen – keine Prestige mehr genössen, bedauerte sie sehr. »Die Unausgefüllte, die Lästige, die Sinnsuche-
rin, die Frau, die sich und anderen auf die Nerven geht – es
gibt immer mehr von ihnen, seit diese Fertigkeiten in Miß-
kredit geraten sind.«[153] Elizabeth würde schreiben und Alan
das Geld verdienen. Zusammen stellten sie dieses »achtgliedrige, unerforschliche, trügerische Wesen, das glücklich verheiratete Paar«[154] dar. Zwei laute Stimmen nannten einander
Darling. DARLING! Aber als sich Elizabeth zehn Jahre später
ihren ersten Liebhaber nahm, war sie noch Jungfrau.

»Du bist mir sehr kostbar«, hatte sie Alan ein halbes Jahr
vor der Hochzeit geschrieben und als B. B. – Bitha Bowen –
unterzeichnet. »Ich fühle mich manchmal so dumm. Meine

Liebe zu Dir kommt mir ganz kindlich vor – ich meine asexuell und phantasievoll. Verstehst Du, ich habe Dich so lange als einen Freund geliebt. Dieses Gefühl geht immer noch am tiefsten, und es scheint sich überhaupt nicht verändert zu haben [...] Mein Liebster, ich liebe Dich so sehr, und ich fürchte so sehr, Dich zu verletzen oder zu enttäuschen oder Dir in dieser neuen Beziehung zu entgleiten, in der Menschen einander so oft zu verlieren scheinen. Ist Dir klar, wie *jung* ich bin – in des Wortes schlimmster Bedeutung? Du bist ein wirklicher Mensch, der ein wirkliches Leben gelebt hat, während ich immer nur in meinem Inneren existiert habe und alle meine Erfahrungen subjektiv sind. Du bist so viel größer als ich; ich fühle mich Dir gegenüber unzureichend [...] Mein Engel, durch Dich kann ich erwachsen werden. Du hast etwas in Dir, das mein Inneres aufzehrt und dennoch nach mehr verlangt. Ich glaube, aus diesem Grund liebe ich Dich. [...] Manchmal wünschte ich, wir wären einfach länger Freunde geblieben.«[155]

Sie wurden ein Paar, und sie blieben Freunde. Niemand weiß, was in der Ehe der Camerons schiefging; ob er sie oder sie ihn im Bett zurückwies. Alles, was Elizabeth über Sex wußte, stammte aus der *Enzyclopædia Britannica*. Wenn die lexikalischen Informationen eher ihr Feingefühl beleidigten als ihr Verlangen weckten, so gab es niemanden, mit dem sie darüber hätte sprechen können. Ihre Abscheu vor Geständnissen, ihre Unfähigkeit zu streiten machten das Leben oberflächlich betrachtet etwas einfacher, aber auch einsam und *farouche*. Eine Frau, die nicht über ihre Scheu sprechen kann, ein »unbeholfener« Mann, der sie nicht versteht? Wenn es so war, hielten die beiden neundundzwanzig Jahre lang an ihrem Arrangement fest.

Nach Alans Tod erzählte Elizabeth Iris Murdoch, wie glücklich ihre Ehe gewesen sei; und daß sie auf Kinder verzichtet hätten, weil ihr erstens das Schreiben wichtiger gewesen sei, und zweitens, weil Alan, der den Krieg an der Westfront mitgemacht hatte, überzeugt war, daß man kein Recht habe, neues Leben in diese furchtbare Welt zu setzen. Später habe sie ihre Kinderlosigkeit bedauert und als Versagen empfunden. Nicht daß Sex sie nicht interessierte. Im mittleren Alter holte sie nach, was ihr als junger Frau entgangen war, doch vermutlich verschonte sie ihren Mann mit Geständnissen. »Eine nichtswürdige Plaudertasche«, nennt sie die fremdgehende Ehefrau in ihrer Erzählung *Rotdorn*, »die glaubt, der Krieg gewähre ihrem ehelichen Gewissen einen Aufschub.«[156] Am Ende hat diese Frau beide verscheucht: ihren Liebhaber und ihren Mann.

Nichts ist von gegenseitigen Verletzungen und Enttäuschungen nach außen gedrungen: Wußte Alan von Elizabeths Affären? Und wenn ja, verschloß er die Augen, weil er wie Hewson in *Das rote Kleid* wollte, daß seine verehrte Frau, wenn sie schon sündigte, es wie eine Lady tat? Revanchierte er sich auf seine Weise? Er schwieg und behielt eine steife Oberlippe. Doch seine Tragik konnte Elizabeth nicht entgangen sein. *Das rote Kleid* ist eine selten radikale und sexuell eindeutige Erzählung, die sie im zweiten Jahr ihrer Ehe schrieb, und sie läßt darin den Gefühlen eines betrogenen und gedemütigten Mannes Gerechtigkeit widerfahren.

Hewson Blair, ein kürzlich verlassener Ehemann, sucht auf einen munteren, gefühllos-dummen Brief seiner Frau Margery ihre Kleider zusammen, die er ihr ins Ausland nachschicken soll, wo sie nun mit ihrem Liebhaber lebt. Als methodischer Mensch arbeitet er ihre Liste ab: Seide, Silber, Pelz, Samt und Spitze, teure, geschmeidige Sachen, »ihre unzähligen hübschen Körper«, die er alle bezahlt, aber nie besessen hat. Als das rote Kleid, in dem er sie fast erobert hatte, beim Packen zerreißt, vergewaltigt und ermordet er auch den Rest ihrer Abendkleider und schickt ihr einen Koffer voller Fetzen. »Er beugte sich vor und berührte das cremefarbene

fließende Ballkleid; als er mit dem Finger Dellen hinein-
drückte, schoß ein metallisches Strahlen daran entlang und
füllte sie wie Flutwasser. Er zog den Finger zurück, der kalt,
doch von der Berührung seltsam belebt war. Der Stoff war
kühl, und dennoch hatte er erwartet, erwartet ... Langsam bewegte er die ausgestreckten Hände nach unten; sie hielten
inne, umschlossen dann die Fülle cremefarbenen Stoffs, der
ihm eisig durch die Finger rann. Das Kleid lag ausgebreitet,
aufreizend vor ihm, bot keinen Widerstand, Hewson sah es
mit weit aufgerissenen Augen an und wagte nicht zu atmen.«

Auf den Parties dieses Paares hatte Hewson die Schallplat-
ten aufgelegt, zu denen Margery mit ihren Freunden tanzte.
»›Ihr könnt euch gar nicht vorstellen, wie Hewson ist!‹« sagte
Margery immer fröhlich triumphierend zu ihren Freunden
und gestikulierte mit einem gläsernen Teelöffel von ihrem
Ende des Tisches in seine Richtung. »›Er macht alles und findet alles, packt alles ordentlich weg und schickt alles ab. Er
ist absolut erstaunlich!‹

Bei diesen Worten ertönte schallendes Gelächter, und die
Hemdbrüste der Herren samt den bisher aufmerksam auf
Margery gerichteten geröteten Gesichtern drehten sich zu
Hewson um; die Mienen funkelten vor Heiterkeit. Die Damen wandten sich Hewson langsam zu, sie kicherten pikiert,
ihre Heiterkeit mündete in einen Seufzer. Sie müssen uns ver-
zeihen, Mr. Blair, sollte das heißen, aber Ihre Frau ist schrecklich amüsant! Und Hewson blieb stoisch sitzen und sorgte
dafür, daß der Wein nicht ausging.«[157] Eine prophetische
Szene, schreibt Glendinning. So könnte es auf den Parties in
ihrem kleinen Haus in Northampton gewesen sein, »so würde
es immer wieder in subtilerer und grausamerer Gesellschaft
in Oxford und London geschehen.«[158]

In ihrer Untreue kompromißlos, war Elizabeth in ihrer
Loyalität jedoch niemals schwankend. Sie ging ohne ihn aus,
sie hatte eigene Freunde – von Alan die »schwarzen Hüte«

*Das »achtgliedrige, unerforschliche, trügerische Wesen,
das glücklich verheiratete Paar«: Die Camerons
in Abendgarderobe bei der Lektüre*

genannt, nach den Homburgs, die in der Diele hingen, wenn
er aus dem Büro kam –, sie reiste allein nach London, Paris,
Rom und New York, und sie liebte andere Männer. Aber sie
kehrte immer wieder zu ihm zurück, und wer ein spöttisches
Wort über Alan äußerte, durfte sich aus ihrem Freundeskreis
verabschieden.

Die Meinungen über Mr. Cameron gehen so weit auseinan-
der, daß er als Figur schwer zu fassen ist. Nicht einmal über
den Klang seiner Stimme waren sich die Zeitgenossen einig.
Klang sie »fistelnd«, wie May Sarton sich erinnerte, oder
»durchdringend, krächzend, manchmal dröhnend«, wie Victoria Glendinning gehört hatte? »Blimp«, die Bezeichnung für
einen konservativen englischen Betonkopf, ist die am häufigs-
ten gebrauchte nähere Beschreibung. Elizabeths intellektuelle

Freunde konnten ihr Erstaunen über den Ehemann jedenfalls nicht immer erfolgreich verbergen. »Mit jedem Tag freundlicher und unerträglicher«,[159] seufzte der Philosoph Isaiah Berlin. Henry Bowen und Cousine Audrey hielten jedoch große Stücke auf ihn, und Virginia Woolf fand ihn später gar nicht so übel.

Lord David Cecil, einer der »schwarzen Hüte«, erzählte eine Anekdote, in der er keine Namen nennt, die sich aber mit hoher Wahrscheinlichkeit auf Alan bezieht und in der Mr. Cameron nicht einmal schlecht abschneidet. Cecil hatte mit Leonard und Virginia Woolf und einer anderen Autorin in London diniert, und gegen zehn kam der Mann dieser Autorin, um sie abzuholen. »Er war eine prosaische Gestalt, ein Spießbürger mit einem Schnurrbart wie eine Zahnbürste und einem breiten Gesicht. Aber er wollte sich von seiner besten Seite zeigen und fragte Virginia: ›Was schreiben Sie gerade?‹ Und sie erwiderte mit ihrem ironischen Lächeln: ›Ach, Sie interessieren sich für Literatur?‹ Eine Viertelstunde später brach man auf, und er sagte: ›Ich glaube, es ist Zeit. Ich gehe den Wagen anwerfen.‹ Virginia fragte: ›Was für einen Wagen haben Sie?‹ Und er: ›Ach, Sie interessieren sich für Autos?‹«[160]

Alan war ein »gerader Kerl« – gewissenhaft, hervorragend organisiert und herzlich einerseits – ein furchtbarer Langweiler und Erbsenzähler andererseits, eine Stütze und eine Last. Die schüchternen unter Elizabeths Gästen munterte er auf; die anderen versteinerte er mit seinen endlosen Kriegsanekdoten. Er, der voll Selbstvertrauen als der »Größere« in diese Ehe gestartet war, sah sich bald von seiner Frau und ihren »gescheiten Freunden« überflügelt. Schließlich zog er sich als »Alfred, der Gute« in eine nicht immer komische Onkelrolle zurück. Auf Bowen's Court fand ein Gast, der vom Dinner aufgestanden war und die Toilette gesucht hatte, Mr. Cameron in einem Hinterzimmer, wo er sein Abendessen von einem Tablett aß.

Er wurde dick und ungestalt, mit hervortretenden Augen und einem kranken Herzen. Und er war ein schwerer Trinker. Das fiel in den Kreisen intelligenter moderner junger Menschen, die alle kräftig schluckten, nicht sonderlich auf. Auch Elizabeth kippte ihren Whiskey mit maskuliner Entschlossenheit, aber sie hatte ihre Gewohnheit besser unter Kontrolle. Niemand hat sie je betrunken erlebt, aber auch niemand je ein ›Alan, trink nicht so viel!‹ von ihr gehört. Seine oder ihre Sucht nicht zur Kenntnis zu nehmen, war Teil der Strategie des »nichts bemerken«, die schon ihre Mutter ausgeübt hatte, als sie darauf bestand, im Angesicht der seelischen Verdüsterung ihres Mannes »das Banner heiterer Gelassenheit hochzuhalten.« Zum Alkohol kamen die Zigaretten. Beide waren starke Raucher, sechzig und mehr am Tag. Elizabeth zog auch beim Essen zwischen zwei Bissen an ihrer Zigarette. Besuchern blieb ihr »kleiner, staubiger, vollgepaffter Salon« in Erinnerung.

Das junge Paar zog nach Kingsthorpe – heute ein Vorort von Northampton in den flachen Midlands –, wo Alan eine Stellung als Bildungsreferent innehatte. Unter Elizabeths Fenster erstreckten sich Gartenparzellen bis zum Horizont. Die nächste Erhebung war nach ihrer Einschätzung der Ural. »Man liest eine Menge Gedichte und so Zeugs gegen die Midlands, aber ich persönlich finde sie schön. Und, von unserem Standpunkt aus, absolut unentdeckt«, sagt ein Student zu seinem Freund, ehe sie in *Menschliche Ansiedlung* zu einer Wanderung entlang der Kanäle aufbrechen. Die Midlands sind in dieser Erzählung lebensgefährliches Terrain, aber Elizabeth beklagte sich nicht über Kingsthorpe und das »gräßliche kleine Haus« (Tante Edie). Selbst mit Aussicht auf anderer Leute Backsteinmauern und Kohlköpfe konnte es nur besser sein als Tante Lauras Dachkammer in Harpenden oder Lady Allendales Salon in London.

Die junge Mrs. Cameron hatte noch nie zuvor einen Haushalt geführt. Sie hatte, wie Virginia Woolf, in diesem »verzauberten Land« voll dienstbarer Geister gelebt, in dem die Koteletts auf Klingelzeichen auf die Teller flogen. Und obwohl Bowen eine geniale Gastgeberin war und ein Händchen zum Arrangieren von kalten Platten und Blumensträußen besaß, verfügte sie über wenig zweckhaften Verstand, neigte zu Unordnung und spontanen Fehlentscheidungen. »Ich fürchte, mein Engel, mein Kopf ist nicht zum Erfassen allgemeiner und praktischer Zusammenhänge gemacht«, schrieb sie an Alan. »Ich sage das ohne Selbstgefälligkeit; manchmal fühle ich mich ein bißchen dürftig [...] Ich hoffe, Du wirst mich ansporne.«[161] Alan erwies sich in jeder Beziehung als ihr Gegenteil. Er sorgte dafür, daß die Koteletts zum rechten Zeitpunkt auf die Teller flogen. Und er hatte einen besseren Geschmack als seine junge Frau. Schuhe waren seine Spezialität; eine Neigung, die hart an Fetischismus grenze, schrieb Elizabeth später.

Florence Bowen hatte ihrer Tochter versprochen, daß sie nie hübsch sein werde, und als Teenager mit großen Füßen und androgyner Taille hatte Elizabeth irrtümlich zum Großblumigen und Aufgerüschten geneigt. Die Haare trug sie mit Mittelscheitel offen bis zum Kinn. Unter Alans Beratung begann sie elegantes Schuhwerk und Schneiderkostüme zu tragen und nahm die Haare zurück, was ihr besser stand. Wie Edith Sitwell gewann sie die Ansicht, daß es keinen Zweck hatte, wie ein Pekinese aussehen zu wollen, wenn man als Windhund gebaut war, oder, wie in ihrem Fall, als Gepard.

»Die Frau, die glaubt, sich über die Mode hinwegsetzen zu können, und die beschließt, ›ihre eigene Mode zu sein‹, wird von normalen Menschen meistens gemieden [...] Übertriebene Selbstdarstellung ist ebenso geistlos wie peinlich: die meisten von uns sind sich einig, in dieser Hinsicht eine gewisse Vorsicht walten zu lassen.«[162] Unvorsichtig blieb sie in ihrer Vorliebe für Modeschmuck, falsche Klunker und Ohrclips aus buntem Glas, die sie auch dann trug – oder erst recht –, wenn ihre Ohrläppchen von den Klemmen entzündet waren. Sorglos blieb sie auch, was ihr Make-up betraf. »Schlimmer zurechtgemacht, als Du Dir vorstellen kannst; weiß geschminkt, feucht glänzend und mit verschmiertem Rouge«,[163] schrieb eine junge Frau abschätzig, die sie auf den Stufen von Bowen's Court sitzend antraf. Es war ein warmer Sommertag, und die junge Dame hatte sich nicht angekündigt.

Für die Schriftstellerin waren die beiden Jahre in Kingsthorpe eine Zeit, um deren Ungestörtheit sie sich später selbst beneiden sollte. Endlich fühlte sie sich erwachsen, geerdet, verheiratet. »Die Erfahrung, daß ich tatsächlich irgendwo *lebte*, anstatt bei anderen Menschen zu campieren oder auf Besuch zu sein, war mir ganz neu.« In dieser Stimmung schrieb sie eine weitere Folge von Erzählungen, *Ann Lee's and Other Stories*, und hoffte, an den Achtungserfolg von *Encounters* anzuknüpfen. Aber der Weg war fast ebenso zäh. »Schweigen [...] Absagen erschütterten meine Zuversicht: schrieb ich wirklich nur dummes Zeug?« John Middleton Murry, der Ehemann von Katherine Mansfield und Herausgeber des *Adelphi*, gab es ihr knapp und handschriftlich: »Ist gut geschrieben, mit Sprachgefühl, aber ganz ehrlich, der Fortgang der Geschichte ist mir völlig dunkel, und wenn ich sie nicht verstehe, werden meine Leser sie auch nicht verstehen.«[164] Sie ärgerte sich: Diese Literaturredakteure, immer wieder drucken sie nur die Texte derselben etablierten Bande!

Was die Geschichten in *Ann Lee's* von der »entwaffnenden, bedeutungsschweren Naivität« ihres Debüts unterschied, war weniger ihre »Anmaßung, als das Bewußtsein, ihren Figuren überlegen zu sein, das darin zutage trat. [...] Das darf einem Autor niemals unterlaufen. Die widerwärtige Überlegenheit junger Leute muß gebrochen werden – in der Regel besorgt das schon das Leben selbst. Mir ist es jedoch schrecklich, daß meine Hochfahrenheit nun für immer im Druck bewahrt bleiben wird.«

Dennoch gestand sie den Erzählungen in der Rückschau einen gewissen Reiz zu. Ganz gleich, wie unglücklich die Figuren sind, ihr Elend entfaltet sich vor eleganten Kulissen. In einem schicken Hutladen, unter einem blühenden Kastanienbaum oder auf den glitzernden Wellen des Comer Sees entladen sich die Spannungen, bleiben am Ende Rätsel, die Mr. Murry sich und seinen Lesern nicht aufgeben wollte: Was läßt den Mann aus *Ann Lee's* Hutgeschäft in den Nebel hinaus fliehen? Hat sich Miss Selby in *Die Lossagung* aus dem Fenster gestürzt? Und der junge Ehemann in *Menschliche Ansiedlung*: hat er sich nur verspätet, oder ist er schon tot? Die Erzählerin läßt es einfach in der Schwebe. Gefühle und Gedanken, Erahntes und Gewisses, Atmosphäre und Schauplatz, Innen- und Außenwelt fließen ineinander und schaffen eine suggestive Dichte. »Mein Thema ist menschliche Unkenntlichkeit. Die Geschichten sind Fragen, die im Raum stehenbleiben. Einige Stories enden mit einem Schulterzucken, andere mit einem ungeduldigen oder resignierten Seufzer [...] Dennoch begreife ich ihren Schluß nicht als faulen Trick; es erscheint mir eher, daß manches Schicksal einfach unausweichlich ist.«[165] *Ann Lee's* erschien schließlich 1926 bei Sidgwick & Jackson.

Noch während die Erzählungen ihre Runde durch die Redaktionen drehten und einige Feuilletonredakteure doch zugriffen (der Herr vom *Spectator* zahlte fünf Pfund und riet ihr: Gehen Sie ins Kino! Lernen Sie von dieser neuen Erzähltechnik! Und sie tat's), schrieb Bowen an ihrem ersten Roman, *The Hotel*. Vor dem Wechsel des Genres hatte sie befürchtet, die lange Form liege ihr nicht. Aber Mr. Sidgwick war optimistisch. Trotzdem endete ihr Geschäftsbeziehung auf einer herben Note.

Sidgwick & Jackson hatten mit Bowens beiden Kurzge-
schichtenbänden Verlust eingefahren. Aber weil Mr. Sidgwick glaubte, »sie habe es in sich«, war ihr Vertrag auf die
kommenden drei Bücher verlängert worden – eine Investi-
tion auf die Zukunft, denn ihre Partner hofften, sie werde
als nächstes einen Roman schreiben, eine Gattung, die sich
erfahrungsgemäß besser verkaufte, und damit ihre Verluste
wettmachen. In der Zwischenzeit hatte Bowen für *The
Hotel* jedoch ein Angebot vom Verlag Constable bekommen, das sie nicht ablehnen wollte, und so lud sie ihren Ärger über den bescheidenen Verkaufserfolg von *Encounters*
und *Ann Lee's* auf Mr. Sidgwicks Schwelle ab. Der Erfolg
eines Buches hänge weniger davon ab, ob es sich um einen
Roman oder um Kurzgeschichten handele, belehrte sie ihn,
sondern von einer Strategie, die man gemeinhin mit dem or-
dinären Wort »Publicity« umschreibe. Sidgwick & Jackson
habe einfach nicht genug Werbung für ihre Bücher gemacht.
Constable hingegen glaube an ihren Erfolg und sei bereit,
die Trommel zu rühren. Mr. Sidgwick konnte nur bedauern,
daß sie auf ihre »Berater« gehört hatte, und seinen Vertrag
zusammenfalten.

Bowens Berater war der Literaturagent Spencer Curtis
Brown, dem sie auf den Rat von Rose Macaulay 1924 ihre
Geschäfte anvertraut hatte. Er sollte ihr in den kommenden
fünfundvierzig Jahren ein verläßlicher Partner werden. »Ich
habe hartherzig gehandelt«, schreibt er ihr im Fall eines Mr.
Booth, der ihre Erzählung *Das Nadelkästchen* als Theater-
stück verpfuscht hatte. »Ich war an Ihrer Stelle hartherzig,
denn Sie haben einfach ein zu freundliches Herz, und ich
habe ihm taktvoll mitgeteilt, daß er von jedem Versuch, sein
Stück aufzuführen oder zu veröffentlichen, Abstand nehmen
muß.«[166]

Die kurze Erzählung gehorche einer anderen Dramaturgie als der Roman. Sie gleiche einem Scheinwerfer, in dessen eingegrenztem Radius Personen auftreten, deren Charakter möglicherweise für den Autor nicht interessant genug seien, um ihn einen ganzen Roman hindurch zu beschäftigen, schreibt sie später. Der Roman war ihr Meisterwerk, die Short Story ihr Kunststück, in der sich ihr cinematographisches Talent am schönsten entfaltete. Von ihren Geschichten mochte sie folglich diejenigen am liebsten, die am stärksten visuell und am wenigsten analytisch waren. »Die kurze Erzählung kann 1. weder eine Entwicklung noch einen Fortschritt darstellen. 2. schließt sie Komplexität aus. Daher kann sie weder von langen, komplizierten Beziehungen noch von Zielen, Obsessionen oder Leidenschaften handeln.«[167]

Statt den Scheinwerfer anzuknipsen, mußte sie im *Hotel* zum erstenmal für dauerhafte Beleuchtung sorgen, denn der Roman, der von ihrem Besuch bei Tante Edie in Bordighera und einem zurückgeschickten Verlobungsring inspiriert wurde, handelt von konfliktreichen Beziehungen, ungeahnten Entwicklungen und abgelebten alten Ehen. Doch obwohl keine der Figuren ungeschoren davonkommt, webt um die Tanztees, Ausflüge und Picknicks der zwanziger Jahre eine fast Austensche Heiterkeit (bei der ja auch keiner ungeschoren davonkommt).

Das Hotel an der italienischen Riviera ist im Winter fest in der Hand englischer Gäste. Auf tritt die elegante, nur mit sich selbst befaßte Mrs. Kerr, die bereits in der ersten Szene die Treppe herabschreitet und ihre Handschuhe über den zarten Panzerfäusten glattzieht; ein trifft der Reverend James Milton, der es wagt, den Schmutz der Reise im Badezimmer (und mit dem Schwamm) der Damen Pinkerton abzuwaschen; aus fliegt Mr. Lee-Mittison, der so gern frische junge Mädchen um sich sieht, in seinem Gefolge Mrs. Lee-Mittison, die ihr Leben damit zubringt, die Erbärmlichkeit ihres

Mannes zu bedecken. Die jungen Männer sind wiederum in der Hand der gelangweilten Veronica »mit der scharfgeschliffenen Klinge in ihrem Innern«. Im Mittelpunkt aber steht Sydney, eine etwas eckige, sensible junge Frau, Bowens einzige Heldin mit abgeschlossenem Studium, die aber dennoch nicht genau weiß, was wann aus ihr werden soll. Sie ist Mrs. Kerr in wehrloser Liebe ausgeliefert, wird von ihr gehätschelt, manipuliert und schließlich fallengelassen. Sydneys Verlobung mit dem Reverend Milton erweist sich als Irrtum, was man ihr als Bowen-Leserin schon im voraus hätte sagen können.

Bowens Romane haben selbst etwas von einem teuren alten Hotel. Die Manieren sitzen so tadellos wie die Glacéhandschuhe, das Ambiente ist geschmackvoll, die Atmosphäre nervös und geladen. Es kommen nur immer verschiedene Gäste die Treppe herunter oder bleiben im Fahrstuhl stecken. Doch so verschieden sind sie bei näherer Betrachtung gar nicht. Auch im *Hotel* tritt das alte Biest auf, das mit Bedacht und lächelndem Augenaufschlag das Leben der jüngeren Frau zerstört. Es hatte bereits in ihrer Erzählung *Mrs. Windermere* Gestalt angenommen und würde als Mrs. Fisher in *Das Haus in Paris* in Vollendung sterben.

Interessanterweise bleiben die Väter meist auf ihren Zimmern oder sind anderweitig verschollen. Dafür fehlt selten das anstrengende kleine Mädchen, das in *Friends and Relations* zu vorläufiger Hochform auflaufen wird, und im Salon sitzt ein ganzes Komitee von Damen, stickt Kissenbezüge und weiß Bescheid über Sydney und Mrs. Kerr. »›Ich kenne *andere* Fälle‹, sagte eine und sah sich nach ihrer Schere um, ›Fälle von außerordentlich leidenschaftlicher Freundschaft. Man hatte nicht den Eindruck, daß *diese anderen* sehr gesund waren.‹«[168]

IX IM LEBEN ANGEKOMMEN
Tod Henry Bowens – Sommergäste auf Bowen's Court – Oxford – Humphry House – Auge, Nase, Mund und Kleider – *Mrs. Charles – Friends and Relations – Die Fahrt in den Norden* – Das Romanpersonal

Mit sechsundsechzig Jahren begann Henry Bowen das Leben zu führen, das sein Vater für ihn vorgesehen hatte: Er schloß die Kanzlei in Dublin und wurde Landjunker in County Cork. Aber er war kein Bauer, kein Jäger und kein Gärtner. Er war ein Stadtmensch, dem Kino und Café, Auftrieb und Gespräche fehlten. Es gab nichts zu tun. Sein Buch war geschrieben, die Farm verpachtet. Man konnte nur von einem Zimmer ins andere gehen, aus dem Fenster schauen und sich die Hände reiben. Im Sommer kamen Elizabeth und Alan in ihrem kleinen Morris angebraust; aber der Winter brachte nur Regen, Kälte und Verdrossenheit mit sich. Das zur Hälfte leerstehende Haus, seine lebenslange Bürde, türmte sich wie ein Mausoleum über ihm auf. Nach Bowen's Court hatte er als junger Mann die Pocken eingeschleppt und seine Mutter damit umgebracht. Auf Bowen's Court hatte er seinen Vater in den Wahnsinn getrieben, weil er Anwalt werden wollte. »Mit jedem Tod hatte sich die Atmosphäre verdichtet und angereichert. Die Toten mußten Bowen's Court nicht heimsuchen, weil sie es bereits durchdrungen hatten.«[169] Henry Bowens Zorn und seine Verdüsterung kehrten zurück. Wieder erging er sich in heillosen Selbstanklagen. Würde ein Ortswechsel helfen? Zurück in die Stadt? Doch im Frühjahr 1930 schickten ihn die Dubliner Ärzte zum Sterben nach Hause.

Henry Cole Bowen in der Tür von Bowen's Court

Elizabeth, heimgerufen, um sich von ihrem Vater zu verabschieden, sah auf einem Abendspaziergang »einen durch-
sichtigen Schatten, der die Senke füllte, in der Bowen's Court
liegt. Der Tod, auf dessen Kommen wir stündlich warteten,
war in diesem Augenblick fast sichtbar.«[170] Henry starb in
dem Blauen Zimmer, in dem er als junger Mann von seiner
Mutter gesund gepflegt worden war. Elizabeth saß bei ihm
und nähte.

»Der Tag seiner Beerdigung war so schön wie die vorher-
gegangenen Tage dieser Woche; die Sonne schien sogar noch
heller. Die Stufen schimmerten, und der Glanz breitete sich
in die Halle aus, wo der Sarg zwischen Blumen aus dem Garten, Tulpen und Pfingstrosen stand und auf die Träger
wartete. […] Ein Menschenmeer, Hunderte, Leute aus ganz
Irland, von weit her aus den Bergen, standen auf dem Kiesplatz und in der unteren Auffahrt und hielten den Blick auf
das Haus gerichtet; es sah aus wie ein Traum. Als ich das
Zeichen zum Aufbruch gab und der Sarg die Stufen hinabge-
tragen wurde, wich das Menschenmeer zurück, schweigend
zuerst, vor uns, um uns, hinter uns. Henry wurde den ganzen Weg zur Kirche getragen. Der Sarg wanderte von den
Schultern der ersten Träger auf andere und wieder andere
Schultern […] wie ein Boot in diesem Hin und Her ohne
Ruck oder Stoß. Die Menge teilte sich gerade so weit, daß
ich und mein Mann hinter meinem Vater hergehen konnten,
dann schloß sie sich wieder mit freundlicher Dichte um uns.
Die Leute, die nun ganz natürlich sprachen, denn in Irland
ist der Tod von keinem unmenschlichen Schweigen umgeben, drängten sich über die Wiese fast bis zum Waldsaum.
Der Gottesdienst wurde draußen auf dem Friedhof gehalten, damit die katholischen Freunde nicht vor der Kirchentür stehen mußten. Es wäre Henrys erste Ungastlichkeit
gewesen.«

Noch vor ihrem einunddreißigsten Geburtstag erbte Eliza-

Elizabeth Bowen, 1930, in der Halle von Bowen's Court

beth als erste Frau nach acht Generationen den Familiensitz. Sie schloß ihn ab und kehrte nach England zurück. »Von Irland zu träumen, ist eine Sache, dort zu leben, eine andere.«[171] Bowen's Court war kein Haus, in dem man vom Pachtzins für die Farm, dem Gehalt eines Bildungsreferenten oder ihren Buchhonoraren leben konnte. Ein Vergleich: Ihre Heldin Stella kommt *In der Hitze des Tages* mit neunhundert Pfund Jahreseinkommen standesgemäß über die Runden. Graham Greene richtete sich als Junggeselle und Redakteur bei der *Times* mit zweihundertfünfzig Pfund ein. Sie selbst hätte gern im Jahr dreitausendfünfhundert Pfund »proper money« zur Verfügung, wie sie der Zeitschrift *Horizon* bekannte, die 1945 Schriftsteller nach ihren Vorstellungen von einem angemessenen Lebensstandard befragte.[172] Bowen's Court hatte kein fließendes Wasser und niemals Zentralheizung. Die Toiletten waren von 1860. Zur unwirtlichen Jahreszeit wurde das Bettzeug klamm. Eine Besucherin, deren Handspiegel über dem feuchten Laken beschlug, schlief vorsichtshalber in ihrem Regenmantel.[173]

Die Camerons auf den Stufen von Bowen's Court

Elektrischen Strom erzeugte ein Dieselgenerator, der in einem Schuppen im Hof vor sich hin knatterte und stank. Wenn er ausgeschaltet wurde, verlosch das Licht langsam wie im Kino, und der Vorhang schwang zurück vor Stille und Dunkelheit. Bowen's Court war ein Haus für den Sommer; für offene Türen und lange helle Abende, wenn man rauchend und plaudernd auf den Eingangsstufen saß, die noch warm von der Sonne waren. Es war ein Haus für Gäste, die im großen Stil bewirtet wurden. Die Kosten rechnete Alan zusammen. Unwahrscheinlich, daß er zu verschwenderischen Gesten neigte, aber Elizabeth wünschte, daß es niemals an Champagner, Whiskey und Räucherlachs mangelte. Im obersten Stock gab es sechs Gästezimmer, doch wenn sehr viele auf einmal kamen, wie im Sommer 1936, borgte sie Betten aus und brachte Freunde von Freunden in der Nachbarschaft unter. »Wir haben Waschgeschirr, Decken (es waren wirklich neue nötig), kratzige irische Badetücher und vier kleine Teekannen angeschafft.«[174]

Sie sei eine ganz reizende Person und unglaublich gastfreundlich, schrieb eine junge Frau, die mit drei Freunden an einem Junitag unangemeldet hereingeschneit kam. »Was für eine Aufregung, als wir in die Auffahrt einbogen, und zwar in einem über die Maßen schimpflichen Zustand: Straßenkarten, Regenmäntel und Hüte, die aus allen Ritzen des Autos quollen, und da sitzen zwei Damen (Elizabeth und eine Miss Brown) in wunderschön gestreiften Seidenkleidern auf den Eingangsstufen und verlesen Stachelbeeren.«[175] Auch für diese vier wurden selbstverständlich noch Gedecke aufgelegt.

Die Unterhaltung im Hause Bowen war ausschließlich hausgemacht: Man fuhr an den Blackwater-Fluß zum Schwimmen oder nach Youghal ans Meer, drosch Federbälle auf der Wiese oder, wenn es regnete, auf den Dielen im »Long Room«. Abends am Kamin amüsierte man sich bei Scrabble, Karten- und Gedankenspielen: Eine aufgekratzte Gesellschaft ließ ihre Mitglieder reihum hochgehen. Etwa so: Nenne vier charakteristische Artikel, die in einem Gästezimmer zurückgelassen wurden, und laß die anderen erraten, welcher gemeinsame Bekannte darin gehaust hat! Elizabeth erfand ein Spiel, das »Schlimme Parties« hieß: »Man stelle eine Liste von acht Leuten auf, die zusammen die denkbar quälendste Gesellschaft bilden (obwohl sie für sich genommen ganz nett sein mögen). Man denke sich dazu ein Dinner mit den widerlichsten Speisen aus (sie müssen trotzdem genießbar sein). Und die Getränke. Und möglichst auch die Spiele, die nach dem Essen gespielt werden.«[176]

Jeder Sommer begann für sie nun mit einem langen, gutnachbarlichen Zug durch die Gemeinde Kildorrery, auf dem bei ungezählten Tassen Tee und in unerschöpflicher Gesprächigkeit des vergangenen Jahres gedacht wurde; eine sehr irische Angewohnheit, wie sich Charles Ritchie erinnerte,

*Mrs. Cameron besucht Mrs. Cleary, die Besitzerin
des Ladens von Farahy*

dem das meiste Hekuba gewesen sein dürfte. Die Runde ging
von Jim Gates' Cottage bis zu Annie Clearys Gemischt-
warenladen an der Brücke, wo Mrs. Cameron mit lächelndem
Mund ihre aufgelaufene Rechnung beglich. (Wie die adelige,
aber vermögenslose Davina in *The Disinherited* liebte sie
»kleine Läden, die nach Käse rochen, alles mögliche führten
und sonntags geöffnet waren; Läden, wo man Zigaretten,
Pfefferminz, Schnürsenkel, Illustrierte, Ölsardinen, Abführ-
pillen und Notizblöcke mit Bildern auf dem Umschlag kaufen

konnte. Abends bei trübem Lampenlicht hielt sie gern einen Schwatz über die Theke und überredete Leute, die nichts damit zu schaffen hatten, ihr Briefmarken zu verkaufen.«[177])

Bowen's Court war eine starke Wurzel – und ein schwerer Klotz am Bein. In einem englischen Haushalt versprachen Umschläge mit einer irischen Marke auf dem Tisch in der Halle selten Gutes. »Diese schicksalhaften Briefe in steifer Handschrift, die unfehlbar begannen: ›Sehr geehrter Herr, ich bedaure, Ihnen mitteilen zu müssen …‹ Briefe, bei deren Anblick dem Landherrn in der Fremde das Herz schwer wurde […] Die Schulden, die Schulden, die Pächter, die Abflußrohre, die Bäume …, wie sollte man eine Seite makelloser Prosa vollenden, wenn die irische Briefmarke unter dem Manuskript hervorsah?«[178] Nach dem Krieg konnte Bowen ein wenig Geld in ihre Immobilie stecken. »Das Haus ist behaglicher geworden, seit Du da warst«, schreibt sie an Blanche Knopf; obwohl die Räume im zweiten Stock noch immer ein wenig an die Gruselvilla der Addams Family erinnerten. »Du kennst den Cartoon von Addams, in dem die Hausherrin den Gast nach oben führt? ›Hier ist Ihr Zimmer. Wenn Sie etwas brauchen, schreien Sie.‹«[179]

1925 hatte Alan einen Posten im Bildungsressort der Stadt Oxford angenommen, und sie waren aus dem gräßlichen kleinen Haus in Northampton in ein sehr viel schöneres in Old Headington am Rand der Universitätsstadt gezogen. Waldencote war die umgebaute Remise eines georgianischen Landsitzes. Als Teil der alten Grundstücksmauer grenzt seine Rückseite hart an die schmale Durchgangsstraße The Croft, deren gelbe Randlinie die Schwelle der Hintertür streift. Im windgeschützten Hof, der zugleich der Garten war, hielt sich die Sonnenwärme, »soweit man in England von Sonne sprechen kann.« In Waldencote sollten die Camerons zehn Jahre lang wohnen.

*"This is your room. If you should
need anything, just scream."*

Cartoon von Charles Addams aus dem New Yorker
vom 13.3.1943

Es war ein schönes Haus, einstöckig, mit blauen Türen,
ungleich geschnittenen Räume und niedrigen Decken, »nicht
heimelig; und wir richteten es so un-heimelig wie möglich
ein.«[180].Bei der Hausarbeit lief der Plattenspieler: Louis
Armstrong, wahlweise auch Franz Schubert. »Sie ist sehr
blond, mit dem unsicheren Lächeln der stark Kurzsichtigen und diesen eleganten abfallenden ›Champagnerflaschen-
Schultern‹, die man heute kaum noch sieht«, berichtet eine
amerikanische Journalistin. »Im Abendkleid sieht sie könig-
lich aus; im Alltag ist sie eher ›tweedy‹ gekleidet, jedoch irisch

sorgloser als die meisten Briten. Sie ist die einzige Frau unter sechzig, die ich kenne, die eine Lorgnette mit großer Selbstverständlichkeit handhabt [...] Das Essen in Waldencote ist so vorzüglich wie die Konversation. Der wahre Herr im Haus ist Lawrence, eine gelbe Katze von Hinterhofgeblüt.«[181]

Oxford lag weiter unten im Tal, halb verborgen »unter einem flüssigen, silbrigen Schimmer«, und ganz durchdrungen vom Bewußtsein, Wohn- und Wirkungsstätte der Elite zu sein: Glockentürme, Schmiedeeisen und zimtfarbene Collegemauern, Wasserspeier und geschorener Rasen, Glyzinien, Fahrräder, wehende Talare und Stocherkähne auf dem Cherwell. Die Studenten gaben sich als »Ästheten«, trugen locker geschlungene Seidenkrawatten, Siegelringe und handgefertigte Schuhe. Man sprach laut und artikulierte seine Vokale mit nasalem Blöken, trank Sherry, rauchte türkische Zigaretten und warf das Haar aus der Stirn. Ästhet zu sein bedeutete ferner, ein Grammophon und Platten von Bach, jedoch keinesfalls von Wagner zu besitzen. Jazz war ebenfalls erlaubt. Die Kunst, sich selbst und seine Mitmenschen zu amüsieren, schien gelegentlich stärker ausgeprägt zu sein als akademischer Fleiß.

Die Camerons legten zwar auch gelegentlich eine Jazzplatte auf, aber für die wilden Parties und die Manierismen der »bright young things« waren sie schon ein wenig zu alt und außerdem zu gediegen. Dennoch wirkte Oxford nach den Jahren in der Provinz und der Gesellschaft von Alans pädagogischen Kollegen auf Elizabeth wie eine gute Gabe Kompost auf einen ausgehungerten Rosenstrauch. Sie entwickelte frische Triebe. »In Oxford war ich endlich in dem Leben angekommen, von dem ich früher geträumt hatte, als ich wie Lois mein Pferd über die endlosen, nassen Straßen von County Cork getrieben oder voller Erwartung mein Kleid vor irgendeinem ländlichen Ball an die Luft gehängt hatte. Hier in Oxford lebte ich jeden Tag im Angesicht der zivilisiertesten Schönheit, die England zu bieten hat. Meine Freunde waren gesprächige, gelehrte und brillante Männer.«[182]

Zu ihren Neuerwerbungen gehörten der Autor und ehemalige Chef des britischen Geheimdienstes, John Buchan (*39 Stufen*) und seine Frau Susan (im späteren Leben Lord und Lady Tweedsmuir of Elsfield), der Literat und Kritiker Cyril Connolly, ein kleiner Mann mit einem großen Vorrat an interessanten Launen, und der Philosoph Isaiah Berlin, ein liebenswürdiger, außerordentlich neugieriger, funkelnder Mensch und rasanter Plauderer. (»Im Sessel saß ein kleiner dunkler Mann, lehnte sich vor, hüpfte auf und nieder und flog wie ein Papierschiffchen über die Wogen seiner Rede.«[183]) Berlin mochte Elizabeth sehr und bekannte, er fühle sich in ihrer Gegenwart klüger, empfänglicher und ausgeglichener, als er von Natur aus sei, aber er machte sich trotz vieler enthusiastischer Worte nichts aus ihren Büchern, die er unlesbar fand. (»Keine große Linie, alles Stückwerk & meistens völlig tot & und immer sehr *unheimlich*, fast makaber.«[184])

Zum neuen Kreis gehörte auch die Schriftstellerin Rosamond Lehmann (*Aufforderung zum Tanz*), eine Schneewittchenschönheit mit einer unglücklichen Schwäche für »wundervolle junge Männer«, was ein paar Jahre später zu einer mittleren Krise im Kreis der Londoner Literati führen sollte. Rosamond lebte mit ihrem zweiten Mann Wogan Philipps und ihren beiden kleinen Kindern in Ipsden, einem alten Herrenhaus bei Oxford. Als »Ros und Wog« waren sie lose mit Bloomsbury verbandelt. Auch Lord David Cecil, zweiter Sohn des Marquis von Salisbury und Fellow am New College, hatte durch seine Frau Rachel, die Tochter von Desmond McCarthy, Verbindung zu dem Kreis um Virginia Woolf. Cecil, der aus einem reichen und politisch einflußreichen Clan stammte, war »einer der intelligentesten, attraktivsten, talentiertesten, klügsten, glänzendsten und die Lebenslust stark befördernden, literarischen Persönlichkeiten seiner Zeit«.[185] Obwohl er nur drei Jahre jünger als Bowen war, entwickelte sie eine fast mütterliche Freundschaft zu ihm. »Ist das nicht ganz wunderbar mit David«, schreibt sie an Lady Ottoline Morrell, als er sich verheiratete. »Ich kann mir nichts vorstellen, was mich in den letzten Tagen mehr beglückt hätte. Sie ist so reizend, attraktiv und gut, und ich habe das Gefühl, daß sie ihn vollkommen versteht. Seit dem letzten Winter habe ich mir solche Sorgen um ihn gemacht. Er schien sich selbst zu verzehren, so nervös und angespannt, wie er war. Ich fühle, daß eine solche Ehe alles richten wird.«[186]

Mit größerer Vorsicht war Maurice Bowra zu genießen, ein dynamischer Gelehrter, dessen Witz sehr gepriesen wurde, der jedoch – wie Strychnin – nur in sehr kleinen Dosen das Opfer nicht sofort zum Tode beförderte. In der *Fahrt in den Norden* leiht Bowra dem kalten und egomanen Markie Linkwater sein Aussehen; ein böser Frosch, den die Frau, die ihn liebt, irrtümlich für einen Prinzen hält: »breit und untersetzt, sauber rasiert, um Hals und Kinn eher dicklich […] beweglicher, gieriger, intelligenter Mund und die gleichmütigen, hellen, zuckenden Augen eines freundlichen Reptils. Ansehnlich, vielleicht sogar attraktiv – aber nicht für Cecilia.«[187] Auch nicht für Elizabeth. Und für Maurice Bowra, der sich gern seiner erotischen Errungenschaften rühmte (»Wunderbares Paar – habe mit beiden geschlafen«), kam Mrs. Cameron ebenfalls nicht in Frage.

»Sie war groß, hatte eine gute Figur, und sie gab sich wie ein Mensch, der auf dem Land gelebt hat und die Gepflogenheiten dort kennt. Sie war auf ungewöhnliche Weise schön; ihr Gesicht drückte Geist und Charakter aus. Anders als manche Iren legte sie es nicht auf Effekthascherei an, sondern hielt das Gespräch auf hohem Niveau und widmete ihm ihre

ganze Aufmerksamkeit. Sie stotterte leicht, was ihren Bemerkungen Nachdruck verlieh. Sie hatte den eleganten Stil einer
wirklichen Dame, zögerte bei Gelegenheit jedoch nicht, im-
pertinentes Verhalten herunterzuputzen. [...] Trotz ihrer
Empfindsamkeit und Vorstellungskraft hatte sie eine maskuline Intelligenz und war gründlich mit wichtigen Themen
und Ideen vertraut. Wenn sie manchmal einen Vortrag hielt,
geschah es mit einer Kraft und Überzeugung, um die sie viele
Professoren beneidet hätten. Elizabeth hätte an der Spitze
eines Frauen-Colleges in Oxford oder Cambridge stehen
können. Sie hatte die richtige Präsenz und Autorität für einen
solchen Posten und hätte einen bleibenden Eindruck hinterlassen. Aber sie war eine schöpferische Autorin, und das verlangte ihre ungeteilte Aufmerksamkeit.«[188]

An einem Sommertag 1933 kam auch Graham Greene mit
seinem Bruder zum Tee nach Waldencote. »Sehr nett, sehr
schüchtern, stottert und hat entsetzlich schlechte Zähne«,
bemerkt er. Sie unterhielten sich über T. S. Eliot und seine
gescheiterte Ehe, ein Skandal, an dem Bloomsbury und die
umliegenden Kreise jahrelang Anteil nahmen. Bowen, eine
der vielen, die von der erregten Mrs. Eliot am Telefon verlangt wurden, nannte den Dichter, der sich seiner Frau gegenüber sehr scheußlich benahm, »schlicht und ernst, einen
großen und guten Mann.«[189]

Sie selbst machte sich gerade bereit zu ihrem ersten Seiten-
sprung, allerdings verhielt sie sich bedeutend diskreter als die
Eliots. Denn Oxford hatte nicht nur intellektuelle Anregung
zu bieten. Elizabeths Auge fiel auf attraktive Herren wie den
Literaturwissenschaftler Humphry House, acht Jahre jünger
als sie, groß, dunkelhaarig und mit grimmigen Augenbrauen.
Seiner schlaksigen Länge wegen ging er leicht vornüberge-
beugt. Er war »ein Mann, der von starken Leidenschaften getrieben wurde, die er nicht im Zaum zu halten gedachte«.
Seine »herrliche reaktionäre Wut und eine Art faschistische

Maurice Bowra, Professor in Oxford und Vorbild für
Markie in Die Fahrt in den Norden

Lord David Cecil (vorn) und Isaiah Berlin in Oxford

Härte«,[190] die sein Freund Isaiah Berlin bemerkenswert fand, schreckten viele Frauen ab. Nicht so Elizabeth.

Sie war vierunddreißig und eine erfolgreiche Autorin – »zuerst Schriftstellerin, dann Frau«, selbst in dieser *Amour fou,* gegen die sie sowenig gefeit war wie ein junges Mädchen, das sich zum erstenmal verliebt. Als Schriftstellerin versuchte sie später ihre starken Gefühle als Elixier für ihr Schreiben zu literarisieren und zu rationalisieren, als Frau war sie zuerst so kopflos wie jede, die von der Schärfe körperlicher Liebe überrascht wird. Aber sie war keine Träumerin.

Humphry House fühlte sich von der Entschlossenheit, mit der sie ihn aufsuchte, geschmeichelt. Zwar war er schon mit einer jungen Dame namens Madeline Church verlobt, die er noch im selben Jahr heiratete, aber das hinderte ihn nicht daran, mit Elizabeth Bowen ins Bett zu gehen. Anders als Alan, der nicht eingeweiht war, hatte Madeline Anteil an dem Verhältnis. Ihr Verlobter vertraute ihr den erstaunlichen Tatbestand an, daß Mrs. Cameron nach neun Jahren Ehe noch Jungfrau war.

Er besuchte sie – ohne Madeline – im Juni 1933 auf Bowen's Court, als eine Wagenladung Oxforder Sommergäste in ihr Tête-à-tête platzte. Humphry, »unglücklich, stellungslos, ein Opfer religiöser Zweifel und wie üblich allzu bereit, sich emotional zu verausgaben«, wich kurzfristig von Elizabeth ab, verliebte sich »unwiderruflich« in die hübscheste der jungen Frauen und trabte ihr »wie ein großer, abgewiesener Hund hinterher.«[191] Als die Gesellschaft am nächsten Morgen Richtung Galway weiterfuhr, bestand er darauf, sie ein Stück zu begleiten, und wurde prompt in einen Unfall mit einer alten Frau auf einem Eselskarren verwickelt. Er war offenbar auch als soziales Wesen nicht mit Grazie gesegnet.

Ihre Liebesaffäre zog sich drei Jahre hin – fordernd auf ihrer Seite, kompromißlerisch auf der seinen. Humphry hätte sich gern mit Frau und Kindern und Elizabeth als Hausfreundin eingerichtet. Doch das lag nicht in ihrer Absicht. Sie wollte weder seine noch ihre Ehe aufs Spiel setzen, aber sie wollte sexuelle Erfüllung »ohne erbärmliche Schuldgefühle«, und sie machte aus ihrer Verachtung für Humphrys Wirtschaft keinen Hehl: sein »komisches kleines klaustrophisches Haus, das von der besorgten kleinen blonden Frau und den unscheinbaren blonden Kleinkindern so vollständig ausgefüllt wird«.[192] Die Mischung »aus Puppenstube und Kaninchenstall« war mit Waldencote, dem un-heimeligen Haus der Camerons, gar nicht zu vergleichen. Sie schickte der kleinen blonden Frau ein Teeservice, was diese wohl zu Recht als herablassend empfand.

In der Beziehung zu Humphry House lief Bowen zu feudalen Formen auf und gab sich zugleich Blößen, die ihr in besserer Verfassung vermutlich nicht unterlaufen wären. So war sie stark befremdet, als Madeline, die 1935 ein Kind erwartete, ihren Mann von einem Besuch auf Bowen's Court zurückrief, weil ein Gewittersturm das Dach ihres komischen kleinen Hauses abgedeckt hatte. In dem Brief, den Elizabeth dem Gatten hinterherschickte, bedauerte sie seine überstürzte Abreise, um so mehr, da sie sich selbst so sehr ein Kind wünsche.

Madelines Mitgefühl hielt sich vermutlich in Grenzen, so wie Elizabeths Abneigung mit der Zeit noch an Würze gewann. »Ich finde, Sie tun ihr Unrecht«, schrieb ein gemeinsamer Bekannter. »Wenn Humphry nicht dabei ist, ist sie ein ganz anderer Mensch; und zwar ein viel besserer als in ihrer Rolle als Gattin.«[193] Doch noch Jahre nachdem die Affäre beendet war, fragte Bowen ihren Freund, den Schriftsteller William Plomer: »Wie fanden Sie Madeline House? Ihr scheinen vor lauter Sorgen ständig die Augen aus dem Kopf zu fallen; armes kleines Ding. Sie tut mir immer leid, zugleich finde ich sie einfach deprimierend.«

Madeline House war nicht ganz das bedauernswerte Ge-
schöpf, auf das Bowen herabsah. In den fünfziger Jahren
nahm sie an der »Dickens Industrie« teil, der großen Edition
der Briefe von Charles Dickens, die Humphry House herausgab, und führte nach dessen Tod die Arbeit weiter. Es half ihr
nicht. Noch in ihrem letzten Roman, *Eva Trout*, zieht Bowen
mit Genuß über eine Lehrerin und Übersetzerin her, die,
ganz von Dickens erfüllt, seinem Haus in Broadstairs einen
Besuch abstattet.

Wie jeder kreative Mensch machte Bowen von allem Ge-
brauch, was ihren Weg kreuzte. Sie beutete ihre guten und
schlechten Beziehungen, manchmal auch nur ihre flüchtigen Begegnungen mit anderen Menschen aus. Einigen
ihrer Romanfiguren war sie auf der Straße, im Café oder in
einer Abflughalle begegnet; einige liehen nur ihre Nase, ihre
Augen oder ihre Gesten her. Physisches könne nicht erfunden werden, schreibt sie. »Erfundene Erscheinungen zeichnen den minderwertigen Roman aus.«[194] So habe sie etwa
ihre Figuren in *Das Haus in Paris* aus vielen Eindrücken zusammengesetzt. »Henrietta sehe ich komplett vor mir – außer
ihren Gesichtszügen; auch Karens Gestalt, ihre Bewegungen
und ihre ganze Art, aber ich weiß nicht, was für eine Sorte
Nase sie hat. Max ist das Abbild eines Mannes, den ich flüchtig und oberflächlich kannte; ihn sehe ich natürlich ganz
[…] Naomi Fisher habe ich ständig vor Augen, sogar ihre
Kleider.«[195] Als Miss Fisher das Mädchen Henrietta am Gare
du Nord abholt, trägt sie einen schwarzen Pelz, der nach
Kampfer riecht. »Unter den Lampen hatte ihr Hut einen
tiefen Schatten geworfen, in dem sich ihre melancholi-
schen Augen in den dunklen Höhlen ängstlich hin- und her-
bewegten. Ihr olivgrünes Kostüm absorbierte das wenige
vorhandene Licht, so daß es ebenfalls schwarz aussah. Miss
Fisher glich einer Französin, der jeglicher Esprit abhanden gekommen war.«[196]

Zeitgenossen durften durchaus erkennen, daß Madeline House für die junge Frau mit den ängstlichen Augen Modell gestanden hatte. Naomi Fisher wird von ihrem Verlobten Max verlassen, als er sich in ihre schönere, klügere und reichere Freundin Karen verliebt. Die arme Miss Fisher kann ihre Gefühle nicht verbergen und ist mit dem Charme eines Sofakissens gesegnet, auf das sich alle getrost setzen dürfen. Einfach deprimierend!

Bowens umherschweifendes Auge, ihre offenen Sinne, hatten etwas leicht Räuberisches, Spionagehaftes, wie sie gerne zugab. Alles nahm sie zur Kenntnis – das Gespräch am Nebentisch, den Schatten auf einer Hauswand, einen Film, eine Gedichtzeile, das Nachbeben eines Verkehrsunfalls, das durch die Straße lief, »das Aufflammen einer visuellen oder sinnlichen Erinnerung, deren Ursprung verlorengegangen ist.«[197] Meistens waren es eher Orte als Gesichter, aus denen sie kreative Funken schlug: der Anblick einer heruntergekommenen irischen Burg über einer Flußmündung (*Die Erbin*), ein von Efeu stranguliertes Haus in einem ehemals eleganten, verlassenen Viertel von Folkstone (*Efeu kroch übers Gestein*), oder der volle Mond über dem zerbombten, gespenstisch grauen London (*Kôr, du ferne Stadt*). »Bei jeder dieser Gelegenheiten dachte ich: Ja, das berührt mich – aber es würde X noch stärker berühren – warum und unter welchen Umständen? Und wer ist X?«[198] Die passende Figur schien in der Kulisse nur darauf gewartet zu haben, von ihr entdeckt und ergriffen zu werden. Alles, was auf Autobiographie deutete, wies sie strikt von sich. Der Humus der Inspiration trug um so schönere Früchte, je weniger gründlich er umgegraben wurde.

Kein Autor, keine Autorin kann indessen leugnen, daß seine oder ihre Bücher eine höchst persönliche Angelegenheit sind. (Bowen bevorzugte die maskuline Form, wenn sie von den Schriftstellern sprach, und schloß sich damit ein.) Doch

sie ließ das Selbsterlebte als ästhetische Ressource nur als
»Erlebtes im weitesten Sinn« in Gestalt von Gedanken und
Gefühlen gelten. »Jede Geschichte, die sich nicht vom Autor
löst, ist im Grunde mißlungen. Sie muß sich wie eine form-
vollendete Seifenblase vom Blasröhrchen lösen und als eine
neue, vollständige, reine, schillernde Welt entschweben.«[199]
Texte, die »Duftspuren« trugen, die sie verraten könnten, waren ihr nachträglich zuwider, und sie wetterte so vehement
gegen jede Art von Selbstverwirklichung in der Kunst, daß
man ihr um so lieber auf die Schliche kommen möchte.

In der Tat widersprach sie sich, wenn es darum ging, wieviel von ihrem Leben in ihren Büchern steckte. Eine kleine
dunkle Rache an Madeline House oder eine helle Wut auf die
Tanten in *Die kleinen Mädchen* konnte sie sich nicht versagen. In *Heimkommen* ist es ihre Mutter, die aus den Augen
der »Herzensmama« schaut; in *In der Hitze des Tages* spielt
Charles Ritchie das Vorbild für den zweifelhaften Helden; in
Eva Trout ist er noch einmal als junger Zauberer präsent; in
Eine Welt der Liebe nimmt sie sich selbst als Hausherrin
einer verrotteten Immobilie auf den Arm.

Ein Zug von Bowen steckt in jedem der jungen, verletz-
lichen Mädchen ebenso wie in den ruchlosen älteren Kame-
radinnen. Von ihren Frauenfiguren hat hat jedoch keine etwas
von der Geradlinigkeit, mit der Bowen ihre eigenen Liebesaffären einfädelte – und beendete. Sexualität war für sie weitaus weniger »claggy«, kompliziert und schuldbeladen, als für
Karen und Naomi, Lois, Sydney, Portia oder Emmeline. »Die
Autorin, deren großes Thema die Leiden der Unschuld waren, glich mit keinem Zug ihren Heldinnen«, schrieb ein fünfzehn Jahre jüngerer Mann, der sie kennenlernte, als Alan im
Sterben lag. »Sie war eine Frau von beherrschender Präsenz,
die auf stille Art maskuliner war als die meisten Männer und
zugleich so feminin wie unsere Mütter.«[200] Von sexueller
Attraktion konnte indes keine Rede sein.

Zurück in Oxford war Humphry House bei allem Langmut, den seine Frau aufbrachte, nicht für die Rolle gerüstet, die Bowen in ihrem Lebensroman für ihn vorgesehen hatte, und er begann sich zu entziehen. Auch sie mußte ihre Gefühle wappnen und schrieb ihm nach dem ersten Jahr: »Ja, ich mache mir Vorwürfe, daß ich selbstherrlich und – was mein Verhalten angeht – fordernd war. Ich war ungeduldig, weil Du nicht so wolltest, wie ich wollte. Vergiß nicht, daß Du es mit Elizabeth Bowen aufnehmen mußtest – also einer eingefleischten Schriftstellerin, die es gewohnt ist, ohne Widerspruch von außen ihre Vorstellungen zu leben. […] Weil ich zuerst Schriftstellerin und dann Frau bin, fällt es mir schwer zu verstehen, daß alles – Freundschaft und besonders Liebe –, an dem ich in mit meiner Phantasie dabei bin, nicht *auch* ein Buch ist, nicht etwas, das ich mit meinem Willen formen kann, damit es so wird, wie es sein soll. Man kann – oder ich kann – so schnell vergessen, daß die Beziehung mit einem Menschen kein Buch ist, entworfen und geschaffen von der eigenen Phantasie, dem eigenen Willen. Daß es sich nicht um eine Einmannveranstaltung handelt. Und daß alle Gefahren und Fallstricke gemeinsamer Autorenschaft, die natürlich auch nicht dazu angetan sind, das Ganze zu vereinfachen, auf einen lauern. Das war mein Fehler bei Dir.«[201]

Die Affäre endete 1936, als Humphry House einem Ruf als Englisch-Professor an der Universität von Kalkutta folgte und mit Frau und Kindern nach Indien übersiedelte. Sie stritten sich heftig zum Abschied, und es tat Elizabeth leid, daß sie unversöhnt voneinander schieden, aber sie blieb auf dem laufenden über Humphry und seine »schreckliche Zeit in Kalkutta.« Er wurde von der Polizei schikaniert, die seine Briefe öffnete, und litt unter Fieber, Durchfall und Verfolgungswahn, »alles wegen dieser gräßlichen Inder.« Ihr war völlig klar, daß er dort ein frucht- und aussichtsloses Leben führte, »aber auch interessant, könnte ich mir vorstellen.«[202]

Als Humphry House im Juni 1938 wieder in London auftauchte, hatte Elizabeth einen neuen Liebhaber und konnte mit dem alten ruhig einen Ausflug nach Brighton unternehmen. Auf der Seebrücke besuchten sie eine Show »1000 Lacher für einen Penny« und fuhren mit der Geisterbahn. Doch das Herzklopfen, das Elizabeth darin befiel, rührte nicht mehr von dem Mann an ihrer Seite, sondern von dem Skelett, das ihr plötzlich und unerwartet auf den Kopf schlug. Die Sache war ausgestanden, und sie konnte sich erlauben, ihrem Verflossenen ein wenig tantenhaft die Schulter zu tätscheln.

»Ich fand, Humphry hat sich in Indien sehr gemacht, wirklich ganz süß, daß er wieder da ist«, schreibt sie an William Plomer, der Lektor bei Cape war, wo House sein Buch über Indien herausbringen wollte, »aber ich stimme mit Ihnen überein, daß er höchstens die Hälfte von dem verdaut hat, was ihm dort angeboten worden ist. Als er abreiste, war er so unerfahren, hektisch und verwirrt, daß ich das Gefühl hatte, er hätte nichts vorzuweisen, das ihn empfehlen könnte [...] Eigentlich hat er einen ziemlich schwachen Magen, und ich fürchte, in Indien hat man ihm eine Menge Unverdauliches vorgesetzt. Ich bin gespannt, wie er sich in England zurechtfinden wird. Ich hoffe gut – er ist so nett. Ich bete zu Gott, daß er Ihren Rat bezüglich seines Buchs annehmen wird. Mit seiner schrecklichen intellektuellen Art neigt er dazu, alles zu verderben – eine Art mentale Verdauungsstörung (wie Sodbrennen), nehme ich an.«[203]

So hatte sie die Geschichte doch noch nach ihren Regeln zu Ende gespielt und Humphry House in eine leicht komische literarische Figur mit Magengrimmen verwandelt.

Zwischen 1929 und 1932 waren drei Romane erschienen: *Der letzte September*, *Friends and Relations*, *Die Fahrt in den Norden* und ein weiterer Band Erzählungen, *Joining*

Charles. Seine Titelgeschichte ist eine von Bowens großen kleinen Meisterwerken. Sie spielt an dem Morgen, als die junge Mrs. Charles ihren Besuch bei der Familie ihres Mannes beendet, um zu Mr. Charles zurückzureisen. Da sie die Mutter und die Schwestern liebgewonnen hat, ist sie außerstande, ihnen zu sagen, daß der vergötterte Sohn und Bruder in Wirklichkeit ein widerlicher und gewalttätiger Kerl ist, der ihr das Leben zur Hölle macht. Die Spannung in dieser an äußeren Ereignissen armen Geschichte – wieder erzeugt von den »Dingen«, dem Frühstückstisch, der im Dunkeln wartet, dem Kaminfeuer, das nicht wärmt, dem Taxi, das erschrickt, weil es so dringend erwartet wird – möchte sich in einem Schrei Luft machen: Ich kann nicht fahren! Aber wie vom Traum eines anderen Menschen gelenkt, läßt die junge Frau die Gelegenheit verstreichen. Das Unsagbare findet keine Worte. Der einzige stumme Zeuge gegen Charles ist der Kater Polyphem, dem er als Junge ein Auge ausgeschlagen hat.

Friends and Relations ist ein verwickelter Familienroman, dessen Faden man – so man nicht eisern dranbleibt – nach wenigen Seiten verloren hat. Sogar die Literaturwissenschaftlerin Hermione Lee, eine unbedingte Bowen-Bewunderin, gibt zu, die Autorin habe »sich darin selbst die Hände gebunden.«[204] Die Geschichte beginnt mit der eleganten, aber verregneten Hochzeit von Laurel Studdart und Edward Tilney, einem emotionalen Knicker von erstaunlicher Popularität. Der Bräutigam hatte nicht nur Laurel, sondern auch deren Schwester Janet den Hof gemacht, eine Bedenkenlosigkeit mit ebenso fatalen Folgen wie der Ehebruch seiner Mutter, Lady Elfrida, mit dem Großwildjäger Considine Meggat, dessen Sohn Rodney Janet Studdart einen Antrag macht.

Nach vielem Teetassengeklapper und fruchtlosem Papiergeraschel stellt sich heraus, daß Janet Rodney geheiratet hat, um über die abgelegte, jedoch immer noch aktiv schockierende Beziehung des rüstigen alten Paars mit Edward verwandt zu sein. Auch Edward wird sich seiner Liebe zu Janet gewahr, sie finden jedoch nicht den Mut, diese Liebe zu leben. Alle Beteiligten kehren in ihre geschmackvoll zugerümpelten Lebenslügen zurück und ziehen sich den Deckel über den Kopf – keine Liebenden, keine Freunde, nur noch Verwandte. »Alles in allem, dachte Edward, als er den Tee kommen hörte, den fröhlichen Tanz auf dem silbernen Tablett, sollte das Leben angenehm und nicht leidenschaftlich sein.«[205] Es ist erstaunlich, daß Bowen diesem Langweiler gleich zwei Frauen zutreibt, und damit – entgegen ihren eigenen Grundsätzen – eine Figur zum Protagonisten macht, die keinen Schneid besitzt, keiner Leidenschaft fähig ist und die nicht einmal ein Hauch von Zweideutigkeit umweht.

Die einzige gefährliche Person in diesem Roman ist Theodora Thirdman. Wie ihr Name verrät, ist sie stets der unwillkommene dritte Mann oder das fünfte Rad am Wagen, ein unleidliches Kind, ein jugendlicher Trampel, eine Frau, die sich immer bemerkbar machen muß und Janet »über jeden Anstand hinaus liebt.« Wenn Theodora auftaucht, von der die anderen nicht wissen, daß sie Prominenten am Telefon nachstellt, Türen eintritt und Kanus auf dem Genfer See kentern läßt, kommt Leben ins Haus und Schwung in die Geschichte. Sie manipuliert, sie leidet und lärmt.

»›Theodora spielt um halb zwei Klavier.‹

›Beim Mittagessen?‹ fragte Edward begriffsstutzig.

›Nein, nachts. Ich nehme an, das kommt davon, wenn man so lange im Ausland gelebt hat. Das Klavier steht in dem Zimmer unter unserem.‹

›Kannst du nicht auf den Boden stampfen?‹

›Ich stampfe auf den Boden. Aber ich kann mir nicht helfen, irgendwie muß man sie doch gern haben.‹

›Muß ich nicht‹, sagte Edward.«[206]

So ist *Friends and Relations* auch eine Gesellschaftskomödie, aber eine eher matte und beklemmende. In ihrem Hintergrund legt Bowen an, was sie in *In der Hitze des Tages* mit
schrecklicher Konsequenz ausführen wird: daß Lügen, Aus-
flüchte und »emotionale Hungersnot« Verräter hervorbringen wie »Regen die Kröten.«²⁰⁷ Aber noch erscheinen alle
wie erstarrt zwischen ihren sargähnlichen Möbeln. Virginia
Woolf schrieb, bei *Friends and Relations* käme es ihr vor, als
versuche die Autorin, etwas mit einem verhedderten Lasso
einzufangen. Bowen nahm sich die Kritik zu Herzen »Ich
sage mir immer wieder: Jetzt Vorsicht; nur keine Knoten im
Seil! Welche Fehler Virginia auch immer hatte; ich glaube
nicht, daß sich *ihr* Lasso jemals verhedderte.«²⁰⁸

Ihr nächster Roman, *Die Fahrt in den Norden*, hatte folglich mehr Rasanz. Bowen hatte das Kino entdeckt, den
schnellen Szenenwechsel und die Pingpong-Dialoge der
amerikanischen Screwball-Comedy. Aus dem gediegenen
Ambiente wohlhabender aber weitgehend beschäftigungs-
loser Menschen schält sich nun die Moderne mit ihrer irr-
witzigen Beschleunigung und ihrem nie zuvor gehörten
Krach heraus: Schreibmaschinen klappern, Lifte rumpeln,
Telefone klingeln, Autos sausen über noch ziemlich leere
Straßen, Expreßzüge toben durch Europa, und beim Dröhnen der Flugzeugpropeller können sich die Passagiere nur
schriftlich verständigen.

Mit den Vehikeln sind die Protagonisten Getriebene: die
zwei jungen Frauen, die sich in London ein Haus teilen. Die
oberflächliche Cecilia liebt so gut sie kann den distinguier-
ten, aber etwas langweiligen Julian. Ihre ernsthafte, gerad-
linige Schwägerin Emmeline, Bowens einzige Heldin mit
einem erkennbaren Beruf, führt ein Reisebüro in Bloomsbury und schickt ihre Kunden auf abenteuerliche Exkur-
sionen. In jeder Hinsicht kurzsichtig, verliebt sie sich in den
basilisken Markie, der von ihrer Schönheit und Unschuld

hingerissen ist – »mein Engel« –, vor der Intensität ihrer Gefühle aber bald flüchtet. Die Konstellation von »the kid and
the cad« – das junge Ding und der Mistkerl –, wie Sean
O'Faolain sie nannte, darf hier zum erstenmal ihre ganze
zerstörerische Wirkung entfalten.

Als Cecilia sich verlobt und Markie sie betrügt, löst sich
Emmelines Welt vor ihren Augen auf: »Balken um Balken
fiel die Oudenarde Road in sich zusammen, so wie kleine
Häuser ständig abgerissen werden, damit sich das Londoner
Tosen weiter ausbreiten kann. Emmeline sah die Leere hinter
der offenen Tür: ausgebleichte Wände wie nach einem Brand.
Häuser, in denen man mit Frauen zusammenwohnt, sind auf
Sand gebaut. Mein Zuhause, mein Zuhause, dachte sie.«[209]
Für »the kid and the cad« gibt es danach buchstäblich kein
Halten mehr. Die letzte rasende Fahrt von Emmeline und
Markie in den Norden endet mit einem herbeigeführten
Autounfall. »Arme Emmeline«, sagte Bowen dazu später, »es
war unausweichlich.«

Unausweichlich enden die meisten von Bowens Geschichten. Wurzellos und getrieben von ihren Leidenschaften und Zwangsvorstellungen, scheinen ihre Figuren von
dem eingeschlagenen Weg nicht mehr abbiegen zu können.
»Sie hatten sich gemeinsam auf etwas eingelassen, ein Anhalten war nicht mehr möglich.«[210] Da kann ihnen die Autorin auch nicht helfen. »Ihre Romane sind ausgesucht raffinierte Logbücher sich anbahnender Katastrophen«, spottet
Sean O'Faolain. »Sie sind voll zarten Verstehens, Mitleid
und Bewunderung für den Mut der Handelnden. Doch sie
sind auch gnadenlos in ihrer Wahrhaftigkeit. Mit einem
traurigen *mouchoir* winkt Miss Bowen ihren Heldinnen
über die Kimme des Wasserfalls nach, den sie selbst für sie
gestaut hat.«[211]

Markie ist einer dieser Bowenschen Protagonisten, deren
Name merkwürdig gewählt scheint. Außer der Endsilbe hat

der Mann nichts Nettes an sich. Sein Nachname Linkwater scheint ihn zusätzlich mit seiner reptilienhafte Herkunft zu verbinden. »Was für ein schlüpfriger Fisch ist doch die Identität«, überlegt Eva Trout in Bowens letztem Roman, der voller Anspielungen auf Nässe ist: neben Eva Forelle gibt es eine nixenhafte Elsinore, die wie Ophelia ins Wasser geht, aber gerettet wird und statt dessen in ihren Tränenfluten zu ertrinken droht.

Bowen war – wie Jane Austen – sehr kalkuliert bei der Namenswahl, jedoch nicht immer mit dem gleichen glücklichen Ohr. (Eine Miss Bates und einen Mr. Tilney hat sie sich von ihr geborgt.) Miss Tripp, die Sekretärin in Emmelines Reisebüro, könnte wohl nicht passender heißen. (Ihre eigene hieß Miss Frost, auch nicht schlecht.) Lady Latterly (*A World of Love*) ist deutlich spät dran, sich ein Schloß in Irland zu kaufen (»better late than never«²¹²). Daß Sheikie Beaker (*Die kleinen Mädchen*) eine spitzige Person ist, darf man aus ihrem Namen heraushören. Mrs. Varley de Grey geborene Elysia Trevor (*Hand in Glove*) kann nur eine große Dame gewesen sein. Ihre nichtsnutzigen Nichten sind allerdings schon zu Ethel und Elsie herabgesunken.

Aber manchmal scheint nicht klar, ob es sich bei Bowens Wahl gleichklingender Namen um eine gewählte Anspielung handelt – daß die Figuren vielleicht wie Goethes Ginkgo-Blatt eins und doppelt sind – oder ob eine dreizehnte Fee ihren Stabreim über der Wiege von Joyce James, der *Dancing Mistress* und ihrem Opfer Margery Mannering, über Roderick Rodney und Louie Lewis (*In der Hitze des Tages*), Theodora Thirdman (*Friends and Relations*), Doris und Dilly Dosely (*Maria*), Mrs. Corals Enkelin Coralie (*Die kleinen Mädchen*) und Leslie Lawe (*Der letzte September*) gebrochen hat.

Oft bedient sich Bowen des französischen weiblichen Personalpronomens – *elle* – als Bestandteil ihrer extravaganten

Frauennamen: Ellaline, Magdela, Stella, Elise, Eleanor, Luella, Mabelle, Amabelle oder Adela. Bei den Männern herrscht eine eher familiäre Beschränkung – John, Henry, Charles – und in *In der Hitze des Tages* sind es gleich zwei undurchsichtige Kerle, die den Namen des Jungen tragen, als der Elizabeth nicht geboren wurde: Robert.

X CHELSEA UND BLOOMSBURY
Virginia Woolf – Lady Ottoline Morrell – Schreibtechnik – Die Woolfs und die Connollys auf Bowen's Court – *Horizon* – Letzter Besuch in Rodmell

Zu Beginn der dreißiger Jahre teilten sich die Camerons mit Audrey Fiennes eine Wohnung am Markham Square im Londoner Stadtteil Chelsea: ein Fuß in der Tür der großen Stadt. Es war die Zeit, in der in Bloomsbury den Ton angab, dieser Freundeskreis aus Intellektuellen, Literaten und Malern, der sich zu Beginn des Jahrhunderts in Cambridge gefunden und inzwischen im Stadtteil Bloomsbury niedergelassen hatte. Verbalradikal, elegant und ironisch, fühlten sich seine Mitglieder keiner Ideologie verpflichtet, sondern allein Vernunft und Schönheit, Wahrheit und Freimut, und obwohl die meisten Pazifisten und Sozialisten waren, hielten sie sich von der Politik weitgehend fern. Man stritt und liebte sich kreuz und quer; aus Liebenden wurden Freunde, aus Freunden Liebhaber, und trotz fortgesetzter Provokation blieben sie sich zugeneigt und treu: die Woolfs, die Bells, die Stracheys, die McCarthys, Duncan Grant, Maynard Keynes, Roger Fry und E. M. Forster, um nur einige zu nennen.

Gefragt nach ihren Vorbildern in den zwanziger und dreißiger Jahren, nannte Bowen Bloomsbury neben entfernteren Gestirnen im literarischen Universum wie Proust und Malraux, D. H. Lawrence und Aldous Huxley; Faulkner und Hemingway in den USA und den in Europa flottierenden James Joyce. »Wir haben Joyce unglaublich bewundert. Er war wie eine Bibel«, sagte sie als alte Dame. »Ich kannte

Leute, die nach Paris gefahren sind und *Ulysses* in ihre Unterwäsche gewickelt durch den Zoll nach Hause brachten.«[213] Neben diesen Fixsternen begann ihre Generation – Evelyn Waugh, Graham Greene, die Sitwells, Stephen Spender, Rosamond Lehmann und sie selbst – ihre Bahnen zu ziehen.

Lady Ottoline Morrell, die große Salonlöwin, Mäzenin und Gärtnerin, hielt jeden Donnerstag Jour fixe in der Gower Street Nummer 10 in Bloomsbury. Sie war inzwischen alt und kränklich, aber noch immer auf der Jagd nach interessanten Menschen, noch immer rauschhaft geputzt und »mit einer verwegenen Hemmungslosigkeit bemalt. [...] Ihre Stimme war musikalisch, sie gurrte laut und eindringlich wie eine ganz junge Taube und rollte die Wörter auf umwerfende Weise an ihrem gewaltigen habsburgischen Unterkiefer entlang, wie es sich für eine so majestätische Gestalt schickte«, erinnert sich Virginia Woolfs Neffe Quentin Bell, der Anfang Zwanzig und trotz einer gewissen Respektlosigkeit tief beeindruckt war. »Sie hatte merkwürdige Kleider an, aus hinreißenden, jedoch brüchigen, kostbaren Brokatstoffen, die sich halb auflösten und deshalb mit prächtigen Juwelen und Sicherheitsnadeln zusammengehalten wurden. Ließ man den Blick nach oben schweifen, wurde man von einer Menge Perlen geblendet. [...] Dann kamen ein goldener Haarschopf und noch mehr Perlen, bis ihre ganze Erscheinung schließlich in einem hochaufragenden Straußenfederwirrwarr zum Himmel empor explodierte.«[214]

Lady Ottoline in vollem Wichs betörte offenbar auch Elizabeth Bowen. Sie besuchte die Dame in Gower Street zu einem ausgedehnten Tête-à-tête und schrieb ihr im Sommer 1932 von Bowen's Court, dessen Einsamkeit ihr plötzlich ein wenig erschreckend vorkam. »Ich sehe, wie die Menschen hier so vage und rührselig werden oder anfangen zu trinken.« In ihrem Brief klingt etwas von der trillernden Begeisterung, mit der in der englischen Oberschicht die wirklich unwich-

tigen Dinge gefeiert wurden und die Virginia Woolf in Lady
Ottolines Fall auch von einem »Geflügel im Delirium« sprechen ließ: »Sie *müssen* mir vergeben! Ich *liebe* Ihre Photographie! Ich *liebe* Ihr Haus! Sie sind ein *Engel*! Was für eine
absolut himmlische Party!« Der Ton war Bowen seit ihrer
Kindheit vertraut, und sie stimmte mit ein: »Wie glücklich
Sie uns alle machen!« Auch ein Essen bei T. S. Eliot und seiner Frau Vivien, das sie Lady Ottoline schildert, endet in
einem zierlichen Seufzer. (Das zerrüttete Paar sollte sich bald
darauf trennen. Mrs. Eliot wurde in eine psychiatrische Anstalt abgeschoben, wo sie ihre letzten neun Lebensjahre un-
besucht von Mr. Eliot verbrachte.)

»Ich finde die Atmosphäre in dieser Wohnung außerordentlich finster und niederdrückend; meine gute Laune erleidet eine Bruchlandung, wenn ich dort eintrete. Die Wohnung
ist an sich gar nicht so übel; es ist die Stimmung zwischen
diesen beiden unglücklichen und hochnervösen Menschen,
die dort in aufreibender Nähe miteinander eingeschlossen
sind. Die wilden Augen der armen kleinen Vivien! Aber ihn
zu treffen ist überall ein Vergnügen. Er ist so witzig und reizend und ungezwungen, und es ist so nett, mit ihm zusam-
menzusein – und darüber hinaus ist er ein so bedeutender
Mann. Ich *liebe* seine Bekanntschaft.«[215]

Virginia Woolf, die ein gespaltenes Verhältnis zu Lady
Ottoline hatte – sie nannte sie »die Armada unter vollen
Segeln«, aber auch »einen lahmenden Droschkengaul« –,
bat die alte Dame im Februar 1932 um die Adresse von Mrs.
Cameron, die sie bei ihr kennengelernt hatte. Es mußte schon
eine Weile her gewesen sein, denn es geschah auf einer Gartenparty, und Virginia trug ein lavendelfarbenes Musselinkleid und einen breitkrempigen, in die Stirn wippenden
Hut. Sie war neunundvierzig, und alles an ihr war lang: die
Gestalt, das Gesicht mit den dunklen, tiefliegenden Augen,
die Nase, die Hände, die Füße – unendlich. »Sie gab sich

außerordentlich freundlich und ein wenig formell [...] Es war fast wie die Begegnung mit einer Offiziersgattin«,[216] beschrieb Elizabeth, heimgekehrt, Alan ihre neue Bekanntschaft. Virginia wiederum sah »einen sehr ehrenwerten, pferdegesichtigen harten, beschränkten Oberschichtsgeist«[217] vor sich. Beide wußten natürlich voneinander, aber keine wollte damit herausrücken. Der Jüngeren erschien es taktlos, Woolf »auszuhorchen«, und Woolf stellte keine herablassenden Fragen, »obwohl sie zu wissen schien, daß ich schrieb.« (Immerhin waren bereits zwei Bände Erzählungen und drei Romane erschienen.) Also sprachen sie über Stachelbeereis.

Woolfs und Bowens Wege kreuzten sich erneut auf einer Dinnerparty bei den Buchans. Virginia kannte die Schriftstellerin Susan Buchan – inzwischen Lady Tweedsmuir – seit ihrer Jugend. Buchans Haus Elsfield in der Nähe von Oxford war eine weitere Adresse neben Bowen's Court, in dem Woolfs strenger Blick Löcher in den Teppichen und »nur ein einziges WC für die ganze Familie«[218] gewahrte. Das Geplauder bei den Buchans war nicht ganz so intellektuell und scharf gewetzt wie in Bloomsbury; sondern aufmerksam zugewandt, mild und fließend und somit gerade noch erträglich. Die drei Frauen machten eine Autofahrt durch die Cotswolds, um Mr. Wade, ein literarisches Relikt des 19. Jahrhunderts, und sein Kuriositätenkabinett zu besuchen. »Virginias Augen leuchteten auf, als sie das ausgestopfte Krokodil und die in Spiritus eingelegten Merkwürdigkeiten sah«,[219] und um ein Haar hätte sie ihren Zug zurück nach London versäumt.

Später erwähnt Virginia »Eth Bowen« gelegentlich in ihrem Tagebuch: eine Abendgesellschaft bei Lord David Cecil, eine Einladung zum Tee, Bowen »gestreift wie ein Zebra, schweigsam & stammelnd. Ist auch von moralischen Vorfahren dazu erzogen worden, zu verdrängen.«[220] Virginia konnte schreien

vor lachen. Elizabeth verlor nie die Contenance. Ein Zeitgenosse erinnerte sich der beiden Damen nebeneinander auf
einem Bloomsbury-Sofa wie an zwei teure, aus ihren oberen
Boxentüren hinausschauende Pferde. Elizabeth, »sehr apart
gekleidet und mit einem Hut wie eine umgedrehte Kohlen-
schütte«, beide unermüdliche Partygängerinnen, neugierig,
distinguiert, geistreich, spöttisch. Aber anders als Woolf wäre
es Bowen im Traum nicht eingefallen, durch die Londoner
Docks zu spazieren und dort mit Männern in Hemdsärmeln
zu reden, sich an den Auslagen der Warenhäuser in der Oxford Street zu ergötzen oder auf der Galerie im Unterhaus
Platz zu nehmen und politische Debatten zu verfolgen.

Bei ihren ersten Begegnungen war Elizabeth von »Scheu
und Aufregung« gehemmt. Das legte sich bei näherer Bekanntschaft, aber wie sie, lebte auch Virginia in einem Kokon
der Unberührbarkeit. »Manchmal schien sie müde oder sehr
weit entfernt zu sein.« In der Frau, die so ansteckend lachen
konnte, die im Gespräch abheben und mit ihren Freunden
das »Vergnügen an allem, was unerwartet, ergötzlich, verwegen, albern, schräg, unmöglich und aufgeblasen war« teilte,
die ihnen fragend die Knöpfe von der Jacke drehte, spürte
Bowen – »und man konnte gar nicht umhin, es zu spüren –
eine Unterströmung von Traurigkeit, Melancholie und großer Furcht.«[221]

Woolf wiederum hegte zu Beginn den Verdacht, daß sie es
mit einer Lesbierin zu tun hatte. »Miss Bowen stotternd,
scheu, förmlich, zum Tee«,[222] heißt es im März 1932. »Jedenfalls kommt meine Elizabeth zu mir zu Besuch, allein, morgen«, schreibt sie mokant an ihre Freundin und ehemalige
Geliebte Vita Sackville-West. »Wie ich Dir schon gesagt habe,
glaube ich, daß ihre Gedanken in eine bestimmte Richtung
schwanken (das ist ein elegischer Vers). Ich lese ihren Roman
[*Die Fahrt in den Norden*], um das herauszufinden. Ist es
nicht interessant, ein Gefühl aufzuspüren, von dem der Be-

treffende, ich sollte die Betreffende sagen, selbst nichts ahnt?
Und es ist eine Art Pflicht, findest Du nicht auch – den Menschen ihr wahres Ich zu enthüllen? Ich mag diese dorn-
röschenschlafenden Prinzessinnen nicht.«²²³

Ob Elizabeth ein lesbisches Dornröschen war, ist nicht
ermittelt; daß sie von ihren Gefühlen nichts ahnte, eher
unwahrscheinlich. Von Virginia wurde sie jedenfalls nicht
wachgeküßt. Und Vita sollte sie erst 1961, lange nach Virginias Tod, kennenlernen. »Eine neue Freundin. Sie blieb übers
Wochenende. Ich mag sie sehr«,²²⁴ schreibt Vita aus Sissing-
hurst. Und Elizabeth spürte »ein Prickeln«, als sie Vitas
Schritte nachts auf dem Gartenweg hörte. Ihre Beziehung
blieb platonisch. Doch vermutlich hat sie ihrer »Frisson« zu
anderen Zeiten und bei anderen Frauen nachgegeben.

Elizabeth fühlte sich in ihrem Körper wohl, und sie verbarg
nichts; weder ihre vom Rauchen gelben Zähne noch ihre
stämmigen Knie. In den sechziger Jahren trug sie Miniröcke,
Abendkleider mit knappen Korsagen, und sie schmückte
ihre bäuerlichen Handgelenke mit klirrenden Reifen. Mit
dem gleichen Selbstverständnis unternahm sie ihre erotischen Beutezüge. Opfer wäre vermutlich das falsche Wort
für die meist jüngeren Männer, auch wenn sie gelegentlich
überrascht waren, wie schnell es wieder vorbei war. »Du
kannst mir das Herz brechen, wenn's denn sein muß, aber
Du sollst nicht meine Zeit verschwenden«, lautete eines ihrer
Schlußworte.²²⁵ Auch die Frauen, die sich von ihr angezogen
fühlten, blieben besser auf der Hut. Wenn sie ungebeten zärtlich wurden, fanden sie sich schnell wieder vor der Tür, und
Mrs. Cameron war für sie künftig nicht mehr zu sprechen.

Mit Virginia Woolf waren die Rollen anders verteilt. Für
sie konnte die Jüngere offen schwärmen, ohne die Grenzen
ihrer Freundschaft zu übertreten. Denn Virginia, die ein ge-
branntes Kind war, nahm es mit der Pflicht des Herausfin-
dens von Elizabeths sexueller Orientierung nicht ernst. Es

gab auch Themen, über die diese beiden redseligen Damen nicht sprachen. So war Bowen von Woolfs Feminismus, ihrer »fixen Idee«, daß Frauen unterdrückt würden, stark irritiert. Woher kam dieser fast »aggressive Zug«? Gewiß gäbe es noch einiges zu richten, schreibt sie 1936, aber alles in allem habe sich die Frauenbewegung erledigt. Sie konnte nicht verstehen, daß Woolf, die doch in einem intellektuellen und liberalen Milieu aufgewachsen war, »in dem weibliche Ungleichheit kaum auffiel«, so darauf bestand, »daß Frauen die Opfer in einer von Männern beherrschten törichten Welt« seien.

Das intellektuelle Milieu im Hause Stephen hatte Virginia jedoch nie darüber hinweggetröstet, daß ihre Brüder zum Studium nach Cambridge gingen, während sie sich zu Hause ein paar weiterführende Gedanken machen durfte. Elizabeth hatte nie eine Universitätskarriere angestrebt, und der Ehrgeiz anderer Frauen blieb ihr ein Rätsel. Sie schätzte die »weiblichen Fertigkeiten« hoch ein und vermutete, daß viele Frauen weniger verbissen wären, wenn sie nicht unbedingt mit den Männern konkurrieren wollten. Was verstand Virginia Woolf davon, die so viele geistige Vorzüge besaß und in einer »Umgebung der Idealität« lebte, deren kristallklare Luft niemals von Gefühlsduselei getrübt worden war? »Sie hatte wenig mit frustrierten intellektuellen Frauen zu tun. Ich möchte behaupten, daß sie ihr lästig und langweilig gewesen wären. Trotzdem interessierte sie sich brennend für ihre Probleme.«[226]

»Männliche Gewalt«, die Bowen als einen Grund für weibliche Auflehnung hätte gelten lassen, war Virginia als kleinem Mädchen durchaus widerfahren. Doch das hatte sie Elizabeth nicht anvertraut. »Es gab so viele Arten von Verletzungen, von denen sie keine Ahnung hatte«, erzählte sie Charles Ritchie im besten Glauben. »Sie war niemals gedemütigt worden.«[227] Virginia, die sich schon als kleines Kind vom Opus magnum ihres Vaters Leslie Stephen, dem *Dic-*

tionary of National Biography, erdrückt gefühlt hatte, die miterlebt hatte, wie ihre geisteskranke Halbschwester Laura weggeschlossen wurde, und die von ihren beiden Halbbrüdern sexuell mißbraucht worden war, hat über ihr »Inneres« sowenig gesprochen wie Elizabeth über das ihre. Mrs. Stephen war gestorben, als Virginia dreizehn war; im selben Alter, als Elizabeth ihre Mutter verlor, und Virginia beschrieb diesen Verlust mit den gleichen Worten wie Elizabeth: »Das schlimmste Unglück, das passieren konnte.« Auch in Virginias Romanen spielen die mutterlosen Mädchen eine wiederkehrende Rolle. Beide Frauen hatten einen Mann geheiratet, der sie unterstützte (auch wenn Alan Cameron nicht über das intellektuelle Kaliber von Leonard Woolf verfügte), und beider Ehe war keusch und kinderlos.

Virginia verstummte, wenn die Qualen des Schreibens sie an die Grenzen ihrer geistigen Gesundheit führten. Auch Elizabeth verabscheute Geständnisse. Sie fand sie »zermürbend«. Dennoch gab es Augenblicke des Gleichklangs, in denen sich die beiden so nahe kamen, wie es Scheu und Verehrung auf Elizabeths Seite und Virginias nicht vollkommene Liebenswürdigkeit erlaubten.

Obwohl Woolf die siebzehn Jahre Jüngere als »eine sehr gute Autorin auf ihre Weise« empfahl, bewegte sich die Freundschaft der beiden eher auf Zehenspitzen, was Elizabeth vor Virginias nervösen Stimmungsumschwüngen und ihren en passant verabreichten Hieben bewahrte. »Oh, sie konnte ganz scheußlich, sie konnte sehr verletzend sein«, und sie war von einer menschenfresserischen Neugierde umgetrieben. Alles interessierte sie, alles durfte sie fragen: Wie alt sind Sie? Wieviel verdienen Sie? Glauben Sie an Gott? Warum wohnen Sie ausgerechnet in Bayswater? Wieviel Miete zahlen Sie? Wo waren Sie gestern? Was haben Sie gemacht? Wen haben Sie getroffen? Wer war auf der Party? Was hatten Sie an? Worüber haben Sie gesprochen? Was gab es zu essen?

Aber Bowen glaubte nicht, daß sie wirklich Anteil nahm. Auch nicht an ihr. Irgendwann übernahm Woolfs Phantasie die Regie über Personen und Umstände, und sie begann »das schreckliche Spiel«, andere zu necken und sich schmuckvoll ihres Lebens zu bedienen. »›Ach Sie, wann fahren Sie denn zurück auf Ihre alte irische Burg?‹ Ich glaube, wenn ihr jemand erzählt hätte, er lebe auf dem Grund einer Höhle, hätte sie umgehend erwidert: ›Ja, Ihre wundervolle Höhle voll kristallrosa Stalaktiten‹«, erinnerte sich Bowen in einem BBC-Interview.

William Plomer, ein gemeinsamer Freund, gab Elizabeth einmal eine Probe von dieser Ausgelassenheit und dem, was Elizabeth Virginias unbewußte, immer parate »Grausamkeit einer Fee«[228] nannte: »Eine lustige Gesellschaft bei den Woolfs […] Eine viel zu gut angezogene Pädagogin war auch da, über die sich Virginia weidlich lustig machte. Die Dame hatte in ihrer Tasche ein Bündel Briefe, und Virginia versuchte […] von der Schrift auf einem der Umschläge auf den Charakter der Schreiberin zu schließen. Sie begann, eine unglaubliche Geschichte über eine Frau ›mit goldenem Flaum‹ im Gesicht zu konstruieren, die impulsiv war, im Pyjama zum Dinner erschien und in ihrem Handarbeitskorb ein Eichhörnchen hielt. Die Pädagogin fing an, hochmütige Blicke um sich zu werfen, und sagte schließlich ziemlich scharf: ›Sind Sie sicher, daß es sich um eine Frau handelt? Es dürfte Sie vielleicht interessieren, daß der Brief von einem MANN stammt, einem MANN, der zufällig einer der führenden Pädagogen DER WELT ist.‹ Was haben wir gelacht.«[229]

Elizabeth, die vor ihrer ersten Begegnung nicht wußte, wie die berühmte Kollegin aussah – man stelle sich eine Zeit vor, in der Autorenphotos weder auf Buchumschlägen noch auf Plakaten abgedruckt, noch in sonst einem Medium präsent waren –, bewunderte Virginias nonchalante, altmodische Schönheit ebenso wie ihr Genie, das sie als »eine eigene

William Plomer, Elizabeths Freund und
Schriftsteller-Kollege

Dimension« beschreibt, »die sich nicht in Begriffen wie Ästhetizismus, Intelligenz oder Gefühl fassen läßt; etwas, das außer Kontrolle geraten zu sein scheint; nur ist das eben nicht der Fall.«[230]

Als sie sich besser kannten, sprachen sie auch über das Schreiben – »nicht so erzgeschickt, Elizabeth, nicht so verdammt kontrolliert; etwas weniger Henry James!«[231] Ein Woolfscher Seufzer: »Ich fahre seit Tagen mit einem Platten«, oder: »Jetzt habe ich den ganzen Morgen gebraucht, um die Leute vom Eßzimmer in die Diele zu befördern.«[232] Elizabeths Seufzer sind nicht überliefert, obwohl sie gelegentlich auch mit einem Platten fuhr. Charles Ritchie erklärte sie später die Feinheiten und Tücken ihres Handwerks. Beim Schreiben gehe sie wie ein Bildhauer vor, der Hände voll Ton auf sein Werkstück klatsche und dann anfange abzuschälen und zu modellieren. Es sei ein Fehler, anzuhalten, um nach dem einzig treffenden Ausdruck zu suchen, statt weiterzueilen und den großen Wurf zu erreichen und Passagen eventuell im nachhinein umzuschreiben. Aber manchmal bliebe sie eben hängen wie eine Grammophonnadel in der Schallplattenrille und müsse immer und immer wieder über dieselbe Stelle gehen.[233]

Elizabeth schickte Virginia Shortbread nach Monks House in Rodmell, dem Sommersitz der Woolfs in Sussex. »Was sind Sie für eine gefährliche Freundin!« erwiderte diese. »Man sagt so nebenher, ich esse gern Shortbread – und siehe da, Shortbread kommt mit der nächsten Post. Hätte ich gesagt, ich mag kleine Elefanten, wäre vielleicht etwas Ähnliches passiert?«[234] Spöttisch droht sie, sich mit einer selbstgebastelten Teedose aus magentarotem Plüsch mit goldenen Vergißmeinnicht zu revanchieren. (Im übrigen kam das Gebäck wie gerufen, denn es gab gerade nichts Eßbares im Haus, und Virginia, die sich eines Straußenmagens rühmte, aß den Inhalt des Päckchens zu Abend.) Zu Weihnachten 1938

schickte Woolf – selbst Kettenraucherin – Elizabeth eine
»ganz entzückende Anti-Nikotin-Zigarettenspitze. [...] Ich
fühle mich innerlich schon sehr viel weniger braun als zuvor,
und hantiere sehr gern damit. Es gibt der Sache ein gewisses
Flair, anders als diese Art, à la James Cagney zu rauchen. Haben Sie mal einen Film mit ihm gesehen?«[235] Die elegante
Spitze verschwand indessen bald wieder, und Bowen paffte
weiter Kette wie ein amerikanischer Kino-Gangster.

Virginia Woolf stand auf dem Höhepunkt ihres Ruhmes;
neben ihrer schriftstellerischen Arbeit und dem Handwerk
an der Hogarth Press war sie mit journalistischen Aufträgen
eingedeckt und mit zahllosen Verpflichtungen zu Tee- und
Dinnerparties überhäuft. Elizabeth, die sie erst in den letzten
sieben Jahren ihres Lebens kannte, gehörte nicht wirklich zu
ihrem Kreis. Tatsächlich gehörte sie keiner Gruppe an und
strebte auch nicht zur Cliquenbildung. »Sie machte sich nichts
aus der Art Goldfischglas, in dem Virginia Woolf lebte«,
sagte Charles Ritchie später. Nach Monks House war sie –
ohne Alan – in großen Abständen eingeladen, und auf Virginias Teenachmittagen plauderte sie angeregt mit anderen
Mitgliedern von Bloomsbury. Doch Manierismen wie ein
leeres Gesicht und eine schlappe, fischige Hand zur Begrüßung lagen ihr fern, und als alte Dame gestand sie Rosamond
Lehmann, daß sie die ganze Truppe bei aller Feinsinnigkeit
blasiert fand. Sozialismus, Fabianismus, Pazifismus, Freiden-
kertum und lose Reden waren ihr zeitlebens zuwider. »Und
ihre Gottlosigkeit verursacht mir noch immer Depressionen
und Beklemmungen.«[236]

Im April 1934 kehrten die Woolfs auf einer zweiwöchigen
Irlandreise auf Bowen's Court ein. Virginia, die sofort eine
schnelle Bestandsaufnahme des irischen Schlendrians gemacht
hatte (ein Riß im Piano, ein Fleck an der Wand, ein Loch im
Teppich, nachgemachte alte Portraits im Salon), schwärmt in
ihrem Dankesbrief an Elizabeth gleichwohl vom Interieur,

dem Stuck, den Betten und von ihrer Gastgeberin, die sie so
glücklich gemacht habe, daß sie und Leonard erwögen, ein
Haus zu kaufen und sich in ihrer Nachbarschaft niederzulassen. (Irland sei ein ausgezeichneter Ort zum Arbeiten, emp-
fiehlt Bowen ihrerseits.) Mit Entzücken erinnert sich Virginia an den Wunschbrunnen im Garten, dessen Wasser gut für
kranke Augen sein sollte. Die beiden Frauen hatten sich über
seinem Rand die Hände gereicht und sich etwas gewünscht.
Was das wohl war? Von Virginia ist es überliefert: nämlich
ihre Adressatin Vita Sackville-West eifersüchtig zu machen.

Dennoch war es kein rundum gelungener Besuch. Das lag
an dem »Entsetzen«, das Virginia Woolf im Angesicht der
beiden anderen Gäste empfand, dem Literaturkritiker Cyril
Connolly und seiner amerikanischen Frau Jean. »Ein weniger appetitliches Paar habe ich außerhalb des Zoos noch nie
gesehen, und die Affen sind Cyril bei weitem vorzuziehen.
Sie hat ein Gesicht wie ein Golliwog, und sie brachten den
Gestank von Chelsea mit sich. Aber Elizabeth war reizend,
und ihr Mann, wenn auch behäbig und geschwätzig, war besser als es dem Vernehmen nach hieß.«[237]

Chelsea war das erklärte Gegenprogramm zu Bloomsbury,
und der junge Cyril Connolly – mit dem Gesicht eines
Mopses und den Augenbrauen eines Uhus, witzig, geschlif-
fen und geladen – war sein Prophet. Er konnte das mokante,
ästhetische Getue von Bloomsbury nicht ausstehen. Chelsea
war weit weniger salonfähig, speckiger, genußsüchtiger, europäischer und politischer. Anders als Woolf, die eine interessierte, aber distanzierte Besucherin der Fremde war, tauchte
der kleine, dicke Mann Cyril gern in außerenglische Kul-
turen ein. Er liebte Italien und Frankreich, guten Wein, gutes
Essen, die Sonne, das Meer und eine Reihe von Frauen. Sein
Talent zu genießen sollte mit der Zeit ruinöse Formen annehmen. »Trägheit, Luxusleben und das verrückte Verlangen,
kostbare Dinge zu sammeln«[238] trieben neben Steuern und

Leserschwund seine Literaturzeitschrift *Horizon* fünfzehn Jahre später in den Bankrott.

In den dreißiger Jahren war das Blatt jedoch eine Institution. Darin wahrgenommen oder veröffentlicht zu werden, ließe sich mit der Hoffnung vergleichen, die englischsprachige Autoren damals wie heute an den *New Yorker* heften. In Ian McEwans 2002 erschienenem Roman *Abbitte* schickt die junge Briony Tallis ihr einhundertzehn Seiten langes Manuskript an *Horizon* in der Hoffnung auf einen Abdruck. Die Antwort, die sie drei Monate später von Cyril Connolly erhält, ist ein Muster an Takt und List. Endlich habe er das Manuskript mit »entschiedener Aufmerksamkeit gelesen«. Nun spendet er verhalten Lob, macht Verbesserungsvorschläge, funkelt mit seinen kunsthistorischen Kenntnissen und lehnt ihre Geschichte mit der Begründung ab: »Es gelingt Ihnen zweierlei: einen Gedankenstrom in Worten festzuhalten und ihn so zu nuancieren, daß unterschiedliche Charaktere erkennbar werden. Etwas Einzigartiges, Unausgesprochenes wird so eingefangen. Doch fragen wir uns, ob dies nicht allzusehr den Techniken von Mrs. Woolf zu verdanken ist.« Ob Miss Tallis ihre Leser nicht lieber in Spannung halten, ihnen eine Geschichte erzählen möchte, und das in kürzerer Form? »Entwicklung tut not.« Briony erfährt, daß Elizabeth Bowen »eine ihrer eifrigsten Leserinnen« gewesen sei. »In einem müßigen Augenblick griff sie, als sie auf dem Weg zum Mittagessen durch dieses Büro kam, nach dem Bündel Papiere, fragte, ob sie es mit nach Hause nehmen dürfe, und las es noch am selben Nachmittag. Anfänglich fand sie den Stil ›zu voll, zu überladen‹, sah sich aber durch einen ›Hauch von *Dunkle Antwort* von Rosamond Lehmann‹ versöhnt […] Dann war sie eine Weile ›wie gebannt‹ und gab uns schließlich einige Hinweise, die in unsere obigen Anmerkungen eingeflossen sind.«

Tatsächlich handelt es sich bei Connollys Brief um einen

literarischen Scherz McEwans, denn *Abbitte* bedient sich boweneskar Versatzstücke und einer vollen, überladenen Prosa, die leicht ins Preziöse kippt. (Auf einem englischen Landsitz werden an einem unnatürlich heißen Sommertag im Jahr 1935 Gäste erwartet: gespannte Atmosphäre, Kinder, um die sich niemand kümmert, und eine kaum unschuldige Dreizehnjährige, die die Realität als ihren Roman begreift. Alles zielt auf eine umfassende Verheerung hin.) Connolly schließt seinen Brief mit einer Einladung auf ein Glas Wein, »um das Geschriebene vertiefen zu können«, doch die vorsichtige Briony bleibt dem *Horizon* und seinem notorisch charmanten Chefredakteur fern.

Anders als Connolly hat Bowen niemals ein Buch verrissen. Und anders als er hat sie sich in literarischen Kreisen keine Feinde gemacht, eine Disziplin, in der der Chefredakteur brillierte. »Er ist sehr gescheit«, warnte Edward Sackville-West seine Cousine Vita vor Cyril, »aber er ist ein Schnorrer und ein furchtbarer Unruhestifter und um so gefährlicher, weil er versteht, sich einzuschmeicheln.«[239]

Connolly hatte den Begriff des literarischen Mandarins für die großen Ästheten und Romantiker, die Feinsinnigen und Großblumigen, die Prosa-Charmeure und Niedlichkeitskrämer geprägt, »die dazu neigen, ihre Sprache mit mehr Gedanken und Gefühlen zu befrachten, als sie selbst tatsächlich aufzubringen in der Lage sind. Es handelt sich um den Stil, den die meisten Künstler und alle Schwindler pflegen.«[240]

Zu den schätzenswerten Eigenschaften der Mandarins gehörte ihr Streben nach Perfektion, »der Glanz und die Feinheit der wohlkomponierten Rede«; zu ihren Fehlern Realitätsferne, falsche Gefühle, flusiger Tiefsinn und redundante Phrasen. »Sie sind wie Vögel, die komplizierte Nester weben, um darin einen Kieselstein auszubrüten.«[241] Zu diesen Vögeln zählte er Henry James, Aldous Huxley, die Sitwells und Marcel Proust. Aber auch Virginia Woolf machte sich in

Mrs. Dalloway und *Orlando* des schlimmsten Mandarin-Fehlers schuldig, nämlich »sprachliche Kokons aus nichts zu spinnen.«²⁴²

Das konnte Bowen fast noch besser. »Fabelhafte Autorin, Elizabeth [...] konnte keines ihrer Bücher zu Ende lesen«,²⁴³ gestand Connolly. In wenigstens einem Fall schien er jedoch durchgehalten zu haben. *The Hotel* erscheint 1927 auf seiner Liste der Neuerscheinungen in der Mandarin-Kategorie. Aber seine Autorin hatte offenbar nichts gegen diesen Club einzuwenden, dessen Mitglieder »an die Bedeutung ihrer Kunst, an die Unangreifbarkeit des Künstlers und den Sinn seiner Berufung glaubten.«²⁴⁴

Auf Bowen's Court waren sie an diesem Aprilabend 1934 zu sechst, als sie sich zu einem späten Dinner an dem ovalen Tisch vor dem Kamin im Salon niederließen: die Camerons, die Woolfs und »der Gorilla Connolly & seine groteske Schlampe von Frau, Jean, die das Gekreische eines Chelsea-Busses beisteuerte.« Virginia, die sonst keinen großen Wert auf Formen legte, hatte sich umziehen müssen und war in ungnädiger Stimmung. Was für ein schreckliches Kleid an dieser Amerikanerin, und natürlich war alles, »wie es sein mußte – pompös & protzig & nachgemacht & kaputt – eine große Baracke aus grauem Stein, 4 Stockwerke & Souterrain, wie ein Stadthaus, hohe leere Räume, & hier & da italienische Stukkaturen, Marmorkamine, mit Messing eingelegt & soweiter. Das Mobiliar schwerfällig, derb, aus massivem Holz gemacht – das Aufbahrungssofa, auf dem die Toten lagen – die Teppiche verschwindend klein in den großen Räumen, abgerissene Bauernmädchen bedienten uns ...«

Es muß das reinste Vergnügen gewesen sein und hatte doch, wie Virginia überrascht feststellte, »Charakter und Charme, mit dem Ausblick auf eine Wiese, auf der die Bäume in einem Ring stehen, der Lamb's Cradle [*Schäfchenwiege*] heißt.«²⁴⁵ Das Tischgespräch war leider »von der Art des Bar-

Geschwätzes in Chelsea – wegen C.«[246] C. wiederum fand die beiden Woolfs geistig sehr beansprucht von ihren Reiseplänen.

Bei Tisch gab sich Virginia lebhaft und provozierend. Sie war zweiundfünfzig und aus ihrem Familien- und Freundeskreis einiges an abweichendem Paarungsverhalten gewohnt (so gehörte »Oberarschficker« durchaus zu ihrem Wortschatz[247]), aber sie beharrte auf dem Thema »widernatürliche Unzucht« und wollte von den anderen wissen: »Ich meine, was *machen* sie?« Elizabeth schien nicht geneigt, Stellung zu nehmen. Vermutlich war es Alan, der den Truthahn tranchierte, dafür sorgte, daß alle etwas zu trinken hatten und man wieder auf die Straßenverhältnisse und das nächste Reiseziel der Woolfs zu sprechen kam: Ah, Glengarriff! Ausgezeichnet! Wir *lieben* es!

Im Oktober 1934 meldet sich Elizabeth bei Virginia aus Rom. Sie war aus Irland gekommen, wo die Blätter fielen und der Herbststurm die Möwen landeinwärts getrieben hatte, und war in Italien wieder dem Sommer begegnet. Es fühlte sich an, als habe man sich umständlich und herzzerreißend von einem Menschen verabschiedet, nur um ihm hinter der nächsten Ecke wieder über den Weg zu laufen. Mit ausgesuchter Sorgfalt beschreibt sie die römischen Brunnen, die Pracht der römischen Rabatten und den Kellner, der ihr ein Gericht auf der Speisekarte mit flatternden Ellenbogen, gurrenden Lauten und einem die Brust abwärts ratschenden Daumen als gebratenes halbes Täubchen dargestellt hatte. Eine große Freundin von Ruinen, liebte Bowen die Antike ohne pittoreskes Grün. »Ich finde, das Kolosseum sieht ohne Gras in den Fugen viel vulkanischer aus.«[248] Sie hatte eine Audienz beim Papst, wie sie leider nur in einer Fußnote mitteilt, und saß auf der Tribüne, als Mussolini wenige Schritte entfernt auf einem weißen Pferd eine Parade abnahm – »Hunde, Polizei, Marschkapellen, Panzer – es war fürchter-

lich.« Von irgendwo war Maurice Bowra aufgetaucht. Sie
tranken zusammen Tee und sprachen über Virginia; wie sehr
sie wünschten, sie in Oxford zu treffen. »Wir haben auch ein
Gästezimmer für eine Nacht oder für länger«,[249] warb sie.

Virginias Einladung nach Monks House im Sommer 1935
mußte Elizabeth ablehnen, weil sie versprochen hatte, Alan
auf eine Konferenz in Oxford zu begleiten: »Ich wäre so gern
nach Rodmell gekommen; so schrecklich gern. Aber ich bin
Alan so selten eine nützliche Ehefrau, und im Lauf dieser
Konferenzwoche stellte sich heraus, daß es wirklich gemein
von mir gewesen wäre, abzureisen und ihn mit diesen Leuten
allein zu lassen, zu denen er nett sein mußte.« (Zu den Net-
tigkeiten gehörte eine Spazierfahrt für zwölf ausländische
Pädagogen in mehreren Taxis durch die Cotswolds.) »Darf
ich ein andermal kommen?«

Das andere Mal waren zwei Tage im Juni 1940. Die beiden
Frauen pflückten im Garten Johannisbeeren für Gelee. Elizabeth wurde mit einem blühenden Kaktus und einem Knob-
lauchzopf beschenkt. Auf dem Heimweg deponierte sie
Kaktus und Gepäck in der Portiersloge eines vornehmen
Clubs, in dem sie mit einer ihrer Tanten Tee trank. »Offenbar
gab es Bemerkungen über den Knoblauch, denn der Portier
sah mich streng an, als ich meine Sachen wieder abholte.« Sie
bedankt sich überschwenglich wie ein Schulmädchen: »Mir
scheint, ich war noch nie so vollständig glücklich – das
scheint hier alles nur ›ich... ich... ich‹ zu lauten, aber wie
unmöglich und verkehrt ist es doch, über irgendein Gefühl
zu schreiben, ohne sich damit zu identifizieren. Ich glaube,
ich habe mir vorher keinen Ort und keine Menschen vorstellen können, an dem ich und mit denen ich so vollkommen
glücklich gewesen wäre, so daß ich die ganze Zeit zu schwe-
ben schien, und zugleich immer nur lächeln wollte und auch
wirklich immerzu lächelte, wie ein Hund. Ich habe noch
immer Heimweh. [...] Wenn ich anfinge, von Ihnen, Virgi-

nia, und meiner Zuneigung zu schreiben, würde das in pure
Schwärmerei ausarten.«[250]

Virginia war ihrerseits nach dem Besuch angestrengt und
»bemüht, die eigene Mitte wiederzufinden [...] E's Gestammel hatte auch eine zersetzende Wirkung: wie ein Nachtfalter, der um eine Blume herumschwirrt – ihre summende
Stimme, wenn sie sich auf keinem Wort niederlassen kann –
ein summendes Geräusch, das das Wort zum Zittern bringt &
zu verwischen scheint. Wir haben uns jedoch unterhalten –
& waren dabei insgesamt sehr geistesverwandt.«[251]

Bowens zweiter Besuch Anfang Februar 1941 dauerte nur
kurz; er war eingeklemmt zwischen einem Lunch in London
am Donnerstag (sie hatte aus Irland einen Truthahn mitgebracht) und einer Taufe in Oxford am Samstag. »Kann ich
einen Bus von Lewes nach Rodmell nehmen, damit Sie das
Benzin sparen?«[252] Wieder schien alles Glück und Harmonie
zu atmen. »Am Samstag abzureisen war schrecklich. Die Zeit
in Monks House war einfach rundum köstlich. Ich hoffe,
dieses Glück macht mich nicht zu laut: Ich war so furchtbar
glücklich. Ich sehe kaum etwas anderes vor mir, als Ihr Zimmer im ersten Stock und die Alpenveilchen auf dem Fenster-
brett [...], die beiden Lilien und Ihre Stickarbeit. [...] Alles,
was mir zum Anschauen geblieben ist, sind die Kratzer, die
die schöne wilde Katze auf mir hinterlassen hat. Das Moos
liegt nun in einem weißen Wedgwood-Körbchen auf meinem
Eßtisch.«[253] Sie hatte auf einem Toilettentisch einen Handspiegel und zwei halbleere Dosen Coldcreme vergessen – eine
Menge, die in Kriegszeiten nicht zu vernachlässigen war –
und bat, bevor sie wieder nach Irland abreiste, vorbeikommen zu dürfen, um die Sachen abzuholen.

Aber sie fuhr, ohne die Freundin noch einmal gesehen zu
haben. Am 28. März 1941 stellte Virginia einen Brief auf den
Kaminsims, legte ihren Stock am Flußufer ab und ging mit
Steinen in der Tasche in die Ouse. Leonards Nachricht er-

reichte Elizabeth eine Woche später in Irland. Sie hatte oft an die beiden gedacht und seine Befürchtungen geteilt, Virginia könne wieder krank werden. »Es sieht aus, als sei so viel Bedeutung aus der Welt gewichen. Sie hat alles so hell gemacht ...«[254]

Noch dreißig Jahre später erinnerte sich Elizabeth ihres letzten Besuchs in Monks House und an eine unbeschwerte Virginia an einem guten Tag. Zusammen hatten sie auf dem Fußboden gekniet und den Saum eines zerrissenen spanischen Vorhangs geheftet. »Sie setzte sich auf die Fersen zurück und hielt ihren Kopf in einen hellen Fleck Vorfrühlingssonne. Dann lachte sie auf ihre herrliche, überschwengliche, sich verschluckende, krähende Art. Und so blieb sie mir in Erinnerung.«[255]

XI DAS HAUS AM REGENT'S PARK
Ein römisches Profil – Die Knopfs –
Umzug nach London – *Das Haus in Paris* –
London in den dreißiger Jahren – Der Salon
in Clarence Terrace – May Sarton

In den dreißiger Jahren begann Elizabeth Bowens Aufstieg
zur literarischen Queen. Als Autorin war sie zeitweilig erfolgreicher als Virginia Woolf, deren Bücher als zu kompliziert und introspektiv galten, um sich hoher Verkaufszahlen
zu erfreuen. Als Kritikerin war sie gefragt und einflußreich,
wenn auch nicht gefürchtet, da ihre Besprechungen immer
freundlich waren und sie mittelmäßige Bücher einfach unter
den Tisch fallen ließ. Sie wußte um die verheerende Wirkung
einer schlechten Rezension. »Ein Verriß – und sie lag tage-
lang im Bett«, erinnerte sich ein Bekannter. »Erst mit dem
Erfolg – oder eher, mit der Erfüllung, die sie in ihrer Arbeit
fand, wurde sie normaler.«[256] Sie betreute eine wöchentliche
Buchseite für den *Tatler*, schrieb für *Vogue, New Statesman,
Harper's Bazaar,* den *Spectator* und ein halbes Jahr lang für
Graham Greenes Literaturzeitschrift *Night and Day*, die
1938 nach kurzer Blüte einging. (Greene hatte den Miß-
brauch der neunjährigen Shirley Temple kritisiert, die in
heute schwer erträglichen Filmbildern als kleine Sexbombe
herumscharmutzierte, und sich angewidert über die »Pfarrer
und Männer im mittleren Alter« geäußert, »die sich an ihrer
zweifelhaften Koketterie und ihrem begehrenswerten, wohl-
geformten kleinen Körper delektierten.« Er verlor den von
der 20th Century Fox angestrengten Verleumdungsprozeß.
Aus Mexiko schrieb er an Bowen: »Ich bekam hier ein Tele-

Elizabeth Bowen, 1943, porträtiert von Cecil Beaton

gramm, in dem ich aufgefordert wurde, mich bei diesem kleinen Miststück Shirley Temple zu entschuldigen. Damit ist
die ganze Sache wohl unter maximaler Entfaltung von Publicity gestorben. Wie sehr ich Ihre Theaterkritiken vermissen
werde!«²⁵⁷)

In der Mitte des Lebens war Elizabeth eine attraktivere
Erscheinung als mit zwanzig. Auf einem Studioportrait von
Cecil Beaton, das sie mit zweiundvierzig zeigt, erscheint sie
ganz in Schwarz vor schwarzem Hintergrund. Im Schlaglicht
treten nur ihr Profil mit dem Ansatz des welligen, zurückgekämmten Haars, die von Schatten modellierten Schläfen und
Wangenknochen und ein großes, wohlgeformtes Ohr hervor, dazu eine Straß-Brosche am Kragen und ihre sehnigen
Hände, die locker über einem etwas überflüssigen Nelken-
strauß liegen. Es war eins der wenigen Photos, das sie gelten
ließ. Am liebsten wäre es ihr jedoch gewesen, wenn Verleger
davon Abstand genommen hätten, die Bilder ihrer Autoren
in Umlauf zu bringen. »Fast alle Autorenphotos und ganz
bestimmt die der Autorinnen schrecken mich von der Lektüre des dazugehörigen Werks ab.«²⁵⁸

Für den Knopf-Verlag, der ihr Photo auf die Rückseite seiner Buchumschläge druckte, ließ sie sich ächzend zu Studio-
terminen treiben. »Ich suche immer noch den Photographen,
der mich einerseits nicht so ›gnädig‹ aussehen läßt (kleines
Schwarzes mit Perlen) und anderseits nicht so abscheulich
interessant (wie ein weiblicher W. H. Auden).«²⁵⁹ Sie wollte
ein lebendiges Abbild, aber ausgerechnet ihr bekanntestes
Photo von Angus McBean zeigt sie vor einem theatralisch
gerafften Vorhang in der Pose der Gnädigsten. Im Profil
wirkt ihre fürstliche Nase wie die eines Imperators auf einer
römischen Münze. Sie trägt feines Make-up, vier Reihen Perlen um den Hals und kirschgroße Perlenohrclips. Die Arme
sind verschränkt, die Finger der Linken mit den breiten, rot-
lackierten Nägeln liegen fest in der Armbeuge. Ein geheim-

Elizabeth Bowen, 1950, porträtiert von Angus McBean

nisvolles Lächeln schwebt weniger um die Mundwinkel als um die kleinen Augen, deren Blick in die Ferne gerichtet ist. Es ist eine ebenso hochartifizielle wie enthüllende Aufnahme, die sie von ihrer starken Seite zeigt: distanziert, kontrolliert, *farouche*.

1934 erschien ein Band mit Erzählungen, *The Cat Jumps*, 1935 der Roman *Das Haus in Paris* und 1938 *Kalte Herzen*.

Für *Die Fahrt in den Norden* war sie vom Verlag Constable zu Victor Gollancz gewechselt, ein Verleger, der sie, wie Glendinning schreibt, weder persönlich noch als Autorin sonderlich schätzte, sie aber gern als Trophäe im Verlagsverzeichnis führen wollte. Nach dem Krieg wechselte sie daher noch einmal das Haus – sie ging zu Jonathan Cape. In den USA erschienen ihre Bücher seit den dreißiger Jahren bei Alfred A. Knopf, ein Verlag, dem sie bis zum letzten Roman treu blieb. Sie hätte auch kaum einen besseren finden können.

Knopf, der große alte Herr unter Amerikas Verlegern, war ein Kosmopolit und dynamischer Buchmensch, der um die Befindlichkeit seiner Autorin, »das scheue Monster«, wußte. Bei ihrem ersten Treffen in der Lobby des Londoner Savoy, wo sie ihre Brille aufsetzen mußte, um ihn in der Menge der Gäste zu finden, stach er ihr durch seine Krawatte ins Auge. Diese war »weniger magentafarben, als von dem dunklen leuchtenden Purpur-Karmesin einer Petunie, und sie wurde über einem türkisfarbenen Hemd getragen, dessen Blauton etwas zu intensiv für Mandel und kaum blau genug für Grünspan war […] Nie zuvor hatte ich einen außergewöhnlich intellektuellen Menschen mit Farben in Verbindung gebracht. […] Es waren bisher eher die Künstler als die Denker gewesen, die meine Freude an den sinnlichen Eindrücken teilten, die das Leben so sehr bereichern.«[260]

Knopfs Frau und Partnerin Blanche – die auf keinen Fall Mrs. Alfred A. Knopf genannt werden wollte – bildeten den Brückenkopf für europäische Literatur in New York. Sie verlegten Thomas Mann, Katherine Mansfield, André Gide, Knut Hamsun, Sigmund Freud, Simone de Beauvoir, und zwar in vielgepriesener schöner Ausstattung. Zusammen waren sie »wie Jupiter und Juno.« Mr. Knopf, groß und autokratisch mit einem Schnurrbart, der ihm fast bis zu den Ohren reichte und seiner Vorliebe für prachtvolle Schlipse, wurde von schreckhafteren Naturen in seinem Haus »Lord

Alfred« genannt. Mrs. Knopf hätte eine Bowensche Romanfigur sein können: zierlich und schick, langes Gesicht mit
nachgezeichneten hohen Augenbrauen, aufgestecktes Haar,
schwarzes Kostüm, weißer Pikee-Kragen. Sie war, wie Elizabeth, ein unübersehbarer »Jemand« und ebenso verschwenderisch mit falschen Klunkern geschmückt.

Die Knopfs waren weniger Trophäensammler als Freunde
und Förderer ihrer Autoren. Blanche und Elizabeth sprachen
sich bald gegenseitig mit »Darling« an. »Sie ist eine von
denen, die andere Menschen schnell durchschaut, aber niemals verdammt. Ich finde sie barmherziger als mich […] Ich
habe erlebt, wie sie blitzschnelle Entscheidungen traf, aber
wenn Mrs. Knopf sagt: ›Weißt du, ich habe mir gedacht‹, dann
hat sie auch gedacht. Sie ist eine großartige Verbündete.«²⁶¹ So
großartig, daß sie bei amerikanischen Universitäten dafür
warb, Elizabeth Bowen für den Literatur-Nobelpreis vorzu-
schlagen. (Es wurde nichts daraus. Jean-Paul Sartre, ebenfalls
ein Knopf-Autor, erhielt 1964 den Preis.)

Das gestiegene Prestige der Camerons teilte sich seit Ende
1935 in einer neuen Adresse mit. Alans Wechsel in den Vorsitz
des Schulfunkrats der BBC hatte den Ortswechsel von Oxford
nach London vorgegeben. Sie bezogen ein Haus am Regent's
Park in einer der prächtigen, klassizistischen Häuserzeilen,
mit denen John Nash im ersten Viertel des 19. Jahrhunderts
den neuen Park des Prinzregenten im Londoner Norden zu
umkränzen begonnen hatte. Clarence Terrace ist ein kurzes
Stück Straße, eigentlich nur ein Grünstreifen zwischen der
Ein- und Ausfahrt eines großen Hauses mit griechischem Por-
tikus in der Mitte und zwei vorspringenden Torhäusern an jedem Ende. Das der Kreuzung Park Road und Baker Street am
nächsten stehende – Nummer 2 – war die Adresse der Camerons: seine helle Fassade ist von korinthischen Säulen geglie-
dert; ein schwarzer Eisenzaun umgibt es, über den man ins

*Clarence Terrace, 2008, vom Regent's Park aus gesehen,
auf dem See zwei »Schwäne in trägem Unmut«*

Souterrain und der irischen Köchin auf die Hände schauen konnte. Keine Plakette weist heute darauf hin, daß Elizabeth Bowen hier fünfzehn Jahre lang lebte. Der Hausmeister von Clarence Terrace hat angeblich noch nie von ihr gehört. Nummer 2 ist in Büros und Apartments aufgeteilt, und wer immer hier nun wohnt, verbirgt sich hinter einer kodierten Gegensprechanlage. Als kleines Mädchen hatte Bowen die Londoner verachtet, an deren Türen keine Namen standen. Diese Leute schienen dem Nichts Einlaß zu gewähren. Daß Clarence Terrace heute weder Hausnummer noch Namen trägt, deutet eher darauf hin, daß ein »Jemand« darin wohnt; jemand mit gerafften grauen Seidenvorhängen in den hohen Fenstern des ersten Stocks; jemand, der sich hinter der Scheibe materialisieren und auf die Straße hinunterschauen könnte.

Der Blick und die Nähe des Parks gaben den Ausschlag für

Clarence Terrace 2

den Kauf. Außerdem war es ein Schnäppchen. An Virginia Woolf schreibt sie: »Fünf Tage lang habe ich mir Häuser in London angesehen und mir geschworen, mich jetzt noch nicht zu entscheiden, aber ich glaube, nun haben wir es doch getan. Der Entschluß schien plötzlich unausweichlich, denn wenn einem ein Haus gefällt, macht es einen geradezu verrückt, nicht wahr? Trotzdem, wie verstörend und impertinent sind diese Besichtigungstermine! Man marschiert schließlich in bewohnte Häuser hinein. Es erscheint fast unglaublich, daß die Menschen, die man in diesen Zimmern vorfindet und die wie Puppen in einem Puppenhaus steif herumsitzen, nicht mitverkauft werden, und man muß sich klarmachen, daß es völlig gleichgültig ist, ob man sie leiden mag oder nicht. Ich hatte keine Ahnung, daß Häuser so makaber und gruselig sein können. [...]

Das Haus liegt dreieinhalb Minuten von der U-Bahn-Station Baker Street entfernt, und man sieht von hier aus auf

Elizabeth Bowen, 1946, an der Tür von Clarence Terrace 2,
Photo von Alfred Knopf

den See im Park mit den bunten Segelbooten und auf sehr viele Bäume. Es ist ein Eckhaus, was ich besonders mag – Sie auch? –, weil man Aussichten in verschiedene Richtungen hat. Decken und Fenster sind hoch, der Fußboden modernes helles Parkett.« Der Pachtvertrag war günstig, aber der wichtigste Grund, es zu nehmen, war »schlicht und einfach sein Liebreiz; das grüne Licht, das durch die Baumkronen fällt, wie ich es sonst nur in Häusern auf dem Land erlebt habe.«[262]

Im Obergeschoß traten sie ein großes Zimmer an William Buchan ab, den Sohn ihrer Oxforder Freunde, der in den Elstree Studios bei Alfred Hitchcock das Filmgeschäft lernte. (War er dabei, als der Meister *39 Stufen,* den Spionageroman seines Vaters John Buchan, verfilmte, ein Thriller, der 1935 in die Kinos kam?) »Wir und Billy sind ganz unabhängig voneinander, ungesellig und haben nicht vor, aufeinanderzusitzen«, schreibt Elizabeth. »Außerdem trägt er einen Anteil zur Miete bei.« Sie war so beglückt von dem neuen Zuhause, daß sie es mehrmals zum literarischen Schauplatz machte: als die Adresse der Familie Michaelis in *Das Haus in Paris,* als Windsor Terrace Nr. 2 in *Kalte Herzen* und in der Erzählung *Auf dem Platz.* Nach dem vollgepafften kleinen Salon in Northampton und dem »un-heimeligen« Waldencote stellten die Räume »mit den zugezogenen aquamarinblauen Vorhängen, der Couch und den im Halbkreis stehenden gelben Sesseln, in denen die Lampen mit seidenen Lampenschirmen Licht in Spiegel und auf Samarkand-Teppiche warfen« einen deutlichen Zuwachs an Luxus dar. Es roch noch immer nach kaltem Rauch, aber es duftete auch »nach Freesien und Sandelholz«.[263] Vielleicht trugen der Umzug und das Glück über das neue Haus auch zur Entzerrung ihrer Liebesaffäre mit Humphry House bei.

Dem *Haus in Paris,* das im selben Jahr erschien, liegt das Dreiecksverhältnis von Karen, Max und Naomi zugrunde, aber die Handlung des Romans entwickelt sich komplex über ein biographisches Muster hinaus. Es ist ein elegant verzahntes Melodram um Liebe, Sex und Tod, den Bruch der Konventionen und die Suche nach der eigenen Identität, um Vergangenheit und Gegenwart, Kinder und Erwachsene, auch darum, ein Kind zu bekommen und es zu verlassen. Komisch ist der Roman auch, aber nicht sehr, eher gedämpft von Schuld und Traurigkeit. Sein Angelpunkt ist das Haus von Madame Fisher in der Rue Sylvestre Bonnard, wo sich die Lebenslinien aller Protagonisten kreuzen. Hier liegt Madame in ihrem Krankenbett, unbeweglich, aber noch immer stark präsent, und spinnt ihre Fäden. In der »Vergangenheit«, die im Buch von zwei Abschnitten »Gegenwart« gerahmt wird, war ihre Tochter Naomi mit Max, einem französisch-englisch-jüdischen Intellektuellen, verlobt. Doch dann verliebt sich Max in deren Freundin Karen.

Was aus der Begegnung dieser beiden erwächst, ist so schicksalhaft und unausweichlich, daß den beinahe unfreiwillig Liebenden kein Raum für Glücksgefühle bleibt. Sie treffen sich nur zweimal, und in einem Hotelzimmer im trüben, regennassen Hythe wird das Kind Leopold gezeugt. Max nimmt sich das Leben, als er begreift, daß er Madame Fishers Manipulationen ausgeliefert ist, die seine Liebe zu Karen zerstört wie Säure eine Kupferplatte. Karen bringt ihr Kind heimlich zur Welt. Sie überläßt es Naomi, seine Adoption in die Wege zu leiten, »wie ein Hündchen oder Kätzchen, das den Besitzer wechselt«, und heiratet Ray Forrestier, mit dem sie vor der Begegnung mit Max verlobt war. Ihre »Vergangenheit« soll Karen ihrem Sohn Leopold an diesem Nachmittag in der »Gegenwart« erzählen, aber sie läßt ihn ein zweites Mal im Stich.

Im Madame Fishers Haus trifft Leopold ein weiteres Kind »in Transit«, die elfjährige Henrietta, die auf dem Weg nach Südfrankreich zu ihrer Großmutter ist. Leopold »weiß sehr vieles *nicht*«, denn seine amerikanischen Adoptiveltern in La Spezia, die ihn vom Hirn bis ins Gedärm mit ihrer klebrigen Nettigkeit verstopfen, fürchten jede Art von Aufregung und Mangel an Diskretion, die dem Kind das Geheimnis seiner Geburt enthüllen könnte. Es ist ausgerechnet die alte Spinne Madame Fisher, die sterbend Leopold die Wahrheit sagt und damit sein inneres Gefängnis aufbricht. Der Junge beschließt, daß er niemals nach La Spezia zurückkehren, sondern bei seiner Mutter bleiben wird. »Wie richtig handelt Madame Fisher, als sie alles kurz und klein schlägt«,²⁶⁴ beglückwünscht Maurice Bowra die Autorin. In Leopold sah er einen »wunderbaren Charakter, außergewöhnlich sympathisch, ein junger Baudelaire.« Bowen wiederum zählte den neunjährigen Leopold zu ihren »Lieblings-Bösewichten.«

Das Ende ist offen. Statt Karen kommt Ray Forrestier, um ihren Sohn abzuholen, aber er findet kein argloses Kind vor, sondern eine intelligente, berechnende Persönlichkeit, die er nach seinen Vorstellungen zurechtzustutzen beschließt. Leopold tut an Rays Seite »seinen ersten Atemzug«, aber die ideale Begegnung mit seiner Mutter, die er in Gedanken fabriziert hat, wird es nicht geben.

Bowen nannte *Das Haus in Paris* »meinen wohlgeformtesten Roman« (so perfekt konstruiert, daß Virginia Woolf, die ihn für Bowens besten hielt, zugleich vor zuviel »Gescheitheit« beim Verzwicken der Handlung warnte). In ihrem programmatischen Essay *Notes on Writing a Novel* fordert Bowen, daß sich der Plot eines Romans wie ein ordentlich zusammengelegtes Kleid entfalten müsse, das aus dem Koffer gezogen und aufgehängt wird. Entsprechend gehorchen alle Elemente – Charaktere, Szenen, Dialoge, Requisiten, Tempo – diesem Entfaltungsprozeß. Situationen ergeben sich zwangsläufig; Leitmotive kehren in verschiedenen Spielarten wieder: Umschläge ohne Briefe, Kinder ohne Eltern, die wie Post an unbekannte Empfänger verschoben werden, spiegel-

gleiche Handabdrücke im Gras und auf polierten Tisch-
platten, Blut und Tränen, die Max und Leopold in Madame
Fishers Salon vergießen, und das raffinierte Spiel mit der Zeit.
»Hier war sie durch einen Brunnenschacht in etwas hinein-
gefallen, das schlimmer war als die Vergangenheit, denn es
war noch nicht vorüber«,[265] spürt Henrietta, als sie ans Krankenbett der alten Intrigantin beordert wird.

Die »Gegenwart« wird aus der Perspektive der beiden
Kinder erzählt, der artigen, vernünftigen Henrietta, die schon
alle möglichen weiblichen Tricks kennt und sich aufs Erwachsensein freut, und Leopolds, der aus seinem Himmel
der Erwartungen in tiefe Enttäuschung stürzt. Dafür, daß sie
so vieles nicht wissen, sind sie erstaunlich altkluge Kinder,
weder nett noch naiv, aber ohne die auktoriale Stimme wären
sie sich ihrer differenzierten Gefühle wohl nicht bewußt geworden. Kein elfjähriges Mädchen, sondern nur eine literarische Figur wird folgende Überlegung anstellen: »Henrietta
[…] empfand einen ganz neuen Schmerz. Sie begriff nämlich,
daß dieses Verhör gar nichts mit ihr zu tun hatte, daß Leopold es nicht einmal darauf anlegte, ihr weh zu tun, sondern
ihr die Blütenblätter oder die Flügel lediglich deshalb ausriß,
weil er sich selbst erkunden wollte.«

Aber Wahrscheinlichkeit war Bowens geringste Sorge. Geschichten folgen anderen Gesetzen. »Handlung ist Geschichte.
Sie ist auch eine Geschichte im Sinne von Gutenachtgeschichte
= Lüge. Der Roman lügt, indem er behauptet, daß etwas
Ungeschehenes geschah. Um die zugrundeliegende Lüge zu
rechtfertigen, muß er deshalb eine unwiderlegbare Wahrheit
enthalten«[266] – nämlich nicht nur eine poetische Schlüssigkeit,
sondern auch die Erkenntnis, daß ein auf Betrug und Verrat
aufgebautes Leben in der Katastrophe enden muß. Aber auch
diejenigen, die der Wahrheit ins Auge blicken und ausbrechen,
werden nicht besser fahren. Das Wissen um Karens in Schande
geborenes Kind bringt ihre Mutter um. Madame Fisher redet

sich mit der Entdeckung der Wahrheit um ihr Leben, und selbst das Mädchen Henrietta, das an Leopolds Drama nicht beteiligt ist, wird mit der Last eines Schweigegelübdes entlassen. Die Aussichten einer Bowen-Figur auf ein entspanntes Leben sind äußerst begrenzt.

Das *Haus in Paris* wurde auf beiden Seiten des Atlantiks ein Publikumserfolg. Die New Yorker *News Week* druckte eine positive Rezension und verdarb den Eindruck mit einem »rundum verleumderischen Photo«,[267] das nicht die Autorin, sondern eine dicke Dame in Reithosen mit einem Schal und einem Hut von anno 1917 zeigte, die offenbar ein Einmachglas voller Lurche betrachtete. Elizabeth war außer sich: die Erscheinung, wer immer sie sei, habe eine absolut zerstörerische Wirkung, und sie bat Knopf, sich der Sache anzunehmen. Knopf schickte das richtige Photo, und *News Week* druckte es, aber hatte sie nicht recht behalten mit ihrem Verdacht, daß das übliche Autorenphoto und besonders das der Autorin von der Lektüre abschrecke?

Die Metropole London entfaltete in den dreißiger Jahren einen ähnlichen Auftrieb wie swinging London in den Sechzigern; weniger Autos, dafür um so mehr Doppeldeckerbusse und ein großes Menschengeschiebe auf den Straßen. Auf alten Photos ist eine behütete und förmlich gekleidete Gesellschaft zu sehen: Bowler, Homburgs und Schirmmützen auf Männerköpfen, schmale Krempen, schräge Kappen auf denen der Frauen; Stöckelschuhe, Schneiderkostüme, geraffte Schulternähte, umgelegte Pelze, Glacéhandschuhe, unter den Arm geklemmte Handtaschen und Blumen am Jackenaufschlag. Zu den Umgangsformen gehörte, daß Herren ihre Begleiterin mit fester Hand am Ellenbogen über die Straße geleiteten. Mütter aus gutem Hause wurden von ihren Kindern selbstverständlich Mutter genannt. In weniger guten hießen sie vielleicht Mumsie. In den allerschlimmsten Muttikins.

Die Themse war noch ein Fluß der Waren, der hunderttau-
send Menschen Arbeit gab und auf dem das unflätigste Englisch im Vereinigten Königreich gesprochen wurde. Dampf-
loks schoben fauchend und rußend aus Bahnhofshallen; Smog
verdunkelte die Wintertage, »als sei die Luft krank.«[268] Auf
den Bürgersteigen der besseren Viertel wurden die Veilchen-
sträuße verkauft, die im Morgengrauen mit nassen Fingern in
Covent Garden gebunden worden waren. Die Weltwirt-
schaftskrise von 1929 hatte auch in England die sozialen Ge-
gensätze vertieft. Teile des East Ends mit seinen stinkenden
Gassen, Schlafhäusern, Bordellen und barfüßigen Kindern
waren vom Regent's Park so weit entfernt wie die Slums von
Kalkutta. Bowen hat sie nie betreten. Erst der Zweite Weltkrieg stieß den Deckel vom Topf und gab ihr das Gefühl,
Londonerin zu sein, Bewohnerin eines heterogenen Kosmos.

Am 23. Januar 1936 wurde König George v., der Groß-
vater der gegenwärtigen Queen, der in Sandringham gestorben war, zu Grabe getragen. (Seine letzten Worte, so hatte
Virginia Woolf gehört, waren: »Wie geht es dem Empire?«
Darauf sein Premierminister: »Dem Empire geht es gut,
Sir.«[269]) Elizabeth, die eine treue Monarchistin war, ihre Cousine Noreen und der Untermieter Billy Buchan standen mitten in der Nacht auf, um sich einen guten Stehplatz an der
Edgware Road zu sichern, durch die der Trauerzug auf dem
Weg nach Westminster Abbey führen würde. Stunden später
stellten sie fest, daß keiner ans Abendessen gedacht hatte und
alle Geschäfte geschlossen waren. Schließlich überredete Elizabeth den Wirt eines kleinen Restaurants in der U-Bahn-
Station Baker Street, eine große Fleischpastete herauszu-
rücken, für die sie einen exorbitanten Preis bezahlte.

Virginia Woolf hatte die Prozession von der Grünanlage
im Tavistock Square aus beobachtet. »Ganz London stürmte
plötzlich in einem Anfall von Loyalität und Demokratie die
Zäune, alte graubärtige Damen nahmen sie im Sprung, und

obwohl ein paar Beherzte die Tore zuhielten, wurden wir vom Mob überrannt, und Leonard, der Demokrat ist, fand sich zwischen fünf fetten Kaufleuten eingeklemmt. [...] Nach zwei Minuten war alles vorbei; die in Blau und Gold glitzernde Krone, die langen gelben Leopardenfelle, die über den Sarg gebreitet waren. Auf seine Art war es, wie man so sagt, ein ganz herrlicher und schlichter Anblick. Dann kam nichts, und dann ein großer königlicher Wagen, in dem eine alte Frau saß, die einen Papageienkäfig festhielt. Wie ausgesprochen englisch!«[270]

Am Nachmittag desselben Tages erschien Elizabeth zum Tee bei Virginia Woolf und plauderte mit der Komponistin Ethel Smyth und der Autorin Iris Origo, einer italienischen Marchesa englisch-amerikanischer Herkunft. Der Autor William Plomer begleitete sie zurück nach Clarence Terrace, wo bald darauf die Dinnergäste zur Fleischpastete eintrafen; unter ihnen T. S. Eliot, der sehr förmlich und ein bißchen lahm wirkte »im Vergleich zu diesen außerordentlich blitzgescheiten Frauen« auf Virginias Teegesellschaft, »ihren glänzenden Augen und ihrer schnellen, zungenfertigen Rede, in der sich die Gedanken überstürzten.«[271]

Daß Bowen stotterte, wird von ihren Freunden nur selten erwähnt. In Radio-Interviews hatte sie ihren Sprachfehler meist unter Kontrolle. Antonia Byatt, die mit ihr in den sechziger Jahren in einer literarischen Rateshow der BBC »Take it or leave it« auftrat, erinnert sich an ihr indigniertes Gestammel, mit dem sie Fremde nervös machen konnte. »Sie war eine sehr gut aussehende Frau [...] scharf wie ein Rasiermesser unter mehreren Lagen von Charme«, schreibt der Historiker James Lees-Milne. »Sie stolperte mit einem kleinen, atemlosen Stottern über unerwartete Wörter.«[272] Der Versuch, die Behinderung durch eine Therapie zu heilen, schlug fehl. Dem österreichischen Psychoanalytiker, den Bowen im Mai 1942 in London aufsuchte, entlockte sie seine ganze Lebensgeschichte, während sie nichts von sich selbst preisgab. Sie hielt nicht viel von Psychoanalyse. (»Freud hat nur die Hälfte verstanden, und zwar die falsche Hälfte.«[273]) Ihr Stottern blieb.

Zu Beginn des Jahrzehnts war Virginia Woolf die Bienenkönigin der literarischen Szene, doch bald gründete Bowen ihren eigenen Stock, dessen Einflugschneise sich gelegentlich mit der von Bloomsbury kreuzte. Man besuchte einander unermüdlich zum Tee, zum Essen, zum Sherry. »Inez ist heute mittag zum Tee bei Rosamond, zum Lunch bei Eliot, zum Dinner bei A. P. Herbert und zum Kaffee bei Virginia«, zählt Stephen Spender die Verabredungen seiner Frau auf und schließt: »Ein sehr literarischer Tag.«[274] Das gesellschaftliche Leben wurde genährt von neuen Büchern, Klatsch und Alkoholika. T. S. Eliot gestand Elizabeth, daß er ohne ein paar steife Drinks gar nicht erst in die passende feinstoffliche Stimmung zum Dichten käme. (Zeitweise legte er grünen Gesichtspuder auf, um seine inneren Qualen äußerlich sichtbar zu machen.) Evelyn Waugh scheint, seinem Tagebuch zufolge, monatelang betrunken gewesen zu sein. In seinen Kreisen galt »Diskretion als ebenso erbärmlich wie Sparsamkeit«,[275] schreibt Charles Ritchie. Im Umgang miteinander kultivierte man »eine Mischung aus Zartgefühl und charmanter Aufmerksamkeit einerseits und sturzbomberartigen Attacken von brutaler Aufrichtigkeit andererseits.«

Klatsch erforderte Lautstärke, und das bevorzugt in vollbesetzten Restaurants. Bloomsbury blieb zu Hause und trank Kakao, aber auch dort legte man seinem Witz keine Zügel an. Ritchie war Ohrenzeuge, als T. S. Eliot einen Kollegen zerpflückte: »halb mitleidiges, aufrichtiges, freundliches Anschleichen von der Seite (›der arme alte M.‹), Einkreisen der Beute, das elegante und absolut tödliche Zuschlagen, und dann das Abnagen der Knochen; dezentes Lippenlecken, und der Schmaus ist vorbei.«[276]

Auf ihren Gesellschaften hatte Elizabeth die Sache unter Kontrolle; niemand benahm sich hier unflätig, niemand schmatzte, nicht einmal dezent. Aber alle redeten. Alle gratulierten sich gegenseitig zu ihren Neuerscheinungen. Die Stimmen schwirrten wie die Stare über Leicester Square. »Brillant! Himmlisch! Superb! Atemberaubend!« Rosamond Lehmann verfiel meistens schon beim Auspacken eines neuen Bowen-Romans in entzückte Trance. Dankadressen wurden vor und nach dem Essen und gerne noch einmal schriftlich nachgereicht. »Nur ein Wort, um Ihnen zu sagen, wie außerordentlich ich Ihr Buch genossen habe …«

Bowen war nicht nur eine leidenschaftliche Sprecherin, sondern auch eine begeisterte Zuhörerin, der selbst flüchtige Bekannte die erstaunlichsten Dinge anvertrauten, und sie konnte auch den weniger Gescheiten das Gefühl geben, klug und schlagfertig zu sein. Wer sich allerdings überhaupt nicht anstrengte, bekam den Geist der »Schlimmen Parties« zu schmecken, des Gesellschaftsspiels, bei dem nichts zusammenpaßte. Schnippische oder alberne junge Damen, die glaubten, die Gastgeberin langweilen zu dürfen, »wären besser draußen im Wagen bei den Hunden sitzen geblieben.«[277]

In Bowens Salon mit den Fenstern zum Regent's Park begegneten sich so unterschiedliche Gestalten wie die Historikerin Veronica Wedgwood, der Poeta laureatus John Betjeman und die alte Rose Macaulay, die, nach Virginia Woolfs Augenschein, mehr denn je einer »mumifizierten Katze«[278] glich, Graham Greene, Rosamond Lehmann und ihr Bruder John, ein anstrengender pompöser Mensch, der die Literaturzeitschrift *New Writing* herausgab, nachdem er sich mit den Woolfs über die Leitung der Hogarth Press zerstritten hatte. Molly Keane, das schwarze Schaf einer »hart jagenden und fischenden Familie von Kirchgängern« und wie Bowen eine der letzten literarischen Vertreterinnen der anglo-irischen Oberschicht, gehörte ebenso zum Freundeskreis wie

Edward Sackville-West, ein zarter Mann in kleinen schwarzen Wildlederschuhen und mit den unendlich müden Augenlidern der alten Aristokratie, der als fünfter Baron Sackville
seiner Cousine Vita das Herz brach, weil er statt ihrer Schloß
Knole erbte. Sackville-West war der einzige von Elizabeths
Freunden, dessen Beifall zum Werk eher verhalten ausfiel,
oder dessen Hand sich gar nicht rührte, wenn ihm wie in ihrer
Erzählung *Schau doch all die Rosen* »ein Hauch von Vulgari-
tät« entgegenwehte. Eddy – für seine Freunde – war der interessanten Ansicht, die Hauptfiguren eines Romans müßten
eine annehmbare Erziehung genossen haben. Eine echte Tragödie auf niedrigem geistigem Niveau sei ein Widerspruch in
sich selbst, und wer so etwas schreibe, vermittele den Eindruck von Impertinenz und moralischem Durcheinander.
»Man könnte es eine aristokratische Ansicht von Literatur
nennen, die im Gegensatz zur demokratischen heute eher un-
populär ist«, schreibt Jocelyn Brooke 1952, »aber ich glaube,
Miss Bowen war im Grund mit Mr. Sackville-West einer Meinung.«[279]

Nicht nur in diesem Punkt geriet der Aristokrat vermutlich mit dem Demokraten Cyril Connolly über Kreuz, dessen moralisches Durcheinander wiederum in anderen Kreisen endlosen Gesprächsstoff lieferte. So verbreitete sich
Evelyn Waugh gern über Connollys »Konkubinen« und seinen Hang zu Kunstgegenständen und teuren Weinen, die
sich der Literaturkritiker eigentlich nicht leisten konnte. All
diese eitlen und bosheitsfrohen Gestalten an einem Abend
soweit zu zähmen, daß keine Schwerverletzten hinausgetra-
gen werden mußten, muß Bowen Sport und Vergnügen gewesen sein. Als Gastgeberin, so der Dichter Stephen Spender,
verfügte sie über die Energie eines Marathonläufers und den
Atem eines Kanalschwimmers.

Ein paar grenzseriöse linke Vögel wurden ebenfalls bei ihr
gesichtet, die »Homintern«, wie Connolly in Anspielung auf

die Komintern, die Vereinigung aller kommunistischen Parteien, spottete, Leute, die gerne bei anderen Leuten daheim zu Gast waren und revolutionäre Sprüche klopften, »weil sie ihre Väter hassen oder im Internat unglücklich waren, weil der Zoll sie mal geschnappt hatte oder weil sie Vorlesungen über Sex hielten.« Zum Club der linken Dichter gehörten Cecil Day Lewis und Stephen Spender, die zusammen die *Left Review* herausgaben und gerne die Gelegenheit wahrnahmen, die Gastgeberin um einen Beitrag zu bitten – einundvierzigtausend Wörter wären eine ausgezeichnete Länge –, leider kein Honorar, jedenfalls nicht zum gegenwärtigen Zeitpunkt. Wenn die Auflage dank hervorragender Beiträge wie dem ihren in die Höhe schnellen sollte, sei man hingegen in der Lage … Bowen lieferte. Spender dankte höflich. Honorar floß keins.

Leonard Woolf gehörte zum Club und für eine Weile auch Goronwy Rees, über den Rosamond entre nous ganz unglaubliche Dinge erzählte – der KGB! –, aber im allgemeinen wurde das Thema Politik stillschweigend gemieden. (»Schrecklich, innerlich ein Gähnen zu unterdrücken, wenn die anderen über *Weltpolitik* diskutieren.«[280]) In Spanien herrschte Bürgerkrieg. Stephen Spender, Virginias Neffe Julian und Rosamonds Mann Wogan hatten sich zu den Internationalen Brigaden gemeldet. Vielleicht erschien hier und da eine kleine Sorgenfalte auf einer Stirn. Aber dann sprach man doch lieber wieder über sich und die anderen. Plomer über Spender: Stephen ist ja ziemlich rot geworden, wie man hört. Es wird ja wohl weder ihm noch der Sache schaden … Spender über die Lehmanns: Sie halten sich für die Geschwister Brontë, tatsächlich sind sie die Marx Brothers … Woolf über Mrs. Eliot: ein Sack voller Frettchen um den Hals des armen Tom. – Oh, Virginia, also wirklich!

Literarische Aspiranten, »diese peinlichsten aller Kreaturen«, näherten sich Clarence Terrace Nr. 2 bewundernd und zagend, um die Dame des Hauses dann überraschend interessiert zu erleben. Elizabeth Bowen, die in Virginia Woolfs Gegenwart selbst wie eine Anfängerin errötete und zu stottern begann, bewegte sich zwischen ihren Freunden mit einer Nonchalance, in der Herzlichkeit, Neugier und der »kleine Eissplitter im Herzen jedes Autors«, wie Graham Greene seine professionelle Aufmerksamkeit nannte, miteinander verschmolzen. In Bowens Fall fanden Männer wie Frauen diese heißkalte Mischung gleichermaßen sexy.

»Sie war großartig«, erzählte Molly Keane der BBC mit lachendem, röhrendem Upperclass-Akzent, den heute nicht einmal mehr die Queen auflegt.[281] »Für mich hatte sie immer etwas von einer aristokratischen Elisabethanerin. Wie Elizabeth I. war sie eine Abenteurerin. Sie war nicht wirklich schön, aber sie kleidete sich auf bemerkenswerte Weise, wie eine distinguierte Schönheit und ziemlich sorglos. Wenn sie einen Raum betrat, war das immer ein Auftritt. Die Atmosphäre veränderte sich sofort. Man sprach gerade mit einem Mann und glaubte, seine Aufmerksamkeit gefesselt zu haben, doch sobald Elizabeth hereinkam, ließ sein Interesse sofort nach. Er wollte dann nur noch in ihrer Nähe sein.«

Manchen Frauen ging es nicht anders. Im Juni 1936 machte eine junge amerikanische Poetin Bowens Bekanntschaft. May Sarton wohnte damals Tür an Tür mit dem Architekten John Summerson, der sich Bowen mit einem Buch über John Nash, den Erbauer des Regent's Park, empfohlen hatte. Er nahm die schmale Frau mit dem brünetten, wie eine Kappe zurückgekämmten Haar, die eine Aufmunterung vertragen konnte, denn sie war gerade mit einem eigenen Theater gescheitert, zum Dinner bei den Camerons mit. Miss Sarton hatte noch nie von Nash gehört. Sie kannte auch keinen der Herren, denen sie dort im Salon vorgestellt wurde: Isaiah Berlin und Lord David Cecil.

Die Gastgeberin saß unangelehnt auf einem großen Re-

May Sarton, 1976, vor ihrem Portrait, das sie als
Sechsundzwanzigjährige zeigt

gency-Sofa zwischen hohen Spiegeln, Blumen und Büchern,
war in ein lebhaftes Gespräch verstrickt und machte keinen
sehr ermutigenden Eindruck auf die »wie eine Motte vom
Licht geblendete« Miss Sarton, die in dem von Lachen unter-
brochenen zungenfertigen Geplauder nach etwas suchte, in
das sie einstimmen konnte. »Es war ein Kulturschock. Ich
tappte wie gelähmt in dem Abgrund zwischen amerika-
nischem und Oxford-Englisch herum«,[282] schreibt sie in
ihren Erinnerungen, denen sie in Anlehnung an *A World of*

Love den bowenesken Titel *A World of Light* gab. Alan Cameron kam zu Hilfe. Er bot ihr etwas zu trinken an.

»Er war ziemlich breit und dick, wirkte militärisch-konservativ, rotes Gesicht, Walroß-Schnauzer, und er sprach mit hoher Stimme, beinahe im Falsett.« Aber obwohl er ihr kaum wie der kongeniale Partner der glamourösen Elizabeth Bowen vorkam, erkannte Miss Sarton sofort, daß er »außerordentlich freundlich und sensibel war, und er war es auch, der dafür sorgte, daß ich mich wohler fühlte« – und den Mut fand, die Gastgeberin zu betrachten.

»Sie sah aus wie ein Portrait von Holbein; ein gutes Gesicht, nicht wirklich schön, mit der großen Nase, den hohen Wangenknochen und der breiten Stirn, aber ihre Farben waren so zart wie ihre Züge stark: feines, goldblondes Haar, das glatt zurückgekämmt und in einem losen Knoten im Nacken geschlungen war, dünne Brauen über blaßblauen Augen. Ich war von ihren Händen überrascht. Sie gestikulierte viel und hielt dabei die Hand mit der Zigarette erhoben. Eigentlich waren ihre Hände zu groß und grobschlächtig. Die schweren Armbänder paßten jedoch gut dazu. Das leichte Stammeln und ihr köstliches, perlendes Lachen, das eher wie ein Schnurren klang, ließen sie menschlich und weniger distanziert erscheinen.«

Die fünfundzwanzigjährige May Sarton durchlief mit Bowen alle Stadien einer ungleich verteilten Liebe: die Widmungen im Buch, die kleinen Vertraulichkeiten, ein Dinner, das von Virginia Woolf geziert wurde, die, obwohl »sanft und zahm wie eine sehr alte Giraffe«,[283] Miss Sarton einschüchterte. Die junge Dichterin sehnte sich danach, mehr als eine flüchtige Bekannte zu sein, sie wollte als »adoptierte Tochter« teilhaben, aber wie üblich genießen diejenigen, die mit allem viel zu schnell einverstanden sind, am wenigsten Respekt. »Ein bleiches hübsches amerikanisches Mädchen, Shelley-Imitat, war da, das auf dem Boden saß, zu meinen

Füßen, & schwärmt leider für mich & verehrt mich & schenkte mir eines Tages im Winter Primeln & ihre Gedichte. Nicht der Typ, aus dem ich mir viel mache«,[284] notiert Woolf in ihrem Tagebuch.

Sartons Verehrung für die Königin von Bloomsbury kühlte schnell ab, als sie sich von dieser »hochsensiblen, unglaublich neugierigen Voyeurin« benutzt und ausgehorcht fühlte. Deren Beachtung war überaus schmeichelhaft, aber anders als Bowen, die ihr Interesse an anderen Menschen in etwas weniger inquisitorische Formen kleidete, »gab sie nichts zurück.« Woolf, die sich der vielen unverlangt eingesandten Manuskripte und ihrer Autoren kaum erwehren konnte, zeigte keine Lust, mit May Sarton deren ersten Roman zu besprechen und nannte sie hinter ihrem Rücken eine Schneegans.

Elizabeth Bowen wiederum ließ sich die Verehrung jüngerer Frauen gern gefallen. (»Es gibt kaum ein Mädchen, das ich nicht liebhatte, obwohl ich nicht immer weiß, was ich zu ihm sagen soll.«[285]) Zu gut erinnerte sie sich ihrer ersten eigenen Schritte, des Schreckens, den ihr Leute wie Edith Sitwell oder Aldous Huxley eingejagt hatten, und der Dankbarkeit, die sie Rose Macaulay schuldete. Bowens Zugewandtheit verlockte Sarton zu endlosen Geständnissen, und nach einer Weile entwickelte sich eine etwas romanhafte Beziehung zwischen der älteren und der jüngeren Frau.

»Für gewöhnlich war sie überaus reserviert und würdevoll«, schreibt Sarton, aber wenn die Gäste in Clarence Terrace gegangen waren, stopfte sie sich ein Kissen in den Rücken, legte die Beine hoch, rauchte eine letzte Zigarette, hörte May »mit dem halben Lächeln der Primavera« zu – und ließ sich ihrerseits zu Geständnissen hinreißen. »Ich erfuhr, daß sie früher wenigstens einmal eine Frau geliebt hatte, aber diese Zeit war vorbei. Jetzt hatte sie nur noch Affären mit Männern.« May Sarton probierte es trotzdem. Bei einem Besuch in ihrem

Studio auf dem Land in Rye saßen die beiden Frauen nach dem Essen lange zusammen, und »Elizabeth, die so empfänglich für Atmosphäre, Orte und die Bedeutung des Augenblicks war, erwiderte meine leidenschaftlichen Gefühle. Wir schliefen zusammen in meinem großen Bett, nachdem wir sehr zärtlich miteinander waren.«[286]

Für May war die Begegnung »der Höhepunkt nach Wochen wachsender Intensität«, für Elizabeth ein Zwischenspiel auf der Durchreise, denn sie befand sich eigentlich – wie Karen in *Das Haus in Paris* – auf dem Weg nach Boulogne, um einen Liebhaber zu treffen. Es war »ein Augenblick der Schönheit und der Befreiung von einer inneren Spannung, gerade als ihre Gefühle sich überstürzten – Gefühle, die nichts mit mir zu tun hatten.« Ihre gemeinsame Nacht war »nicht der Beginn einer Liebesbeziehung, sondern das Siegel, das einer Freundschaft aufgedrückt wurde«, etwas Abschließendes. May sah es notgedrungen ein, aber sie war nur »halbwegs bekehrt«, wie sie Bowen in einem ihrer leisen Klagebriefe aus Amerika gesteht, auf die sie in der Regel keine Antwort erhielt. »Wirst Du menschlich sein, wenn ich zurückkomme, werden wir vor dem kleinen Feuer sitzen und reden, oder werde ich Dich wieder nur durch eine Nebelwand aus schwätzenden Gestalten Deines Oxford-Kreises wahrnehmen?« Sie hatte gehört, daß die Verehrte gerade von einem brillanten jungen Künstler gemalt wurde. »Deine jungen Männer machen mich rasend vor Eifersucht [...] Schreib mir doch mal eine Postkarte – Nein, laß es, ich kann Dich sehr gut durch Dein Schweigen hören.«[287] Und sie unterzeichnete mit »Deine Maus.«

Die beiden sollten sich noch einige Male in den USA treffen, jedoch in keinem Bett mehr. In Clarence Terrace war Sarton weiterhin gut gelitten und durfte die glückliche, wenn auch etwas eigenartige Ehe der Camerons aus der Nähe studieren. Bowen schrieb nach einem festen Stundenplan, vier Stunden am Morgen, Lunch um eins, kleiner Spaziergang im Regent's Park, zurück an den Schreibtisch, Tee um vier, um fünf ein Drink, ein anderes Kleid und Zeit für Besucher. »Wenn Alan um halb sechs nach Hause kam, wurde es gemütlich und entspannt. Er umarmte Elizabeth, fragte gleich, wo zum Teufel die Katze sei – eine große, wollige, rotbraune Katze –, und wenn er sie gefunden hatte, ließ er sich mit ihr und einem Cocktail nieder, um mit Elizabeth den vergangenen Tag zu besprechen. Wie in vielen erfolgreichen Ehen spielten die beiden ihre eigenen Spielchen. Alan beklagte sich in seiner Quäkstimme bitterlich über diese und jene praktische Angelegenheit, die Elizabeth hätte erledigen sollen, und sie schaute verwirrt drein, lachte und tat, als sei sie völlig hilflos. In diesen Neckereien äußerten sich Alans zärtliche Gefühle, und sie genoß sie offensichtlich. Niemals, keinen Augenblick, habe ich wirkliche Spannungen zwischen den beiden erlebt; niemals ein spitzes Wort gehört.«[288]

Sonntags fuhren die beiden meist aufs Land, gingen spazieren und nahmen ein Picknick mit. Zum Erstaunen von Miss Sarton, der diese englische Sitte fremd war, streckten sie sich danach zu einem Nickerchen im Gras aus, schliefen so tief und fest »wie zwei Figuren auf einem Grab.« Was hielt diese beiden Menschen zusammen? Liebe? Schuldgefühle? Schwäche? Abhängigkeit? Vor Sarton, wie vor allen anderen Freunden, wahrten die Camerons das Geheimnis ihrer Beziehung. May fragte sich, ob Alan von Elizabeths Seitensprüngen wußte, und glaubte, daß er ahnungslos war. Die »schwarzen Hüte«, die seine Garderobe belagerten wie die Freier das Haus der Penelope, lernte er als den Tribut zu nehmen, der seiner wunderbaren Frau zustand. Victoria Glendinning beschreibt ein Dinner im Hause Cameron mit Stephen Spender und seiner Frau Inez, bei dem Alan offenbar schon zuviel getrunken hatte. Man sprach über den menschlichen Charakter. »›Elizabeth ist eine Heilige‹, sagte Alan. Sie war peinlich berührt, widersprach. Mit großem Nachdruck und ohne Ironie wiederholte er seine Worte. Elizabeth stand auf und verließ das Zimmer.«[289]

Wenn Bowen nicht in London war, begleitete May Sarton Alan gelegentlich auf seinen Gängen in den Zoo im Regent's Park, wo er, der Katzenliebhaber, die Tiger und Panther besuchte. Sie erinnerten ihn in ihrer Physiognomie an seine Elizabeth und May in ihrem Wesen »an die schläfrige Kraft, die man immer unter ihrem schnurrenden Lachen erahnte.« Daß die Verehrte auch kratzen konnte, erlebte Sarton zwanzig Jahre später bei einem Besuch in Irland.

Bowen hatte eine feine, geistesabwesende Art, an Menschen vorbeizusehen, die ihr nicht paßten: Oh, May, Sie auch hier …! Alan, der »den Balsam der Freundlichkeit« hätte auftragen können, lebte nicht mehr. Sie war der einzige Gast. Es regnete, der Wind blies durch alle Ritzen. Bowen arbeitete, und Sarton wanderte wie eine verlorene Seele durch das große, kalte, halbleere Haus, »eine Bürgerin zweiter Klasse in Elizabeths Königreich.«

Die Stimmung änderte sich sofort mit der Ankunft einer frischen Verehrerin, einer Miss Lovelace aus Kalifornien, »die sich aufführte, als habe sie das Gelobte Land gefunden.« May Sarton, nicht mehr jung und verliebt, erblickte mit peinlichen Gefühlen die Schatten der Vergangenheit, als sie zur Cocktailstunde die Bibliothek betrat und Elizabeth Bowen hochanimiert mit Miss Lovelace in Adorantenstellung vorfand. »Ich fühlte mich als Eindringling, dem gerade nur die schuldige Höflichkeit zuteil wurde.«

Am nächsten Tag machten sie zu dritt – May Sarton auf dem Rücksitz, »wie eine unerwünschte Gouvernante« – einen Ausflug zur Ruine von Kilcolman Castle, wo der elisabethanische Dichter Edmund Spenser Teile seiner *Faerie Queen* geschrieben hatte. (Bowen war eine begeisterte Besichtigerin von Trümmern. Als Kind war sie über »soundsoviele Äcker und Wiesen gerannt, um irgendwelche Ruinen anzuschauen, und sei es ein eingestürztes Cottage.«²⁹⁰) Zu dritt stapften sie über den nassen Acker – Sarton im Gefolge von »Jugend und Herrlichkeit« –, und während Elizabeth Bowen begeistert über Spenser sprach, der im Geiste und mit seiner Feder ein ähnlicher Schlagtot war wie ein knappes Jahrhundert nach ihm der walisische Colonel ap Owen mit seinem Schwert, und Miss Lovelace kalifornisch glühte, fühlte May nur den Regen, der ihr ins Genick lief und ihren Cordmantel durchtränkte, bis er ihr wie eine bleierne Zwangsjacke auf den Schultern lastete. Es war das Ende. Sie sahen sich nicht wieder.

XII KALTE HERZEN
Ein Rendezvous auf Bowen's Court – Goronwy Rees und Rosamond Lehmann – *Kalte Herzen* – Empfindsamkeit

Nicht alle Liebesaffären konnte Bowen mit der gleichen Nonchalance beenden, mit der sie May Sarton den Rücken gekehrt hatte. Im September 1936, kaum daß Humphry House überstanden war, fädelte sie ein Rendezvous auf Bowen's Court ein, das sich nicht nach ihren Vorstellungen entwickelte. Aber anders als im Fall Humphry H. besaß sie die Größe, kein literarisches Spiel mit verteilten Rollen daraus zu machen. »Elizabeth hatte eine leidenschaftliche und primitive, sogar erbarmungslose Art, die sie strikt hinter dem Bild von der adeligen anglo-irischen Dame, die sie nach außen hin darstellte, verbarg«,[291] sagte ihre Freundin Rosamond Lehmann. Außerdem verabscheute sie alles, was zimperlich und sentimental war. Und so behielt sie nach dieser nicht stattgefundenen Affäre trockene Augen und die Nase oben.

Im Sommer 1936 hatten sich Freunde und Freunde von Freunden angesagt. Waschgeschirr, Decken, Handtücher und vier Teekannen waren eigens für die gemischte Truppe aus schwarzen Hüten und Londoner Literati angeschafft worden. Isaiah Berlin und zwei Studenten vertraten Oxford und die philosophische Fakultät; Lord David Cecil und seine Frau Rachel alte Freundschaft und Hochadel. John Summerson, der Autor des Buchs über den Architekten John Nash, kreuzte auf, ebenso Rosamond Lehmann, eine erfolgreiche Autorin und schöne Frau mit dem unfehlbaren Griff nach dem falschen Mann. Lehmanns Spezialgebiet war die Liebe

Goronwy Rees, sitzend, mit Elizabeth Bowen im Fenster
und Rosamond Lehmann, rechts, auf Bowen's Court

in den Zeiten der Adoleszenz, und sie schrieb darüber mit so viel Einfühlung, daß sich eine ganze Generation junger Mädchen in den Heldinnen ihrer Romane wiedererkannte. Auf *Dunkle Antwort* bekam sie Hunderte von Briefen, in denen die Absenderinnen anfragten, wie um alles in der Welt Miss Lehmann von ihrer eigenen unglücklichen Liebesgeschichte Nachricht erhalten haben konnte.

Anders als Elizabeth, die nicht gern in ihren Büchern erkannt werden wollte, war Rosamond ungeniert autobiographisch und genoß den Applaus, den das Publikum ihrer Schönheit und ihrem Talent gleichermaßen spendete. Mit Mitte Dreißig begann ihr volles, lockiges Haar schon grau zu werden, wurde bald ganz weiß, und sie trug es in einer flotten Lana-Turner-Frisur. Ihre Ehe mit Wogan Philipps, einem aristokratischen Erben, der sich zunehmend für andere Frauen, Malerei und Kommunismus interessierte, war gescheitert, und wie immer, wenn Rosamond sich vernachlässigt fühlte, litt sie unter Schreibhemmungen, die sich ihrer Umgebung als tyrannische Laune mitteilten.

Rosamond und Elizabeth wußten Bescheid über die Liebe. Sie schrieben kompetent über die Verheerungen, die sie anrichtete, und geneigt über die Opfer, die ihren Weg säumten, aber anders als Elizabeth, die, nach May Sartons Worten, ihre Affären »wie ein Gentleman« beendete, war Rosamond ohne Halten in ihren Höhenflügen und Abstürzen. »Von Rosamond geliebt zu werden war, wie unter einem Plumeau aus Rosenblütenblättern zu ersticken«,[292] sagte einer ihrer Freunde.

Einen Hauch diskreter Bloomsbury-Dekadenz trug in diesem September Roger Senhouse zur Gesellschaft auf Bowen's Court bei. Der dicke junge Mann war Lytton Stracheys letzter Liebhaber gewesen und hatte ihn auf Wunsch gekreuzigt, ein ausgefallenes Spiel, von dem die Welt erst im 21. Jahrhundert durch Stracheys nachgelassenen Briefwech-

sel erfuhr. Im späteren Leben war Senhouse als Gesellschaf-
ter von Secker & Warburg einer der großen literarischen Verleger Englands. Cousine Noreen Colley, ein braves irisches
Mädchen, verbrachte ihre Sommerferien ebenfalls bei Elizabeth, und auch Alan war mit von der Partie, spielte aber keine
tragende Rolle.

Alles blieb ruhig, bis auf die Gastgeberin, die noch mehr
als üblich rauchte und eine bemerkenswerte Unrast verbreitete. Man unternahm Landpartien, spielte abends Scrabble,
Siebzehnundvier und vielleicht auch »Schlimme Parties«. Ihr
alter Freund Jim Gates gab Elizabeth Fahrstunden, und obwohl sie versicherte, sie sei vorsichtig und gehe kein Risiko
ein, wurde sie am Steuer ihres Wagens eine gefürchtete Er-
scheinung.²⁹³ Dann traf mit leichter Verspätung ein junger
Mann ein, den sie fünf Jahre zuvor als Stipendiaten in Oxford
kennengelernt hatte: Goronwy Rees, zum Journalismus gewechselt und nun stellvertretender Herausgeber des *Spectator*, kam mit großer Lässigkeit hereinspaziert, in Sandalen,
mit aufgekrempelten Ärmeln, offenem Hemdkragen und
einer dunklen Locke, die ihm in die Stirn fiel, »wie der Torero
aus *Carmen*, hocherregt und mit all seinen Glöckchen bim-
melnd«,²⁹⁴ so Isaiah Berlin. Der Mann wußte: »Wo immer
Goronwy auftaucht, gibt es früher oder später Ärger.«²⁹⁵

Rees war zehn Jahre jünger als Elizabeth, ein kleiner, attrak-
tiver und völlig verantwortungsloser Mann von keltischem
Charme und walisischer Beredsamkeit. Er war Mitarbeiter des
britischen Geheimdienstes MI 5 und gehörte im folgenden Jahr
zu dem Cambridger Kreis um Guy Burgess und Kim Philby,
brillante junge Männer mit Ambitionen auf hohe Staatsämter,
die vom KGB als Doppelagenten angeworben wurden. Aber
von diesen Umtrieben ahnte Elizabeth natürlich nichts.

Es konnte Rees wiederum nicht entgangen sein, daß er als
special guest geladen war, aber was immer Elizabeth mit ihm
vorhatte, sein Auge fiel auf Rosamond. Und Rosamond fühlte

sich wie von einem »coup de foudre« getroffen. Die beiden kannten weder Bedenken noch Zurückhaltung. Noreen Colley, die zwar nichts von den Gefühlen ihrer Cousine ahnte, der aber nächtliche Bewegungen im Haus auffielen, die eindeutig gegen die guten Sitten verstießen, war stellvertretend empört. Elizabeth bewahrte Contenance und eine gewisse Grazie. »Ihre Selbstkontrolle ist von der Art, daß sie im Gespräch kaum einen Hinweis auf ihren niederschmetternden Scharfsinn und ihre Klugheit gibt. Nie läßt sie durchblicken, daß ihr absolut gar nichts entgeht«, notierte ein anderer Gast. Und wie immer »saß sie beim Dinner, am Kopfende des ovalen Tischs, sehr tief dekolletiert, hinter ihr der stumpfe Spiegel und Portraits zu beiden Seiten.« [296] Keiner der Gäste merkte ihr auch nur eine Spur von Ärger oder Enttäuschung an.

Nachdem alle abgezogen waren, schrieb sie in einem Plauderbrief an einen englischen Freund: »Ich glaube, nein, ich weiß bestimmt, daß Roger der Netteste von allen Gästen war. Er nimmt so viel Anteil an dem Haus, er ist eine große Stütze, und er gibt mir das Gefühl, daß ihm dieser Ort etwas bedeutet, ganz abgesehen von den Eindrücken der letzten Tage. Shaya [Berlin] war ebenfalls ein Engel; ich mag ihn außerordentlich [...] Rosamond sah entzückend aus, war sehr lieb, und ich glaube, es hat ihr gut gefallen.« [297]

Was Roger auszeichnete, fehlte Goronwy: Respekt vor dem großen Haus; und dies war offenbar unverzeihlicher als die Kränkung, die er seiner Gastgeberin zugefügt hatte. Sie war nicht prüde, aber in einem zehnseitigen Brief an Isaiah Berlin empörte sie sich schließlich offen: »Dies ist kein Haus, in dem man nachts herumschleicht. [...] Ich kann nicht verstehen, wie Leute, die in diesem Haus um des Hauses *wegen* glücklich sind, wie diese beiden es waren, oder wenigstens behaupteten, es zu sein, sowenig Verständnis für seinen Charakter und unsere Art zu leben aufbringen, daß sie hier ein

Rendezvous veranstalten – oder eine Liebesaffäre auf eine derart ruchlose Art betreiben, daß alle anderen sie wie einen Schlag gegen ihr Feingefühl und ihre Würde empfinden – Feingefühl und Würde, die nicht meine Privatangelegenheiten sind, sondern die das Haus geschaffen und mir auferlegt hat, wie jedem anderen auch […] Ich kann mir nicht vorstellen, daß irgend etwas, das glücklich oder gesund ist, auf diese Weise seinen Anfang nehmen sollte.«[298]

Als Gefühlsathlet blieb Goronwy noch ein paar Tage länger, nachdem die anderen Gäste einschließlich Rosamond und Alan abgereist waren. Umgehend trafen dicke blaue Briefe an den Herrn in Rosamonds Handschrift und mit »unberatener Häufigkeit« ein, wie Elizabeth nicht umhinkonnte zu bemerken. Außer ihr war nur Noreen im Haus geblieben. Aber es wurden keine schönen Ferien mehr, weder für Noreen, die die schrillen Töne nicht verstand, noch für Mr. Rees, der sich nun endlich seiner Gastgeberin erklären sollte. »Er steigerte sich in einen schrecklichen Zustand hinein, weinte, schrie, polterte im Zimmer herum, meinte, ich hätte eine unheilige Macht über ihn, und daß meine Sicht der Dinge ihn umbringen oder wahnsinnig machen würde, daß er wüßte, er würde bestimmt wahnsinnig werden, und daß ihn etwas Furchtbares in meinem Verhalten in eine ›schöne Hülle des Entsetzens‹ verwandelt habe.«[299]

Goronwy Rees hatte es sich gründlich verscherzt; aber Bowen war noch nicht fertig mit ihm. In ihrem Roman *Kalte Herzen*, der zwei Jahre nach dem heißen September auf Bowen's Court erschien, erkannte sich Rees in der Figur des Eddie wieder, eines Typs »wie ein buntes kleines Knallbonbon, das laut krachend aufspringt, wenn man fest genug daran zieht.«[300] Eddie, wegen einer Dummheit von der Universität in Oxford relegiert, hat seinen Job bei der Zeitung verloren und schnorrt sich nun bei Freunden durch, ein Parvenü »aus unbedeutendem Haus […] von großem Charme

und einer proletarischen, animalischen, flinken Anmut«. Als
Figur kann er einpacken, als ihn seine Autorin, für die die
»Dinge« – und in diesem Buch ganz besonders die spiegel-
blank gepflegten alten Möbel – als Garanten von Tradition
und Sicherheit stehen, in einem muffigen Zimmer voller
greulicher gemieteter Möbel einquartiert. Rees wohnte in
London übrigens ebenfalls zur Miete.

Nach der ersten, offenbar flüchtigen Lektüre empfahl
Goronwy seiner Freundin Rosamond *Kalte Herzen* als
»brillant«, war nach einigem Nachdenken dann beleidigt
und drohte, die Autorin wegen übler Nachrede zu verkla-
gen, ließ es jedoch auf Zureden gemeinsamer Freunde klu-
gerweise bleiben. »Eddies Ernüchterung und Empörung
waren grenzenlos [...] Als die Leute, teils erleichtert, teils
enttäuscht, allmählich merkten, daß er nicht mehr da war,
tauchte er plötzlich, alle Anzeichen seiner Wut wie weg-
geblasen, munter und fidel wieder auf ...« Rosamond, die,
was die Gefühle ihrer Freunde anging, so rücksichtsvoll wie
ein Büffel war, hatte Elizabeth einen »langen und *sehr* peinlichen Brief« nach Bowen's Court geschrieben, in dem sie
sich überschwenglich bedankte und entschuldigte, und auf
den Elizabeth nicht antwortete. Isaiah Berlin gestand die
heitere Rosamond: »Niemals zuvor hat es so ein erstaunlich
reines & intensives emotionales & intellektuelles Zusammen-
spiel gegeben, wie wir es dort zustande brachten, mit Elizabeth, die alles in Händen hielt und dirigierte.«[301] Sie liebte sie
dafür *so* sehr! Der Philosoph, der sich zu Anfang allen Parteien mit tröstenden Briefen angenehm gemacht hatte, begann vor Miss Lehmanns Schmalzigkeit zurückzuweichen.
»Selbst meine Neugier kennt Grenzen.« Er hätte aus dem
Stoff am liebsten eine Komödie gemacht, »doch dann mußte
ich feststellen, daß das Publikum schon aus sämtlichen Protagonisten bestand.«[302]

Es blieb nicht aus, daß sich die Sache herumsprach. Eliza-

beth hatte Rosamonds Mann Wogan Philipps getroffen. Aber
außer sich gegenseitig in ihrer Empörung zu bestätigen, war
die Begegnung fruchtlos geblieben, denn Ros hatte Wog klargemacht, daß er mit seinen Weibergeschichten der letzte war,
der sich beschweren durfte. Es gab keine Heimlichkeiten; sie
erzählte herum, daß sie »schrecklich verliebt« sei, und zeigte
sich überall mit ihrem niedlichen kleinen Waliser. Rees, dem
aus Oxford der Ruf eines »tödlich Unwiderstehlichen« gefolgt war und der einige Affären mit älteren literarischen Damen hinter sich hatte, sonnte sich gern in Rosamonds Ruhm.
Aber anders als sie wußte er immer, wann Redaktionsschluß
war. »Ach, irgendwer war ständig in mich verliebt«, sagte er
später in vollendeter Eddie-Manier. »An Liebe habe ich nie
geglaubt.«[303]

Die Affäre kam zu einem plötzlichen Ende, als Rosamond aus der *Times* von seiner bevorstehenden Hochzeit
erfuhr. Sie raste, aber Goronwy brachte kühl bis ans Herz
seine neue, sehr junge Braut zu den Parties in Clarence Terrace mit. Vermutlich war es Alan, der ihr etwas zu trinken
anbot.

Auf einer von Elizabeths Gesellschaften begegnete Rosamond ihrer nächsten Liebe. Sie dauerte länger, aber am Ende
verlor sie darüber nicht nur ihre Würde, sondern fast den
Verstand. Der Tod ihrer Tochter führte sie dann endgültig
ins Reich der Geister. Der Dichter Cecil Day Lewis – wieder
so ein »wundervoller junger Mann«, ein schöner, schwarz-
haariger, genialischer irischer Zausel, später Literaturprofessor in Cambridge und Poeta laureatus – schwankte neun
Jahre lang zwischen Rosamond und seiner Frau Mary, ehe er
sich in die junge Schauspielerin Jill Balcon verliebte[304] und
der hoffnungslosen Dreiecksbeziehung entfloh. Rosamond,
unheilbare Romantikerin, die sie war, erwartete von ihren
Männern bedingungslose Hingabe und konnte seinen »Verrat« niemals verwinden. Für Elizabeth wurde sie eine an-

Rosamond Lehmann und Cecil Day Lewis, um 1943

strengende Freundin, »claggy«, da sie nicht aufhörte, gegen Cecil zu wüten und Parteinahme einzufordern. Sie klapperte ganz London ab, um ihre Schmach mit allen Bekannten gründlich durchzusprechen. Maurice Bowra, den sie die ganze Nacht aufgehalten hatte, schwor, er werde bei Rosamonds nächster Affäre lieber ins Irrenhaus gehen oder sich erschießen, als ihr noch einmal zuzuhören.

Über Menschen wie Rosamond schreibt Bowen in *Kalte Herzen*: »In der Zärtlichkeit und dem Ungestüm, mit denen sie ihre Liebe geben, steckt für die weniger Unschuldigen tausendmal Verrat. Unheilbar fremd in der Welt, hören sie nie auf, übermenschliches Glück einzufordern. Ihre Einzigartigkeit, ihre Rücksichtslosigkeit, ihr eines stetiges Verlangen haben zwangsläufig zur Folge, daß sie grausam sind und Grausamkeit erleiden. Unschuldige sind so rar, daß zwei von ihnen selten aufeinandertreffen. Wenn sie sich treffen, liegen ihre Opfer überall verstreut.«[305]

Kalte Herzen ist die Geschichte der jungen Portia, die bei ihrem Stiefbruder Thomas Quayne und dessen Frau Anna in ihrem eleganten Haus am Regent's Park lebt. Das Mädchen entstammt der peinlichen Verbindung des alten Mr. Quayne mit einer völlig unpassenden zweiten Frau. »Aber warum heißt sie Portia?« fragt eine Romanfigur, ohne ein Antwort darauf zu erhalten. Der Name sei von Bowen weniger nach der beherzten jungen Frau aus Shakespeares *Kaufmann von Venedig* gewählt, die für Erbarmen und Gerechtigkeit plädiert, als nach der »portion«, dem Pflichtteil, den der alte Mr. Quayne seinem Sohn Thomas testamentarisch hinterlassen habe, vermutet Maud Ellmann.

Der alte Mr. Quayne, den seine unerbittliche Gattin aufs Land und in einen frühen Ruhestand versetzt hat, war bei einem Besuch in London an Irene, eine »zarte kleine Witwe, schrecklich tapfer«, geraten, die aber »eigentlich ein Nichts ist, das keiner will«, mit undichten Tränendrüsen und einer Frisur wie ein Vogelnest. Als Irene von ihm mit Portia schwanger wird, wirft Mrs. Quayne ihren Mann aus dem gemeinsamen Haus. »Sie hat große Opfer gebracht«, meint Portia entschuldigend, aber Matchett, die alte Haushälterin, die besser Bescheid weiß, erwidert: »Die, die Opfer bringen, muß man nicht bemitleiden. Bemitleiden muß man die Opfer. Die Opferbringer, die kommen schon auf ihre Kosten.«[306]

Für den Rest seines Lebens zieht der gesellschaftlich und finanziell beschädigte Mr. Quayne mit seiner neuen Familie an den schattigeren Teilen der Riviera von einem Hotel zum nächsten. Sterbend vermacht er seinem erwachsenen Sohn Thomas seine Halbschwester zumindest auf ein Jahr, damit sie ein »normales, fröhliches Familienleben« kennenlernt. Irene, die an der Fröhlichkeit der Quaynes ihre Zweifel hat, unterschlägt seinen Brief und führt mit ihrer Tochter das Wanderleben durch die billigen Hotelzimmer fort; noch bedürftiger als zuvor, aber in einer schwesterlichen Vertrautheit, die an Elizabeth und ihre Mutter auf ihren Umzügen entlang der Küste von Kent erinnert. Erst als auch Irene stirbt, kommt die heimatlose Portia nach London. Doch weder Thomas noch Anna haben Verwendung für ihr »Pflichtteil«. Das junge Ding macht sie nervös, weil es sich mit dem, was die Quaynes anzubieten haben, nicht bescheiden kann. Die schicken neuen Sachen, die Anna ihr kauft, verliert sie, und das hübsch hergerichtete Zimmer füllt sie mit ihrem Krimskram. Für Anna ist die allgemeine und speziell die emotionale Unordnung, die mit dem Mädchen in Windsor Terrace einzieht, fast unerträglich. Das Jahr, das Portia bei den Quaynes bleiben soll, droht »wunderbar lang« zu werden. Über die angespannte Beziehung der drei zueinander schreibt Edward Sackville-West: »Gleich zu Beginn gelingt es Bowen, uns die schicksalhafte Ruhe zu vermitteln, in der die Heldin darauf wartet, daß etwas geschieht. Und es geschieht immer das Schlimmste – die Erniedrigung, die die Seele so viel tiefer verletzt als eine körperliche Vergewaltigung.«[307]

Portias Geschichte ist ergreifend, aber als Leser lernt man auch die Quaynes nicht zu verachten, die weniger kalt, als von der lauwarmen Herztemperatur erwachsener Menschen sind, die so leben wie sie können und den Deckel über die Verletzungen der Vergangenheit halten: Annas Ehe mit dem Zweitbesten; ihre Fehlgeburten, Thomas' Scham über das »würdelose Durcheinander«, das sein Vater angerichtet hat, und seine Leidenschaft für Anna, »die sich in ihrer Sprache nicht ausdrücken durfte und die nicht gestillt werden konnte.«[308] Wer braucht da noch eine unglückliche Sechzehnjährige? Bowen natürlich, um ihr vollends das Herz zu brechen und den ganzen Verein auseinanderzusprengen.

Portias einzige Verbündete ist die Haushälterin Matchett, die Irenes Kind mit seiner Vorgeschichte »erdet«. Auch sie ist ein Stück, das die Quaynes zusammen mit den Möbeln von Thomas' Mutter geerbt haben, eine Gestalt von monumentaler Unerschütterlichkeit. Bis zum Ende kommt keiner auf die Idee, daß sie die einzige ist, die Portias Vater »als Menschen sieht, und nicht nur als würdelosen, armen alten Schlucker.«[309]

Das elegante Haus der Quaynes gleicht Clarence Terrace Nr. 2 bis zur Aufteilung der Zimmer. Die Dame hat ihren Salon im ersten Stock, der Herr sitzt müßig in seinem vollgequalmten Arbeitszimmer im Erdgeschoß. Man verkehrt gerne über das Haustelefon, speziell wenn im Flur ein fremder Hut an der Garderobe hängt. Doch viele Hüte sind es nicht. Die Quaynes sind nicht gesellig, und trotz des warmen Schimmers des elektrischen Kamins, trotz Tee und gebuttertem Toast herrscht im Haus eine ähnliche Unterkühlung wie draußen im Regent's Park, wo *Kalte Herzen* an einem frostigen Januartag beginnt, als das Eis »wie eine spröde Decke« auf den Kanälen trieb, durch die die Schwäne »in trägem Unmut schwammen«. Sogar die behaglichen Häuser der Reichen rundum sehen aus, als seien sie innen hohl, »zerbrechlich und kalt«.

Auf ihrem Spaziergang erzählt Anna einem Freund Portias Geschichte. Sie tut es in dem anzüglichen Bowen-Sound, der die Tragik des heimatlosen großen Kindes und seiner Eltern durchscheinen läßt, aber auch die strapazierte, indolente Anna als Figur sympathisch macht. »Du warst wahnsinnig, das Ding überhaupt anzufassen«, ist der erste gesprochene Satz. »Das Ding« ist Portias Tagebuch, das Anna, wie es die ordnende Hand will, zugefallen ist und in dem sie gelesen hat. Obwohl es nichts Despektierliches enthält, ist sie empört, denn Portia protokolliert in einer Buchstäblichkeit, die nur vordergründig naiv klingt, ihre ganze Einsamkeit und das leere Geschwätz ihres Bruders und seiner Frau. »Heute sind Anna und Thomas zum Dinner zu Hause geblieben. Anna sagte, immer wenn Nebel sei, habe sie das Gefühl, sie hätte was verbrochen, aber sie meinte es offenbar nicht ernst.

Thomas sagte, die meisten Leute hätten wahrscheinlich das gleiche Gefühl, und Anna sagte, nein, das glaube sie nun nicht. Dann saßen wir im Wohnzimmer, und ihnen wäre lieber gewesen, wenn ich nicht dagewesen wäre. Morgen ist Samstag, aber da wird nichts passieren.«[310]

Etwas passiert, als Eddie, Annas abgelegter Verehrer, sich in Portias Herz schleicht – eine »Halbliebe«, eine kleine Rache an Anna, vor der er sich zum Narren gemacht hat, ein Funken wahrer Bedürftigkeit, die diese gescheiterte Existenz an den einzigen Menschen bindet, »dem gegenüber er nicht so tun mußte, als existiere er, obwohl er für ihn aufgehört hatte zu existieren.«[311] Auch Eddie fühlt sich als unschuldiges Opfer weltlicher Machenschaften, was Portia irrtümlich als einen seelischen Gleichklang versteht. Auf ihrer Seite wächst sich die Liebe zu einer ähnlichen Besessenheit aus wie die Emmelines zu Markie in *Die Fahrt in den Norden*. Sie gibt ihm sogar ihr Tagebuch zu lesen. Als die Quaynes in Urlaub fahren und Portia zu Annas ehemaliger Gouvernante, Mrs. Heccomb, nach Seale-on-Sea (das bekannte Hythe) schicken, lädt Portia ihren Freund ein, sie dort in der Villa Waikiki zu besuchen. Sie ist so stolz auf Eddie, und Eddie so stolz auf sich, und alles kommt ganz anders als geplant.

Mrs. Heccombs Haus an der Strandpromenade in Seale ist eine dieser kentischen Sommervillen, die sich Elizabeth so tief eingeprägt hatten. Hier handelt es sich jedoch weniger um einen verwunschenen »Pavillon der Liebe«, sondern eher um etwas in Richtung vitale Bruchbude, die Daphne und Dickie, die erwachsenen Stiefkinder von Mrs. Heccomb, mit ihrer zupackenden Art und ihrem Krach erfüllen. Daphne »faßte Gegenstände nie einfach nur an, sondern schlug mit der Hand darauf. Wenn sie sich die Lippen schminkte, sah es aus, als schneide sie sich die Kehle durch.«[312] Auf Haus Waikiki lastet kein Deckel der Wohlanständigkeit. »Hier schien das Leben unter Hochspannung abzulaufen, und Portia stand da und bestaunte Daphne und Dickie, wie sie wohl Dynamos bestaunt hätte.«³¹³ Sogar die Lampe in ihrem Zimmer verströmt ihr Licht »mit einer in der Windsor Terrace unbekannten Rückhaltlosigkeit.«

Als der flatterhafte Eddie endlich auftaucht, hat er sein briefliches Gesäusel (»Ich bin heimatlos und traurig«) vergessen und beginnt mit Daphne zu flirten. Es ist nur ein Augenblick, als Portia im Schein eines Feuerzeugs entdeckt, daß die beiden im Kino Händchen halten; für Eddie eine läppische Geste, für Portia ein ungeheuerlicher Verrat. Damit konfrontiert, beginnt Eddie seinen Rückzug mit dem klassischen Satz eines Feiglings: »Ich bin ein Mensch, vor dem du Angst haben solltest.«

In seinem kalten, schäbigen Londoner Zimmer, das nach Staub und faulem Blumenwasser stinkt, kommt es zur letzten Auseinandersetzung zwischen den beiden. Es ist Portias Schicksal zu leiden – und Eddie das kalte Grausen über den Rücken zu jagen. Denn in ihrer Unbeirrbarkeit ist sie auch eine Zumutung für weniger kunstlose und härter gesottene Menschen. Als Eddie sie rausschmeißt – unwillig das Geld für ein Taxi zusammenkratzend –, flüchtet Portia nicht in die Windsor Terrace, sondern zu dem schlichten Major Brutt, der sich bisher für einen Freund der Familie gehalten hat. Aber mit der Grausamkeit einer Fee macht Portia ihm klar, daß auch er ein Opfer der Quaynes ist, ein abgehalfterter Offizier aus dem Ersten Weltkrieg, ohne Heimat und Vermögen, der in einem schäbigen Hotel in Kensington haust. »Ich glaube, Sie verstehen es nicht. Anna lacht immer über Sie. Sie sagt, Sie sind richtig bemitleidenswert. […] Und Thomas meint immer, Sie wollen was. Egal, was Sie tun, selbst wenn Sie mir ein Puzzle schicken, fühlt er sich in dieser Überzeugung bestärkt, und sie lacht noch mehr. Sie stöhnen sich gegenseitig was vor, wenn Sie gegangen sind. Sie und ich sind gleich.«³¹⁴

Es sei nicht nur unser Schicksal, sondern unsere Aufgabe, die Unschuld zu verlieren, schreibt Bowen, und wenn wir sie verloren hätten, sei es nutzlos, so zu tun, als gäbe es ein Picknick im Paradies. *Kalte Herzen* ist ein Erziehungsroman, in dem Portia begreift, daß sie von Anna und Eddie verraten wurde,»daß es kein normales Leben gibt« und sie trotzdem lernen muß, sich dreinzuschicken. Bowen schreckt vor keiner Metapher zurück, wenn es um den Tod von Portias Herz geht – *The Death of the Heart* ist der englische Titel. Immer wieder betont sie ihre durchgeistigte, fast kranke Erscheinung. »Sie ist jung gestorben«, fliegt es Eddie durchs Hirn, als er sie in der zugehängten, im Frühjahrsputz befindlichen Windsor Terrace Nr. 2 nicht vorfindet. Auf dem Weg zur letzten Verabredung mit ihm ist ihr Zustand nicht mehr zu übersehen. Portia gleicht einem Mädchen, »das zuckend ertrunken ist und nun tot wieder an die sonnige Oberfläche treibt. Mit der gasigen Leichtigkeit eines kleinen Leichnams hüpfte sie [...] zwischen den Bussen her.«[315]

Die Quaynes haben unterdessen Gelegenheit, sich über Portias Ausbleiben Sorgen zu machen. Ein Anruf des Majors setzt ein Gespräch in Gang, das sie seit Portias Ankunft nicht geführt haben und in dessen Verlauf sie sich bequemen, ihr Pflichtteil anzunehmen. Beide fühlen sich von Portia durchschaut, und »ein so aufmerksames Mädchen um sich zu haben, kann sich niemand leisten.« Es ist Anna, die sich am Ende fragt, was sie an Portias Stelle fühlen würde. »Verachtung für uns allesamt, die wir unser Leben vermasseln und dann sie davon abhalten, ihres zu leben. Langeweile, ach, solche Langeweile mit dieser verschworenen Gesellschaft, hinter der nichts steckt [...] Den Wunsch, daß jemand von außerhalb das Ganze auffliegen lassen und beenden würde. Den Wunsch, mich selbst bestimmen zu können, auch mal an der Reihe zu sein. Verachtung für Verheiratete, die sich immer weiter was vorspielen. [...] Den sehnlichsten, sehnlichsten Wunsch, rücksichtsvoll behandelt und gleichzeitig in Ruhe gelassen zu werden. Den Wunsch, nach meinem Befinden gefragt zu werden, den heftigen Wunsch, als selbstverständlich betrachtet zu werden.«

Die Quaynes fassen den richtigen Entschluß, Matchett, die einzige, die Portia nicht verraten hat, mit dem Taxi loszuschikken, um sie zurückzubringen. »Sie wußten ganz genau, daß sie sonst in diesem Hotel in Kensington mit diesem verrückten Major geblieben wäre. Sie – Portia – hatte sie vollkommen in der Hand. Bei der Geschichte handelt es sich tatsächlich um einen Machtkampf«,[316] beschied die Autorin dem BBC-Interviewer, der sich darüber beschwerte, daß sie den Vorhang am Ende ziemlich unvermutet heruntersausen ließe. Möglicherweise ist es ein gutes Zeichen – bei Bowen weiß man nie –, daß jemand im Gesellschaftszimmer des Hotels auf dem Klavier klimpert, als Matchett die Treppe hinaufsteigt und energisch auf den Messinggriff drückt. »Die Finger auf dem Klavier hielten inne, schlugen richtige Töne an, fanden den Weg zu einem Akkord.«

Nach *Kalte Herzen* hatte Bowen endgültig den Ruf als »empfindsame Autorin« weg. Ironischerweise konnte sie es von allen ihren Büchern am wenigsten leiden, und das Prädikat empfindsam reizte sie zur Gegenrede. »Ich wollte niemals Empfindsamkeit schaffen oder damit spielen oder sie gar benutzen.«[317] Empfindsamkeit um ihrer selbst willen sei weder Fisch noch Fleisch und ihre exzessive Zurschaustellung im wirklichen Leben außerordentlich lästig. Sie nutze Empfindsamkeit eher als ein Element, ein Medium, durch das die Welt besser verstanden werden könne, so wie die Einzelheiten einer Landschaft in einem bestimmten Licht klarer hervorträten.

Zu ihrer Unzufriedenheit mit *Kalte Herzen* trug bei, daß sie sowohl die Konstruktion als auch die Rezeption als mißlungen empfand. »Das Ding« sei eine aus den Fugen geratene

Short Story, die als »Tragödie der Jugend« falsch verstanden
werde. »Der einzige jugendliche Charakter erscheint mir viel
weniger tragisch als die anderen. Portia kann wenigstens
noch hoffen, und sie ist noch nicht verkümmert. [...] Es
klingt vielleicht anmaßend, aber ich würde es eher eine Tragödie der Verkümmerung nennen als einen Tod oder einen
Todesschlaf. Portias Aufgabe ist es, wach zu sein.«³¹⁸ Und
was die »krachende Komödie« beträfe, als die viele das Wai-
kiki-Kapitel verstünden: auch verkehrt. In Wirklichkeit sei
sie darin der Tragödie so nahe gekommen wie nie zuvor.

Edith Sitwell war unter den ersten, und sie sollte nicht die
letzte sein, die diesem Mißverständnis aufsaß. »Wie sehr ich
dieses Buch genossen habe! Es ist schrecklich traurig, und
das Ende kann ich kaum ertragen. Zugleich ist es einfach brillant. Über Waikiki [...] habe ich Tränen gelacht, und ich habe
die Passage dreimal gelesen, ehe ich mich losreißen konnte.
Wie um alles in der Welt hat Mrs. Cameron von diesen Leuten gewußt. Was für ein Auge!«³¹⁹

Die Kritik feierte *Kalte Herzen* als ein Meisterwerk. John
Betjeman nannte den Roman »einen Sieger – erstklassig,
überwältigend.« Und William Plomer schwärmte: »Ich kenne
keinen anderen zeitgenössischen Schriftsteller, außer Thomas Mann, der ein ähnlich vollkommenes *jeune fille* geschaffen hätte.«³²⁰

Doch unter Freunden mußte er ihr sagen, daß ihm ihr »Her-
umreiten auf manchen Punkten« auch ein wenig irritiere. »Ich
fühle mich manchmal geneigt, Sie mit einer Kreissäge zu vergleichen: eine brillante und effiziente Maschine, die in hohem,
klarem Diskant singt. Sie zischen in die härtesten Holzklötze
hinein und schneiden sie zurecht, als wären sie aus Butter.
Aber manchmal kommt es mir so vor, als zische die Säge zwischen dem Schneiden von zwei Planken immer weiter, und
dann hat man für einen Augenblick das Gefühl, daß diese per-
fekte Maschine Luft schneidet. Es gibt in Ihren Büchern bril-

lante und subtile Passagen, wenn die Säge im Leerlauf kreist, und dann möchte man am liebsten zulangen und ihr schnell die nächste Planke zwischen die Zähne schieben. [...] Ich will Sie nicht mit einem unangemessen langen Brief plagen«, beendet er diesen Schlag, »oder die Kreissäge wird mir vorwerfen, daß ich mich wie ein Vorschlaghammer aufführe.«[321] Aber da hatte er den Daumen schon getroffen.

Sean O'Faolain hatte wohl ein ähnliches Geräusch im Ohr, aber er formulierte es ein klein wenig charmanter. Er nannte ihren brillanten Diskant den »Take off sound – Bowen 707.«

XIII DIE MAUER ZWISCHEN DANIELS-TOWN UND PETER O'CONNORS FARM

Sean O'Faolain – Anglo-irische Ambivalenz – Kein anständiges Geheul – Salzburg 1937 – Isaiah Berlin – Ausbruch des Zweiten Weltkriegs

1936 hatte Bowen im Auftrag von T. S. Eliot, der Lektor beim Verlag Faber & Faber war, eine Anthologie mit zeitgenössischen Erzählungen zusammengestellt. Als Kritikerin gab sie sich immer gnädig, obwohl ihr das Rezensieren ein »ganz und gar widriges Geschäft« war. Als Herausgeberin mußte sie nun Texte sichten, die zu »vier Fünfteln absolut zweitrangig sind; affektiert, abgeschmackt, gefühlsduselig.« Was war los mit diesen jungen Menschen, die sich plötzlich aufs Wandern statt aufs Schreiben verlegt hatten? »›Als ich den Horizont überschritt …‹, so fangen viele an, und die Heldin wird meistens nur ›die Frau‹ genannt. Ehrlich, sie sind die Hölle.«³²² Sie traf ihre eigene, bessere Auswahl: Short Stories von A. E. Coppard, Frank O'Connor, William Plomer, Edward Sackville-West, Stephen Spender, James Joyce, E. M. Forster, Aldous Huxley, D. H. Lawrence, Somerset Maugham, Dylan Thomas, ihre eigene Erzählung *The Disinherited*; und sie schrieb das Vorwort zum *Faber Book of Modern Short Stories*.

Auch ein 36jähriger Autor hatte Gnade vor ihren Augen gefunden: Sean O'Faolain und seine Erzählungen aus den irischen Kriegen der zwanziger Jahre unter dem Titel *Midsummer Night Madness*. Anfang der Dreißiger hatte O'Faolain

in London gelebt und in Richmond an einem Lehrerseminar
unterrichtet. Nun war er zurück in Wicklow. »Kennen Sie
ihn?« fragte sie William Plomer. »Ist er nett? Vielleicht ein
bißchen finster?«

Vier Jahre zuvor hatten die beiden Beiträge für ein gemein-
sames Buch geschrieben, ohne sich jedoch zu begegnen. Der
Autor A. E. Coppard, der die bibliophile, aber ständig vom
Untergang bedrohte »Golden Cockerell Press« betrieb, hatte
neun Kollegen für eine Fortsetzungsgeschichte zusammen-
gespannt, die nach dem Muster des Papier-Faltspiels »Conse-
quences« (eine Art »Onkel Theo plätschert lustig in der
Badewanne«) aufgebaut war. Bowen, die damals das Typoskript von *Die Fahrt in den Norden* korrigierte – »wegen der
vielen Fehler habe ich dreimal so lang wie sonst gebraucht« –,
fühlte sich im Kopf »wie angebrannter Porridge«[323] und
wollte nie wieder Papier und Tinte sehen. Doch sie hatte sich
auf das Spiel eingelassen und A. E. Coppards Sequenz »Sie
gab ihm« mit »das kalte Grausen« fortgesponnen.

In Sean O'Faolain weckte sie wohl eher ein erwartungs-
volles Prickeln. Bei einem Besuch in London Anfang 1937
schrieb er ihr aus dem Hotel Thackeray gegenüber dem Britischen Museum und bedankte sich für eine Einladung nach
Clarence Terrace. Offenbar war er in keiner guten Verfassung, »verstört und verwirrt«, oder er hatte einen sitzen. »Als
ein Mensch, der ziemlich *egaré* ist, war ich so töricht, Ihre
Bücher zu lesen, während ich versuchte, in dieser traum-
haften Stadt die Zeit totzuschlagen [...] und ich finde soviel
bebende Schönheit in Ihren Büchern, daß sie mich ganz traurig machen. Sie verspotten mich, und ich bin dagegen wehr-
los. Einsame Leute sollten keine solch bezaubernden Bücher
lesen. Besonders *Friends and Relations* hat mich geschmerzt.
Es gleicht einem Seebeben, dem eine neue Venus Aphrodite
entsteigen will, um uns zu blenden. [...] Ich bin Ihnen gar
nicht dankbar – ich bin zur Zeit nur ein wenig zu deprimiert,

um mich so tief von Ihnen berühren zu lassen. Als ich gestern abend mit *Ann Lee's* in der Hand durch das verregnete London ging, habe ich Sie fast verwünscht. Alles, was ich erhoffe, ist, daß Sie halten werden, was Sie versprechen, und Ihre Person selbst diese schöpferische Aura ausstrahlt. Ich weiß, das ist eine taktlose Bemerkung, die Sie befangen machen wird. Aber das haben Sie verdient, weil Sie meine Gefühle derart aufwühlen. Bei Gott, Sie müssen ein Buch über Irland schreiben!«[324] Sie schickte ihm *Der letzte September*.

Ihre Begegnung verlief offenbar weniger problematisch als angekündigt, da Bowen mit sämtlichen sublimen Formen der Balz vertraut war und kein Mann sie so leicht vom Sockel holen konnte. O'Faolain war durchaus nicht finster, sondern eine attraktive Erscheinung mit funkelnden Augen, Brille, Pfeife, Schnurrbart und Geheimratsecken in den hellen Haaren, hochgebildet, erregbar und empfänglich für Angebote. Seine vielgeprüfte Ehefrau Eileen nannte die neue Freundin »La Bowen«.

Im April 1937, als er *Der letzte September* ausgelesen hatte, schrieb er ihr aus Wicklow. Es war nicht ganz der große irische Gegenwartsroman, den er sich erhofft hatte, obwohl er »durch und durch irisch ist – als ob das so verdammt wichtig wäre (wir sind unsere Nationalisten so satt, die nach irischer Literatur verlangen – wir sind einfach nur hungrig nach Literatur)«. Aber er hätte sich gewünscht, daß der »Feind« darin ein wenig mehr in den Vordergrund getreten wäre.

»Jetzt, da die Belagerung aufgehoben ist, müssen beide Seiten mit ihren Verlusten zurechtkommen. Fühlen Sie das?« schrieb er ihr. »Oder ist die Mauer zwischen Danielstown und Peter O'Connors Farm noch immer so hoch wie früher? Ich fürchte, sie ist es. Im letzten Sommer bin ich auf einer Wanderung in der Nähe von Foynes in einem ›großen Haus‹ [...] eingekehrt. Ich hatte die Leute im Zug aus Dublin ge-

troffen. Es war jetzt eine Art Gästehaus, und sie hatten mir
›erlaubt‹ zu bleiben. Nette Leute [...] Eine österreichische
Baronin war da und zwei anglo-irische Damen. Wir saßen
auf den Eingangsstufen, so wie vor Ihrem Haus, und schauten auf die Bäume im Tal, die Wiesen, die ferne Kontur der
Hügel. Meine Leute sind aus diesen Bergen gekommen – ich
habe sie in *Ein Nest voll kleiner Leute* beschrieben. Mein Vater hatte die kleine Farm verlassen und war Polizist in der
R.I.C. geworden. Als wir da auf den Stufen saßen, kam ein
Mann mit dem Hut in der Hand angeschlichen, ein alter
Mann mit hängendem Schnauzbart. Er hätte mein Vater sein
können. Der Butler trat heraus, um ihn vor der Dame des
Hauses abzuwimmeln. Der Butler war vielleicht irgendein
entfernter Vetter des alten Mannes, und er hätte auch einer
von mir sein können. Es drehte mir fast den Magen um, als
ich die beiden Männer so miteinander reden hörte, und dabei
stillzusitzen und nicht zu sagen: ›Hallo, Tom oder Jerry‹ oder
wie immer er heißen mochte. Mir schien, die Mauer war noch
genauso hoch wie immer. Ich saß dahinter und fühlte ich
mich wie ein Spion.«[325]

Deshalb wünschte er, Bowen würde einen Roman schreiben, in dem die Dame des Hauses die Existenz dieser Mauer
und dieses Irlands jenseits davon zur Kenntnis nehme und
die Spaltung bedauere. Er wollte, daß sie ihn »JETZT« schreibe.
»Die Iren, die außerhalb dieser Mauer leben, sollten ihn lesen
und spüren – ›Aha, auch dort drinnen gibt es ein Leben, ein
wirkliches, erfülltes Leben, ein bewundernswertes, freundliches, heiteres, zärtliches, ein angenehmes Leben.‹« Aber er
wußte auch, daß Bowen in einer gespaltenen Welt lebte. »Auf
Sie muß dieses Irland unordentlich und abgerissen wirken,
wie ein Mann im Armenhaus, der frei und reich tut. Sie werden sagen, diese Leute sind ein einziges Chaos; was geht mich
das an; das ist die Sache eines Sozialreformers, nicht die einer
Schriftstellerin. Und doch, Gogol hat in *Tote Seelen* getrennte

*Sean O'Faolain und Elizabeth Bowen auf Bowen's Court,
dem »absurden, lächerlichen Haus«, Ende der dreißiger Jahre*

Welten vereint und Tschechow hat Erzählungen (über Ärzte)
geschrieben, die Mauern überwinden. Es ist fatal, daß sich
alle unsere irischen Geschichten in wasserdichten Abtei-
lungen abspielen.«[326]

O'Faolain und Bowen hätten sich kaum von entfernteren
Polen annähern können. Er war 1900 in Cork als Sohn eines
königstreuen Polizisten der Royal Irish Constublary und
einer frommen Mutter geboren, die möblierte Zimmer an die
Schauspieler vom Opernhaus gegenüber vermietete, »vor-
nehm tuend, aber auf dem denkbar niedrigsten sozialen
Niveau, Blicke der Begierde und Bewunderung nach oben
und nach vorne werfend, Blicke des Hasses und der Verachtung nach unten und nach hinten.«[327] Mit achtzehn Jahren
war er in die IRA eingetreten, »ein natürlicher, wenn auch
sanfter Rebell«, und hatte seinen englischen Geburtsnamen
John Whelan gälisiert. O'Faolain hatte Bomben gebaut, während Elizabeth in Italien um die Unversehrtheit von Bowen's
Court gebangt hatte. O'Faolain meinte, er müsse ihr als Irin
mit britischem Paß gelegentlich eine Lektion in »Irischsein«

erteilen, während sie glaubte, daß dreihundert Jahre am Platze für die Bowens genügten, um als einheimisch durchzugehen. May Sarton nannte keine Namen, als sie schrieb, ein irischer Liebhaber habe Elizabeth mit dieser Infragestellung sehr verletzt, aber sie meinte mit Sicherheit Sean O'Faolain.

In ihren Diskussionen um die irischen Wurzeln schwelt ein Ressentiment, das nach vielen Worten der Beschwichtigung und der gegenseitigen Wertschätzung in einem Nachsatz auflodern kann. Bowen ließ nie ganz von ihrer feudalen Attitüde, und O'Faolain wurde nicht müde, den Finger auf ihr »zerrissenes Herz und ihren zwiegespaltenen Verstand« zu legen und sein Original-Irischsein wie einen Braten zu hüten, nach dem sie sich ihr Lebtag umsonst die Finger lecken würde. »Hartnäckig behauptete sie ihre irische Geburt und Kindheit, lebte aber die meiste Zeit in England und schrieb in der großen europäischen literarischen Tradition.«[328] Ein Grund zur Ausbürgerung? »Wo blieben die Iren, wenn sie keinen hätten, vor dem sie irisch sein könnten?«[329] spottete Bowen.

Hinter ihrer aristokratischen Fassade spürte O'Faolain das, was sie *farouche* nannte, und hinter der »bebenden Schönheit« eine wilde Geste ähnlich der eines jungen Missetäters, »der sein Gefängnis aufbricht, das heißt, der sein Elternhaus verläßt.«[330] Wie andere irische Schriftsteller sei Bowen eine Romantikerin, die Front gegen das Diktat der Realität beziehe. Ihre Feinsinnigkeit könne witzig und geistreich sein, auch ein bißchen tückisch, aber sie sei oft zu kalkuliert, wie die Ausstattung eines Balletts, und trotz ihres guten Geschmacks käme ihm diese Eleganz ein wenig blutlos vor. »Man sehnt sich gelegentlich nach einem anständigen, leidenschaftlichen Geheul aus vollem Herzen, wie das einer italienischen Mutter über ihrem toten Kind. Doch diese Art von Erdhaftigkeit liegt außerhalb der Möglichkeiten eines jeden

englisch gebildeten Autors.«[331] Das hört sich an wie die Enttäuschung eines Gastes, der ein Gratin Dauphinois bestellt hat
und sich dann beschwert, daß er keine Bratkartoffeln mit Blut-
wurst bekommt.

1940 schreibt Bowen für O'Faolains Literaturzeitschrift
The Bell einen Essay zum Thema *The Big House*, in dem sie
darauf hinweist, daß im 18. Jahrhundert die europäische Idee
des Humanismus in den großen Häusern des irischen Landadels auf fruchtbaren Boden gefallen war. In stolzer Beschei-
denheit bittet sie darum, die Errungenschaften der Anglo-
Iren, die Anmut der gesellschaftlichen Formen, das kultivierte
Gespräch und die Höflichkeit nicht zu verachten. »Sind
menschliche Umgangsformen nicht die Krone dessen, was
menschlich ist? Höflichkeit ist kein Zwang, sondern eine
Tugend; tatsächlich nicht mehr als eine Gedankenübung, der
wir uns zum Besten unserer Mitmenschen unterziehen. Sollten wir diese Tugend wirklich aus unserem Leben streichen?«[332]

Was sie verband, war die Ungeduld mit ihrer Heimat, die
keins der Versprechen auf ein freiheitliches Staatsgebilde ein-
löste, für die O'Faolain gekämpft hatte. Die Republik Eire
war in den dreißiger Jahren ein vermucktes Land, einge-
schnürt von Bigotterie, Chauvinismus, Zensur, Armut und
altem Dünkel. »›In sich gekehrt‹ wäre die passende Bezeichnung für die irische Kultur seit der Gründung des Freistaats
im Jahr 1922«, schreibt der Autor John Ryan. »Das Bedürfnis, dieses zarte grüne Pflänzchen vor den frischen Winden
der Meinungsfreiheit und den Bazillen neuer Ideen zu schützen, erschien ganz oben auf der Prioritätenliste der gälischen
Großkopfeten, die sich aufführten, als handele es sich um ihre
höchsteigene Metzgerpalme. […] Kaum ein Autor von Rang
entkam den Augen der Zensur, so daß es ein Zeichen künstle-
rischer Bedeutung und intellektueller Redlichkeit war, wenigstens mit einem Buch auf dem Index vertreten zu sein.«[333]

Auch O'Faolain stand auf der schwarzen Liste (mit *Der Einzelgänger*). Er war kein Chauvinist, aber er sah mit unverwüstlicher Ironie auf »diese starke und kreative Nebenrasse, die wir die Anglo-Iren nennen«[334] hinab – oder hinauf? Wir, die Iren, immer noch! Er mochte Bowens Aufmerksamkeit auf das Irland gelenkt haben, dem er »so lange zu Füßen gekniet hatte«, aber sie hielt an dem Nichtwahrnehmungspakt fest, den sie mit sich selbst geschlossen hatte. Zwanzig Jahre nachdem *Bowen's Court* erschienen war, fügte sie ein Nachwort an, in dem sie dem neuen Irland ein gutes Wort gönnt, aber eine Mauer riß sie damit nicht ein.

»Meine Familie hat ihre Stellung und ihre Macht aus einer Lage bezogen, die im Grunde unrecht war. [...] Eine neue hoffnungsvolle Zeit ist für Irland angebrochen. Ich glaube an ihr Versprechen. Wir können uns in dieser aufklärenden Situation keine alten Gespenster leisten.« Und dann kommen sie doch angeflogen, die alten Gespenster, die das Land ihrer Erinnerung bevölkerten: »Falls die Anglo-Iren eine zu großartige Vorstellung von sich selbst hatten, so strengten sie sich wenigstens an, danach zu leben: sogar Eitelkeit erfordert eine gewisse Disziplin. Wenn ihre Schwierigkeiten hausgemacht waren, kämpften sie dagegen mit einer Energie, die ich nicht umhinkann zu bewundern. Sie suchten keine einfachen Lösungen; sie machten sich keiner Heuchelei schuldig [...] Unabhängigkeit war die erste Tugend einer Klasse, die, wie ich höre, nun ausstirbt. [...] Meiner Ansicht nach sind sie zäher, als sie aussehen. So zu leben, als gäbe es weder Sorgen noch Schwierigkeiten, war für sie immer das Gebot der Stunde. Dazu gehörte eine Meisterschaft, die mehr Mut erforderte, als zulässig war. In letzter Konsequenz lebten die Anglo-Iren auf ihre eigenen Kosten.«[335]

In ihrer Loyalität zu Irland war Bowen jedoch kompromißloser, als O'Faolain ahnte, selbst wenn sie die irische Politik und die irischen Institutionen ablehnte. So konnte sie

der Schriftstellerin Honor Tracy nicht vergeben, daß diese
»einen Finanzskandal, zu dem es innerhalb des örtlichen katholischen Klerus gekommen war, untersucht und dann in
der *Sunday Times* in einem Artikel angeprangert hatte«,
schreibt John Bayley. Tracy war selbst Irin und Katholikin;
eine lodernde Person mit roten Haaren und unerschütter-
lichen Ansichten. Sie stammte aus einer noch älteren Familie
als Bowen, den normannischen De Tracys, aber das spielte
keine Rolle. »Es ging Elizabeth nur um die Unanständigkeit,
wie sie es nannte (und hier waren alle ihre atavistischen
irischen und lokalpatriotischen Instinkte am Werk), die darin
lag, seinen Nachbarn gegenüber unloyal zu sein.« Tracy hatte
sich an einer geheiligten irischen Institution, der katholischen
Kirche, vergangen. Obwohl Bowen deren Rolle in der irischen
Gesellschaft mißbilligte und wußte, daß der von Tracy bloß-
gestellte Kirchenmann ein Gauner war, hätte sie das nie in
der Öffentlichkeit gesagt. »Und sie hätte sich auch nie gegenüber einem Menschen aus der Gegend, in der sie wohnte und
die sie liebte, illoyal verhalten.« Sie als Irin hatte da ihre Prinzipien. Beide Damen waren »auf ihre Weise furchterregend.
Dennoch kriegte Honor Tracy das große Zittern bei dem
Gedanken an Elizabeth Bowens Mißfallen.«[336]

Es gab Situationen, in denen Bowen so verbindlich wie der
Türsteher einer Diskothek beim Anblick unerwünschter
Gäste war. Als sie 1942 im Auftrag des englischen Geheimdienstes die Stimmung im neutralen Irland erkundete – ein
Thema, das sie naturgemäß nicht an die große Glocke hängen
wollte –, wurde sie in Dublin von einem Mitarbeiter der *Bell*
interviewt. »The Bellman« traf sie im Shelbourne Hotel. Sie
trug einen weichen braunen Filzhut und ein biskuitfarbenes
Leinenkleid, dazu mattgoldene Armbänder und Ohrringe.
Ihre gebieterische, knochige Holbein-Schönheit, die Art, sich
in Zigarettenrauch einzunebeln und den Herrn mit Augen
anzusehen, »deren Farbe aus der Irischen See an einem stür-

mischen Tag geschöpft war«, wirkten etwas entmutigend, aber er kam schnell darüber hinweg.

Sie sprachen über den noch ungeschriebenen zeitgenössischen großen irischen Roman, und mit unfehlbarer Impertinenz kam die Frage aufs Tapet, wie irisch sie eigentlich selbst sei. Junger Mann! »Ich betrachte mich als irische Romanschriftstellerin. So lange ich zurückdenken kann, bin ich mir meines Irischseins immer höchst bewußt gewesen!« Ihr ganzes Leben lang sei sie zwischen Irland, England und dem Kontinent hin- und hergereist, aber selbst wenn ihre Bücher in Paris oder in England spielten, »hat mich das niemals meines starken irischen Zugehörigkeitsgefühls beraubt. Ich muß sagen, es ist ein ungemein verstörendes Gefühl und keineswegs – dies sei betont – Sentimentalität.« Danach war das Gespräch beendet. »Miss Bowen fixierte mich mit ihren meergrünen Augen, und ich sank klaftertief. Als ich zum drittenmal hochkam, sah ich einen Pagen, der sich mit einem silbernen Tablett, auf dem eine Visitenkarte lag, vor ihr verbeugte. Es war das Zeichen für meinen Aufbruch.«[337]

In O'Faolains 1964 erschienener Autobiographie *Vive moi!* ist von seinen irischen und englischen Schriftstellerkollegen in anekdotischer Breite, von Elizabeth Bowen aber nur in einer Fußnote die Rede, nämlich als einer Autorin, die 1937 auf seinen Vorschlag in die Irish Academy of Letters aufgenommen wurde. In diesem Jahr fuhren die beiden auch zusammen mit Isaiah Berlin und anderen Freunden zu den Salzburger Festspielen. Sie hatten in der Altstadt ein Haus gemietet, und obwohl Elizabeth völlig unmusikalisch war, »machte Salzburg großen Spaß, und es gab sehr lustige Momente. [...] Das Wetter war himmlisch, und wir fuhren im Fiaker durch die Gegend. So viele Gespräche, soviel Essen und Musik; ich habe es sehr genossen.«[338]

Für *Night and Day* schrieb sie einen Essay über die Festspiele; etwas über die teuren Karten, das Wetter, Amerikanerinnen im Dirndl und die wünschenswerte Renovierung des rustikalen Festspielhauses, aber nichts über die politischen Spannungen mit Hitler-Deutschland, nichts über den Skandal, der alle umtrieb (Toscanini hatte fluchtartig eine Gala verlassen, auf der man ihn neben den deutschen Botschafter von Papen setzen wollte), und schon gar nichts über die Musik, die sie hörte, und die Aufführungen, die sie sah. Buchenswert war hingegen, daß man in den Pausen zwar rauchen durfte, aber nirgendwo etwas zu essen fand, so daß sie am Ende der Vorstellung nahe daran war, sich wie ein leerer Ballon in die Lüfte zu erheben. Das Café Bazar an der Salzach war schon damals ein Treffpunkt der Festspielgäste; unmöglich, seinen Tisch nicht mit Fremden zu teilen! In der einbrechenden Dämmerung saßen sie zusammen im Café Glockenspiel am Mozartplatz und lauschten der Serenade aus *Don Giovanni* vom Turm. »Staub lag in der Luft und wartete auf den Wassersprenger des kommenden Tages.«

Es waren die letzten Festspiele in einem freien Österreich; ein glanzvolles gesellschaftliches Ereignis und eine finale Manifestation europäischer bürgerlicher Kultur. Bowen und ihre Freunde gehörten jedoch nicht zur Prominenz. Sie sahen weder Max Reinhardt noch die Dirigenten Bruno Walter und Arturo Toscanini. Dafür tauchte plötzlich das furchtlose Ehepaar Connolly in Bergsteigerkluft auf. Was für eigenartige Hosen! »Der Herr zeigte im Bewußtsein seiner nackten rosa Knie eine leichte Verlegenheit.«[339] Sie und ihre Freunde waren jedoch entweder zu dick oder zu klein, um in Dirndl und Lederhose zu passen. (Vermutlich auch *too british*.) Nur Isaiah Berlin ging in Lodenüberwurf und Tirolerhut (»ohne Pinsel, Feder oder Band«[340]) durch den Schnürlregen. Gegen diese angemessene Bedeckung hatte seine Freundin keine Einwände.

Im folgenden Sommer traf sie O'Faolain in Dublin, und er verbrachte ein paar Tage auf Bowen's Court, in diesem »ab-

surden Haus«, das er weder schön noch behaglich fand. Als
neues Mitglied der Academy of Letters besuchte Elizabeth
»einige der großen alten Knaben«, darunter den vierund-
siebzigjährigen William Butler Yeats, Literatur-Nobelpreis-
träger und Gründer der Akademie, »ein Engel innerhalb
seiner eigenen vier Wände; weniger pompös und viel milder
gestimmt als sonst. Er hat eine ganz süperbe weiße Katze.«[341]
Sie traf auch Frank O'Connor, einen Landsmann aus Cork,
der in Wicklow lebte, »ein sehr netter Mensch und der zeit-
genössischste (ich meine, der am wenigsten abgehobene)
unter den jüngeren irischen Autoren; diesen Eindruck macht
er wenigstens im Gespräch.«

Sie bat Virginia Woolf: »Ein Freund aus Irland, Sean
O'Faolain, würde Sie so gerne einmal treffen. Ich versuche
immer, die Leute, die Sie besuchen wollen, zu entmutigen,
aber er ist ein sehr netter junger Mann und ein sehr guter
Autor von Kurzgeschichten [...] Darf ich ihn einmal mit-
bringen? Ich würde nicht fragen, wenn er nicht wirklich nett
wäre.«[342]

»Was den Mann mit dem irischen Namen angeht, so habe
ich nie etwas von ihm gelesen, aber ich bin sicher, daß er nett
ist«,[343] antwortete Virginia gefällig, und so trafen sie sich zum
Tee am Tavistock Square. »Virginia hatte an diesem Morgen
eine Schmuck-Kassette aus dem Nachlaß von Lady Ottoline
Morrell erhalten, die im April des vergangenen Jahres gestorben war. Die Stirnen der beiden Frauen berührten sich fast, als
sie sich über das Kästchen beugten, um den unvergänglichen
Duft aus den kleinen hellgrünen samtenen Falten einzuat-
men«, erinnert sich O'Faolain über vierzig Jahre später in der
London Review of Books.[344] »Beider Profile, Virginias sehr
zart und schön, Elizabeths nicht schön, aber würde- und aus-
drucksvoll, glichen jungen Gesichtern auf einer alten, ungül-
tigen Münze. Nur wenige Monate später hatte der Krieg ihre
Welt unter Beschuß genommen; sechs Jahre später war sie

von Ruinen übersät.« Seine Welt blieb neutral. Er als Ire war nicht unter Beschuß geraten.

Im Sommer vor dieser Begegnung, 1938, konnte sich niemand das Ausmaß des Krieges vorstellen. Doch über Bowen's Court und seine Gäste hatte sich bereits der »Bernsteinschimmer« einer zu Ende gehenden Zeit gebreitet. Es waren Tage, von denen alle zu wissen schienen, daß sie ihnen nicht noch einmal angeboten werden würden. Isaiah Berlin war noch lange atemlos von dem »unglaublich aufregenden Temperament & Gefunkel aller Dinge in County Cork; den Leuten, der Umgebung, dem Wetter.« Nach Oxford zurückgekehrt, gibt er Elizabeth ein Bild von der Lage in England: »Die Zeitungen lesen sich wie ein billiger Fortsetzungsroman. Chamberlain ist von einer traurigen, bekleckerten Gestalt zum Nationalhelden aufgestiegen. Runciman[345] hat die Tschechen Stück für Stück verkauft, während er schon plant, sie im ganzen zu verschleudern [...] Ich hatte sehr stark das Gefühl, aus dem Paradies vertrieben worden zu sein.«[346] Er vermißte sein schönes, gewaltig hohes, kahles Zimmer, wo er beim Schein von vier Kerzen sein Buch über Karl Marx zu Ende schreiben konnte, die Fledermäuse, die von außen gegen die Scheiben flogen und die Schreie der Graureiher auf den Wiesen. Und er erinnerte sich »an die große Treppe und den Augenblick, ehe man morgens – zu Beginn eines verzauberten Tages – den Knauf der Eßzimmertür herumdrehte; an den Gang mit dem Kerzenleuchter von einem Zimmer ins andere, die harsche Wirklichkeit von Tante Annies Gemach, & der wunderbare Eindruck von Heiligkeit & Not eines selbstlosen Lebens, der darin zurückgeblieben war; dann das ungeheure Vergnügen, ins Bett zu schlüpfen und *Die Fahrt in den Norden* bei Kerzenlicht zu lesen [...] der viel zu kurze Spaziergang mit Ihnen und David C [...] warum konnte das nicht immer so weitergehen? [...] Sogar das ganze offizielle Theater – Mr. O'Mahony[347] in Knickerbockers, der auf der

Treppe höchst dekorativ seinen Claret trank und die ganze
Gesellschaft mit seinem unerschöpflichen Vorrat an Charme
und Belesenheit traktierte & dann der Abendspaziergang mit
der niesenden Truppe – wie unglaublich mir das bereits erschien, als es noch währte [...] und vor allem der herrliche
Reichtum an Anspielungen, der alles miteinander verband, als
sei es *chargé du passé et gros de l'avenir*« – vergangenheits-
schwer und zukunftsschwanger.

Es sollte keine unbeschwerten Sommer mehr geben.
Bowens Welt war mürbe und hohl geworden. Schon in *Kalte
Herzen* machte sich eine Erschöpfung breit, die nicht von
Überarbeitung herrührte. In ihrer langen Erzählung *The
Disinherited* löst sich diese Welt vollends im Herbstregen
auf. Sie endet, als habe die Autorin ihren Wagen in die Garage gefahren, das Tor hinter sich zu- und das Licht ausge-
macht: Alle Beziehungen sind am Ende, und es gibt kein
Weiter, weder in der zerbröselnden Welt der Aristokratie
noch in den neuen Häusern des Bürgertums. »Natürlich
müssen wir leben, aber die Notwendigkeit dazu sehen wir,
glaube ich, nicht. Wir können nur hoffen, uns weiter durch-
zumogeln, bis die anderen uns das Heft aus der Hand nehmen«, sagt Thomas Quayne in *Kalte Herzen*.

Die anderen. – Im Oktober 1938 hatten die Nazis das
Sudetenland besetzt, nachdem der britische Premierminister
Chamberlain das Münchener Abkommen mitunterzeichnet
hatte, weil er glaubte, mit der Preisgabe der Tschechoslowakei
Hitler beschwichtigen und den Krieg in Europa verhindern zu
können. (»Es ist grauenhaft, wahnwitzig und unglaublich, daß
wir Gräben ausheben und Gasmasken anprobieren müssen,
nur weil Leute, die wir nicht kennen, in einem fernen Land
aneinandergeraten sind.«[348]) Im März 1939 fuhr Hitler in Prag
ein. Im Januar hatte er vor dem Reichstag die Vernichtung der
Juden in Europa angekündigt. Im April ging der spanische
Bürgerkrieg mit dem Sieg Francos zu Ende. Am 1. September

überfiel die deutsche Wehrmacht Polen. Zwei Tage später er-
klärten Frankreich und Großbritannien Deutschland den
Krieg. Eire, wie der Staat seit 1937 hieß, blieb neutral. Sein
Präsident Eamon de Valera lehnte es ab, nach dem Ersten
Weltkrieg, in dem Irland an der Seite Englands gekämpft
hatte, eine zweite Generation junger Iren in den Tod zu schik-
ken. Doch achtzigtausend Männer und Frauen meldeten sich
freiwillig

In County Cork versprach der Herbst 1939 besonders
schön zu werden, »mit Farben, wie ich sie nie zuvor gesehen
habe; das Land ringsum zerfließt im Licht.«[349] Auf Bowen's
Court wurden Strom- und Telefonleitungen verlegt (die
Nummer war Kildorrery 4), was die Arbeit erleichterte –
Kerzen hatten die lästige Angewohnheit umzukippen und
Löcher in den Teppich zu brennen – und die Welt näher rük-
ken ließ. Bowen war eine große Telefoniererin, gern und ausführlich am Apparat.

Im Schein der neuen Lampe begann sie mit der Arbeit an
Bowen's Court. Die Geschichte führte sie zurück nach Wales
und ins Jahr 1441, während England sich rüstete und die
deutsche Invasion erwartete, Irland die Läden zuklappte und
Europa Krieg und Holocaust entgegenging.

XIV

Blitzkrieg – Die Nähe der Toten – Luftschutzwart – Bomben in der Oxford Street – *Dahergeredet* – Spion in Eire – Irland und die Neutralität – *Sonntagnachmittag*

Die Schlacht um England begann im Sommer 1940 mit deutschen Angriffen auf Flugplätze und Radarstationen der Royal Air Force an der Küste. Eine scheinbar unbesiegbare deutsche Armee hatte Polen, Norwegen und Dänemark erobert, Belgien und die Niederlande überrannt, war in Frankreich eingefallen und hatte an der Kanalküste englische und französische Truppen eingekesselt. Dreihundertsiebzigtausend Soldaten, die ungeschützt vor den Angriffen deutscher Sturzkampfbomber am Strand ausharrten, mußten aus Dünkirchen evakuiert werden. Die Royal Navy war überfordert. Eine vermischte zivile Flotte kam ihr zu Hilfe: Sportboote, Fischtrawler und Vergnügungsdampfer liefen aus, um die Soldaten zu retten.

»Es war, als würden wir an einem heißen Sommertag durch ein Schlachthaus marschieren«, schrieb ein Offizier über die letzte Nacht des Rückzugs. »Die Dunkelheit, die den Anblick des Grauens vor unseren Augen verbarg, schien den fürchterlichen Gestank noch zu verdichten. Den sterbenden Männern konnte nicht der geringste Beistand geleistet werden. Selbst den Lebenden waren die Hände gebunden. Sie drängten lediglich ans Meer, in der Hoffnung, daß ihnen dieses Schicksal erspart bliebe.«[350] An der demütigenden Niederlage von Dünkirchen würde in dem Roman *In der*

Hitze des Tages der Ex-Offizier Robert Kelway verzweifeln und zum Verräter an seinem Land werden.

Premierminister Chamberlain, der mit seiner Beschwichtigungspolitik Hitler hinhalten wollte, mußte zurücktreten. Ihm folgte Winston Churchill, der den Engländern ankündigte, er habe ihnen nichts als »Blut, Mühsal, Tränen und Schweiß« zu bieten. Die deutsche Truppen lagen nun fünfzig Meilen von der Küste von Sussex entfernt. Die Invasion schien bevorzustehen, und nur wenige in England zweifelten an einem Sieg der deutschen Übermacht.

Als die Royal Air Force fast geschlagen war, änderte Hitler jedoch seine Taktik und schickte die Bomber über die Städte London, Bath, Canterbury, Coventry, Plymouth, Exeter, Norwich und York bis nach Belfast, um die Zivilbevölkerung zu treffen und die Regierung zur Aufgabe zu zwingen. Liverpool brannte eine Woche lang; Swansea wurde fast gänzlich zerstört; in Belfast starben in einer Nacht an die tausend Menschen, in Coventry, wo die Rolls-Royce-Flugzeugmotoren-Werke das Ziel der Bomber waren, fielen das Stadtzentrum samt der Kathedrale in Schutt und Asche. Doch das Hauptziel war London. Im »Blitz« griffen Hunderte deutscher Flugzeuge die Acht-Millionen-Stadt in Wellen an, vom 7. September 1940 bis zum 2. November jede Nacht und weiter bis zum folgenden Mai. Die Docks wurden gleich zu Beginn zerstört, das East End schwer getroffen. Brennende Lastkähne trieben auf der Themse, das südliche Ufer stand in Flammen. Sechstausend Menschen starben in den ersten dreißig Tagen; doppelt so viele wurden verwundet.

Doch die Strategie der Nazis ging nicht auf. Die Londoner duckten sich, aber sie widerstanden der Panik und betrieben »business as usual«. »Wer hätte je gedacht, daß Londoner einmal das Wort ›unser‹ in den Mund nehmen würden«,[351] schreibt der junge kanadische Botschaftssekretär Charles Ritchie in sein Tagebuch. »Es ist der Krieg, der diese Melange zustande bringt. Männer und Frauen unterschiedlicher Klassen, Herkunft, Cliquen und Geschmäcker sprechen zum erstenmal in ihrem Leben miteinander.«[352] Die Köchin seiner Pension verließ bei Fliegeralarm den Luftschutzkeller, um Tee zu kochen, und kehrte mit einem Tablett voller Tassen und der Erkenntnis wieder: »In zehn Jahren werden wir uns wohl dran gewöhnt haben.«

Die Komplizenschaft und Courage der Londoner im Angesicht der Zerstörung wurden legendär. Noël Coward sang *London Pride* über ein genügsames, aber »freies« Mauerblümchen,[353] Symbol der Unbeirrbarkeit der Cockneys. Das sentimentale Lied wurde ein Evergreen. Der unsentimentale Mr. Ritchie, der den Künstler auf einer Party bei Lady P. das Lied singen hörte, war stark angewidert, »vor allem, weil er es vollkommen ernst meinte.«[354]

There's a little city flower every spring unfailing
Growing in the crevices by some London railing,
Though it has a Latin name, in town and country-side
We in England call it London Pride.
[...]
Grey city! Stubbornly implanted,
Taken so for granted for a thousand years.
Stay, city! Smokily enchanted,
Cradle of our memories and hopes and fears.

Every Blitz your resistance toughening,
From the Ritz to the Anchor and Crown,
Nothing ever could override
The pride of London Town.[355]

In diesem »ersten rauschhaften Herbst« der Luftangriffe war London von der Gesellschaft derjenigen geprägt, die nicht aufs Land geflohen waren, schreibt Bowen. »Sie kampierten in den Zimmern zugiger Häuserwracks oder den Ecken verlassener Wohnungen, und ganz allgemein konnte man feststellten, daß die Bösen geblieben und die Guten gegangen waren. Die neue Gesellschaft war auf eine neue Weise reich und unverwüstlich und lebte, wie es ihr gefiel; das Klima der Gefahr behagte diesen Leuten, und sie sahen sich mittlerweile sogar ein wenig ähnlich, als lägen sie in Sonne und Schnee eines hochgelegenen Wintersportortes oder bräunten am Strand in Südfrankreich. […] Hin und her zwischen Bars und Grillrestaurants, Clubs und Privatwohnungen bewegte sich die kleine Schar durch die lauten Nächte. […] Es lag eine vieldeutige Galantheit in der Luft, eine Unverheiratetheit; unter den Selbstverbannten, den Ängstlichen, Schlechtbehandelten und Ungefährdeten ging landauf, landab das Gerücht um, in London seien alle verliebt – was zutraf, wenn auch nicht in dem Sinn, den das Land meinte. In London gab es alles im Überfluß: Aufmerksamkeit, Alkohol, Taxen und ganz besonders viel Platz.«[356]

Zu denen, die nicht gewichen waren, gehörte auch die königliche Familie. Nach der Bombardierung des Buckingham Palace sprach Königin Elizabeth (die Queen Mum) den identitätsstiftenden Satz: »Jetzt können wir dem East End ins Gesicht sehen.« Daß George VI. ausharrte, wurde ihm von seinen Landsleuten hoch angerechnet. Es gehörte zu dem gewissen Stil, den Bowen bewunderte. Sie nahm regen Anteil am Treiben der Royals und berichtete zwölf Jahre später für *Vogue* begeistert von der Krönung der jungen Königin Elizabeth II.

Der nächtliche Blitz war so furchtbar wie faszinierend. Als er begann, standen Leute an den Fenstern zwischen den Vorhängen und beobachteten die weißen Säulen der Suchscheinwerfer, hörten das mahlende Dröhnen der Flugzeugmotoren, »als säge jemand genau über uns in der Luft«,[357] das Krachen der Bomben, das Knallen der Flugabwehrgeschütze, fühlten den brennenden Staub. Auch Elizabeths Bowens Fassade bekam Risse – wenn auch nicht sogleich. Nach einer Dinnerparty in Clarence Terrace servierte sie den Kaffee auf der Terrasse im ersten Stock, während die Bomben im East End explodierten und der Himmel loderte. Darüber fiel kein Wort, als handele es sich um ein Silvesterfeuerwerk, an dem man nicht gedachte mitzuböllern. Erst als die Gäste wieder hineingingen, meinte sie, sich für den Lärm entschuldigen zu müssen. Auch bei Scherzen gibt es manchmal Blindgänger.

Nicht überall in London sanken die Klassenschranken in dem Gefühl, einer Schicksalsgemeinschaft anzugehören. Weichen oder standhalten, war ein Privileg der Mittelklasse. Wer ein Haus auf dem Land hatte, machte sich davon. Die Gäste des »Anchor and Crown« hatten in der Regel keins und krochen bei Alarm unter den Küchentisch. Nicht in jedem Luftschutzkeller wurde Mundharmonika gespielt, Tee gebraut und über den mangelnden Komfort gescherzt: Na ja, nicht gerade das Ritz. Virginia Woolf ging an einem Septembervormittag an einer Schlange von Menschen vorbei, die mit Taschen und Decken vor der U-Bahn-Station Warren Street für ein Nachtquartier anstanden. »Unbewegte Gesichter, trübe Augen.«

Am 16. Oktober traf eine Bombe das Haus am Tavistock Square, wo die Woolfs fünfzehn Jahre lang gelebt hatten, nachdem Mecklenburgh Square Nr. 37, die aktuelle Adresse der Hogarth Press, schon durch eine Landmine verwüstet worden war. Virginia und Leonard Woolf waren im Jahr zuvor nach Monks House in Sussex ausgewichen. »Keller nur noch Schutt. Die einzigen Überreste ein alter Korbstuhl […] Sonst nur Backsteine und Holzsplitter […] Ich konnte sehen, daß von meinem Studio gerade noch ein Stück Mauer stand: ansonsten Schutt, wo ich so viele Bücher geschrieben habe. Wo wir so viele Nächte saßen, so viele Gesellschaften gaben, war jetzt freier Himmel.«[358] Doch anders als bei Bowen, die auf die Möbel als Garanten der Zivilisation setzte, mischte sich in Virginias Bestürzung auch ein Gefühl der Erleichterung beim Verlust ihrer Besitztümer und der Wunsch, das Leben, von fast allem entblößt, neu zu beginnen.

»Als Ihr Haus unterging, bedeutete dies, daß auch alle Sachen darin zerstört wurden?« fragte Elizabeth besorgt. »Mein Lebtag habe ich mir gesagt: ›Was immer geschieht, es wird immer Tische und Stühle geben‹ – welch ein Fehler!«[359] Mit den Möbeln verbrannte auch die Vergangenheit. Und Menschen ohne Vergangenheit wissen nicht, was sie tun, sagt Matchett in *Kalte Herzen*. »Ohne Erinnerung tappen sie immer im dunkeln.« Im Winter darauf gingen in Paternoster Row, der Straße der Verlage und Buchhändler hinter St. Paul's Cathedral, fünf Millionen Bücher in Flammen auf. Die Kathedrale hielt stand, aber am Ende des Krieges waren ein Drittel der Stadt zerstört und zwanzigtausend Menschen darin umgekommen.

Virginia Woolf, deren Haus in Sussex in der Einflugschneise der deutschen Bomber lag, hielt eine tödliche Dosis Morphium bereit, um im Fall einer Invasion gemeinsam mit Leonard aus dem Leben zu gehen. »Kapitulation bedeutet, daß alle Juden aufgegeben werden müssen. Konzentrationslager. Also in die Garage«,[360] wo sie Benzin gebunkert hatten, um Monks House in die Luft zu sprengen. Und während Virginia auf den nächsten Fliegeralarm wartete, trocknete sie ihre vom Löschwasser aufgeschwemmten Bücher, die sie aus den Trümmern von Mecklenburgh Square geborgen hatte, pflückte Brombeeren und versuchte in Briefen, den Kontakt mit ihren Freunden aufrechtzuerhalten. »Fast alle sind kreuzfidel wie die Grillen«,[361] wunderte sie sich. Vita Sackville-West fuhr in Sevenoaks einen Ambulanzwagen, Rose Macaulay, die eine ebenso grauenhafte Autofahrerin wie Bowen war, tat in London desgleichen.

Elizabeth meldete sich freiwillig als Luftschutzwart ihres

Viertels Marylebone. Sie zog die ersten langen Hosen ihres
Lebens an, dazu eine gegürtete Uniformjacke aus blauem
Serge und stapfte in Helm und Stiefeln über die Straße, um
die Verdunkelungen zu kontrollieren und bei Fliegeralarm
Passanten in die Luftschutzkeller zu schicken, denn »Angriffe sind sehr viel leichter zu ertragen, wenn man etwas zu
tun hat.« Ex-Hauptmann Alan Cameron bereitete als Ange-
höriger der Heimwehr die Evakuierung der BBC vor und
regelte den Straßenverkehr; ein Mann in seinem Element:
Endlich konnte er wieder Kommandos bellen, in Trillerpfei-
fen blasen und mit den Fingern schnipsen. In flauen Phasen
schob er den Helm aus der Stirn und zwirbelte seine Haare.
Drei Blocks entfernt stand Elizabeth in der Tür des Luft-
schutzkellers und bewunderte seine Kompetenz.

Dann setzte das Sperrfeuer ein. Sein ungeheuerliches Krachen gab ihr ein »großartiges Gefühl der Sicherheit, weil es
›unsere‹ waren.« Es währte drei Nächte. »Tagsüber ging man
hinüber, um die großen Kanonen zu besichtigen, und man
hätte sie am liebsten getätschelt. Eine fast erotische Phase von
Kanonen-Anbetung setzte ein.«³⁶² Doch trotz der Abwehr
fielen die Bomben. Tussauds Kino wurde getroffen, und
Clarence Terrace bebte wie ein leerer Schuhkarton. Von
Cornwall und York Terrace gegenüber stand am nächsten
Morgen nur noch die Vorderfront.

Die Camerons mußten mitten in der Nacht bei Fliegeralarm ihr Haus verlassen. (Elizabeth ergriff geistesgegenwär-
tig einen Karton mit hundert Gold Flake und eine Flasche
Whiskey.) Sie zogen in ein Hotel in der Nähe der Oxford
Street, wurden zwei Nächte später auch dort ausgebombt,
campierten bei Freunden. »Gestern nachmittag haben A. und
ich uns zurückgeschlichen, obwohl alles offiziell geschlossen
ist mit Schranken und Bombenwarnungen in jeder Einfahrt
[…] Clarence Terrace sieht aus wie eine Straße in einer To-
tenstadt mit herumfliegenden welken Blättern und Papier-

fetzen.« Außer Nr. 2 war nur noch ein weiteres Haus bewohnt, eins mit einem *Ruf*, wie sie an Virginia Woolf schreibt,
»voll mit ziemlich grell herausgeputzten, schweigsamen jungen Männern, die morgens heraustreten und paarweise wie
die Nonnen spazierengehen.«[363] Das plinkernde Geräusch
von Glasscherben, die zusammengekehrt werden, war von
überall zu hören.

Elizabeth hatte sich Sorgen um ihre Schreibmaschine gemacht, die sie in der Hast nicht mehr hatte zudecken können,
und nun flog der Staub durchs ganze Haus. Auch Lawrence,
die Katze, mußte gefüttert werden. So stahl sie sich durch die
offiziell geschlossenen Parktore, um Brot und Milch zu besorgen. »Die Hausmädchen habe ich in einen anderen Teil
von London ausquartiert, bis das Haus wieder ordentlich geöffnet werden kann, aber heute kamen sie still und heimlich
und haben ein bißchen aufgeräumt.«

Und dies war der Anblick der Oxford Street an einem frühen Septembermorgen nach dem nächtlichen Bombenan-
griff: »Der Geruch von verbranntem Staub in der Luft, die
eigentlich kristallklar sein sollte. Die Sonne, gerade aufge-
gangen, überflutet den wieder unschuldigen Himmel, läßt
silberne Sperrballons[364] und die heil gebliebenen Spitzen der
Gebäude aufleuchten. Die ganze lange Oxford Street von
Westen bis Osten ist leer, wirkt gewienert wie ein Ballsaal,
glitzert von zerschmettertem Glas. In der Ferne ist der natürliche Morgendunst braun vom letzten Rauch. Qualm steigt
noch immer aus der Ruine eines Ladens. An dieser Ecke, wo
in der Nacht die geborstene Hauptgasleitung wie eine Szene
aus der Hölle stockwerkhoch gelodert hat, spürt man die
Hitze immer noch. [...] Häuserblocks sind mit Seilen abge-
sperrt; kein Verkehr mehr. Die Männer mit den Helmen sagen, niemand darf vorbei (aber manche stehlen sich durch).
Neben den Sprengbomben, die all das angerichtet haben, ist
dieses Viertel mit Bomben mit Verzögerungszünder übersät;

so stehen wir hier zusammengepfercht und warten, daß sie hochgehen [...]

(So wie menschliche Körper Blut vergießen, vergießen Gebäude mausgrauen Staub.) Dort oben blitzt die Sonne in einem Spiegel über dem Kaminsims auf, Fetzen eines Teppichs hängen über dem Abgrund. Ein Luftschutzwart springt wie eine Gemse den Trümmerberg hinauf; wir starren. Das verkohlte Verderben läßt unsere Lippen und Zungen anschwellen – wir sehnen uns nach Eiern und Schinken, Kaffee. Wir wagen kleine Fluchtversuche – ZURÜCKBLEIBEN, bitte! RUNTER VON DER STRASSE! Die Hungrigen versuchen, sich mit Rauchen hinzuhalten. BITTE die Zigarette *aus*! Die Hauptleitung getroffen – überall Gas. Wollen *Sie* ganz London in die Luft jagen!

[...] Manche von uns sind angezogen, manche nicht. Schlafanzughosen schauen unter Mänteln vor. Ein paar Polen, die nun zum zweitenmal alles verloren haben, setzen sich hin, wann und wo immer es geht. Sie haben uns diese Erfahrung voraus; wir können sie nur beobachten. Auch zwei, drei ganz offensichtlich aufgescheuchte Liebespaare sind dabei – und man denkt: Ach ja, wie eigenartig – Liebe.

[...] Keiner von uns – außer vielleicht den Polen – gehört zu den ganz Armen; unsere Heimsuchung ist erträglich im Vergleich zu der ihren. Die Dame im Pelzmantel trägt ihr Haar in zwei festen kleinen schlafzimmerlichen grauen Zöpfen. Sie bittet um Haarnadeln. Die meisten von uns haben kurze Haare – aus einem der polnischen Schöpfe werden Haarnadeln für sie gezogen. Junge Mädchen treten weiter ins Helle hinaus, schauen in Taschenspiegel. Oh Gott, sagen sie vage. Zwei, drei Leute sind aufs Geratewohl losgelaufen, als eine Bombe mit Verzögerungszünder bei Marble Arch hochgeht. Die Straße bläst sich selbst leer; mehr Glassplitter. Alle lachen.

Es ist ein schöner Morgen, und wir sind noch am Leben.

Das ist die unbekümmerte Sicht auf die Dinge – der theatralische Sinn für Sicherheit, der immer angehaltene Atem. Beim Heulen der nächtlichen Sirene sind wir wieder soweit, fühlen, wie unsere Herzen beklommen und schwer werden. Bald nach der Verdunklung haben wir unser Treffen mit der Angst. Das rasende Heulen über der Dunkelheit, das Bellen der Flak, das unsichtbare Pulsieren in der Luft. Wir können in die Luftschutzkeller gehen – aber damit es irgend etwas nutzt, muß man sehr tief hinuntergehen, und viele von uns, die fürchten, verschüttet zu werden, gehen lieber nicht.

Unsere eigenen ›Sachen‹ – Tische, Stühle, Lampen – geben denen von uns, die in ihren Papierwänden bleiben, eine Art Vertrauen. Aber wenn das Pulsieren heute nacht über den Dächern zunimmt, dürfen wir uns nicht an den Anblick des heutigen Morgens erinnern – die rauchenden Halden der Zerstörung. [...] Furcht sammelt sich nicht an; sie wächst jede Nacht neu aus dem Nichts. Auf der anderen Seite: Widerstand wird zur Gewohnheit. Und besser noch, er wächst und wird Allgemeingut.

Nachts, an meinem Ende der Straße, fühle ich mich, als schliefe ich in einer Ecke eines verlassenen Palasts. Dieser Park war für mich immer einer der zivilisiertesten Orte der Welt. Nashs Säulen sehen so fragil aus, als seien sie aus Zucker. Tatsächlich und wundersamerweise sind sie nicht gesprungen, obwohl etliche Häuserreihen ausgehöhlt und Rolläden abgerissen sind und baumeln. Auch Decken sind heruntergefallen, ein früher Fäulnisgeruch weht aus den Zimmern, und ein Ziergiebel ist auf den Rasen gestürzt. Unerlaubterweise, das Leben von Gespenstern führend, schauen wir über den verschlossenen Park. [...] Wir haben keine Gefühle zu verschwenden.«[365]

Fettiger Trümmerstaub lag überall in der Luft, Frauen wickelten sich Tücher wie Turbane ums Haar, immer neu aufgetragenes Lippenstiftrot leuchtete aus grauen Gesichtern.

Lebensmittel wurden rationiert, Streichhölzer, Rasiercreme, Schreibpapier. »Beim Inder servieren sie Curry ohne Zwiebeln, der wie scharf gewürzter Schlamm schmeckt. Mangel herrscht an französischen Romanen und französischem Wein, an Brillenglas und Rouge«, notiert Charles Ritchie im Februar 1941. »Ich spreche nicht von notwendigen Dingen wie Butter und Eier. Tatsächlich herrscht Mangel an allem, außer an Kartoffeln, Brot und Fisch, und ich fürchte, letzterer ist für die armen Leute zu teuer.«[366]

Für die Damen, die das schwarze Kostüm vom letzten Jahr mit Orchideen aufputzen konnten, gab es in den Restaurants allerdings noch immer sautierte Garnelen und Moorhuhn, auch wenn die Butter zum Toast nur noch so dick wie ein Shillingstück und der offene Wein aus waren. »Dann bringen Sie eben eine Flasche.« In ihrer Kurzgeschichte *Dahergeredet* beschreibt Bowen eine Tischgesellschaft, die sich um eine evakuierte Dame versammelt hat, die trotz der wiederholten Aufforderung, etwas von sich zu erzählen, nicht zu Wort kommt. Die Kluft zwischen den tapferen Bösen und den ängstlichen Braven erscheint unüberbrückbar.

»›Ich muß sagen‹, hob Eric nun entschlossen die Stimme, ›London gefällt mir, seitdem manche von diesen Leuten weg sind. Natürlich nicht in deinem Fall, Joanna; dich vermissen wir alle sehr. Warum kommst du nicht zurück? Du machst dir keine Vorstellung, wie nett es hier ist.‹

Joanna erwiderte leicht errötend, ›ich weiß nicht, wohin. Belmont Square ...‹

›Ach Gott, ja‹, sagte er, ›ich habe das von eurem Haus gehört. Es tat mir so leid. Nichts zu machen ...? Aber es muß auch kein Haus sein, weißt du. Wir haben alle keins. Du könntest bei jemand einziehen ...‹«[367]

Der Krieg war für Elizabeth leichter zu ertragen, wenn es etwas zu tun gab; möglichst etwas, das sie besser konnte, als Verdunkelungen zu kontrollieren und »nachtein, tagaus zu beobachten, wie die Zeiger der Uhr auf der Dienststelle über Mr. Churchills Bild kreisten.«[368] Politisch hatte sie sich noch nie zuvor betätigt, doch der konservative englische Premier beeindruckte sie. Er besaß Stil. Und so wandte sie sich im Juli 1940 an das Informationsministerium und bot ihre Mitarbeit an.

Die irische Regierung de Valera hatte den Briten im April die Nutzung ihrer Häfen im Süden und Westen der Insel verweigert. Damit verringerte sich der Radius, in dem der Atlantik überwacht und verteidigt werden konnte, um rund zweihundert Meilen. Die Empörung über die Iren, die offenbar mit verschränkten Armen zusahen, wie britische Schiffe von deutschen Torpedos versenkt wurden und Tausende Matrosen im eisigen Meer ertranken, war in England nahezu einhellig. Das drohende Gefuchtel, die Häfen notfalls zu besetzen, ließ wiederum auf irischer Seite die Sympathie für die vom Krieg gestraften Nachbarn rapide schwinden. In diesem Klima gegenseitiger Feindseligkeit machte Bowen sich anheischig, die öffentliche Meinung zur Neutralität zu erkunden und einzuschätzen. Sie deutete Virginia Woolf ihre »Aktivitäten« an, aber in Irland ahnte niemand, daß sie als Informelle Mitarbeiterin des englischen Geheimdienstes unterwegs war. Sie selbst bezeichnete es lieber als »journalistische Arbeit.«

»Jetzt, da es entschieden ist, bin ich doch ein wenig bange und habe das Gefühl, daß ich dieses Land eigentlich nicht verlassen sollte. Ich werde Harold Nicolson[369] am Donnerstag treffen und am nächsten Freitag abend abreisen. Es wird, denke ich, nicht lange dauern. Zuerst werde ich auf Bowen's Court sein, aber ich nehme an, daß man von mir erwartet, daß ich mich auch anderswo umhöre. [...] Ich hoffe, ich werde irgendwie von Nutzen sein können. Ich glaube, es ist wirklich wichtig. [...] Es bedeutet natürlich endloses Gerede, aber das Gerede in eine Form zu bringen, verspricht recht interessant zu werden. Ich nehme auch an, daß ich mit meinem Buch [*Bowen's Court*] fertig werde. Aber Irland kann einen zum Wahnsinn treiben, wenn man selbst Irin ist, und natürlich gerade jetzt. Wenn es eine Invasion in Irland geben sollte, hoffe ich, daß es passiert, während ich dort bin – ich sage das nicht leichtfertig, aber sollte England etwas zustoßen, während ich in Irland bin, würde ich wünschen, daß ich nie fortgegangen wäre, nicht einmal für kurze Zeit.«[370]

In Irland hieß der Krieg nicht Krieg, sondern »Emergency« – Notstand, und der führte dazu, daß dort im Sommer 1939 die Zeit stehenblieb. Vom Warenverkehr mit Europa abgeschnitten, hatte das Land außer Torf nichts zu verheizen. Das wenige Benzin, das im eingeschränkten Tauschhandel mit England gegen Naturalien, Geflügel und Rinder importiert wurde, reichte gerade für ein schütteres öffentliches Busnetz. Eigenartige Vehikel, die man vor dem Ersten Weltkrieg ausgemustert hatte, rollten zurück auf die Straße: Landauer, Gigs und Phaetons, Pferdeomnibusse, Eselskarren und hochrädrige irische Outside Cars mit ihren seitlichen Bänken über der Deichsel.

Gas war streng rationiert; nur die Elektrische fuhr, dank der Turbinen am großen Shannon-Staudamm. Dublins stille Straßen hallten wider vom Klopklop trabender Pferdehufe und dem Knirschen eiserner Räder, von Fahrradklingeln, dem Gedengel der Tram und ihrem Funkengespratzel. Wie auf dem Land hing der würzige Geruch der Torffeuer in der Luft. Vor dem Parlament saß noch immer Queen Victoria in ergrautem Marmor und hielt das Zepter in der Hand. Auf der anderen Seite der Liffey, wo georgianische Stadthäuser in elende Mietwohnungen unterteilt worden waren, zogen barfüßige Kinder Vorübergehende an den Rockschößen und bettelten um Pennies. »Kleine gewalttätige Damen anglo-irischer Überzeugung ergriffen auf ihre Weise Partei für die Alliierten und ließen die Luft aus den Autoreifen des japanischen Botschafters«, erinnert sich John Ryan. »Aber die weltbesten Steaks brieten auf dem Grill des Dolphin-Hotels. Man sah Pferderennen im Phoenix Park, weiße Krawatten und Fräcke im Shelbourne, während in der Pearl- und der Palace-Bar der Whiskey in Strömen floß. Alles in allem war dieser ›Notstand‹ nicht der schlimmste, den wir je erlebten.«³⁷¹

Elizabeth Bowen ließ natürlich keine Luft aus Autoreifen, aber sie teilte auch nicht John Ryans heitere Binnensicht. »Dublin leidet an Klaustrophobie und Ruhelosigkeit«, meldete sie. Die Intellektuellen, die vom Gedankenaustausch mit Europa abgeschnitten waren, fühlten sich vom Mehltau der Bigotterie eingeschneit. Irische Frömmigkeit in Ehren, aber leider diene sie in offiziellen Kreisen und in beiden Kirchen dazu, Scheinheiligkeit und Selbstgefälligkeit zu befördern. »Wie oft höre ich, daß die Bomben auf England die Strafe Gottes für seinen Materialismus seien.«³⁷²

Anders als das blickdicht verdunkelte London, loderte Dublin nachts »fast so hell wie der Broadway«.³⁷³ Die Schattenseiten der Neutralität hießen Zensur und begrenzte Horizonte. Irlands politischer Standpunkt durfte zwar in freier Rede, jedoch nicht im gedruckten Wort diskutiert werden. Nichts vom Krieg, seinen Greueln und Verfolgungen – auch nicht die der Kirche – erschien in den Zeitungen oder den Kino-Wochenschauen. Selbst Chaplins *Der große Diktator* durfte nicht gezeigt werden. Dafür registrierte Bowen einen starken Trend nach Rechts und eine anrüchige Nähe irischer Gälen-Begeisterung zum Blut-und-Boden-Kult der Nazis. Jüdische Flüchtlinge wurden in Irland abgewiesen, und wachsender Antisemitismus machte sich mit »häßlichen Auswüchsen in der Geschäftswelt«³⁷⁴ bemerkbar. »Man begegnet hier einer engmaschigen Unwissenheit, was den sozialen Fortschritt in Großbritannien betrifft. Viele Staatsbürger dieses neuen Eire, die den Fatalismus ihres Landes ablehnen, haben – zumindest für eine Weile – die Forschheit der Nazis, ihre Rassenkultur und Tatkraft bewundert.« Irlands oberster Staatsbürger, Premierminister Eamon de Valera, zeigte sich besonders engmaschig, als er bei Kriegsende dem deutschen Botschafter in Dublin zu Hitlers Tod kondolierte.

Im Januar 1941 hatte Bowen in Dublin eine kleine Wohnung am St. Stephen's Green bezogen und plauderte auf den Tee-und-Sherry-Parties alter Freunde über Politik. Es war Zeit, wieder unter die Leute zu kommen. Drei Monate hatte sie allein auf Bowen's Court verbracht – Alan war nur zu Weihnachten erschienen –, und sie war so gereizt, daß sie am Telefon ihren alten Freund Jim Gates wegen einer Kleinigkeit anpfiff. Es tat ihr gleich wieder leid. Schande! »Ich war gemein, weil ich immer wieder in denselben alten Fehler verfalle: von einem dummen Menschen gleich zuviel zu erwarten.«[375] (Kannten sie sich nicht schon so viele Jahre? Lange genug, daß sie Mr. Gates' Intelligenz richtig einschätzen konnte? Lange genug jedenfalls, daß ihre Freundschaft den Anpfiff überstand.)

Elizabeth war im September gekommen, »ganz betäubt vor Aufregung und in ziemlich vulgärer Verfassung.« Verlängerte Sommerferien auf Bowen's Court waren erfreulich, »aber anders als früher bin ich nicht mehr gern allein hier. Ich kann keine Briefe schreiben, ich kann keine Pläne machen. Das Haus ist jetzt sehr kalt und leer und sehr schön auf eine gläserne Art. Jede Nacht gibt es Frost. Ein paar frühe Lämmer kommen nachts durch den Zaun gekrochen und bähen morgens auf dem Rasen unter meinen Fenstern.«

In diesem Winter begannen die Iren den Mangel zu spüren. Tee, Butter und Kohlen wurden knapp. Bowen fürchtete, der Aufruf »Stecht mehr Torf!« könnte zur Abschürfung der Moore führen. Benzin gab es nur noch für die Autos von Ärzten und Priestern. »Ich wünschte, ich hätte ein Pferd«, schreibt sie an Virginia Woolf. »Letztes Jahr habe ich ein Fahrrad gekauft, aber ich kann nicht zugleich radeln und denken. Dauernd möchte ich absteigen und mich auf die Böschung setzen, um zu rauchen, nachzudenken und wieder munter zu werden. Gestern morgen bin ich nach Mitchelstown geradelt, wo eine meiner Tanten wohnt. [...] Auf den acht Meilen entlang der Galtee-Berge zog es gewaltig, und ich mußte mich leider über jeden Meter ärgern.«

Ihre Gespräche in Dublin waren ausführlich, intelligent und angeregt, aber manchmal war es auch schwierig, aus dem Geschwafel etwas Brauchbares zu destillieren. Die Leute kamen nicht zur Sache, und das neue Eire erschien ihr als »eine gefährlich zerklüftete kleine Welt.« Churchill hatte im November 1940 vor dem Unterhaus Irland die Mitschuld an den schweren Verlusten der Royal Navy gegeben, und die Stimmung, die im Sommer noch probritisch war, schlug um. »Swivvelers« – Wendehälse – hießen die Leute, von denen sie sich Sätze wie diese notierte: »Mit welchem Recht schimpfen die Briten auf die Nazis? Haben Sie sich nicht jahrhundertelang bei uns wie die Nazis aufgeführt, und jetzt versuchen sie es wieder?« Im November berichtete sie dem Informationsministerium, das ihre »klugen und scharfsinnigen Einschätzungen« an das Dominions Office und das Außenministerium weiterleitete: »Es kann nicht ausbleiben, daß die kindische und trotzige Art dieses Landes in England mit Verbitterung zur Kenntnis genommen wird. In einem Krieg dieses Ausmaßes und dieser Schwere hat man in England das Gefühl, die Iren sollten ihre Empfindlichkeiten hintanstellen. Aber man sollte bedenken (und wird zweifellos zu dem Schluß kommen), daß jede Andeutung eines gewaltsamen Zugriffs in Eire lediglich dazu führen wird, feindliche Propaganda zu befördern und die britische Sache zu schwächen.«[376]

Sie war – wieder einmal – gespalten. Einerseits fürchtete sie um England; andererseits versuchte sie, Irland Gerechtigkeit widerfahren zu lassen. Und auf dem Kontinent fielen die Städte und Länder, in denen sie sich zu Hause gefühlt hatte,

»einem Brand zum Opfer, gegen den sie nicht das geringste tun konnte. Indirektes Leiden zerriß dem neutralen Iren das Herz.«³⁷⁷ Die Wendehälse gingen ihr ebenso gegen den Strich wie die irischen Nationalisten, und die »Heimkunst« blieb ihr zutiefst fremd.

»Letzte Woche war in Dublin das Gälische Festival in vollem Schwange. [...] Theater, Lieder und Konferenzen schienen das Programm zu beherrschen. Ich sage ›schienen‹, denn die Berichterstattung darüber war auf irisch, was ich nicht lesen kann. Aus dem gleichen Grund (weil ich es nicht verstehe) und weil ich so viel anderes zu tun hatte, bin ich zu keiner der Veranstaltungen gegangen. Als eine Zusammenkunft von Menschen aus dem ganzen Land (hauptsächlich von Lehrern) wären sie sicher interessant *anzuschauen* gewesen.«³⁷⁸ Auf den Straßen zeigten sich Leute demonstrativ im nationalen Outfit: Männer in safrangelben Kilts und Damen in Grün mit keltischen Broschen – eine Tracht, die sie an den Cousinen Trench vor dreißig Jahren schon nicht beeindruckt hatte.

Aber auch wenn sie sich in diesem Winter 1940/41 über die Eingeborenen lustig machte, stand sie unwandelbar auf seiten der Neutralität. »In England mag das Gefühl vorherrschen, daß Eire aus seiner Neutralität einen Fetisch macht. Aber das Beharren auf seinem Status ist Eires erste freie Selbstbehauptung; allein dies bedeutet viel für das Land. Eire betrachtet seine Neutralität – mit Recht, wie ich meine – positiv, nicht negativ. Es hat seine Selbstachtung dareingesetzt. Es ist typisch für seine starke und enge Eigenwahrnehmung, daß es nicht erkennt, daß seine Haltung in England als Blindheit, Egoismus, Eskapismus oder reine Drückebergerei verstanden wird.« Bowen registrierte die vorherrschende Meinung, ein Abtreten der irischen Häfen würde die deutschen Bomben auf Irland lenken, und sie stimmte de Valera zu, der überzeugt war, eine aktive Parteinahme für Großbritannien bedeute die Spaltung des Landes. Der Krieg käme einem nationalen Selbstmord gleich. »Ich würde mir wünschen, daß einige Parteien in England weniger antiirische Gefühle zeigten. Ich habe im letzten Jahr in England ein offenbar unvermeidliches Anwachsen dieser Stimmung bemerkt. Den Iren Illoyalität vorzuwerfen hat mich, in Anbetracht der historischen Tatsachen, irritiert. Es wäre der Lage angemessener, wenn die Engländer die Geschichte etwas stärker berücksichtigten und die Iren etwas weniger.«[379]

Ihre Gespräche beschränkten sich nicht auf Partygeplauder. Sie besuchte den stellvertretenden Führer der oppositionellen Partei Fine Gael, James Dillon, einen flammend-aufrechten, tiefreligiösen Politiker und scharfen Gegner der Neutralität, der nicht ahnte, daß die Dame im Auftrag des britischen Geheimdienstes an seinem Teetisch saß. Als Dillon vierzig Jahre später Bowens Berichte las, war er weniger von ihrer Einschätzung seiner Person verärgert, als von der Tatsache, daß sie seine Gastfreundschaft mißbraucht und ihr vertrauliches Gespräch weitergeleitet hatte. (»Ich habe gehört, daß man Mr. Dillon einen Faschisten nannte, was zum Teil der Wahrheit entsprechen mag. Ich habe auch gehört, daß man ihn prodeutscher Neigungen bezichtigte, was ich für verwegen halte. [...] Seine Haltung gegenüber England erschien mir bedeckt, berechnend, satirisch-respektvoll, jedoch nicht feindlich, nicht einmal indirekt. Bei seinem fast morbiden Interesse an Hitlers Persönlichkeit scheint es sich um eine private Marotte zu handeln.«) Er vergab ihr: »Arme Frau, ich kann ihren unglücklichen Agnostizismus spüren.«[380]

Bowen hielt Dillon für den fähigsten irischen Politiker. »Er ist äußerst unbeliebt, und ich muß zugeben, ich verstehe, warum, obwohl ich ihn persönlich gern mochte.« In seiner probritischen Haltung vertrat er Ansichten, »denen sogar ich mißtraute«, und in seiner Art, politische Macht zu verachten, glaubte sie seine Gier danach zu entdecken. Sie schätzte seinen Intellekt als »kraftvoll und präzise« ein, »ein wichtiger Mann, wenn auch lediglich als Gegenpol zu Mr. de Valera. In allem, was Eire betrifft, ist mit ihm zu rechnen. Er könnte der Mann sein, mit dem es zu verhandeln gilt. Auf der anderen Seite könnte er auch der Mann sein, der besser in der Opposition bleibt.« Dillon zog sich 1942 aus der Leitung von Fine Gael zurück, blieb jedoch als Parteiloser im Parlament und focht als solcher seine Schlachten mit der Zensur, die seine Attacken auf Irlands Neutralität unterdrückte.

Ein weiteres Gespräch, dessen komödienhafter Charakter ihr nicht entgangen sein dürfte, führte sie mit dem stockkonservativen Dubliner Erzbischof McQuaid. Eine gemeinsame Freundin hatte es unter dem Vorwand eingefädelt, Mrs. Cameron sei stark an der Sozialpolitik des Landes interessiert; und so sprachen der Kirchenmann und IM Bowen über die städtische Hauswirtschaftsschule, die zu besuchen sie leider, leider nicht die Gelegenheit habe. Sie plauderten über Frankreich, und Dr. McQuaid verteidigte den alten Marschall Pétain und dessen Außenminister Laval (der im selben Monat jüdische Kinder in deutsche Vernichtungslager schickte). Zu ihrer Überraschung fand Bowen den Erzbischof weder frömmlerisch noch kleinkariert; doch vielleicht ein wenig zu geschmeidig? »Ich war überrascht von der Balance, die er in seinen Ansichten über Mystik einerseits (wir sprachen über Visionen) und Praxis andererseits – die Bedeutung guter Küche, intelligenter Haushaltsführung etc. hielt. […] Er billigte jede meiner Ansichten zu jedem Thema, über das wir diskutierten.«[381]

Das Ministerium hatte Bowen ein Visum erteilt, mit dem sie unbehelligt zwischen England und Irland reisen konnte. Aber erst wenn sie vom Schiff aus die Hügel, Dublin Bay und die Lichter von Dun Laoghaire sah, wich die Spannung. Es war gutgegangen; keine Angriffe, keine deutschen U-Boote. »Dann kam der Augenblick, wenn die Leute auf dem Deck ihre Rettungsgürtel ablegten, das Stampfen der Maschinen verstummte und das Schiff mit einem langen, schwungvollen Seufzer des Wassers längsseits an die Pier glitt.«[382] Am Ufer warteten breite Dubliner Stimmen, Autohupen, erleuchtete Straßen, Sorglosigkeit und die Annehmlichkeit des Shelbourne Hotels: heißes Badewasser bis zum Rand und Nächte zum Durchschlafen.

Zurück in London, sprach Bowen im Februar 1941 selbst bei Lord Cranborne im Dominions Office vor, um Dinge zu berichten, die sie nicht schriftlich festhalten wollte, und »er hörte mir mit teilnahmsvoller und charmanter Cecil-Höflichkeit zu.« (Der Lord war David Cecils Bruder.) Doch zu ihm vorzudringen hatte viel Aufregung gekostet. »Ich wußte nicht genau, wo das Dominions Office war, also nahm ich ein Taxi, aber der Fahrer wußte es auch nicht, und das erregte sehr viel mehr Verdacht, als wenn ich zu Fuß gekommen wäre. Wir wurden von Bajonetten aufgehalten, und jedesmal sagte ich mit zunehmend zittriger und aggressiver Stimme, daß ich einen Termin hätte.« Formulare, Vorzimmer, Akten, Sekretäre, dann endlich Lord Cranbornes Büro mit vergitterten Fenstern und einem lodernden Kaminfeuer. »Leider war alles so, wie ich es mir vorgestellt hatte – die Begegnung, meine ich –, ohne jede Überraschung. Das letztemal, als ich in London war, hatte ich, ebenfalls in irischen Angelegenheiten, mit dem Kriegsministerium zu tun, und dort tranken sie morgens um elf ihre Milch; das war immerhin etwas völlig Unerwartetes.«[383]

Es war ihr letzter Brief an Virginia Woolf, in dem sie ankündigte, daß sie in Rodmell vorbeikommen wolle, ehe sie wieder nach Irland reiste, um einen Handspiegel und zwei fast leere Dosen Coldcreme abzuholen, die sie dort im Gästezimmer vergessen hatte. Aber der nächste Brief erreichte sie auf Bowen's Court; es war Leonards Nachricht von Virginias Freitod.

Im Mai 1941 ebbte der Blitz ab; Hitlers Kriegsmaschinerie
wandte sich nach Osten. Eine prekäre Ruhe hielt Einzug.
Der Schneid der ersten Kriegsmonate, als sich die Londoner
mit Galgenhumor und einem »Das stecken wir weg« gehalten hatten, wurde vom Warten auf den Feind, seinen überraschenden Attacken, von Mangel und Entbehrungen un-
tergraben. Die Angst vor einer deutschen Invasion lebte
fort. Im Sommer 1942 reiste Bowen wieder nach Irland, und
obwohl sie die Neutralität noch immer als die richtige Politik
verteidigte, war sie von der Weltferne der Insel zunehmend
verstimmt. De Valera hatte sich in einem rustikalen Sieben-
Zwerge-Land eingegraben, in dem er die Dächer gemütlicher
Häuschen glänzen sah, auf dessen Boden fröhliche Bauern
ackerten, kräftige Kinder tollten, jugendliche Athleten um
die Wette rannten, und in dessen Küchen die weisen Alten
und die hübschen Jungfern zusammen lachten.[384] (»Dev«
war kein Freund weiblicher Unabhängigkeitsbestrebungen.)

Bowen fand die Stimmung im Land »eskapistisch« und
fühlte sich aus offiziellen Kreisen zunehmend von »Kryptofaschismus« angeweht. Sie setzte sich auf die Besuchergalerie
im Parlament und war von den Reden, die ihr teils gerissen, teils verworren klangen, enttäuscht. Premierminister de
Valera hielt während der Debatten den Kopf in die Hände
gestützt, die Finger über der Stirn verschränkt, »eine Haltung, die geistige Erschöpfung ebenso signalisierte wie den
geringen Grad an Toleranz, den er den meisten Rednern zu
zollen bereit war«.[385] Allgemein wurde beklagt, daß die Dublin Horse Show abgesagt worden war – ein schwerer Schlag
für die Nation! Wie die Londoner überlebten, schien in Irland niemanden wirklich zu interessieren.

Die Ahnungslosigkeit einer Gesellschaft, die wie hinter
Glas und an einem ewigen *Sonntagnachmittag* lebt, spiegelt
sich in der gleichnamigen Erzählung, die Bowen während
des Kriegs schrieb. Darin besucht Henry Russell aus London

seine Freunde in einem irischen Landhaus. »›Was hast du erlebt?‹« fragt ihn die alte Mrs. Vesey. »›Bitte erzähle uns. Aber nichts Schreckliches, wir sind schon ein wenig betrübt.‹« Henry, um die Vierzig, in London ausgebombt, arbeitet für ein englisches Ministerium, und das Gespräch, das er am Teetisch führt, ist so verständnislos wie viele, die Elizabeth Bowen deprimiert haben mußten.

»›Und jetzt‹, sagte Miss Store, lebst du für immer inmitten von gar nichts. Kannst du das noch Leben nennen?‹

›Ja. Vielleicht bin ich mit wenig zufrieden. Ich war zufällig außer Haus, als die Bombe einschlug. Sie finden vielleicht – und ich achte Ihre Meinung, ich hätte es in meinem Alter vorziehen sollen, mit einigen Stücken Kristall, Jade und einem Dutzend Bildern in die Ewigkeit einzugehen. Aber Tatsache ist, daß ich sehr froh bin, noch dazusein. Überlebt zu haben.‹

›Auf welchem Niveau?‹

›Auf jedem Niveau.‹«[386]

XV LIEBE IN KRIEGSZEITEN
Charles Ritchie – *In der Hitze des Tages* – Sprachartistik auf hohem Seil

Charles Stewart Almon Ritchie war ein eleganter Mann; zweiunddreißig Jahre alt, groß und schmal, reizbar und redselig, mit schönen Händen, die er gerne zeigte, einem langen Schädel, glatt zurückgekämmten dunklen Haaren und einer Brille, deren schwarzes Gestell ihn strenger aussehen ließ, als es seinem Naturell entsprach. 1906 in Nova Scotia geboren, einem Westzipfel Kanadas, der bis heute Reste eines nostalgischen Bewußtseins als Schottland Übersee kultiviert, war er als kleiner Junge in England und danach »in einem anglikanischen Konzentrationslager von Internat in Ontario«[387] erzogen worden. Er hatte in Halifax, Oxford, Harvard und Paris studiert, in London als Reporter für den *Evening Standard* gearbeitet und in einer Butze über einem Kramladen in der Earls Court Road gewohnt. Aus Ottawa kannte er Elizabeths alten Freund John Buchan, der 1935 als Generalgouverneur von Kanada – damals noch britisches Dominion – zum ersten Baron von Tweedsmuir geadelt worden war. Buchan war schottischer Herkunft, so wie Ritchie, und die beiden fanden einander so angenehm, daß Charles, als er später in London als Botschaftssekretär stationiert war, zur Taufe eines Buchan-Babys nach Elsfield bei Oxford eingeladen wurde. Es war der Tag, an dem er Elizabeth Bowen kennenlernte.

Der talentierte Mr. Ritchie machte schnell Karriere im diplomatischen Dienst. In den fünfziger und sechziger Jahren war er kanadischer Botschafter bei den Vereinten Nationen, in der Bundesrepublik, den USA, in Paris und bis zu

Charles Ritchie in den vierziger Jahren

seiner Pensionierung 1971 Hochkommissar seines Commonwealth-Mitgliedslandes in London. Obwohl er versicherte,
daß ihm zum Schreiben jede Begabung fehle, sind seine Tagebücher ein Genuß zu lesen, pointiert, klug und maliziös
(»Stalin interessiert sich stark für die Windsor-Simpson-
Affäre[388] und fragt, warum Mrs. Simpson nicht liquidiert
wurde«). In seiner Londoner Zeit haben seine Einträge eine
fast Bowensche visuelle Kraft, mit der sie ihn offenbar angesteckt hatte. Elizabeth war an seiner Meinung gelegen. Die
beiden diskutierten über ihre Schreibtechnik – ein Thema, zu
dem zuvor nur Virginia Woolf befragt worden war. Und sie
riet ihm, die Tagebücher zu publizieren.

Ritchie war als »Tiefland-Schotte das unersättlichste Tier
auf Erden, was gesellschaftliches Gefunkel und Getümmel
angeht«,[389] ein Mann mit weiten politischen, künstlerischen
und erotischen Interessen. Im Dienst etwas eingeschränkt,
genoß er außerhalb die Begegnungen mit schönen, geistrei-
chen, barocken und gerne auch zynischen Menschen: exilier-
ten rumänischen Prinzessinnen, polnischen Pianisten, spätviktorianischen Ladies – Relikte imperialer Vergangenheit,
die auch im hohen Alter niemand zum Schweigen bringen
konnte –, mörderischen Klatschbasen wie Nancy Mitford,
Evelyn Waugh und T. S. Eliot, reizenden Dichtern wie Sache-
verell Sitwell, mit dem er in einer steinkalten Dorfkirche
Weihnachtslieder sang, oder Stephen Tennant, der in seinem –
während des Krieges zum Lazarett umgewidmeten – Schloß
weiterhin ein parfümiertes Boudoir mit rosa Teppichen und
silbernen Satinkissen (»von verflossenen Orgien befleckt«)
bewohnte, sowie unzähligen Frauen mit und ohne Titel. Als
eine von Charles' Freundinnen, eine amerikanische Ballerina,
auf Tournee ging, freute er sich auf »baldige und vielfältige
Untreue während ihrer Abwesenheit.«[390]

Nur gelegentlich war selbst dieses gefräßige Gesellschafts-
tier alles satt, »die Arbeit, die lieblosen Affären und die vielen

Drinks. Ich wünschte, ich lebte in einer kleinen Provinzstadt und verbrächte meine Abende damit, meiner Frau und meinen hingebungsvollen Töchtern viktorianische Romane vorzulesen.«[391] Doch das Bedürfnis nach Sack und Asche legte sich schnell, wenn der Kater überstanden war.

Denn Ritchie war vor allem ein Ästhet mit »Appetit auf alles, was für Geld zu haben ist« – trotz der kriegsbedingten Mangelwirtschaft: Lachsforelle und Spargel beim kanadischen Botschafter; die beste Seezunge von ganz London im Pratt's Club oder ein Filet Mignon – die Fleischmenge, die drei Leuten in einer Woche zustand –, Wein und »unerhörte Mengen von Räucherlachs« im Haus Clarence Terrace Nr. 2 und am Wochenende bei den Rothschilds auf Waddesdon ein Frühstücksei. »Das sollte wohl möglich sein.« Auch im Trümmerstaub trug er gutgeschnittenen Flanell und Einstecktuch. Seine Befürchtung, die Sowjetunion könne bei einem Sieg über Hitler ihre Gepflogenheiten über ganz Europa ausdehnen, verband er mit Abscheu vor schlechten Manieren, Stillosigkeit und Baumwollstrümpfen an Frauenbeinen. Aber auch ein Sieg der Alliierten hätte unerwünschte Folgen, nämlich die zweifelhaften Segnungen einer hygienisch einwandfreien amerikanischen Zivilisation. Snob, der er war, blieb Ritchie bei Fliegeralarm im Bett, teils aus Kaltblütigkeit, teils weil im Luftschutzkeller die Konversation unerträglich war. »Oh Gott«, seufzte er, »erhalte uns unsere kleinen Schwelgereien, da wir schon ohne das Notwendigste zum Leben auskommen müssen.«[392]

Im September 1939 hatte er noch leicht amüsiert bemerkt, daß die Bewohner von Kensington »ihre Kanarienvögel, Hündchen und Tanten evakuieren.«[393] Als die Sirenen heulten und es Ernst wurde, verwandelte sich sein kleines Büro in Canada House in einen »Notausgang aus der Hölle«[394]: Die österreichischen Rothschilds, die aus einem Konzentrationslager entkommen waren, baten um ein Visum für Kanada und

eine finanzielle Bürgschaft; Lady B. – unerbittlich strahlend –
regte an, die Schule ihres Sohnes komplett zu evakuieren; die
Marquise von C. in Marineuniform wünschte, ihre drei Kinder sofort nach Übersee zu schicken. Der spanische Botschafter bat um Passagen auf dem nächsten Schiff für seine
Tochter, seine Mutter und einen Trupp Zofen und Gouvernanten; eine Dame bat für ihren jüdischen Ehemann, der pol-
nische Botschafter für die Frauen und Töchter von hundert
politischen Eminenzen; Graf X. mußte in wichtiger Mission
sofort nach Kanada ausreisen … Das Ritz floh. Was aber,
fragte sich der junge Diplomat, war mit jenen, die weder
Geld noch Beziehungen, noch überhaupt die gesellschaftliche Gewandtheit besaßen, bis zu ihm vorzudringen?

Charles Ritchie traf Elizabeth Bowen am 9. Februar 1941
bei der Kindstaufe im Haus der Tweedsmuirs. »Der kleine
Billy Buchan«, ihr ehemaliger Untermieter in Clarence Terrace, hatte Elizabeth als Patin für seine Tochter Perdita gebeten. Sie war an diesem Morgen aus Rodmell von einem
Besuch bei Virginia Woolf angereist. Nach der Kirche versammelte sich die kleine Gesellschaft in der Bibliothek von
Elsfield, trank Champagner und naschte rosa Marzipan-
konfekt aus einer weißen Sèvres-Bonbonniere. Ritchie bemerkte: Sie ist »gut angezogen, intelligentes, schönes Gesicht, wachsame Augen. Ich hatte jemanden erwartet, der
irischer war, schweigsamer, in sich gekehrter und zugleich
verantwortungsloser. Ich war leicht überrascht, sie so ›auf
dem Quivive‹ zu erleben.«[395]

Ritchie war sieben Jahre jünger als sie, ein »Outsider-In-
sider – immer so verdammt englisch, aber kein Engländer.«
Wie die Frau, in die er sich in diesem Sommer 1941 verliebte,
hatte er das Gefühl, bei aller Loyalität, die er dem Land schuldete, nicht ganz dazuzugehören. »Ich glaube, wir sind auf
sonderbare Weise selbsterschaffene Wesen, die ihre eigene
Welt mit sich herumtragen, wie die Schnecken ihr Haus, und

uns zugleich überall dort anpassen, wo wir gerade sind«,
schreibt Elizabeth ihm später. »Ich bin im Grunde meines
Herzens so sehr Irin wie Du Kanadier bist, verschlossen und
widerspenstig, immer im Laufschritt unterwegs, das Fell ge-
sträubt von Widerspruchsgeist und Arroganz, aber das darf
man natürlich nicht zeigen.«[396] Beide waren wasserdichte
Konservative. (»Vergifteter Unsinn«, ärgerte sich Charles
über die Gedichte linker Poeten in Connollys *Horizon*.)
Beide besaßen Wachheit, Kühnheit, Augenlust und das Talent
zu lieben, ohne besitzen zu wollen.

Zuerst war sie ihm eher »wie eine Bridgespielerin als eine
Dichterin« erschienen. Und doch, »ohne auch nur ein Wort
von ihr gelesen zu haben, kam man nicht umhin, etwas Ge-
heimnisvolles, Leidenschaftliches und Poetisches hinter ihrem
äußeren Erscheinungsbild zu spüren.«[397] Zwei Wochen später
dinierte er zusammen mit ein paar Autoren und Kritikern bei
den Camerons und bemerkte: »Bisher ist mir auf meinen
Ausflügen in die Kreise von High Bloomsbury außer Elizabeth Bowen keine überraschend originelle Persönlichkeit
begegnet, kein guter Kopf, kein außerordentlicher Gedanke.
Sie sind eine Clique kultivierter, angenehmer Leute, die alle
so ziemlich dasselbe fühlen und denken.«[398]

Als er sich in diesem Sinne Elizabeth gegenüber äußerte,
lachte sie: »›Lassen Sie es sich von einer der besten lebenden
Autorinnen gesagt sein, daß der Charakter der Leute un-
interessant ist. […] Es sei denn‹, fügte sie trocken hinzu, ›man
ist in sie verliebt.‹« An diesem Nachmittag gingen die beiden
zusammen durch den Regent's Park, und Mr. Ritchie, der
bisher durch andere Liaisons abgelenkt war, begann sein
Herz zu spüren.

»Ihre Bücher verraten viel von dem, was man erwarten
würde, wenn man ihr nur flüchtig begegnete: ihre Intelligenz,
ihre scharfe Beobachtungsgabe, ihre Liebe zu Häusern und
Blumen. Das hätte man auch alles in ihrem Salon und im Ge-

spräch mit ihr erfahren können. Aber einige schriftliche Passagen, in denen sich ihre besondere Intensität und ihr Genie äußern, sind kaum mit dem Bild der kultivierten Gastgeberin zu vereinbaren. Diese Reinheit intuitiven Erkennens, dieses Mitgefühl scheinen einem ganz anderen Teil ihres Wesens zu entspringen, dessen sie sich vielleicht gar nicht bewußt ist.

Heute nachmittag sind Elizabeth und ich in den Regent's Park gegangen, um uns die Rosen anzusehen. Seit Tagen haben wir von diesen Rosen gesprochen, aber ich kam nie vor der Dunkelheit aus dem Büro, und es sah schon so aus, als würden wir sie nie zusammen besuchen. Dann, an einem makellosen Septembertag rief sie mich nachmittags an und sagte, wenn wir heute nicht gingen, wäre es zu spät – sie seien fast verblüht. Also habe ich die Unterlagen des Außenministeriums in den Safe gepackt, die Akten eingeschlossen und ein Taxi zum Regent's Park genommen. Als wir nebeneinanderher gingen, war es, als sähe ich die Blumen durch die Linse ihrer Empfindsamkeit. Die ganze Szene, der Nebel über dem Fluß, die Regency-Villen mit ihren ummauerten Gärten und nassen Rasenflächen und das Wetter des späten Septembernachmittags verschmolzen zu einem Traum – ein Traum, in dem allen Symbolen eine geheimnisvolle, anspielungsreiche Macht zufiel – Regent's Park – Landschaft der Liebe. Ein schwarzer Schwan glitt im Abendlicht flußabwärts – die dunklen, purpurroten Rosen, die ihre Blütenblätter schon verstreut hatten – das verlassene Nash-Haus, mit seinem Säulengang, von dem der Stuck abblätterte, und seinem verwilderten Garten – alle waren Symbole, die eine Sprache sprachen, die wir beide, wie durch ein Wunder, verstanden.«[399]

Besuchte sie ihn in seiner »schicken neuen Wohnung« in Arlington Street zwischen Piccadilly und Green Park? Oder war das keine Gegend für eine Dame, wo sich in der Dunkelheit eine Hand auf den Arm legte: »Na, Süßer, so allein?« Als sie zum Tee kam, »in ihrem eleganten schwarzen Mantel mit einer rosa Blume im Knopfloch«, nahm sie entspannt und anmutig auf seinem Sofa Platz. »Sie räkelte sich nie – weder geistig noch körperlich. Ihr langes, nobles, schönes Gesicht war rosig von der nebligen Kälte draußen. Sie trug ihre goldene Halskette und Armreifen.«[400]

Es war charakteristisch für Mr. Ritchie, daß er modische Einzelheiten wahrnahm. Bei nächster Gelegenheit waren es eine weiße Seidenjacke über dem schwarzen Kleid, Kette und Armbänder in Rot und Gold wie gläserner Christbaumschmuck – das Geschenk einer Freundin, passend zu Elizabeths »byzantinischem Typ.«[401] Er interessierte sich für Frauen – für die alten Schlachtrösser unter ihrer Kriegsbemalung ebenso wie für die junge Dame, die ihm nach dem Lunch die Zungenbewegung zeigte, mit der Frauen Lippenstiftspuren von den Zähnen wischten. (Ritchie fand, er habe »eine wertvolle Information erhalten«.) In ihrer Suite im Claridge's schaute er zu, wie die Zofe seiner Freundin Miriam Rothschild das Haar legte und fühlte sich »wie ein französischer Abbé in einem Boudoir des 18. Jahrhunderts.« Nach dem Krieg brachte er den Hausmädchen auf Bowen's Court extravagante amerikanische Puderquasten mit.

Sie sprachen über Frauenfreundschaften. Jedes junge Mädchen, zitiert er Elizabeth, erlebe Freundschaften wie die zwischen Virginia Woolf und ihrer Nichte oder Jane Austen und ihrer Nichte, »und die ältere Frau trüge ihre lyrischen und poetischen Seiten in diese Beziehung hinein und erlebe so noch einmal ihre Jugend. Das junge Mädchen genieße es so sehr, mit den Augen der Liebe und Bewunderung angeschaut zu werden, daß es sich nur um des Vergnügens willen, der anderen Frau davon erzählen zu können, auf einen Flirt mit einem Mann einlasse. Dies alles habe nichts mit Lesbischsein zu tun.«[402] (Noch eine wertvolle Information gewonnen.)

Von Intimitäten ist sein gedrucktes Tagebuch frei. Auch Charles räkelte sich nicht; er schreibt über gemeinsame Essen in neuen kleinen Kellerrestaurants, die plötzlich in Mode kamen, und alten Hotels, die wie Flaggschiffe der Vergangenheit im verwüsteten London vor Anker lagen – das Ritz, das Claridge's, das Dorchester –, wo Mr. Ritchie den englischen »Abschaum der Riviera« betrachtete, den der Krieg dort angeschwemmt hatte, und mit schnellen Strichen im Stil einer Otto-Dix-Karikatur massakrierte: »Nervöse Gentlemen mit Spitzbäuchen, fahlen Gesichtern, anpomadisiertem Haar, schlaffem Mund und Doppelkinn, die Wildlederschuhe und karierte Anzüge tragen. Dürre, geschminkte Frauen in Fuchs-Capes, mit langen seidenbestrumpften Beinen und künstlichen Ringellöckchen um ihre knochigen Schafsköpfe.«[403] Zu Weihnachten 1943 besuchten er und Elizabeth den Gottesdienst in der überfüllten Westminster Abbey und kehrten nach Clarence Terrace zurück, um mit Alan zu Mittag zu essen. Es gab kalte Ente und weißen Corton, Jahrgang 1924, eine kleine Friedensschlemmerei.

Im Frühling waren ihm ihre gemeinsamen Spaziergänge durch Hampstead und im Regent' Park buchenswert, wo die Schwäne, wie Elizabeth sagte, »in trägem Unmut« auf dem Kanal schwammen, ein Zitat aus *Kalte Herzen*, in dessen erstem Absatz sie zur frostigen Nachmittagsstunde durch die spröde Eisdecke auf dem Kanal kreuzen. Jetzt schien die Junisonne, aber die Schwäne waren für Elizabeth zu jeder Zeit von poetischer Relevanz.

An einem anderen »makellosen Tag«, im Mai 1942, als Azaleen und Rhododendren blühten, fuhren sie nach Kew Gardens. »Wir ließen uns wie im Traum immer weiter treiben. Es war wie eine Szene aus einem ihrer Romane, zwei Menschen, die zwischen den Blumenbeeten herumwandern; ihre komplizierte Beziehung. Sie sitzen auf einer Bank, blicken über die schmale Themse mit ihren Schlammbänken auf die Kulisse von Syon House und sprechen über allerlei: Glück, Reisen, die sie nie zusammen antreten werden, die

Kindheit, aber niemals über die Liebe. Die Sonne scheint,
dann zieht ein Regenschauer auf – sie stellen sich in dem grünen Zelt einer Trauerweide unter und gehen zusammen durch
die schlichten, weißgetäfelten Räume von Kew Palace, wo
die gerahmten Stickereien verstorbener Prinzessinnen an den
Wänden hängen.

Dann Teestunde inmitten der knochentrockenen Bürger
von Kew in einem Raum voll kleiner Tische mit weißen
Tischdecken und Grüppchen murmelnder, flüsternder Leute,
die unter einem Bann zu stehen scheinen, der ihnen verbietet,
ihre Stimmen zu heben, zu lachen oder zu gestikulieren. Ich
sehe, wie Elizabeth sich umschaut, den Kopf ein wenig zu-
rücklehnt und ihre Augen leicht zusammenkneift (wie affektiert das klingt – wie vollkommen unaffektiert diese Haltung
bei ihr ist) und die Erinnerung an diesen Ort in sich auf-
nimmt.«[404] Die Gewohnheit, die Augen zusammenzukneifen, konnte auch die natürliche Haltung eines kurzsichtigen
Menschen sein, der sich weigerte, eine Brille zu tragen.

»Worin besteht ihre Unwiderstehlichkeit?« fragte er sich.
»Welchen Zauber hat sie über mich geworfen? Zuerst war ich
vor ihr auf der Hut – *méfiant*«, [mißtrauisch] »ich fürchtete,
sie, der nichts entgeht, würde meine kleinen Tricks und Stra-
tegien durchschauen. Ihre unheimliche Intuition, ihr blitz-
artiges Verstehen, das wie ein Wetterleuchten hereinbricht,
faszinierten und erschreckten mich zugleich. Jetzt entdecke
ich jeden Tag mehr von ihrem großzügigen Wesen, ihrem
Geist, ihrer Lustigkeit, dem stammelnden Fluß ihrer faszinierenden Rede, ihren Eigenheiten, ihrem unberechenbaren
Temperament. Jetzt weiß ich, daß es keine vorübergehende
Liebe ist, sondern daß ich mich bis zu meinem Lebensende
an sie gebunden habe.«

Der Krieg hatte mit seiner von der Normalität abgelösten
Stimmung eine Situation geschaffen, in der sie ihre »Unverheiratetheit« leben konnten. Beide waren sparsam mit großen

Worten. Beide ließen sich ungern fragen: Liebst du mich?
Zärtlichkeit schimmert durch, wenn Elizabeth ihm schreibt:
Ich wünschte, wir zwei würden zusammen einen Brunnen
betrachten, und Charles sie erinnert: Weißt Du noch, wie wir
an diesem schönen windigen Sonntag zusammen im Keller
des Ritz dinierten? Wir hatten uns gerade erst kennengelernt.
Auf dem Tisch standen rosa Tulpen …

Vielleicht war es gerade die Aussichtslosigkeit eines gemeinsamen Lebens und die Freiheiten, die sie einander zuge-
standen, die ihre Beziehung so unverbrüchlich machte. Für
sie wie für ihn war es die große Liebe, aber Elizabeth würde
Alan nie verlassen, und Charles würde nicht auf sie warten.
Als Alan 1952 starb, war Charles seit vier Jahren mit seiner
Cousine verheiratet. Hatte er sie gewarnt? War sie gewapp-
net? Elizabeth »konnte außerordentlich eifersüchtig und be-
sitzergreifend sein, was ihre engen Freunde betraf, und feind-
selig gegenüber ihren Ehefrauen oder Männern«,[405] erinnert
sich John Bayley, der Mann von Iris Murdoch. In einem
unveröffentlichten Text läßt sie eine junge Frau sagen: »Vielleicht ist es für eine einzelne Person leichter glücklich zu sein,
als für zwei.« Und die ältere erwidert: »Ganz bestimmt nicht.
Zwei sind eher … natürlich.«[406] Elizabeth war von Natur aus
keine Solistin, und wie auch immer ihre Absprachen mit
Charles lauteten – seine Ehe löste ihre Beziehung nicht, und
er fuhr fort, in seinen Tagebüchern von Elizabeth zu schwärmen, während seine Frau Sylvia, eingeschlossen in ein offi-
zielles »Wir«, als eine »Schönheit auf den zweiten Blick« im
Hintergrund hantierte.

Nachdem er zu Beginn des letzten Kriegsjahres zurück
nach Ottawa versetzt worden war, fanden er und Elizabeth
Wege – sie auf Lesereisen und Gastdozenturen; er auf diplomatischer Mission –, einander mehrmals im Jahr zu treffen,
und während Mrs. Ritchie zu Hause die Blumen goß, glänzte
Elizabeth an der Seite Seiner Exzellenz, des kanadischen Bot-

schafters. In Paris saß sie plaudernd neben dem Herzog von Windsor auf dem Sofa; in New York traf sie den UNO-Generalsekretär Dag Hammarskjöld. Charles und »die liebste Elizabeth, der ich alles verdanke« blieben einander in »Unverheiratetheit« dreißig Jahre lang bis zu ihrem Tod verbunden.

Ende Februar 1942 führten sie die »Aktivitäten« wieder nach Irland, und Charles, der fühlte, daß er langsam von ihr abhängig wurde, vermißte sie »noch mehr als beim letztenmal.« Doch zuvor dinierten sie zusammen im Claridge's. Elizabeth war bester Laune. »Sie sagte: ›Ich hätte Lust, dich in einen Roman zu stecken‹ und schaute mich plötzlich distanziert unter halbgeschlossenen Augenlidern an, wie ein Maler, der sein Modell mustert. – ›Du würdest dich wahrscheinlich nicht wiedererkennen.‹ ›Bestimmt nicht‹, log ich.«[407]

In der Hitze des Tages beginnt im Regent's Park an einem warmen Sonntagabend im September und mitten im Krieg. »Große kugelrunde Rosen, heute auf dem Höhepunkt ihrer zweiten Blüte, glühten um so mehr, je tiefer die Sonne stand, und blendeten den See«, wie an jenem Nachmittag, als Charles sich in sie verliebt hatte.

Stella Rodney und Robert Kelway sind sich in dem »rauschhaften Herbst der ersten Luftangriffe auf London« begegnet. Während die Stadt in Trümmer fällt, finden sie ineinander ein Zuhause, bewohnen »eine abgeschlossene Welt, die sich, wie das ideale Buch über nichts, durch ihre innere Kraft selbst trug.« Doch eine Heimat im anderen gibt es sowenig wie ein Recht auf Glück. »Sie waren nicht allein und waren es von Anfang an nicht gewesen, vom Anfang ihrer Liebe. Ihre Zeit saß als Dritter mit am Tisch. Sie waren Geschöpfe der Geschichte, deren Zusammenkommen in dieser Art und Weise in keiner anderen Zeit möglich gewesen wäre …«[408]

Als der Roman beginnt, ist die fiebrige Stimmung des Blitzkriegs schon verflogen. »Der Krieg rückte vom Horizont auf die Landkarte.« Blut und Tränen waren vergossen worden; in Schweiß und Mühsal richteten sich die Londoner nun in den Trümmern ein. Die Regierung hatte die Fünfundfünfzig-Stunden-Woche eingeführt; alle Frauen mußten sich als Hilfskräfte in der Kriegsproduktion melden. Bowen hatte ihr Teil als Kundschafterin in Irland beigetragen und wurde freigestellt. Sie durfte sogar ihre irische Haushälterin Nancy weiterbeschäftigen, die Glasscherben und Gips zusammenfegte, während sie schrieb. Elizabeth dachte daran, Nancy, »ohne die das Buch nicht hätte geschrieben werden können«,[409] *In der Hitze des Tages* zu widmen, doch dann entschied sie sich für Charles, ohne den das Buch nicht hätte begonnen werden können.

Zwei Jahre nachdem die Londoner durch »die lichtlose Mitte des Tunnels« gegangen waren, kehrte der Krieg mit noch schrecklicheren Waffen zurück. Vor Hitlers »Wunderwaffen« den »Buzz Bombs«, V1 und V2, die tagsüber und mit Überschallgeschwindigkeit einschlugen, konnten keine Sirenen warnen und keine Abwehrgeschütze retten. In zehn Monaten schossen die Deutschen nahezu zweieinhalb Tausend Raketen nach London hinein. Doch Bowens Thema waren nicht der Tod und die Verwüstung der Stadt, sondern das Leben, das ihr Liebespaar in dieser lichtlosen Mitte führt.

Elizabeth wies jede nähere Verwandtschaft mit Stella zurück, auch wenn sich die beiden geradezu lächerlich ähnlich sehen – bis zu der hellen Strähne im zurückgekämmten Haar, dem dezenten Make-up und der Angewohnheit, die Arme zu verschränken und die Augen zusammenzukneifen. »Nach dem ersten Blick mochte ihr Aussehen gewinnen […] Ihre Kleider paßten ihrem Körper, ihr Körper ihrem Ich, alles an ihr war attraktiv, elegant.« Stella sieht jung aus, »weil sie den Eindruck machte, als genieße sie noch die glücklichen, sinnlichen Seiten des Lebens.«[410]

Robert, den dunklen Antihelden, scheint Bowen im letzten Durchgang »hell« gemacht zu haben, vielleicht als Sohn seiner teutonischen Muttikins. Mit Charles teilt er die Abneigung, seinem Gegenüber direkt in die Augen zu sehen (im Roman ist es der Vater; in Charles' Leben war es seine Mutter, die die verwünschte Angewohnheit hatte, den Sohn mit ihrem »Löwenblick«, dem er nicht standhalten konnte, herauszufordern). Wie Charles ist auch Robert groß und schlank, reizbar und redselig, und wenn er mit hängenden Armen in Stellas Sessel lagert, streifen seine langen Finger gedankenlos über den Fußboden. Aber Hauptmann Robert Kelway ist keiner von Bowens faszinierenden Schurken, eher ein konturloser Mann und Liebhaber. Selbst als Spion ist der ehemalige Frontkämpfer und Mitarbeiter im Kriegsministerium nicht sehr erfolgreich. Harrison, der Agent der Gegenseite, läßt ihn hochgehen.

Dieser »Harrison ist sehr viel überzeugender als Robert«, kritisierte Eddy Sackville-West. »Robert leidet unter Miss Bowens Unfähigkeit, ihn mit jedwedem Charme auszustatten. Abgesehen von der Tatsache, daß er angeblich gut aussieht, groß ist und ein lahmes Bein hat, ist schwer einzusehen, warum Stella (deren Attraktivität wir keinen Augenblick anzweifeln) sich von so einer Null angezogen fühlten sollte.«[411]

Das empfand die Autorin naturgemäß anders. Befragt nach ihren Lieblingsschurken, nannte sie sowohl Robert Kelway als auch Harrison, neben Eddie aus *Kalte Herzen* und dem neunjährigen Leopold aus *Das Haus in Paris*. Zur Fraktion der hassenswerten Figuren – »soweit ich eine von ihnen überhaupt hassen kann« – gehörten Roberts Mutter, Mrs. Kelway, neben Mrs. Fisher aus *Das Haus in Paris* und Markie, der die *Fahrt in den Norden* nicht überlebt.

Harrison ist der Mann, der Stella verfolgt und ihr eröffnet, ihr Geliebter spioniere für die Nazis. Damit legt er den Funken eines ungeheuerlichen Verdachts an die Lunte. Was immer

sie unternehmen wird, ob sie schweigt oder spricht, ob sie
Robert traut oder mißtraut, er wird auf vorhersehbare Weise
handeln und sich verraten. Die Zündschnur zieht sich durch
den ganzen Roman, und gelegentlich droht sie auf Neben-
schauplätzen auszugehen. Die Geschichte bewegt sich von
London nach Irland und zu dem alten Herrenhaus Mount
Morris, das Stellas Sohn Roderick geerbt hat; zu den beiden
schlampigen Zimmern in der Londoner Chilcombe Road, in
denen sich die aufgelöste junge Soldatenfrau Louie, die eher
vor Langeweile als durch feindliches Feuer umzukommen
droht, von ihrer Freundin Connie, einer zackigen Luftschutzhelferin herumkommandieren läßt, und in die Wisteria Lodge,
eine »Hochburg des Nichts«, wo Cousine Nettie, die in
Mount Morris den Verstand verloren hat, in einer Art luzi-
dem Irrsinn lebt.

»Alle Romane, die ich bisher geschrieben habe, waren
schwer«, gesteht sie Charles, »aber dieser ist bei weitem der
schwerste von allen. Das Ding geht mir pausenlos im Kopf
herum [...] Manchmal glaube ich, der Roman wird ein glatter
Fehlschlag, aber dann werde ich froh sein, es versucht zu
haben. Es würde mir überhaupt nichts ausmachen, wenn dies
meine letzte Kugel im Lauf gewesen sein sollte und ich nie
wieder etwas schreiben würde. Das Buch wirft jedes erdenk-
liche Problem der Welt auf. Passagenweise erscheint es sogar
angebracht, einen Eindruck von Geschwätzigkeit und Sorglosigkeit zu verbreiten. Der größte Teil ist schon geschrieben,
das meiste, was noch aussteht, muß geradewegs auf ein Melodram hinauslaufen. [...] In gewisser Weise bereitet mir der
Roman die gleichen Schwierigkeiten wie ein Film einem ehr-
geizigen Regisseur, das Hin und Her zwischen verschiedenen
Themen [...] Einiges ist ganz lustig. Ich habe nichts gegen
eine derbe, burleske Lustigkeit à la Dickens, aber was ich
hasse und unbedingt vermeiden will, ist eine spitzmäulige,
mokante Ironie.«[412]

Für einen Spionageroman hat *In der Hitze des Tages* wenig Thrill. Die Autorin spart sich das ganze Sortiment geheimdienstlicher Aktivitäten: Verfolgungsjagden, konspirative Treffen, tote Briefkästen, Waffengewalt. *Was* Robert an die Deutschen verrät, wird nie enthüllt. Bedeutung hat allein das Zerstörerische seines Aktes auf seine und Stellas Liebe. Seine Wühltätigkeit rechtfertigt er am Ende damit, daß er ein Land verrate, das sich schon selbst verraten habe: Eine moralisch verwahrloste Zivilisation, die ihren Untergang verdient hat, bricht zusammen. Es ist die Idee eines desillusionierten Mannes, der als Offizier bei Dünkirchen verwundet wurde und die Machtlosigkeit Englands als persönliche Schmach erlebt hat. »Dünkirchen wartete in uns – was für eine Rasse! Eine Klasse ohne Mitte, ein Rasse ohne Land. Niemals unversehrt. Niemals im Boden verankert.«[413]

Bei den Nazis war in dieser Hinsicht mehr Festigkeit zu erwarten, sogar die Vorstellung, auf ihrer Seite herrsche »Recht und Gesetz.« Stella, die selbst für eine Regierungsbehörde arbeitet und es besser wissen sollte, hat dem wenig entgegenzusetzen. »Aber es sind doch nicht nur Feinde, sondern sie sind auch furchtbar – unglaubwürdig, undenkbar, grotesk.« Robert entgegnet: »Ach, sie – ja klar! Doch du beurteilst das, was sie tun, nach den Personen. Vergiß nicht, bei der Geburt ist alles grotesk.«[414] Und auf ihr Insistieren: »Du willst, daß der Feind gewinnt, weil du meinst, er hätte etwas? Was?«, erwidert Robert: »Er hat etwas. Dieser Krieg ist schon zuviel blutige Haarspalterei um etwas, das sich längst selbst entschieden hat. Der Sieg jeder Seite würde den Krieg beenden: nur der Sieg ihrer Seite würde die Haarspalterei beenden. Ich will, daß das Geschnatter aufhört.«[415]

In keinem anderen Bowen-Roman haben zwei so ausführlich zur Sache gesprochen wie *In der Hitze des Tages*. Aber wer soll ihnen glauben? Roberts Geständnis wirkt so dunkel und substanzlos wie das Ambiente, in dem er redet. In Stellas blickdicht verdunkeltem Schlafzimmer existiert er nur als Stimme und als die Hand, die eine andere sucht.

Bowens Schwierigkeiten mit dem Roman waren offenbar nicht nur stilistischer, sondern auch ideologischer Art. Nach Kriegsende schrieb sie die ersten vier Kapitel um und vollendete das Manuskript erst 1948. Die Greuel der Nationalsozialisten konnten ihr nicht entgangen sein; Charles war darüber gründlich informiert. Ihr Furchtbarsein hatte nichts Faszinierendes, aber wie Stella, die sich von Robert ausmanövrieren läßt, kann sich auch ihre Autorin zu keiner Klarheit durchringen. Robert argumentiert, ihm sei die Ungnade einer Geburt zu einem Zeitpunkt widerfahren, an dem Helden nicht mehr gefragt waren. Die Zeit habe an seinem Tisch gesessen, als er sich für die falsche Sache begeisterte. Deshalb stehe es Stella nicht zu, über ihn zu urteilen. Aber was will der Mann? Wofür kämpft er? Daß das Geschnatter aufhört?

In Roberts Verachtung der Freiheit des einzelnen (»Mäuse, die man mitten in der Sahara freigelassen hat«) klingt Bowens anerzogene Abscheu vor dem mangelnden Format kleiner Leute mit. Schon in *Bowen's Court* – 1942 erschienen – hatte sie die Schuld an dem Desaster des Krieges einer von zweifelhaften Errungenschaften unterminierten Gesellschaft gegeben. »Und wohin hat uns […] der Wunsch gebracht, frei von den Fesseln des Geschlechts, der Klasse, der Nationalität zu sein, das Bestreben, jedem gerecht zu werden? In das Jahr 1939.«[416] Im zerbombten, nur von Schlaglichtern erhellten London läßt sie die letzte komplizierte Variation ihres Themas spielen, daß Entwurzelung und der Verlust von Prinzipien Verräter hervorbringen.

An Roberts Kryptofaschismus trägt seine Familie die Schuld, der Vater, dessen »unausgesprochene Demütigungen […] tief in der Seele des Sohnes eingebrannt blieben«,[417] die monströse Mutter, die von den erwachsenen Kindern »Muttikins« genannt wird (ein Wort, das aus dem Mund eines angeblich ruchlosen und verwegenen Mannes die literarische Figur abstürzen läßt, lange bevor sie sich aufs Dach von Stellas Haus hinauswagt) und nicht zuletzt der schauerliche Familiensitz Holme Dene mit seiner von wildem Wein überwachsenen Fassade, den imitierten Eichenbalken, sargartigen Möbeln und Fluren, die – man faßt es kaum – in Hakenkreuzform verlaufen.

In Bowens Geschichten umschließen die Mauern die Neurosen ihrer Bewohner wie Schneckenhäuser, aber kein Heim wirkt selbst so aktiv erdrückend wie Holme Dene – »vollgestopft mit Materie – Verdrängtem, Zweifeln, Ängsten, Ausflüchten und Notlügen.«[418] Es ist die Brutstätte des Bösen schlechthin, ein »Menschenfresserhaus« mit Muttikins im Ausguck, ein Haus der Spione, in dem kein Bewohner unverfolgt bleibt, kein Brief unbeobachtet abgelegt und kein Telefongespräch unkommentiert geführt werden kann. »Als Familiensitz war Holme Dene vielleicht ein veraltetes Modell, doch es blieb ein Prototyp.« Ohne dieses Haus wäre Robert als Verräter noch weniger glaubhaft. Aber die Architektur hat schwer an ihrer Bedeutung zu tragen.

Bowen brauchte für ihren Plot einen Revolutionär – oder einen Konterrevolutionär. Warum ergriff sie nicht einen der jungen eloquenten Marxisten im verkrumpelten Tweedjackett, die in ihrem Salon für die Sowjetunion schwärmten? Die Verbindungen der Cambridge-Spione um Guy Burgess und Kim Philby reichten bis in ihren Freundeskreis. Maurice Bowra kannte Guy Burgess, einen schillernden und ziemlich wilden, schwer trinkenden, schwulen jungen Mann, und als Goronwy Rees seiner Freundin Rosamond Lehmann gestand, Burgess habe versucht, ihn als Agenten für den KGB zu rekrutieren, war das einfach zu prickelnd, um nicht unter dem Siegel der Verschwiegenheit weitergetragen zu werden. Die Rhetorik der Linken war ihr geläufig. Warum dann ein Nazi, der das ganze Gerüst ins Wanken brachte? Ihr war klar: »Er ist das Problem und der Prüfstein des Buchs.« Als Alan wagte, ihn beim Abendessen »einen Mann, wie ihn sich nur eine Frau ausdenken kann«[419] zu nennen, ging Elizabeth früh ins Bett. Sie nahm eine schlechte Rezension noch immer übel auf. Rosamond Lehmann, die eine aufgewühlte, tränenreiche Nacht über der Lektüre verbracht hatte, schrieb an »Darling Elizabeth«, daß sich das Buch tief, tief in ihr Bewußtsein eingegraben habe; »eine überwältigende Erfahrung, für die ich ewig dankbar sein werde«, daß ihr aber trotzdem etwas Störendes aufgefallen sei. »So ganz verstehe ich nicht, warum er nicht Kommunist sein und als solcher auf seiten der Russen und der Alliierten, anstatt auf seiten des Feindes stehen konnte.«[420] Nicht nur identifizierte sie sich stark mit Stella, sie war auch überzeugt, Elizabeth habe ihren Sohn Hugo als Roderick und ihren Geliebten Cecil Day Lewis als Robert portraitiert. (Daß Elizabeth Hugo nicht kannte, machte die Sache erst richtig unheimlich.) Rosamond gratulierte auch Charles. Er werde stolz auf die Widmung sein. Daß er das Vorbild für Robert sein könnte, fiel ihr nicht auf. Was Charles von Robert hielt, ist nicht überliefert.

Neben dem schwachen Helden ist der schiefäugige Agent Harrison, der Stella begehrt und den anderen ans Messer liefert, der interessantere Mann; weniger eine lebendige Figur als eine beunruhigende Präsenz. Für die Autorin waren sein sprachliches und moralisches Vokabular neues Forschungsterrain. Für Stella, die den Kerl vom ersten Zusammentreffen an haßt, ist er ein dauernder Stachel in ihrer Seite, ein Schmerz, der auch ein Reiz sein kann; ein gefürchteter Eindringling, für den sie gleichwohl alle Türen offenstehen läßt. Sie zittert vor dem Handel, den er ihr vorschlägt: Wenn sie mit ihm ins Bett ginge, würde er Robert entkommen lassen – vorläufig jedenfalls –, aber sie macht es sich in seiner Gegenwart erstaunlich bequem. Würde eine Frau vor dem Mann, den sie verabscheut, wirklich ihre Hausschuhe – Pantoletten für die

Dame – anziehen und die Füße hochlegen? Nach Roberts
Tod vermißt Stella diesen verstohlenen Kerl, und als er
wiederauftaucht – »Ich wünschte, Sie wären früher gekommen« –, bietet sie ihm an, die Nacht bei ihr zu bleiben. Harrison geht, aber vorher verrät er ihr seinen Vornamen: Robert.
Damit schließt sich das Dreieck zwischen Stella, dem Spion
und dem Verräter.

Harrisons Vokabular stellte nicht die einzige Herausforderung dar. Connie und Louie, die Mädchen vom Zeitungs-
kiosk und aus der Fabrik, reden in einem Idiom, das Bowen
als Luftschutzhelferin mitgehört hatte und in ihre eigene
Form von »Cockney« gießt. Sean O'Faolain, der bisher vergeblich nach der »Erdhaftigkeit« in ihrem Werk Ausschau gehalten hatte, war von Louie begeistert (»sehr lustig«). Doch
Louie ist eher ein verlassenes großes Kind, dessen beflissenes,
törichtes Geplapper seine Sprachlosigkeit verbirgt: »In mir ist
es, als wenn man zu Tode gequetscht würde, immer mehr
kommt in mich. Ich könnte mehr ertragen, wenn ich nur mehr
sagen könnte.«[421] Statt Worten bringt Louie am Ende des
Krieges ein Kind zur Welt, einen kleinen englischen Victor.

Stärker als in allen vorherigen Romanen malt Bowen mit
jedem Wechsel der Szene und der Atmosphäre in einem anderen Stil: zartestes Aschgrau in der Passage, die den wachsenden Wahn der Frauen auf Mount Morris beschreibt, fleckiges,
krümeliges Pastos um Louies ungemachtes Bett, grelles
Punktlicht in dem surrealen Grillrestaurant, »das nicht aussah, als habe es vor heute abend schon existiert« und in dem
die Dinge in ebenso bedrohliche wie unappetitliche Nähe
rücken: das Salatblatt auf dem gesprenkelten Linoleumboden,
die Frau mit dem Reißverschluß über den ganzen Rücken, die
aussieht, »als habe sie eine blecherne Wirbelsäule«, der Hum-
mer in Mayonnaise auf matschigem Grünzeug, der Puderfleck
auf dem Anzugkragen, der sich kratzende Hund unter dem
Tisch und das »whitish White« in Harrisons Augapfel.

Bowens sprachliche Meisterschaft bewegt sich in *In der Hitze des Tages* auf hohem Seil und gelegentlich mit einer Artistik, die an Eigenparodie grenzt. Die Verschlingungen ihrer Syntax sind im Deutschen, dessen Satzbau geschmeidiger sein darf, nicht immer nachzuvollziehen. Das Buch, so die Übersetzerin Sigrid Ruschmeier, die sich auf Bowen-Terrain auskennt – sie hat fünf ihrer Romane sowie einen Band Erzählungen übertragen –, lebe noch mehr als die anderen von der Atmosphäre. Hier ist es die einer in Trümmer fallenden äußeren Welt und einer durch den Krieg forcierten Brüchigkeit und beschleunigten Gefährdung der menschlichen Beziehungen, und sie vergleicht die manchmal gegen alle Regeln der englischen Syntax verstoßenden Sätze mit ihren Wiederholungen von Satzelementen, doppelten Verneinungen oder Umstellungen mit den Schutthaufen, die das Bild des zerbombten London prägten.

Diese Schutthaufenbildung war Bowens Absicht. »Normalerweise kann ich geziertes Wortgedrechsel nicht ausstehen«, schreibt sie ihrem Lektor bei Cape, der zusammen mit William Plomer Glättungsvorschläge gemacht hatte. »Aber in diesem Roman [...] kann die reguläre Syntax nicht immer den genauen Sinn abbilden, oder – wichtiger noch – sie kann die von mir angestrebte exakte psychologische Bedeutung nicht wiedergeben [...] Ich möchte die Disharmonien und Sperrigkeiten und das ›Wortgeklingel‹ gern erhalten wissen. Meiner Meinung nach drücken sie etwas aus. An einigen Stellen muß der Rhythmus stottern oder ruckeln, selbst wenn es den Leser schmerzen sollte.«[422]

Hörbar werden in der strapazierten Syntax die Qual des Wartens, Nervenanspannung, Erschütterungen und die »anschwellende Flut der Halluzinationen.« Stella in der gespenstischen Bar, mit Harrison am Tisch: »What an evening, she superficially thought, of, among everthing else, waste! (Was für ein, dachte sie flüchtig, voll und ganz verschwendeter

Abend!)«⁴²³ Hörbar wird das Stolpern des Mannes, der vor Stellas Haus auf Robert lauert: »In the street below, not so much a step as the semi-stumble of someone after long standing shifting his position could be, for the first time by her, heard. (Dann hörte sie zum erstenmal unten auf der Straße weniger einen Schritt als vielmehr, wie jemand stolperte, der nach langem Stehen seine Position veränderte.)«⁴²⁴

Ihr Lektor listete vier Seiten mit Anmerkungen zu solchen Stolperstellen auf, die er »sich verkeilende Baumstämme in einem kristallklaren Fluß« nannte und die zu überdenken er sie bat. Einige Formulierungen seien »weit, möchte ich zaghaft anmerken, hergeholt.« Doch Bowen ließ sich nicht aufziehen und nicht reinreden. Sie bestand auf ihren Satzschollen. »Manchmal muß Prosa die Rolle der Poesie übernehmen [...] Ich gebe zu, das ist gefährlich und sollte nur mit voller Absicht und auf eigenes Risiko geschehen. Aber ich bleibe ganz entschieden dabei. Wenn mich die Kritiker verreißen oder sich über mich lustig machen sollten, so werde ich daran denken (denn Sie und William werden es mir freundlicherweise nicht reinreiben), daß ich gewarnt worden war.«⁴²⁵

XVI IN DEN SCHUHEN DES SIEGES
Clarence Terrace zerstört – *Der dämonische Liebhaber* – Die Toten von London – *Efeu kroch übers Gestein* – Folkstone 1945 – Victory Day

Clarence Terrace Nr. 2 war seit Beginn des Blitzes halbwegs heil geblieben, bis im Juli 1944 eine V1 in der Straße herunterkam, die Explosion durchs Haus fegte, alle Fenster eindrückte, Decken und Zwischenwände zertrümmerte. Nur die Außenmauern blieben stehen. Damit sei das letzte Londoner Haus, das seine Atmosphäre aus Friedenszeiten bewahrt habe, verschwunden, schreibt Charles Ritchie. Man pflegte dort – solange der Vorrat reichte – eine kultivierte Vorkriegsverfressenheit, gute Gespräche und einen gewissen Stil. »Ich mochte das Haus, seine hohen, luftigen Räume und die Art, in der es geschmackvoll, wenn auch sparsam eingerichtet war. [...] Elizabeths Nerven haben unter der schrecklichen Anspannung gelitten, aber sie hält sich tapfer, und wenn sie wegfahren und ein wenig Ruhe finden könnte, ginge es ihr bald besser. Mitten in dieser ganzen Aufregung versucht sie noch immer wie besessen an ihrem Roman [*In der Hitze des Tages*] zu arbeiten.«[426]

Es gab Autoren, sagte sie später, die in dieser Zeit verstummten, weil sie bezweifelten, daß Kunst im Angesicht des Krieges möglich oder legitim sei. Aber Bowen war niemand, der sich um den Stand der Menschheit Sorgen machte oder sich ein Leid einreden ließ, das sie nicht empfand. Der Sinn des Lebens und Schreibens war weiterzumachen. »Ich bin viel egoistischer und habe sehr viel weniger moralische und

psychologische Sensibilität als eine ganze Reihe von Schriftstellern aus meinem Bekanntenkreis«, ließ sie einen Interviewer wissen. »Ich verfüge über eine gewisse Undurch-
dringlichkeit. Neben der Arbeit, die ich während des Kriegs
für die Regierung erledigte, schrieb ich einfach immer weiter
drauflos. Ich glaube nicht, daß das falsch war; ich fühlte einfach: ›Also gut, das ist das einzige, was ich tun kann, also
warum sollte ich damit aufhören? Wenn es sonst richtig ist,
dann ist es jetzt auch in Ordnung.‹«[427]

Als Clarence Terrace zerstört wurde, siedelten die Camerons in die Wohnung von Winston Churchills Nichte Clarissa
in einen modernen Häuserblock am Regent's Park um. Deren
vergoldete und mit braunem Samt bezogene Polstermöbel,
die eigentlich zu groß für die kleinen Räume waren, gefielen
Elizabeth so gut, daß sie das Interieur in Stellas fiktiver Wohnung wiederaufbaute. Unter dem Eindruck ihres eigenen
zerborstenen Heims schrieb sie an einem fremden Tisch neben ihrem Roman die Erzählung *Felder in einem glücklichen
Herbst*, in der sich eine Frau, die in den Trümmern ihres
Hauses eine Tasche mit alten Briefen und vergilbten Photos
findet, von der Flut der Halluzinationen in eine andere Welt
und eine andere Zeit zurücktragen läßt: aus ihren zusammen-
brechenden vier Wänden zurück ins 19. Jahrhundert und aus
der Roheit des Kriegs in die subtile und wohlkontrollierte
Gefühlswelt einer anglo-irischen Familie.

Elizabeth las Charles die Geschichte vor, während er auf
Miss Churchills vergoldetem Sofa lag und über die Baum-
wipfel im Regent's Park schaute. »Das Haus erbebte. Gleichzeitig zersplitterte das Fenster mit dem Kattunvorhang, und
noch ein Stück von der Decke kam herunter, zum Glück
nicht auf das Bett. Der mächtige dumpfe Knall der Explosion
verebbte und hinterließ im Haus ein Rieseln, das von Auflösung kündete. Er war noch eine Weile zu hören. Mary lag da
mit angehaltenem Atem, mit zusammengepreßten Lippen

und zugekniffenen Augen, bis sich der beißende, erstickende Gipsstaub gelegt hatte.«

Um Clarence Terrace wiederherzurichten, mußte sie ihren Agenten Spencer Curtis Brown bitten, für sie bei ihrer Bank zu bürgen. Er stand für hundert Pfund gerade, damit sie ihr Konto um achtzig überziehen durfte. Geld von der Regierung für den privaten Wiederaufbau floß erst nach dem Krieg. Im Oktober 1944 zogen sie wieder ein. Ihre Verachtung der Zimperlichkeit kam ihr in dieser Zeit sehr zustatten. Der Krieg war etwas für aristokratische Menschen, und als solche erschienen ihr die meisten Londoner »und die armen ganz besonders.« Im Vergleich zu denen, die Leib und Leben verloren hatten, waren ihre zersplitterten Fenster und der pulverisierte Stuck kaum der Rede wert.

»Während des Kriegs lebte ich als Zivilistin und Autorin mit offenen Poren«, schreibt sie in der Einleitung zu ihrer Sammlung von Erzählungen *Der dämonische Liebhaber*.[428] »Ich lebte so viele verschiedene Leben, ja, mehr noch, ich erlebte das, was um mich herum in Tausenden von anderen, unter Druck stehenden Leben geschah, wie einen Rückstoß, so daß ich nun erkenne, daß es unmöglich war, nur *ein* Buch zu schreiben. [...] Manchmal wußte ich kaum, wo ich aufhörte und ein anderer Mensch begann. Die gewaltsame Zerstörung fester Dinge, die Explosion der Illusion, daß Ansehen, Macht und Beständigkeit sich an Masse und Gewicht festmachen, hat uns alle gleichermaßen berauscht und körperlos gemacht. Mauern brachen zusammen, und wir fühlten oder kannten einander. Wir lebten alle in einem Zustand lichter Abnormalität, einer anschwellenden Flut von Halluzinationen, die weniger Wahn als ein unbewußter, instinktiver Schutzraum im Wesen der Buch-Charaktere waren. Das Leben, das von den Zwängen der Kriegszeit beherrscht, das Gefühlsleben, das von wechselnden Umständen zerrissen und dezimiert war, mußte sich auf andere Weise Vollständigkeit suchen.«

Das eine Buch, von dem so viele andere Texte absplitterten, war natürlich *In der Hitze des Tages*, 1942 begonnen und immer wieder unterbrochen und überarbeitet. Von den ersten fünf Kapiteln hatte sie, der Sicherheit wegen, Durchschläge an Susan Tweedsmuir nach Elsfield geschickt. Bei Kriegsende fing sie noch einmal an, doch das Buch erschien erst 1949, elf Jahre nach ihrem letzten Roman *Kalte Herzen*. Jedesmal, wenn sie sich unterbrach, um eine Erzählung für eine Zeitschrift zu schreiben, fühlte sie, daß sie damit eine Tür öffnete, hinter der sich Gedanken, Bilder und Gefühle angesammelt hatten, die nun mit Gewalt hereinstürzten. Keine der Geschichten handelt wirklich vom Krieg oder von Kampfhandlungen. Nur in *Kôr, du ferne Stadt* tritt ein Soldat auf, und der will nicht kämpfen, sondern mit seinem Mädchen ins Bett gehen. In vielen bricht das Übersinnliche durch die Membran, die nicht nur Menschen von Menschen, sondern auch die Lebenden von den Toten trennt, und nur das ferne Land der Gedanken bietet eine Zuflucht. Die Toten, die in *In der Hitze des Tages* wie gelassene Schatten die Lebenden begleiten, gewinnen in *Der dämonische Liebhaber* eine vernichtende Macht über deren seelische Gesundheit. Noch auf dieser Seite wandelnd, fangen sie an, das Leben von Gespenstern zu führen.

»Am meisten machten sich überall in London die anonymen Toten aus Leichenhallen oder unter Trümmerbergen mit ihrer Anwesenheit bemerkbar – nicht als die Toten von heute, sondern als die Lebenden von gestern. Ungezählt zogen sie weiter in Scharen durch den Tag in der Stadt, drangen mit ihren abgerissenen Sinnen in alles, was man sehen, hören oder spüren konnte, und zehrten von diesem Morgen, mit dem sie gerechnet hatten – denn so plötzlich ist der Tod auch nicht. Abwesend aus dem Alltag, der das Leben gewesen war, prägten sie diesen Alltag mit ihrer Abwesenheit, und da man nicht wußte, wer die Toten waren,

konnte man auch nicht wissen, welches die Treppe sein
würde, die morgens jemand zum erstenmal nicht mehr hochkam [...]

Doch die Menschen, die noch aßen, tranken, arbeiteten,
mit dem Bus fuhren oder stehenblieben, schickten sich in-
stinktiv an, die Gleichgültigkeit zu durchbrechen, solange
noch Zeit war. [...] Fremde sagten sich an Straßenecken ›Gute
Nacht, viel Glück‹, wenn der Himmel abends erst zu erblei-
chen begann und dann dunkel wurde; jeder hoffte, in der
Nacht nicht zu sterben, und noch mehr, nicht als Unbe-
kannter zu sterben.«[429]

In der Titelgeschichte von *Der dämonische Liebhaber* findet eine Dame in der Diele ihres verrammelten Londoner
Hauses einen Brief ohne Marke. Der Absender ist ihr im Ersten Weltkrieg gefallener Verlobter, der sie an diesem Tag
»zur verabredeten Stunde« treffen will. Bei ihrem Abschied
vor fünfundzwanzig Jahren hatten sie sich das »unnatürliche
Versprechen« gegeben, immer beieinanderzubleiben. »Du
brauchst nur zu warten.« In wachsender Panik flieht sie aus
dem Haus und findet ein Taxi. Noch ehe sie ihr Ziel nennen
kann, rast der Wagen mit ihr los; am Steuer der teuflische
Wiedergänger, sie schreiend auf dem Rücksitz und mit den
Fäusten gegen das Glas schlagend.

Raffinierter und verschwiegener ist *Efeu kroch übers Gestein*, das von den blicklosen Augen einer kapriziösen Frau
und dem Tod eines Herzens handelt. Auf der Suche nach der
Vergangenheit besucht Gavid Doddinton nach dem Krieg
das Haus in Southstone, in dem er als kleiner Junge seine
Sommerferien bei einer Freundin seiner Mutter, der jungen
Witwe Lilian Nicholson, verbracht hatte. Mauern und Fenster sind von Efeu umstrickt, als nähre sich das Grün schma-
rotzend von etwas im Innern des Hauses. Gavins Ferien waren
die Höhepunkte seines Lebens. Nur dort, bei ihr, der geliebten Mrs. Nicholson, konnte er etwas fühlen, während zu

Hause, im schäbigen Gutshaus in den Midlands, Stillstand
und Resignation regierten.

Ein wenig Florence Bowen könnte in der schönen Witwe
Nicholson stecken, die, gedankenlos, politisch unberaten
und kapriziös, eine Affäre mit Admiral Concannon begonnen hat. Wieder erzählt Bowen die Geschichte aus der Perspektive eines Kindes, das vergeblich versucht, die Augen
der Liebsten auf sich zu ziehen. Gavins Entdeckung, daß er
für Lilian Nicholson nur eine Art lustiges kleines Haustier ist,
bedeutet das Ende der Kindheit und läßt ihn als Menschen
erstarren; ein einsamer, verstohlener, wölfischer Mann. Das
junge Mädchen, das er in Southstone anspricht, meint, das Gesicht eines Menschen gesehen zu haben, »der zugleich tot und
gegenwärtig war – und ›alt‹, weil man ihm unter einer eisigen
Schutzschicht all die Gefühle ansehen konnte, die irgendwann
wie ein Mechanismus stehengeblieben sein mußten.«⁴³⁰

Southstone ist natürlich Folkstone, die Stadt ihrer Kindheit, die Bowen im Juli 1945 wieder besuchte. Die Kanalküste
war seit der Niederlage Frankreichs im Sommer 1940 für den
Reiseverkehr gesperrt. Was einundzwanzig Meilen jenseits
des Wassers lag, hieß seither »die deutsche Küste«. Im Sommer 1944 war Bowen zum letztenmal im Auftrag des Infor-
mationsministeriums in Folkstone gewesen, hatte Verteidi-
gungsanlagen, Luftschutzkeller und den Hafen, in dem die
Landungsboote ankerten, in Augenschein genommen. Durch
die engen Straßen rasselten Truppenkonvois. Die grünbrau-
nen Tarnnetze auf den Helmen der Soldaten, die lässig auf
den Lastern hockten, flatterten »wie heroischer Feder-
schmuck oder wildes Haar.« In den weißen Klippen, in
feuchten Tunneln, alten Weinkellern und Schmugglerver-
stecken schliefen die Leute zu Hunderten in Stockbetten.
Auch hier sah sie sich um, meinte noch, den Wein zu riechen,
einen Hahn tropfen zu hören, bis jemand sagte: Es sind die
Uhren. »Im Dunkeln, auf den Ablagen über dem zusam-

mengerollten Bettzeug – Patchwork-Quilts, Strickdecken, geblümte Plumeaus – ticken tagsüber die Wecker, bis ihre Eigentümer zurückkehren.«⁴³¹ Was immer das Ministerium bestellt hatte, es bekam ein klingendes Stück Bowen-Prosa geliefert.

Im Sommer darauf war der Krieg vorbei, am Strand wurde der rostige Stacheldraht durchgeknipst und beiseite geräumt, aber Folkstone war noch immer ein Soldatennest. Auf dem Plateau, wo sie aus dem Zug stieg, war die Zeit stehengeblieben; die Kastanienalleen lagen verlassen im dunklen Schatten. Alle Hotels waren requiriert worden, die Fenster der meisten Häuser noch immer zugenagelt; Efeu »bedeckte die Steinstufen, seine Ausläufer krochen über die verbarrikadierten Türen«.⁴³² In den zubetonierten Vorgärten parkten Armeelaster.

Folkstone, die schönste unter den Städten an der Kanalküste, wirkte auf sie wie Pompeji. Hier war sie als kleines Mädchen zur Schule gegangen, Hand in Hand mit anderen braven Kindern, hier hatte sie auf der Promenade Brausepulver gelutscht und auf der Rollschuhbahn, wo jetzt eine Armee-Kantine stand, ihre Runden bis zum Umfallen gedreht. Zwei Damen saßen mit dem Rücken zum Strand und blickten stumm auf das Feldlager in Auflösung. Ein Preßlufthammer zerhackte die Stille. Ein paar Liegestühle waren schon wieder aufgeklappt, ein Verkaufsstand für Seeschnecken geöffnet. Auf der Promenade vollführten kleine Jungs Kunststücke auf ihren Fahrrädern. »Es ist die letzte Idylle des Kriegs, nicht die erste im Frieden«, schreibt sie in einer Reportage für die Zeitschrift *Contact*.

Die Tage vor dem 8. Mai 1945 – »Victory in Europe Day« waren von einer ähnlichen Anspannung erfüllt wie die letzten Tage vor Ausbruch des Kriegs. »Wie schade, daß es keine entsprechende Umkehrung zu der Übung gibt, mit der wir 1939 so viele nette Stunden verbracht haben: die Gasmasken

aufzusetzen«, schreibt sie an Charles, der nach Kanada zurückgekehrt war. Sie verbrachte ein paar Tage auf dem Landsitz eines Freundes, der zur Feier des Friedens seine Gäste
abends auf die Terrasse bat. Der Springbrunnen im Garten,
der während des Krieges abgestellt war, wurde wieder ange-
dreht. »Robert werkelte am Brunnen herum. Eine atemlose
Pause folgte, dann sprang eine Fontäne auf, erst ein bißchen
rostig, erhob sie sich zögernd in die Luft, wankte und teilte
sich schließlich in vier gewölbte Wasser-Federn. Es war so
wunderschön und so vollendet symbolisch – mit dem weiten
Ausblick über viele Meilen des englischen Landes, das sich
dahinter erstreckte, daß ich einfach weinen mußte.« – »Ich
finde einen Brunnen so viel schöner als ein Freudenfeuer;
wenn auch nicht ganz so demokratisch.« Danach erzählten
sich die Gäste von all den Brunnen in südlichen Gärten, an
denen sie sich im Lauf ihres Lebens ergötzt hatten, und sie
schließt: »Ich wünschte, Du und ich würden bald zusammen
einen Brunnen anschauen.«433

Victory Day in London und die Woche nach dem 8. Mai
hatten etwas Rauschhaftes. In der Hitze der Nacht fühlte
sich das Kriegsende wie eine »ins Riesenhafte gesteigerte
Liebesbegegnung an. Eigentlich war nichts auf Jubel eingestellt – ein starker und allgegenwärtiger Schweißgeruch breitete sich durch die offenen Fenster im ganzen Haus aus – und
trotzdem ereilte es uns.« Für die Camerons kam die Nachricht als Antiklimax. »Ich knipste das Radio aus und sagte zu
Alan: ›So, der Krieg ist vorbei‹, und er sagte: ›Ja, ich weiß‹,
und wir stießen beide ein kurzes, sarkastisches Lachen aus,
gingen ins Eßzimmer und saßen dort eine Stunde auf der
Fensterbank, unfähig, irgend etwas zu unternehmen. Er war
wütend, weil er in seinem Büro keine Anordnungen hinterlassen hatte; ich war wütend, weil ich keine Fahnen besorgt
hatte. Der Park sah dunkel wie eine Photographie aus und
war fast leer; und ich dachte, irgendwie habe ich gewußt, daß

ich mich so fühlen würde.« (Vermutlich hätte sie sich ein bißchen besser gefühlt, wenn Charles noch in London und bei
ihr gewesen wäre.)

Am nächsten Tag trieb sie dann doch ein paar Fahnen auf,
und am Abend ging sie mit Alan in die Stadt, Richtung Westminster Abbey. »Fast alle jungen Mädchen hatten einen
Gang, als trügen sie neue und viel zu enge Siegesschuhe,
wären aber inzwischen viel zu aufgeregt, um sich etwas daraus zu machen; ältliche, ungeliebt aussehende Frauen wanderten in Gruppen umher, ein fast bräutliches Lächeln auf
den Lippen und mit koketten Trikoloreschleifen oder flott
aufgebogenen Zylinderkrempen auf dem Kopf. […] Die Gesichter der meisten Menschen hatten einen klaren, lauteren
Ausdruck, wie neugeborene Babys oder gerade verstorbene
Seelen. Ein wenig betäubt, aber eigenartig würdevoll. Wie
Du weißt, finde ich im allgemeinen Demonstrationen abscheulich. Ich kann mir nicht vorstellen, daß jemand abwei-
sender darauf reagiert oder weniger Illusionen hat als ich.
Aber nach einer *crise* (die lange vorher eingetreten war), verbunden mit einem hysterischen Stimmungsumschwung und
einer großen Müdigkeit, ging es mir wie den jungen Mädchen in den engen Schuhen. Es spielte keine Rolle mehr, und
ich fühlte mich auf merkwürdige Art euphorisch.«

Elizabeth Bowen zusammen mit Mädchen wie Connie
und Louie auf der Straße, leicht verdreht, entrückt lächelnd,
ein Fähnchen schwenkend … »Die Oberklasse und die Intel-
ligenzija, so erfuhr ich später, waren im Bett geblieben, tranken und dachten nach. Ich muß gestehen, daß ich auch ziemlich viel trank.« Wieder zu Hause, schleuderte sie die Schuhe
von den Füßen und streckte sich stöhnend auf dem Boden
aus. Am anderen Ende von Clarence Terrace hatte jemand
ein Freudenfeuer entfacht. Es war schön, die Trümmer von
Flammen gerötet zu sehen, die nicht vom Krieg entzündet
worden waren. Die fiebrige Stimmung in der Stadt, die Feuer

und die Fahnen erschienen ihr »wie eine lustige Parodie des Krieges«.

In der folgenden Nacht kehrte sie allein von einer Dinnerparty nach Hause zurück und sah unterwegs die Scheinwerfer, die fünf Jahre lang den Himmel nach feindlichen Bombern abgesucht hatten, ein übermütiges und »außerordentlich liederliches« Ballett über London aufführen. »Sie wankten und wirbelten, schmierten ab, schossen und krachten ineinander, und manchmal lehnten sich ihre Spitzen aneinander wie Betrunkene, die Halt suchten. Dann änderte sich die Choreographie; die Scheinwerfer wurden gerade nach oben gerichtet, so daß sich die Dunkelheit über London in einen gotischen Lichterdom verwandelte.« »Ich glaube, daß jeder an diesen beiden Tagen etwas gefunden hat, das in seiner Sprache und nur zu ihm gesprochen hat. Für mich waren es die Suchscheinwerfer. Sie waren die Begleitmusik zu dem Ereignis.«[434]

Noch in der Woche nach Victory Day standen die Londoner wie in Bowens Erzählung *Ich höre, was du sagst*[435] auf der Straße und schauten verblüfft durch die offenen Fenster in ihre hellerleuchteten Wohnungen. Eine Nachtigall war in den Regent's Park zurückgekehrt und sang in das große Staunen wie der erste Vogel im Garten Eden. Die Pappeln, die im Sommer zuvor von einer Bombe zerfetzt worden waren, trieben frisches Grün. Die Camerons waren ausgebombt worden, aber sie waren mit dem Leben davongekommen. Elizabeth hatte durchgehalten. »Um nichts in der Welt hätte ich die Kriegsjahre in London verpassen wollen«, sagte sie später. »Es war die interessanteste Zeit meines Lebens.«[436]

XVII SCHWEINE AUF DEN MARKT TREIBEN

Abrücken von England – Alans ordnende Hand – Graham Greene – Vortragsreisen – *Anthony Trollope, A New Judgement – Wie ich schreibe*

»Ich bin schon seit einer ganzen Weile dabei, von England abzurücken«, schrieb Bowen im September 1945 an William Plomer. »Seit 1940 habe ich England für den guten Stil bewundert, mit dem Mr. Churchill das Land einmal geprägt hat, aber ich habe immer gefühlt: ›Wenn Mr. Churchill geht, dann werde ich auch gehen.‹ Ich kann diese kleinen Mittelklasse-Labour-Schwachköpfe mit ihren Old-London-School-of-Economics-Schlipsen und ihren Gattinnen nicht ausstehen. Nur einmal an einer dieser Holden gekratzt, und darunter kommt garantiert die Gouvernante zum Vorschein.«[437]

Winston Churchill war zwei Monate nach Kriegsende abgewählt worden. England hatte achtundzwanzig Milliarden Pfund Kriegsschulden und war so gut wie bankrott. Die wirklichen Entbehrungen – die Rationierung von Brot und Kartoffeln – sollten noch kommen (sie wurden erst 1954 aufgehoben). Reformen im Sozial- und Gesundheitswesen, hinter denen Churchill bolschewistische Umtriebe witterte, waren überfällig. Die Labour Party unter Clement Attlee trug einen überwältigenden Sieg davon. Labour verstaatlichte die Eisenbahn, die Kohle- und Stahlindustrie, setzte ein Wohnungsbauprogramm, einen Mindestlohn und einen nationalen Gesundheitsdienst in Gang. Das alles waren Bowens geringste Sorgen. Doch die Regierung legte auch den Reichen und nicht ganz so Reichen exorbitante Kapital- und Erb-schaftssteuern auf. Viele »große Häuser« und ihre Gärten waren nicht mehr zu halten und gingen der Nachwelt als Neubaugebiete verloren – so wie Bowen es in den dreißiger Jahren in der Erzählung *The Disinherited* vorhergesehen hatte –, geschundenes Land, durch das die neuen Straßen wie »Skalpellschnitte« liefen.

Es fehlte sowohl am Notwendigsten als auch an den klei-nen Schwelgereien. Die Engländerinnen hätten sich nach dem Krieg gerne etwas Neues angezogen – in Paris trug man Taille, weitschwingende Röcke, große Hüte –, aber es blieb dann meistens doch bei dem Kittel, den sie schon zweimal gewendet hatten. »Wir haben in England ein ganzes Kapitel in der Geschichte des guten Geschmacks verpaßt«,[438] seufzte Charles Ritchie. Auch das noch!

Blanche Knopf wußte, was fehlte. Sie ging zu Saks in der Fifth Avenue und kaufte für Elizabeth zwei Paar Wildleder-schuhe und ein Paar Sandalen in zwei Größen und schickte sie nach London. »Die Schuhe sind exquisit«, schrieb Bowen mit außergewöhnlicher Promptheit zurück. Auch Alan sei hell begeistert. »Du weißt, wie sehr er Schuhe liebt; ich glaube, es grenzt hart an Fetischismus […] Ich kann Dir gar nicht beschreiben, was sie in den kommenden, niederdrückenden Wintermonaten für meine geistige Verfassung leisten wer-den und wie himmlisch aufmerksam es von Dir war, sie zu schicken – sie überhaupt aufzuspüren, denn ich weiß, daß elegante Schuhe in meiner Übergröße rar und schwer zu fin-den sind […] Stell Dir bitte vor, wie glücklich ich in diesen Schuhen bin.«[439]

Im Sommer 1945 war Bowen »aufs höchste irritiert, voll widerstreitender Gefühle und halbtot«[440] nach Irland gereist. Auf dem Weg nach County Cork hatte sie in Dublin Station gemacht und ein wenig aufgeatmet, ein Kricket-Match und eine Gartenparty auf dem grünen Campus von Trinity College besucht. An den Gästen schien die Zeit von Krieg und Notstand spurlos vorbeigegangen zu sein: »Viele schöne ältere Herren in Zylinder, eine Kapelle, die Gilbert & Sullivan spielte, die Damen entzückend altmodisch und ein bißchen wuschig zurechtgemacht, Sonnenschein und Menschenmassen, die unter den Bäumen flanierten«,[441] berichtet sie Charles.

Bowen's Court hatte auf sie gewartet, kühl und starr, mit einem eigentümlichen Geruch in der Halle. »Wie immer scheine ich mit dem Haus zuerst gar nichts zu tun zu haben. Es ist eher, als trete man in einen Zauberwald. Ich wäre nicht überrascht, wenn ich die Tür öffnete und fände die Treppe von Farn überwuchert, und vor meiner Zimmertür hätte sich ein Fabeltier ausgestreckt. Wenn ich bedenke, wieviel Angst ich sonst vor dem Übersinnlichen habe, ist es erstaunlich, daß ich mich nicht besonders fürchte, daß ich mich hier eigentlich niemals fürchte.«[442]

Sie hatte kaum Zeit zum Schreiben gefunden, denn sie und Alan hatten sich gleich draußen ans Aufräumen gemacht, Dornen gerodet und Gestrüpp niedergemäht. Es war genau das, was sie brauchte, und es erwies sich als heilsam. Nicht nur die Labour-Regierung bekam eins versetzt. »Ich glaube, ich würde einen besseren Waldarbeiter als Gärtner abgeben; ich verfüge über jede Menge roher Gewalt und aggressiver Instinkte, aber keine Spur von grünem Daumen. Ehrlich gesagt, geht fast alles ein, was ich pflanze.« Im Garten streckten nur ein paar unsterbliche Pfingstrosen die roten Köpfe durch eine Decke aus Nesseln und Zaunwinden.

Sie erwog, eine Gruppe von Steinfiguren zu kaufen; Göttinnen oder Nymphen, die man vielleicht aus dem Park eines herrschaftlichen Hauses, das zum Abriß verdammt war, sicherstellen könnte. Mitte der fünfziger Jahre standen kleine moderne Skulpturen am Rand eines Gehölzes, die sie »the Uglies« nannte. Doch häßlich, schratig oder klassisch,

Die »Uglies« im Garten von Bowen's Court

der Erwerb von Gartenzier sprach für ihren Wunsch, den eigentümlichen Geruch von Wildnis aus der Halle zu vertreiben und sich dauerhaft auf Bowen's Court niederzulassen.

Clarence Terrace Nr. 2 war zum Teil untervermietet und deckte damit ihre Kosten. In County Cork war es sehr still und geräumig. Für Privatautos gab es noch immer kein Benzin. Die Gelegenheit, sich zu sammeln und die ausgefransten Nerven zu beruhigen: zu lesen, schreiben, auszuschlafen und gelegentlich ein paar Bäume umzuhacken, war günstig. Doch die Sorgen holten sie ein. Alan war krank. Seit er als junger Hauptmann im Ersten Weltkrieg bei einem Gasangriff verwundet worden war, hatte er »ein gutes und ein schlimmes Auge.« Das gute war vom grauen Star befallen, der irgendwann in den nächsten drei Jahren operiert werden sollte. Was nicht geheilt werden konnte, waren sein krankes Herz, sein Diabetes und seine Alkoholsucht.

Nach dem Krieg hatte er die BBC verlassen und war in Pension gegangen, arbeitete aber noch halbe Tage als Berater einer Schallplattengesellschaft, die Bildungsprogramme auflegte, und als Mitarbeiter der *Oxford History of Music on Record*. Die gewonnene Zeit erlaubte ihm, sich um die praktischen Angelegenheiten seiner Frau zu kümmern, die für Ordnung nicht berühmt war. »Briefe nicht zu beantworten, ist unhöflich; es schafft Ärger und Umstände«,[443] schreibt sie, aber sie war die letzte, die sich daran hielt. Nicht einmal Virginia Woolf, von deren Bestürzung über eine ausbleibende Antwort sie hätte wissen müssen, war von ihrer Achtlosigkeit ausgenommen. Blanche Knopf versuchte gelegentlich, sie mit Telegrammen »auszuräuchern«: »Kein Wort von Dir. Mache mir Sorgen. Bitte telegrafiere«,[444] oder so: »Darling, wo bleiben die letzten fünfzig Seiten?«[445] (Sie trafen zwei Monate später ein, was beweist, daß Telegramme den kreativen Prozeß nicht unbedingt beschleunigen.) »Wenn Sie am Mittwoch vorbeikommen, bringen Sie bitte Ihre Verträge mit Sidgwick & Jackson mit – falls Sie sie finden«,[446] so Spencer Curtis Brown. »Sie müssen jetzt, und ich meine wirklich müssen, alles stehen- und liegenlassen, diese Korrekturfahnen lesen und sie dann so schnell wie leiblich, geistig und überhaupt möglich per Luftpost an uns zurückschicken«,[447] so Bill Koshland von Knopf an die »schlimmste Korrespondenzpartnerin auf der Welt«, von der er monatelang »keinen Pieps« hörte.

Es war die Ära des Kohlepapiers: Erzählungsbände wurden aus dritten Durchschlägen und herausgerissenen Zeitungsseiten zusammengeschustert. »Das Originalmanuskript habe ich offenbar zerstört.«[448] Da sie keine vollständige Edition ihrer Bücher besaß, mußten sich ausländische Verlage, die Bowen übersetzen wollten, in Antiquariaten nach vergriffenen Ausgaben umsehen.

Bei Alan waren ihre Geschäfte gut aufgehoben. Im Umgang mit »schwarzen Hüten« und in Sachen Rechte und Honorare wußte er seine Methoden anzuwenden. »Im Vertrag mit Knopf hat Alan eine ganze Reihe von Änderungen durchgesetzt«, schreibt Curtis Brown an Elizabeth. »Wir und Sie hätten eine Menge Zeit gespart, wenn Blanche nicht von Anfang an hätte so schlau sein wollen.«[449]

Die Agentur Curtis Brown war Elizabeths Bollwerk in der Flut von Anfragen, ohne das sie nicht in Ruhe hätte schreiben können. Man riet ihr dort sogar zu einer neuen technischen Errungenschaft, einer Schallplatte fürs Telefon, die Anrufer an ihren Agenten verwies. Wenn Bowen in Irland oder auf Reisen war, hielt ihre Sekretärin, Miss Frost, in London die Stellung, aber Entscheidungen mußte sie trotzdem treffen. Dann war Alan oft der Stellvertreter, der dafür sorgte, daß man ihr nicht die Butter vom Brot nahm. Aus ihrer getippten Geschäftskorrepondenz ist nicht immer ersichtlich, wer Miss Frost diktiert hatte, aber dies hier klingt eher nach Mr. Cameron:

»Ich habe die Angelegenheit bezüglich des Nachdrucks meiner Erzählung *Die Erbin* in dem Band über die Short Story von Sean O'Faolain überdacht. Aus Prinzip und obwohl er ein ausgezeichneter Freund von mir ist, würde ich vorziehen, daß Sie auf einem Nachdruck-Honorar von acht Guineen« (rund acht Pfund oder zwölf Euro) »bestünden. Nachdem Curtis Brown mich über Jahre aufgebaut und Honorare auf einem bestimmten Niveau erzielt hat, halte ich die Praxis heruntergesetzter Preise für verfehlt. Ich weiß, daß

Mr. Sean O'Faolain dieses Buch für Collins herausgeben
wird, der, wie Sie wissen, ein sehr wohlhabender Verlag ist,
und ich meine, es liegt an ihm als Herausgeber, darauf zu achten, daß die Autoren angemessen honoriert werden. Falls er
nicht in der Lage sein sollte, den angegebenen Preis zu zahlen, wird er bedauerlicherweise auf die Geschichte verzich-
ten müssen.«[450] O'Faolain wollte auf *Die Erbin* nicht ver-
zichten und lobte in seinem Vorwort Elizabeth Bowen als
einen der interessantesten zeitgenössischen Autoren.

Bowen konnte es sich leisten, wählerisch zu sein, denn sie
war eine überaus gesuchte Person. Amerikanische Universitäten luden sie zu Gastprofessuren ein. Der British Council
schickte sie auf Vortragsreisen nach Österreich, Ungarn und
in die Tschechoslowakei. In Prag, Brno und Bratislava referierte sie über den englischen Roman des 20. Jahrhunderts
und bewunderte den modernen Wohnungsbau und die In-
dustriearchitektur. Sie war begeistert – vermutlich aus trif-
tigeren Gründen – von den barocken Vierteln der alten
Städte, vom Puppentheater, von der böhmischen Landschaft
und vom Wein.

In Wien traf sie Graham Greene, der dort für seinen Roman *Der dritte Mann* recherchierte. Er hatte im Zweiten
Weltkrieg für den britischen Geheimdienst gearbeitet und erlaubte sich, hinter ihrem Rücken und mit Hilfe eines jungen
Kollegen vom Secret Service, ein kleines Abenteuer zu insze-
nieren: Nachdem er und Elizabeth zusammen diniert hatten,
zogen sie weiter ins Oriental, einen etwas heruntergekommenen Nachtclub, und Greene versprach ihr für Mitternacht
eine Razzia der internationalen Polizei. Sie fragte:

>»Woher wissen Sie das?‹

›Ich habe so meine Kontakte.‹

Wie ich mit meinem Freund verabredet hatte, kam um
Punkt zwölf ein britischer Sergeant die Treppe herunterge-
poltert, gefolgt von je einem russischen, französischen und

amerikanischen Polizeibeamten. Das Lokal war ziemlich dunkel, aber er stiefelte ohne zu zögern direkt auf sie zu (ich hatte sie ihm genau beschrieben) und verlangte, ihren Paß zu sehen.« Elizabeth war beeindruckt. »Der British Council hatte ihr bisher keinen vergleichsweise dramatischen Abend bieten können.«⁴⁵¹ Nicht inszeniert war der Zwischenfall in Ungarn im Herbst 1948. Sie wurde festgehalten, weil ihr Visum abgelaufen war, und unter polizeilicher Bewachung zurückexpediert. Die Autorin trug es mit Fassung und teilte sich auch ihren Freunden nur in Andeutungen mit: »Meine zwei Wochen in Ungarn waren außerordentlich interessant [...] Die Atmosphäre des Eisernen Vorhangs macht sich manchmal recht stark bemerkbar. Ich glaube, am meisten ist mir der Zwang zuwider, der Menschen auferlegt wird, die von Natur aus so spontan und zum Glück begabt sind [...] Sogar unter der gegenwärtigen Bedrückung haben viele Formen der Eleganz und der Höflichkeit überlebt.«⁴⁵²

Reisen in die USA verliefen in der Regel unkomplizierter. Gern verschlief sie den ersten Tag im Hotel, um am zweiten, nachdem sie ausführlich mit allen Freunden telefoniert hatte, »frisch wie ein Gänseblümchen« zum Einkaufen aufzubrechen, denn »ich weiß, wie Londoner Kleider in New York aussehen. Es muß keine komplette neue Garderobe sein, aber ich brauche ein Abendkleid, ein Cocktailkleid, ein Wollkostüm für den Tag und ein Paar Schuhe.«⁴⁵³ Ob Blanche so freundlich sein könnte, ihr ein paar Tips zu geben, wo sie die Mode finde, die ihrem Stil und, wichtiger noch, ihren Preisvorstellungen entspreche. Eine Agentur organisierte ihre Vortragsreisen, buchte Hotelzimmer, Fahrkarten und Schlafwagenabteile, aber die vielen Stornierungen zeigen, daß es nach den Lesungen offenbar Menschen gab, die sie gerne mit dem Auto zurückbrachten. Erblickte sie unterwegs eine Bar am Straßenrand, war dies ein gutes Zeichen, daß sie einen »trockenen Staat« hinter sich gelassen hatte und wieder wie ein Christenmensch trinken konnte, anstatt den Flachmann aus der Tasche zu kramen.

Wenn Bowen in Harvard sprach, stieg sie bei May Sarton und ihrer Freundin ab, die ihr ein kleines Arbeitszimmer, das Bügelbrett im Keller und das Waschbecken, in dem sie ihre weißen Handschuhe durchwaschen konnte, überließen. May, die eine der Vorlesungen organisiert hatte, bedauerte, daß sie statt über ihre eigenen Bücher über George Eliot referierte, eine Autorin des 19. Jahrhunderts, an der Bowen wenig Vergnügen hatte, und daß sie ihren Text vom Blatt ablas, was das Stottern verstärkte. In Ungarn hatte man ihren Vortrag mustergültig und ihren Sprachfehler charmant genannt. In Amerika fingen die Leute an, mit den Füßen zu scharren und die Augen abzuwenden.

Bowen sprach lieber vor einem akademischen als vor »großem« Publikum. Was sie, nach Sartons Worten, nicht leiden konnte, waren Parties, die um sie als Sehenswürdigkeit herum arrangiert worden waren, wie Miss Sarton zu ihrem eigenen Schaden erfahren mußte. »Wir amüsierten uns prächtig, als wir zusammen die Blumen für die kleine Party arrangierten, die wir zu ihren Ehren veranstalten wollten. Das war dann auch schon der beste Teil des Abends, der schrecklich steif und tödlich akademisch verlief. Das letzte, was Elizabeth auf einer Party ertragen konnte, war ein literarisches Seminar oder daß man von ihr einen Auftritt als Koryphäe erwartete.«[454]

Sie konnte bei solchen Gelegenheit ein wenig unwirsch werden, aber auch alte Freunde waren vor einem Rüffel nicht gefeit. David Cecil hatte sie einmal zu einem Abendessen im kleinen Kreis mit sorgfältig ausgewählten Gästen gebeten, von denen er Geistesverwandtschaft erwarten durfte. »Er war überzeugt davon, daß es ihr gefallen würde. Doch es wurde ein Reinfall. Elizabeth konnte nie völlig still sein, aber sie war den ganzen Abend über auffallend wortkarg und zurückhaltend. Hinterher sagte sie streng zu ihrem Gastgeber: ›David, du solltest mich inzwischen gut genug kennen, um zu wissen, daß ich dich entweder allein oder zusammen mit vielen Menschen sehen möchte.‹«[455] Lord Cecil neigte den schmalen Kopf und wagte keinen Widerspruch.

1948 wurde Bowen in den Rang des Commander of the Order of the British Empire erhoben (Motto: »Für Gott und das Empire«) und erschien als Eintrag im *Who's Who*. Das Trinity College in Dublin verlieh ihr 1949 einen Ehrendoktor in Literatur, eine Auszeichnung, die sich 1956 an der Universität Oxford wiederholte. Sie arbeitete für Zeitschriften und schrieb Features und Hörspiele für die BBC, etwa über Jane Austen, Fanny Burney und Anthony Trollope. Miss Burney, eine Bestsellerautorin des 18. Jahrhunderts, darf von ihrer Wolke einen Ausflug in das London des 20. Jahrhunderts unternehmen und, zurückgekehrt, ihren Zeitgenossen von den gewaltigen Rubinen, Topasen und Smaragden berichten, die an den Straßenkreuzungen erglühten und die »pferdelosen Kutschen« zum Halten zwangen.

Bowen hielt große Stücke auf den viktorianischen Autor Anthony Trollope, der wie sie ein rastloser Arbeiter im Weinberg der schönen Literatur war. In ihrer Erzählung *Mrs. Charles* leistet sein Roman *Pfarrhaus Framley* Trost beim Abschiednehmen. In dem Radio-Feature gerät ein junger Soldat, der auf dem Weg zur Front ist, in einem Eisenbahnabteil über die Zeitgrenze und findet sich dem alten Herrn gegenübersitzend. Sie kommen ins Gespräch über Trollopes Bücher und Charaktere. »Oh ja, mein Junge, einen Roman zu schreiben ist, wie Schweine auf den Markt zu treiben – das eine rennt die falsche Gasse runter, das andere will nicht übers Gatter.«[456] Der Kern der Geschichte ist jedoch das »Heimweh« des jungen Mannes nach dem »Echten und Wahren«, den Werten des vergangenen Jahrhunderts, die

Trollope in seinem Werk feiert. Bowen nannte das Stück, das im Juni 1945 gesendet wurde, im Untertitel »eine Neubewertung« des unverwüstlichen Autors, dessen im »normalen Leben« verwurzelte Figuren dem Zeitgenossen Mut zusprechen. »Es ist wichtig, an die Menschen und ihre Lebenskraft zu glauben« – nach einem Krieg, in dem sämtliche Werte unter die Räder gekommen waren.

Für den Funk zu schreiben machte sie »verrückt«, aber sie fand die Herausforderung auch faszinierend. Hinzu kam, daß die BBC für Adaptionen ihrer Short Stories Honorare in erfreulicher Höhe zahlte. Wenn sie selbst im Radio sprach, war ihre distinguierte Haltung zu spüren bei gleichzeitiger Leutseligkeit (»don't you agree …«) und einer Präsenz, die sich immer der Bedeutung des Mediums bewußt war, in dem damals weniger gedudelt und gebrabbelt als schön und ausführlich gesprochen wurde.

Als prominentes Mitglied der literarischen Szene gab sie in der Sendung *Wie ich schreibe* Einblick in die kleinen Marotten und Hilfestellungen, die sie durch einen langen Arbeitstag trugen. Zu ihrer Inspiration brauchte sie keine faulen Äpfel in der Schublade, deren Geruch Schiller beflügelt hatte, dafür Zigarettenqualm, rosa Schreibpapier, mal eine Schallplatte, einen Rundgang durchs Zimmer und ein Glas Zitronenwasser. »Wenn ich die Gewohnheit hätte, wie die Russen Tee aus einem Glas zu trinken, würde ich mehr Tee trinken, aber das Geklapper von Tasse und Untertasse auf dem Schreibtisch macht mich nervös. […] Ich tippe schlecht und langsam, etwa im Tempo meiner Gedanken.«[457] Sechshundert Wörter netto waren ein guter Tagesschnitt.

Wenn sie an einem Roman saß, schrieb sie systematisch vom Anfang bis zum Ende. Es gab keine vorgezogenen Kapitel und auch keinen vorher ausgearbeiteten Plan. Ihr Hirn kam erst richtig in Gang, wenn sie sich an den Schreibtisch setzte, und sie vertraute darauf, daß sich, wie im richtigen

Leben, ein Zwischenfall aus dem vorherigen entwickelte. »Meine ersten Entwürfe sind immer viel zu analytisch. Mein Ideal ist, die Analyse durch ein reines Bild zu ersetzen – wie in der Poesie.« Charaktere interessierten sie dabei weniger. »Das ist einer der Gründe, warum ich die Kurzgeschichte dem Roman vorziehe. In der Kurzgeschichte können Charaktere schattenhaft und impressionistisch sein.«[458] Sie wollte ihre Figuren weder bewerten noch analysieren. »Wenn ich sehe, daß ein Autor wie eine besorgte Glucke hinter seiner Figur herläuft und meint, er müsse sie erklären, weiß ich, daß ein bedauerlicher Fehler vorliegt.«[459] Ihre Texte redigierte sie wie ein Gärtner, der einen Strauch stutzt: raus mit dem dürren und spillerigen Holz. Und wie ein Gärtner rollte sie vor der Arbeit die Ärmel hoch, »egal wie kalt es ist. Ich mag das Gefühl nackter Unterarme.« Und nach der Arbeit? »Ein Bad, ein Drink, ein anderes Kleid, in dem ich mir gefalle, und dann ein bißchen Spaß.«

XVIII VERLUST
Friedenskonferenz in Paris – Charles heiratet – Kommission zur Untersuchung der Todesstrafe – Carson McCullers – *The Shelbourne* – *Gone away* – John Malcolm Brinnin, ein Besuch – Alans Tod

Im August 1946 war Charles Ritchie von der kanadischen Regierung zur Friedenskonferenz zwischen den Alliierten, Italien und den Balkanstaaten nach Paris abgeordnet worden. Seine Delegation logierte im Hotel Crillon, in dessen verschossenen himbeerroten Vorhängen noch der Rauch der Zigarren hing, die deutsche Generäle dort gepafft hatten. Elizabeth besorgte sich eine Akkreditierung als freie Mitarbeiterin des *Cork Examiner* und schrieb drei Artikel für dieses in Südirland »einflußreiche und wichtige Blatt.«[460] Es war Herbst geworden. Die beiden tranken zusammen Kaffee vor dem Palais du Luxembourg, wo sich die Diplomaten mit den Presseleuten trafen, und gingen nach alter Gewohnheit im Park spazieren. Ihre Anwesenheit war für Charles ein Lichtblick »in dieser elenden Scharade von Konferenz.«

Nachdem er dauerhaft nach Paris versetzt worden war, nistete er sich in einer kleinen dunklen Wohnung am Boulevard St. Germain ein, die im wesentlichen aus einem Salon voll zerbrechlicher Stühle und Tischchen, einem ausladenden Bett und einer beheizbaren Kammer bestand. Der Winter 1946/47 war steinkalt, und wenn Elizabeth zu Besuch kam, hockten sie an dem einzigen Ofen, tranken Whisky und fühlten sich wie an Bord eines Schiffs. »Wir unternehmen Ausflüge über die windumtosten Decks der Boulevards und sind froh, wieder in die schützende Wärme zurückzukehren. Ich will außer ihr keinen Menschen sehen, und ich wünschte, diese gute Zeit würde niemals enden, aber ich spüre, wie flüchtig sie ist. Durch Elizabeth ist meine Neugier auf Vorgänge und Ideen neu erwacht. Sie macht mich einfach wieder menschlich.«[461] Im September 1947 ist sie noch einmal bei ihm und läßt sich die Post zum Boulevard St. Germain 218 nachschikken.

Dennoch fehlte etwas in dem ganzen diplomatischen, erotischen, alkoholischen und gesellschaftlichen Schwurbel, in dem Charles sich sonst so meisterlich tummelte. (»Saß beim Essen neben der Garbo; alles was sie zu mir sagte, war: ›Das Salz bitte‹, aber das mit diesem rauchigen, geheimnisschweren Timbre, von dem die Welt einmal widerhallte.«[462]) Sein Leben war unordentlich und einsam. Elizabeth konnte die Lücke nicht füllen. Mit vierzig fühlte er seine Felle davonschwimmen, und die Schrecken des Alters stimmten ihn melancholisch »Oh Gott, wenn ich daran denke, wie das enden wird: ich mit Glatze, Goldzähnen und Haaren, die mir aus der Nase wachsen.«[463] Er wollte nicht mehr warten; er wollte richtig verheiratet sein. Und vielleicht gehörte zu einer Karriere im diplomatischen Dienst auch die standesgemäße Gattin. Als sich die beiden im Jahr darauf wiedersahen, hatte Charles seiner Cousine Sylvia Smellie einen Antrag gemacht, auf den sie offenbar schon lange gewartet hatte. Im Januar 1948 heirateten sie in Ottawa. Ihre Ehe blieb kinderlos. »Als sie mich nahm, wußte ich, daß dies das Beste war, was mir im Leben zustoßen konnte.«[464] Das zweitbeste war, daß er Elizabeth deshalb nicht verlassen mußte. Mrs. Ritchie wußte, daß sie in ihrer Ehe zu dritt sein würden.

1949 erschien *In der Hitze des Tages* und verkaufte sich vom Fleck weg mit 45 000 Exemplaren. Ihre Romane und Erzählungen wurden in alle europäischen Sprachen übersetzt;

nur in Deutschland haperte es mit der Nachfrage, und die Situation war »weit davon entfernt, zufriedenstellend zu sein«,[465] wie Curtis Brown bemerkte. Unmittelbar nach dem Krieg hatte der Alliierte Kontrollrat für Deutschland und Österreich Lizenzen für *Das Haus in Paris* und *Die Fahrt in den Norden* an deutsche Verlage vergeben, ein Handel, an dem Bowen nicht viel verdiente: fünfzig Pfund pro Buch bei einer Auflage von siebentausend Exemplaren. (»Ich möchte in dieser Sache nicht allzu gewinnsüchtig erscheinen.«[466]) Das Problem war, daß »völlig ungeeignete Verleger, deren Übersetzungen sehr viel zu wünschen übrig ließen«, die Rechte bekommen hatten, und Mitte der fünfziger Jahre mußte Curtis Brown seiner Autorin eine Liste mit neunundzwanzig deutschsprachigen Verlagen präsentieren, die ihre Romane abgelehnt hatten. Dafür war sie in England und den USA um so erfolgreicher. Cape brachte eine schön gebundene Gesamtausgabe ihrer Werke heraus und Knopf eine Neuauflage ihrer frühen Erzählungen sowie *Collected Impressions*, eine Auswahl ihrer Essays, Vorworte und Rezensionen.

Honorar floß und auf Bowen's Court endlich auch Wasser in richtigen Leitungen. »Wir werden uns keinen Jaguar leisten können, aber wir werfen die alten Zinkwannen raus«, hatte sie Alan versprochen. Sie engagierten einen Wünschelrutengänger, der in sechzig Meter Tiefe auf reichlich Wasser stieß, »einen richtigen Springbrunnen«. Eddy Sackville-West empfand die neuen sanitären Anlagen als enorme Verbesserung des Komforts, aber »der arme alte Alan ist sehr matt und klapperig geworden. Ich fürchte, er macht es nicht mehr lange auf dieser Welt.«[467]

Obwohl sie sich allmählich in Irland zur Ruhe setzen wollte, war Bowens Zeit mit Reisen und Projekten angefüllt. Ansinnen, die sie in der Zeit vor dem Krieg vermutlich als undiskutabel abgelehnt hätte, füllten plötzlich ihren Terminkalender. Sie unterrichtete »Creative Writing« an ame-

rikanischen Universitäten – eine Gelegenheit, Charles wieder-
zutreffen – und präsidierte drei Sommer lang über Literatur-
kursen für englische Lehrer in Kent.

1949 wurde sie in die Königliche Kommission zur Untersuchung der Todesstrafe berufen – nichts für eine schreck-
hafte Natur, aber die war sie ja nicht. Das zwölfköpfige Gremium besichtigte Gefängnisse in England, Schottland und
den USA. »Romanautorin schaut hinter Gitterstäbe«, titelte
eine amerikanische Zeitung. Das dazugehörige Photo zeigt
sie mit weißen Handschuhen und einer hellen Kappe, die
seitlich mit Stoffblumen geputzt ist. »Jeder Autor, überhaupt
jeder kreative Mensch sollte einmal ins Gefängnis gehen. Es
täte ihm gut«,[468] soll sie gesagt haben. In Sing Sing wurde das
Gremium in die Todeszellen geführt, und man zeigte den Besuchern, wie der Galgen funktionierte. Zeugin einer Hinrichtung zu werden blieb ihnen erspart.

Nach vier Jahren lehnte die Kommission die Todesstrafe
ab. Bowens Beitrag zum Abschlußbericht war eine Erweite-
rung des Begriffs der Notwehr, der vor Gericht eine Mord-
anklage zu Totschlag herabstufen konnte. Bisher galten mil-
dernde Umstände nur, wenn der Täter sich gegen körperliche
Angriffe gewehrt hatte. »Als Autorin, als Frau oder einfach
nur als ein Mensch mit Phantasie« machte Bowen auch die
verbale Beleidigung und »die fortwährende geistige Miß-
handlung«[469] als einen Grund geltend und plädierte außerdem für die Gleichbehandlung von Männern und Frauen bei
Verbrechen aus Leidenschaft. Ein Mann, der seine Frau aus
Eifersucht erschlagen hatte, kam nach ihrer Beobachtung
gnädiger davon, als eine Frau, die ihren Mann aus den gleichen Gründen umgebracht hatte.

In den Sommern auf Bowen's Court kamen alte Freunde aus
England zu Besuch und neue Bekannte aus den Vereinigten
Staaten. Im Mai 1950 setzte Carson McCullers ihre Gast-

geberin in Erstaunen, als sie in abgewetzten Jeans und wie der
biblische Josef in einem »bunten Rock« vorfuhr. Seit ihrem
Erstling *Das Herz ist ein einsamer Jäger* galt McCullers als
literarisches Wunderkind. Nun, zehn Jahre später, mit drei-
unddreißig, war sie eine von Schlaganfällen und Nervenzu-
sammenbrüchen gezeichnete Schmerzensfrau und schwere
Alkoholikerin. »Elizabeth ist eine gute Freundin von mir«,
schreibt sie. »Als wir uns in New York kennenlernten, lud
sie mich ein, sie in Irland zu besuchen. Bowen's Court ist
kein schönes Haus, aber es ist geräumig und charmant.«[470]
McCullers erinnerte sich, daß es im neuen Gästebad im
zweiten Stock ein Schwimmentchen für die Wanne gab. Der
restliche Besuch war, als sie 1967, kurz vor ihrem Tod, ihre
Autobiographie diktierte, in Vergessenheit geraten. Ein Eindruck aber war geblieben: »Ich muß unerträglich gewesen
sein.«[471]

Zu besseren Zeiten war die Reise nach Irland eine Anekdote, die McCullers sehr spaßig fand und immer wieder gern
erzählte. Sie hatte sich telefonisch angekündigt, ohne den
Zeitunterschied zu bedenken. »Der Butler nahm den Anruf
entgegen, und ich sagte: ›Hier ist Carson McCullers; ich rufe
aus New York an. Ich würde gern Miss Bowen sprechen.‹
Trocken kam die Antwort zurück: ›Madame, es ist vier Uhr
früh. Ich schlage vor, Sie rufen später noch einmal an.‹«[472]
Da es keinen Butler auf Bowen's Court gab, war es vermutlich Mr. Cameron, den dieses Gespräch aus dem Bett geholt
hatte.

McCullers plante, vier Wochen Ferien bei Elizabeth zu
verbringen, eine Zeitspanne, die sich auch unter guten Freundinnen zur Prüfung entwickeln kann. Manchmal zeitigt ja
ein »Kommen Sie mich doch in Irland besuchen« unerwartete Folgen. In New York hatte sich McCullers in eine lie-
benswürdige Aristokratin aus dem alten Europa verliebt; in
Irland traf sie auf eine arbeitende Schriftstellerin, die täglich

sieben, acht Stunden an der Schreibmaschine saß und es nicht ausstehen konnte, wenn man bei ihr hereinplatzte, weil man sich langweilte oder etwas zu trinken brauchte. McCullers hatte sich vorgenommen, ein wenig auszuruhen, dann die Gedichte zu vollenden, die sie auf der Überfahrt zu schreiben begonnen hatte und die Miss Bowens Sekretärin sicher gern für sie abtippen würde. Sie fand die Nachbarschaft von Kilcolman Castle, wo Edmund Spenser seine *Faerie Queen* geschrieben hatte, sehr inspirierend. Aber so recht wollte es nicht vorangehen, und Elizabeth drückte leise, aber entschieden die Tür hinter sich zu.

Carson stöberte in der Bibliothek und erkundete das Haus vom Souterrain bis zum von Fledermäusen durchflatterten Dachboden. Sie wanderte durch die Ställe, die Remise und den Garten. Sie betrachtete die Schafe, die ums Haus grasten, den Himmel, die alten Bäume, das Land, das sich weit hinunter zum Blackwater wellte. Auf soviel Ruhe und Abgeschiedenheit war sie weder gefaßt noch sonderlich erpicht gewesen. Als Elizabeths Verehrerin angereist, glaubte sie, auch von deren Seite ein wenig Beifall erwarten zu dürfen. Aber offenbar fiel er nicht sehr üppig aus. Dies hier war Bowen-Terrain.

Zu den Ritualen des Hauses gehörte die Cocktailstunde, zu der sich Gäste und Freunde abends um sechs um den Kamin in der Bibliothek versammelten. Der Autor Frank O'Connor, ein ausschweifender Geschichtenerzähler, kam zu Besuch, und eines Nachmittags fuhr Elizabeths Cousin Dudley Colley, ein Rennfahrer, in seinem schicken offenen Frazer-Nash-Sportwagen vor. Carson schlüpfte auf den Fahrersitz und schrie: »Weg bin ich!« Das Auto rührte sich nicht von der Stelle, aber Carsons Gesicht »wurde ganz angespannt von der Idee der Geschwindigkeit [...] der Wagen schien davonzuschießen ... das Haar flatterte ihr buchstäblich aus der Stirn«,[473] erinnerte sich Elizabeth zwanzig Jahre später im

*»Weg bin ich!« Carson McCullers spielt Abreise
von Bowen's Court*

Gespräch mit McCullers Biographin Virginia Spencer Carr.
Dann war auch das wieder vorbei, und man konnte sich nur
noch betrinken.

Nach ein paar Wochen packte McCullers und reiste nach
Paris weiter – »Sie müssen unbedingt einmal wiederkom-
men!« Vorsicht! Kurz darauf tauchte sie wieder mit ihrem
Gatten Reeves auf, einem ebenso unruhigen Geist. Aber ihr
Zimmer war belegt. Andere Gäste – Audrey Fiennes und
Rosamond Lehmann – waren inzwischen auf Bowen's Court
erschienen. Auch Rosamond war keine ganz leichte Hausge-
nossin, da sie stark beachtet werden mußte und auf fehlende
Zuwendung wie ein dickes Kind auf den Entzug seines Pud-
dings reagierte. Um sich die amerikanischen Freunde vom
Hals zu halten, beauftragte Elizabeth ihre Cousine, das Paar
im Auto spazierenzufahren. Weit kamen sie nicht, denn

Audrey mußte an jedem Pub anhalten. Dann reisten die
McCullers endgültig ab. In New York trennten sie sich.

»Carson war ein willkommener Gast, aber ich muß gestehen, während ihres Aufenthalts eine rechte Plage«, sagte
Bowen im Gespräch mit Carr. »Ich hatte immer das Gefühl,
daß sie eine Zerstörerin war. Deshalb zog ich es auch vor, das
Verhältnis nicht zu eng werden zu lassen. Doch, ja, ich fühlte
Zuneigung, und Carson strahlte die Aura des Genies aus, das
sie zweifellos war, eine Aura, die man zu respektieren hatte
[…] Aber man kann nicht wirklich von einer engen Freundschaft zwischen uns sprechen, nicht in dem Sinne, wie sie
mich mit Eudora Welty, dieser anderen großen Frau aus dem
tiefen amerikanischen Süden, verbindet.«[474]

Das Buch, an dem Elizabeth in diesem Sommer schrieb, war
The Shelbourne, ein Portrait des Dubliner Grandhotels, in
dem sie auf ihren Reisen zwischen London und Bowen's
Court gern Station machte. 1824 war es aus zwei klassischen
georgianischen Häusern zusammengestückt worden und
thront seit seinem Umbau 1866 hochviktorianisch mit steinernen Locken, gußeisernen Litzen und bronzenen nubischen
Lampenträgerinnen auf der Balustrade mitten in der Stadt
am St. Stephen's Green. »Es steht für Grandezza, deren wir
uns in Irland bisher nicht glauben schämen zu müssen. Es
steht für eine gewisse soziale Idee. Es ist das Urbild von
gutem Stil und gutem Benehmen.«[475] Die Polster hätten vielleicht ein bißchen gründlicher gebürstet, die Spiegel öfter
gewienert und das Silber energischer abgerieben sein dürfen,
aber dem Landadel, der hier zur Horse-Show und zur winterlichen Ballsaison einfiel, war das Ambiente deshalb nur
um so vertrauter. »Wir Iren sind stolz auf den Ruhm des
Hotels und seine internationale Bedeutung. Wir widersprüch-
lichen Iren bewundern es auch, weil es nicht typisch irisch ist.
Wir stehen im Ruf, uns mit scheiternden Vorhaben, windigen

Träumen und romantischer Düsterkeit die Zeit zu vertreiben. Das Shelbourne ist das genaue Gegenteil von alldem.«[476]

Es war zugleich der Nabel, von dem aus sie die Dubliner Zeitläufe betrachtete: von den goldenen Tagen der Beau Monde, zum Ersten Weltkrieg und zum Osteraufstand; vom Bürgerkrieg bis zur irischen Verfassung, die in Zimmer Nummer 112 aufgesetzt worden war, und zum »Notstand« der vierziger Jahre. Ostern 1916 hatte die »rote« Gräfin Constance Markievicz an der Spitze eines Trupps von Rebellen St. Stephen's Green besetzt und mit wallenden Federn auf dem Hut und dem Gewehr über der Schulter das Hotel belagert. Offenbar hatte sie ihren Befehl falsch verstanden, der sich auf die Einnahme der Eckhäuser am Platz und nicht auf den Park in der Mitte bezog. Dort wurden ihre Leute später leichtes Ziel für die englischen Scharfschützen, die ringsum auf den Dächern Stellung bezogen hatten. Gräfin Markievicz wurde nach der Niederschlagung des Aufstands nur deshalb nicht exekutiert, weil sie eine Frau war. Bowen hatte sie nie kennengelernt, aber sie liebte romantische Flottheiten, und abgesehen von der republikanischen Gesinnung vertrat die geborene Constance Gore Booth mit ihrem Federhut, ihrem verblichenen großen Haus am Meer und ihrem polnischen Grafen beispielhaft diese irische »Nebenrasse«, der auch Bowen angehörte, und die sich weigerte, sang- und klanglos unterzugehen.

Nach dem Krieg war Elizabeth im Shelbourne einer anderen »ganz himmlischen Frau«, der verwitweten Lady Headfort, begegnet, die ihr Leben als Rosie Boot begonnen hatte und als gefeierte Schönheit und großer Theaterstar durch das Edwardianische Zeitalter gerauscht war. »Sie trug ihr Haar immer noch im Stil von 1910«, schreibt Elizabeth an Charles, »und dazu einen entzückenden altmodischen Hut, der mit einem Kranz leuchtendweißer Margeriten geputzt war. Du weißt ja, daß diese Stars vom Gaiety und vom Daly's nach

Proustschen Maßstäben wundervolle Persönlichkeiten waren, denen es gelang, in den Hochadel einzuheiraten. Sie müssen zu ihrer Zeit etwas gehabt haben, das viel subtiler und nicht so öde biologisch war wie das, was man heute Sex-Appeal nennt.«[477] Lady Headfort und Mrs. Cameron verbrachten zusammen einen angeregten Nachmittag in der Horseshoe Bar des Grandhotels.

Unter Bowens Büchern ist *The Shelbourne* ein Leichtgewicht. Sie selbst empfand es, nachdem sie mit *In der Hitze des Tages* offenbar nicht zu Rande kam, »als einen angenehmen Wechsel des Themas und in gewisser Weise eine Entspannung zwischen anderen Arbeiten«,[478] und sie veranschlagte drei Monate dafür. Es war als Werbegeschenk gedacht und erschien in einer Auflage von zehntausend Exemplaren. Das 160-Seiten-Werk verrät manchmal eine etwas künstliche Munterkeit und eine Redundanz, die ein hartherziger Redakteur Zeilenschinderei nennen würde. Im ersten Kapitel schlägt die Autorin eine bis dahin ungekannte Zusammenarbeit mit dem Leser vor: Das Buch solle mit leeren Seiten gedruckt werden, damit der Gast – wie in einem Blog – seine eigenen Hotelerlebnisse beitragen könne. Jedoch nicht jede bauliche Veränderung der vergangenen hundert Jahre, nicht jedes vom Holzwurm benagte Möbelstück und nicht jede Gestalt, die einmal in Gesellschaft glänzte, ist von anhaltendem Interesse. Victoria Glendinning urteilt herb: »Wenn sie sich in dieser Zeit mit einem neuen Romanprojekt hätte befassen können, hätte sie *The Shelbourne* wohl nicht geschrieben.«[479]

Da sich jedoch kein neues Romanprojekt abzeichnete, experimentierte Bowen auch mit anderen Formen. Während des Krieges hatte sie zusammen mit dem Intendanten des Lyric Theatre in Hammersmith ein Stück geschrieben, *Castle Anna*, das nach vier Wochen auf Nimmerwiedersehen vom Spielplan verschwand. Sein Schauplatz war der Salon eines irischen Herrenhauses um die Jahrhundertwende, und der junge Richard Burton hatte darin eine kleine Rolle als englischer Offizier.

Vielleicht war sie doch nicht so zäh, wie sie sich gerne gab. Vielleicht hatte der Krieg sie schwerer mitgenommen, als sie zugeben wollte. Sie zog sich eine Gelbsucht zu und fühlte sich sterbenselend. Über die vielen Termine, Verpflichtungen und Reisen kam sie kaum zum Schreiben, und manchmal muß sie der Verdacht angeflogen haben, daß sie bereits alles gesagt hatte. Die Gesellschaft war ihr sauer geworden, der Humus unfruchtbar und ihr Spott ein wenig schal. Winston Churchill war 1951 ins Amt des Premierministers zurückgekehrt, und George VI. ordnete an: »Dies ist keine Zeit für Trübsinn!« Aber Elizabeth fühlte keine Aufbruchstimmung. »Was ist mit uns los«, fragte sie in ihrem Essay *The Bend Back* – Die Rückwende –, »daß wir uns in unsere eigene Zeit nicht eingewöhnen können?« Wie der Soldat im Gespräch mit dem alten Trollope, sehnte sie sich nach dem 19. Jahrhundert – nicht nach seiner historischen Realität, sondern nach den Werten, die es beschreiben. »Einerseits schätzen wir uns glücklich, daß wir die Tabus und Beschränkungen des Viktorianischen Zeitalters überwunden haben; andererseits verlangt es uns nach seiner Festigkeit, seinem Glauben, seinem kraftvollen Selbstbewußtsein, seinem häuslichen Glanz [...] Es ist nicht die Vergangenheit, die uns anzieht, sondern ihre Idee.«[480] Wer, wenn nicht die Schriftsteller, sollte nun vorangehen und nach den Werten suchen, die die Gegenwart erträglich gestalteten, schloß sie, aber es klang nicht, als wolle sie selbst den Anfang machen.

Denn der Gedanke an die Zukunft war weitaus weniger fesselnd als die Idee der Vergangenheit. Ihre Erzählung *Gone Away* spielt vor dem Hintergrund der »neuen Städte« wie Basildon, Bracknell, Harlow oder Hatfield, die die Regierung nach dem Krieg um die Kerne alter Dörfer rund um

London bauen ließ – sehr zum Mißfallen der Ansässigen, die sich plötzlich von Cockneys umzingelt fanden. Über neue kleine Häuser, die aussahen, als kämen sie vom Fließband, konnte sich Bowen noch immer zuverlässig aufregen. In *Gone Away* heißt die Retortenstadt Brighterville, eine schöne neue Welt aus Glas, Plastik und Metall, in der alles geregelt ist und nur noch die Sonne scheint; ein Ort ohne Wettstreit, ohne Elite, ohne Verlangen und mit einem Euthanasie-Zentrum, wohin sich die Alten freiwillig begeben, wenn sie anfangen, lästig zu werden. Irgendwo in Brighterville liegt eine Art Reservat aus dörflichen Kulissen und mit einer Kirche, in der die angeschlagenen Zehn Gebote die Hauptattraktion für die Besucher darstellen, denn überall draußen gibt es keine Gesetze mehr. Eines Tages fliehen die Bewohner vor der Unerträglichkeit dieses Lebens. Aber wohin? Ganz England ist Brighterville …

Hinüber auf die andere Insel? In Irland versprach das Gerüst der Klassengesellschaft noch zu halten. Die Reichen, die sich in den Nachkriegsjahren aus England verabschiedeten, um sich heftiger Besteuerung und gemäßigtem Sozialismus zu entziehen, nannten ihre Emigration die »Flucht aus Moskau«. In Irland waren die Immobilien noch preiswert, das Personal bezahlbar und weniger aufsässig. Ende des Jahres 1951 rüsteten sich auch die Camerons zum endgültigen Rückzug. Sie kündigten ihr Haus in London und zogen nach Bowen's Court, um dort »ein ruhigeres und besser geregeltes Leben zu führen.« Alan war achtundfünfzig; er hatte im Frühjahr einen Herzinfarkt überlebt und mußte sich schonen. Die weniger liebenswürdigen unter ihren Bekannten sprachen davon, daß Elizabeth den armen alten Kerl, der sich schon nach dem Frühstück den ersten Whiskey einschenkte, nach Irland verfrachtet hatte, weil er in London nicht mehr vorzeigbar war. Zu seinem Herzleiden kam Wassersucht.

Es war längst zu spät für alles, was sie sich gewünscht hatten, aber Alan nahm das Leben auf dem Land mutig in Angriff, führte die Bücher und ließ Bäume pflanzen. Im April schrieb Elizabeth an Blanche Knopf, sie spüre nicht den Hauch eines Bedauerns, daß sie London verlassen habe. Es wurde Sommer. Bowen's Court blieb ein offenes Haus, auch wenn sich die Gäste nun für einen Besuch keinen schlechteren Zeitpunkt hätten aussuchen können.

Der amerikanische Lyriker und Kritiker John Malcolm Brinnin erschien zusammen mit einem Freund. Er hatte Vortragsreisen für Dylan Thomas durch die USA organisiert und kannte als Direktor des New York Poetry Center eine Menge englischer und amerikanischer Literati. Brinnin war ein großer Bewunderer von Bowens Romanen und »seit Jahren in sie verliebt«, aber anders als die meisten schwulen Männer (wie William Plomer, Edward Sackville-West oder John Lehmann), die umgehend Elizabeths Charme erlegen waren, ließ Brinnin sich von ihrem Lächeln, dessen Starre ihn an ein ausgestopftes Tier erinnerte, nicht anstecken. Er sah Grobknochiges, Großkariertes, kupferrotes, straff zurückgekämmtes Haar, und er hörte wenig Schmeichelhaftes.

»Sie mssn... mssn... müssen... mich in London anrufen«,[481] hatte sie ihm mit auf den Weg gegeben, als sie sich in New York auf einer Party begegneten. Da er sie nun in England nicht mehr antraf, führte der Weg die beiden Herren direkt nach Bowen's Court. Was sie nicht ahnten, war, daß Alan Cameron im Sterben lag. »›Mein Mann wird nicht herunterkommen‹, sagte Elizabeth beim Tee, ›er läßt Ihnen ausrichten, daß er sich über Ihr Kommen freut.‹« Außer den beiden Amerikanern waren ein junger Dichter und seine Frau zu Gast. Zur Begrüßung wurde Bollinger Brut in der Bibliothek entstopft. Alles war ein bißchen steif, und man flüchtete sich auf einen Spaziergang. Beim Dinner hielt Bowen das Gespräch auf Trab, bis plötzlich ein erstickter Schrei aus dem oberen Stockwerk wie ein Schuß in die Gesellschaft fuhr: »Elizabeth!!!« Redend erhob sie sich, ging redend nach oben, kehrte redend, aber ohne eine Erklärung, nach wenigen Minuten wieder zurück.

Diese Scharade wiederholte sich am nächsten Tag, ohne daß von irgendeiner Seite ein Wort darüber verloren wurde; auch ohne daß die beiden Herren das Gefühl beschlich, fehl am Platze zu sein. Bowens Bemerkung, daß Gäste oft ungefragt hereinschneiten und ihr die Zeit stahlen, weil sie keine Vorstellung von der Arbeit einer Schriftstellerin hatten, war von erfrischender Roheit, aber als Wink an ihre Gäste glatt verschwendet. Selbst ihre Verlegerin Blanche Knopf, die es besser wissen sollte, käme mit schöner Regelmäßigkeit aus New York angeflogen und wolle in Shannon, »das nun nicht gerade vor meiner Haustür liegt«, abgeholt werden.

Brinnin paßte zwar gut auf, wieviel Elizabeth trank – etliche Gläser Whiskey mit Soda, reichlich Champagner zum Aperitif und Rotwein zum Dinner, ehe sie nach dem Essen ihren Cognac kippte –, aber er war ein lausiger Ohrenzeuge. Sein *Elizabeth!!! A Visit* liest sich, als sei er allzu erpicht auf happige Zitate gewesen, um streng bei der Wahrheit zu bleiben. So schreibt er, Elizabeth habe ihm erzählt, sie sei als Kind mit ihrer Mutter »als die armen Verwandten« nach Bowen's Court eingeladen worden. Sie, die Alleinerbin, eingeladen, von wem? Oder Cyril Connolly habe Virginia Woolf nach Bowen's Court mitgebracht. Woolf hätte mit Connolly freiwillig nicht die U-Bahn von Leicester Square bis Charing Cross genommen. Höchst unwahrscheinlich klingt auch, daß Elizabeth eine Bemerkung über T. S. Eliot, die sie elf Jahre zuvor gegenüber Charles Ritchie gemacht hatte – »ohne Alkohol wäre er niemals in die Stimmung zum Schreiben seiner Gedichte gekommen«[482] –, nun wiederholte, als habe Eliot ihr erst kürzlich seinen Trick verraten. Sprach sie von Bowen's Court wirklich als ihrem »Ferienhaus«, eine

Rolle, die der Familiensitz nach ihren (gedruckten) Worten nie gespielt hatte? Mußten sich die Herren auf ihren Zimmern, drei Jahre nachdem fließendes Wasser installiert worden war, noch immer über die Waschschüssel beugen?

Doch falsche oder geborgte Zitate beiseite: In Brinnins *Visit* erscheint eine Elizabeth Bowen, deren Fassade kaum noch vom Lack der Manierlichkeit zusammengehalten wird. Ihr Krug war voll bis zum Brechen. Das Weiterreden und Weitermachen war ihre Art, sich selbst und Alan zu schützen. Und es brachte ein paar tiefempfundene Feindseligkeiten zum Vorschein, die in besseren Zeiten vielleicht als munteres Flöten verweht wären. »Die Amerikaner, die ich kenne«, sagte sie durch ihr dünnes, festgefrorenes Raubtierlächeln, »sind in der Regel großzügig; eine Eigenschaft, die wir gern den geistig Zurückgebliebenen oder Ungebildeten zuschreiben.« Brinnin war baff.

Mr. Cameron, der in seinem Zimmer nach Elizabeth schrie, bekamen sie nicht zu sehen. »Der liebe Mann sieht einfach schrecklich aus«, zitiert Brinnin die Frau des jungen Dichters, die doch einmal zu ihm hinaufgestiegen war. »Er ist so allein, so schrecklich allein! ... Und so krank! Merkt das denn hier keiner?« Am nächsten Tag chauffierte Elizabeth ihre Gäste zum Bahnhof nach Mallow – »Ihr Lieben; euer Besuch war mir ein großes Vergnügen« – und küßte sie zum Abschied auf die Wangen. Ihr Lächeln war verschwunden, und sie winkte nur einmal zurück, als die beiden endlich abdampften. In London wurde Brinnin von dem Kritiker John Hayward, einem Hausgenossen und Trabanten von T. S. Eliot, gefragt: »Ach, Sie waren in Irland? Auf Bowen's Court? Und Elizabeth opfert sich noch immer mit Herz und Hand für diesen hoffnungslosen reaktionären alten Starrkopf auf?«[483]

Alan Cameron starb am 26. August 1952. Er war nicht allein. Elizabeth erzählte Iris Murdoch später, sie habe in dieser Nacht neben ihm geschlafen. Sie waren neunundzwanzig Jahre miteinander verheiratet gewesen. Sein Tod war der Beginn ihrer Heimatlosigkeit und einer Suche nach der verlorenen Zeit. Ihr Reisebuch *A Time in Rome*, an dem sie seit Alans Tod gearbeitet hatte und das 1960 erschien, endet zusammenhanglos mit einem Schrei, den ihr kein Lektor auszureden vermochte: »Mein Liebster, mein Liebster, mein Liebster, wir haben hier keine bleibende Stadt!«[484]

XIX

Rosa Satin – Reisen in die USA
– *Eine Welt der Liebe* – Charles als Botschafter in Bonn – Ehrendoktorwürde in Oxford – Das Ende der Ressourcen – »Darling City« New York

Alan Cameron war als Landherr gestorben, und wie ein Landherr des 19. Jahrhunderts wurde er auch zu Grabe getragen: Aufgebahrt in der Halle unter den späten Sommerblumen aus dem Garten, stand der Sarg, bis die Nachbarn kamen und ihn auf den Schultern zu der kleinen Kirche von Farahy trugen. Elizabeth folgte ihm; Familie, Freunde und weitläufige Bekannte schlossen sich an. »Irland ist ein wunderbares Land zum Sterben«, hatte sie in *Bowen's Court* geschrieben. Niemand fährt dort ungeleitet in die Grube. Alan wurde gegenüber der Kirchentür auf einer Rasenstufe neben Elizabeths Vater beerdigt. Und als sei auch er, wie die Bowens vor ihm, nicht gleich und endgültig gegangen, bewahrte das Haus in dem folgenden Herbst noch einen Eindruck seiner methodischen Geschäftigkeit. »Die Dinge und Geräusche, die er liebte und die ich nun nicht mehr mit ihm teilen kann, geben mir Halt und machen mich glücklich.« Sie fand Trost in dem Gedanken, daß er nichts von seinem Tod geahnt hatte und in dem Bewußtsein eingeschlafen war, am nächsten Morgen wieder aufzuwachen. »Mit der Zeit wird sich das abgerissene Ende aus Kummer und Schock abnutzen, und das Gewebe aus Glück wird übrigbleiben.«[485]

Die jungen Bäume, die Alan gepflanzt hatte, schlugen Wurzeln, und Elizabeth fuhr fort, das einzige Nest, das ihr geblieben war, auszupolstern. Sie kaufte einen Sonderposten Satin für neue Vorhänge im Salon. »Ein sehr hübsches, zu allem passendes Rosa«, fand ihre Freundin, die Historikerin Veronica Wedgwood, als sie im Winter 1953 zu Besuch kam. »Ein Geschäftsführer von Debenhams hatte mehrere Ballen von dem Stoff übrig. Normalerweise machen sie Korsetts und Hüftgürtel daraus. Wenn du sie siehst, kämst du nicht drauf, aber wenn du's weißt, kannst du an gar nichts anderes mehr denken«,[486] schrieb sie an ihre Freundin. Der Reporter des *Housewife's Magazine*, für dessen Artikel »A House that's larger than Life« Bowen im lebhaft gemusterten Abendkleid zwischen Blumenbouquets, einem gestreiften Empire-Sofa, dem Flügel und einem deckenhohen Spiegel posierte, kam nicht drauf; er nannte den Satin flamingofarben.

»Obwohl unser Glück in allen Räumen noch gewärtig ist, wäre es dumm von mir, mich hier alleine dem Winter auszusetzen – auf jeden Fall diesem ersten Winter«, schrieb sie an Veronica. »Aber alles in allem hoffe ich, hier leben zu können.«[487] Die folgenden Monate verbrachte sie erst einmal auf Reisen. Sie fuhr in die Vereinigten Staaten, nach Rom, Oxford, London und Bonn, wo Charles als Botschafter akkreditiert war.

Überall – ob in Hotels oder bei Freunden – bestand sie auf einem Schreibtisch im Zimmer und einer großen Portion Ungestörtheit. Als Elizabeth zu ihrer nächsten Gastvorlesung nach Harvard kam, nahm May Sarton mit klammheimlicher Schadenfreude zur Kenntnis, daß sie sich über eine Dame beklagte, bei der sie logierte. Die Dame hatte sie May »gestohlen«. Sie verfügte über ein größeres Haus und ein Mädchen, das Miss Bowen die Kleider bügelte, aber sie platzte ständig in unangemessener Geschäftigkeit bei ihr herein, um zu besprechen, was Elizabeth gerne zum Tee hätte und dergleichen. »Wann werden freundliche Gastgeberinnen endlich verstehen, daß eine Autorin einen Platz zum Schreiben braucht und daß sie sich ohne ihn wie ein Fisch auf dem Trockenen fühlt, egal wie luxuriös das Bett und wie groß das Bad sein mögen«,[488] tadelt Sarton stellvertretend. Auf Reisen und an geborgten Tischen begann Bowen ein neues Buch zu schreiben, *Eine Welt der Liebe*.

Es ist eine Romanze, eine Gesellschaftskomödie, eine Gespenstergeschichte und Bowens letzter Abgesang auf den anglo-irischen Landadel. Im *Letzten September* waren Lois und Lady Naylor, Miss Norton und Mr. Montmorency noch am Leben, von Sehnsüchten oder zumindest von bösen Vorahnungen erfüllt. Im Sommer vor ihrem Untergang gab es in Danielstown noch Tanz und Tennis und frische Himbeeren zum Tee.

In *Eine Welt der Liebe* leben die Figuren in einer Art erschöpftem Limbo. Das große Haus ist hinfällig geworden und mit Efeu bepelzt, der Garten verwildert, in der Küche huschen die Kakerlaken über die Steinfliesen, auf dem Herd köchelt das Hühnerfutter und blubbert wie Bowens Syntax: »Mush for the chickens, if nothing else, was never not in the course of cooking.«[489] Auch die flotte Garnisonstadt Clonmore ist nicht wiederzuerkennen. »Vom Markt am Tag zuvor pappte noch getrockneter Dung auf dem Pflaster. Alle Läden hatte unsinnig gleichförmige Türen, in denen Schuhe und Kessel an Schnüren hingen und Ballen von Kaliko aufgestapelt lagen. In öden Schaufenstern verblichen die Waren. […] In Clonmore fand man nicht nur keine Stätte, an der man hätte existieren können, man fand dort auch gar keinen Grund, überhaupt zu existieren.«[490]

Vom ersten Satz an lege sich ein niederdrückendes Gefühl von Zuspätkommen über die Szene, schreibt Maud Ellmann. »Über einer Landschaft, die noch bleich war von der Hitze des vorangegangenen Tages, ging die Sonne auf.«[491] Nach dem Bürgerkrieg und nach der *Hitze des Tages* im zerbombten London scheint *Eine Welt der Liebe* wie »ein Nachwort, ein Postskriptum, sogar wie ein Grabspruch auf Bowens frühere Romane, ein Buch, das seine ›Hitze‹ aus dem Kompost der alten Geschichten zieht.«[492] Tatsächlich herrscht in diesem Buch eine geradezu wüstenartige, widernatürliche Dürre.

Aus ihren Romanen hatte Bowen bisher das Übersinnliche herausgehalten. Dämonische Liebhaber und andere Heimsuchungen traten nur in den Erzählungen auf. Aber in *Eine Welt der Liebe* drehen sich die Gedanken von drei Frauen um den toten Besitzer des verschlissenen Herrenhauses Montefort, einen Guy, der im Ersten Weltkrieg gefallen ist und dessen unausgesprochene Treulosigkeit sich so erstikkend wie die Sommerhitze über das Geschehen breitet. Die junge Jane exhumiert Guys Briefe aus einem Koffer auf dem Dachboden (und dazu ein weißes Musselinkleid mit Grasflecken am Saum, in dem sie, wie ein Verkleiden spielendes Kind durch den Garten schweift). Es sind Liebesbriefe an einen unbekannten Adressaten, die im Haus von Hand zu Hand wandern, ohne einen Empfänger zu finden (und ohne daß der Leser auch nur ein Wort daraus erführe). Waren sie an Janes Mutter Lilia gerichtet, die mit Guy verlobt war? Oder an seine Cousine Antonia, die Montefort von ihm geerbt hat? Oder an einen ganz anderen Menschen, dem Guys Abschiedsblick auf dem Bahnhof galt, ehe er an die Front fuhr? Jane träumt, daß die Briefe an sie gerichtet seien. »Zwischen ihm und ihr schwanden die Jahre; wo war er, wenn nicht neben ihr? Jetzt konnten sie einander doch nicht verfehlen. Sein Brief hatte sich nur ein wenig verzögert auf dem Weg zu ihr.«[493]

Monteforts Besitzerin Antonia lebt als Photographin in London, aber da Bowen auf diesem Gebiet offenbar nicht bewandert war, spielt der Beruf keine Rolle, und man lernt sie nur als die Dame mit Anspruch auf das beste Zimmer im Haus kennen. Nach Guys Tod hatte sie die unversorgte Lilia

mit einem Cousin zur linken Hand, dem Farmer Fred Danby,
verheiratet und den beiden die Wirtschaft von Montefort
übertragen, was sich als ein ständiger Kampf gegen Schulden,
Pannen, das Wetter und den Verfall eines Anwesens erweist,
in dem der Küchentisch, auf dem früher zum Erntedank Jigs
getanzt wurden, stabiler als das ganze Gemäuer ist, das zu erhalten keiner die Energie und das Geld hat. Ob das Verhältnis
der drei, das weder ganz familiär noch ganz feudal ist, funktionierte und ob ihr Übereinkommen zur Bewirtschaftung
des Guts wirklich günstig war, »hatte sich noch nicht heraus-
gestellt; noch weniger, ob es recht und billig war, und wenn
nicht, zu wessen Lasten es eigentlich ging. Es ließ sich nur
sagen, daß es seit einundzwanzig Jahren bestand, vielleicht
zum Teil darum, weil es allen Beteiligten widerstrebte, sich
zusammen hinzusetzen und irgend etwas zu besprechen.«494

In der Nachbarschaft, in einem »ungewöhnlich banalen
irischen Schloß«, das lange leergestanden hatte, lebt Lady
Vesta Latterly, eine vor der englischen Einkommenssteuer aus
»Moskau« geflohene Neubürgerin. Seit sie sich in County
Cork niedergelassen hatte, beschäftigten ihre Heimsuchungen
und die Gerüchte über ihr Vermögen die Nachbarschaft.

Die »zahllosen Badezimmer, die sie unter leeren Wasser-
speichern hatte anbringen lassen; Liebhaber, die sie angeblich, und Dienstboten, die sie nachweislich hatten sitzenlas-
sen; Hausgäste, die ausgeblieben oder, schlimmer noch, nicht
wieder gewichen waren, das kostspielige Mißlingen ihrer
Staudenrabatte; Verzögerungen und Verschleppungen; unter-
lassene Lieferungen; der Bruch, die Lecks und die allgemeine
Ausbeutung, worunter sie zu leiden gehabt hatte – nichts
verlor an Würze, indem man wiederholt darüber sprach,
brachte sie aber um jegliche Sympathie. So reich wie sie war
man nur auf eigene Gefahr! Sie war *nouveau riche*; aber wie
Antonia sagte: besser spät als nie.«495

Lady Latterlys Gesellschaft ist jedoch kein Ersatz für die

untergegangene Klasse der Anglo-Iren. Einer aus der Veteranentruppe – wie seine Autorin mit zunehmendem Alter von abnehmender Geduld gegenüber menschlichen Unzulänglichkeiten – macht aus seiner Verachtung keinen Hehl: »Man kann eine Menge kaufen. Nur die Vergangenheit kann man nicht kaufen. […] Heutzutage geht man dorthin, wo das Geld ist – bei aller Hochachtung für unsere reizende Gastgeberin. Damals gingen wir dorthin, wo die Leute waren.«[496]

Lady Latterly, die einen Narren an der jungen Jane gefressen hat, lädt sie zu einer Abendgesellschaft ein. Um den runden Tisch sitzend, werden die Gäste unbewußt zu Teilnehmern an einer Séance. Guy war früher oft zu Gast im Schloß, und er materialisiert sich für Jane auf dem einzigen freien Platz an der Tafel, jedoch nur, wenn sie nicht direkt hinschaut, und vermutlich wird die Vision von den ersten trockenen Martinis ihres Lebens befördert. In *Eine Welt der Liebe* treibt Bowens sardonischer Humor an unerwarteten Stellen aus und bemächtigt sich Figuren, denen sie früher zartfühlend mit ihrem *mouchoir* nachgewinkt hätte. Das gereizte Gegacker zwischen der verdrießlichen Lilia und der herrischen Antonia, die Kette raucht, ihre Drinks kippt, an ihren Perlen zerrt und mit dem Auto am Graben vorbeischrammt, klingt eher nach amerikanischer Screwball Comedy als nach irischer Totenklage.

Noch einmal versammelt Bowen ihr Personal: das junge Mädchen und den untreuen Kerl; die dreizehnte alte Fee gleich in zweifacher Ausfertigung: Antonia und Lady Latterly, und das schreckliche Kind Maud; hier mit harten kleinen Fäusten, Hautausschlag, einer Zwergenkapuze und einem herbeiphantasierten ständigen Begleiter. Aber Guy, der Kerl, ist ein Phantom und Jane keine verfolgte Unschuld. Sie entdeckt am Ende einen Namen in den Briefen, den sie dem Leser wiederum vorenthält, und sorgt mit einem Autodafé für eine Reinigung der Atmosphäre. Die Feen nehmen

Abstand davon, das Leben der jungen Frau zu deichseln. Jane hängt weder an der Vergangenheit noch an Montefort. »Wie ein Mensch, der gebeten wird, ein bereits überfülltes Zimmer zu betreten, verharrte sie so lange wie möglich auf der Schwelle« – um dann einen großen Schritt zu wagen. Mit ungewöhnlichem Willen zum Happy-End treibt Bowen ihr im letzten Satz einen jungen Amerikaner zu, für den Lady Latterly keine Verwendung mehr hat. Er steigt in Shannon aus dem Flugzeug und erblickt Jane. »Sie sahen und liebten sich.« Vorhang!

In *Eine Welt der Liebe*, schreibt Hermione Lee, »ist die Romanatmosphäre so typisch Bowen, als parodiere die Schriftstellerin sich selbst.«[497] Offenbar machte es ihr jedoch großes Vergnügen, ihre Syntax, ihren Plot und ihre Figuren auf strammem Seil über Bowen-Terrain zu jagen und erst kurz vor der Selbstdemontage haltzumachen. Ihr Zeitgenosse, der Kritiker Raymond Mortimer, teilte ihr Vergnügen an den stilistischen und erzählerischen Winkelzügen. »Ihr Roman ist mit keinem einzigen unförmigen, platten Satz belastet. Das macht das Tempo, wie beim späten Henry James, eher *Andante* als *Allegro*. Man bewegt sich durch seine Seiten wie im Rhythmus eines Gedichts […] es ist eine vertonte Erzählung.«[498]

Nach *Eine Welt der Liebe* legte Bowen eine lange Schreibpause ein. Zehn Jahre sollten vergehen, bis *Die kleinen Mädchen* erschienen; ein Roman mit feingesponnener Handlung, aber ohne stilistische Knoten, als habe sie das Schreiben noch einmal für sich erfunden.

»Elizabeths neues Buch *Eine Welt der Liebe* ist herrlich, ein Meisterwerk ihres Genies«,[499] schrieb Charles in sein Tagebuch. Er war 1954 als Botschafter von Ottawa nach Bonn versetzt worden und fand die Hauptstadt der gerade aus dem Ei geschlüpften Bundesrepublik Deutschland nicht leicht zu lieben. »Auf beiden Seiten gab es zu viele Dinge, über die nicht gesprochen und die nicht vergessen werden konnten, um sich wirklich miteinander wohl zu fühlen.«⁵⁰⁰ Er war von Bundeskanzler Konrad Adenauer beeindruckt, »ein sehr kluger und sehr verschlagener alter Mann«, und er staunte über die Häßlichkeit der Kölner. »Heute bei der Fronleichnamsprozession nicht eine einzige attraktive Frau in der Menge vor dem Dom. Stumpfes, trockenes Haar, rauhe Haut, kleine Knopfaugen, beige und graue sackartige Kleider, dicke Hintern und stapfender Hausfrauen-Gang.«⁵⁰¹ Dennoch ließen sich Mr. und Mrs. Ritchie mit Dackel Popski lieber in Köln als in Bonn nieder. »Es erscheint mir angemessener, in den Ruinen einer noblen alten Stadt zu wohnen, als im aufgeräumten Bonn der Mittelklasse.«⁵⁰² Er wurde Zeuge, wie der »einzige Liebreiz« der neuen Hauptstadt, die alten Bäume entlang der Straßen, abgeholzt wurden. Niemand außer Mr. Ritchie scheint sich darüber aufgeregt zu haben.

Im Lauf seiner vier Dienstjahre gewöhnte er sich an die Deutschen, an das feuchte Klima im Rheinland, sogar an den massigen, erdrückenden Dom – und an den Underberg, mit dem sich seine Deutschlehrerin zu stärken pflegte, »eine verderbliche Mixtur mit einem ganz eigenen Kick.«⁵⁰³ Als er 1958 nach New York versetzt wurde, fühlte er fast einen kleinen Stich des Bedauerns. Alles in allem waren die Deutschen gar nicht so übel. Sie hatten ihre Neurosen gut unter Kontrolle, und sie könnten es weit bringen, wenn sie nicht zu weit gingen, mutmaßte er.

Im Februar 1954 hatte Bowen auf einer Vortragsreise für das britische Außenministerium die Ritchies besucht und Teile von *Eine Welt der Liebe* im Wohnzimmer der Botschafter-Residenz in der Kölner Lindenallee und auf der Veranda eines kleinen Hotels in Bonn geschrieben. Elizabeth war Sylvia Ritchie vermutlich schon in Montreal vorgestellt worden, als sie im Mai 1953 auf einer Amerikareise einen Abstecher zu Charles unternahm. Worüber die beiden Frauen sprachen, was sie voneinander dachten, wie sie miteinander umgingen, ist nirgendwo beschrieben. »Sie zeigt sich jeder Situation gewachsen«, lobt Charles seine Frau, »kein Getue, kein Genörgel. Ich bin ein glücklicher Mann, und ich weiß es zu schätzen.«[504]

An feuchten Herbsttagen hing in Köln noch immer der Geruch des Kriegs in der Luft. Ruinen, Trümmerberge und verbrannte Balken erinnerten Charles an den Londoner Blitz. Elizabeth waren die Beziehungen zu den frisch entnazifizierten Deutschen verdächtig wie »ein breites, strahlendes, gespenstisches Lächeln, das einen unrettbar falschen Standpunkt verbirgt.«[505] In diesem Winter reiste sie zwei Wochen durch die Bundesrepublik und hielt Vorträge an Universitäten und in den »British Centres«. So sprach sie in Hamburg über Jane Austen, und ein Reporter von der *Welt* hörte ihr zu:

»Die schlanke, aufrechte, überaus vornehme Erscheinung in schwarzem Kleid auf dem Podium ist Elizabeth Bowen, eine der drei besten lebenden Erzählerinnen Englands. Sie spricht über eine Berufsgenossin an der Grenze zwischen dem 18. und 19. Jahrhundert, Jane Austen, die so sehr in England bewundert wird und so schwer Leser und Freunde außerhalb Englands findet. Miss Bowen beschreibt Hampshire, die sanfte, etwas melancholische Heimat der Jane Austen mit seinen kleinen, alten Städten, worin alles Maß und Ordnung und Tradition ist. Maß und Ordnung ist auch in den Romanen der Jane Austen […] Man spürt, wie sehr Miss Bowen von sich selbst sprach, unter dem Vorwand eines literaturgeschichtlichen Vortrags. Man fühlte die Wärme und Kraft eines fühlenden Frauenherzens, das sich hinter Humor und historischer Objektivität verschanzt.«[506]

1956 kam es zur Suezkrise. Ägypten sperrte den Kanal für israelische Schiffe und brach damit internationales Recht. Israel, Großbritannien und Frankreich marschierten ein, mußten sich aber auf Druck der Vereinten Nationen, Kanadas und der USA im November 1956 zurückziehen. UN-Truppen übernahmen die Kontrolle. Charles, der sich fünfundzwanzig Jahre zuvor »so verdammt englisch« gefühlt hatte, war eine Woche nach Abschluß des Waffenstillstandsvertrags in London und geriet mit Elizabeth über Kreuz.

»Viele alte Freunde haben das Gefühl, Kanada habe England im Stich gelassen«, umschreibt er vorsichtig die Lage. »Elizabeth Bowen sagt: ›Und was, wenn wir im Unrecht wären? Wenn einer meiner Freunde einen Fehler machte oder ein Verbrechen beginge, würde ich zu ihm halten. So einfach ist das.‹ Die UNO und ihr moralisches Gerede machen sie wütend.«[507] Recht oder Unrecht – in Fragen der Loyalität kannte Bowen keine Kompromisse. Charles wollte nicht, daß die Briten ihr Gesicht verlören, und erwartete, daß Kanada seinen Teil zur Schadensbegrenzung beitragen werde. Damit waren zumindest die diplomatischen Beziehungen zwischen ihnen wiederhergestellt.

Elizabeth hätte gern öfter Freunde in England besucht, aber es ging aus einem einfachen Grund nicht: Die Fahrt war zu teuer. Sie reiste zu großen Ereignissen an, wie im Juni 1956, als ihr die Universität Oxford die Ehrendoktorwürde verlieh. Diese Zeremonie ist »der Höhepunkt aller Oxforder Stammesriten, begleitet von zahlreichen lateinischen Formeln, Verbeugungen, Auf- und Absetzen des Kanzlerbaretts, elaborierter als altkastilianisches Hofzeremoniell«.[508] Fünfzehn Jahre zuvor hatte William Butler Yeats auf den Vorschlag von Maurice Bowra die Ehrendoktorwürde erhalten, und Elizabeth saß anschließend mit ihm beim Dinner. Nun war sie selbst der Ehrengast und tief gerührt. »Du wirst vielleicht besser als alle anderen verstehen, wieviel mir das bedeutet«, schrieb sie an Veronica Wedgwood. »Die Verleihung war so feierlich und für mich ein nahezu heiliger Akt, an den ich mich mein ganzes Leben lang erinnern werde. Ich bin fast in Tränen ausgebrochen, was mir gelegentlich passiert, wenn ich angespannt bin.«[509]

Viele Gesichter hatte sie lange nicht mehr gesehen. Auch ihre Freunde waren unbeweglicher geworden, und selbst in den Sommerwochen harrte sie manchmal allein auf Bowen's Court aus. Sie trug es mit Fassung. »Es ist ein bißchen leer, aber niemals einsam.« Vielleicht ging ihr die Arbeit langsamer von der Hand, und im Herbst war es, als kehrte der Geruch nach Wildnis zurück. Dann mußte sie sich eben ein bißchen zusammenreißen, wie es das große Haus von ihr erwartete. An den langen Abenden setzte sie sich ans Feuer und las – gerne auch Krimis von Raymond Chandler, P. D. James, Georges Simenon, Nicholas Blake (alias Cecil Day Lewis) und die James-Bond-Stories von Ian Fleming. Allein ins Kino nach Cork zu fahren machte keinen Spaß.

Sie war Ende Fünfzig, und manchmal schlich sich schon die Vergangenheitsform ein. »Wie angenehm unser Leben war«, schreibt sie an William Plomer. »Wir trafen uns so oft, ohne ›eine Gruppe‹ zu sein. Vielleicht war oder ist unsere Generation die einzige, die sich nicht in Gruppen zusammenrottete. […] Wie fühlst Du Dich in Deinen fünfziger Jahren? Ich persönlich genieße die Zeit. Es kommt mir vor, als könne ich das Erwachsensein erst jetzt so sehr schätzen, wie ich es mir als Kind vorgestellt hatte. Bedauerlich ist nur, daß ich keine Zeit mehr zum Briefeschreiben habe, weil ich so hart arbeiten muß. […] Das ist vermutlich für niemanden ein großer Verlust – außer für mich, denn Briefe sind so eine gute Gelegenheit, sich einem anderen Menschen nahe zu fühlen […] Inzwischen habe ich mich ganz fatalistisch damit abgefunden, daß Du hier wohl nie wieder auftauchen wirst, und doch hoffe ich noch immer, denn wo Leben ist, da ist auch Hoffnung.«[510]

Das galt nicht nur für einen Besuch des alten Freundes. Sie mußte auch auf das Ende ihrer Ressourcen geblickt und auf

ein Wunder gehofft haben. Im Oktober kehrte sie in die
USA zurück, denn es war oft billiger, ein paar Monate im Ausland zu leben statt in Irland, und besser, ein paar tausend
Kilometer zwischen sich und ihre Sorgen zu schieben. Die
Universität von Wisconsin lud sie als Gastprofessorin für
ein Semester (und zehntausend Dollar) ein; Bryn Mawr
College in Pennsylvania verlieh ihr ein Stipendium über dreitausend Dollar unter der Bedingung, daß sie während des
akademischen Jahrs gelegentlich Wohnung auf dem Campus
nahm.

»Ich muß eigentlich überhaupt nichts tun«, gestand sie
Veronica Wedgwood, »außer gelegentlich mit den Studenten
zu sprechen, die sich fürs Schreiben interessieren.« Sie war
keine Akademikerin, aber als praktizierende Schriftstellerin
konnte ihre »berufsbedingte Unwissenheit« zu durchaus er-
frischenden Einsichten jenseits der Theorie führen. »Autoren fällt es leichter, sich etwas vorzustellen, als etwas zu lernen. Es wird ihnen zur zweiten Natur. Tausende von uns
erfinden lieber etwas, anstatt davon zu hören. Im Gegenzug
spricht für die Autoren, daß sie Vagheiten mißtrauen und
Ungenauigkeit verabscheuen.«511

Ihr Stil war nicht immer kompatibel – »die Leute hier sind
komische Käuze« –, aber sie mochte die Mädchen mit den
kurzen Ponyfransen und den Nickitüchern und die jungen
Männer mit den korrekten Seitenscheiteln. Auf die Rückseite
eines Photos, das sie auf dem Campus der Universität von
Washington auf einer Bank unter herbstlichen Bäumen sitzend und umgeben von Teilnehmern eines Creative-Writing-
Kurses zeigt, schrieb sie: »Katze mit Kätzchen. Die Brünette
neben mir mit der weißen Rose am Kleid ist eine kleine Tige-
rin, die eine außerordentlich brillante Geschichte geschrieben hat.«512 Ein weiterer Vorteil von Gastprofessuren und
Stipendien war, daß sie »wie ein zivilisierter Mensch« Zeit
hatte, ihre Freunde zu besuchen, und nicht herumrasen

»Katze mit Kätzchen« auf dem Campus der Universität
von Washington

mußte, um jeden Tag an einem anderen Ort denselben Vortrag zu halten.

Ihre Lieblingsstadt wurde New York. Nach ihrem ersten
Besuch hatte sie an Lady Ottoline geschrieben: »Die Höhe
der Stadt, die Luft und diese Geschwindigkeit, die alles erfüllt, sind eigenartig belebend. Die Leute, die ich getroffen
habe, waren alle charmant, intelligent und vielseitig; es scheint,
als lebte man dort die ganze Zeit in einem Schneesturm von
Eindrücken. Der Herbst war sehr schön, und der lange, theatralische amerikanische Sonnenschein machte alles so un-
wirklich, oder eher auf eine ungewöhnliche Art wirklich, die
einen Nerv berührt. Es war gar nicht soviel anders als in England, aber man war irgendwie nicht man selbst, ein Gefühl,
das ich eigentlich genieße; es ist, als sei man körperlos.«⁵¹³

1958 war Charles als Vertreter Kanadas bei den Vereinten
Nationen akkreditiert. »Ich bin getreulich zum Sicherheits-
rat gepilgert, um Charles in Aktion zu sehen. Viel ist nicht
passiert. Es ist ein merkwürdiges Gebäude und sieht ein bißchen wie das Pinguin-Becken im Londoner Zoo aus, das in
den dreißiger Jahren als überaus modern galt. [...] Charles ist

von New York ganz begeistert, obwohl er sich gelegentlich über die Vereinten Nationen aufregen muß. [...] Wir haben zauberhafte Abende miteinander verbracht und manchmal auch tagsüber ein paar Stunden, wenn wir durch die Stadt gebummelt sind.«[514]

Wenn Blanche Knopf auf Reisen war, stieg sie in deren Wohnung im neunten Stock der 24th West / Ecke 55th Street ab, oder sie mietete sich in einem ruhigen Apartment-Hotel auf der East Side ein, wo jedes Zimmer über einen Schreibtisch und eine winzige Küche verfügte. Die Küche war wichtig, denn Bowen reiste mit ihrem eigenen Tee und bestand darauf, ihn auf gewohnte Weise zu brühen. (»Nur keine Teebeutel; da habe ich immer Angst, den Faden mit zu verschlucken.«[515]) Serviert wurde er in schönen großen Tassen, die sie bei einem Freund in New York einmagaziniert hatte. Als gewiefte Reisende wußte sie, daß gegen Heimweh manchmal schon ein vertrauter Henkel in der Hand half. Charles kam zu Besuch und brachte Verstärkung mit: Seagram's Rye.

New York bedeutete: geheizte Badezimmer, Fernsehen und Kinos, in denen man damals noch rauchen durfte. (Ihre Lieblingsstars waren Claudette Colbert, Bette Davis, Greta Garbo, James Stewart, Ginger Rogers und Fred Astaire, Donald Duck und die Marx Brothers.) Schicke Modegeschäfte lagen um die Ecke und die Plaza-Bar am Central Park. New York bedeutete auch die Gesellschaft unkomplizierter Leute. »Wenn ich an New York denke«, verriet sie später einem ihrer amerikanischen Studenten, »habe ich immer das Gefühl, ich reise nicht ›hin‹, sondern ›zurück‹, als wäre ich dort geboren. Vielleicht ist ein Teil von mir tatsächlich dort geboren.«[516] Aber auch diese »darling City« konnte ihr keine bleibende Stadt sein.

XX EINSTÜRZENDE ALTBAUTEN
John Lehmann – Eudora Welty – Edward Sackville-West – Besuch in Mississippi – Veronica Wedgwood – Iris Murdoch – Ein Rennen gegen die Zeit – Verkauf von Bowen's Court

Rom war ein weiterer Seelenort, wo sie über Jahre Eindrücke für ein Reisebuch gesammelt hatte. Meist wohnte sie in einem »Villino« im Garten der American Academy mit Blick über die Stadt. 1953 traf sie Rosamond Lehmanns Bruder John auf der Piazza Colonna und lud ihn nach Bowen's Court ein, wo er, wie sie vorschlug, seine Autobiographie zu Ende schreiben könne, während sie an *Eine Welt der Liebe* arbeite. Sie fühlte sich immer mit den Gästen am wohlsten, die tagsüber in ihrem eigenen Wort-Bergwerk pickelten und dann pünktlich um sechs zur Happy Hour in der Bibliothek erschienen, um über etwas ganz anderes zu reden, oder eine Partie Scrabble mit ihr zu spielen.

Von Fertigschreiben konnte bei John Lehmann allerdings keine Rede sein. Seine Autobiographie umfaßt drei Bände; der letzte erschien 1969, und er hatte nichts vergessen. Lehmann, hochintelligent und -gebildet, war ein literarischer Spürhund von Gnaden – für das englische Lesepublikum entdeckte er unter anderen Sartre, Malraux, Kazantzakis –, und er war von ebenso auffallender Schönheit wie seine Schwester, allerdings auf etwas stählerne Art, sehr groß, weißblond und mit leuchtendblauen Augen, »Vergißmeinnicht in einem Totenschädel«, wie William Plomer mit einiger Scheu bemerkte. Seinen Gesprächspartnern machte sich

Lehmann mit seiner intellektuellen Überlegenheit oft beschwerlich. »Er ist ein lieber Kerl, aber, Gott, was für eine Nervensäge!« stöhnte Rosamonds Mann Wogan. »Dieses fürchterliche deutsche Lexikonwissen zu jedem Thema – dieses Zitieren der eigenen Gedichte – dieses besessene holzschnittstrenge Geschwafel – seine Schreibmaschine! [...] Wir gehen ein Stück, und John teufelt auf mich ein, auf griechisch, latein, französisch, deutsch, und ich verstehe natürlich kein Wort.«[517]

In County Cork fand sich Lehmann in eine Zeit zurückversetzt, »die irgendwann zwischen 1700 und der Gegenwart stehengeblieben war.« Er kannte Elizabeth als Gastgeberin in London; aber auf Bowen's Court umgab sie die zusätzliche Herrlichkeit des großen Hauses, wie kalt, wie leer, wie honorarverschlingend auch immer, und das Flair der Landadeligen, »die im Begriff ist, sich auf einem Jagdstock niederzulassen und ein Fernglas an die Augen zu heben.«

Lehmann, der sich aus Frauen als Sexualwesen nichts machte, pries an Elizabeth die Tugenden, die ihm selbst offenbar fehlten; Charme, Witz und Wärme. »Und erst ihre Energie!« Sie marschiere durchs Haus wie ein junger Sportsmann, arbeite wie ein Pferd, und ihr Gast bemerkte, daß sich ihr Stottern fast ganz verloren habe. Elizabeth sah ihn mit ihren graugrünen, von tiefen Lachfalten umgebenen Augen an – ihr »großer Mund, der so unverschämt grinsen konnte«[518] –, und wir wüßten gern, was sie von John Lehmann hielt. Von seiner Autobiographie jedenfalls nicht viel: »Manche Leute sollten lieber die Klappe halten«, schreibt sie an William Plomer, »aber sagen Sie es bloß nicht weiter.«[519]

Nach ihrer Gewohnheit redete sie in einem fort, beim Essen, beim Spaziergang über die Domäne, wenn sie John die Dahlien und Himbeersträucher im alten Garten zeigte oder »wie eine Verrückte, vorwiegend auf der falschen Straßenseite« über Land preschte. »Ich lüftete meine literarischen

Vorurteile aus und sie die ihren.« Bowen war eine derart pas-
sionierte Plauderin, daß sie bei anderer Gelegenheit redend
in eine Hecke marschierte, ohne sich zu unterbrechen »wie
ein Bus rückwärts wieder hinausstieß« und redend weiter-
ging. Lehmanns neues Projekt war das *London Magazine*,
eine Monatszeitschrift für zeitgenössische Literatur, zu deren
Herausgebern neben Bowen auch William Plomer, der Autor
Rex Warner und der Kritiker John Hayward (»Elizabeth
opfert sich also noch immer mit Herz und Hand für diesen
hoffnungslosen reaktionären alten Starrkopf auf«) gehörten.
Die neue Zeitschrift war ein Thema, zu dem John Lehmann
seinerseits viel zu sagen hatte. Elizabeth begrüßte das Projekt
als einen Beitrag zur Zivilisation und hoffte nur, daß ihre Be-
ratertätigkeit nicht in die fortgesetzte Lektüre anderer Leute
Manuskripte ausufern würde. »Es ist mir wichtig, dies klar-
zustellen, denn die Notwendigkeit, mir hier mein Dach über
dem Kopf zu erhalten, hat mich wieder aufs Rezensieren
zurückgeworfen.«[520] Nach einem langen Schreibtag sei sie
manchmal kaum noch in der Lage, überhaupt etwas zu lesen.
Und noch ein Punkt: Ohne geldgierig erscheinen zu wollen,
wie stand es mit der Reisekostenerstattung?

Wenn Gäste kamen, die nicht unterhalten werden mußten,
waren die Tage weniger hektisch, und Bowen fühlte keinen
Drang, den jungen Sportsmann zu geben. Sie frühstückte im
Bett und ließ dazu das Radio dudeln: »Housewives' Choice«,
machte nach dem Aufstehen einen raschen Inspektionsgang,
besprach Angelegenheiten mit der Köchin und mit ihrem
Verwalter, Paddy Barry, dem Sohn der alten Haushälterin
Sarah Barry, und wartete auf die Zehn-Uhr-Post. Dann an
die Schreibmaschine, zwischendurch Kaffee und belegte Brote
und eine halbe Stunde, um im Garten ein paar Blumen abzu-
schneiden. Zurück ans Werk bis zur Cocktailstunde.

Sie schrieb langsam. Das Gerüst ihrer Geschichte hatte sie
im Kopf und auf dem Papier Notizen zu jeder Figur: Aus-

sehen, Sprechweise, Wohnung, Einkommen, Bildung, Interessen. Wenn es gut lief, war es ein Vergnügen, »das ich nur mit der Liebe vergleichen kann.«[521] Wenn es nicht gut lief, hatte sie das Manuskript am Ende zehnmal umgeschrieben.

Die amerikanische Autorin und Photographin Eudora Welty, die im Frühling 1950 als Guggenheim-Stipendiatin durch Europa reiste und sie auf Bowen's Court besuchte, war eine dieser willkommenen Personen, die sich Arbeit mitgebracht hatten. »Das schenkt mir eine Freiheit, wie ich sie von gesellschaftlichen Gästen nicht kenne.«[522] Sie bewunderte Weltys Erzählungen *Die goldenen Äpfel* »leidenschaftlich«. Sie ist »eine Autorin von außergewöhnlicher Erfindungskraft. Nichts stammt bei ihr aus irgendeinem Repertoire; sie kann unmöglich stillstehen.«[523] Auf Bowen's Court schrieb Welty *The Bride of the Innisfallen*, eine lange Erzählung über eine in einem Eisenbahncoupé zusammengewürfelte Gesellschaft auf dem Weg von Paddington Station nach Fishguard und mit dem Fährboot nach Cobh. Es ist eine Reise in die Dunkelheit. Eine Braut tritt nur einmal an die Reling. Eudora widmete die Geschichte ihrer Gastgeberin, »der lieben Elizabeth«.

Welty stammte aus dem amerikanischen Süden, dessen schmelzende koloniale Pracht dem Niedergang der angloirischen Klasse und ihrer einstürzenden Altbauten nicht unähnlich war. Sie schrieb vorurteilslos und mit großem Einfühlungsvermögen über die Apartheid zwischen Schwarz und Weiß, aber sie war politisch vorsichtig und hielt auch den Feminismus für eine Art »Krach«. Mit strahlend blauen Augen und schmalen Händen war Eudora dennoch nicht, was man im Staate Mississippi eine »Southern Belle« nannte. Dazu war ihr Gesicht zu flach, die Nase zu groß, und ihre schmalen Lippen legten beim Lachen viel Zahnfleisch frei. Von Gestalt lang und dünn, ließ sie die Schultern hängen, was sie ein wenig eckig und scheu wirken ließ. Wie Eliza-

Eudora Welty in ihrem Garten in Jackson/Mississippi

beth war sie ein sehr privater Mensch, der sein Innerstes unter dem Deckel hielt beziehungsweise »in einem tiefen, dunklen Versteck«, und anders als Carson McCullers, die ihr als Gast auf dem Fuße folgte, war Welty keine »Zerstörerin«, sondern eine kompatible Seelenverwandte. Elizabeths angebliche Bemerkung über die Kollegin, die John Malcolm Brinnin überlieferte – »eine zutiefst bemerkenswerte Frau, wenn man bedenkt, wo sie herstammt – Mississippi«[524] – erscheint in diesem Zusammenhang unfair. Bowen war von den Vereinigten Staaten im allgemeinen und von Eudora Welty im besonderen begeistert.

Die Zeitschrift *Holiday* schickte sie 1960 auf eine Reise
durch die Südstaaten, und Bowen schrieb: »Es war, als sei
man auf einem anderen Planeten gelandet [...] Jeder Eindruck präsentierte sich wie unter einem Vergrößerungsglas.
Eine Minute enthielt soviel an Substanz wie andernorts eine
Stunde – und man konnte sich vorstellen, daß die Luft von
Partikeln wirbelte, wie in einem Bild von van Gogh. [...] Die
Dämmerung stieg kupferfarben und mauve aus den Straßen,
deren verschwörerischer Rhythmus sich im Lauf des Abends
beschleunigte. [...] Eudora Weltys Gegenwart war wie eine
eigene Dimension. Wir gingen zusammen aus und redeten
bis nach Mitternacht.«⁵²⁵

»Als sie mich besuchte, hat der Mississippi in ihr eine
ähnliche Saite zum Klingen gebracht wie Irland in mir«,
sagte Welty als alte Dame der *New York Times*. An Charles
schrieb Elizabeth während Eudoras Besuch: »Ich kann sie
außerordentlich gut leiden, und ich glaube, sie würde Dir
auch gefallen. Sie ist ganz unliterarisch und *bien élevée* [sehr
gebildet] – ein Mädchen aus den Südstaaten [...] ruhig, unabhängig, verbindlich, vom Aussehen her eher altmodisch,
sehr witzig, wenn sie den Mund aufmacht [...] Sie ist reserviert (an sich schon ein guter Zug in diesen Zeiten). Daher
habe ich nicht viel über ihr Leben erfahren und sie nicht viel
über meins, obwohl wir stundenlang miteinander geplau-
dert haben. Offenbar findet sie, genau wie ich, Orte interessanter als Menschen, und wenn wir über Land fahren, zuckt
sie bei jedem überraschenden An- oder Ausblick auf dem
Beifahrersitz zusammen und stößt einen halberstickten
Schrei aus, als sei sie von einer Wespe gestochen worden
[...] Kein Mensch würde sie auf den ersten Blick für eine
›interessante Frau‹ halten. In Wirklichkeit ist sie wohl eher
ein Genie als eine interessante Frau, und darüber bin ich
froh, denn das Genie ist mir lieber.«⁵²⁶ Sie brausten zusammen nach Crosshaven, Mallow, Cashel, Kenmare und Kil-

larney, und Eudora achtete eifersüchtig darauf, daß Elizabeth nicht dieselben Touren mit ihrem nächsten Gast Blanche Knopf unternahm.

Gelegentlich ließ sich Edward Sackville-West auf Bowen's Court blicken. Er hatte das Anwesen Cooleville in County Tipperary gekauft, achtzehn Meilen entfernt, also nur ein Katzensprung über die Berge nach irischem Verständnis, so daß man zum Mittagessen – Luncheon hieß das in Eddys Kreisen – einfach hereinschneien konnte. Zu dritt spielten sie ein ziemlich albernes Quartett, bei dem man die anderen Spieler um Karten bitten mußte, um am Ende eine ganze »Familie« auf der Hand zu haben. »Auf den Karten sind Illustrationen wie aus Dickens-Romanen, und die Figuren heißen etwa Herr Knochen, der Metzger, Frau Knochen, die Metzgersgattin, Fräulein Knochen, die Tochter […] Man sagt: Kann ich bitte Frau Knochen haben, und die Antwort lautet: Bedaure, sie ist nicht zu Hause. Dann ist der nächste dran, und so geht es unter vielen verbalen Kratzfüßen weiter. Ich muß immer noch lachen, wenn ich an Elizabeth und Eddy denke, die so unglaublich höflich und galant zueinander waren«, erinnerte sich Welty.[527]

Am 13. April 1950 feierte sie ihren zweiundvierzigsten Geburtstag auf Bowen's Court und fuhr dann zurück nach Dublin. Aus dem Shelbourne Hotel schrieb Eudora einen langen Dankesbrief an ihre irische Freundin, während eine Dame neben ihr im Salon ihren Pekinesen mit einer blauen Babybürste striegelte. »Es gab so viele schöne, köstliche, helle, luxuriöse, liebevolle, sprühende, tröstliche, erfüllende, lustige und herrlich unauslöschliche Augenblicke. Meinst Du, ich werde jemals zurückkommen und im selben Zimmer wohnen? Aber das wäre zuviel verlangt; das wäre ja gierig […] Es ist nur so, daß ich Dich vermisse und Dich vermissen werde und Dich schon vermißt habe. Ist es nicht eigenartig, wie sich unsere Lebensfäden kreuzen; wo und wann wir uns mit allem, was wir lieben und was wir unabdingbar lieben müssen, begegnen?«[528]

Ob die »sexuell räuberische Elizabeth Bowen«[529] die zehn Jahre Jüngere verführt hat, ist eine strittige Frage zwischen Welty-Biographinnen, die auch die Rezensentin Kate Moses umgetrieben hat. Weder Bowen noch Welty ließen sich in dieser Angelegenheit aushorchen, aber natürlich wurde auf beiden Seiten des Atlantiks darüber geklatscht. Der Wichtigtuer John Malcolm Brinnin – ich nenne keine Namen, beachten Sie jedoch meine Blicke! – wollte junge Frauen getroffen haben, »davon einige recht bekannte, die sich damit brüsteten, Elizabeths Aufmerksamkeit genossen zu haben; an ihren Büchern ebenso wie in ihrem Bett.«[530] Eudora brüstete sich nicht mit Bettgeschichten. Vielmehr hatte sie ein unglückliches Talent, sich mehr oder weniger heimlich in verheiratete oder schwule Männer zu verlieben, und sie blieb ihr Leben lang eine Miss Welty. Ob sie lesbisch sei, wurde sie von einem impertinenten Herrn gefragt, und sie beschied ihn mit: »Ich bin es nicht, aber ich beantworte Ihre Frage nicht.«[531]

Elizabeth fand jede Art von erschlichenem Beischlaf unter demselben Dach mit Alan degoutant – man erinnere sich an den Fall Rees/Lehmann –, aber im Frühjahr 1950 war sie allein auf Bowen's Court. Am Feuer gegenüber saß eine kluge, humorvolle Frau, die sie rückhaltlos bewunderte, und vermutlich gossen sich die beiden abends gründlich einen auf die Lampe.

»Du warst süß – Du bist es – unsagbar, alles, was Du dachtest und tatest und plantest«, schrieb Eudora an Elizabeth. »Du tatest so viel – und ich habe es zugelassen; es war wunderbar, und ich habe es genossen. Ich habe es zugelassen, weil ich Dich liebe, und nun stelle ich mir vor, wieviel ich für Dich tun könnte. Danke für alles, wofür man ›danke‹ sagen kann – ich werde nie, nie einen dieser Tage oder Nächte vergessen [...] Ich wünschte, ich hätte schon mein ganzes Leben lang von diesem Besuch gewußt, damit ich mich darauf hätte freuen können [...] Glücklich zu sein gibt meinem Leben Sinn; es gibt ihm einen größeren Radius. Wie ist es bei Dir?« Sie fühlte sich »wie eine dieser goldenen Nüsse im Märchen, die aufklappen, und eine winzige goldene Kutsche samt galoppierenden Pferden kommt herausgefahren, und drinnen sitzen winkende Leute mit funkelnden Juwelen, und Hündchen springen um die rasenden Räder.«[532] Es klingt eigentlich nicht, als wären die beiden nur spazierengefahren und hätten die Nächte verplaudert und durchzecht.

Während Bowen die weniger kongeniale May Sarton auf Abstand hielt, blieb sie mit ihrer »geliebten Eudora« eng befreundet, und die beiden besuchten einander mit ungebrochener Begeisterung. »Ich würde gern mein ganzes Leben lang in Irland bleiben und von hier aus verreisen, statt es umgekehrt zu halten«,[533] schrieb Welty an einen Freund, aber als gute Tochter kehrte sie immer wieder nach Mississippi zurück. Elizabeth brachte sie zur »Ile de France«, dem französischen Transatlantik-Liner, und Eudora stellte die gelben Rosen, die sie ihr zum Abschied ans Revers gesteckt hatte, im Zahnputzglas auf den Nachttisch ihrer Kabine. Ein Jahr später fragte sie an, ob Elizabeth so freundlich sei, ihr eine kleine Wohnung in London zu empfehlen, wo sie in Ruhe schreiben könne. Elizabeth öffnete ihr das eigene Haus, ein Ort, an dem Welty mehr zum Fenster hinausträumte als zu arbeiten.

Umgekehrt besuchte Bowen sie in Jackson, wo Welty mit ihrer Mutter lebte, aß gebratenen Seewolf mit Enchiladas und trank tapfer Zichorienkaffee. Sie fuhren zusammen nach Natchez und besichtigten Longwood, eine dieser herrlichen, halbverfallenen Sahnetorten der Kolonialzeit, in der die Nachfahren des Erbauers im Parterre kampierten. Eudora begleitete sie ein Stück auf ihrer Lesereise, nach New Orleans und Chicago, und als sie sich trennten, vermißte sie ihre Freundin »ganz schrecklich«. Mit zweiundfünfzig hatte

Bowen auch als Vortragsreisende noch immer die Energie eines Marathonläufers und den Atem eines Kanalschwimmers: Sie absolvierte neunundvierzig Veranstaltungen auf dieser Reise, für die sie zwischen einhundertvierzig und zweihundertzehn Dollar verdiente.

Im Januar 1953 trafen sich Elizabeth und Eudora in New York, gingen einkaufen, besuchten eine Cocktailparty des PEN und einen Verlagsempfang bei den Knopfs. (Welty ging auf jede Party und betrat jeden Raum, »vorausgesetzt, Carson McCullers ist nicht drin«.) Dann brachte die eine die andere zum Flughafen Idlewild, und vielleicht trafen sie eine Verabredung für das nächste Jahr. Eudora schickte eine kleine elektrische Maschine nach Bowen's Court, die heiße Schokolade kochen konnte, aber das Gerät gab ein verdächtiges Röcheln von sich, so daß Elizabeth den Stecker zog und es gut sein ließ.

Im zweiten Winter nach Alans Tod leistete ihr Veronica Wedgwood Gesellschaft, die am ersten Band ihres Werks über den englischen Bürgerkrieg schrieb. Wie Bowen war Wedgwood ein Arbeitstier – und eine große Spaziergängerin. (Und anders als Bowen kochte sie gerne und »gärtnerte mit Begeisterung, wenn auch ohne großes Geschick«, wie ihr der *Daily Telegraph* 1996 nachrief.) Sie wurde im Zimmer über der Bibliothek untergebracht, »mit zwei Fenstern zur Weide hin, auf der schwarze Kerry-Kühe und große kahle Baumgruppen stehen, und einem zur anderen Seite mit Blick auf die Berge, den verwilderten Rosengarten und den Taubenschlag.«[534]

Elizabeth führte Veronica in ihre Gwynn-Sippschaft ein. Sie speisten bei Denis, dem Sohn des Autors Stephen Gwynn, dessen Schwester Mary den Witwer Henry Bowen geheiratet hatte. »Wundervolle irische Menage«, schreibt Wedgwood, »ein Professor, Denis Gwynn, [...] der zwischen fünfzig und sechzig ist und in untadeliger Anbetung mit einer spätviktorianischen *femme fatale* zusammenlebt, die an die achtzig

Elizabeth Bowen, 1957, mit Nachbarn aus Kildorrery

und unglaublicherweise noch immer die gefeierte Schönheit und Krone der Grafschaft Munster ist. Um 1897 war sie bei der Frühmesse mit einem Kerl durchgebrannt und hatte eine stolze Anzahl von Ehemännern zu beiden Seiten der Irischen See abgewickelt, ehe sie sich in dieser charmanten platonischen Liebschaft nun zur Ruhe gesetzt hat.« Nach dem Essen gingen sie ins Konzert, und Veronica stellte mit Vergnügen fest, daß Elizabeth so musikalisch wie ein Backofen und noch harthöriger als sie selbst war.

Sie bemerkte eine weitere sympathische Seite: »Elizabeth ist so eine vernünftige und verantwortungsvolle Bürgerin; das klingt schrecklich – aber Du weißt, was ich meine«, schreibt sie an ihre Lebensgefährtin. »Nicht so ein wilder, unverantwortlicher Schatz wie Rose [Macaulay] oder eine Irre, die immer nur die Nase im *Economist* hat, sondern eine rundum und völlig unaufdringlich gebildete Person. [...] Es muß merkwürdig und aufreizend sein, dieses Land so wahr-

haft und verantwortungsbewußt zu lieben, wie sie es tut, mit
dem ganzen Hintergrund gespaltener Loyalitäten und widerstreitender Erbteile.« Sie habe diese Ansicht nicht aus Gesprächen, sondern nur aus Beobachtungen und durch Intuition gewonnen, setzt Wedgwood hinzu. Dennoch habe sie
das Gefühl, Elizabeth sei »der einzige Mensch, der wie wir
denkt und fühlt und für den Sex nicht immer an erster Stelle
kommt. Sie versteht die intellektuelle Seite der Liebe so gut.
Ich sage das, weil die wenigen Leute, an deren Schulter man
sich ausheulen möchte [...] manchmal glauben, zu gut über
Dinge Bescheid zu wissen, die gar nicht so wichtig sind.«

Charles, der die beiden Seiten der Liebe ebensogut ver-
stand, kam gelegentlich ohne Mrs. Ritchie zu Besuch. »Wie
kann man anderen Leuten nur den faszinierenden Strom von
Elizabeths Beredsamkeit vermitteln? Die Bilder, die sie von
Orten und Menschen erschafft, die Überraschungen am lau-
fenden Band und das Vergnügen an ihrer Wortwahl, der
Witz, die Poesie und die Gnadenlosigkeit, mit denen sie eine
Situation betrachtet?«535 Sie fuhren zusammen zu einer länd-
lichen Hochzeit, auf der es hoch herging: Whiskey und
Champagner flossen, Reden wurden geschwungen, und
Charles führte Gespräche mit munteren, zahnlosen alten
Tanten. Er genoß es. Oder sie unternahmen einen Ausflug
nach Muckross im Ring of Kerry, wo Elizabeth ihm die
Schauplätze einiger ihrer Geschichten zeigte.

Ihr nächstes Buch werde *A Race with Time* heißen, verriet
sie ihm. Sie kenne zwar seinen Titel, aber die Handlung nur
soweit, daß alle Stränge irgendwann sternförmig zusammen-
laufen sollten. »Zur Zeit hat sie ein anderes Buch in Arbeit«,
schreibt er [*A Time in Rome*]. »Aber in Gedanken kehrt sie
nach Oxford und Headington zurück. Sie sagt, sie wolle
nichts Autobiographisches schreiben. Sie möchte erfinden,
oder eher, sie wünschte, daß ihr das Erfinden leichter fiele.«
A Race with Time ist nie über den Titel hinausgewachsen.

Möglicherweise hat es das Rennen gegen die Zeit verloren, in der Elizabeth für das schnelle Bare schreiben mußte, von dem das meiste auch schnell vergessen werden konnte: »What Teenagers really want« (*American Weekly*), »The Feminine Shopper« (*Holiday*), »How to be Yourself but not Eccentric« (*Vogue*), »The Case for Summer Romance« (*Glamour*), »These simple things: some appreciatons of the small joys in daily life«, eine Würdigung des Teekessels für *House & Garden*, oder »On not rising to the Occasion« (*Listener*), in dem sie auf die vielen Situationen zurückschaut, denen sie sich nicht gewachsen gefühlt hatte, die Mutproben der Kindheit, die modischen Irrtümer als Teenager, die gesellschaftlichen Fauxpas und die Angst, unter »liebenden Augen« zu versagen, denn »ich hasse es, andere zu enttäuschen.«[536]

Die »Flucht aus Moskau« hatte neue Bekannte von England nach County Cork verschlagen: Jean und Barry Black, die Creagh Castle bei Doneraile kauften, Stephen und Lady Ursula Vernon, die sich ebenfalls in der Nachbarschaft niederließen. Stephen Vernon, der sich als Soldat mit Polio angesteckt hatte, saß im Rollstuhl. Mit Lady Ursula zog Elizabeth gern um die Häuser – mit Kopftuch und dunkler Sonnenbrille. Sie nannte es »herumtoben.« Da die Vernons ein Gestüt besaßen, begann sie sogar, Anteil an deren Rössern und den Rennen in Ascot zu nehmen. In den Sechzigern schrieb sie Teile von *Die kleinen Mädchen* im Haus der Vernons und widmete den Roman der »lieben Ursula«, deren blonde, guterhaltene Schönheit auf eines der alten Mädchen, Dinah Delacroix, übergegangen war. Edward Sackville-West fand in Elizabeths Gesellschaft auf die Dauer entschieden »zuviel Vernon«, aber die beiden waren verläßliche Freunde, unter deren Dach Bowen wohlgeborgen schreiben konnte, und Lady Ursula ertrug ihren »ungehobelten und ungeselligen Gast«[537] klagloser, als Seine Lordschaft vermutlich in der Lage gewesen wäre.

Edward Sackville-West unter südfranzösischer Sonne

Edward Sackville-West hatte begonnen, Cooleville einzurichten. »Er ist zur Zeit völlig aufgelöst, weil er den ganzen
Hausrat besorgen muß, aber ich glaube, er wird an seiner
Aufgabe wachsen«, schreibt sie. Töpfe und Pfannen waren
die geringste Anschaffung. Eddy verlieh dem Anwesen aus
dem 18. Jahrhundert einen leicht ausgeflippten Touch: apri-
kosenfarben von außen, kastanienbraune Samttapete mit
großen weißen Rosen im Salon; die Bibliothek in Preußisch-
blau mit deckenhohen orangegelben Bücherregalen und einem
Graham Sutherland über dem Kamin. Sein Personal trug rote
Livreen und der geschmackssichere Hausherr ein Dinner-
jacket im gleichen Rot.

Der Mann war nicht sehr robust, und er brauchte, wie
Elizabeth, Leute um sich, die seine Einsamkeit ein wenig
zerstreuten. Frances Partridge, ein altes Mitglied der Blooms-
bury-Gruppe, besuchte ihn im September 1956 und sah einen
»kleinen reichen Jungen mit traurigen Augen und kränk-

lichen Schatten darum, dünn wie ein Spatz und mit Pickeln im Gesicht. Es blutete uns das Herz, ihn so krank und erschöpft zu sehen, und ihn trotzdem zu zwingen, charmant, amüsant, intelligent und ein aufmerksamer Gastgeber zu sein. Elizabeth Bowen kam zum Dinner; wir mochten sie beide sehr gern: ein Pferdegesicht, große Hände und plumpe Figur in einem kurzen schwarzen Abendkleid mit glitzernder Straß-Korsage.«[538]

Eddy hatte Cooleville gekauft, um in Elizabeths Nähe zu sein. Sie waren seit den dreißiger Jahren befreundet. Elizabeth hatte ihn oft in seinem Haus in Dorset besucht, und er hatte Sommerwochen auf Bowen's Court verbracht – als einer der wenigen Menschen, die ihren stets picobello gestimmten Flügel zu spielen verstanden. Sackville-West war ein Homme de lettres, ein namhafter Musikkritiker und Rundfunkproduzent, Erbe eines Titels und des dreihundert Jahre alten Schlosses Knole in Kent. Er verfügte über »proper money«, Kapital, für das er nicht gearbeitet hatte, und davon recht viel. Aber was hätte ihn, der eindeutig Männer bevorzugte, dazu bewegen sollen, Elizabeth einen Heiratsantrag zu machen, wie das Gerücht nun ging? Einer gemeinsamen Bekannten gegenüber bestritt er es und behauptete, Elizabeth sei die Antragstellerin gewesen. Sollten die beiden je an eine Ehe gedacht haben – Elizabeth, die weder »proper money« noch genug verdientes Geld hatte, um Bowen's Court zu halten; Edward, der eine Frau suchte, die ihm die Knie warm einpackte –, so schreckten sie noch rechtzeitig davor zurück.

Eine Zweckehe hätte beider Gewissen vermutlich nicht belastet, und der Staat kümmerte sich damals noch nicht darum, ob wirklich zwei Zahnbürsten im Badezimmer standen. (W. H. Auden, der die von den Nazis verfolgte Erika Mann heiratete – »Wozu sind Schwule sonst gut?« –, konnte dem Standesbeamten von Ledbury weder den Namen der Braut noch ihr Alter nennen. »Der hätte mich auch mit einem

Zaunpfahl verheiratet.«⁵³⁹) Aber Elizabeth wußte, daß der
lustige und galante Eddy auch ein launischer, anspruchsvoller
Mensch war, mit dessen Vermögen Bowen's Court zwar hätte
gerettet werden, dessen Capricen sie aus nächster Nähe aber
nicht lange hätte ertragen können. Eddy wiederum sah vermutlich ein, daß seine Freundin nicht die Frau war, die ihn
zerstreuen und umsorgen würde. Als Elizabeth drei Jahre
später Bowen's Court verkaufte, ohne sich mit ihm beraten
zu haben und ihn in Cooleville sitzenließ, war er tief ge-
kränkt. Er sei das ständige Gerede über das Thema herzlich
leid, teilte er auf Anfrage mit. Er habe Elizabeth seit fast zwei
Jahren nicht gesehen und wisse nicht, wie es ihr gehe. Er habe
lediglich gehört, sie sei alt geworden. Dem Ausverkauf von
Bowen's Court blieb er fern.

Aber noch sahen sie einander. Elizabeth brachte Iris Mur-
doch mit, die auf Eddy den ersten Eindruck einer patenten
Vertrauensschülerin machte, »kurzes blondes Haar, freund-
liches, stupsnasiges Gesicht, kein Make-up, ausdrucksvolle
Augen.« Zusammen dinierten sie bei den Blacks auf Creagh
Castle. »Sehr lustig & den ganzen Abend lang schreiendes
Gelächter.«⁵⁴⁰

Iris Murdoch war zwanzig Jahre jünger als Bowen, in Dublin geboren und Philosophiedozentin am St. Anne's College
in Oxford. 1956 hatte sie ihre große Schriftstellerkarriere
noch vor sich (ihr erster Roman *Unter dem Netz* war zwei
Jahre zuvor erschienen). Außer einem gemeinsamen anglo-
irischen Hintergrund schien die beiden nichts zu verbinden.
Murdoch war eine Frau ohne Arg, unkonventionell, zurückhaltend, resolut, unberechenbar und unglaublich klug. Von
Natur aus eine Trödelbewahrerin, fehlte ihr auch jeder
Nerv für ein kultiviertes Ambiente. Da sie sowenig Wert auf
Äußerlichkeiten legte und über jede Art von gutem Geschmack erhaben schien, glaubte jeder ihrer Liebhaber, er sei
der einzige, der diese stämmige Frau im zipfeligen Tweed-

Teestunde in der Bibliothek von Bowen's Court,
neben Elizabeth am Kamin stehend, Eddy Sackville-West,
mit dem Rücken zum Betrachter, Iris Murdoch

rock und den Sandalen an den großen Füßen »verteufelt attraktiv« fände.

Auf Bowen's Court waren sie in diesem Sommer zu zweit. Nur Alans alte Katze stieg durchs Haus, jemand mähte draußen das Gras, und fern im Souterrain klapperte die Köchin mit den Töpfen. Bowen hatte gern »Zechkumpanen« um sich, und sie liebte es, andere auszufragen, ohne etwas von sich preiszugeben. Murdoch war ihr in beiden Disziplinen durchaus ebenbürtig. Stück für Stück holten sie einander aus, und auf ihren kleinen häuslichen Besäufnissen mit Brandy und Guinness entwickelte sich eine Vertrautheit wie zwischen den letzten beiden Gästen an der Bar eines ziemlich leeren Ozeandampfers mit ungewissem Kurs.

Dinner auf Bowen's Court, von links: Lady Ursula Vernon, Jim Egan, Gutsverwalter der Vernons, Mary Delamere, eine Bekannte, Elizabeth, Stephen Vernon, Iris Murdoch

Murdoch hatte in ihrer »perfekten Ehe« mit dem Literaturprofessor John Bayley eine ähnlich liebevolle Unterstützung wie Elizabeth in Alan gefunden. Beide Frauen waren unerschrocken, promisk und vermutlich zeitweise bisexuell; allerdings machte Iris aus ihrem Draufloslieben kein Geheimnis. Mr. Bayley mußte sich mit einer Reihe intellektueller, gottähnlicher und schwieriger älterer Männer (darunter Elias Canetti) und auch einigen Göttinnen von St. Anne's abfinden, die Bowen »altmodische L-L-L-L-Lesbierinnen der besten Art« nannte. Beide hatten sich gegen Kinder entschieden, Iris entschlossener als Elizabeth, die unter dem Einfluß dunkler Getränke ein Bedauern äußerte, wie es Frauen jenseits der Fünfzig, die ihr Leben lang etwas anderes gewollt hatten, manchmal anfliegt. »Sie fühlte sich nun schrecklich verlassen und hilflos. ›Ohne Alan konnte ich kein Paar Schuhe kaufen‹, erzählte sie der Jüngeren. Die Vorstellung, wie sich diese beiden Frauen, die normalerweise auf fast maskuline Weise zurückhaltend waren, in diesen stillen, feuchten Tagen auf einem irischen Landsitz einander anvertrauten, hat für mich etwas Anrührendes«,⁵⁴¹ schreibt Bayley, und wenn ihn die Erinnerung nicht trügt, wußte Iris Murdoch lange vor Elizabeths Familie und ihren ältesten Freunden, daß sie Bowen's Court würde verkaufen müssen.

Sie hatte viel versucht, um ihr »einzig denkbares Heim« zu halten: Sie hatte Bowen's Court im Sommer vermietet und ihre Zelte bei Tante Edie in Corkagh aufgeschlagen, das große Haus der Colleys bei Dublin, das sich inzwischen im Stand fortgeschrittener Verlotterung befand und am Ende auch nicht zu halten war. Sie hatte (fast) jeden Auftrag angenommen – vorwiegend von amerikanischen Magazinen, weil die besser als die englischen zahlten. Sie hatte Gastdozenturen in den USA und Vortragsreisen für das Außenministerium in Deutschland, Italien und im Ostblock absolviert, aber es war umsonst. »Dieser Brunnen von einem Haus trank Geld«, heißt es in ihrer Erzählung *Das Nadelkästchen*. Als im Jahr 2003 Lissadell House, der Sitz der Familie Gore Booth in County Sligo, verkauft werden mußte, beliefen sich seine Betriebskosten auf einhunderttausend Euro im Jahr, und die Rede war von weiteren dreißig Millionen für eine angemessene Renovierung von Haus und Garten.⁵⁴² Auf Bowen's Court ließen sich vermutlich ähnliche Summen versenken. Das Kapital der Worte reichte nicht.

Elizabeth behielt ihre Panik lange für sich. Vermutlich fühlte sie sich so verlassen, wie sie es als Mädchen erfahren und nicht verlernt hatte. Ihr Mann der Praxis, Jim Gates, war 1958 gestorben. Es gab keine Freundin, bei der sie sich ausweinen, keinen Arm, auf den sie sich stützen wollte oder konnte. Sie entzog sich, ging auf Reisen, kam mit dem Gehalt für ihre Leute in Verzug, steckte Rechnungen ungeöffnet in die Handtasche, und natürlich beantwortete sie auch keine Briefe. »Ich langweile mich hier, und das ist eine Tatsache«, schreibt sie trotzig an Charles. »Das kommt vermutlich daher, weil ich mein Herz verhärte. Wenn man sich nicht mehr leisten kann, eine Illusion aufrechtzuerhalten, sieht man sie lieber verschwinden oder, in diesem Fall, zuschanden gehen.«[543] Aber natürlich wußte sie nicht, wie es sie ertragen sollte, ihre »Baracke des Schreckens« zu verlassen. Tagsüber half hektische Aktivität: Besuche bei den Vernons, endloses Herumkarriolen über Land. Was nachts half, wissen wir nicht.

Im März 1959 traf sie Charles in Ottawa, und der UN-Generalsekretär Dag Hammarskjöld, dieses »Neutrum von einem Schweden«, von dem Charles sich nicht vorstellen konnte, daß Elizabeth ihn sexy finden würde, ließ sich zum Lunch einladen, um sie kennenzulernen. Der Gastgeber war verblüfft. »Beide hatten sich vorgenommen, einander zu gefallen, und richteten es entsprechend ein. [...] Sie war zuerst überrascht, dann entzückt und schließlich erheitert. Er merkte sofort, daß er keiner sentimentalen schreibenden Dame gegenübersaß, sondern einem Kopf, der dem seinen intellektuell durchaus ebenbürtig war [...] Für ihn war der Nachmittag wie Schule schwänzen. Wenn Elizabeth ihren Charme spielen läßt, kann sie jeden bezaubern, von der Putzfrau bis zum Herzog von Windsor, mit dem sie sich an jenem Abend in Paris so gut unterhalten hatte.«[544]

Vermutlich war ein Mittagessen mit dem Generalsekretär für sie ebenfalls wie Schule schwänzen. Es kam vor, daß

*Charles Ritchie bei seinem ersten Treffen als kanadischer
Botschafter mit Präsident J. F. Kennedy im Weißen Haus.
Die Atmosphäre blieb kühl.*

sie, wenn sie all diesen schrecklich netten und wohlerzoge-
nen amerikanischen Menschen den Rücken gekehrt hatte, in
Tränen ausbrach. »Sie kämpft mit großen finanziellen Problemen«, schreibt Charles, und die Luxussorgen reicher
Leute, die sich über das teure Seidenfutter ihrer Vorhänge be-
klagten, irritierten sie außerordentlich. Er selbst war als Diplomat gewöhnt, seine Wurzeln aus dem Boden zu ziehen
und weiterzuwandern. In den Vierzigern hatte er einmal in
Halifax auf einer »archäologischen Expedition« das ehemalige Haus seiner Familie – The Bower – gesucht und zwischen
hundsgewöhnlichen Bungalows so eingeklemmt gefunden,
»daß es kaum noch atmen konnte. Es wäre besser tot gewesen.«[545] Auch Charles hatte gelernt, sein Herz zu stählen und
seine Erinnerungen so zu verwahren, daß sie kein Unheil
mehr stiften konnten. Er wird ihr geraten haben: Laß los,
befreie dich, fang noch einmal an. Aber ohne mich. Mit sechzig Jahren.

Elizabeth auf der Treppe von Bowen's Court, Gemälde von
Patrick Hennessy in der Crawford Art Gallery in Cork

Elizabeth übertrug ihrem Rechtsanwalt in Fermoy den Verkauf und akzeptierte das erste Angebot, um dem Schrecken rasch ein Ende zu bereiten. Cornelius O'Keefe machte – wie bekannt – kurzen Prozeß mit Bowen's Court. Er sprengte es aus der Welt. Aber wenn man Orte aus der Welt heraussprengen kann, so kann man sie auch – wie die ewige Stadt Kôr – hineinsprengen. Dem Bowen's Court, das Elizabeth in Erinnerung behielt, konnte keiner mehr das Dach herunterreißen. Zehn Jahre später fuhr sie noch einmal hin – als Touristin, »in einem Bus voller Nonnen, Priester und Meßdiener«, erinnert sich Charles. »Sie erzählt, das Haus sei spurlos verschwunden. Der Ort, an dem es stand, ist so eingeebnet, daß sie die Lage der Bibliothek nur an dem Pflaumenbaum erkannte, der früher vor dem Fenster wuchs und die Aussicht versperrte. Sie sagt: Besser verschwunden als herabgewürdigt.«[546]

Hatte sie sich wirklich gewünscht, daß Mr. O'Keefes Kinder durch ihr Haus toben würden?

XXI DIE HÖHLE AUFRÄUMEN
Die Möbel unter dem Hammer – *The Good Tiger* – Zurück in Oxford – *A Time in Rome* – *Die kleinen Mädchen* – Gestürzt und aus dem Rennen? – Ein Haus in Hythe – Charles zurück in London

Sie packte ihre Bücher ein, Bilder, Geschirr, das Silber mit dem eingravierten Falken, ein paar Stühle und einen Spieltisch zum Aufklappen, an dem man auch zu zweit essen konnte. Die Familienportraits gab sie einem entfernten Cousin, dem Historiker Hubert Butler, der sie in seinem großen Haus bei Kilkenny aufhängte. Alles andere kam im April 1960 auf einer zweitägigen Auktion in Cork unter den Hammer: von den Chippendale-Möbeln aus dem 18. Jahrhundert über die viktorianischen Himmelbetten, den Flügel, die hohen goldgerahmten Spiegel, Kupfer und Porzellan, bis hin zum Gerümpel des Alltags, das sich hinter jeder Tür ansammelt: Garderobenständer, Papierkörbe, Blumenvasen, Lampen- und Kaminschirme, Schüreisen, Teppichkehrer, Waschschüsseln, zwei Handtaschen, vier Teekannen, ein wackeliger Gartentisch. »Und am Ende des zweiten Tages ging auch Losnummer 353 weg, die rosa Vorhänge im Salon, die für diese Gelegenheit vom Korsettsatin zum ›Seidendamast‹ befördert worden waren.«[547]

Wohin von hier? Sie hatte eine Gastprofessur in Vassar angenommen und reiste nach Amerika. Zurückgekehrt, ließ sie sich für einige Zeit in einer Wohnung in Stratford upon Avon nieder. Eddy Sackville-West hatte recht, sie war alt gewor-

Gastprofessur in den USA, Elizabeth Bowen
in den sechziger Jahren mit einer Studentin

den, und der Verlust hatte sie krank gemacht. »Das Bewußtsein einer Schuld gegenüber ihren Vorfahren verschlimmerte
ihren Zustand«, schreibt Curtis Brown. »Sie glaubte, versagt
zu haben, weil sie das Erbe nicht weitergegeben hatte.«[548]
Kinder hatten immer nur in der Literatur, aber nie im Leben
eine Bedeutung gehabt. Auch Eltern nicht. Bis auf Rosamond
Lehmann, die mit ihrer verstorbenen Tochter im Jenseits Gespräche führte, waren ihre Freunde an diesem Thema nicht
interessiert. Nicht einmal die Tantenrolle, die Virginia Woolf
mit Hingabe gespielt hatte, war ihr angetragen worden. Doch
sie war noch immer »zuerst Schriftstellerin, dann Frau«.
Talent, Disziplin und die Weigerung, einfach aufzugeben,
halfen ihr, »ein schöpferisches und erfülltes Leben zu führen.«[549] Sie schrieb; wie hätte sie sonst überleben sollen?
Ausgerechnet ein Kinderbuch.

The Good Tiger ist eine kurze Lektüre in leicht faßlichen Sätzen um einen braven Tiger im Zoo, der von zwei braven Kindern zum Tee gebeten wird und im Haus des kleinen Mädchens ein schreckliches Durcheinander anrichtet, weil die Erwachsenen nicht verstehen, daß ein Tiger nur Kuchen fressen und spielen will. Von einem platzenden Luftballon erschreckt, flieht er und landet schließlich im Wald, wo er von seinen beiden Kinderfreunden aufgespürt wird und die drei doch noch ihre Teeparty feiern können. Das Manuskript mußte sie stark kürzen und mehrere Male umschreiben. Es ist das einzige Buch, in dem Bowen, die so viele gescheite Kinder erschaffen hat, die intellektuellen Fähigkeiten ihrer Leser unterschätzt.

Als wolle sie nach fünfunddreißig Jahren noch einmal in denselben Fluß steigen, zog sie von Stratford nach Old Headington bei Oxford. Headington House war nun die Adresse von Isaiah Berlin (seit 1957 Sir Isaiah), der seiner alten Freundin eine Wohnung in der White Lodge vermietete, einer Regency-Villa, die, wie die ehemalige Remise Waldencote, in der die Camerons in den zwanziger Jahren gewohnt hatten, im Park von Headington House liegt. Vom Fenster aus konnte sie das Haupthaus sehen, das, im selben Jahrzehnt wie Bowen's Court erbaut, ein wenig wie sein architektonischer kleiner Bruder wirkt; allerdings ohne dessen strenge, raumgreifende Geste. Bäume rahmen locker seine klassischen Linien, und Sir Isaiah hatte wohl der Glyzinie, die heute die Fenster umbuscht, erlaubt, sich auf dem Weg in den zweiten Stock zu machen.

Elizabeth knüpfte die lose gewordenen Beziehungen zu Maurice Bowra und den Cecils wieder an, aber natürlich war der Fluß weitergeströmt, und die Schwimmer hatten nicht auf sie gewartet. Wenn man sie in den Feuilletons nun die große alte Dame der englischen Literatur nannte, fühlte sie sich nicht vollkommen geschmeichelt. Das ›alt‹ hätten sie sich ruhig sparen können. Sie ärgerte sich über Knopf, der in seiner amerikanischen Nonchalance das Geburtsjahr der Autoren auf die Buchumschläge druckte. Man habe ihr versprochen, daß dies unterbleibe, »aber bei jeder neuen Gelegenheit ist in der PR-Abteilung ein Poltergeist am Werke, und schon taucht das Datum wieder irgendwo auf«, beschwert sie sich bei ihrem Lektor. »Sie können sich vielleicht denken, daß ich meinen Freunden gegenüber aus meinem Alter (das ich im Grunde genieße) keinen Hehl mache; warum sollte ich auch. Aber ich bin grundsätzlich dagegen, daß jedermanns Geburtsjahr, und besonders das einer Frau, veröffentlicht wird. Das Alter einer Schauspielerin steht erst in der Zeitung, wenn sie gestorben ist. Warum sollte das nicht auch für eine Autorin gelten?«[550]

Der literarische Geschmack hatte sich gewandelt, aber damit war sie einverstanden. Die Aufgabe der Kunst sei nicht zu reproduzieren, sondern dem bestehenden Fundus etwas hinzuzufügen. Schon als junge Autorin hatte sie als Antriebsfeder für ihr Schreiben den Wunsch genannt, etwas zu dem großen Kanon beizutragen, etwas, das es zuvor nicht gegeben hatte und das nur sie auf ihre Weise schreiben konnte. »Oh, ich bin sehr für die Beatniks«, sagte sie 1959 auf einem Autorentreffen in San Francisco zur Überraschung eines kalifornischen Reporters. Sie trug ein Hütchen mit einer Schleife auf der Stirn, eine Stoffrosengirlande am Kragen und sah aus wie eine Drag Queen. »Ich bin von jeder Art literarischem Experiment fasziniert.« Es waren auch nicht die neuen Spielarten der Literatur, die ihren Widerspruch erregten, sondern die zornigen jungen Männer, die sich in England nach dem Krieg aufführten, als seien sie die ersten jungen Männer, die gegen die alten rebellierten. »Ich verstehe nicht, warum man sie zornig nennt. In unserer Jugend sind wir doch alle zornig. Junge Menschen sollen sich für Ideale begeistern und gegen Unrecht empören. Jeder hat ein Recht darauf, zornig zu sein.«[551] So auch sie auf die zornigen jungen Männer, die die Schöngeister und literarischen Mandarins abgesetzt hatten. 1960 sei ein schlechtes Jahr für die alten Schlachtrösser gewesen, befand Evelyn Waugh, nachdem er *A Time in Rome* zur Kenntnis genommen hatte. »Elizabeth Bowen [...] gestürzt und aus dem Rennen.«⁵⁵²

Sie hatte fast acht Jahre an diesem schmalen Buch gearbeitet, das zwischen Februar und April 1953 angesiedelt ist, in das jedoch alle ihre Rom-Erfahrungen aus dreißig Jahren geflossen sind. Es ist kein Roman, keine Erzählung und kein Stadtführer, eher ein Stadtirreführer, ein Spiegel ihres »inneren Durcheinanders« und ein Fall von durchgelaufenem Sohlenleder. Die Autorin trifft in Rom ein und liest im Hotel auf dem Bett den im Zug angefangenen Krimi zu Ende, was für das Buch und gegen die Zumutungen spricht, die sich so gerne als vordringlich darstellen und denen sie sich, »allein mit ihrer Müdigkeit«, erst einmal entzieht: auspacken, umziehen, essen gehen. Als sie endlich auf die Straße tritt – das Hotel Inghilterra liegt in der Nähe der Spanischen Treppe –, ist es Abend, aber noch zu früh: Die Restaurants sind leer. Sie nimmt am Einzeltisch Platz, und neben die Serviette und das Brotkörbchen hat sie ein Buch gelegt: Augustus Hares *The Walks in Rome* von 1897, ihr ständiger Begleiter, aber als Reiseführer auch nicht auf dem letzten Stand.

So beginnt eine Reise in die Konfusion. Das Gefühl, eine geborene Fremde zu sein, begleitet sie auf ihrem Weg durch die Stadt, die sie sich allein erläuft und erarbeitet. »Die Kenntnis Roms muß körperlicher Art sein [...] Nichts ist realer als die erste Mauer, an die man sich schluchzend vor Erschöpfung lehnt.«⁵⁵³ Zuweilen zweifelt sie an ihrem Verstand, weil die Bilder der Erinnerung nicht mit den vorgefundenen in Einklang zu bringen sind. Ihr »Ich hätte schwören können, daß hier ...« erweist sich in der Regel als Trugschluß. Der sich auflösende Stadtplan lappt vom Cafétisch oder wird ihr von einer Windbö um die Ohren geschlagen. »Erinnerung muß zwangsläufig lückenhaft sein; erschreckender ist ihre Art, das Gesicht wahren zu wollen. Etwas tief in unserem Innern wehrt sich dagegen, die Erinnerung bei einem Fehler ertappen zu wollen. Sie gehört einem so unbedingt und ausschließlich, sie ist ein Anker der Identität, und nun erwischt die Identität die Erinnerung beim Flunkern. Proust sagt, die trügende schöpferische Erinnerung sei eine Quelle der Kunst. Gut, aber wenn sie dazu führt, daß man sich in einer Stadt verläuft, ist diese Täuschung eine ganz verflixte Sache.«554

Die verlorene Zeit und die riskante Reise in die Erinnerung sind auch die Leitmotive des Romans, den sie in Oxford zu schreiben beginnt. In *Die kleinen Mädchen* geht es um die Beerdigung und die Wiederentdeckung der Vergangenheit und, wie in keinem ihrer vorangegangen Romane, auch um ihre eigene Einsamkeit und Entwurzelung. Autobiographische Parallelen wies sie erwartungsgemäß von sich und nannte es lieber »das Abrufen sinnlicher Eindrücke«555 aus der Kinderzeit, als sie mit ihrer Mutter an der Küste von Kent entlangzog. Womit sie offenbar nicht gerechnet hatte, waren die Schockwellen, denen sie sich mit dieser Zeitreise aussetzte, so daß sie am Ende Schwierigkeiten hatte, alle Knoten zu schürzen, und endlose Sitzungen mit Spencer Curtis Brown über einem neuen Schluß verbrachte, nachdem das Buch schon in Satz gegangen war. Charles stärkte ihr wie immer den Rücken: »Das Beste, was du je gemacht hast.« William Plomer, der bei Cape das Manuskript lektorierte, schrieb begeistert: »Wie köstlich Sie jede Figur für sich selbst sprechen lassen. Ich erwarte mit Ungeduld die letzten Kapitel.«556 Und Evelyn Waugh, der das alte Schlachtroß schon gestürzt sah, nahm im Jahr darauf alles wieder zurück: »*Die kleinen Mädchen* sind bezaubernd. Nur Sie konnten dieses Buch schreiben. Es trägt Ihre Spuren in jedem eleganten Satz. Ihre Kraft ist so unmittelbar und stark wie vor fünfzehn Jahren.

Bitte nehmen Sie meinen Dank für das Vergnügen entgegen, das Sie mir bereitet haben.«[557]

Die Schule der kleinen Mädchen, St. Agatha in Southstone, ist aus den Instituten zusammengesetzt, die Elizabeth selbst besucht hatte: Lindum in Folkstone, Harpenden bei London und Downe House in Kent. Der Geschmack des Brausepulvers, die in die Büsche geflogenen Schlagbälle und die Schwimmstunden im Meer (»Ihr Verschwinden in Richtung Frankreich hatte schon öfter zu schmeichelhaften Trillerpfeifenkonzerten geführt«[558]) waren ihr nach fünfzig Jahren noch immer sinnlich präsent. Auch das Leben, das die junge, nicht sehr geistesgegenwärtige Witwe Piggott mit ihrer Tochter Dinah in der Villa am Meer führt, ist eine Reminiszenz an Florence Bowen und Bitha, wobei eine Liebesgeschichte wie die zwischen Mrs. Piggott und Major Burkin-Jones biographisch nicht erhärtet ist. »Sie frieren«, sagt der Major zum Abschied, aber vielleicht meinte er auch: Sie sind kalt.

Wie in *Friends and Relations* und vielen ihrer Erzählungen spielen Kinder, die sich gegen die große Schweigekoalition der Erwachsenen behaupten müssen, die Hauptrolle. »Ja, ja, Sie haben die wilden kleinen Mädchen wirklich gern«,[559] hatte A. E. Coppard ihr einmal geschrieben, und deshalb ist die Kindheit von Dinah, Clare und Sheila, die sich auch als erwachsene Frauen mit ihren Spitznamen Dicey, Mumbo und Sheikie anreden und ebenso unverblümt miteinander umgehen wie als Schulkameradinnen, der überzeugendste und komödiantischste Teil des Buches. Tatsächlich gibt es wildere und entschlossenere Gören in Bowens Werk – Theodora Thirdman (*Friends and Relations*), Maud Denby (*Eine Welt der Liebe*) oder Maria, die in der gleichnamigen Erzählung einen ganzen Pfarrhaushalt zum Einsturz bringt –, aber es sind die drei kleinen Hexen in ihrem vorletzten Buch, die ihre Narben und Verdrängungen offenbar machen.

Als Elfjährige hatten Dicey, Mumbo und Sheikie beschlossen, im Schulgarten eine Kassette mit geheimen, höchst privaten Dingen zu vergraben: ein Revolver ist dabei, Gedichte von Shelley, ein Brief in Geheimschrift und Sheikies in Spiritus eingelegter sechster Zeh, der ihr nach der Geburt abgenommen worden war. Angestoßen von Dinah und einem Kindheitsbild – eine schief hängende Schaukel – begeben sie sich als erwachsene Frauen auf die Suche nach der verlorenen Zeit und der vergrabenen Kassette. Sie finden zwar die Kassette, aber sie ist leer. »Der Augenblick, als die Hacke durch die gelockerte Erde auf den widerhallenden Deckel des Kastens traf, wurde zur Apokalypse«,[560] und das Getändel mit der Vergangenheit bricht ab, als Dinah erkennt: »Nichts ist mehr wirklich [...] Wir haben gesehen, daß nichts mehr da ist. Wo bin ich jetzt?«

Warum so viel Wesen um diesen Kinderstreich? Warum so viel Erschütterung vor einer leeren Kiste? In den *kleinen Mädchen* sind Bowens Lassoknoten gut versteckt, und nur wer sie langsam lesend durch die Hand zieht, wird ihrer gewahr. Der Roman ist auch ihre Bilanz eines Lebens, das unter dem Deckel geführt wurde, die Geschichte eines langen Nicht-bemerken-Wollens und der Versuch, den eingekapselten alten Schmerz endlich zu exhumieren. Die Keksdose, die sie als junges Mädchen mit ihren Schulfreundinnen in der Mauer von Harpenden versteckt hatte, »war ein Mittel, den Schrecken über den Tod und die Beerdigung ihrer Mutter zu bewältigen«, schreibt Anne M. Wyatt-Brown. »Sensible Kinder, die den toten Körper nicht sehen dürfen, glauben manchmal, daß die Leiche nur scheintot ist und später im Grab erwachen wird. Folglich ist es in *Die kleinen Mädchen* von großer Wichtigkeit, daß die Kassette, die die Kinder vergraben haben, noch immer dieselben Sachen enthält, die sie einst hineingetan haben. Darüber hinaus legt sie in dieser Passage großen Wert auf die Einzelheiten, die Planung und das Beschaffen der Ausrüstung zum Heben der Kassette – eben die

Vorgänge, von denen Bowen ausgeschlossen war, als ihre Mutter starb. [...] Wer etwas von ihrer persönlichen Geschichte kennt, wird verstehen, warum Dinah regrediert, als sie Jahre später entdeckt, daß die Sachen aus der Kassette entfernt wurden.«⁵⁶¹

In der Folge werden die Verluste sichtbar, die die kleinen Mädchen zu den gewappneten Frauen gemacht haben, als die sie an ihre Kinderfreundschaft anzuknüpfen versuchen. Sheila, die begabte Tänzerin, »das Wunder von Southstone«, hat nichts aus ihrem Talent gemacht. Den Mann den sie liebte, hat sie am Tag seines Todes im Stich gelassen. Nun trägt sie Beige und lebt als Immobilienmaklersgattin in eleganter Langeweile. Ihr Ehename Artworth erscheint wie ein ironischer Stich gegen eine Frau, deren Kunst keiner wertzuschätzen wußte. Die kluge, verschlossene Clare Burkin-Jones, die als kleines Mädchen Dinahs Mutter geliebt hat, betreibt eine Geschenkboutique mit dem furchtbaren Namen »Mopsie Pye«. Ihre Ehe ist gescheitert. »Bist du lesbisch?« will Dinah wissen. Doch Clare bleibt ihr die Antwort schuldig. Sie will sich nicht noch einmal dem Gefühl ausliefern, das Dinahs Mutter nicht zur Kenntnis genommen hat.

Dinah selbst hat sich Enttäuschungen bisher erfolgreich entzogen. Der Selbstmord ihres Vaters, der Tod ihrer Mutter und der Tod ihres Mannes scheinen fast spurlos an ihr vorbeigegangen zu sein. Statt dessen erfreut sie sich in aller Unschuld ihrer finanziellen Sicherheit, eines Hauses auf dem Land, zweier gelungener Söhne und eines alterslosen hübschen Gesichts. Dafür läßt ihre Autorin sie im letzten Teil des Romans büßen. »›Ich glaube, du hast dein ganzes Leben lang Schutz gesucht‹«, empört sich Clare. »›Manche Menschen haben keinen Schutz, nichts, wo sie sich verbergen können. Manche glauben nicht nur, daß sie fühlen. [...] Du bist das geblieben, was du immer warst, nämlich eine Betrügerin. Eine Spielerin. Nicht ein einziges Mal in deinem Leben hast du fair gespielt.«« Mit ihrer emotionalen Hartleibigkeit konfrontiert, erleidet Dinah einen Zusammenbruch, der prompt alle Lieben um ihr Krankenbett versammelt: Sheikie als Pflegerin, den guten Nachbarn Major Frank Wilkins, mit dessen Liebe Dinah ungestört lebt, ihre Söhne, ihre Enkeltöchter und am Schluß die Aufrührerin selbst, Mumbo, die nun endlich als Clare angesprochen wird; als erwachsene Freundin.

Seit *Eine Welt der Liebe* waren zehn Jahre vergangen, und Bowen hatte in letzter Zeit »bewußt nach neuen Techniken und all den aufregenden Möglichkeiten gesucht, ihre ganz persönliche Musik auf einem neuen Instrument zu spielen«,[562] schreibt Curtis Brown. In *Die kleinen Mädchen* scheint die Musik jedoch ohne sie zu spielen. Die Autorin mischt sich nicht mehr ein und läßt die Protagonisten allein durch ihre Worte und Handlungen sprechen. Das Verstummen der auktorialen Stimme, die sonst über ihr Innenleben Auskunft gab, führt zu deren endlosem Gerede, bis die Sache aus jedem möglichen Blickwinkel, in jeder möglichen Konstellation besprochen ist und die Worte alle Wunden geheilt haben.

Der therapeutische Effekt schlägt jedoch nur in Maßen auf den Leser durch, dem die alte Sprachzauberin die vertrauten Klangräusche kalt entzogen hat. Wenn die Figuren nicht mehr unter ihren Namen, sondern wie die Untoten als »die Offizierstochter«, »die Ausgestoßene, »die Pflegerin«, »die große, alte, verbrauchte, faltige Außenseiterin«, »die pflichteifrige Patientin« oder gar »die ehemalige Schulkameradin der Betroffenen« agieren, bewegt sich die Geschichte wie auf Stelzen. Glücklicherweise hält die Bescheidwisserin das nicht immer bis zum Ende durch, und die innere Stimme darf sich (in Klammern) äußern.

»Frank blieb stehen, wo er schon früher stehengeblieben war, auf dem Teppich hinter der Schwelle. Er sagte vorsich-

tig: ›Nun, da bin ich.‹ Während er auf eine Antwort wartete,
stellte er fest, daß die Bücher seit gestern verschwunden waren. Nein, da waren sie: oben auf der Kommode. Warum
wohl? Er trat ein oder zwei Schritte näher, ließ den gesenkten
Kopf hin und her pendeln und schaute forschend unter den
Augenbrauen hervor. Woher kamen die Blumen auf dem
Toilettentisch? Ein Geräusch drang aus den Kissen.

›Wie?‹ fragte er und zog die Stirn in Falten.

›Ich sagte, da bist du also.‹

›Ich dachte, ich sehe bloß mal herein‹, erklärte er. ›Wie geht
es dir?‹

›Wie geht es *dir*‹, wollte sie wissen.

›Was soll dieser Marmeladentopf da, Dinah?‹

›Gelee. Mrs. Coral. Wo bist du gewesen?‹

(›Wo warst du – wo bist du jetzt?‹ rief er in seinem Innern
und trat an den Toilettentisch, um das Coralsche Gelee zu
betrachten, bevor er antwortete:) ›Oh, ich war überall, weißt
du. Fast überall.‹

›Hast du dich um alles gekümmert?‹

›Wenn du so willst, ja.‹«⁵⁶³

Diese bleierne Gesprächsführung sei, so schreibt Hermione Lee, »kein unbewußter Mißgriff, sondern eher ein
Zeichen, daß Elizabeth Bowen sich zunehmend mit der Idee
des Versagens der Sprache beschäftigte.«⁵⁶⁴ An die Stelle
der Worte treten die Dinge – »Anhaltspunkte, mit deren
Hilfe wir rekonstruiert werden können. Gegenstände, die
etwas über uns aussagen [...] Dinge, für die wir eine besondere Leidenschaft haben, die wir besonders lange tragen
oder benutzen, über deren Verlust wir jammern, Sachen, die
wir sogar mit ins Bett nehmen«, erklärt Dinah, die in einer
Höhle im Garten den Kram ihrer Freunde und Nachbarn
zusammengetragen hat. Aber die Dinge haben ihre gewohnte Eigendynamik verloren und sind nur noch ein Haufen sprachloses Gerümpel: ein angenagter silberner Bleistift,

falsche Klunker, eine Nagelschere mit abgebrochener Spitze, ein alter Fächer.

Bowen selbst hatte begonnen, ihre Höhle aufzuräumen. Aus dem Familiensitz konnte sie nur ein paar wertvolle Stücke mitnehmen. Nun fragte sie sich, wie zuträglich es für die seelische Gesundheit war, in der Vergangenheit zu leben. Was mußte bewahrt und was ausgegraben und entsorgt werden, damit ein Mensch seine Traumata bewältigen und erwachsen oder in Frieden alt werden konnte? »Sollte man schlafende Hunde wecken?« pflegte Bowen nach Lesungen aus *Die kleinen Mädchen* ihr Publikum zu fragen. »Das überlasse ich ganz Ihnen.«[565] Es war das nonchalante »Jetzt sind Sie dran«, mit dem sie früher auch viele ihrer Erzählungen beendet hatte.

Die Sechziger waren die Jahre, die der loyale Mr. Ritchie die Zeit nannte, »in der Elizabeth aus der Mode war.«[566] In Mode waren schreckliche Menschen mit schrecklichen Manieren und völlig unangemessenen politischen Ansichten; Kommunisten, Peaceniks und Anarchisten, die zu Zehntausenden auf dem Trafalgar Square gegen Atomwaffen demonstrierten, und der uralte Bertrand Russell war offenbar nicht mehr richtig im Kopf, sich wegen Anstiftung zum Krawall ins Gefängnis werfen zu lassen. Das Empire ging in Fransen. Rhodesien, das heutige Simbabwe, erklärte 1965 seine Unabhängigkeit, und Bowen hielt dem rassistischen Kolonisten-Regime von Ian Smith gegen die »gouvernantenhafte«, auf Ausgleich und Antiapartheid bedachte britische Regierung, die Stange: »Sie mögen tollkühn sein, aber sie sind tapfer, und warum sollten sie sich von Leuten herumkommandieren lassen, die nichts von ihren Problemen verstehen?«[567] Im Londoner Stadtteil Notting Hill Gate gab es die ersten Rassenunruhen. Ein Heeresminister mußte wegen eines Callgirls zurücktreten, und die Cambridge-Connection um die Doppelagenten Philby, Burgess und MacLean flog auf.

Bowen war nicht aus dem Rennen, aber sie war auch nicht mehr so auf dem Quivive wie vor dem Krieg. Daß sie sich nach Alans Tod und dem Verlust von Bowen's Court wieder gefaßt und weiter geschrieben hatte, kam eher einem Wunder gleich. In den dreißig Jahren ihrer Ehe hatte sie achtundachtzig Erzählungen geschrieben; in den zwanzig Jahren nach Alans Tod kamen nur noch vier hinzu und drei Romane zu den sieben. Der Schwung der guten Jahre schien sich in ihrem letzten, 1965 erschienenen Band mit Erzählungen *A Day in the Dark and Other Stories* erschöpft zu haben. *Gone away*, ihre apokalyptische Erzählung, die in »Brighterville« spielt, liest sich dreißig Jahre nach Huxleys *Schöne neue Welt* eher schal. In *Hand in Glove* kehrt sie noch einmal mit wenig Überzeugungskraft zu den Gespenstern der Vorkriegszeit zurück.

»Die frühen Romane [...] spielen in einer Welt, die sowohl praktisch wie literarisch aufgehört hat zu existieren«, schreibt Jocelyn Brooke 1952. »Die Kruste des zivilisierten Lebens ist an zu vielen Stellen aufgebrochen, der Abgrund zu unseren Füßen kann nicht länger ignoriert werden [...] Auf welche Weise wird sich Miss Bowen als Schriftstellerin mit der schäbigen, einförmigen und hoffnungsarmen Welt auseinandersetzen, in der wir jetzt leben?«[568] Bowen gab die Antwort in *Die kleinen Mädchen* und ihrem letzten Roman *Eva Trout*, in denen die Strategie des »nichts bemerken« an keiner Stelle mehr aufgeht und die Autorin den Blick geradewegs in diesen Abgrund richtet.

Im Leben trat sie noch einen Schritt weiter zurück, in die Zeit und an den Ort, wo sie »glücklich, oder verhältnismäßig glücklich war.« Wie reizend Oxford auch immer sein möge, so sei sie der Midlands doch langsam überdrüssig, schreibt sie. Sie liebe das Meer, und seit ihrer Kindheit habe sie Hythe geliebt.

Hier hatte sie mit ihrer Mutter in den »Pavillons der Liebe«
gewohnt, und hier war Florence Bowen vor fünfzig Jahren
gestorben. »Das ist eine nette kleine Stadt«, schreibt sie an
Charles, »solide, schmuck & proper; einer der wenigen Orte,
derentwegen ich England und das Englischsein liebe. Aber
noch lieber als sein Englischsein mag ich seine Art, kentisch
zu sein. An den Leuten von Hythe ist etwas Besonderes dran:
Sie sind feurig, zäh und alles andere als zimperlich […] Und
dann mag ich Hythe natürlich auch aus einem Gefühl des
Zurück-in-den-Mutterschoß […] ein Gefühl, an dem ich
nichts Falsches finden kann.«[569]

In diesem Herbst 1964 hatten Curtis Brown und Alfred
Knopf den Verkauf ihrer Manuskripte und eines Teils ihrer
Korrespondenz an die Universität von Texas in Austin eingefädelt. Zum Teil sind die Seiten schön gebunden, andere
scheinen aus einer Bowenschen Wühlkiste zu stammen, und
von *A Time in Rome* sind nur zwei getippte Anfangskapitel
erhalten. »Wo der Rest des Manuskripts abgeblieben ist, weiß
ich nicht.«[570]

Die Universität bot zehntausend Pfund. Von der Summe
fühlte sie sich »höchst angenehm erschüttert […] Ich mußte
Spencers Brief ein paarmal lesen, ehe ich sicher war, daß es
sich um Pfund und nicht um Dollar handelte. Eigentlich wäre
ich auch mit etwas weniger zufrieden gewesen. Ich hätte nicht
gedacht, daß ein mögliches Angebot dreitausend Pfund über-
steigen würde. Das Geld kommt mir sehr gelegen, denn ich
habe dieses kleine, aber sehr ansprechende Haus in Hythe
gekauft. […] Es kostet viertausend Pfund.«[571] Sie nannte es
Carbery, nach dem verfallenen Stammschloß ihrer Mutter in
County Kildare.

Nichts konnte jedoch weniger schloßartig oder verwun-
schen sein, als dieses einstöckige rote Backsteingebäude an
einem steilen Treppenweg Church Hill hinauf. Von seinen
Nachbarn war es nur durch ein Mäuerchen und eine Hecke,

Carbery, links hinter dem Buchsbaum, Elizabeth Bowens Haus auf Church Hill in Hythe.

von der Straße durch einen handtuchbreiten Vorgarten ge-
trennt. Im ersten Stock lagen zwei Schlafzimmer, von denen
das größere für Charles reserviert war. »Wenn Du nicht da
bist, werde ich es wahrscheinlich als Arbeitszimmer nutzen,
denn es ist so angenehm, darin zu schreiben.«[572] Vom Tisch
am Fenster konnte sie über den alten Kirchhof hinweg das
Meer sehen. Bald zeigte sich jedoch, daß Carbery für eine
Person von fünfundsechzig Jahren, die nicht mehr gut zu
Fuß und daran gewöhnt war, viel Platz im Rücken und über
dem Kopf zu haben, nicht das richtige Haus war. In ihrer
Erzählung *Attractive Modern Homes* heißt es: »Ihre Sachen
wirkten, als fühlten sie sich in der neuen Umgebung nicht
wohl. Sie […] sahen aus, als schmollten sie und wären lieber
im Umzugswagen geblieben […] Die Treppe bebte, als der
Schrank hinaufgetragen wurde; die ganze Konstruktion wirkte

Elizabeth mit Cyril Connolly auf Church Hill

sehr zerbrechlich.«[573] Gegen zuviel nachbarliche Nähe setzte
sie die Sonnenbrille auf. Ihren Freunden teilt sie mit, wie gut
ihr alles gefiele, aber keine fünf Jahre später hatte sie genug
von dieser Hütte und dachte noch einmal an einen Ortswechsel. Doch da war es zu spät.

Die Zeit der großen Gastereien war vorbei, aber man
konnte auch an einem aufgeklappten Spieltisch essen, und
schließlich kamen sie nicht alle auf einmal: Cyril Connolly,
William Plomer, Veronica Wedgwood, Cousine Audrey,
Alfred Knopf und ihr amerikanischer Lektor Bill Koshland.
Sie brachte sie im White Heart unter, »einem altehrwürdigen
Gasthaus«, das sie als eine Art Dependance von Carbery betrachtete. Gern fuhr sie mit ihren Besuchern nach Broadstairs
und zeigte ihnen Charles Dickens' Sommerhaus, wo er unter
anderem *Bleak House* geschrieben hatte. Als sie sein »luftiges
Nest« zum erstenmal besichtigte, erschien es ihr »abstoßend,
aber auch bezaubernd«, und sie fragte sich, wie es Dickens

gelungen war, in diesem auf dem Klippenrand über dem
brandenden Meer hängenden Erker nicht vor Zugluft und
Kälte zu erstarren. »Kein Kamin: statt dessen wohl selbsterzeugte Glut?«[574]

Sie las noch einmal *David Copperfield,* zu dem Broadstairs
die Kulissen geliefert hatte. »Das Buch hat ein fast erschrek-
kend helles Licht auf mein eigenes Schreiben geworfen. Hier
liegen die wahren Wurzeln vieler Gefühle, oder vielleicht
sollte ich besser sagen, der Art und Weise, wie ich Dinge sehe
und empfinde«,[575] teilt sie Charles mit. Dickens hatte sie mit
seinem »romantischen Sinn für gespenstische Orte, seinen
getriebenen Charakteren und der burlesken Komödie beeindruckt, ehe sie lesen konnte.«[576] Nicht weit von Broadstairs
hatte sie als kleines Mädchen das Reich der Phantasie entdeckt und sich wie eine Figur aus einem historischen Roman
gefühlt.

Nun wählte sie die Dichterklause in Broadstairs zum Rahmen für eine Begegnung zwischen Eva Trout und ihrer ehemaligen Lehrerin Iseult Arble, die eine französische Studie
über Dickens übersetzt. Iseult nutzt die kurze Zeit vor Evas
Eintreffen, um aus dem Fenster zu schauen und zu sehen,
was Bowen sah: Die Kornfelder auf den Klippen, die Dickens
liebte, waren verschwunden, und mit ihnen die Schmetterlinge. »Doch Segel wie Schmetterlinge tanzten über dem
schimmernden Wasser: rote, gelbe – am schönsten die blauen,
weil sie ein anderes Blau als das Blau der See aufwiesen. Die
Sonne ließ sie wie kleine Flammen flackern. Sangen die Ler-
chen? Das konnte man unmöglich hören […] Der Sand-
strand, der dort nicht völlig unter Menschen verschwand (sie
liefen nur wie bunte Perlen über ihn hinweg oder betupften
ihn), war dunkelgelb, dunkler als kristallisierter Honig. (Wer
wünscht sich Silberstrände?) Eselchen waren unterwegs, in
flinkem Trab ernsthafte Reiter durchschüttelnd.«[577]

Mit Audrey unternahm Elizabeth eine Reise nach Rom,

wo sie zu beider Verwirrung *A Time in Rome* als Stadtführer benutzten. Sie fuhr zu den Vernons nach Irland und mit Jean und Barry Black, ihren ehemaligen Nachbarn aus Doneraile, nach Frankreich und Italien. »Ich danke Euch tausendmal, Ihr beiden Schätze«, schreibt sie. »Es kommt mir vor, als hätte ich seit einer Ewigkeit nicht mehr dieses Gefühl von FERIEN rundum genossen, so viel Spaß, so viel Heiterkeit. Und ich selbstsüchtiges Schwein sitze den ganzen Tag behaglich in dem wunderschönen Jaguar und lasse mich fahren, während die anderen die Arbeit tun.«[578] 1964, als Jean Black an einer archäologischen Ausgrabung in Jordanien teilnahm, begleitete Elizabeth sie. Die beiden hatten ein Haus in der Nähe von Jerusalem gemietet, und Elizabeth hoffte, »daß wir auch Ausflüge nach Syrien und in den Libanon unternehmen werden, da sie über einen Fahrer und einen Wagen verfügt […] Abgesehen von den Ruinen alter Städte und Burgen, von denen ich nie genug bekommen kann, ist auch das Land bezaubernd.«[579]

Der Kreis war kleiner geworden. Wenn kein Besuch kam, führte sie Selbstgespräche. Nach ihrem täglichen Schreibpensum setzte sie sich vor den Fernsehapparat, sah sich Tennis oder Kricket an. Um von ihrem Hügel hinunter in den Ort zu »waten«, fehlte ihr manchmal die Kraft. Vergeßlichkeit schlich sich ein. Als Blanche Knopf 1966 starb, »am Ende fast blind, aber im Geschirr«, wie Alfred schreibt, und er Elizabeth einen ihrer Ringe als Andenken schickte, vergaß sie ihm zu antworten. Ein anderes Mal war die schwere Bronchitis schuld, von der sie immer wieder heimgesucht wurde, daß sie versäumte, sich für den Wein zu bedanken, den er ihr zu Weihnachten oder zum Geburtstag schickte. Sie sei nach Italien gereist, um die letzten Reste ihrer Krankheit »auszuputzen«, schreibt sie ihm guten Mutes.

Im Mai 1967 kam Charles zurück nach London. Als junger

Journalist, später als Botschaftssekretär und Insider-Outsider hatte er vor dem Krieg die Freiheit der großen Stadt genossen. Inzwischen war er als Hochkommissar und höchster diplomatischer Vertreter seines Commonwealth-Mitgliedslandes auf der Karriereleiter ganz oben angekommen. Der Posten – eher präsidialer Grüßonkel als einflußreicher Diplomat – stellte zugleich den Abschluß seiner Laufbahn dar. Statt der Butze über einem Laden und einer Wirtin, die ihm Tee kochte, verfügte er nun über fünf Angestellte, einen Eßtisch mit dreißig Stühlen und einen Salon, der dreihundert Gäste faßte. Sein Wagen »war der größte und unanständigste von ganz London, der später ehrenvoll im Dienst eines Beerdigungsinstituts verkehrte.«[580] Aber Seine Exzellenz war der spöttische, süffisante Mr. Ritchie der Vorkriegszeit geblieben. Als ihm 1969 der höchste Orden seines Landes verliehen wurde und Elizabeth meinte, er hätte eigentlich den Ritterschlag verdient, erklärte er sich hochzufrieden mit seiner Auszeichnung. »Ich käme mir wie ein verdammter Idiot vor, wenn man mich zu Hause im Kreis meiner Freunde als ›Sir Charles‹ ansprechen würde.«[581]

In seinem Tagebuch gibt er sich staatsmännisch, wenn er für nachfolgende Generationen die politischen Wirren der Gegenwart entflicht. Dazwischen flackern jedoch die alten Freuden und Obsessionen auf, die Seitenhiebe gegen Politiker und langhaarige Demonstranten, der nicht nachlassende Spaß am Sex, die Folgen des Alkohols und die schwarzen Gedanken an den Ruhestand, wenn er von seinem luxuriösen Dasein, den Essen mit der Queen Mum, den Wochenenden auf Chatsworth Castle und den politischen Umtrieben in Canada House nur noch zehren würde; »nicht zu vergessen Impotenz, Haar- und Gedächtnisausfall.«[582] Manchmal belud er dann seinen Koffer mit ein paar Flaschen Whisky und nahm den Morgenzug nach Dover, wo Elizabeth ihn mit dem Auto abholte.

Es war der 8. Mai 1968; sie aßen auf der Terrasse des Hotels White Cliffs, zwei alte Liebende mit ihren Erinnerungen. »Immer war es warm und sonnig, wenn wir zusammen nach Dover fuhren; immer waren wir hier glücklich, und wie immer gab es Dover-Seezunge und Pouligny-Montrachet zum Lunch. Danach machten wir einen Spaziergang an den Klippen entlang. [...] Wir liefen auf die lange Pier hinaus, das Wetter schlug um, der Himmel bezog sich, und Elizabeth sagte, die Landschaft, sehe aus ›wie eine Photographie‹. Sie erinnerte sich an früher, als sie jung und an einem solchen Tag von einem Abenteuer aus Frankreich zurückgekehrt war. Mit sinkendem Mut hatte sie die englische Küste in diesem grauen Licht erblickt.«[583]

Oder er traf sie im Restaurant Griffin am Bahnhof Charing Cross. »Wir tranken, redeten und aßen Sandwichs mit kaltem Braten. Sie sah nicht nur außergewöhnlich jung aus, sie war es wirklich (irgendeine Macht hatte den Lauf der Zeit unterbrochen). Sie erzählte von Bloomsbury und den Menschen, die sie in ihrer Jugend gekannt hatte, Virginia Woolf und die Stracheys. Es kam wie ein plötzlicher Ausbruch ihrer alten, glänzenden, bildhaften Art zu sprechen, die sie in letzter Zeit verloren hatte [...] Elizabeth schreibt am letzten Kapitel von *Eva Trout*. Gott allein weiß, wie das Buch aufgenommen werden wird. So, wie sie darüber spricht, ist ihre Begeisterung ansteckend. Die Leute, die ihr nun am meisten auf die Nerven gehen, sind die alten Nostalgiker, die ihr sagen: *Kalte Herzen* habe ich ja *so* gerne gelesen!«[584]

Kalte Herzen, »dieses Ding«, war schon immer das falsche Buch, zu dem man sie beglückwünschen konnte. Aber *Eva Trout* »unterscheidet sich von meinen anderen Büchern auf eine Weise, die mir sehr gut gefällt.«[585] Der Roman sei einfach über sie gekommen, gestand sie. Sie hielt ihn für ihren besten.

XXII KEINE BLEIBENDE STADT
Eva Trout – *Pictures and Conversations* – Krankheit – Lehrauftrag in Princeton – Reisen nach Irland – *The Move-In* – Gott und Gespenster – Der Tod

Eva Trout ist Bowens letzte und überlebensgroße Inkarnation des verlassenen Kindes, eine fatale Unschuld, kolossal und trampelig, ungeliebt und unverstanden, eine reiche Erbin, ein weiblicher Frankenstein, »eine Kosakin«, »ein verirrter Elch«. Sie trägt einen Ozelotmantel und fährt einen Jaguar, aber sie ist kein braver Tiger, sondern eine Unheilstifterin ersten Ranges. »Sie erzeugt Unruhe – eine furchtbare Gabe.«

Mutterlos aufgewachsen und von ihrem homosexuellen Vater, einem erfolgreichen Geschäftsmann, der sie durch die halbe Welt mit sich herumschleift, einer unübersichtlichen Anzahl von Gouvernanten aller Nationen überlassen (statt sprachlich gewandt ist sie fast ohne Worte), entwickelt Eva »monolithische« und uneindeutige körperliche Formen um ihre gestörte Seele. »Ist sie ein denkendes Lebewesen?« fragt sich die Frau des Pfarrers. »Trout, bist du ein Zwitter?« fragt eine Schulkameradin. »Weiß ich nicht«, antwortet die. Auf ihrer Suche nach Verständnis, Zuneigung und einem Ort, an dem sie sich geborgen fühlen kann, geht sie ihren Weg – »stumm geradeaus, wie man es von Gespenstern erzählt, die bekanntlich durch die Wände gehen können«,[586] und zieht in ihrer Naivität unvermeidlich Verräter, Schnorrer und Ausbeuter an. Nur der Pfarrerssohn Henry Dancey – zu Beginn der Geschichte erst zwölf Jahre alt – ist ihr ein Seelenfreund.

Die Ehe ihrer Lehrerin Iseult, die es bei der »jungen Riesin« mit einer *education sentimentale* versucht, aber Evas Intensität nicht gewachsen ist, gerät bei diesem pädagogischen
Abenteuer unter die Hufe. Eva mietet sich in einer villenartigen Bruchbude am Meer ein und gibt vor, von Iseults Mann
schwanger zu sein. Sie fliegt in die USA und adoptiert dort ein
taubstummes Kind, mit dem ihr sprachloses Leben endgültig
zum Stummfilm retardiert. Zurück in England, reisen die
beiden rastlos herum, verfolgt von der verbitterten Iseult und
auf der vergeblichen Suche nach einer bleibenden Stadt. Ein
französisches Ärztehepaar soll den kleinen Jeremy aus dem
Gefängnis seiner Behinderung führen, ein Schritt, der ihre
symbiotische Mutter-Kind-Beziehung lösen wird, und noch
eine *education*, die nicht zum gewünschten Ergebnis führt.
»Er möchte so, wie er ist, glücklich bleiben.« Der kluge Doktor Bonnard, bei dem Jeremy sprechen lernen soll, ist der
einzige, der versucht, auch Eva zu einer Antwort zu verhelfen, aber seine Empfehlung, sich für die Liebe und gegen die
Fremdbestimmung zu entscheiden, kann die schicksalhaften
Verknüpfungen nicht mehr lösen.

Am Ende bittet Eva ihren Freund Henry – inzwischen
Student in Cambridge – um eine Scharade: die gemeinsame
Abreise als Brautpaar in die Schein-Flitterwochen mit
großem Bahnhof für Freunde, Vormund und Verwandte. Der
verwirrte junge Mann bekennt sich im allerletzten Augenblick zu ihr (»Mein Schatz, mein Schwesterchen«) und Eva,
die sich endlich geliebt fühlt, vergießt die ersten Tränen ihres
Lebens, »nicht ein Sturzbach aus den Augen, sondern ein,
zwei, drei, vier Tränen, jede zögernd, erstaunt, dort zu sein,
wo sie waren, und dann abwärts rollend. Die schnellste zerspritzte auf der Brillantbrosche. ›Sieh bloß, was mit mir *passiert!*‹ jubelte Eva […] Was für ein Krönungstag.‹«

Es ist ihr Todestag, denn das doppelt schreckliche Kind
Jeremy hat eine Pistole an sich gebracht und erschießt sie auf

dem Bahnsteig in Victoria Station wie auf offener Bühne und inmitten der versammelten Protagonisten.

In *Eva Trout* ist das Kaleidoskop, mit dem Bowen auf ihr literarisches Personal blickt, endgültig zersplittert. Es fügt keine symmetrischen Bilder mehr zusammen. Die Handlung ist verstiegen, die Sprache im Gegensatz zu der Heldin, die sich kaum verständlich machen kann, überbordend von Bildern und Metaphern. Die »Dinge«, die Eva mit sich herumschleppt, führen ein parodistisches Eigenleben, der Haufen Gepäck, die Fülle nutzloser Unterhaltungselektronik und speziell der Jaguar, der sich gut »benimmt« oder auch nicht, nämlich durch die Londoner Innenstadt irrt und »zuerst seine Erbitterung und dann sein Entsetzen auf Eva überträgt.«587

Bowens letzter ist ein ziemlich wilder Roman, in dem der Leser überall auf ihre Lebensspuren stößt; von der Figur Pfarrer Salmons aus Folkstone, mit dessen Töchtern Bitha unterrichtet wurde, bis zu den abgekauten Kanten des Kindergesangbuchs, das in der Dubliner St. Stephen's Church liegengeblieben war. Radikal bis zum finalen Schuß nimmt sie sich noch einmal die Folgen von Entwurzelung, Fremdbestimmung und Verrat vor. Während *Die kleinen Mädchen* allein für sich sprechen müssen, zerlegt die Autorin in *Eva Trout* ihr Personal (wie Iseult, die ein »vivisezierendes Interesse zu ihrer ungeschlachten Schülerin treibt«), und ihre Komik ist von enthusiastischer, jugendlicher Roheit. Durch ganze Kapitel – wie das Zusammentreffen Evas mit dem Immobilienagenten, der ihr die Bruchbude Cathay am Meer vermietet – ist die Begeisterung zu spüren, mit der sie dieses Buch geschrieben und Charles angesteckt hatte. Vermutlich muß er in Gestalt des so viel jüngeren, ewig zaudernden Geliebten Henry Dancey auch einen Seitenhieb einstecken (der Roman ist ihm gewidmet). Und sie verschont sich auch selbst nicht und ihre Art, das Lasso zu verknoten. »Was für

affektierte Floskeln!« lächelt die Lehrerin Iseult über einen
Briefschreiber, dem man »Gerechtigkeit widerfahren lassen
mußte. Es war eine ziemliche Leistung! Seine manierierte
Manier war nicht ganz das richtige, nein. Doch an und für
sich hatten seine Doppeldeutigkeiten etwas Verdienstvolles,
eine Art Verheißung: man befand sich zumindest an der
Grenze von Henry-James-Land«[588] (in dem der große Man-
darin seine kostbaren und komplizierten Wortpartituren
schrieb).

Für *Eva Trout* erhielt Bowen 1969 den James Tait Black
Memorial Prize, den ältesten Literaturpreis in Großbritannien (zu den früheren Preisträgern zählte David Cecil, und
in ihrer Nachfolge finden sich Nadine Gordimer, Iris Murdoch, Ian McEwan und Salman Rushdie). Indes hat *Eva*
auch bei geneigten Bowen-Kritikerinnen bis heute keine
gute Presse. Hermione Lee nennt den Roman »einen fes-
selnden, bizarren Abschluß ihres Werks«, aber auch einen
»unbehaglichen Kampf mit der eigenen Sprache und Struktur.« Er beschreibe »mit seinem deprimierenden Befund der
Entfremdung eine kaum tragbare Gegenwart, mit der ein tra-
ditioneller Roman, seine Ordnung und sein Gefühl, nicht
mehr zurechtkommt.«[589] Patricia Craig meint, Bowens »manierierte Manier« sei darin endgültig mit ihr durchgegangen.
»Der Versuch, eine moderne, hochnervöse Gesellschaft abzu-
bilden, geht noch schiefer als in *Die kleinen Mädchen*.«[590]

In den USA druckte Knopf fünfundzwanzigtausend Exem-
plare von *Eva Trout*. »Alfred, gerade habe ich mein Voraus-
exemplar erhalten«, schreibt sie ihm, »und obwohl ich inzwischen zu den Veteraninnen unter Deinen Autoren gehöre,
werde ich niemals aufhören, über das Wunder zu staunen,
wie sich ein schmuddeliger Haufen Papier von Manuskript
in einen Gegenstand der Schönheit verwandelt: ein Knopf-
Buch. Dieses Mirakel erfüllt mich immer wieder aufs neue
mit kindlichem Vergnügen.«[591] Schon dachte sie an das nächste

Projekt; eine Art Antibiographie, wie das Buch, das sie einmal über ihren Landsmann Richard Brinsley Sheridan schreiben wollte: *Pictures and Conversations*. In den vergangenen
Monaten waren einige kritische Studien über sie erschienen,
die ihr gegen den Strich gingen.»Wenn schon jemand ein
Buch über Elizabeth Bowen schreiben muß, warum nicht
Elizabeth Bowen selbst?«[592] Es sollte Erhellendes zum Verhältnis von Leben und Schreiben beitragen.»Abscheu vor
pompösen Formulierungen verbietet mir zu sagen: zwischen
Leben und Kunst (meiner Kunst)«, aber es würde keine zeit-
liche Reihenfolge einhalten und alles andere als »all-inclu-
sive« sein. Posthum erschienen drei Kapitel: »Herkunft« –
»Orte« – »Menschen« und eine Skizze des Inhalts und der
Struktur.»Ich werde mehr über das Buch wissen, wenn ich
daran sitze«, schließt sie.»Ein beträchtlicher Teil – in Wirklichkeit wohl der größte Teil dessen, wovon es handeln wird,
steckt noch ziemlich tief in meinem Bewußtsein und wartet
darauf, an die Oberfläche gehoben zu werden.«[593]

Ihr alter Freund Charles machte sich Sorgen um sie. Sie litt an
immer wiederkehrenden Anfällen von Bronchitis. Das Sprechen fiel ihr schwer. Und durch einen Zufall stellte er fest, daß
ihr Arzt möglicherweise nicht die Koryphäe war, die sie gebraucht hätte.»Ich kannte ihn bisher als einen vernünftigen
praktischen Doktor, der seinen Patienten Mut zusprach, aber
ich glaube, jetzt ist er übergeschnappt«, schreibt Charles.»Als
ich ins Sprechzimmer trat, war seine erste Frage: ›Darf ich
Ihnen meine Gedichte vorlesen?‹ Dann las er eine Strophe
nach der anderen, Sonnenuntergänge, fallende Blätter etc. …
›Sie sehen, ich male in Worten‹« (War das nicht ein Zitat von
Elizabeth?) »Dann wurde es immer seltsamer; ein Gedicht
hieß ›Der Mitternachtsarzt von Hythe‹. ›Warum Hythe?‹
fragte er mich listig. Er ist nämlich auch Elizabeths Arzt. In
seinem Traum fährt er nachts in seinem Morris Mini durch die

stille Stadt und denkt an die Kranken, die schlaflos in ihren Betten liegen...«[594]

Bowen war bis ins Alter – trotz ihrer abträglichen Gewohnheiten – geradezu »unanständig gesund und munter«, wie Eddy Sackville-West bemerkte, und immer stolz darauf, stark wie ein Roß zu sein. Sie versuchte nie, das Rauchen einzuschränken. Es gibt kaum ein Photo, auf dem sie nicht mit einer Zigarette hantiert. Ihr Auto war ein Aschenbecher auf Rädern. Als sie nach Hythe und »zurück in den Mutterschoß« kroch, muß sie sich sicher gefühlt haben. Sie weigerte sich, die Anzeichen ihrer Krankheit wahrzunehmen. Brauchte sie wirklich einen Arzt? Sie war doch stabil! Es ginge ihr schlecht? Sie wäre bald wieder auf den Beinen. Doch als sie die Vernons im April 1968 besuchte, schickte Lady Ursula sie ins Bett. »Ihr ausgezeichneter Hausarzt hat das Übel nun mit Antibiotika aus meinem System geblasen«,[595] meldete sie. Ein Trugschluß. Sie hatte Lungenkrebs. Nur Charles wußte es oder sah es ihr an. »Mein Gott, wie wird das sein – sie zu überleben?« fragte er sich an einem Januartag 1969, als sie ihn auf dem Bahnhof in Folkstone abholte.

Das Wetter war vorfrühlingshaft, und sie spazierten zusammen über die Strandpromenade und hinauf nach Carbery. Zu Hause zeigte sie ihm das angefangene Manuskript von *Pictures and Conversations*. Ihr letztes Buch, *Eva Trout*, war gerade erschienen. Sie sprachen über die ersten Rezensionen, und Charles bewunderte die Energie, mit der sie sich gleich ins nächste Projekt gestürzt hatte. An diesem Abend tranken die beiden reichlich vom 1949er Burgunder, und Seine Exzellenz, der Hochkommissar, auf den in London vermutlich eine Mrs. Ritchie wartete, harrte »in finsterer Nacht und voll des roten Weines an der kleinen Station Sandling auf den Zug nach London.«[596]

Er kam nun öfter, aber irgendwann hörten ihre gemeinsamen Spaziergänge auf, weil es am Strand zu windig war, weil sie von der kalten Luft husten mußte, und weil sie trotzdem nicht aufhören konnte zu reden – und zu rauchen. Ein knappes halbes Jahr später schreibt er: »Ihr Entschluß, nach Irland zu ziehen, steht fest. Sie möchte sich in Clontarf umsehen, vielleicht eins der kleinen Regency-Reihenhäuser kaufen oder etwas in der Art, jedenfalls nicht weit von Dublin entfernt. Sie will nur noch so lange in Hythe bleiben, wie ich in London sein werde«[597] – also bis zu seiner Pensionierung im September 1971. In Clontarf hatte ihre Mutter als junges Mädchen gelebt; in Clontarf hatte Bitha sonntags ihre Onkel und Tanten Colley besucht. Es schien, als wolle sie noch einen Schritt zurücktreten, den letzten. Aber als Charles 1971 nach Kanada zurückkehrte, war es für einen Umzug zu spät.

Vorerst sorgte sie dafür, daß sie und andere nichts bemerkten. Keiner ihrer Freunde, die sie in Irland, den USA, London oder Oxford besuchte, ahnte, wie es um sie stand. Sie krachte »in dem wohl schmutzigsten Auto, das ich je gesehen habe« über Land, erinnerte sich ein Gast der Familie Buchan, »alle Fenster hochgekurbelt und mit heulendem Motor. Sie rauchte eine Zigarette, und obwohl wir kein Wort verstanden, redete sie in einem fort.«[598] Im Herbst 1969 reiste sie in die Vereinigten Staaten, um »Creative Writing« an der Universität von Princeton zu unterrichten. Dabei wurde ihr schmerzlich bewußt, wie schnell sich die Welt gedreht hatte, seit ihr die jungen Mädchen in Faltenröcken und Söckchen zugehört hatten. »Bisher gibt es hier keine Anzeichen von Studentenunruhen«, schreibt sie an Curtis Brown. »Tatsächlich wirken die Studenten, mit denen ich zu tun habe, sanft wie Gazellen. (Leidenschaft mag in ihrem Busen wogen, aber ich bezweifle es.) Alle wirken ziemlich bedrückt – über ihnen schwebt die furchtbare Angst, eingezogen zu werden und in Vietnam kämpfen zu müssen. Denn diese Sache dort wird so bald kein Ende nehmen.«[599]

Elizabeth Bowens Sympathie war noch nie auf seiten aufrührerischer Elemente gewesen. »Freiheit – Sklavengejammer«, sagt Robert verächtlich in *In der Hitze des Tages* und vergleicht die Menschen mit Mäusen, die man in der Sahara freigelassen habe. Einen ähnlichen Eindruck hatte sie nun, wenn sie im Fernsehen die fliehenden Opfer sah. Victoria Glendinning zitiert sie mit einem Satz, den sie in Gesellschaft von Freunden äußerte und der »ihre unwürdigsten Gedanken« ausdrückt: »Ich bin es satt, ständig diese Leute mit den Strohhüten da herumrennen zu sehen.«⁶⁰⁰ Ihr Mitleid galt der amerikanischen Nation, die in diesem Krieg gedemütigt wurde.

»Ich kann das Unglück kaum mit ansehen, das Sie alle betroffen hat«, schreibt sie im September 1970 an einen Freund in New York. »Ehrlich gesagt, die Vietnamesen interessieren mich nicht die Bohne, weder die im Norden noch die im Süden. Was ich nicht verstehen kann, ist, daß Amerika so leiden muß, und ich finde, daß diese irrsinnigen Protestmärsche und Demonstrationen mehr schaden als nützen.« Immerhin hatte sich in England etwas zum Guten gewandt. »Die Tatsache, daß eine neue Regierung am Ruder ist, hat dem ganzen Land Auftrieb gegeben. Ich habe immer große Stücke auf Edward Heath [den konservativen Premierminister von 1970 bis 1974] gehalten. Der Gedanke, daß wir möglicherweise weitere fünf Jahre unter dieser erbärmlichen Labour-Regierung ausharren sollten, hatte sich zum Alptraum ausgewachsen.«⁶⁰¹

Dafür eskalierte in Nordirland die Lage zwischen Protestanten und Katholiken. 1970 schrieb Bowen ein Krippenspiel, das sie »ein Stück zum Nachdenken« nannte und in dem die Geschichte von Jesu Geburt aus der Sicht der Beteiligten erzählt wird – die Heilige Familie, eine Wirtin aus Bethlehem, ein junger Schäfer, der Prophet Zacharias, Herodes, Balthasar aus dem Morgenland. Es wurde zu Weihnachten zuerst in Cork und Limerick, vor allem aber in Derry aufgeführt, eine Premiere, zu der sie eigens in den

*Elizabeth Bowen in den siebziger Jahren,
eines der letzten Fotos von ihr*

Norden fuhr. Auch für viele Katholiken war das Spiel Anlaß, zum erstenmal die protestantische Kathedrale St. Columb zu betreten, eine ökumenische Regung, die ein gutes Jahr später nach dem ›Bloody Sunday‹, als britische Soldaten dreizehn Demonstranten erschossen, weder in Derry noch sonstwo in

Ulster nachvollziehbar sein würde. Ihr Cousin Hubert Butler sprach später von einer wachsenden Verbitterung, die sie als Irin ihrem Land gegenüber hegte. »Ich hasse Irland« – aber wer hätte sich in diesen Tagen nicht mit Grauen von den Monstrositäten dieses Bürgerkriegs abgewandt?

In ihren letzten Lebensjahren reiste sie wieder öfter auf die Insel, vielleicht um sich in Clontarf ein kleines Haus mit Blick auf Dublin Bay anzuschauen, sicher um ihre uralte Tante Edie und den Colley-Clan in Corkagh zu besuchen. Sie fuhr zu den Blacks nach Doneraile und zu den Vernons, die nach Kinsale gezogen waren. Als sie sich mit einer Gartenschere den Fuß verletzt hatte, eine Wunde, die nicht heilen wollte, erschien sie dort in einem Schuh und einem silbernen Pantoffel. Der Pfarrer von Kinsale sah sie regelmäßig beim Gottesdienst, nicht gerade in der ersten Reihe, aber ernst und aufmerksam im dicken Wintermantel und seidenen Kopftuch. »Worüber werden Sie am nächsten Sonntag predigen?« fragte sie ihn. »Siegreich zu leben«, erwiderte er. »Ah, darum geht es!«[602]

Im November 1970 fühlte sie sich stark genug, allein und vermutlich unerkannt in einem Bus voll katholischer Priester, Nonnen und Meßdiener nach Farahy zu reisen und sich von einem Fremdenführer den Ort zeigen zu lassen, wo Bowen's Court gestanden hatte. Es gab dort außer einem alten Pflaumenbaum nichts mehr zu sehen. Aber die Leere hatte auch etwas Erleichterndes. Es war vorbei. Sie mußte sich nicht mehr um ihr Haus sorgen. Charles fand sie gelassener und glücklicher als zuvor. »Es ist das Glück des Alters, die sinnliche Freude an jedem neuen Tag auf dieser sichtbaren, greifbaren Welt. Sie will leben; und ich will es auch.«[603]

Er schickte sie zu einem Spezialisten. »Alles ist wieder gut, was einmal schlimm war«, schreibt sie nach der Chemotherapie an Jean Black. Doch ihre Stimme war nur noch ein Flüstern. Sie gab nicht auf. Am 16. Juli 1971 traf sie Charles zum Essen im Claridge's und erzählte ihm von einem Spiri tisten-Kongreß, den sie zusammen mit Rosamond Lehmann in Cumberland Lodge in Windsor Park (Charles: »Spook Hall«) besucht hatte. Elizabeth glaubte an Gott und an Gespenster, allerdings waren ihre literarischen Um- und Wiedergänger von ganz anderer Art als Rosamonds selbsterzeugte Schimären, mit denen sie regen Grenzverkehr pflegte. Seit dem Tod ihrer Tochter Sally war sie längerfristig außer Fühlung mit der Realität geraten und übte einen unheilvollen Einfluß auf kranke oder gefährdete Freunde aus. Der krebskranke Cecil Day Lewis ahnte, daß es mit ihm zu Ende ging, als Rosamond ihren Besuch ankündigte.

Auf dem Spiritisten-Kongreß war viel die Rede von Inkarnation gewesen, und Elizabeth hatte den Eindruck gewonnen, daß Gottes Ressourcen doch recht schmal sein müßten, wenn es ihm nicht gelinge, neue Menschen zu erfinden und er statt dessen darauf angewiesen sei, dasselbe alte Zeug ewig weiter zu verwenden. »Sie war großartig in Form«, schreibt Charles nach ihrem Treffen, »aber sie ist nicht geheilt.«[604] Und er hatte Angst vor dem Winter, wenn er nicht mehr bei ihr sein würde.

Die gute Form hielt an. Im August reiste sie mit einem Studenten, den sie aus Princeton kannte und dem sie den Weg nach Oxford geebnet hatte, noch einmal nach Farahy. »Elizabeth spazierte auf dem leeren Platz, wo einmal die Auffahrt mündete und das Haus gestanden hatte, hin und her, während ich zu dem eingefriedeten Garten ging. Ein paar lange Bretter, die offenbar von den Dorfkindern dort hingestellt worden waren, machten mir den Zugang über die Mauer leicht. Dahinter lag der Garten wie eine verzauberte Welt. Die verwilderten Bäume wirkten wie Traumgebilde, und in den Kronen hing eine Art Moos, das wie Watte aussah. Die Struktur der alten Anlage war noch erkennbar, und offenbar gingen Kinder hier ein und aus, was Elizabeth zu hören freute [...] Draußen an der Mauer pflückten wir Himbeeren und Brombeeren und fuhren mit klebrigen Fingern zurück zum Tee nach Creagh Castle.«[605]

Sie wollte »siegreich leben«, auch wenn sie, wie Glendinning schreibt, kaum den Weg zu ihrem Haus bewältigte und vom Taxi, das oben auf Church Hill hielt, hinuntergetragen werden mußte. Ihre Stimme war nicht einmal mehr am Telefon zu verstehen, was sie, die eine große Fernsprecherin war, sehr erbitterte. Sie blieb zu Hause, spielte Scrabble, rauchte, las alle ihre Bücher noch einmal und begann, ein neues zu schreiben. *The Move-In – Der Einzug*.

Nach acht Seiten bricht die Geschichte ab, aber schon im ersten Satz ist die Sache entschieden: »Der Einzug fand an einem schwülen Juliabend statt.« Drei junge Leute in einem alten Cabrio, die sich vielleicht in der Adresse geirrt haben, aber sicher ungute Ziele verfolgen, fahren vor einem abgelegenen Herrenhaus auf dem Hügel vor. Kurz bevor sie es erreichen, »verschwand es aus dem Blickfeld. Doch es entkam ihnen nicht.« Sowenig, wie ihnen seine Bewohner entkommen werden. Gegen die Entschlossenheit der jungen Leute, sich bei ihnen einzunisten, scheinen die älteren machtlos zu sein. In diesem letzten Auftakt erhebt Bowen noch einmal ihren Zauberstab, tippt hierhin und dorthin: auf die schlampige Bagage, die aus dem Auto quillt; das von Kletterpflanzen umstrickte Haus, ein Telegramm auf dem Tisch in der Halle, gereizte Stimmen. Aus der Tür tritt eine Frau und schlingt sich abwehrend die Ärmel ihrer Strickjacke vor der Brust zusammen. Das Mädchen leckt sich Blut von einem Mückenstich. Damit ist das Verhängnis eingeleitet, aber wir werden seinen Fortgang nie erfahren.

An Weihnachten 1972 nahm sie ihre letzte Kraft zusammen und fuhr noch einmal nach Irland, um die Vernons zu besuchen. Es heißt, die Freunde seien von ihrem Anblick entsetzt gewesen. Sie bewältigte auch die Reise zurück nach Hythe und wurde dann ins University College Hospital in

Die Kirche von Farahy, 2006

London eingeliefert. Sie nahm sich Arbeit mit: die engere Auswahl für den Duff-Cooper-Literaturpreis, die sie als Mitglied der Jury bewerten sollte. Ihre erste Wahl war der Preisträger: Quentin Bell mit der Biographie seiner Tante Virginia Woolf.

Die alten Freunde kamen zu Besuch: Isaiah Berlin, Cyril Connolly, Ursula Vernon, Audrey und Spencer Curtis Brown, dem sie mit deutlicher Stimme den Auftrag erteilte, *Pictures and Conversations* zu veröffentlichen: »I want it published.« Rosamond Lehmann erschien mit irritierender Regelmäßigkeit. Sie war eine begeisterte Wärterin an den Sterbebetten ihrer Freunde, um deren letzte Worte zu erhaschen und der Nachwelt zu überliefern. Elizabeth bat schließlich darum, diesen Todesengel von ihrem Fußende fernzuhalten. Rosamond komme ihr vor wie eine weiße Riesenmaus, die nur darauf lauere, sie anzuspringen. Charles kam jeden Tag und brachte Champagner mit.

Audrey war bei ihr, als es zu Ende ging, und dann nur noch Charles. Sie starb am frühen Morgen des 22. Februar 1973 und wurde an einem kalten Sonntag in Farahy auf der Rasenbank vor der Kirche neben Alan und ihrem Vater beigesetzt.

Irland ist sicher ein wunderbares Land, um darin begraben zu werden. Wieder kam eine große Menschenmenge, um der letzten Cole Bowen das Geleit zu geben, aber es gab kein großes Haus mehr, wo sie hätte aufgebahrt werden können, keine Gartenblumen für den Sarg und niemanden, der sie auf den Schultern getragen hätte.

XXIII ELIZABETH BOWEN
DER EINZUG

In ihrem letzten Lebensjahr begann Elizabeth Bowen ein neues Buch zu schreiben. Es gedieh jedoch nicht über das erste Kapitel hinaus. Nur acht maschinengetippte und handschriftlich korrigierte Seiten wurden fertig. Ihre oder eine fremde Hand hat »Kap. I des Romans« darübergeschrieben. *The Move-In* spielt unverkennbar auf klassischem Bowen-Terrain. Mit wenigen Sätzen schafft sie eine Atmosphäre der Bedrohung um ein vordergründig banales Mißverständnis. Das Manuskript befindet sich in der Bowen Collection der University of Texas. Es war bisher unveröffentlicht und erscheint an dieser Stelle zum ersten Mal.

Der Einzug

Der Einzug fand an einem schwülen Juliabend statt. Das Auto, ein offener Zweisitzer älteren Datums, fuhr, schnaufend vor Erschöpfung, eine steile, im Zickzack verlaufende Auffahrt zu einem Haus hinauf. Unten lag ein großer See. Vorn saßen der Fahrer und ein Freund; hinter den jungen Männern und über ihnen auf dem zurückgefalteten Verdeck hockte ein junges Mädchen – das sich jedesmal, wenn sie durch die spitzen Kurven fuhren, an den Kopf des einen oder anderen ihrer Reisegefährten klammerte, um die Balance zu halten. Das Auto hatte einen Notsitz, der nicht nur einen unsicheren Eindruck machte sondern auch zu weit von den anderen entfernt war. Man hatte ihn mit dem Gepäck beladen, das nicht mehr in den Kofferraum paßte. Berstend volle Plastiknetze, ein bestickter Bastkorb unklarer Herkunft voller Kleidung sowie weitere in Zeitungspapier eingewickelte Kleiderbündel waren mit einem Seil festgebunden, damit sie nicht herunterfielen.

Fliegen und Mücken folgten dem Auto auf seinem Weg hügelan. Aus dem von Insekten summenden Brombeergestrüpp, Geißblatt und Farnkraut gesellten sich immer mehr dazu. Keiner sprach.

Kurz bevor man das Haus erreichte, verschwand es aus dem Blickfeld.

Doch es entkam ihnen nicht. Ob es wollte oder nicht, da stand es, als sie schließlich auf einem Kiesplatz, einer Art Terrasse mit Blick auf den See, vorfuhren. Was auch immer man aus dem Haus hätte machen können – es würde häßlich bleiben. Vermutlich war es einmal als Clubhaus für einen Sportverein gedacht. Aus den Kletterpflanzen, die die Fassade überwucherten, ragten Giebel; Erkerfenster schauten zu beiden Seiten der vorgebauten, überdachten Haustür über den Kiesplatz. Zur einen Seite erstreckte sich ein Gebäudeflügel, dessen Fensterläden jedoch geschlossen waren. Die Haustür stand offen; ebenso einige Fenster.

Der Fahrer des Autos fuhr langsam ein Stück an dem mit Fuchsien überhangenen Terrassengeländer entlang, dann erstarb der Motor. Man hörte nur noch das kochende Kühlwasser. Und weil sie ausgerechnet an dieser Stelle stehengeblieben waren, konnten die drei nun direkt ins Eßzimmer sehen. In der Dämmerung dort saßen Menschen um einen Tisch, die, falls sie keine Séance abhielten oder Karten spielten, sicher gerade beim Essen waren. *Daß* sie eine Séance abhielten, war aber durchaus möglich, denn ein weißer Fleck, ähnlich einem Ektoplasmafetzen, schwebte im Zimmer hin und her. Die Zuschauer folgten ihm eine Weile lang mit den

Augen. Das Phänomen erwies sich als fast so übersinnlich, wie sie angenommen hatten, es war die Haube eines Hausmädchens ... Einer Spezies, die, soweit sie wußten, längst ausgestorben war.

Irgendwo hinten im Dunkeln verharrte die Haube. Das Hausmädchen, körperlos, da es keine Schürze über dem schwarzen Kleid trug, blickte wahrscheinlich von dort verstohlen aus dem Fenster. Sonst nahm niemand Notiz – man aß weiter. Womöglich würde die Gesellschaft, wenn man ihr nicht Einhalt gebot, noch alles verschlingen. Die junge Frau wurde zuerst auf diese Gefahr aufmerksam und stieß ihre beiden Gefährten hastig mit dem Fuß an. Woraufhin einer von ihnen ausstieg, zur Haustür ging und an einer Klingel zog.

Während er wartete, konnte er ein Stück in den Flur schauen. Auf einem Tisch neben einem Gong lag ein geöffnetes Telegramm, zwei engbeschriebene Seiten, die er aber von dort, wo er stand, nicht lesen konnte. Dann kam eine Frau aus dem Eßzimmer, zögerte und schloß die Tür hinter sich, was aus irgendeinem Grunde wie böse Absicht wirkte. Sie war nicht mehr jung und schien alles andere als erfreut – wenngleich sie sich ihm mit der leicht gereizten Miene derjenigen zuwandte, die gelernt hat, stets die Contenance zu bewahren. »Ja?« sagte sie abwartend. Dann fügte sie hinzu: »Die Klingel geht nicht.«

»Wir dachten, Sie hätten uns gesehen«, erwiderte er lediglich.

»Das haben wir auch, doch *wir* dachten, es sei womöglich ein Irrtum. Manchmal kommen Leute versehentlich hierherauf. Sie wollen schauen, was es hier oben gibt, oder die Aussicht genießen, und dann gehen sie wieder. Manchmal sind wir mitten beim Abendessen.«

»Das haben wir gesehen«, sagte er lediglich.

Sie sah an sich hinunter, zupfte sich eine Klette vom Pullover und murmelte: »*Wir Sie* auch.« Sie hatte sich ein giftig violettes, plüschiges Oberteil, eine Art Jacke, nur über die Schultern gehängt oder hastig übergeworfen; die herunterbaumelnden leeren Ärmel sahen aus wie zusätzliche Arme. Sie hantierte mit einer modischen Brille, die sie, um ihn besser sehen zu können, mehrfach aufsetzte und dann wieder abnahm. »Wenn natürlich wirklich etwas ist …?« sagte sie.

»Ja, es ist etwas«, erwiderte er. »Das heißt – gehört das Haus Ihnen?«

»Soweit ich weiß, ja.«

»Dann bin ich, glaube ich, ein Freund Ihres Neffen.«

»Nein, ich fürchte, das sind Sie nicht. Das geht gar nicht.«

»Wieso denn nicht, was stimmt denn nicht mit ihm?« fragte er hitzig.

»Er existiert nicht. Ich habe keinen Neffen. Ich habe nie einen gehabt.«

»Oh.«

»Tut mir leid, aber so ist es. – Wie hieß er?«

»Simon«, sagte er, nun tiefbekümmert.

»Wo haben Sie ihn kennengelernt?«

»In einem Bus in Spanien. Er hat gemeint, ich solle bei Ihnen vorbeischauen, wenn ich jemals daran dächte, in den Westen zu fahren. Er hat gesagt, bei Ihnen fänden wir immer eine Bleibe.«

»Eine was?«

»Ein Bett und oder so was. Er hat gesagt, ein bißchen Gesellschaft würde Ihnen guttun.«

»Den Namen seiner Tante hat er nicht zufällig erwähnt?«

»Er hat ihn auf einen Briefumschlag geschrieben, aber den habe ich verloren.«

»Seine Tante wohnt einfach nur im Westen, wie Young Lochinvar?«

»Sie hatte auch eine Adresse, aber, wie gesagt, ich habe den Umschlag verloren.«

»*Wie* hieß er noch mal?«

»Simon«, sagte er unbeirrt.

»Nein, mit Nachnamen.«

»Den hat er, glaube ich, nicht genannt. Er ist ja dann aus dem Bus gestiegen.«

»Aha.« Sie faßte sich an den Hals. »Trotzdem verstehe ich nicht, was Sie *hier*hergeführt hat.«

Das konnte er ihr sagen. »Wir haben uns durchgefragt. Er hat uns ja erzählt, Sie wohnten über einem See, und als wir den See gesehen haben, haben wir angefangen zu fragen. Das heißt, wir haben die Leute nach jemandem in Ihrem Alter gefragt, auf den die Beschreibung paßt. Und alle fanden, es müsse sich um Sie handeln – das heißt, sie haben uns alle hierhergeschickt.«

»Scheusale!« brach es aus ihr heraus. »Die reinsten Teufel!«

In dem Moment öffnete sich vorsichtig die Eßzimmertür, etwa zwei, drei Zentimeter, als habe sie nur darauf gewartet. Aus einem Mund in dem offenen Spalt kam eine klagende Stimme.

»Agatha? Agatha, das Soufflé – es fällt zusammen!«

»Dann eßt es doch«, erwiderte die so angesprochene Agatha barsch, und dann leise und ärgerlich, »ihr beide!«

»Das tun wir ja eigentlich schon, aber wir haben an dich gedacht.«

»Ach, geh weg, Laura.«

Die Person entfernte sich mit mutlosen Schritten, schaffte es aber, die Tür die zwei, drei Zentimeter offenzulassen. Als die Frau – Agatha – das bemerkte, wurde ihr Widerstand heftiger. »Hier gibt es noch andere Seen«, sagte sie zu dem jungen Mann. »Werfen Sie mal einen Blick auf Ihre Karte.«

»Zu dieser späten Stunde nützen uns andere Seen wenig.«

»Doch, doch, sie sind alle ziemlich nah! Sie sollten auf jeden Fall weiterfahren.«

»Fahren?« fragte er und runzelte skeptisch die Stirn.

»Ja, dorthin, wo Sie hinmüssen. Woanders hin.«

»Das ist nicht so leicht«, sagte er, »wie Sie offenbar meinen.«

In dem Moment meldete sich wieder jemand aus dem Eßzimmer. Dieses Mal war die Stimme eher männlich, doch aufgeregter und angespannter als die vorherige. »*Agatha* – wir glauben, es passiert was!«

»Ich komme!«

»Nein, schau mal nach draußen!«

Vom Vorflur aus, wo das Gespräch stattfand, sah man nichts als Himmel und ein Stückchen Kies, doch die Frau lief mit zwei langen Schritten hinaus, nach draußen, und der junge Mann folgte ihr, damit sie ihm nicht entkam. Sie hatte die Brille aufgesetzt und blieb sprachlos stehen, schlang langsam die Ärmel zu einem Knoten und zog sie über ihrem kalten, abweisenden Herzen fester zusammen. »Ihre Freunde«, sagte sie, »was machen sie da?«

Sah sie das denn nicht? Sie entluden das Auto!

»Sie sind der Meinung, wir sind hier richtig«, erklärte der Wortführer.

Dort, wo das Auto stand, unweit der Eßzimmerfenster, war die Terrasse nun Schauplatz hektischer Betriebsamkeit. Von der langen Warterei gelangweilt, hatten seine Freunde begonnen, das Gepäck vom Notsitz abzuladen – wenn der erst einmal von seiner Last befreit war, konnte man ihn hochklappen und den Kofferraum ausräumen. Seit Tagen hatten sie ihre Sachen nicht mehr alle herausgeholt, und dieser Abend, an dem sie nun endlich angekommen waren und den sie als den Beginn eines längeren Aufenthalts betrachteten, bot einen willkommenen Anlaß. Zu Boden geworfene, aufklaffende, nebeneinanderliegende Einkaufsnetze ergossen ihren Inhalt auf den Kies; daneben lagen zerknüllte Hemden, die schon längst einmal hätten durchgewaschen werden müssen. Ein Sonnencreme-Tiegel ohne Deckel, eine halbaufgegessene Banane, umsichtig in die Schale gewickelt, eine Armbanduhr, auf die jemand getreten war, und der Flügel einer Möwe lagen fürs erste auf einem hinteren Kotflügel. Die junge Frau, die ihr festes, kleines blaues Hinterteil den Zuschauern entgegenstreckte, sah unter dem Auto nach, ob etwas fortgerollt war. Ihr Reisekamerad schüttelte erst eine Weste, dann einen Regenmantel aus und legte beides über das Geländer mit den Fuchsien.

Mittlerweile verfolgte eine zweite Gruppe von Zuschauern die Szene aus günstigerer Position: Im Erkerfenster des Eßzimmers, das von zwei angrenzenden Fenstern umrahmt wurde, standen ein Mann, wütend und empört, und eine Frau, die – man konnte es nicht anders nennen – einen hysterischen Anfall hatte. Ein Taschentuch wanderte zuckend von ihren Augen über ihre Nasenspitze zum Mund, dann zurück zu den Augen und begann seine Reise erneut; sie wiegte sich hin und her.

»Tut mir leid, es *ist* ein Irrtum«, sagte Agatha zu dem ersten jungen Mann. Dann riß sie sich zusammen und fügte hinzu: »Sagen Sie ihnen, sie sollen damit aufhören!«

In dem Moment drehte sich die junge Frau um. Sie starrte Agatha an und sagte dann ziemlich mißmutig: »Hallo.« Sie war eher klein, jung und trug aufgekrempelte Jeans und ein Männerhemd, das ihr zwei, drei Nummern zu groß war. Ihr blaßblondes Haar, ungleich kurzgeschnitten, hing ihr in die Stirn, ein Kratzer von einem Brombeerstrauch verlieh einem Gesicht Ausdruck, das ansonsten stumm und leer vor Zorn und bleich vom Staub war. Sie richtete den Blick auf den jungen Mann und fragte: »Was stehst du da rum?«

Er antwortete: »Sie sagt, sie ist nicht seine Tante.«

»Sie sagt was?«

»Sie sagt, sie hat nie von ihm gehört.«

»Dafür kann ich doch nichts«, sagte das junge Mädchen. »Und ändern kann ich es auch nicht. Außerdem sind wir jetzt da.«

»Da ist *sie* anderer Meinung«, sagte er unwirsch, mit einem

Seitenblick auf Agatha. Langsam kratzte sich das Mädchen mit raubtierähnlichen Bewegungen, vom Ellenbogen abwärts, erst an den Stichen des einen dann des anderen Arms. Sie leckte daran, saugte ein, zwei Blutstropfen ab und dachte nach. Dabei sah sie zum See hinunter, hoch zum Himmel, drohend auf das Haus, noch drohender auf die Zuschauer in den Fenstern und sagte schließlich:»Irgendwo müssen wir ja bleiben, oder? Hast du ihr das nicht gesagt?«

»Ich habe ihr gesagt, daß das Ganze nicht so einfach ist.« Endlich zum Handeln angestachelt, drehte er sich zur Herrin des Hauses um.»Die Sache ist nämlich die, wir *können* nicht weiterfahren.«

»Das Auto fährt nicht mehr«, sagte die junge Frau direkt zu Agatha.

»Unsinn.« In die Enge getrieben, eingewickelt in ihren Wollpullover, rief diese:»Immerhin haben sie es bis hierherauf geschafft.«

»Mit knapper Not. Ich glaube, irgendwas ist kaputt.«

»Und zu allem Überfluß«, sagte das Mädchen höhnisch, »haben wir kein Benzin mehr – jedenfalls, so gut wie keins.«

»Na, dann aber nichts wie los, fahren Sie im Leerlauf – unten im Dorf ist eine Tankstelle.«

»Die haben wir gesehen. Aber Benzin kostet Geld.«

»Was dachten Sie denn?«

Der junge Mann und das Mädchen wechselten einen Blick. Eine Spur nachdrücklicher sagte er:»Das Problem ist, daß wir schlicht und ergreifend kein Geld mehr haben.«

»Alle zusammen ein Pfund, sieben Shilling«, sagte die junge Frau hochmütig.

»Wahrscheinlich kriegen wir aber welches. Vielleicht schickt uns jemand was – das heißt, wenn wir eine Adresse haben.«

»Und bis dahin – du meine Güte –, was denken Sie sich eigentlich?«

»Simon hat gesagt, bei seiner Tante fänden wir eine Bleibe.«

»Dann wollen wir das hoffen«, sagte Agatha. »Bei mir jedenfalls nicht. Selbst wenn ich Sie aufnehmen könnte, sehe
ich nicht ein, warum. Tut mir leid, aber all das haben Sie sich
selbst zuzuschreiben – Sie haben Glück, daß ich nicht unan-
genehmer werde. Mein Haus ist jedenfalls voll bis unters
Dach und wird morgen noch voller. Ich habe keinen Platz für
Sie.«

»Und was ist das da?«, fragte das Mädchen und zeigte auf
den unbewohnten Flügel.

»Eine Ruine. Voller Ratten und Fledermäuse. Nein – ausgeschlossen!«

Nachbemerkung

Der größte Teil von Elizabeth Bowens Nachlaß ist im Harry Ransom Humanities Research Center der University of Texas in Austin archiviert. Die Zitate aus der Korrespondenz mit Lady Ottoline Morrell, V.S. Pritchett, Rosamond Lehmann, May Sarton, A.E. Coppard, Alfred und Blanche Knopf, Eudora Welty, Stephen Spender, Graham Greene, Spencer Curtis Brown, Jocelyn Brooke und Sean O'Faolain stammen aus den entsprechenden Sammlungen dort. Bowens Briefe an Virginia Woolf befinden sich im Archiv der University of Sussex. Uneinholbar jedem Biographen voraus ist Victoria Glendinning, die 1977, vier Jahre nach Bowens Tod, ihr *Portrait of a Writer* veröffentlichte. Sie hatte während der Recherche mit vielen von Bowens Freunden, Autoren-Kollegen und mit Charles Ritchie in Verbindung gestanden.

Die meisten Biographen und Biographinnen stehen auf den Schultern anderer, die vor ihnen das Leben der Person ihres Interesses oder ihrer Verehrung erforscht und beschrieben haben. Ich stehe auf Victoria Glendinnings Schultern und zugleich ein wenig weiter weg von Elizabeth Bowen als sie. Distanz hat auch Vorteile. Der Glanz blendet nicht mehr so stark. Zeitlicher Abstand hat neue Informationen und neue Erkenntnisse zutage gebracht. Doch wieder ist Glendinning mir uneinholbar voraus. Durch Charles Ritchies Nichte (er starb 1995) hat sie Zugang zu seinen privaten Tagebüchern und Elizabeth Bowens Briefen an ihn erhalten, die sie im Herbst 2008 veröffentlichen wird.

Abkürzungen

Collected Impressions = CI
Elizabeth Bowen = EB
Harry Ransom Center = HRC
The Mulberry Tree = MT

Anmerkungen

I Bowen's Court – eine Ortsbegehung

1 EB, *Bowen's Court*, S. 457 – 459
2 Virginia Woolf, *Briefe 2*, 1928 – 1941
3 EB, *Bowen's Court*, S. 26
4 a.a.O., S. 451
5 EB zu Jocelyn Brooke, BBC, 3. 10. 1950, Bowen Coll. 2.3, HRC
6 *Housewife's Magazin*, 1957
7 Virginia Woolf, *Tagebücher IV*, S. 313
8 EB, *Bowen's Court*, S. 253
9 EB an William Plomer, in Patricia Craig, *Elizabeth Bowen*, S. 75
10 *Housewife's Magazine*, 1957

II Das große Haus

11 EB, *Bowen's Court*, S. 263
12 EB, *Das Haus in Paris*, S. 145
13 EB zu Charles Monaghan, *Book Review,* 10. 11. 1968, Knopf Coll. 848.3, HRC
14 Isaiah Berlin, *Letters*, S. 705
15 Michael De-la-Noy, *Eddy*, S. 271
16 EB, *The Shelbourne*, S. 102
17 EB, *Bowen's Court*, S. 125f.
18 Karl Marx/Friedrich Engels, *Irland, Insel im Aufruhr*, S. 118f.
19 EB, *Der letzte September*, S. 412
20 EB, *The Shelbourne*, S. 136
21 EB, *Der letzte September*, S. 82
22 Maud Ellmann, *Elizabeth Bowen, The Shadow Across the Page*, S. 53
23 EB, Vorwort zur 1952 erschienenen englischen Neuauflage von *Der letzte September*
24 EB zu Jocelyn Brooke, BBC, 3. 10. 1950, Bowen Coll. 2.3, HRC
25 EB, *The most unforgettable character I've met*, MT, S. 256
26 EB, *Bowen's Court*, S. 278
27 EB, *Pictures and Conversations*, MT, S. 276
28 EB zu Charles Monaghan, *Book Review,* 10. 11. 1968, Knopf Coll. 848.3, HRC

29 EB, *Pictures and Conversations*, MT, S. 280

30 EB, *Der letzte September*, S. 267

31 Charles Ritchie, *Diplomatic Passport*, S. 141

32 EB, *The Art of Reserve, or The Art of Respecting Boundaries*, Bowen Coll. 1.1, HRC

33 EB, *Eine Welt der Liebe*, S. 41

34 a.a.O., S. 26

35 EB, *The Big House*, MT, S. 27f.

36 Peter Somerville-Large, *The Irish Country House*

37 Sean O'Faolain, *Vive moi!*, S. 221

38 a.a.O., S. 192

39 EB, *The Big House*, MT, S. 28f.

40 *Elizabeth Bowen Remembered, The Farahy Addresses*, S. 17

III Dreihundert Jahre

41 EB, *Bowen's Court*, S. 36

42 a.a.O., S. 106f.

43 a.a.O., S. 193

44 a.a.O., S. 131

45 a.a.O., S. 144

46 EB an Lady Ottoline Morrell, 31.3. o.J., Morrell Coll. 3.2, HRC

47 EB, *Bowen's Court*, S. 309

48 a.a.O., S. 364

49 Blanche Knopf an EB, Aug. 1938, Knopf Coll. 685.14, HRC

50 EB, *Seven Winters, Bowen's Court*, S. 467

51 EB, *Bowen's Court*, S. 379

52 EB, *In der Hitze des Tages*, S. 231

53 EB, *Bowen's Court*, S. 405

54 EB, *Kalte Herzen*, S. 34

55 EB, *Bowen' Court*, S. 391

56 EB, *Seven Winters*, S. 469

57 EB, *Bowen's Court*, S. 393

IV Sieben Winter

58 EB, *Preface to Encounters*, MT, S. 121

59 EB, *Bowen's Court*, S. 281

60 EB, *Seven Winters*, S. 469

61 a.a.O., S. 494

62 a.a.O., S. 493
63 Sean O'Casey, *Irland, leb wohl*, S. 197
64 *Joseph Holloway's Abbey Theatre*, S. 81
65 EB, *Seven Winters*, S. 510
66 a.a.O., S. 508
67 a.a.O., S. 507
68 a.a.O., S. 489
69 a.a.O., S. 407
70 EB, *The Dancing Mistress, Collected Stories*, S. 258
71 EB, *Seven Winters*, S. 502
72 a.a.O., S. 469f.
73 EB, *Bowen's Court*, S. 396
74 Victoria Glendinning, S. 21
75 EB, *Bowen's Court*, S. 410
76 Audrey ist die Tante der Schauspieler Ralph und Joseph Fiennes
77 EB, *Bowen's Court*, S. 417
78 EB, *Pictures and Conversations*, MT, S. 270

V Das verlassene Kind

79 EB, *Pictures and Conversations*, MT, S. 270
80 a.a.O., S. 278
81 Victoria Glendinning, S. 25
82 EB, *Bowen's Court*, S. 418f.
83 EB, *Die kleinen Mädchen*, S. 128
84 EB, *On not rising to the occasion*, MT, S. 68
85 EB, *Pictures and Conversations*, MT, S. 268
86 EB zu Jocelyn Brooke, BCC, 3.10. 1950, Bowen Coll. 2.3, HRC
87 EB, *Pictures and Conversations*, MT, S. 271
88 EB, *Heimkommen*, in *Efeu kroch übers Gestein*, S. 15ff.
89 EB, *Pictures and Conversations*, MT, S. 280
90 EB, *Seine einzige Tochter*, S. 145
91 EB, *Books that grow up with one*, Bowen Coll. 2.3, HRC
92 EB, Crisis, Broadcast 28. 2. 1947, Bowen Coll. 2.3, HRC
93 EB, *She, Afterthought*, S. 107f.
94 EB, *Out of a Book*, MT, S. 53
95 EB, *Bowen's Court*, S. 421f.
96 EB, *Friends and Relations*, S. 64
97 EB, *A Quotation from ›Notes on writing a novel‹*, MT, S. 290
98 EB, *Preface to Uncle Silas*, CI, S. 15
99 EB, *The Visitor, Collected Stories*, S.124f.

100 EB, *Tränen, vergebliche Tränen*, in *Sommernacht*, S. 164
101 EB, *Das Haus in Paris*, S. 34f.
102 EB, *Out of a book*, CI, S. 50
103 EB, *Pictures and Conversations*, MT, S. 291
104 EB, *Preface to Encounters*, MT, S. 121
105 Charles Ritchie, *Storm Signals*, S. 24
106 EB, *Die kleinen Mädchen*, S. 116
107 EB, *A Quotation from ›Notes on writing a novel‹*, MT, S. 290
108 EB, *Pictures and Conversations*, MT, S. 292

VI Kratzfester Schliff

109 EB, *Bowen's Court*, S. 435
110 a.a.O., S. 256
111 a.a.O., S. 435f.
112 EB, *The Shelbourne*, S. 123
113 EB, *Bowen's Court*, S. 438
114 EB, Biographical Notice, Bowen Coll. 1.5, HRC
115 EB, *The Mulberry Tree*, MT, S. 13ff.
116 In *Friends and Relations* ist es das ungebärdige Kind Hermione, das
     sich gleichermaßen produziert und damit eine kleine Menschenmenge
     unter den Balkon lockt.
117 BBC-Interview, 11. 9. 1959, Bowen Coll. 2.3, HRC
118 EB, Notes for Biographical Sketch, Bowen Coll. 1.5, HRC
119 EB, A Year I remember – 1918, BBC, 10. 3. 1949, Bowen Coll. 2.3,
     HRC
120 EB, *Der letzte September*, S. 315
121 EB, A Year I remember – 1918, BBC 10. 3. 1949, Bowen Coll. 2.3,
     HRC

VII Begegnungen

122 EB, Vorwort zur englischen Neuauflage von *Der letzte September*,
     1952, Bowen Coll. 9.8, HRC
123 EB, Notes for Biographical Sketch, Bowen Coll. 1.5, HRC
124 EB, *Der letzte September*, S. 194
125 EB, Autobiographical Notice 1948, Bowen Coll. 1.5, HRC
126 EB an V. S. Pritchett, MT, S. 223 Bowen Coll. 2.3, HRC
127 EB, *Coming to London*, MT, S. 87
128 EB an V. S. Pritchett, MT, S. 222

129 EB, Autobiographical Notice 1952, Bowen Coll. 1.1, HRC
130 EB, Autobiographical Note, Bowen Coll. 1.5, HRC
131 EB an Frank Rouada, 1. 3. 1946, The Huntington Library
132 EB, *Kalte Herzen*, S. 153
133 EB, *Preface to Encounters, Afterthought*, S. 82ff.
134 EB, *Novelists*, in *The Heritage of British Literature*, S. 128
135 Jocelyn Brooke, *Elizabeth Bowen*, S. 30
136 EB, *Kalte Herzen*, S. 411
137 EB, *Novelists*, in *The Heritage of British Literature*, S. 128
138 EB, *The Visitor, Collected Stories*, S. 124
139 EB, *Die kleinen Mädchen*, S. 129
140 EB, *Die Fahrt in den Norden*, S. 24
141 EB, *Kalte Herzen*, S.118
142 EB zu Jocelyn Brooke, BBC 1950, Bowen Coll. 2.3, HRC
143 EB, Biographical Notice, Bowen Coll. 1.5, HRC
144 EB, *Coming to London*, MT, S. 87
145 Virginia Woolf, *Tagebuch*, 18. 2. 1921
146 EB an William Plomer, 27. 6. 1936, MT, S. 200
147 EB an Victor Gollancz, Victoria Glendinning, S. 212
148 EB an Alan Cameron, 19. 1. 1923, MT, S. 193
149 EB, *Review of E. M. Forster »Abinger Harvest«*, CI, S. 119
150 EB, *Why do I write*, EB an Graham Greene, MT, S. 226f.
151 EB, *Why do I write*, EB an V.S. Pritchett, MT, S. 225f. (Bowen Coll. 2.3, HRC)
152 Victoria Glendinning, S. 45
153 EB, *The Girls*, CI, S. 60
154 EB, *Foothold, Collected Stories*, S. 298
155 EB an Alan Cameron, 14. 2. oder 3. 1923, MT, S. 194
156 EB, *Preface to The Demon Lover*, CI, S. 51
157 EB, *Das rote Kleid*, in *Sommernacht*, S. 44
158 Victoria Glendinning, S. 55
159 Isaiah Berlin, *Letters*, S. 171
160 Joan Russel Noble, *Recollections of Virginia Woolf by her Contemporaries*, S. 47ff.
161 EB an Alan Cameron, 28. 4. 1923, MT, S. 196
162 EB, *Dress*, CI, S. 113
163 Mary Fisher in Isaiah Berlin, *Letters*, S. 51
164 John Middleton Murry an EB, 10. 9. 1923, Bowen Coll. 11, HRC
165 EB, *Preface to Ann Lee's, Afterthought,* S. 89f.
166 Spencer Curtis Brown an EB, 29. 7. 1952, Bowen Coll. 11.3, HRC
167 EB, Vassar Notebooks, Bowen Coll. 7.2, HRC
168 EB, *The Hotel*, S. 60

IX Im Leben angekommen

169 EB, *Bowen's Court*, S. 451

170 a.a.O., S. 446f.

171 EB, *The Moores*, CI, S. 161

172 Fragebogen »The Cost of Letters«, *Horizon XIV*, in Hermione Lee, *Elizabeth Bowen*, S. 356

173 Victoria Glendinning, S. 71

174 EB an John Hayward, 25. 9. 1936, Nachlaß von Rosamond Lehmann, King's College, Cambridge, Victoria Glendinning, S. 6

175 Mary Fisher, in Isaiah Berlin, *Letters*, S. 51

176 EB an William Plomer, 21. 10. 1937, MT, S. 104

177 EB, *The Disinherited, Collected Stories*, S. 376

178 EB, *The Moores*, MT, S. 163

179 EB an Blanche Knopf, 3. 9. 1947, Knopf Coll. 685.14, HRC

180 BBC-Interview, 11. 9. 1959, Bowen Coll. 9.7, HRC

181 Iris Barry, *Book of the Month Club News*, New York Februar 1936, Knopf Coll. 1308.3, HRC

182 EB, Entwurf eines Vorworts zu *Der letzte September*, 1928, Bowen Coll. 7.2, HRC

183 May Sarton, *The Single Hound*, Cresset Press, London 1938, S. 111

184 Isaiah Berlin, *Letters*, S. 170

185 Isaiah Berlin, *Personal Impressions*, S. 166

186 EB an Ottoline Morrell, 7. 10. o.J., Morrell Coll. 3.2, HRC

187 EB, *Die Fahrt in den Norden*, S. 11

188 Maurice Bowra, *Memories* 1898 – 1939

189 Graham Greene, *Diary*, 21. 7. 1933, HRC

190 Isaiah Berlin, *Letters*, S. 181

191 a.a.O., S. 52

192 Patricia Craig, *Elizabeth Bowen*, S. 71

193 Arthur Calder Marshal an EB, o.J., Bowen Coll. 10, HRC

194 EB, *Notes on writing a novel*, MT, S. 39

195 EB an A.E. Coppard, 31. 8. 1935, Coppard Coll., HRC

196 EB, *Das Haus in Paris*, S. 11

197 EB, *The Roving Eye*, MT, S. 63

198 EB, *Preface to Stories by Elizabeth Bowen*, MT, S. 129

199 a.a.O., S. 128

200 John Malcolm Brinnin, *Sextet*, S. 165

201 EB an Humphry House, 1934, Victoria Glendinning, S. 90

202 EB an William Plomer, 21. 10. 1937, MT, S. 203

203 EB an William Plomer, 5. 6. 1938, MT, S. 205

204 Hermione Lee, *Elizabeth Bowen*, S. 102

205 EB, *Friends and Relations*, S. 99

206 a.a.O., S. 98

207 a.a.O., S. 82

208 Joan Russel Noble, *Recollections of Virginia Woolf by her Contemporaries*, S. 47ff.

209 EB, *Die Fahrt in den Norden*, S. 399

210 a.a.O., S. 266

211 Sean O'Faolain, *The Vanishing Hero*, S. 161

212 EB, *A World of Love*, S. 57

X Chelsea und Bloomsbury

213 EB zu Charles Monaghan, *Book Review*, 10. 11. 1968, Knopf Coll. 848.3, HRC

214 Quentin Bell, *Erinnerungen an Bloomsbury*, S. 216

215 EB an Lady Ottoline Morrell, 15. 8. 1932, Morrell Coll. 3.2, HRC

216 EB in Joan Russel Noble, *Recollections of Virginia Woolf by her Contemporaries*, S. 47.

217 Virginia Woolf, *Tagebücher 5*, 27. 6. 1940, S. 450

218 Virginia Woolf, *Letters V*, 3.7. 1935, S. 410

219 Susan Tweedsmuir, *A Winter Bouquet*

220 Virginia Woolf, *Tagebücher 4*, 19. 4. 1934, S. 310

221 EB, *Afterword to Orlando*, MT, S. 133

222 Virginia Woolf, *Tagebücher 4*, S. 137

223 Virginia Woolf, *Letters V*, 18. 10. 1932, S. 111

224 Victoria Glendinning, *Vita Sackville-West*, S. 554

225 Victoria Glendinning, S. 116

226 EB, *The Achievement of Virginia Woolf*, CI, S. 81f.

227 Charles Ritchie, *The Siren Years*, S. 139

228 EB zu Charles Ritchie, a.a.O., S. 139

229 William Plomer an EB, 13. 9. 1937, Bowen Coll. 11, HRC

230 EB in Joan Russel Noble, *Recollections of Virginia Woolf*, S. 49

231 Virginia Woolf fühlte sich bei der Lektüre von Henry James wie »in einem Block aus glattem Bernstein einbalsamiert«. *Tagebücher 4*, 19. 4. 1934

232 EB, *Afterword to Orlando*, MT, S. 135

233 Charles Ritchie, *The Siren Years*, S. 137

234 Virginia Woolf, *Letters V*, 3. 1. 1933, S. 144

235 EB an Virginia Woolf, Januar 1939, Patricia Craig, *Elizabeth Bowen*, S. 91

236 EB an Rosamond Lehmann, Victoria Glendinning, S. 102

237 Virginia Woolf, *Briefe 2*, 4. 5. 1934

238 Evelyn Waugh, *The Diaries*, 9. 1. 1948, S. 694

239 Michael De-la-Noy, *Eddy*, S. 203

240 Cyril Connolly, *Enemies of Promise*, S. 25

241 a.a.O., S. 30

242 a.a.O., S. 61

243 Victoria Glendinning, S. 64

244 Cyril Connolly, *Enemies of Promise*, S. 41

245 Virginia Woolf, *Tagebücher 4*, S. 313

246 a.a.O.

247 Virginias Neffe, Quentin Bell, schreibt über Lytton Strachey, der ihr
     1909 einen Heiratsantrag gemacht hatte: »Dabei sollte man meinen,
     daß er überhaupt nicht in Frage gekommen wäre, und das aus zwei
     Gründen: er war a) ein unmöglicher Charakter und b) der Oberarsch-
     ficker von Bloomsbury.« Leonard Woolf, *Mein Leben mit Virginia*,
     S. 325

248 EB an Virginia Woolf, 1. 10. 1934, Monk's House Papers

249 a.a.O.

250 EB an Virginia Woolf, 1. 7. 1940, MT, S. 214

251 Virginia Woolf, *Tagebücher 5*, 27. 6. 1940, S. 449f.

252 EB an Virginia Woolf, 3. 2. 1941, Monk's House Papers

253 EB an Virginia Woolf, 18. 2. 1941, MT, S. 219

254 EB an Leonard Woolf, 8. 4. 1941, MT, S. 220

255 EB in Joan Russel Noble, *Recollections of Virginia Woolf by her Con-
     temporaries*, S. 47f.

XI Das Haus am Regent's Park

256 A. L. Rowse, *Glimpses of the Great*, S. 152

257 Graham Greene an EB, 13. 4. o. J., Bowen Coll. 11.5, HRC

258 EB an Curtis Brown, 15. 12. 1947, Bowen Coll. 10, HRC

259 EB an Alfred A. Knopf, 30. 4. 1968, Knopf Coll. 494.5, HRC

260 Bowen Coll. 1.2, HRC

261 EB zum 50. Verlagsjubiläum, Knopf Coll. 686.1, HRC

262 EB an Virginia Woolf, 31. 7. 1935, MT, S. 210

263 EB, *Kalte Herzen*, S. 37

264 Maurice Bowra an EB, 7. 9. o. J., Bowen Coll. 10, HRC

265 EB, *Das Haus in Paris*, S. 69

266 EB, *Notes on Writing a Novel*, MT, S. 35

267 EB an Blanche Knopf, 21. 3. 1936, Knopf Coll. 685.14, HRC

268 EB, *Kalte Herzen*, S. 167

269 Virginia Woolf, *Tagebücher 5*, 22. 1. 1936
270 Virginia Woolf an Ethel Smyth, 23. 1. 1936, *Letters VI*, S. 8
271 William Plomer, *At Home*
272 James Lees-Milne, *Caves of Ice*, in Michael De-la Noy, *Eddy*, S. 222
273 EB an J. P. Priestley, 31. 10. 1948, Priestley Coll., HRC
274 Stephen Spender an EB, 31. 5. o. J., Bowen Coll. 12/1, HRC
275 Charles Ritchie, *The Siren Years*, S. 139
276 a.a.O., S. 154
277 Victoria Glendinning, S. 103f.
278 Virginia Woolf, *Letters V*, S. 272
279 Jocelyn Brooke, *Elizabeth Bowen*, S. 10
280 EB an Alan Cameron, 28. 4. 1923, MT, S. 196
281 Nach einer Studie, die die Weihnachtsansprachen der Queen seit 1952
     zum Gegenstand hat, sagt sie heute nicht mehr »happay« sondern
     »happee Christmas«, statt »djutay« (für duty, Pflicht) djutee und
     »home« statt »hame« (dpa, 19. 3. 2006)
282 May Sarton, *A World of Light*, S. 192f.
283 Virginia Woolf, *Letters VI*, 16. 6. 1937, S. 137
284 Virginia Woolf, *Tagebücher 5*, 16. 6. 1937, S. 150
285 EB, *Girlhood*, Bowen Coll. 4.6, HRC
286 May Sarton, *A World of Light*, S. 197
287 May Sarton an EB, o. J., Bowen Coll. 12.2, HRC
288 May Sarton, *A World of Light*, S. 198
289 Victoria Glendinning, S. 108
290 EB, *She, Afterthought*, S. 111

XII Kalte Herzen

291 Rosamond Lehmann, *New Statesman & Nation*, 10. 10. 1975, Selina
     Hastings, *Rosamond Lehmann*, S. 160
292 Selina Hastings, *Rosamond Lehmann*, S. 213
293 Die Autorin Margaret Drabble, die auch einen Sprachfehler hat, meint,
     daß Stotterer über einen starken Impuls verfügten, Dinge schnell und
     energisch zu erledigen, als helfe ihnen eiliges Handeln über ihre Sprach-
     barriere hinweg. (Vorlesung in der Gulbenkian Lecture Hall in Oxford,
     18. Oktober 2001.) Es könnte eine Erklärung für Bowens forschen
     Fahrstil sein.
294 Selina Hastings, *Rosamond Lehmann*, S. 172
295 Isaiah Berlin, *Letters*, S. 182
296 A. L. Rowse, *The Diaries*
297 EB an John Hayward, 25. 9.1936, Victoria Glendinning, S. 6

298 EB an Isaiah Berlin, 23. 9. 1936, Isaiah Berlin Archive, Wolfson College, Oxford, Maud Ellmann, *Elizabeth Bowen, The Shadow Across the Page*, S. 143

299 a. a. O. S. 144

300 EB, *Kalte Herzen*, S. 90

301 Selina Hastings, *Rosamond Lehmann,* S. 173

302 Isaiah Berlin, *Letters*, S. 210

303 Goronwy Rees, Interview mit John Morgan, ATV, 5. 9. 1977, Hermione Lee, *Elizabeth Bowen*, S. 183

304 Ihr gemeinsamer Sohn ist der Schauspieler Daniel Day-Lewis

305 EB, *Kalte Herzen*, S. 155

306 a.a.O., S. 108

307 Edward Sackville-West, *Inclinations*

308 EB, *Kalte Herzen*, S. 55

309 a.a.O., S. 461

310 a.a.O., S. 168

311 a.a.O., S. 279

312 a.a.O., S. 202

313 a.a.O., S. 250

314 a.a.O., S. 426

315 a.a.O., S. 396

316 BBC-Interview, 11. 9. 1959, Bowen Coll. 2.3, HRC

317 EB zu Jocelyn Brooke, BBC, 3. 10. 1950, Bowen Coll. 2.3, HRC

318 a.a.O.

319 Edith Sitwell an Norman Collins, Gollancz Verlag, Bowen Coll. 10.4, HRC

320 William Plomer an EB, 6. 10. 1938, Bowen Coll. 11, HRC

321 a.a.O.

XIII Die Mauer zwischen Danielstown und Peter O'Connors Farm

322 EB an William Plomer, 17. 8. 1936, MT, S. 201

323 EB an A. E. Coppard, 28. 7. 1932, A. E. Coppard Coll., HRC

324 Sean O'Faolain an EB, o. J. Bowen Coll. 13, HRC

325 Sean O'Faolain an EB, 22. 4. 1937, Bowen Coll. 13, HRC

326 a.a.O.

327 Sean O'Faolain, *Vive moi!*

328 Sean O'Faolain, *A Reading and Remembrance of Elizabeth Bowen, London Review of Books*, 3/1982, in R. F. Foster, *Paddy and Mr. Punch*, S. 122

329 EB, *Das Haus in Paris*, S. 145

330 Sean O'Faolain, *The Vanishing Hero*, S. 146

331 a.a.O., S. 168

332 EB, *The Big House*, MT, S. 29

333 John Ryan, *Remembering how we stood*, S. 17

334 Sean O'Faolain, *The Vanishing Hero*, S. 147

335 EB, *Bowen's Court*, S. 456

336 John Bayley, *Elegie für Iris*, S. 130

337 *The Bell*, Vol. 4, No 6, Victoria Glendinning, S. 165

338 EB an William Plomer, 21. 10. 1937, MT, S. 203

339 EB, *Salzburg 1937*, CI, S. 215

340 Isaiah Berlin, *Letters*, S. 256

341 EB an William Plomer, 5. 6. 1938, MT, S. 205

342 EB an Virginia Woolf, Januar 1939, Patricia Craig, *Elizabeth Bowen*, S. 92

343 Virginia Woolf *Letters VI*, 29. 1. 1939, S. 313

344 Patricia Craig, *Elizabeth Bowen*, S. 92

345 Lord Walter Runciman, Leiter einer Sonderdelegation, die die Verhält-nisse zwischen der Tschechoslowakei und den Sudetendeutschen un-tersuchen sollte. Er empfahl, die sudetendeutschen Gebiete an Deutsch-land bei Garantie der neuen tschechoslowakischen Grenzen abzutreten.

346 Isaiah Berlin, *Letters*, S. 282f.

347 Eoin »Pope« O'Mahony war Anwalt, Radio-Journalist, Spezialist für Clan-Geschichte und häufiger Gast auf Bowen's Court

348 Brian Moynahan, *Das Jahrhundert Englands*, S. 168

349 EB an William Plomer, Patricia Craig, *Elizabeth Bowen*, S. 94

XIV Londoner Blitz und irischer Notstand

350 Brian Moynahan, *Das Jahrhundert Englands*, S. 173

351 Charles Ritchie, *The Siren Years*, S. 44

352 a.a.O., 5. 8. 1940, S. 61

353 Schattensteinbrech, Saxifraga urbium

354 Charles Ritchie, *The Siren Years*, 24. 11. 1941, S. 125

355 Unbeirrt wächst in jedem Frühling diese kleine Stadtblume / in den Ritzen von irgendwelchen Londoner Geländern / Und obwohl sie einen lateinischen Namen hat, / nennen wir sie in England auf dem Land und in der Stadt / Londons Stolz – Graue Stadt! Fest verwurzelt / Seit tausend Jahren uns selbstverständlich / Halte aus, Stadt! Vom Rauch verzaubert / Wiege unserer Erinnerungen, Hoffnungen und Ängste. – Mit jedem Angriff wächst deine Abwehr / Vom Ritz bis zum Anker & Krone / Nichts wird jemals / Londons Stolz brechen.

356 EB, *In der Hitze des Tages*, S. 125

357 Virginia Woolf, *Tagebücher 5*, 16. 8. 1940

358 Virginia Woolf, *Tagebücher 5*, 20. Oktober 1940

359 EB an Virginia Woolf, 5. 1. 1941, MT, S. 216

360 Virginia Woolf, *Tagebücher 5*, 9. 6. 1940, S. 440

361 Virginia Woolf an Ethel Smyth, *Letters VI*, 12. 10. 1940, S. 438

362 *Elizabeth Bowen writes a Letter from London, Harper's Bazaar*, Dez. 1940, Knopf Coll. 1308.2, HRC

363 EB an Virginia Woolf, 5. 1. 1941, MT, S. 216

364 Fesselballons, die als Flugabwehrmaßnahme aufstiegen. Sie schwebten mehrere hundert Meter über der Flughöhe der Bomber; ihre Stahlseile rissen die Tragflächen ab und führten zum Absturz der Maschinen.

365 EB, *London 1940*, MT, S. 21ff.

366 Charles Ritchie, *The Siren Years*, S. 87

367 EB, *Dahergeredet,* in *Erzählungen*

368 EB, *In der Hitze des Tages*, S. 196

369 Parlamentarischer Staatssekretär im Informationsministerium und Ehemann von Vita Sackville-West.

370 EB an Virginia Woolf, 1. 7. 1940, MT, S. 216

371 John Ryan: *Remembering how we stood*, S. 15

372 Public Record Office Foreign Office 800/310, Bowen to Dominions Office, 9. 11. 1940, in Robert Fisk: *In Time of War*, S. 430

373 EB, *Eire, New Statesman*, 1941, MT, S. 30

374 EB, *Notes on Eire*, Public Record Office Foreign Office 800/310, Bowen to Dominions Office, 9. 11. 1940, in Robert Fisk, *In Time of War*, S. 430f.

375 EB an Virginia Woolf, 5. 1. 1941, MT, S. 216

376 EB, *Notes on Eire*, Public Record Office Foreign Office 800/310, 9. 11. 1940, in Robert Fisk, *In Time of War*, S. 288

377 EB, *Sommernacht*, in *Sommernacht*, S. 201

378 EB, *Notes on Eire*, 9. 11. 1940, Public Record Office Foreign Office 800/310, in R. F. Foster, *Paddy & Mr. Punch*, S. 115

379 EB, *Notes on Eire*, Public Record Office Foreign Office 800/310, 9. 11. 1940, in Robert Fisk, *In Time of War*, S. 412

380 a.a.O., S. 423 FN

381 EB, *Notes from Ireland*, 31. 7. 1942 DO 130/28, in R. F. Foster, *Paddy and Mr. Punch*, S. 116

382 EB, *The Shelbourne*, S. 154

383 EB an Virginia Woolf, 18. 2. 1941, MT, S. 219

384 Robert Fisk, *In Time of War*, S. 417

385 EB, *Notes from Ireland*, 31 7. 1942 DO 130/28, in R. F. Foster, *Paddy and Mr. Punch*, S. 116

386 EB, *Sonntagnachmittag*, in *Erzählungen*

XV Liebe in Kriegszeiten

387 Charles Ritchie, *The Siren Years*, S. 9

388 König Edward VIII. mußte 1936 abdanken, weil er darauf bestand, seine Geliebte Wallis Simpson, eine zweimal geschiedene amerikanische Frau, zu heiraten.

389 Charles Ritchie, *The Siren Years*, 30. 4. 1942, S. 141

390 a.a.O., 12. 1. 1941, S. 83

391 a.a.O., 29. 3. 1941, S. 97

392 a.a.O., 17. 12. 1941, S. 129

393 a.a.O., 3. 9. 1939, S. 44

394 a.a.O., 26. 6. 1940, S. 59

395 a.a.O., 10. 2. 1941, S. 88

396 Victoria Glendinning, S. 139

397 Charles Ritchie, *The Siren Years*, 2. 9. 1941, S. 115

398 a.a.O., 24. 9. 1941, S. 117

399 a.a.O., 29. 9. 1941, S. 117f.

400 a.a.O., 21. 12. 1941, S. 129f.

401 a.a.O., 22. 1. 1942, S. 133

402 a.a.O., 11. 1. 1942, S. 131

403 a.a.O., 16. 9. 1940, S. 68

404 a.a.O., 24. 5. 1942, S. 142f.

405 John Bayley, *Elegie für Iris*, S. 146

406 EB, *Women in love*, Bowen Coll. 10.1, HRC

407 Charles Ritchie, *The Siren Years*, 20. 1. 1942, S. 132

408 EB, *In der Hitze des Tages*, S. 259

409 EB, Autobiographical Notice, Knopf Coll. 686.1, HRC

410 EB, *In der Hitze des Tages*, S. 31

411 Edward Sackville-West, *Inclinations*

412 EB an Charles Ritchie, März 1945, Victoria Glendinning, S. 149

413 EB, *In der Hitze des Tages*, S. 345

414 a.a.O., S. 365

415 a.a.O., S. 377

416 EB, *Bowen's Court*, S. 125

417 EB, *In der Hitze des Tages*, S. 344

418 a.a.O., S. 342f.

419 Victoria Glendinning, S. 151

420 Rosamond Lehmann an EB, 4. 3. 1949, Bowen Coll. 11, HRC

421 EB, *In der Hitze des Tages*, S. 328

422 EB an Daniel George, 2. 6. 1948, Bowen Coll. 10.4, HRC

423 EB, *In der Hitze des Tages,* S. 311

424 a.a.O., S. 387

425 EB an Daniel George, 2. 6. 1948, Bowen Coll. 10.4, HRC

XVI In den Schuhen des Sieges

426 Charles Ritchie, *The Siren Years*, 20. 7. 1944, S. 176

427 BBC-Interview, 11. 9. 1959, Bowen Coll. 2.3, HRC

428 EB, *Preface to The Demon Lover*, MT, S. 47

429 EB, *In der Hitze des Tages*, S. 121f.

430 EB, *Efeu kroch übers Gestein*, in *Efeu kroch übers Gestein,* S. 290

431 EB, *Dover, 1 June, 1944*, CI, S. 225

432 EB, *Folkstone, July 1945*, CI, S. 227

433 EB an Charles Ritchie, Victoria Glendinning, S. 155f.

434 a.a.O., S. 157

435 EB, *Ich höre, was du sagst*, in *Der dämonische Liebhaber,* S. 167f.

436 EB, Autobiographical Notice, Bowen Coll. 1.8, HRC

XVII Schweine auf den Markt treiben

437 EB an William Plomer, 24. 9. 1945, MT, S. 207

438 Charles Ritchie, *The Siren Years*, S. 184

439 EB an Blanche Knopf, 26. 10. 1947, Knopf Coll. 685.14, HRC

440 EB an William Plomer, 24. 9. 1945, MT, S. 206

441 EB an Charles Ritchie, Victoria Glendinning, S.159

442 a.a.O.

443 EB, *Manners*, CI, S. 69

444 Blanche Knopf an EB, 24. 10. 1947, Knopf Coll. 685.14, HRC

445 Blanche Knopf an EB, 26. 4. 1963, Knopf Coll. 686.1, HRC

446 Spencer Curtis Brown an EB, 5. 11. 1946, Bowen Coll. 11.3, HRC

447 Bill Koshland an EB, 12. 3. 1963, Knopf Coll. 701.7, HRC

448 EB an Spencer Curtis Brown, 4. 10. 1946, Bowen Coll. 10.5, HRC

449 Spencer Curtis Brown an EB, 7. 11. 1946, Bowen Coll. 11.3, HRC

450 EB an Spencer Curtis Brown, 15. 12. 1947, Bowen Coll. 10, HRC

451 Victoria Glendinning, S.174

452 EB an Blanche Knopf, 4. 1. 1949, Knopf Coll. 685.14, HRC

453 EB an Blanche Knopf, 3. 3. 1950, Knopf Coll. 685.15, HRC

454 May Sarton, *A World of Light*, S. 205
455 John Bayley, *Elegie für Iris,* S. 129
456 EB, *Anthony Trollope*, MT, S. 241
457 EB zu Glyn Jones, BBC, 10. 5. 1950, Bowen Coll. 2, HRC
458 a.a.O.
459 *The Providence Sunday Journal*, 2. 2. 1964, Knopf Coll. 1303.5, HRC

XVIII Verlust

460 BBC-Interview, 11. 9. 1959, Bowen Coll. 2.3, HRC
461 Charles Ritchie, *Diplomatic Passport*, S. 19
462 a.a.O., S.30
463 a.a.O., S. 100
464 a.a.O., S. 33
465 Spencer Curtis Brown an EB, 8. 3. 1954, Bowen Coll. 11.3, HRC
466 EB an Spencer Curtis Brown, 9. 8. 1945, Bowen Coll. 10.4, HRC
467 Michael De-la-Noy, *Eddy*, S. 222
468 Knopf Coll. 1308.2, HRC
469 BBC-Interview, 11. 9. 1959, Bowen Coll. 2.3, HRC
470 Carson McCullers, *Die Autobiographie*, S. 131
471 a.a.O., S. 11
472 Virginia Spencer Carr, *The Lonely Hunter*, S. 350
473 a.a.O., S. 355
474 a.a.O., S. 360
475 EB, *The Shelbourne*, S. 5
476 a.a.O., S. 22
477 Victoria Glendinning, S. 179
478 EB an Spencer Curtis Brown, 31. 10. 1946, Bowen Coll. 10, HRC
479 Victoria Glendinning, S. 178
480 EB, *The Bend Back*, MT, S. 57
481 John Malcolm Brinnin, *Sextet*, S. 165
482 Charles Ritchie, *The Siren Years*, S. 127
483 John Malcolm Brinnin, *Sextet*, S. 264
484 *Hebräer* 13,14

XIX Beuge rückwärts

485 EB an Jocelyn Brooke, 8. 9. 1952, Brooke Coll., HRC
486 Veronica Wedgwood an Jacqueline Hope Wallace, Dez. 1953, Victoria Glendinning, S. 5

487 EB an Veronica Wedgwood, Victoria Glendinning, S. 184

488 May Sarton, *A World of Light*, S. 206

489 EB, *A World of Love*, S. 21

490 EB, *Eine Welt der Liebe*, S. 158

491 a.a.O., S. 11

492 Maud Ellmann, *Elizabeth Bowen, The Shadow Across the Page*, S.178

493 EB, *Eine Welt der Liebe*, S. 85

494 a.a.O., S. 19f.

495 a.a.O., S. 101

496 a.a.O., S. 113f.

497 Hermione Lee, *Elizabeth Bowen*, S. 325

498 Raymond Mortimer an EB, 14. 2. 1955, Bowen Coll. 11, HRC

499 Charles Ritchie, *Diplomatic Passport*, S. 78f.

500 a.a.O., S. 69

501 a.a.O., S. 75

502 a.a.O., S. 73

503 a.a.O., S. 106

504 a.a.O., S. 115

505 a.a.O., S. 79

506 W. H. in *Die Welt*, 20. 1. 1954

507 Charles Ritchie, *Diplomatic Passport*, S. 108

508 Peter Sager, *Oxford & Cambridge*, S. 145

509 EB an Veronica Wedgwood, Victoria Glendinning S. 201

510 EB an William Plomer, 6. 5. 1958, MT, S. 209

511 EB, *A Time in Rome*, S. 9

512 Patricia Craig, *Elizabeth Bowen*, S. 48f.

513 EB an Lady Ottoline Morrell, 2.1. o. J., Morrell Coll. 3.2, HRC

514 EB an Jean Black, Victoria Glendinning, S. 207

515 *Publisher's Weekly* 3/64, Knopf Coll. 1308.5, HRC

516 EB an Tom Hyde, Victoria Glendinning, S. 207

XX Einstürzende Altbauten

517 Selina Hastings, *Rosamond Lehmann*, S. 132

518 John Lehmann, *The Ample Proposition*, S. 248ff.

519 EB an William Plomer, 6. 5. 1958, MT, S. 209

520 EB an John Lehmann, 9. 7. 1953, John Lehmann Coll., HRC

521 Victoria Glendinning, S. 212

522 EB an Blanche Knopf, 4. 4. 1951, Knopf Coll. 685.14, HRC

523 EB, *The Golden Apples, Afterthought*, S. 152

524 John Malcolm Brinnin, *Sextet*, S. 174

525 EB, *A Ride South, Afterthought*, S. 169
526 EB an Charles Ritchie, Victoria Glendinning, S. 209f.
527 Ann Waldron, *Eudora*, S. 219
528 Eudora Welty an EB, Bowen Coll. 12.3, HRC
529 Kate Moses in der Rezension der Welty-Biographie von Ann Waldron, *Eudora*
530 John Malcolm Brinnin, *Sextet*, S. 166
531 Ann Waldron, *Eudora*, S. 225
532 Eudora Welty an EB, 6. 12. o.J., Bowen Coll. 12.3, HRC
533 Eudora Welty Papers, Louisiana State University
534 Victoria Glendinning, S. 186f.
535 Charles Ritchie, *Diplomatic Passport*, S. 112
536 EB, *On not rising to the Occasion*, MT, S. 65
537 EB an Blanche Knopf, 18. 2. 1963 (?), Knopf Coll. 686.1, HRC
538 Frances Partridge, *Everything to lose, Diaries 1945–1960*, in Michael De-la-Noy, *Eddy*, S. 274
539 Andrea Weiss, *Flucht ins Leben, Die Erika und Klaus Mann Story*, S. 97
540 Michael De-la-Noye, *Eddy*, S. 273
541 John Bayley, *Elegie für Iris*, S. 125
542 *Irland Journal* XIV, 4/2003
543 Charles Ritchie, *Diplomatic Passport*, 2. 7. 1958, S. 134
544 a.a.O., S. 141f.
545 Charles Ritchie, *The Siren Years*, 29. 10. 1940, S. 75
546 Charles Ritchie, *Storm Signals*, S. 129

XXI Die Höhle aufräumen

547 Victoria Glendinning, S. 6
548 Spencer Curtis Brown, *Vorwort zu Pictures & Conversations*, Ann M. Wyatt-Brown, *Aging and Gender*, S. 172
549 a.a.O.
550 EB an Bill Koshland, 26. 10. 1959, Knopf Coll. 276.7, HRC
551 EB zu Charles Monaghan, *Book Review*, 10. 11. 1968, Knopf Coll. 848.3, HRC
552 Evelyn Waugh, *Diaries*, 4. 1. 1961, S. 775
553 EB, *A Time in Rome*, S. 8
554 a.a.O., S. 14
555 EB an William Plomer, Patricia Craig, *Elizabeth Bowen*, S. 133
556 William Plomer an EB, 9. 5. 1963, Bowen Coll. 11, HRC
557 Evelyn Waugh an EB, 22. 2. 1964, Bowen Coll. 12.1, HRC

558 EB, *Die kleinen Mädchen*, S. 113

559 A. E. Coppard an EB, 31. 7. 1934, Bowen Coll. 10.4, HRC

560 EB, *Die kleinen Mädchen,* S. 206

561 Ann M. Wyatt-Brown, *Aging and Gender in Literature*, S. 174f.

562 Spencer Curtis Brown, *Preface to Pictures and Conversations*, in Ann M.Wyatt-Brown, *Aging and Gender in Literature,* S. 166

563 EB, *Die kleinen Mädchen*, S. 295

564 Hermione Lee, *Elizabeth Bowen*, S. 345

565 EB, *The Little Girls*, Notizen, Bowen Coll. 7, HRC, in Maud Ellmann, *Elizabeth Bowen, The Shadow Across the Page*, S. 202

566 Charles Ritchie, *Storm Signals*, S. 106

567 EB an Jean Black, Victoria Glendinning, S. 231

568 Jocelyn Brooke, *Elizabeth Bowen*, S. 26f.

569 EB an Charles Ritchie, Victoria Glendinning, S. 222

570 EB an Alfred A. Knopf, Juli 1964, Knopf Coll. 701.4, HRC

571 EB an Alfred A. Knopf, 16. 9. 1964, Knopf Coll. 701.4, HRC

572 EB an Charles Ritchie, Victoria Glendinning, S. 223

573 EB, *Attractive Modern Homes, Collected Stories*, S. 521

574 EB, *Seine einzige Tochter*, S. 164

575 EB an Charles Ritchie, Juni 1965, Victoria Glendinning, S. 227

576 BBC-Interview, 11. 9. 1959, Bowen Coll. 2.3, HRC

577 EB, *Seine einzige Tochter*, S. 166

578 EB an Jean Black, Victoria Glendinning, S. 194

579 EB an Blanche Knopf, 4. 3. 1964, Knopf Coll. 686.1, HRC

580 Charles Ritchie, *Storm Signals*, S. 80

581 a.a.O., S. 118

582 a.a.O., S. 113

583 a.a.O., S. 94

584 a.a.O., S. 84

585 EB an *London Magazine*, 30. 4. 1969, London Magazine Coll., HRC

XXII Keine bleibende Stadt

586 EB, *Seine einzige Tochter*, S. 71

587 a.a.O., S. 307

588 a.a.O., S. 44

589 Hermione Lee, *Elizabeth Bowen*, S. 354

590 Patricia Craig, *Elizabeth Bowen*, S. 135

591 EB an Alfred A. Knopf, 17. 9. 1968, Knopf Coll. 648.10, HRC

592 EB, *Pictures and Conversations*, S. 297

593 a.a.O., S. 298

594 Charles Ritchie, *Storm Signals*, 27. 9. 1969, S. 118f.
595 EB an Bill Koshland, 18. 4. 1968, Knopf Coll. 494.5, HRC
596 a.a.O., 24. 1. 1969 S. 111
597 a.a.O., 15. 2. 1970, S. 126
598 John Morley an Victoria Glendinning, S. 238
599 EB an Spencer Curtis Brown, 1969, Victoria Glendinning, S. 230
600 Victoria Glendinning, S. 231
601 EB an Bill Koshland, September 1970, Victoria Glendinning, S. 231
602 Oliver Peare, *A Kinsale perspective, The Farahy Addresses*, S. 52
603 Charles Ritchie, *Storm Signals*, 1. 11. 1970, S. 129
604 Charles Ritchie, *Storm Signals*, S. 133
605 Tom Hyde an Victoria Glendinning, S. 232

Bibliographie

Bücher von Elizabeth Bowen

Encounters, Sidgwick & Jackson, London 1923

Ann Lee's and Other Stories, Sidgwick & Jackson, London 1926

The Hotel, Constable, London 1927

The Last September, Constable, London 1929

= *Der letzte September*, aus dem Englischen von Sigrid Ruschmeier, Schöffling & Co., Frankfurt am Main 2001

Joining Charles and Other Stories, Constable, London 1929

Friends and Relations, Constable, London 1931

To the North, Victor Gollancz, London 1932

= *Gen Norden*, aus dem Englischen von Margarete Rauchenberger, Schaffrath, Köln 1948.

= *Die Fahrt in den Norden*, aus dem Englischen von Sigrid Ruschmeier, Schöffling & Co., Frankfurt am Main 2003

The Cat Jumps and Other Stories, Victor Gollancz, London 1934

The House in Paris, Victor Gollancz, London 1935; *dass.*: Introduced by Antonia Byatt, Penguin, Harmondsworth 1962

= *Das Haus in Paris*, aus dem Englischen von Ruth Weiland, Hera, Berlin 1947

= *Das Haus in Paris*, aus dem Englischen von Sigrid Ruschmeier, Schöffling & Co., Frankfurt am Main 2002

The Death of the Heart, Victor Gollancz, London 1938

= *Kalte Herzen*, aus dem Englischen von Sigrid Ruschmeier, Schöffling & Co., Frankfurt am Main 2004

Look At All Those Roses, Victor Gollancz, London 1941

Bowen's Court, Longmans, Green & Co., London 1942

Seven Winters: Memoirs of a Dublin Childhood, Cuala Press, Dublin 1942; *dass.*: Longmans, Green & Co., London 1943

Bowen's Court & Seven Winters, introduced by Hermione Lee, Random House, London 1999

English Novelists, The Heritage Of British Literature, William Collins, London 1945

The Demon Lover and Other Stories, Jonathan Cape, London 1945

= *Der dämonische Liebhaber und andere Geschichten*, aus dem Englischen von Heinz Platte, Heinz Millenet, Margarete Rauchenberger, Harry Rohmann, Hildegard Breuer, Schaffrath, Köln 1948

= *Der dämonische Liebhaber – Ausgewählte Erzählungen*, aus dem Englischen von Annette Charpentier, Klett-Cotta, Stuttgart 1984

Anthony Trollope: A New Judgement, Oxford University Press, London 1946

Why Do I write? An Exchange of Views Between Elizabeth Bowen, Graham Greene and V. S. Pritchett, Percival Marshall, 1948

The Heat of the Day, Jonathan Cape, London 1949

= *In der Hitze des Tages*, aus dem Englischen von Sigrid Ruschmeier, Schöffling & Co., Frankfurt am Main 2006

Collected Impressions, Longmans, Green & Co., London 1950; *dass.*: Alfred A. Knopf, New York 1950

The Shelbourne: A Center in Dublin Life for More than a Century, George G. Harrap, London 1951

A World of Love, Jonathan Cape, London 1955

= *Eine Welt der Liebe*, aus dem Englischen von Hilde Spiel, Kiepenheuer & Witsch, Köln 1958

Stories by Elizabeth Bowen, Alfred A. Knopf, New York 1959

A Time in Rome, Jonathan Cape, London 1959; *dass.*: Alfred A. Knopf, New York 1959

Afterthought, *Pieces About Writing*, Longmans, Green & Co., London 1962; *dass.*: *Seven Winters: Memoirs of a Dublin Childhood and Afterthought: Pieces About Writing*, Alfred A. Knopf, New York 1962

The Little Girls, Jonathan Cape, London 1964

= *Die kleinen Mädchen*, aus dem Englischen von Helmut Winter, Verlag Kiepenheuer & Witsch, Köln 1965; *dass.*: Insel Verlag, Frankfurt am Main 1992; *dass.*: Suhrkamp, Frankfurt am Main 1996

The Good Tiger, Alfred A. Knopf, New York 1965

A Day in the Dark and Other Stories, Jonathan Cape, London 1965

Eva Trout or Changing Scenes, Jonathan Cape, London 1969

= *Seine einzige Tochter*, aus dem Englischen von Elisabeth Schnack, Walter Verlag, Olten und Freiburg 1973; *dass.*: Klett-Cotta, Stuttgart 1986

The Move-In, Typoskript, 1972, HRC, Austin

Pictures and Conversations, Foreword by Spencer Curtis Brown, Allen Lane, London 1975

Irish Stories, introduced by Victoria Glendinning, Poolbeg Press, Dublin 1978

The Collected Stories of Elizabeth Bowen, introduced by Angus Wilson, Jonathan Cape, London 1981

The Mulberry Tree, *Writings of Elizabeth Bowen*, ed. by Hermione Lee, Harcourt Brace Jovanovich, San Diego, New York, London 1986

Außer den bereits genannten erschienen auf deutsch verschiedene Zusammenstellungen ihrer Erzählungen unter folgenden Titeln:

Ein Abschied – 6 stories, aus dem Englischen von Siegfried Schmitz, Nymphenburger Verlagshandlung, München 1958

Die ferne Stadt Kôr, Erzählungen,
aus dem Englischen von Annette
Charpentier, Katrine von Hutten
und Hartmut Zahn, Klett-Cotta,
Stuttgart 1985
Efeu kroch übers Gestein – Ausge-
wählte Erzählungen, aus dem
Englischen von Hartmut Zahn,
Klett-Cotta, Stuttgart 1987
Unheil, das Männer anrichten – Er-
zählungen, aus dem Englischen
von Annette Charpentier, dtv,
München 1989
Erzählungen, aus dem Englischen
von Irma Wehrli, Manesse Ver-
lag, Zürich 2000
Sommernacht – Short Stories, aus
dem Englischen von Sigrid
Ruschmeier, Schöffling & Co.,
Frankfurt am Main 2007

Weitere Quellen

Ackroyd, Peter, *London – The Bio-*
graphy, Chatto & Windus, Lon-
don 2000
Austin, Allan E., *Elizabeth Bowen,*
Twayne, New York 1971
Bayley, John, *Elegie für Iris,* aus
dem Englischen von Barbara Ro-
jahn-Deyk, C.H. Beck, Mün-
chen 2000
Bell, Quentin, *Erinnerungen an*
Bloomsbury, aus dem Englischen
von Claudia Wenner, S. Fischer,
Frankfurt am Main 1997
Berlin, Isaiah, *Flourishing Letters*
1928–1946, ed. by Henry Hardy,
Cambridge University Press,
Cambridge 2004
Berlin, Isaiah, *Personal Impressions,*
Hogarth Press, London 1980
Bowra, Maurice, *Memories 1898 –*
1939, Weidenfeld & Nicolson,
London 1966
Brinnin, John Malcolm, *Sextet: T. S.*
Eliot & Truman Capote &
Others, Delacorte Press/ Sey-
mour Lawrence, New York 1981
Brooke, Jocelyn, *Elizabeth Bowen,*
Longmans, Green & Co., Lon-
don 1952
Connolly, Cyril, *Enemies of pro-*
mise, Routledge & Kegan Paul,
London 1938
Craig, Patricia, *Elizabeth Bowen,*
Penguin Books, Harmondworth
1986
De-la-Noy, Michael, *Eddy, The*
Life of Edward Sackville-West,
The Bodley Head, London 1988
Ellmann, Maud, *Elizabeth Bowen.*
The Shadow Across the Page,
Edinburgh University Press,
Edinburgh 2003
Fisk, Robert, *In Time of War, Ire-*
land, Ulster and the Price of
Neutrality 1939–45, André
Deutsch, London 1983
Foster, R. F., *Paddy & Mr. Punch,*
Connections in Irish and English

History, Allen Lane, London 1993

Glendinning, Victoria, *Elizabeth Bowen, Portrait of a Writer*, Weidenfeld & Nicolson, London 1977

Glendinning, Victoria, *Vita: Vita Sackville West. Eine Biographie*, deutsch von Hans J. Schütz, Frankfurter Verlagsanstalt, Frankfurt am Main 1990

Hajba, Anna-Maria, *Historical genealogical architectural notes on some houses of Cork*, Vol. 1, *North Cork*, Ballinakella Press, Whitegate, Co Clare, 2002

HRC, Harry Ransom Humanities Research Center at the University of Texas, Austin, The Elizabeth Bowen Collection und weitere Sammlungen

Hastings, Selina, *Rosamond Lehmann*, Chatto & Windus, London 2002

Holloway, Joseph, *Joseph Holloway's Abbey Theatre*, Southern Illinois University Press, Carbondale and Edwardsville 1967

Hoogland, Renée C., *Elizabeth Bowen, A Reputation in Writing*, The Cutting Edge, New York University Press, New York and London 1994

The Huntington Library, San Marino, California, The Elizabeth Dorothea Cole Bowen Papers

Kenney, Edwin J., *Elizabeth Bowen*, Bucknell University Press 1975

Lassner, Phyllis, *Elizabeth Bowen – a Study of the Short Fiction*, Macmillan, New York 1990

Lee, Hermione, *Elizabeth Bowen, Portrait einer Schriftstellerin*, aus dem Englischen von Christine Frick-Gerke, Schöffling & Co., Frankfurt am Main 2001

Lehmann, John, *The Ample Proposition, Autobiography III*, Eyre & Spottiswoode, London 1966

Lehmann, Rosamond, *The Swan in the Evening, Fragments of an Inner Life*, William Collins, London 1967

Marx, Karl/Engel, Friedrich, *Irland. Insel in Aufruhr*, Dietz Verlag, Berlin 1975

McCullers, Carson, *Die Autobiographie, Illumination and Night Glare*, aus dem Amerikanischen von Brigitte Walitzek, Schöffling & Co., Frankfurt am Main 2002

McEwan, Ian, *Abbitte*, aus dem Englischen von Bernhard Robben, Diogenes Verlag AG, Zürich 2002

Monk's House Papers (Virginia Woolf), University of Sussex, Brighton

Moynahan, Brian, *Das Jahrhundert Englands*, aus dem Englischen von Petra Dubilski, C. Bertelsmann Verlag, München 1997

Noble, Joan Russel (Hrsg.), *Recollections of Virginia Woolf by her Contemporaries*, Peter Owen, London 1972

O'Casey, Sean, *Bilder in der Vorhalle, Autobiographie II*, aus dem Englischen von Georg Goyert, Paul List Verlag, Leipzig 1959

O'Casey, Sean, *Irland, leb wohl, Autobiographie IV*, aus dem

Englischen von Werner Beyer, Paul List Verlag, Leipzig 1961

O'Faolain, Sean, *The Vanishing Hero, Studies in Novelists of the Twenties*, Eyre & Spottiswoode, London 1956

O'Faolain, Sean, *Vive moi! An Autobiography*, Little, Brown & Co., Boston und Toronto 1964

Oeser, Hans-Christian, *Treffpunkt Irland – Ein literarischer Reiseführer*, Reclam, Stuttgart 1996

Plomer, William, *At home*, Jonathan Cape, London 1958

Powell, Anthony, *Memoirs, To keep the ball rolling*, Vol. 1: *Infants of the spring*, Heinemann, London 1976

Ritchie, Charles, *The Siren Years, A Canadian Diplomat Abroad, 1937–1945*, Macmillan, Canada 1974

Ritchie, Charles, *Diplomatic Passport: More undiplomatic Diaries, 1946–1962*, Macmillan, Canada 1981

Ritchie, Charles, *Storm Signals: More undiplomatic Diaries, 1962–1971*, Macmillan, Canada 1983

Rowse, A. L., *Glimpses of the Great*, Methuen, London 1985

Rowse, A. L., *The Diaries*, ed. by Richard Ollard, Allen Lane, London 2003

Ryan, John, *Remembering how we stood, Bohemian Dublin at the Mid-Century*, Gill & Macmillan, Dublin 1975

Sackville-West, Edward, *Inclinations*, Secker and Warburg, London 1949

Sager, Peter, *Oxford & Cambridge*, Schöffling & Co., Frankfurt am Main 2003

Sarton, May, *A World of Light, Portraits and Celebrations*, W. W. Norton, New York 1988

Somerville-Large, Peter, *The Irish Country House – a Social History*, Sinclair-Stevenson, London 1995

Spencer Carr, Virginia, *The Lonely Hunter, A Biography of Carson McCullers*, Doubleday, New York 1975

Tweedsmuir, Susan, *A Winter Bouquet*, Gerald Duckworth, London 1954

Waldron, Ann, *Eudora – A Writer's Life*, Doubleday, New York 1998

Walshe, Eibhear (Hrsg.), *Elizabeth Bowen remembered, The Farahy Addresses*, Four Courts Press, Dublin 1998

Waugh, Evelyn, *The Diaries*, ed. by Michael Davie, Weidenfeld and Nicolson, London 1976

Woolf, Leonard, *Mein Leben mit Virginia*, aus dem Englischen von Ilse Strasmann, Frankfurter Verlagsanstalt, Frankfurt am Main 1988

Woolf, Virginia, *Gesammelte Werke, Tagebücher 2*, hrsg. von Klaus Reichert, aus dem Englischen von Claudia Wenner, S. Fischer, Frankfurt am Main 1994

Woolf, Virginia, *Gesammelte Werke, Tagebücher 4*, hrsg. von Klaus Reichert, aus dem Englischen von Maria Bosse-Sporleder, S. Fischer, Frankfurt am Main 2003

Woolf, Virginia, *Gesammelte Werke, Tagebücher 5*, hrsg. von Klaus Reichert, aus dem Englischen von Claudia Wenner, S. Fischer, Frankfurt am Main 2008

Woolf, Virginia, *The Question of Things Happening, The Letters, Vol. II, 1912–1922*, ed. by Nigel Nicolson and Joanne Trautmann, Hogarth Press, London 1976

Woolf, Virginia, *The Sickle Side of the Moon, The Letters Vol. V, 1932–1935*, ed. by Nigel Nicolson and Joanne Trautmann, Hogarth Press, London 1979

Woolf, Virginia, *Leave the Letters till we're dead, The Letters Vol. VI, 1936–1941*, ed. by Nigel Nicolson and Joanne Trautmann, Hogarth Press, London 1980

Woolf, Virginia, *Gesammelte Werke, Briefe 2, 1928–1941*, hrsg. von Klaus Reichert, aus dem Englischen von Brigitte Walitzek, S. Fischer, Frankfurt am Main 2006

Wyatt-Brown, Anne M. und Rossen, Janice, *Aging & Gender in Literature*, University Press of Virginia, Charlottsville und London 1993

Bildnachweis

Die Fotos auf den Seiten 14, 67, 84, 88, 100, 117, 127, 133, 140, 145, 158, 159, 206, 211, 253, 288, 322, 337, 359 und 386 stammen aus dem Besitz von Finley Colley. Einen Teil der Fotos findet man auch in: Hermione Lee, *Elizabeth Bowen, Portrait einer Schriftstellerin*

Seite 18 Hulton Archive bei getty images

Seite 20, 22, 26, 69, 70, 209, 210, 417: Elsemarie Maletzke

Seite 23, 156, 161, 377, 378, 400 und 413 aus: Victoria Glendinning, *Elizabeth Bowen – Portrait of a Writer*

Seite 30, 75 aus: Theodora Fitzgibbon, *A Taste of Ireland* (Fotos: George Morrison)

Seite 62, 79 (Fotos aus dem Besitz von Audrey Fiennes) und 371 (BBC Hulton Picture Library) aus: Patricia Craig, *Elizabeth Bowen*

Seite 136, 192, 365 aus: Elizabeth Bowen, *The Mulberry Tree*

Seite 163 Cartoon von Charles Addams aus dem *New Yorker* vom 13. 3. 1943

Seite 168 (The Hulton Getty Collection) und 169 aus: Isaiah Berlin, *Personal Impressions*

Seite 204 Sotheby's London

Seite 224 aus: May Sarton, *A World of Light* (Foto: Jill Krementz)

Seite 232, 239 aus: Selina Hastings, *Rosamond Lehmann*

Seite 374 aus: Michael De-la-Noy, *Eddy – The Life of Edward Sackville-West*

Seite 381 (CP Photo Archive) aus: Charles Ritchie, *Storm Signals*

Seite 382 aus: *Irish Art 1770–1995*, Crawford Municipal Art Gallery, Cork

Seite 399 Photo von Helen McEwan

Chronologie

Vortragsreise für den British Council (Österreich, Tschechoslowakei, Ungarn). *Castle Anna*

1949 *In der Hitze des Tages* erscheint. Ehrendoktorwürde des Trinity College, Dublin. Mitglied der Königlichen Kommission
zur Untersuchung der Todesstrafe

1950 Eudora Welty und Carson McCullers auf Bowen's Court.
Collected Impressions

1951 *The Shelbourne*. Herbst: erste Vortragsreise in die USA

1952 26. August: Alan Cameron stirbt auf Bowen's Court

1953 Reise für den British Council nach Rom

1954 Februar: Vortragsreise in Deutschland

1955 Reisen nach Paris und Rom. *A World of Love*

1956 Ehrendoktorwürde der Universität Oxford, Gastprofessur am
Bryn Mawr College, USA

1959 Herbst: EB an der American Academy in Rom. Verkauf von
Bowen's Court

1960 Bowen's Court wird abgerissen. Gastprofessur in Vassar/USA.
A Time in Rome

1960 Sommer in Stratford-on-Avon. Umzug nach Old Headington/
Oxford

1962 *Afterthought: Pieces About Writing*

1964 *Die kleinen Mädchen*

1965 *A Day in the Dark and Other Stories*; *The Good Tiger*. Compa-
nion of Literature der Royal Society of Literature. Umzug
nach Hythe

1968 *Eva Trout (Seine einzige Tochter)*

1969 Herbst: Gastprofessur in Princeton/USA

1970 Krippenspiel in der protestantischen Kathedrale von Derry

1972 Beginnt *The Move-In* zu schreiben

1973 22. Februar: EB stirbt an Lungenkrebs im University College
Hospital, London. Überführung nach Irland und Beerdigung
in Farahy

1975 *Pictures and Conversations*

Register

(Die Zahlen für Seiten mit Abbildungen sind kursiv)

Elizabeth Bowen

Ihr Werk bei Schöffling & Co.

In der Hitze des Tages

Roman
Aus dem Englischen von Sigrid Ruschmeier
440 Seiten. Gebunden.
ISBN 978-3-89561-244-2

»›Figuren müssen sich materialisieren – d. h., müssen von einer greifbaren körperlichen Realität sein‹, erklärte Bowen einmal. ›Sie dürfen nicht nur sichtbar (vorstellbar) sein; sie müssen gefühlt werden‹, und genau diese emotionale Präsenz gelingt Bowen immer wieder.«
Maike Albath, Deutschlandradio Kultur

»Elizabeth Bowen macht keine Konzessionen an die Bequemlichkeit ihrer Leser: wer etwas sehen, wer verstehen will, muss hoch hinauf. Dafür ist der Blick von dort oben, in der Hitze eines klaren Tages, überwältigend.«
Ingrid Mylo, Hessicher Rundfunk

Elizabeth Bowen

Ihr Werk bei Schöffling & Co.

Sommernacht

Short Stories
Aus dem Englischen von Sigrid Ruschmeier
256 Seiten. Gebunden.

ISBN 978-3-89561-245-9

»In dem Spannungsfeld zwischen dem fast geheimen inneren
Leben ihrer Figuren und dem Sichtbaren, dem Konventionellen,
entwickelt sich Bowens subtile Erzählkunst. Man kann dem
Schöffling Verlag nur dankbar sein, dass er uns das Werk dieser
Autorin nach und nach auf Deutsch und in einer sehr schönen
Übersetzung zugänglich macht.«
Katharina Döbler, Deutschlandradio

»Zupackend und höchst kunstvoll zugleich skizziert sie Szenerien,
die das Seelenleben ihrer Figuren spiegeln, während die so nasskalt
scheinen wie ein irischer Landregen. Bowens Klasse liegt darin,
dass sich hier keine Abgründe auftun – sie werden nur dunkel
angedeutet und erscheinen dadurch umso tiefer.«
bücher

Elizabeth Bowen

Ihr Werk bei Schöffling & Co.

Kalte Herzen

Roman
Aus dem Englischen von Sigrid Ruschmeier
472 Seiten. Gebunden.
ISBN 978-3-89561-243-5

»Das Indirekte, seltsam Verschwiegene macht den Reiz Elizabeth
Bowens aus. Intelligenz und diskrete Schwermut prägen ihren Stil,
der immer wieder durch seine kleinen lakonischen Ausbrüche
verblüfft.«
Meike Fessmann, Süddeutsche Zeitung

Das Haus in Paris

Roman
Aus dem Englischen von Sigrid Ruschmeier
408 Seiten. Gebunden.
ISBN 978-3-89561-241-1

»Ihr Prosastil, der irgendwo zwischen Virginia Woolf und
E. M. Forster seine eigensinnige, spröde Eleganz entfaltet,
zuweilen auch an Edith Wharton erinnert, kann regelrechte
Suchterscheinungen auslösen. (…) Was als Handlungsgerüst in
der Tat melodramatisch anmutet, erscheint in Bowens Schilderung
als zarte, flüchtige Textur, in deren Zwischenräumen und
Leerstellen das eigentlich Aufregende sich ereignet.«
Kristina Maidt-Zinke, Süddeutsche Zeitung

Elizabeth Bowen

Ihr Werk bei Schöffling & Co.

Die Fahrt in den Norden

Roman
Aus dem Englischen von Sigrid Ruschmeier
472 Seiten. Gebunden.
ISBN 978-3-89561-243-5

»*Die Fahrt in den Norden* beschwört mit dem London der
ruhelosen 30er den Verlust aller Sicherheiten herauf, in der für
Bowen typischen, elegant-markant verdichtenden Schilderung
von Atmosphäre und Charakteren.«
Börsenblatt, Felicitas von Lovenberg

Der letzte September

Roman
Aus dem Englischen von Sigrid Ruschmeier
424 Seiten. Gebunden.
ISBN 978-3-89561-240-4

»Man kann nur schwer aufhören, wenn man einmal mit der
Lektüre von Bowens Büchern angefangen hat, sucht nach
Gründen und psychologischen Erklärungen. Daß uns die auf
geniale (und äußerst moderne) Weise verweigert werden, macht
nicht zuletzt die literarische Größe dieser Autorin aus, die immer
wieder in einem Atemzug genannt werden muß mit Henry James
und Virginia Woolf.«
Manuela Reichart, Süddeutsche Zeitung